Mathea liebt Sarkasmus, Geld – und ihre Ruhe. Doch als Magie in ihr erwacht, muss sie die nervtötend harmonische Univerzita Mystika e Magie besuchen. Und als wären feministische Magier und Hippie-Nixen nicht genug, entbrennt zum begabten wie hochmütigen Warlock Atlas Oserov eine unwiderstehliche Rivalität. Der Haken: Er gehört zur verfeindeten Academia Sinistra. Dort will die sanfte Ellie dem Studium und der charmanten Hexe Astra entkommen. Als ein Fluch auf Mathea entdeckt wird, müssen die vier zusammenarbeiten. Doch was, wenn die Feindschaft zwischen Schatten und Licht niemals überwunden werden kann?

Die Chronica Arcana *bei Carlsen:*
Band 1: The Lesson of Curses
Band 2: The Secret of Ink
Band 3: The Book of Seals

FÜR JANI,
DU WEISST, WARUM.
ABER EINIGE ANDERE WISSEN ES NOCH
NICHT, ALSO: DU BIST EINE FANTASTISCHE
TESTLESERIN, ANSPRECHPARTNERIN, LEKTORIN,
UNTERSTÜTZERIN UND FREUNDIN.

Vorbemerkung für die Leser*innen

Liebe*r Leser*in,

dieser Roman enthält potenziell triggernde Inhalte. Aus diesem Grund befindet sich hier eine Triggerwarnung. Am Romanende findest du eine Themenübersicht, die demzufolge Spoiler für den Roman enthält.

Entscheide bitte für dich selbst, ob du diese Warnung liest. Gehe während des Lesens achtsam mit dir um. Falls du während des Lesens auf Probleme stößt und / oder betroffen bist, bleib damit nicht allein. Wende dich an deine Familie, Freunde oder auch professionelle Hilfestellen.

Wir wünschen dir alles Gute und das bestmögliche Erlebnis beim Lesen dieser besonderen Geschichte.

Laura und das Carlsen-Team

1

Mathea

In meinen schlimmsten Träumen hätte ich mir nicht vorstellen können, in einem Wirbelsturm aus glitzerndem Feenstaub und rosa Schmetterlingen zu sterben. De facto handeln meine Albträume selten vom Sterben. Eher von Stuhlkreisen, in denen sich jeder auf besonders witzige Weise vorstellen soll, um das Eis zu brechen. Dabei würde ich das Eis gern intakt halten. Oh, erst vor ein paar Tagen träumte ich von einer Eisdiele, in der ich *Very Berry Pastel Passion* aussprechen musste. Schweife ich ab?

Stöhnend atme ich ein. Ich *schweife* ab.

Kein Wunder, wenn bei jedem Atemzug Schmerzen durch mich hindurchschießen, als wären all meine Knochen gebrochen. Vielleicht halluziniere ich, um es erträglicher zu machen. Genauso wie den Gestank nach Fichten, Moderwasser und Brennnesseln. Warum ich ausgerechnet halluziniere, in einem Britney-Spears-Musikvideo von 1999 gefangen zu sein, ist mir ein –

Mathea, reiß dich zusammen.

Wie bin ich hier gelandet, in einer Pfütze, die mir die Kleidung an die Haut pappt? Etwas sticht in meinem Rücken, Äste vielleicht. Brennnesseln, die meine Haut Blasen werfen lassen. Oder gebrochene Knochen. Und diese Schmetterlinge in Glitzerwolken schwirren vor meinen Augen herum.

Keine Ahnung, warum ich hier bin. Oder wo hier ist. Aber ich muss Hilfe rufen. Doch statt Worten kommt ein Husten aus meiner Kehle hervor, bei dem jede Rippe einzeln von meiner Wirbelsäule bricht. *Wirkliche* Angst flößt mir jedoch ein, dass ich meinen Kopf *nicht* mehr spüre. Oder die Schmetterlingsflügel, die in mein Gesicht peitschen.

Bestimmt ein Genickbruch. Endet nicht so oft im Tod, wie man denkt. Aber vermutlich schon, wenn man mit zerschmetterter Halswirbelsäule tief im Wald einen Abhang hinunterpurzelt.

Hey, eine vage Erinnerung! Bringt mir nur nichts mehr.

Ich werde sterben. Das spüre ich.

Gut. Augen schließen, still halten. *Ich verlasse die Welt nicht röchelnd, augenrollend und mich windend. Man findet mich gefasst schlafend vor, nicht als zerrupfte Marionette.*

Und ich bin bereit.

Sicher, ich habe meine Ziele nicht erreicht. Wie auch, mit einundzwanzig, mitten im Jura-Studium, für das ich die letzten Jahre nur mit Lernen verbracht habe? Ich bereue nichts. Auch wenn andere behaupten würden, ich mache mir damit etwas vor. Menschen, die predigen, man solle jeden Tag wie seinen letzten leben. Was für ein Quatsch. Täten das alle, würde die unmittelbare Bedürfnisbefriedigung in Zustände wie bei *The Purge* ausarten. Nein danke. Lebe jeden Tag, als würdest du noch neunzig Jahre leben und nicht in Altersarmut enden wollen.

Hörst du, bärtiger alter Knacker, oder wer auch immer mich in Empfang nimmt? Ich bin bereit für den albernen Tunnel und das klischeehafte Licht.

Doch etwas kitzelt an meinen Schläfen. Dabei habe ich doch eben nichts mehr gespürt? Mit größter Mühe öffne ich die Augen. Die Schmetterlinge. Verdammt. Wortwörtlich. Die Hölle existiert – und sie ist pink und glitzert. Das empfinde ich nun doch als ungerecht. Natürlich war ich kein sonderlich liebenswerter Mensch. Gleichzeitig auch kein schlechter. Nur jemand, dem Zwischenmenschliches wenig zusagt. Aber die *Hölle*? Weil ich in Frieden gelassen werden wollte und andere dafür auch in Frieden gelassen habe?

Der Schmerz ebbt ab wie eine flache Welle, die nur Schaum hinterlässt. Kein gutes Zeichen. Egal. Ich bin bereit. Bereue nichts. Nur, dass da diese armselige Stimme ganz tief in mir flüstert.

Sie fragt, ob das wirklich alles war.

Ellie

Tatiana stiert den staubigen Glaskolben mit dem menschlichen Herzen an. »Ellie? Sicher, dass wir im richtigen Museum sind?«

»Natürlich.« Ich halte ihr meine Eintrittskarte unter die Nase. »Da. Alchemie-Museum.«

»Jakub hat das *Speculum Alchemiae* empfohlen.« Sie stöhnt. »Ellie. Steht dort dieser Name?«

»Ist doch egal.« Ich tippe eine vergoldete Waage an. Plastik. »Hauptsache, Alchemie.«

»Nicht egal, wenn wir offensichtlich abgezockt werden.« Tomáš, der im schummrigen Licht geisterblass aussieht, wirft einen Blick auf die knorrige Angestellte, die starr in einer Ecke steht. »Das Einzige, was alt genug ist, um aus einem echten Alchemistenlabor zu stammen, ist sie.«

»Sei nicht so gemein.« Ich lächle die Frau an, die nicht einmal blinzelt. Ihre Augen sind so trüb wie die Flüssigkeit in den Reagenzgläsern. »Ich finde sie süß.«

»Du findest alles und jeden süß. Sogar Baba Jaga da drüben.«

»Sie ist keine Hexe.« Ich ergreife das oberste Buch eines Stapels – doch es klebt an den anderen. Attrappen. Ohne Tatianas Grinsen zu beachten, drehe ich mich zu Tomáš. »Hexen existieren nicht.«

Er streicht sich eine Locke, rot wie die seiner Schwester Tatiana, aus der Stirn. »Dachte ich auch. Bis vor zehn Minuten.«

Hinter der nächsten Ecke starrt mich eine Fratze an. Ich schrecke zurück, muss dann lachen. Eine Wachsfigur. Köstlich!

»Ich hab in der vierten Klasse realistischere Figuren aus Pappmaschee gebastelt.« Tatiana pustet Staub aus dem schütteren Haar des Alchemisten. »Ich hab geglaubt, dass dieser heruntergekommene Vergnügungspark aus den Siebzigern für dich der größte Spaß deines Lebens war. Oder als du geschworen hast, dass du das wässrige Gulasch in dieser überteuerten Kaschemme genießt. Hab dir sogar abgenommen, dass dir der Bungeesprung Spaß gemacht hat, egal wie sehr du geheult hast. Aber du kannst nicht *ernsthaft* behaupten, diese Bruchbude gut zu finden!?«

»Sie haben aus wenigen Mitteln das Beste gemacht!«

»Können wir einfach gehen? Die Frau macht mir Angst.«

»Natürlich!« Ich bahne mir einen Weg durch die Regale und hinter mir schmatzen ihre Schritte auf dem Parkett.

Im Foyer nicke ich dem Kassierer zu, der uns keines Blickes würdigt. O nein, kränkt ihn unser abrupter Aufbruch? Ich krame in meiner Tasche, um zumindest Trinkgeld in das Glas vor ihm zu werfen, doch Tatiana zerrt mich nach draußen, dann über die schmale Kopfsteinstraße Nerudova.

Hier, wo Touristen von alten Gebäuden bewacht zur Prager Burg hochpilgern und von überteuerten Lokalen und Souvenirläden angelockt werden, drängen sich noch mehr Menschen als sonst. Normalerweise liebe ich es, die historischen Hauswappen an den barocken Steinfassaden zu entdecken. Drei Geigen, wo Instrumente gebaut wurden, der goldene Löwe einer alten Apotheke, die zwei griesgrämigen Sonnengesichter, wo der Schriftsteller Jan Neruda gelebt hat. Doch heute klammere ich mich an Tatiana. »Wollen die alle zur Burg?«

»Davor findet eine Demo statt.« Tomáš schirmt mich vorm Getümmel ab, während wir die Nerudova hinaufstaksen.

Die zwei haben wohl doch mehr mitbekommen als gedacht. Einerseits wird mir warm ums Herz, weil ich sie nicht so eingeschätzt habe. Aber gegen die Verbundenheit meiner Familie – meiner *ehemaligen* Familie – wirkt wohl jede andere Beziehung wie eine flüchtige Bekanntschaft.

»Gegen den Krieg, hab ich gelesen.« Tomáš schiebt uns durch eine Lücke zwischen den Demonstrierenden.

Andererseits dreht sich alles beim Gedanken, mit ihnen über tiefere Themen zu sprechen als das beste Bier von Prag und wofür wir unser Geld vom Aushilfsjob ausgeben.

Tatiana schnaubt. »Weiß ja nicht, wie es helfen soll, wenn ein paar Gutmenschen ihre Banner rumwedeln.«

»Es ist wichtig zu zeigen, dass wir nicht einverstanden sind.« Ich verknote meine Hände. »Sollen wir uns ihnen anschließen?«

»Ich dachte, du hast Agoraphobie?«, fragt Tomáš.

»Ago-was?«

»Angst vor Menschenmengen«, entgegnet er, als wäre das etwas, das ich kennen müsste. *Müsste* ich das kennen?

»Mir ist nur etwas unwohl, weil ich das nicht gewohnt bin.«

»Hab ich dich Landpomeranze je gefragt, *wie* wenige Einwohner in deinem Hundert-Seelen-Dorf Vílov leben?«, fragt Tatiana.

»Ich glaube, um die vierzig«, murmle ich. »Aber ich habe nur in der Nähe von Vílov gelebt.«

»In der Nähe von einem Dorf mit vierzig Bewohnern existiert noch etwas anderes, wo man leben kann?«

Ich beiße mir auf die Unterlippe. »Wollt ihr jetzt auf die Demonstration oder nicht?«

Tomáš hält an der Ecke eines der farbenfrohen Reihenhäuser. »Kann mir Besseres am freien Nachmittag vorstellen.«

»Auf keinen Fall.« Tatiana betrachtet ihre perfekt manikürten Nägel.

»Dann bis morgen?« Ich greife nach dem Riemen meiner Tasche. »Wir haben die gleiche Schicht, oder?«

»Grummelige Bürotiere vorm ersten Kaffee, das große Los.« Tatiana deutet zum Print auf dem Canvasstoff meiner Tasche. »Steinpilze? Wo findest du solche Modelle immer?«

»Eigentlich sind das Gallenröhrlinge. Die Unterseite der Kappe ist rosa. Beim Steinpilz wäre sie –«

»Und damit steht fest, was wir morgen machen.« Lachend zieht Tatiana Tomáš mit sich. »Wir müssen dringend shoppen gehen.«

Sie winken mir zu und verschwinden zwischen Spaziergängern.

Seufzend stiefle ich hoch zur Burg. Ich bin zufrieden mit meiner Tasche. Andererseits – mit Tatiana einzukaufen, ist immer ein kleines Abenteuer. Aber bei jedem von uns ist das Geld schon Mitte des Monats knapp. Unter anderem, weil sie *alles* mitmachen, was ich ausprobieren will.

Da mich mittlerweile von allen Seiten Menschen anschieben, kämpfe ich mich zum Rand der Menge vor. Als ich mich an der Mauer der Aussichtsplattform abstütze, von wo aus sich die roten Ziegeldächer der uralten Häuser, die grün angelaufenen Kupferkuppeln und die Terrassengärten des Stadtteils Malá Strana über die Hänge erstrecken, atme ich tief ein. Herbstluft. Herbe Noten vom Laub. Es ziert das Blätterdach des hinter den Dächern ansteigenden Hügels Petřín jeden Tag in größeren Tupfern. Dazwischen ragt der Aussichtsturm hoch, dessen Wendeltreppe Tatiana und Tomáš schon Dutzende Male erklommen haben. Trotzdem haben sie mich letztes Jahr, ein paar Monate nach meiner Ankunft in Prag, nach dem Marsch den Hügel hoch auch noch auf den Turm begleitet. So wie zu allen Attraktionen, die ihnen von Schulausflügen zum Hals heraushängen. Die Geschwister sind gute Freunde. Sie sind nur nicht *meine* Freunde. Nicht wirklich. Niemand würde mit mir befreundet sein wollen, wenn sie wüssten –

Heftig schüttle ich den Kopf. Ich bin wegen der Demo hier!

Gelächter und Gespräche weichen Protestrufen. Mein Magen rumort, als hätte ich einen Gallenröhrling statt eines Steinpilzes verspeist. Doch es fühlt sich falsch an, am Rand herumzustehen. Ich will die Demonstration erleben. Mit all ihrer Enge, dem Gebrüll, dem Geruch von Schweiß und Edding, der aufgeheizten Stimmung im frösteligen Herbstdunst.

Also umklammere ich meine Tasche und stürze mich in die Menge. Nach vorn, wo eine junge Frau mit ausgewaschener grüner Farbe in den Haaren in ein Megafon brüllt. Mein Herz macht einen Hüpfer. Ich öffne den Mund, doch bekomme keine Worte heraus. Egal wie sehr ich es will, so sein will wie die grünhaarige Frau, wie die anderen.

Jemand kichert. »Mal schauen, ob wir diese lahme Mahnwache ein bisschen ausufern lassen können!«

Eine junge Frau schiebt mich so fest zur Seite, dass ich auf den Boden stürze. Ihr hüftlanges schiefergraues Haar und die ebenso fahle Haut, glatt und schimmernd wie nasser Lehm, lassen mich stutzen. Eine große, schlaksige Person, die nach glimmendem Salbei riecht, steigt über mich, um der Schönheit zu folgen. Ich muss aufstehen. Doch ich kann nur die zweite Person anstarren. Nicht, weil die markanten Gesichtszüge mit den buschigen Brauen und den über weite blassrosa Wangenknochen gesprenkelten Sommersprossen irgendwo zwischen feminin und maskulin schweben. Sondern weil am Ansatz der streichholzkurzen hellbraunen Haare *Hörner* sprießen.

»Komm schon, Astra.« Die gehörnte Person dreht sich um. »Oder wir verpassen den größten Spaß!«

Ich schüttle den Kopf. Sicher nur ein Kostüm.

»Der Spaß fängt grundsätzlich erst an, wenn *ich* ankomme«, entgegnet die Dritte, anscheinend Astra, von der ich nur noch breite Schultern und das blassblonde Haar ihres Hinterkopfes erkenne, bevor sie in der Menge verschwinden.

Mit zusammengebissenen Zähnen rapple ich mich auf die Knie. Jemand trampelt auf meine Hand. Wimmernd reiße ich sie an die Brust. Nicht so schlimm. Drei Atemzüge, dann vergeht der Schmerz. Doch alles verdunkelt sich, wie in einem Wald bei Nacht, nur dass statt sich wiegender Bäume überall Beine herumstampfen. Ich starre meine Finger an. *Steh auf!*

Todesangst schwappt über mich. So jäh wie ein Regenschauer, der sich anschleicht, weil man zu versunken darin ist, eine Krone aus Gänseblümchen zu flechten. Ich kauere mich zusammen wie eine Kellerassel. Ich reagiere über. Das weiß ich. Dennoch schießt mit jedem Atemzug ein Schmerz durch mich, als würde ich Feuer einatmen.

Ein Knie rammt gegen meine Schläfe, hart.

Ich werde sterben. Das spüre ich.

Schluchzend bohre ich meine Finger in meine Oberarme. *Reiß dich zusammen, du stirbst nicht! Du musst nur aufstehen.* Mein Atem geht abgehackt. *Ich sterbe nicht.* Meine Muskeln schaffen es nicht, Luft in meine Lungen zu ziehen. *Ich sterbe nicht.* Jemand schreit so gellend, dass ich die Hände auf die Ohren pressen will. Sie gehorchen nicht. *Ich will nicht sterben.* Lange Finger schweben vor mir. Weißblondes Haar, mondblasses Gesicht. Hände stoßen mich. Dahinter Hörner, Lehmhaut.

Plötzlich bin ich jünger. In einem Fichtenwald, auf dem Boden, in einer Pfütze, Äste in meinem Rücken. Sie stehen über mir, mit diesen Augen im Blassgrau eines bewölkten Tages, so anders als meine. Warum hören sie nicht auf mir wehzutun? Bevor ich *ihnen* –

Mein Körper bäumt sich auf. Ich brülle, während sich meine Wirbelsäule nach hinten verbiegt. Hitze und Kälte pochen durch jede Faser meines Körpers. Menschen stieben in alle Richtungen. Weg von mir. Der klebrige Geruch von Fichten und Brennnesseln verstopft meine Nase. Energie peitscht um mich, frisst sich in meine Haut.

Dann stehe ich. Nein. Meine Zehenspitzen pendeln ein paar Zentimeter über dem Boden. Ich *schwebe*. Wie eine Marionette an Fäden. Und ich schreie, schreie, schreie.

2

Mathea

»Ich glaube, sie wacht auf!«, brüllt eine Stimme in mein Ohr. Schmerz explodiert in meinem Hinterkopf. Ein rundes, panisch verzerrtes Gesicht, gerahmt von einer kastanienbraunen Lockenmähne, flackert vor meinem inneren Auge auf. Wer –?

»Sie ist bleicher als ein Gespenst. Meinst du, sie hat was eingeschmissen?« Zuckerwatteparfüm attackiert mich und die Stimme erklingt noch näher. »Hallo? Ich bin Grace! Kannst du mich hören?« Das Gebrüll lässt mich zusammenzucken, doch sie fährt fort. »Bei Dextra, wen sollen wir rufen? Profesorka Hruška? Profesor Nekovář? Oder direkt –?«

»Ich bin immer so blass«, presse ich krächzend hervor.

»Sie ist wohlauf!« Ein Eisklotz wischt mir den Pony aus der Stirn. Ich *hasse* es, wenn jemand meinen Bob angrabbelt.

»Wohlauf würde ich nicht gerade sagen.« Endlich kann ich meine Augen öffnen. Das panische Gesicht ist verschwunden und Gott sei Dank auch die Schmetterlinge. Dafür erblicke ich etwas nur infinitesimal weniger Schlimmes.

Eine junge Frau mit Hasenohren. Und ein Mann, eher ein Junge, mit türkisen Haaren und *Feenflügeln*. Sie lächeln mich an wie die verdammten Frauen von Stepford.

Was, wenn das hier der zweite der neun Kreise der Hölle aus

Dantes *Inferno* ist? Ich stöhne beim Gedanken daran, was mich in den anderen erwartet.

Doch dann klärt sich der Raum hinter ihnen – eine Kreuzung aus mittelalterlichem Lazarett und Sci-Fi-Labor, mit einer Reihe weißer Betten an der Längswand – und langsam beschleicht mich die Ahnung, dass ich gar nicht gestorben bin. Aber was soll dann das höllische Ensemble einer drittklassigen Laientheaterproduktion von *Ein Sommernachtstraum*? Ich hatte nie zuvor Halluzinationen – also umso mehr Grund zur Sorge.

»Jemand muss meine Psychotherapeutin anrufen«, befehle ich, aber mein Hals macht ein Wimmern daraus. »Ihre Nummer lautet –«

»Du brauchst keine Psychotherapeutin.« Die mit den Hasenohren und Haut vom selben warmen Braun wie die Ohren, vermutlich Grace, schiebt ein Kissen unter meinen Rücken, und eine Mischung aus Winseln und Brüllen entgleitet mir.

Sie zuckt die Schultern. »Eher eine Osteopathin.«

Ich sehe mich um. »Wo bin ich?« Auf einem Holztisch liegen Kräuterbündel, deren herber Duft in der Luft wabert. Bitte keine Klinik für alternative Medizin!

»Im Krankensaal der Univerzita.« Der Junge mit den Flügeln deutet um sich. »Profesor Nekovář hat dich hergebracht. Du wärst beinahe gestorben, aber deine Schmetterlinge haben dich gerettet! Was hast du allein im Wald getan, so weit von deinem Zirkel entfernt?«

»Was meinst du mit Univerzita? Und Zirkel? Wer ist Profesor Ne-« Diese absurden Namen … Grauen sackt in meinen Magen. »Ist das hier eine dieser Comic Conventions?«

»Eine Späterwachte!« Der Feenjunge reißt die Augen auf. Er trägt Kontaktlinsen, die seine Iriden zu groß erscheinen lassen. »Du weißt nichts von der Arkanen Welt?«

»Von eurem Fantasieland habe ich, wie neunundneunzig Prozent aller Menschen, noch nie gehört. Also könnt ihr bitte –«

»Das hier ist *echt*!« Grace zerrt an ihren langen Ohren. Kein Reif löst sich aus ihrem Haar. O Himmel, sie hat die Dinger festgeklebt.

Moment mal. Vorsichtig taste ich meine Rippen ab. Sie waren gebrochen. Wieso spüre ich nichts, außer …?

»Wieso zur Hölle trage ich dieses Nachthemd?« Mit spitzen Fingern hebe ich das rüschenbesetzte Monstrum an.

»Das ist ein Kleid! Von mir! Ich wollte nicht, dass du in dieser düsteren Kluft aufwachen musst. Warst du auf einer Beerdigung?« Grace deutet auf einen durchnässten Berg schwarzen Stoffes auf dem Nachttisch.

»Das ist meine normale Kleidung!« Oder *war* meine normale Kleidung. Ich kann die zerschlissenen Mesh-Ärmel meines liebsten Foxblood-Samtkleides kaum ansehen.

»Oh.« Sie blickt betreten drein und tätschelt meine Hand. »Wenn das so ist, möchte ich dir mein Kleid gern schenken. Du siehst sehr niedlich darin aus!«

»Ich sehe aus wie ein viktorianischer Geist!«

»Wegen deiner Trauermiene. Wenn du wieder lächeln kannst, siehst du aus wie eine viktorianische Porzellanpuppe!«

»Eine *Geisterpuppe*«, murmle ich.

Grace grapscht schon wieder nach meinem Pony. »Und ich bin sicher, diese weißen Strähnen, die wohl durch den Schock entstanden sind, kann man so schwarz wie den Rest färben.«

»Das ist *absichtlich* so gefärbt, und –« Ich schlage ihre nun meinen Kopf streichelnde Hand fort. »Hört zu. Mir ist egal, ob ihr glaubt, in Mittelerde, Narnia oder Univerzita zu sein. Kehrt nur bitte kurz in die Realität zurück. Ich hatte einen Unfall!«

»Das hier ist die Realität! Wir sind Arkane!«, jauchzt Grace. »So wie du! Nur selten bleibt das arkane Erbe so lange verborgen, aber du beginnst jetzt ein –«

»Überfordere sie nicht!« Feenjunge bohrt ihr den Ellbogen in die Seite. »Späterwachte brauchen Feingefühl!«

Ächzend lasse ich den Kopf ins Kissen sinken. Wieso hört mir niemand zu? Oder liegt das Problem bei mir? »Könnt ihr bitte jemanden holen, der ein MRT von meinem Kopf macht?«

»Du brauchst kein MRT. Was auch immer das ist.« Feenjunge lächelt mich an. »Deine Magie hat dir schon das Leben ge-«

»Könnt ihr *endlich* mit eurem Schmierentheater aufhören?«

»Sie wird nicht glauben, dass Magie existiert«, erklärt Grace.

Ich mache eine erleichterte Armbewegung. »Danke!«

Feenjunge nickt und hebt seine Hände. »Wir müssen es ihr also *zeigen.*«

»Ich will kein einstudiertes Gefuchtel sehen, sondern medizinisches Fachpersonal!«, fauche ich. »Nur weil du bei *Dungeons & Dragons* einen heilkundigen Kleriker-Elfen spielst, bist du kein medizinisches Fach-«

Aus seinen Handflächen sprühen türkise Funken, die in Wirbeln in die Luft steigen. Und zu mir gleiten. Bevor ich den Arm wegziehen kann, legen sich die Partikel um meinen Unterarm, über den sich ein langer Kratzer zieht. Vom Fall?

Schmerz explodiert zusammen mit abgehackten Bildern in meinem Kopf. Erinnerungen. Nadelwald, matschiger Abhang, das sinkende Gefühl des Fallens. Ich ächze, doch auf meinem Unterarm verwickeln sich Spuren aus Wärme und Kälte. Der Funkenwirbel tänzelt über den Ratscher.

Und die Wunde *schließt* sich.

»Wie …«

»Er ist eine Fee, so wie ich.« Grace sieht hastig zu ihm. »Natürlich nicht *genauso* wie ich. Schließlich ist er –«

Der Feenjunge tritt ihr auf den Fuß.

Grace räuspert sich. »Das ist das Werk seiner Heilmagie. Aber du bist bald in der Lage, dich selbst zu heilen. Wenn du fertig mit dem Studium der arkanen Künste bist.«

»Nein«, bringe ich hervor.

»Natürlich wirst du das können! Denn du bist etwas ganz Besonderes! Etwas Wunderschönes! Etwas Zauberhaftes!«

»Ich bin sicher nicht zauber… Was bitte sollen *arkane* …« Ich kneife mir in die Nasenwurzel.

»Du kannst mit Schmetterlingen kommunizieren, Knospen erblühen lassen, auf Lichtungen tanzen und –«

»Eine Disney-Prinzessin.« Ich schwinge die Beine über die Bettkante. »Du behauptest, ich sei eine Disney-Prinzessin.« Wo ist die versteckte Kamera?

Grace' Lächeln wird breiter. »Etwas viel Zauberhafteres.«

Halbherzig deute ich in Richtung des Feenjungen, stehe auf und suche jede Ecke des Raums ab. »Eine Fee wie er?«

»Noch besser! Eine *Víla*!«, verkündet sie, als hätte ich im Lotto gewonnen.

Ich drehe mich langsam im Kreis. Hier sind keine Kameras.

»Mir ist schlecht«, würge ich und stolpere zurück.

Feenjunge ergreift meinen Arm, bevor ich stürze. Mein Blick wandert zu seinen spitzen Fingernägeln, die er mit Glitzerlack verziert hat, neben dem Ratscher auf meinem Arm. Von dem nur eine rosa Verfärbung übrig ist.

»Trink das, dann geht es dir besser.« Grace hält mir eine Phiole mit brauner Flüssigkeit unter die Nase.

»Bleibt weg mit eurem homöopathischen Mist!« Ich grapsche nach meiner Tasche und schlüpfe in meine Schuhe, die neben dem Bett stehen.

»Kein Grund, so fies zu sein!«, klagt Grace. »Wir wollen nur helfen. Ein wenig mehr Dankbarkeit wäre –«

Ich presche nach draußen. Durch einen Flur, in dessen Bogenfenstern Grüppchen junger Menschen herumlungern, die eindeutig zu viel Filz, Strick und Jute tragen. Die spitzen Ohren, Fangzähne und unnatürlich gefärbten Augen ignoriere ich. Stattdessen fische ich mein Handy hervor.

»Wir wollten dir keine Angst einjagen!« Das Rascheln von Feenflügeln verfolgt mich. Kitschige Plastikflügel aus einem Spielzeugladen natürlich.

»Ich habe keine Angst«, gebe ich zähneknirschend zurück und öffne Google Maps. Dann sehe ich über die Schulter auf das mitleidig verzogene Gesicht von Feenjunge. »Ich muss nur kurz frische Luft schnappen«, setze ich betont zögerlich hinterher.

Er eilt an meine Seite. »Der Haupteingang ist direkt den Flur runter.«

Viel zu gutgläubig.

Ich haste weiter, er mir dicht auf den Fersen, während auf dem Display quälend langsam die Straßen einer Stadt laden. In einer mehrstöckigen Vorhalle werfe ich mich gegen das schwere Eingangsportal, das mühelos aufgleitet. Goldenes Licht bricht durch Baumkronen, blendet mich, und ich stolpere eine ausgefächerte Treppe hinab.

Feenjunge greift nach meinem Arm. »Setz dich kurz!«

Ich reiße mich los und stampfe weiter. Ein Blick auf mein Handy verrät, dass ich in Prag bin. Wie zur Hölle bin ich von Deutschland nach Tschechien gekommen?

»Warte, wenn du dir die Beine vertreten willst, begleite ich dich! Sonst findest du nicht wieder zurück.«

Das ist der Plan, Feenjunge.

Auch, weil mich die Karte in einem Waldstück auf einem Hügel namens Petřín verortet. Wo kein so großes Gebäude eingezeichnet ist wie das, aus dem ich gekommen bin. Ich sehe nicht zurück. Ignoriere die nagende Neugier, während ich die kaskadenartige Treppe hinabstiefle, die sich den bewaldeten Hügel hinunterschlängelt. Doch wie kann all das sein? Ist an ihren Behauptungen …

Nein. Ich gehe schneller.

»Ver-versuchst du etwa *wegzulaufen*?« Er klingt betrogen. »Ich weiß, es ist schwer zu glauben, aber es ist real! Schau, wie ich fliege!«

Ich rucke zu ihm herum. »Wehe, du springst die Trep-«

Er springt. Gleitet über mehrere Stufen hinweg durch die Luft. Ich stöhne, denn ich werde bei ihm bleiben müssen, bis ein Krankenwagen es den Berg heraufschafft, so verlangen es die sozialen Gepflogen-

Feenjunge *schwebt* vor mir. Seine Perlmuttflügel schimmern im Goldlicht, zart wie die von Libellen.

Das kann nicht sein. Aber ich sehe es klar und deutlich. Also entweder leide ich wirklich an Halluzinationen oder …

Mit pochendem Herzen kralle ich die Finger in seinen rosa Oversized-Pullover und zerre ihn auf den Boden. »Wenn dich jemand sieht, sperrt man mich gleich mit in irgendein geheimes Forschungsinstitut!«

»Niemand kann uns sehen. Schutzmagie lenkt Spaziergänger über Wege, die um die Univerzita herumführen.« Dann blitzen seine spitzen Zähne hinter seinen zu einem Lächeln verzogenen Lippen hervor. »Heißt das, du glaubst, dass die Arkane Welt existiert?«

Ich schiebe mich an ihm vorbei. »Meinetwegen.«

»Fantastisch! Ich wusste, ich hab ein Händchen für den Umgang mit Späterwachten.«

Schnaubend tippe ich mein Ziel in den Routenplaner ein. Nur ein paar Minuten Fußweg. Egal ob das real ist oder nicht, ich lasse es hinter mir. Schnellstmöglich.

»*Und* ich wusste, du verirrst dich!« Er eilt mir zur Seite. »Zur Univerzita müssen wir wieder hoch.«

»Ich gehe nicht zurück zur Univerzita.«

»Prag kannst du dir ansehen, wenn –«

»Ich gehe *nie wieder* zurück zur Univerzita.«

»Du *musst.*« Seine Flügel zittern. »Deine Kräfte müssen geschult werden. Und du hast kein Portemonnaie dabei« – aha, sie haben also meine Tasche durchwühlt –, »deshalb kannst du dir Hotel, Flug oder Essen nicht leisten. Wohin willst du in deinem Zustand?«

»Dorthin, wo jede Person gehen sollte, die in ein fremdes Land entführt wurde.« Ich atme aus, denn der Wald lichtet sich. »Zur deutschen Botschaft.«

Goldlaub wirbelt aus dem Nichts auf und drängt mich zurück. Daraus tritt eine weißhaarige Riesin hervor, die Blätter von den Bäumen pflücken könnte.

»Mathea Seymour, Tochter des Víla- und Menschengeschlechts.« Sie hebt ihre in Farbe und Textur einer Baumrinde gleichende Hand und das cremeweiße Leinen ihrer flatternden Kleidung raschelt. »Ich muss Ihnen das Verlassen des Universitätsgeländes verwehren.«

Ellie

Jemand zieht mich zu Boden. »Banshee? Hexe?«

Ich schlage um mich. Die aus mir herauspeitschende Energie zerschlitzt die Ärmel eines Mantels. Meine Augen rollen zurück und für einen Atemzug erscheint das bleiche Gesicht einer jungen Frau vor mir. Blut und Zweige in ihrem akkurat geschnittenen Bob, der Hals seltsam verrenkt. Die Augen glasig, leer, so wie damals bei –

Ich brülle, bäume mich auf und verscheuche das Trugbild.

Arme schlingen sich um mich. »Du musst mir helfen, wenn ich *dir* helfen soll. Rusalka?«

Blut färbt die Fetzen einer Bluse unter dem Mantel. Das Wüten in mir schwillt an. *Ich* verletze sie.

Eisige Finger zwingen mich sie anzusehen. »Ich heiße Astra. Eine Warlock.« Sanfte Haut, kantige Züge, volle Lippen und volle Brauen. »Und du bist eine Hexe, oder?« Wirres blassblondes Haar umspielt ihr Kinn.

Ich schüttle den Kopf, presse die Lippen aufeinander, um das Brüllen zurückzuhalten.

»Was dann?«

»Ni-nichts«, wimmere ich.

Ein verschwommener, gehörnter Kopf taucht hinter Astras Schulter auf. »Sie weiß nicht …?«

Die Schönheit mit den grauen Haaren legt ihre ebenso graue Hand auf die andere Schulter. »Eine Späterwachte?«

Dieser Name, *Astra* … die Hörner … die Dritte mit der grauen Haut … eben habe ich sie schon –

»Verscheucht die Gregalen!« Astra wendet sich wieder mir zu. »Du weißt nicht, was du bist?«

Ich ächze, sehe verschwommene Gesichter, auf mich gerichtete Handykameras, dann Sterne. »Es tut so weh!«

»Ich kann dir helfen! Nur muss ich … du musst vorher –«

Die gehörnte Person verpasst Astra einen Klaps auf den Kopf. Rote Striemen tauchen auf ihrer Hand auf. »Nicht die Zeit, dich um Konsens zu sorgen! Sie verletzt alle!«

Ich umklammere Astras Arm. »Bitte, mach, dass es aufhört!« Jede Silbe sticht im Kopf. Ich darf niemanden verletzen. Nicht noch mehr verletzen. »Dass *ich* aufhöre!«

»Valix«, knurrt Astra. »Verscheuch. Die. Gregalen. Bevor hier Jäger auftauchen.«

Valix wendet sich ab, doch erstarrt. »Zu spät.«

Die verschwommene Silhouette der Grauhaarigen kämpft sich durch die Gaffer. »Arkane Jäger! Gleich bei uns!« Sie zerrt an Astras Arm. »Überlass die Späterwachte ihnen!«

Astra reißt ihren Arm aus dem Griff der anderen. »Diese Späterwachte ist eine Sinistra. Eine von *uns*.«

Mein Stöhnen dröhnt in meinem Kopf. »Hilf mir. Bitte!«

Astra nickt. Dann presst sie die Lippen starr auf meine. Das dunkle Wüten, der Schmerz und Astras Gesicht – mehr existiert nicht. Bis sich die Energie zurückzieht, meine Brust hinaufkriecht, über meine Lippen rinnt wie schmelzendes Eis.

Die Welt wird klarer um ihre schlanke, aber breitschultrige Silhouette.

Ich keuche. *Mit dir stimmt etwas nicht*, flüstert eine Stimme in meinem Kopf. *Nein.* Das wollte ich nicht.

Ich schüttle den Kopf, blinzle den Dunst weg. »Habe ich jemanden verletzt?« Etwas Klebriges sickert aus meinem Mund. Blut.

In einer eleganten Bewegung kommt Astra auf die Füße und hält mir die Hand hin. Lange Finger, beinahe makellose Haut, wären da nicht leichte Schwielen. »Nun, verletzen liegt in deiner Natur, also –«

Meine Gesichtszüge müssen entgleisen, denn sofort furcht sich ihre Stirn. »Du hast niemanden ernsthaft verletzt. Weißt du wirklich nicht, dass du eine Sinistra bist?«

»Nein.« Meine Eingeweide verdrehen sich. Aber ich habe niemanden verletzt. Nicht ernsthaft.

»Ich bin Astra«, informiert sie mich zum zweiten Mal, als bestünde irgendeine Chance, dass ich mir ihren Namen nicht gemerkt habe. »Studentin im zweiten Jahr der *Academia Sinistra*, Präfektin, Kapitänin der –«

Valix und die Grauhaarige stoßen Astra und mich weiter.

»Hör auf dich zu profilieren«, knurrt Valix. »Wir müssen weg. Außer du hast Lust auf eine Anhörung des Arkanen Rats!«

Schwere Schritte nähern sich, Kampfstiefel auf den Klinkersteinen. Ich kauere mich weiter zusammen, doch Astra greift nach meiner Hand und zieht mich auf die zittrigen Beine. Sie ist *groß*. Natürlich ist für mich quasi jeder groß. Umso seltsamer, dass es mir bei ihr auffällt. Nein, seltsam ist, dass ich mich mit so einer Lappalie beschäftige, wo –

»Komm mit«, raunt Astra.

Meine Gliedmaßen, die sich zuvor geweigert haben, setzen sich in Bewegung. Ohne mein Zutun. Außerdem nehme ich alles wie durch einen warmen Nieselregen im Sommer wahr. »Wie machst du …« Meine Stimme bricht.

Denn seltsame Energie wabert durch die Menge, irgendwie suchend. Hungrig.

Astra und die anderen beiden legen an Tempo zu und ich folge viel zu bereitwillig. Dann werfe ich einen Blick zurück. Zwei Gestalten pirschen durch die Menge. Wie Raubtiere. Ihre Uniformen schimmern in den hellen Grautönen der Wölfe, die man nur hoch im Norden findet, und der aalglatte, fließende Stoff verhüllt nicht, was darunter liegt. Die Muskeln eines Grauwolfes beim einen, die ausdauernde Zähheit eines Schakals bei der anderen.

»Wie wäre es mit etwas Deckung, Val?«, fragt Astra.

Valix nickt, macht eine weite Geste mit beiden Armen und Rauch wabert aus dem Nichts hervor. Dunkler, dichter als normaler Rauch. Er steigt zu einer Wand zwischen uns und den wolfartigen Jägern auf, aber nicht schnell genug, um das Aufblitzen silbriger Waffen und mir unbekannter Utensilien an den Ledergürteln unserer Verfolger zu verbergen.

»Wir riskieren *alles* für irgendeine Späterwachte«, speit die Grauhaarige, als wir in eine Gasse preschen.

»Die Unverschleierte muss hier irgendwo sein!«, bellt jemand hinter uns. Die Unverschleierte – soll das *ich* sein?

Ich will den dreien nicht folgen, aber noch weniger will ich in die Fänge dieser Jäger geraten. Also renne ich mit ihnen davon. Durch die verwinkelten Gassen der Malá Strana, zwischen hohen Barockhäusern, die das Herbstlicht in Sonnenblumengelb, Koralle und Gold entflammen lässt und in denen ich mich auch nach über einem Jahr hier noch regelmäßig verirre.

Aber Astra navigiert uns, ohne innezuhalten, durch das verzweigte Labyrinth. »Eigentlich sollten wir dich direkt in die Academia bringen, aber …«, sie betrachtet mich von der Schleife in meinen Locken über den Flickenrock bis zu den Streifensocken aus Wollresten, »*dich* sollten wir behutsam vorbereiten.«

»*Worauf?*« Die Locken kleben mir bereits im Nacken, als wir endlich langsamer werden. Weil wir die Jäger abgehängt haben? Ich falle etwas zurück, meine Hand locker in Astras. Wenn ich renne, kann ich entkommen. Diese seltsamen Minuten vergessen. Die Energie. *Dunkle* Energie.

Astras seidiges blondes Haar flattert hinter ihr her, so wie ihr Dufflecoat. Dessen Ärmel tiefe Risse zieren. Ich war das. Ich habe sie verletzt. Und die anderen beiden. Einen Atemzug lang presse ich die Augen zu. Ich muss sichergehen, dass es ihnen *wirklich* gut geht.

Dann halten wir auf einer Brücke zur Insel Kampa am Moldauufer und Astra öffnet ein Eisentor in der Mauer.

Ich weiche zurück und werde prompt von mehreren Menschen angerempelt. Ich war *so* oft auf der Insel. Im Park der Südhälfte genauso wie hier im Norden, wo die Häuser bis an die plätschernde Čertovka ragen, deren Lauf die Insel von der Malá Strana trennt. »War hier schon immer ein Tor?«

Astra sieht grinsend zu mir. »Nur wenn du von ihm weißt.«

»Ich verstehe nicht –«

»Das *U Sedmi Čertů* darf nicht jeder betreten.«

»*U Sedmi* …« Ich erstarre. »Bei den sieben *Teufeln*?«

Stöhnend tritt die Grauhaarige durch das Tor auf den Steg der Wassermühle aus schwarz angelaufenem Holz. Valix folgt ihr. Nur ich mache einen weiteren Schritt zurück.

»Bloß eine Kneipe. Du wirst nicht *wirklich* sieben Teufel antreffen.« Astras Augen, klar und blass wie Bergkristall, funkeln. »Wenn wir Glück haben, sind es ein oder zwei. Komm schon.« Sie marschiert durchs Tor, ohne sich umzudrehen. Ist es wohl gewohnt, dass andere ihr anstandslos folgen.

So wie ich, unerklärlicherweise. Als würde etwas sämtliche Gegenwehr in mir dämpfen. Prasselnder Sommerregen in meinem Kopf, warm und wohlig. Genau wie zuvor, als sie mir sanft befohlen hat mitzukommen.

Neben einer Goblinstatue springt die Grauhaarige vom Steg. Japsend schlage ich mir die Hand vor den Mund, doch sie fällt nicht in die Čertovka. Sie balanciert, trotz der Stiefel mit den höchsten Absätzen, die ich je gesehen habe, auf einem Stein, der wie das Tor zuvor nicht da war.

Ich sollte schockierter sein. Aber seltsam gelassen beobachte ich, wie sie losspaziert, gefolgt von Valix. Dort, wo ihre Sohlen auf Wasser treffen, tauchen weitere Steine auf und versinken hinter ihr wieder.

Auch Astra springt vom Steg, aber dreht sich mit ausgestreckter

Hand zu mir. »Ich helfe dir nur dieses Mal. Du musst lernen, dich allem unerschrocken zu stellen.«

So versteinert wie die Goblinstatue starre ich sie an. Kann ich einfach …? Eine Decke aus Ruhe legt sich auf mich. Dann ergreife ich ihre Hand. Und springe. *Kreischend.*

Astra stützt mich, bevor ich bäuchlings in der Čertovka lande. »Das mit dem Unerschrocken üben wir noch.«

Schwankend folge ich ihr zu einer hohen Mauer am Ufer, wo Efeuranken bis ins Wasser hängen. *Wieso* folge ich ihr? Es ist, als hätte sie mich mit einem Bann belegt.

Die Ranken gleiten wie die Theatervorhänge im *Stavovské divadlo* zur Seite. Sie legen eine violette Tür mit opulenten Beschlägen und wild angebrachten Türklopfern frei. Sieben Teufelsfratzen. Gehörnte Ungeheuer, Schönheiten mit leeren Augenhöhlen, verformte Totenschädel, in deren Nasen und Mäulern Eisenringe stecken. Astra klopft mit dem mittleren.

Die Tür schwingt auf. Astra schiebt mich sanft in einen Gewölbekeller mit Dutzenden Nischen. Am stützenden Gerippe aus Ebenholzbögen hängen schwere Samtvorhänge, im Violett des Safts zerquetschter Brombeeren. Kronleuchter aus Gebeinen tauchen die spärliche Kundschaft in Schummerlicht.

Eine Frau, die sich bücken muss, um mit dem Kopf nicht an die Gewölbedecke zu stoßen, zieht ihren gigantischen Mantel aus. An der Bar sitzen bleiche Damen und Herren, die an Gläsern mit tiefroter Flüssigkeit nippen. Schnell klammere ich mich an Astras Mantelärmel.

»Vampire«, flüstert sie und führt mich an vermummten Figuren an einem Holztisch vorbei. In der Oberfläche glimmen Zahlen und Buchstaben, wie bei einem Ouija-Brett.

»Was ist eben passiert?« Panik kratzt direkt unter der Oberfläche, doch bricht nicht hindurch.

»Deine Kräfte sind erwacht. Sehr spät, aber kommt vor.« An einer Rittertafel sitzen Gäste vor dampfenden Kaffeetassen, giftgrünem Kuchen und etwas, das ein Teller Erde zu sein scheint. Zwei Frauen mit Narben an den stark behaarten Armen winken Astra zu. Sie grüßt zurück, doch hält nicht an. »Ich vermute, du bist eine Hexe.«

Ich erstarre vor der Sitzecke, wo sich Valix und die grauhaarige Schönheit auf senffarbenen Cocktailsesseln niederlassen. »Wieso?«

Die Grauhaarige zieht ein Menü zwischen zwei als Kartenhalter zweckentfremdeten Kristallkugeln hervor.

»Rusalkas und Banshees bleiben meist unter sich. Aber bei Hexen vermischt sich das arkane Blut oft mit dem von menschlichen Partnern, sodass sich die Veranlagung manchmal erst nach Generationen zeigt.« Astra zerrt ihren Mantel von den breiten Schultern. »Wovor hattest du so große Angst?«

Ich studiere das Muster des verschlissenen Seidenteppichs, dann das von den schlanken Kerzen auf den schwarzen Lack des Couchtisches tropfende Wachs. »Ich weiß es nicht.«

»Die Menschenmenge?«

»Vermutlich?«

»Angst vor ein paar Menschen«, schnaubt die Grauhaarige. »Sie *kann* keine Sinistra sein.«

»Peninnah«, Astra zieht eine Augenbraue hoch, »soweit ich weiß, hast *du* Angst vor Gewittern.«

Elegant wischt Peninnah eine Haarsträhne hinter ihr Ohr. »Hast du je stundenlang während eines Gewitters auf Hausvorsprüngen gehockt?«

Valix deutet auf mich. »Was machen wir mit dem Rehkitz?«

»Die kannst du noch nicht mal als Rehkitz bezeichnen«, Peninnah verschränkt die grauen Arme, »die ist erst ein Ei.«

»Säugetiere entstehen nicht aus Eiern«, seufzt Astra.

Peninnah deutet ein Würgen an. »Entschuldige, dass ich mich nicht mit euren bizarren Fortpflanzungsarten beschäftige.«

»Was glaubst du eigentlich, wie lange du noch mit deiner Ich-bin-eine-Gargoyle-Ausrede durchkommst?«

Gargoyle? Ich starre Peninnahs Gesicht an, fahlgrau, so interessant wie makellos. Aus Stein gemeißelt. Moment, sie war es, die –

Ich japse. »*Du* hast mich geschubst!«

»*Geschubst?*« Sie stößt ein Lachen aus.

»Wegen *dir* habe ich –«

»Täubchen«, Peninnah tippelt mit langen Nägeln auf den Couchtisch, »all das ist passiert, weil *du* deine arkanen Kräfte nicht im Griff hast.«

Ich starre auf ihre Hände, durch deren Grau sich tiefrote Striemen ziehen. Übelkeit steigt in mir auf.

Astra klopft auf den Platz neben sich. »Du solltest etwas essen. Peninnah lädt uns ein.«

Diese zieht Astra prompt die Karte über den Kopf.

»Was? Du bist steinreich.«

»Und du nicht, oder was?«

»Sag bitte, *du* hast es verstanden?« Astra wendet sich an Valix. »*Stein*reich.«

»Haha, ja, sehr lustig.« Valix streicht sich durch die streichholzkurzen Haare.

Sie tun, als wären die letzte Stunde, Hörner, graue Haut, Blut trinkende Gestalten, zerstörerische Kräfte *normal.*

Die Panik durchbricht nun doch die Oberfläche und schnürt mir den Hals zu.

Bis Astra sachte mein Handgelenk umfasst. »Setz dich«, murmelt sie, ihre Berührung und Stimme wie Watte.

Ich gehorche.

Peninnah blickt auf Astras Hand. »Heute so freigebig mit *diesen* Kräften?«

Astra hält mir die Speisekarte unter die Nase. »Alles ist fantastisch.«

Ich starre die verschwimmenden Buchstaben an, bis sie einer nach dem anderen an ihren Platz huschen. Suppen, *Česnečka* mit extra Knoblauch, *Kulajda*, auch vegan. Hauptspeisen, die mir schon beim Lesen schwer im Magen liegen. *Buchty* mit Vanillesauce. Süße *Makové nudle*, bei denen ich dachte, Tatiana nähme mich aufs Korn, bis die Nudeln in Butter, Mohn und Puderzucker vor mir standen. Ich drehe die Karte um. Fremde Schriftzeichen mit tschechischer Übersetzung. Maulwurfskuchen, Schwarzerde, pestizidfrei. Süße *Knedlíky* mit Tollkirschenfüllung, die wirklich lecker kling-

»Die Seite besser nicht«, merkt Astra an.

Ich wende sofort die Karte, runzle dann die Stirn. »*Du* lässt mich das tun, oder?«

»Ich zwinge dich zu nichts.« Wird Astras Nase rot? »Nur ein Schubs in die richtige Richtung.«

»Hast du das auch getan, um mich aufzuhalten?«

Sie grinst. »Du meinst den Kuss?«

»Das war kein Kuss!« Meine Wangen glühen.

»Stimmt, es war meine Kraft.«

Ich starre sie an. »Bist du auch eine Hexe?«

»Warlocks sind technisch gesehen Hexen, also ja. Aber das war keine Warlockkraft.«

»Was für eine denn da–«

»Müsstet ihr nicht in der Schule sein?« Eine Frau mit hellbrauner Haut und mahagoniroten Haaren, an den Schläfen von Grau durchzogen, stützt sich auf die Lehne von Peninnahs Sessel. Die Seitenschlitze ihres schwarzen, knöchellangen Rocks reichen bis zu ihren ausladenden Hüften.

»Wie oft noch, Radka?«, stöhnt Peninnah. »Wir gehen nicht mehr zur Schule, sondern auf die Academia.«

Radka winkt mit dem Tablet ab, auf dem ein The-Devil-Made-Me-Do-It-Sticker klebt. Dann verengt sie die Augen und die zarten Falten daneben vertiefen sich. »Du bist neu. Hast du einen Namen?«

»Ähm, Ellie.«

»Ellie?« Astras Ton lässt mich aufschauen. »Die Abkürzung für Eleonora? Elphaba? Elysia?«

»Einfach nur Ellie. Ellie Novotná.«

Die vier starren mich an, als hätte ich behauptet, Hans Wurst oder Rosa Schlüpfer zu heißen.

»Nicht mal *Elena*?«, murmelt Peninnah schwach. »Mit Elena könnte ich leben«

Radka stößt mit dem Knie gegen den Tisch. »Eure Bestellung!«

Hastig starre ich auf die Karte.

»Eine große Kofola und zum Essen *Meruňkové knedlíky*. Aber nicht mit dem Marillenmus sparen!« Astra legt die Hände zusammen. »Und kannst du ein klein wenig Feenstaub auf die Knödel geben?«

»Nein.« Radka sieht zu mir.

»Für mich das Gleiche, bitte«, platze ich heraus, damit ich die anderen nicht mit Aussuchen aufhalte.

»Kofola schlägt Cola um Längen, oder?« Astra tätschelt meine Schulter und ich nicke, statt zuzugeben, dass ich die tschechische Variante noch nie probiert habe.

»Das Übliche«, raunt Valix.

»Kokoskuchen mit Löffel statt Gabel, glutenfrei. Und Goldene Milch, Mandelmilch, extra Ingwer und Ahornsirup statt Zucker«, bestellt Peninnah.

Die Bedienungen in anderen Cafés würden ihr die Karte um die Ohren schmettern, doch Radka tippt die Extrawünsche kommentarlos ins Tablet, bevor sie davonschreitet.

Ich sehe über den Kartenrand zu Astra. »Kann ich gehen, wenn ich gegessen habe?«

»Fragst du gerade ernsthaft nach meiner Erlaubnis?«

»Du hast gesagt, ich muss zu dieser Academia.«

»Stimmt.« Astra lehnt sich auf ihre nach außen fallenden Knie. Automatisch will ich die Haltung rügen, zu dominant ist die Erziehung meiner Eltern. »Aber wer sagt, dass du auf uns hören musst?«

Ich ziehe die Schultern zu den Ohren.

»Du bist vielleicht stärker als wir drei zusammen.«

»Ganz sicher nicht!«

Peninnah hält mir ihre zerschrammte Hand vor das Gesicht. »Die habe ich wegen dir. Ungeübt und unter Astras Einfluss. Du hast uns da ganz schön dunkles Zeug gezeigt. Ich wäre beeindruckt, wenn du nicht …«, sie deutet mit perfekt manikürten Fingern von Kopf bis Fuß auf mich, »so lieb aussehen würdest.«

»Ich danke dir!«, entgegne ich lächelnd.

Sie rümpft die Nase, als hätte ich ihr Maden in den Schoß geworfen und ihr Satinkleid ruiniert. »Kein Kompliment.«

Radka pfeffert Marillenknödel und ein Totenkopfglas vor mich und ich zucke zusammen. Dann folgen die Speisen der anderen, am Ende eine Schale mit Tomatensuppe, die Valix mit einem verrenkten Arm abschirmt.

Radka schnalzt mit der Zunge. »Schäm dich nicht für das, was du bist!«

»Tu ich nicht. Aber ich muss es nicht jeder zartbesaiteten Neuerwachten direkt auf die Nase binden, oder?«

Radka starrt mich kurz an, zuckt dann zustimmend mit dem Kinn und schwebt davon. Die anderen langen zu. Eigentlich ist mir nicht nach Essen. Aber der erste Bissen aus fluffigem Hefeteig und süß-säuerlichem Marillenkompott schickt ein Kribbeln von meiner Zunge durch meinen ganzen Körper. »Es schmeckt fantastisch!«

Astra lacht. »Hast du gedacht, nur weil Dämonen den Laden führen, schmeckt das Essen mies?«

Ich lasse die Gabel sinken.

»*Bitte* verschone uns mit der Dämonen-und-Magie-existieren-nicht-Nummer.« Peninnah stellt pikiert ihre Tasse mit einem Knochenfinger als Henkel ab.

»In dir schlummern arkane Kräfte des Pfads der Linken Hand. *Sinistras Pfad.* Das, was Unwissende gemeinhin dunkle Magie nennen.« Astra wendet ein Stück Knödel im Puderzucker. »Aber an der Academia wirst du lernen, dass das stereotype –«

»Sinistra – das bedeutet finster. Unheilvoll.« Ich umklammere meine Kofola. Die Existenz von alledem kann ich nicht leugnen, sosehr ich es auch will. Aber … »Ich bin kein böser Mensch. Und trage keine bösen Kräfte in mir.«

»Wir sind nicht *böse.*«

»Es hört sich aber ganz danach an.«

»Du tust, als wäre es etwas Schlechtes, finster und unheilvoll zu sein.« Astra überschlägt die langen Beine. »Wenn du deine Kräfte annimmst, wirst du merken, dass es Vorteile bietet. Verlockungen. *Vergnügen.*«

In eine Welt mit Dämonen, Magie und anderen sinisteren Dingen gehöre ich nicht. Ich muss diese dunkle Energie nicht annehmen. Ich will sie *vergessen*, will niemanden verletzen. Meine Handflächen brennen, als würde ich glühende Kohle umklammern. Nicht verletzt *werden.*

»Du hast keine Wahl, auch wenn du es nicht wahrha-«

»Eigentlich *hast* du eine Wahl.« Peninnah grinst. »An der Academia studieren – oder dich vor dem Arkanen Rat verantworten. Deren Jäger dich ohne uns längst gefasst hätten. Wir können dich immer noch ausliefern. Der Rat wird keine andere Wahl haben, als dich wegzusperren.«

Mein Glas knirscht und ich knalle es auf den Tisch. »Das glaube ich nicht.«

Sie starren mich mit offenen Mündern an.

»Du hast gesagt«, ich deute auf Astra, »Ruslakas und Bungees bleiben unter sich.«

»Rusalkas und Banshees.«

»Werden sie dafür auch ins Gefängnis geworfen?«

»Nein«, entgegnet Astra gedehnt. »Weil sie es verstehen, sich bedeckt zu halten.«

»Das kann ich doch auch tun.«

»Ist ein Anfall wie in *Der Exorzismus von Emily Rose* deine Vorstellung von *sich bedeckt halten*?«

Vielleicht hat sie recht. Aber ich *kann* ihre Welt nicht betreten. Schließlich habe ich mir gerade erst mein Leben in Prag aufgebaut.

Eine Wohnung ergattert. Einen Job gefunden. Tatiana und Tomáš kennengelernt, deren Normalität mir plötzlich so verlockend vorkommt. Aber dafür darf ich diese Dunkelheit in mir nie wieder zulassen – bevor sie all das zerstört. »Ich kann das nicht. *Will* das nicht.«

»Was ist die Alternative?«, fragt Astra. »Vor dem Arkanen Rat fliehen? Dann können wir dich auch direkt ihren Jägern ausliefern.«

Ich erschaudere beim Gedanken an die wolfsartigen Gestalten. »Was würden sie tun, wenn sie mich erwischen?«

»Das willst du nicht herausfinden.« Astra beugt sich näher. »Komm mit zur *Academia Sinistra*. Du wirst es nicht bereuen.«

MATHEA

Ich stolpere aus dem Laubwirbel in ein kapellenartiges Büro mit Längswänden aus rankenüberwucherten Bücherregalen. Beinahe übergebe ich mich auf den Holzboden. »Ich bin davon ausgegangen, dass wir Ihr Büro *zu Fuß* aufsuchen.«

Die Riesin schreitet auf ein Spitzbogenfenster zu, das die Rückwand einnimmt. Seine Flügel stehen offen und die noch seltsam sattgrüne Eiche draußen raschelt. »Entschuldigen Sie.« Vor dem Schreibtisch am Fenster faltet sie die knorrigen Hände. »Als Rektorin bin ich eine viel beschäftigte Frau.«

»Die Rektorin dieser … Univerzita?« Ich inspiziere ihren weißen Kaftan. Sie kleidet sich eher wie die Rektorin eines prätentiösen Wellnessresorts.

»Die *Univerzita Mystika a Magie*. Für alle, die den Pfad der Rechten Hand beschreiten. *Dextras Pfad.*« Sie sinkt in eines der Sofas in der Raummitte. »Ich bin Rektorin Aigeiros.«

Ich verharre vor dem Couchtisch, auf dem ein Bonsai neben einem Buch mit griechischen Buchstaben steht.

»Das alles muss sehr viel für Sie sein.«

»Wie sind Sie *darauf* nur gekommen?«

Zwischen ihrer Leinenhose und den goldenen Römersandalen blitzt Baumrindenhaut hervor. »Ich merke, Sie müssen die Situation erst auf sich wirken lassen.« Die Rinde kriecht ihren Hals hinauf und verliert sich zum Kiefer hin. Doch ihre Gesichtshaut erinnert an poliertes, marmoriertes Olivenholz. »Bitte, setzen Sie sich, atmen Sie, finden Sie Ihre Mitte.«

»Weder muss ich die Situation auf mich wirken lassen noch meine Mitte finden. Ich will nur, dass Sie mir sagen, was Sie sagen wollen, damit ich verschwinden kann.«

Rektorin Aigeiros faltet die Beine zum Schneidersitz. »Sie schlagen wegen der überfordernden Situation um sich. Ich fasse es nicht als Angriff auf.«

»Fantastisch.«

Sie sieht mich an, bis ich mich setze. »Nicht alle Arkanen sprechen gern darüber, welcher Art sie angehören. Wir respektieren das. Gleichzeitig möchte ich ein Umfeld schaffen, in dem ein freier Umgang möglich ist. Deshalb gehe *ich* offen damit um, was ich bin. Eine Dryade.«

»Ein Baumgeist.«

»Ich weiß, Späterwachten fällt es oft schwer zu glauben, dass Wesen wie wir existieren, aber –«

»Nein, nach allem, was ich gesehen habe, glaube ich, dass Baumgeister, Feen und Hasenmädchen existieren. Aber«, ich blicke auf den kümmerlichen Bonsai, »Sie? Ein *Baumgeist*?«

»Das ist ein Freizeitprojekt.« Ihre braun gemaserten Wangen nehmen eine rötlichere Nuance an. »Ich versuche mich an der Gärtnerei – *ohne* meine Dryadenkräfte einzusetzen.«

»Gut, dass Sie eine Magieschule gegründet haben, keine Baumschule.«

»Nicht ich habe die Univerzita vor fast siebenhundert Jahren gegründet. So alt bin ich auch nicht. Außerdem sind wir keine *Magieschule*. Wir sind eine Univerzita für alle Arkanen, nicht nur magische.«

»Es gibt einen Unterschied zwischen magisch und arkan?«

»*Das* können Sie im Studium herausfinden.«

»Diese ganze Schmetterlinge-und-rosa-Glitzer-Nummer ist nichts für mich.«

»Die Univerzita bietet zahlreiche Möglichkeiten.« Sie deutet auf das Buch zwischen uns. »Ich zum Beispiel erforsche momentan Erwähnungen der Dryaden in antiken Werken.«

Ich mustere die griechischen Buchstaben. »Homers *Odyssee*?«

»Sie sprechen meine Muttersprache?«

»Nur eine Vermutung aufgrund der Ähnlichkeit mancher Buchstaben zu unserem Alphabet.«

»Eine gute Auffassungsgabe! Optimal für ein Studium!« Sie ist hartnäckig, auf diese unterschwellig perfide Lachyoga-Lehrerinnen-Art.

»Ich studiere bereits.« Und werde all meine bisherige Arbeit sicher nicht mit einem Studium hier zunichtemachen.

»Sie als vor Lebenshunger sprudelnde Frau haben sicher Tausende Träume. Welche Berufung haben Sie gewählt?«

»Steuerberatung.«

Eine Brise zerzaust Rektorin Aigeiros' weiße Locken. »Ich bin sicher, Sie haben Gründe, solch eine trockene Arbeit …«

»Ich möchte im Homeoffice mit möglichst wenig Kundenkontakt arbeiten und ein vorteilhaftes Verhältnis von Verdienst und Zufriedenheit erlangen.« Bevor sie versuchen kann mir einen *erfüllenderen* Job einzureden, fahre ich fort. »Laut einer Umfrage des Statistischen Berichtssystems für Steuerberater sorgen Homeoffice, Überstundenvergütung, Urlaubstage, Digitalisierungsgrad sowie intrinsische Faktoren für eine hohe Zufriedenheit.«

»Sie haben sich hohe Ziele gesteckt.« Bedächtig steht sie auf und die Brise weht durch ihre Haare wie eine Böe durch Baumkronen, die ein drohendes Gewitter ankündigt. »Ich wünschte, Sie entschieden sich freiwillig für den richtigen Weg. Ich halte Zwang für etwas, das das Erblühen der Knospen junger Geister hemmt.«

Ich rutsche auf dem Sofa vor ihr zurück.

Rektorin Aigeiros tritt mit ihren ellenlangen Beinen über den Couchtisch. »Kann ich Ihre Hände berühren?«

»Mir wäre ehrlich gesagt lieber –«

»Tun Sie mir den Gefallen und danach können Sie gehen.«

Ich recke ihr meine Hände entgegen. »Wenn das alles ist, was es braucht.«

Sie umfasst meine Finger, ihre Haut so spröde wie Baumrinde. »Schließen Sie die Augen, bitte.«

Ich gehorche. »Ich atme aber nicht durch mein Herz-Chakra und bete Namastes herunter oder Ähnliches.«

Rektorin Aigeiros hebt unsere Hände an. »Sie glauben nicht an die Heilkraft dieser uralten Lehren?«

»Studien bestätigen eine gesundheitsfördernde Wirkung«, murmle ich, seltsam eingelullt von … von … »Aber ich fühle diesen westlichen, trendigen Abklatsch solcher Praktiken nicht. Und hatte erwartet, eine Einrichtung wie diese hätte etwas mehr Feingefühl, was –«

»Wenn Sie am wertschätzenden Umgang mit den Wurzeln des Yoga interessiert sind, Profesorka Priya Chandra hält den Workshop *Yoga und kulturelle Aneignung.*«

»Danke, mir reicht *diese* Selbstfindungsreise.«

»Normalerweise geht es schneller. Ihr Geist ist eine harte Nuss. Verzeihen Sie den Dryaden-Humor.« Rektorin Aigeiros lässt unsere Hände sinken. »Nach einem Nahtoderlebnis sind Menschen meist offener mit ihren Sehnsüchten.«

»Ich habe keine Sehnsüchte. Ich habe Ziele.«

»*Das* spürte ich.« Als sie in einem der Regale nach einem Buch greift, weichen die um die Einbände geschlungenen Ranken zurück.

»Ein Studium an der Univerzita öffnet Ihnen auch Türen in der Welt der Gregalen.«

»Gregale?«

»Vom lateinischen *gregalis*, also –«

»Herde? Von gemeiner Art? Von *gewöhnlicher* Sorte?« Ich schnaube. »So bezeichnen Sie alle, die anders sind als Sie?«

Die Rektorin betrachtet mich eingehend. »Ich spürte auch, dass sich tief in Ihnen eine gewisse Sorge versteckt. Mit einem Studium bei uns müssten Sie nicht um Ihre Zukunft bangen. Vor allem nicht wegen einer misslungenen –«

»Ich habe aber kein Interesse daran, Reiki-Heilerin zu werden!« Mein Herzschlag pocht in meinen Ohren. *Misslungene* – Sie weiß von – Ich balle die Fäuste.

Die Rektorin hält mir das aufgeschlagene Buch entgegen. »Das sind die Universitäten, mit denen die *Univerzita Mystika a Magie* zusammenarbeitet. Wir bieten Kurse an, die den Fokus auf die Verknüpfung arkaner mit gregalen Fähigkeiten legen.«

Tief durchatmend löse ich meine Fäuste. Keine Blöße geben. Auch wenn mich plötzlich Müdigkeit überkommt. Schwindel. »Sollten Sie den ganzen Magiekram nicht geheim halten?« Ich blicke auf die Liste. »Waren die Hexenverbrennungen nicht Lehre genug? Oder …« Cambridge, die National University of Singapore, das MIT, Tōkyō daigaku, Caltech, Universidad de Buenos Aires – »Sogar Harvard?«

Sie lächelt wissend. Verdammt. »Wir können auch Praktika vermitteln.« Sie schlägt eine Seite mit Firmen auf, aber auch Forschungseinrichtungen, Non-Profit-Organisationen – und große Anwaltskanzleien. Oh, sie ist *gut*. »Natürlich nur für besonders vielversprechende Studierende. Sind Sie so eine Studentin, Mathea Seymour?«

Sie ist *wirklich* gut. »Sie können Gedanken lesen?«

»Ich bin eine magische Empathin. Das heißt, ich kann –«

»Das war mehr als Einfühlungsvermögen.« Meine Knie zittern,

sicher von ihrem Herumwühlen in meiner Seele, sodass ich auf das Sofa sinke. »Ist das überhaupt erlaubt?«

Sie setzt sich auf die Armlehne mir gegenüber. »Hier die Fakten: Der Arkane Rat weiß bereits über Sie Bescheid und wird prüfen, ob Sie Ihre Kräfte beherrschen. Wenn nicht, ist die Gefahr zu groß, dass sie unkontrolliert ausbrechen. Dann steckt der Arkane Rat Sie ins Gefängnis.«

Ich bohre mir die Finger in die Unterarme. »Lassen Sie mich raten – es gibt eine magische Alternative?«

»Der Rat gewährt Ihnen einen Aufschub der Prüfung, wenn Sie hier lernen, Ihre Kräfte zu kontrollieren, und das Studium nach drei Jahren erfolgreich abschließen. Die Arkanen der Univerzita weisen sehr unterschiedliche Lebensläufe auf – manche studieren vorher in der Gregalen Welt, manche danach, manche kommen in höherem Alter zu uns, manche kehren zu den abgelegenen Wohnorten ihrer arkanen Art zurück, manche stürzen sich direkt ins Arbeitsleben. Auch Sie können Ihr vorheriges Studium nach der Univerzita fortsetzen. An der Harvard Law School vielleicht? Der kleine … *Zwischenfall* in Ihrer akademischen Laufbahn wird vergessen sein.«

Sie hat gespürt, was mir wichtig ist, und schneidert ihre Argumente auf mich zu. Sie manipuliert mich.

Und *das* kann ich respektieren.

Ich reibe mir über die Stirn und stöhne resigniert.

Sie lächelt. »Willkommen an der *Univerzita Mystika a Magie.*«

Erschöpfung schwappt über mich, doch ich halte mich aufrecht. »An meinen Zukunftsplänen ändert sich nichts.«

»Lernen Sie in den nächsten drei Jahren, Ihre Kräfte zu beherrschen. Dann ändert sich – Mathea!«

Das Büro stellt sich auf den Kopf.

3

ELLIE

Auf der mit dreißig Statuen geschmückten Karlsbrücke, die sich über die Moldau spannt, quetschen wir uns durch die Touristenmassen, passieren den gotischen Brückenturm und steuern auf das Klementinum zu. Abgesehen von seinen enormen Ausmaßen ist dessen Äußeres aus strengen Fassaden, drei Kirchen und vier Innenhöfen für ein Barockgebäude unauffällig – vor allem zwischen all den Sehenswürdigkeiten der mittelalterlichen Altstadt Staré Město.

»Ich dachte, hier befindet sich die Nationalbibliothek?«

»Das denken die Gregalen. Ihre Steuern finanzieren das Gebäude. Aber sie setzen seit hundert Jahren keinen Fuß mehr hinein.« Astra grinst. »Mal wird umgebaut, mal gibt es eine Überflutung, ein Feuer, immer irgendein Grund, warum das Klementinum für die Öffentlichkeit gesperrt ist.«

Über dem Portal prangt ein Banner mit der Aufschrift *Solve et Coagula*, über das ein rußschwarzer, doppelköpfiger Adler aus Stein wacht. Als Peninnah und Valix hindurchtreten, blitzen seine goldenen Klauen und Schnäbel auf. Dann schmilzt er.

»*Wirklich* beeindruckend ist die Schutzmagie unserer Rektorin«, fährt Astra fort, während ich zum Adler starre, dessen Rumpf sich in einen Löwen verwandelt. »Sie lässt die Menschen glauben, dass sie die Nationalbibliothek besucht haben. Dass sie Konzerte im Spiegelsaal gehört haben.«

Die Köpfe und die vorderen Klauen bleiben die des Raubvogels. Eine Chimära – ein *Greif*?

Astras Lachen dringt in meine Ohren. »Manche Menschen glauben sogar, sie würden hier arbeiten.«

»Ihr spielt mit dem Bewusstsein anderer?« Ich gehe einen Schritt zurück. »Ich hab es mir anders über-«

Astra stößt mich durch das Tor.

Stolpernd drehe ich mich um, will nach draußen preschen, doch eine der älteren, rot-weißen Trams rattert dort entlang, wo ich zuvor stand.

»Du bist eine Hexe. Nicht unsterblich.« Grinsend schiebt Astra mich durch einen Innenhof mit knorrigen Robinien. Mal wieder eine invasive Art für Tschechiens Ökosystem. »Der Hof der Scholares – so nennen wir die Studierenden der Academia –, um den die meisten unserer Zimmer liegen.«

Überall wandern Menschen in streng geschnittenen schwarzen Uniformen umher. Die Scholares? Eine Uniformierte springt aus dem zweiten Stock auf die Schultern eines Studenten. Sie verwickelt ihn in einen Kampf, bei dem sie von umstehenden Scholares angefeuert werden. Andere sitzen auf Ästen, wandern mit Bücherstapeln in den Armen durch den Bogengang in den nächsten Innenhof.

Und sie beobachten mich. Tuscheln hinter vorgehaltener Hand, hinter Klauen und Pranken. Sie lachen. Kein Wunder, ich steche heraus wie eine knallrote Plastiktüte auf einer Schneewiese. Doch es ist mehr als Gespött. Etwas Düsteres wabert in der Luft. Der umschlagende Luftdruck vor einem Gewitter. Bösartige Magie.

Ich gehöre nicht hierher.

»*Natürlich* gehörst du hierher.« Astra schlingt einen Arm um meine Schulter.

Habe ich das laut gesagt? Sie lässt im nächsten Hof los, wo Valix und Peninnah warten. Ein winziges Mädchen kommt auf uns zu und ich zucke zusammen. Ihre Augen glühen wie Feuer.

»Es gibt keinen Grund, Angst zu haben«, erklärt Astra.

Und tatsächlich, das Mädchen lächelt. Was ist nur los mit mir, dass ich sie wegen ihres Aussehens verurteile, statt –

Sie stellt mir ein Bein.

Quiekend stolpere ich nach vorn. Valix hält mich fest.

Peninnah schnaubt. »Für *Ellie* gibt es offenbar schon einen Grund.«

Astra bohrt ihr den Ellbogen in die Seite. »Das war nur ein alberner Streich. Sie verkraftet das.«

Durch einen Durchgang sehe ich dicht gedrängte Menschen. Dort muss es zurück in die Staré Město gehen.

Ich könnte wegrennen.

»Sie gehört zu uns«, erklärt Astra seltsam stolz.

Sie gehört zu uns. Mein Herz macht einen quälenden Satz, denn das wäre das erste Mal. Ich habe diese Worte zuvor gehört, ein Mal, von *ihr*, doch das war eine Lüge. So wie jetzt. Ein falsches Versprechen. *Renn los!* Raus aus den so trügerisch warmbeigen Gemäuern. Weg von Astras trügerischer Wärme und den verlockenden Worten, die mich in den Abgrund der Academia zerren sollen. Doch ich trotte ihnen hinterher. Wieder das Werk von Astra? Oder weil ich weiß, dass die Alternative schlimmer wäre? Die Jäger, der Arkane Rat – ich muss mitspielen, bis ich einen Weg finde, beidem zu entkommen.

»Wir müssen sie dringend rausholen aus diesen«, Peninnah deutet von oben bis unten auf mich, »Wohlfahrtsspenden.«

»Das sind keine Spenden!« Ich löse meine Finger aus meinem Cardigan, bevor er ausleiert. »Ich habe sie secondhand gekauft.«

»Das trägst du *freiwillig*?«

Astra drückt eine Eingangstür auf. »Ich finde es reizend. Aber du brauchst die Uniform so schnell wie möglich. Ich fürchte, wer hier zum Anbeißen aussieht, wird aufgefressen.«

»Im übertragenen Sinne?« Schluckend blicke ich in den Hof mit den Scholares. Hörner, Schlangenschuppen, Klauen, blutrote Augen. *Reißzähne.* »Astra!« Ich haste hinter ihnen eine Marmortreppe hinauf. »Im *übertragenen* Sinn, oder?«

Im kahlen, düsteren Flur dröhnt es.

»Der Haushaltsflügel«, erklärt Astra und deutet auf die eng stehenden Türen. »Schneiderei, Waschraum, Werkstatt.«

Hinter der einzigen offenen Tür sitzen sich zwei Frauen auf röhrenden Waschmaschinen gegenüber. Nein, sie *schweben*. Mit über einer Kristallkugel ausgestreckten Händen.

»Scrying«, murmelt Astra. »Das Dröhnen hilft ihnen, unsere Sphäre zu verlassen.«

»Sky-was?«

Astra tritt durch eine andere Tür in einen mit Stoffrollen und Garnspulen vollgestellten Raum. Durch Sprossenfenster fällt Nachmittagssonne auf einen Schneidertisch, über den sich ein grauhaariger Gentleman beugt. Zwischen seinen hellbeigen erhobenen Händen schweben goldenen Nähnadeln.

»Monsieur Bellerose!«, ruft Astra.

Die Goldnadeln klirren auf den Tisch. »Jetzt kann ich von vorne anfangen!«, bellt er. Naserümpfend bedenkt er mich mit einem Blick. »Wer ist das? Und warum bringt ihr sie zu mir? Nicht, dass sie es nicht nötig hätte, aber …«

»Das ist Ellie.«

Monsieur Bellerose schreitet mit einem Maßband bewaffnet zu mir. »Eine neue Sinistra, drei Wochen nach Semesterbeginn?«

»Eine Späterwachte.«

Er misst mich vom Scheitel zu den Zehen und bekreuzigt sich beim Anblick meiner selbst gestrickten Socken. »Rektorin Sýkorová hat *sie* zum Studium zugelassen?«

»Jep«, flötet Astra, »wir waren eben bei der Anmeldung.«

Japsend hole ich Luft. »Ich war nicht bei –«

»– beim Examen«, beendet Valix. »Die Rektorin empfand die Uniform als dringlicheren Punkt.«

»Nachvollziehbar.« Monsieur Bellerose schält mich aus dem Mantel, dann hilft er mir auf ein von Spiegeln umgebenes Podest und plötzlich ist es zu spät.

Ich *will* die Lüge aufklären. Aber die Angst vor einer wer weiß wie aussehenden Strafe lässt meinen Mund austrocknen, während jeder meiner Körperteile vermessen wird.

»Welche Modelle dürfen es sein?« Monsieur Bellerose hievt am anderen Ende des Raums eine Stoffrolle vom Regal.

Aber wer misst dann –?

Das Maßband gleitet von allein um meine Hüften. Gleichzeitig schwebt ein Katalog vor meiner Nase und blättert sich langsam um. Dutzende Kleidungsstücke, tintenschwarz und streng geschnitten. Geknöpfte, ab der Taille ausgestellte Kleider, schmal geschnittene Anzughosen, Hemden mit hohen, steifen, spitz zulaufenden Kragen, einreihige Jacketts …

»Ich dachte, es ginge um eine Uniform?«

»Wir sind kein angestaubtes Internat in der Pampa, wo dauerabwesende Eltern ihre schwer erziehbaren Zöglinge deponieren«, schnaubt Peninnah. »Wir haben Stil.«

Astra reißt den Katalog an sich. »Wenn es dir egal ist, suche ich etwas aus!«

»Nein, ich –« Schwerer schwarzer Tweed formt sich um meine Schultern zu einer Art Umhang. Schwebende Goldnadeln stecken den Stoff ab. Wie in der Szene von *Dornröschen*, die mich an Tatianas monatlichem Disney-Abend so verzaubert hat. Nur, dass ich in düsteres Schwarz gewickelt werde statt in Pink und Blau.

Astra knallt den Katalog zu. »Sie würde reizend im Glockenrock aussehen. Mit taillenlangem Cape.«

Monsieur Bellerose schnipst und eine Schere rast auf mich zu. Ich japse, doch sie schnippelt schon den Saum kürzer.

»Locken, keine ein Meter sechzig, die Pausbacken von Raffaels Engeln, Kulleraugen.« Peninnah schnaubt. »Ist etwas, womit sie noch wehrloser aussieht, wirklich die beste Wahl?«

Monsieur Bellerose schiebt sie aus dem Weg. »Du kannst auch Hosen nehmen, wenn dir das lieber ist.«

»Ich liebe Röcke. Aber eigentlich –«

»Fantastisch!« Er klatscht und die Schere schneidert einen Rock, zwei Blusen und eine kurze Jacke. Die halb fertigen Kleidungsstücke wenden sich mir zu. Irgendwie ungeduldig. Hastig ziehe ich den Cardigan aus – dann halte ich inne. »Könnt ihr wegsehen?«

Augenrollend, aber immerhin sofort drehen sie sich um.

Mein Pullover bleibt an meinen knisternden Locken hängen, da legen sich schon Bluse und Rock um mich. Goldnadeln gleiten durch die Stoffe und schneidern mir die Uniform wortwörtlich auf den Leib. Dann sticken sie in goldschimmerndem Garn ein Wappen mit Hirschkopf und den Worten *Solve et Coagula* in den Stoff. Das Motto der Academia?

»Wenn du dich gut anstellst, kannst du weitere Garnituren verdienen«, erklärt Astra. »Genauso wie bessere Zimmer, bevorzugten Zugang zu Bibliotheksbüchern und so weiter.«

Ich starre mich im Spiegel an. Es ist keine bloße Uniform. Eher etwas, das ein Team für einen Film designt hat. »Gute Noten werden belohnt?«

»Besser zu sein als andere, wird belohnt.«

»Und wenn man schlechter ist?«

»Im schlimmsten Fall musst du auch im zweiten Jahr um ein Bett im Schlafsaal des ersten Jahres kämpfen.«

»Kämpfen?«

Wir wandern durch endlose Flure mit Marmorstatuen und Fenstern, die bis an die Deckenfresken reichen. In ihren Uniformen stechen die Scholares vor den alabasterweißen Wänden wie Teertropfen auf Schnee hervor.

Astra tätschelt eine imposante Tür gegenüber einer noch imposanteren Göttinnenstatue. »Das Büro und die Zimmer der Präfekte. Also von mir und meinem –«

Peninnah hämmert gegen die Tür. »Jemand hat mein Bett gestohlen!«, jammert sie, sodass ich zusammenzucke.

»Meine Aufgabe ist es, euch in Studienfragen zu helfen, *nicht* bei persönlichen Unpässlichkeiten.« Ein Student öffnet die Tür, seine Haut blass wie die Alabasterwände und das Haar eher silbrig als blond. Eine Narbe zieht sich von der Schläfe über den harten Bogen des Wangenknochens bis zum Rand seiner Lippen. Er ähnelt Astra.

Sein Blick flackert nur kurz zu mir. Gleichgültig. »Peninnah«, spricht er ruhig, was eine Begrüßung genauso wie eine Maßregelung sein könnte.

Ihre Mundwinkel zucken. »Langweilig. Reagier doch zumindest einen Hauch genervt.«

Astra wuschelt durch sein Haar, das nur wenig kürzer als ihr kinnlanges ist. »Mein charmanter Bruder Atlas.«

Er windet sich weg. »Wieso kümmere ich mich den ganzen Tag allein um die Belange der neuen Scholares?« Sie sehen nicht wie bloße Geschwister aus, sondern wie Zwillinge. Nur sind Atlas' Gesichtszüge schärfer geschnitten. Eine im tiefsten Winter gefrorene Statue.

Astra deutet auf mich. »Weil ich mich um diesen ganz *besonderen* Fall kümmere?«

»Dann solltest du dafür deine Uniform tragen.«

»*Ich* trage meine Uniform auch nicht.« Peninnah lehnt sich an den Türrahmen. »Magst du mir dabei zur Hand gehen?«

Astra verdreht die Augen.

»Ich erledige die Zweitkorrektur von Aufsätzen für Rektorin Sýkorová«, erklärt er.

»Ich helfe gern.« Sie streicht über seine Brust.

Er schiebt ihre Hand weg, aber lässt sie eintreten und folgt ihr.

Während wir weitergehen, verknote ich die Hände. »Was für ein hübsches Paar.«

»Sie sind kein Paar«, schnaubt Astra. »Das zwischen ihnen ist eine … *beidseitig zweckdienliche Geschäftsbeziehung*.«

»Das ist traurig.«

»Das ist, was sie wollen«, entgegnet Valix.

Solche Beziehungen sind mir neu. Im ersten Moment zuwider. Aber ich bin nach Prag geflohen, weil ich erkannt habe, dass nicht alles richtig ist, was mir eingebläut wurde.

Als ich hochschaue, ist Valix zwei oder drei Meter vor uns. »Ich muss zum Kurs. Fass Ellie nicht zu sehr mit Samthandschuhen an. Für ihr eigenes Wohl.«

»Gehen wir jetzt zur Rektorin? Um mich anzumelden?«

»Später, später.« Lachend scheucht Astra mich eine Treppe hoch. »Erst zeige ich dir, wo du schläfst.«

Über einen düsteren Flur betreten wir einen Dachboden und ich erstarre. Scholares tummeln sich auf durchgesessenen Sofas, kauern über dampfenden Reagenzgläsern oder zünden Kräuterbündel an. Im geschlossenen Raum voller morschem Holz! Unter die Dachschrägen wurden Gitterbetten gequetscht, an denen getrocknete Kräuter, aus Zweigen gebastelte Amulette und hastig gemalte Warnschilder hängen. Die Buchstaben leuchten etwas zu realistisch blutrot.

»*Hier* muss ich schlafen?«

»Nur wenn du ein Bett ergatterst.«

Eine bullige Studentin schleicht zum Bett einer Elfe mit blassrosa Haut und Flügeln, die auf dem Bauch liegt und zur dumpfen Melodie aus ihren Kopfhörern mit den Beinen wippt.

Die Riesin zerrt sie an den Fußknöcheln herunter.

Ich schrecke zurück, als die Elfe mit dem Kinn gegen den Bettrahmen knallt. Alle machen ungerührt weiter. Wieso hilft ihr niemand? Ich umklammere meine Tasche. Wieso helfe *ich* nicht? Ich bin kaum größer als sie. Aber ich kann nicht einfach zuschauen, wenn jemandem so etwas angetan wird. Wie könnte ich, wo ich ihren Schmerz wie meinen eigenen spüre. Jäh hallt *ihre* sanfte Stimme durch meinen Kopf. *Verschwinde von hier, El. Für immer.*

Ich schüttle den Kopf und presche los.

Doch die Elfe springt brüllend auf die Beine. »Du verfluchte Stinkmorchel!« Aus ihren Fingern schießen Blitze in die Magengrube ihrer Gegnerin, die zu Boden stürzt. Die Elfe rammt ihr den Fuß ins Gesicht. Es kracht und die Riesin presst sich jaulend die Hände auf die Nase.

Astra hält mich an der Kapuze des Capes zurück. »Die mit der Uniform verwobene Magie schützt dich vor den Blicken der Gregalen. Nicht vor Verletzungen.«

Blut quillt zwischen den Fingern der Riesin hervor. »Elorel, bitte –«

»Trau dich das noch *ein* Mal«, mit wilden Augen reißt Elorel eine mit Stacheldraht verwobene Lichterkette vom Kopfteil des Betts, »und ich sorge dafür, dass du danach nicht in meinem Bett liegst, sondern im Medica-Flügel!«

»Man muss *wortwörtlich* um die Betten kämpfen«, keuche ich.

Auf Knien kriecht die Riesin davon. Zwei Studenten steigen mit gerümpften Nasen über die Blutspur auf den Dielen.

Astra schmunzelt. »Keine Sorge. Es gab ewig keine Todesfälle.«

»Darüber macht man keine Witze!«

»Gut, es ist keine Ewigkeit her, sondern zwanzig Jahre. Aber technisch gesehen war das die Schuld der Univerz-«

»Was haben Sie erwartet, Scholaris Ozerov?«, zerschneidet eine Stimme wie Honig vergiftet mit Tollkirschen die Luft. Aus dem Schatten tritt eine marmorweiße Frau mit Gehstock und der Schönheit eines Wintersees. »Dass sich mir die Anwesenheit einer neuen Arkanen entzieht?« Mit Fingernägeln, die Kehlen aufschlitzen könnten, streicht sie sich eine Strähne ihres roségoldenen Pagenschnitts hinters Ohr.

Das Stimmengewirr verklingt. Verständlicherweise. Sie hat diese *Aura.* Für die andere ihr Leben aufgeben, um sich zu ihren Füßen zu scharen.

Astra schiebt sich vor mich. »Hat Bellerose geplaudert?«

»Denken Sie, das wäre notwendig?« Ihr amethystfarbenes Cape flattert. »Halten Sie derart wenig von Ihrer Rektorin?«

Alle schütteln den Kopf. »Nein, Rektorin Sýkorová.«

Die Rektorin deutet mit dem bergkristallverzierten Gehstock auf mich. »Treten Sie näher. Wie heißen Sie?«

»Ellie Novotná«, murmle ich und gehe zu ihr, obwohl sich alles in mir dagegen sträubt. Sie könnte eine Königin sein, als Göttin verehrt werden – oder eine Sekte anführen.

Sie spitzt den Mund, die Farbe ihres Lippenstifts wie der Saft der Tollkirschen, deren Gift ihre Stimme färbt. »Sie wirken anders als die üblichen Scholares.«

Mir fallen Dutzende Entgegnungen ein. *Ich weiß. Das hat man mich schon spüren lassen. Danke.* »Das habe ich auch gesagt. Ich gehöre nicht hierher, also –«

»Abgesehen davon natürlich, dass Sie sich ohne Erlaubnis Zutritt zur Academia verschafft, unseren Schneider belogen und sich Gut der Academia zu eigen gemacht haben.«

Astra tritt neben mich. »Es war meine –«

Rektorin Sýkorová fasst mir an die Stirn.

Ich will zurückweichen, doch mit ihrem Ausatmen verlangsamt sich die Welt, dann mein Körper, mein Denken.

Von ihrer Hand geht ein Sog aus, dessen Tentakel in meinem Gehirn herumstochern.

Panik schlängelt in mir hoch, meine eigenen Tentakel als unterlegene Gegenspieler. Sie tätscheln nur an der Macht, die nach den Ausmaßen meiner Kraft und Erinnerungen tastet.

»Ah«, macht sie. »Eine Hexe. Vorfahren aus Deutschland?«

Ich kann den Kopf nicht schütteln. Dann erklingt darin eine glasklare Stimme. Worte in einer fremden Sprache. Dunkelheit kriecht in mein Sichtfeld. Wieder dieses Gesicht. Bleich und hübsch, Blut und Zweige im Haar. Leblos.

»Bitte –« Meine Beine knicken weg.

»Sie sind sehr anfällig, Novotná.«

Diese Stimme. Das Gesicht. Beides wandelt sich zu etwas Undeutlichem, wie die vage Erinnerung an einen Traum. Meine Muskeln zittern zu sehr, um aufzustehen. Ich sehe zu Astra. Sie regt sich nicht. Meine Ohren werden wärmer – wieso bin ich davon ausgegangen, dass sie mir helfen würde?

»Doch in Ihnen *ist* arkane Macht, wenn auch tief vergraben.«

Die Studierenden murmeln. Einige stellen sich in Kampfhaltung vor ihre Betten.

»Hätte ich dir geholfen, würdest du schwach aussehen«, raunt Astra und meint schwächer als ohnehin schon.

Endlich gehorchen meine Muskeln und ich rapple mich auf. Dann schlucke ich die Scham herunter. Meine Schwäche ist meine Chance. »Wenn die Energie so tief vergraben ist, kann ich doch zurück in mein altes Leben?«

»Es war falsch, Sie ohne meine Erlaubnis herzubringen. Aber Sie herzubringen, *war* richtig.« Die Rektorin hebt das Kinn. »Glauben Sie mir, Sie möchten die Konsequenzen einer Weigerung genauso wenig über sich ergehen lassen, wie ich damit Zeit verschwenden will. Sie *werden* hier studieren.«

Diese Konsequenzen will ich mir nicht einmal vorstellen. Der Arkane Rat, seine Jäger und jetzt noch Rektorin Sýkorová – ich muss einen Weg aus meiner Lage finden, mit dem ich niemanden von ihnen gegen mich aufbringe. Jegliche Aufmerksamkeit auf mir ist eine Gefahr. Könnte *sie* auf mich aufmerksam machen. Langsam nicke ich.

»Wenn Sie die Prüfungen nicht bestehen, jemanden töten oder länger als einen Monat Kurse verpassen, werden Sie verwiesen und müssen sich dem Arkanen Rat stellen. Meine Magie schützt Sie vor Ausbrüchen – aber dafür müssen Sie sich nachts auf dem

Gelände der Academia ausruhen.« Sie klopft mit dem Stock auf den Boden und Schatten züngeln um sie. »Den Rest finden Sie selbst heraus. Willkommen an der *Academia Sinistra*, Scholaris Novotná.«

Ich blinzle und sie ist verschwunden.

Mein Atem gerät ins Stocken, während Tausende Gedanken durch meinen Kopf schießen. »Wenn ich kein Bett bekomme –«

Astra öffnet die Tür. »Verweis und Arkaner Rat.«

Mein Blick bleibt an der Blutspur auf dem Boden hängen. »Ich kann nicht um ein Bett kämpfen!«

»Sag so was bloß nie wieder!« Astra schiebt mich auf den Flur. »Oder du überlebst hier keine Woche!«

Mathea

Ich halluziniere von der jungen Frau mit den Locken. Sie sagt etwas, doch ich verstehe nichts, weil noch jemand anders wispert. Dann rumort es, ich schrecke auf und ihr Gesicht verblasst. Nicht real. Nicht *wichtig*.

Denn auf einem Stuhl neben dem Bett im Krankensaal klatscht ein fremder Mann ein Büchlein zu. »Mathea! Sind Sie schon länger wach? Sie sind gestern in Ohnmacht –«

»Wer sind Sie?« Ich ziehe die Decke zum Kinn. Weniger wegen ihm, denn er sieht mit seinen zerzausten, von grauen Strähnen durchzogenen Goldlocken harmlos aus. Sondern weil ich nicht im *Spitzennachthemd* gesehen werden will.

»Entschuldigen Sie.« Seine hellbeige Haut rötet sich vom einen Ohr über die Nase bis zum anderen. »Ich bin Profesor Vaclav Nekovář, Fachbereiche Eruditio, Scientia und Alchemia.«

Ich spitze die Lippen und er schiebt seine Brille auf der Nase hoch. »Natürlich, Sie als Späterwachte wissen darüber nichts.« Er murmelt etwas gegen den Einband des Buchs – und es löst sich in Luft auf.

»Wie …« Ich beiße mir auf die Zunge. Keine Neugierde. Das Letzte, woran ich mich erinnere, ist das Gespräch mich Rektorin Aigeiros. Und dann … Ohnmacht. Klasse.

Er streicht seinen Pullunder glatt, der meinem ehemaligen sechzigjährigen Chemielehrer gehören könnte. »Die *Novem Artes Arcanes* sind, wie Sie ahnen könnten, falls Sie Grundkenntnisse in Latein besitzen, die neun Disziplinen der arkanen Künste. Die Eruditio beschäftigt sich mit Politik, Geschichte, Sprachen, Wesen, die Scientia mit Magietheorie, Experimenten, Astronomie, Runen, und die Alchemia –«

»Was genau hat das damit zu tun, dass Sie hier sind? Frühmorgens? Während ich schlafe?«

Er zieht eine Grimasse, die in mir Fremdscham, Mitleid und Abneigung auslöst. »Ich bin für Tränke zuständig.« Er deutet auf einen Erlenmeyerkolben, in dem grünliche Pampe schwappt. »Damit sollten Sie nach Ihrem Schwächeanfall gestern wieder zu Kräften kommen.«

»Keine Ahnung, was ich schlimmer finde. Dass ein Fremder, der mir beim Aufwachen auflauert, glaubt, ich schlucke sein Gebräu. Oder dass er mir einen widerwärtigen Grünkohl-Ingwer-Smoothie als *Medizin* andrehen will.«

»Das ist keine Medizin, sondern ein Heiltrank.«

»Oh, na das macht es natürlich *viel* besser.«

Profesor Nekovář blickt mich so erbärmlich unschlüssig an, dass ich seufze. »Geben Sie schon her.«

Er reicht mir den Glaskolben.

Nicht dran schnuppern. Wenn es annähernd wie Grünkohl riecht, würge ich. Also kippe ich den Inhalt runter wie Schnaps. Ich huste wie nach meinem *ersten* Schnaps.

»Es tut mir leid, Sie überfallen zu haben. Rektorin Aigeiros wünscht, dass ich Sie genauer untersuche, um ernsthafte Ursachen für Ihren Schwächeanfall auszuschließen.«

»Können Sie aufhören, von einem Schwächeanfall zu reden?«

Er zieht eine Kiste mit Gerätschaften näher. »Wie würden Sie es denn nennen?«

Ich presse die Lippen aufeinander.

Er reicht mir ein rundes Gummibonbon. »Für die Diagnose. Ohne Kauen schlucken.«

»Woraus besteht das?«

»Kräuter, Nektar, verwoben mit Arcanima – so bezeichnen wir die arkane Energie in uns. Stellen Sie es sich wie ein Kontrastmittel vor.«

Seufzend schlucke ich es herunter. Es schmeckt auf ekelhafte Weise fast nach nichts. Betonung auf fast. Als lecke man eine desinfizierte Badfliese ab. Ich schüttle mich.

»Der Oculus ist hochaktuelle Magietechnik, von den besten Entwicklern arkaner Ingenieurwissenschaften.« Er fährt mit etwas, das ein ausrangierter iPod nano sein könnte, aber aus Stein gemeißelt ist, über meine Stirn. »So können auch Arkane, die keine Medica beherrschen, diagnostizieren.«

Es brennt vage in meinem Bauch, dann erscheinen um mich herum Lichter. Violette Runen, die sich langsam verändern.

»Mhm.« Er schiebt seine Brille hoch und studiert die Zeichen.

»Und das ist das arkane Äquivalent zu einem Ultraschallbild, auf dem man nichts erkennt?« Ich lache, seltsam nervös.

Mit geübtem Wischen seiner Hände *scrollt* Profesor Nekovář durch die Runen. Nun, scrollen kommt vom englischen Wort für Schriftrolle, also passt ein moderner Begriff anscheinend doch ganz gut zur altertümlichen Magie.

Dumpfer Schmerz wabert durch meinen Schädel. »Was sagen die … Runen?«

Er reagiert nicht, verengt nur die Augen.

»Was zur Hölle ist los?«, knirsche ich.

Profesor Nekovář lässt die Hände und den Oculus sinken. »Zuallererst: Sie schweben nicht in Lebensgefahr.«

»Lebensgefahr stand zur Debatte?«

»Es gibt keinen sanften Weg, Ihnen das mitzuteilen, deshalb: Sie sind verflucht.«

»*Verflucht?*« Ich beiße die Zähne aufeinander. Ein Fehler. Schmerz durchzuckt meinen Kopf. »Wie genau …«

»Er ist schwer durchschaubar. Ihr Leben bedroht er nicht, dann wären die Runen rot. Oder schwarz, wenn es ganz schlecht um Sie stünde.«

Klingt nach einer Grippe. Nichts Schlimmes, oder? »Okay. Entfluchen Sie mich bitte einfach.«

»Ich kann nicht einfach Abrakadabra sagen und –« Er seufzt. »Flüche können natürlich entfernt werden. Am leichtesten von der Person, die sie ausgesprochen hat. Nur ist die Person vermutlich schon tot.«

»Wieso denken Sie das?«

»Solche Fälle passieren häufig – irgendwo liegt ein uraltes verfluchtes Objekt herum, das man unwissentlich berührt. Und schon hängt einem ein Fluch an.«

»Ich habe in letzter Zeit eher selten Pharaonengräber geöffnet oder gruselige Puppen auf eBay gekauft.«

»Fluchobjekte finden sich öfter, als man denkt, in Wohnungen oder Antiquitätenläden.«

Tatsache, ich stehe auf Antiquitäten.

»Auch wenn die Fluchwirkenden tot sind oder nicht aufgefunden werden, gibt es Wege. Nur ist das schwieriger. Und Ihr Fall ist kompliziert. Ich kann nicht erkennen, *wie* der Fluch wirkt.«

»Das heißt, der Fluch tut nichts? Ich kann einfach weitermachen wie bisher?«

»Sie müssen sich schonen, bis wir mehr herausfinden. Ich rede mit Rektorin Aigeiros und den anderen Dozierenden, dann finden wir eine Lösung.«

Ein Fluch. Was für ein Quatsch. Vermutlich ist es das arkane Pendant zu einer leichten Erkältung und er bauscht sie zu einer Lungenentzündung auf. Ich nicke. »In Ordnung.«

»In … Ordnung?«

»Ich habe die ersten Wochen des Semesters verpasst, oder? Noch mehr Zeit verschwende ich nicht. Also, wie geht es weiter?«

»Ihnen wurde ein Zimmer zugewiesen.«

»Und was ist mit meinen Sachen?« Ich deute an mir hinab. »In diesem Aufzug lasse ich mich nicht blicken.«

»Wir legen einen Bann auf Eltern und Erziehungsberechtigte, sodass sie kein Wort über die Arkane Welt verlieren können. Sie dürfen ihnen von der Univerzita erzählen und sie bitten, Ihnen die wichtigsten Sachen zu schicken.«

»Meine Eltern sind noch einige Monate auf Geschäftsreise.«

Etwas blitzt in seiner Mimik auf. Die mitleidige Vorstellung, warum ich so bin, wie ich bin. »Nun, dann werde ich eine Alternative arrangieren.«

»Zutritt nur für Lehrpersonal.« Profesor Nekovář hält vor einer monumentalen Holztür mit Kupferbeschlägen. »Rektorin Aigeiros macht eine Ausnahme wegen der Umstände. Eigentlich kostet diese Art zu reisen zu viel Arcanima.«

Ich verenge die Augen. Die Tür hat weder Schloss noch Griff. »So wie die Rektorin mit ihrem Blätterregen reisen kann?«

»Eine Fähigkeit der Dryaden. Kostet ebenfalls viel Arcanima, aber funktioniert nur in einem gewissen Radius um …« Er räuspert sich und legt eine Hand gegen einen der Beschläge.

Die Tür gleitet auf, in ein eckiges Turmzimmer mit Fenstern in allen Wänden. Nur direkt gegenüber der Tür lehnt in der gleichen Form der Spitzbogenfenster der Rahmen eines –

»Wir reisen durch einen *Spiegel*?« Ich blicke zum Profesor. »Waren etwa alle Hexenbesen vergriffen?«

»Sie haben einen Spiegel bei sich zu Hause, nehme ich an?«

»Ich würde gerne sagen, dass ich ohne Spiegel sicher nicht *so* aussehen würde. Aber momentan kleide ich mich leider nicht so, wie ich es gernhätte.«

Er lächelt seicht. »Falls es Sie beruhigt, Mathea, ich habe Sie gefunden und selbst im Angesicht des Todes war Ihre Aufmachung tadellos. Wenn auch recht düster.«

»Danke«, ich betrachte seinen Pullunder, »schätze ich.«

Aus dem Ausschnitt zerrt er ein Medaillon. Trotz der kruden Handarbeit pulsiert schwache Energie um das Metall. »Gesammelte Arcanima, damit Ihre Reise nicht zu viel unserer Energie frisst.« Er tastet seine Taschen ab, bis er mir einen Wachsmalstift hinhält. »Schreiben Sie Ihre Adresse auf den Spiegel. Mit Land und Region.«

»Ich dachte, Sie wären Profesor für Eruditio, Scientia und Alchemia – nicht Kunstlehrer.« Ich nehme den Wachsmaler, der gar keiner ist. Sondern burgunderrotes Siegelwachs.

»Das haben Sie sich gemerkt?«

»Es sind drei Wörter. Nicht allzu schwierig zu merken.« Als die Spitze des Wachses den Spiegel berührt, schmilzt sie. Nach den ersten Buchstaben sickern die Linien in die Oberfläche hinein. Lösen sich auf. »Wie funktioniert das?«

»Melden Sie sich für meinen Kurs im Bereich Scientia an, dann können Sie die Magietheorie dahinter erforschen.«

»Ich habe mich schon bereit erklärt, hier zu studieren. Sie müssen mich nicht mehr überzeugen.«

»Darunter das altgriechische Wort *eísodos* und die Sigille für das Übertreten von Schwellen.«

»Wieso glauben Sie, ich beherrsche Altgriechisch und Sig-«

Er hält mir ein Pergament mit besagten altgriechischen Buchstaben, εἴσοδος, und einer verschachtelten Rune hin. »Die Reisende selbst muss die Inkantationen vornehmen.«

Ich übertrage einen Stern in einem Kreis auf den Spiegel, an drei seiner Spitzen je ein kleinerer Kreis mit einem Stern, einer Sonne und einem Mond. Dann εἴσοδος. Mich beschleicht das Gefühl, eine Zugfahrt wäre einfacher. Und schneller.

Doch als ich den letzten Strich setze, fährt Energie durch mich, seltsam hungrig. Dann springt sie auf Profesor Nekovář über. Nein, auf das Amulett in seiner Hand.

Mein Spiegelbild flackert, bis die Konturen des Turmzimmers sich in mein Schlafzimmer verwandeln. Perfekt abgestimmte Schwarztöne. Ich seufze.

»Bevor ich es vergesse – die Univerzita benötigt einen Gegenstand von Ihnen, dessen Verlust besonders schmerzhaft für Sie wäre.« Seine erhobenen Hände beben. »Ich halte das Portal offen, aber durchgehen müssen Sie allein. Lassen Sie sich nicht zu viel Zeit, sonst verschlingt die Inkantation Ihre und meine Arcanima.«

Und weil das nun wirklich nicht das Seltsamste der letzten zwei Tage ist, trete ich durch den Spiegel.

In meiner Wohnung in Hamburg packe ich meine wichtigsten Habseligkeiten. Am Ende halte ich vor meinen Jura-Büchern inne. Nach einem tiefen Atemzug packe ich auch sie ein, denn die Univerzita ist nur eine temporäre Hürde. Dann pfeffere ich den Stoß Zettel, derentwegen ich überhaupt erst einen Ausflug in die Natur unternommen habe – das hat man also vom spirituellen Insichgehen, eine *Nahtoderfahrung* –, in den Mülleimer. Auch das war nur eine temporäre Hürde.

Zurück in der Univerzita nimmt Profesor Nekovář mir einen meiner drei Koffer ab und führt mich in ein weiteres Turmzimmer, nur dass dieses rund und gigantisch ist. *Zu* gigantisch. Ich habe die Univerzita nur aus dem Augenwinkel von außen gesehen. Was reicht, um zu wissen, dass kein Turm mit diesen Ausmaßen Teil der Architektur sein kann. Und wenn das nicht genug wäre, um mich endgültig von der Existenz der Arkanen Welt zu überzeugen, wäre es spätestens beim Anblick des Turminneren so weit.

Die mehrstöckige, runde Wand besteht aus in den Stein eingelassenen Regalen mit unzähligen Fächern.

Und sie *lebt*.

Sie verschiebt sich mit dem Klicken und Surren eines Uhrwerks. Die Regale, übereinandergestapelte Ringe, rotieren gemächlich um uns. Manche Fächer könnten einen Menschen fassen, manche nur ein Reiskorn. Ich setze meine Koffer ab und drehe mich. Ein Plüschhund, eine Silberschatulle, eine Teetasse mit Sprung, sogar ein Ring aus einem Kaugummiautomaten. »Wofür ist all das?«

»Das ist der *Fundus.*« Profesor Nekovář lässt den dritten Koffer stehen und tritt zu einer Leiter in der Mitte des Raums. »Mithilfe dieser Objekte baut die Univerzita eine Verbindung zu ihren Besitzern auf. Und schützt sie so über ihre Grenzen hinaus.« Er redet über die Univerzita, als hätte sie einen eigenen Willen. Ein Bewusstsein.

»Schutz wovor?«

»Nicht alle Studierenden sehen aus wie Sie und ich.« Er erklimmt die Leiter. »Damit sie sich in Prag aufhalten können, verbirgt die Magie ihr wahres Äußeres. Außerdem dämmt sie arkane Kräfte, sodass keine unfreiwilligen Ausbrüche stattfinden.« Er hält inne. »Was nicht heißt, dass wir die Kräfte unterdrücken. Sie sind frei darin, ihre Fähigkeiten *bewusst* einzusetzen. Und wir erwarten, dass Sie genauso bewusst damit umgehen.«

»Keine Sorge. Ich beschwöre sicher nie die Schmetterlinge.«

Er streckt die Hand aus. »Haben Sie Ihren Gegenstand?«

Ich zerre die schwarze, halbkreisförmige Palette hervor.

»Ist das *Make-up*?«

»Das ist die vergriffene *Orb of Light Full Moon* – Lidschattenpalette von *Black Moon Cosmetics*.«

»Es ist … Make-up.«

»Stellen Sie mich für meine Vorliebe bloß? Make-up-Shaming?«

»Ich –«

»Liegt es daran, dass Sie die Welt in *kulturell wertvolle* Erscheinungen der elitären Gesellschaft und Trivialitäten des Fußvolks einteilen? Oder sehen Sie nur auf Dinge herab, die traditionell weiblich konnotiert sind?«

»Natürlich *nicht*!« Er streckt meine Palette in die Luft. »Mathea Seymour, Víla.«

Ein knirschendes Grollen ertönt. Die Segmente drehen sich schneller, die Leiter gleitet zur Wand – ich verbiete mir ein plattes *Wie von Zauberhand* – und dann bewegen sich die Sprossen langsam, tragen den Profesor höher.

»Perfekt.« In einem freien Fach platziert er meine Palette, um die gleißende Lichtstreifen auftauchen, und klettert wieder herab. Die Lichtstreifen schwärmen in meine Richtung. Bevor ich zurücktreten kann, durchdringen sie als Wispern meine Kleidung und sinken in meine Haut.

»Die Magie des Fundus sorgt dafür, dass Sie die Studierenden aus aller Welt verstehen.« Er schließt die Tür hinter mir. »Rektorin Aigeiros' Zauber hält nicht ewig.«

»Was für ein …« Erkenntnis schwappt über mich. »Sie sprechen Tschechisch.« Weil er nickt, halte ich an. »Aber *ich* spreche kein Tschechisch.«

»Die Rektorin hat Sie mit einem Zauber belegt, sodass Sie uns beim Aufwachen verstehen und nicht in Panik geraten.«

Gespräche, die mir normal vorkamen, klingen jetzt in meiner Erinnerung anders. *Alle* haben unterschiedliche Sprachen gesprochen. Wie konnte mir das entgehen?

Wir treten in einen weiten, überwucherten Innenhof. Zum ersten Mal sehe ich das Schloss wirklich von außen. Ein Flickenteppich aus Gotik, Renaissance und Barock. Wie ein Nachbau der Prager Burg.

Profesor Nekovář führt mich über den Weg durch Bäume, wild

angelegte Beete und Gewächshäuser. »Ihre Mitbewohnerinnen erklären Ihnen alles weitere.«

»Warum sind wir draußen?«, frage ich alarmiert.

Vergnügt klopft er an die Tür eines der Glashäuser, dessen Scheiben schimmernd reflektieren, sodass ich nicht hineinsehen kann. Auf einem Schild steht Gewächshaus *Hydrangea*.

Die Tür schwingt auf.

Kaltes Grauen packt mich beim Anblick. »Oh, bitte nicht.«

4

Mathea

Es ist, als durchlebte ich meinen Beinahe-Tod mit den rosa Schmetterlingen ein zweites Mal. Nur schlimmer. Eine Hölle aus Plüschteppichen, blassvioletter Satinbettwäsche auf einem Prinzessinnenbett und Möbeln in Pastelltönen.

»Hier sieht es aus, als wäre ein Glücksbärchi explodiert.« Mein Blick bleibt an Chiffongardinen im Türkis von mit künstlichen Farbstoffen vollgestopftem Bubblegum-Eis hängen. »Als wären *alle* Glücksbärchis explodiert.«

»Danke!«, quietscht es. Aus dem Farbalbtraum löst sich eine zierliche Studentin in einem Kleid aus holografischem Stoff. Sie breitet die Arme aus, deren bläulich blasse Haut erfroren aussieht. »Du musst Mattie sein!«

Ich weiche zurück. »*Mathea.*«

Ihre fedrigen Space Buns leuchten. So irisierend, dass es keine Haarfarbe der Welt hervorbringen könnte. »Du hast Glück, das hier ist das beste Zimmer!«

»Es ist ein Gartenhaus.« Ich inspiziere die Lichterketten an den Streben der Glaswände und den Pfeilern einer nachträglich eingebauten Empore.

Sie reißt die ohnehin schon riesigen Augen auf, deren Pupillen selbst im Schummerlicht stecknadelgroß sind. »Genau! Mit eigenem Bad.« Sie deutet auf einen Verschlag. »Und der See ist ganz nah.«

Oh, toll, drohender Schimmelbefall. »Mir tun alle anderen Studierenden leid, dass *das hier* das beste Zimmer ist.«

Ihr Grinsen bleibt an Ort und Stelle. Entweder, weil sie den Hohn nicht versteht – oder, schlimmer, weil er ihre Laune nicht dimmt.

Ich drehe mich zu Profesor Nekovář. »Muss ich tatsächlich mit ihr allein hier wohnen?«

»Nicht mit ihr allein.« Verborgen hinter der Willy-Wonka-Fabrik sitzt eine Studentin an einem vollgestellten Tisch. Sie tippt auf ihren in Neonfarben leuchtenden Laptop ein, dann gleitet sie näher. *Auf einem schwebenden Besen.*

»Ein Hexenbesen? Geht es noch stereotypischer?«

Sie lacht. Geräuschlos, aber so, dass ihr herzförmig fallendes Afro-Haar in der Farbe von rosa Zuckerwatte und die Zeilen aus Programmiersprache auf ihrem Kapuzenpullover wogen. »Ich heiße Cordelia Hudson. Genau genommen bin ich eine Mágos. Eine Unterart der sogenannten Wiććian. Neben Hexen, Warlocks, Brujas und vielen anderen.«

»Benutzen alle Hexenbesen?«

Cordelia zieht einen Rollstuhl, dessen violette Radkappen gelbe Fledermaussymbole und das Batgirl-Logo zieren, hinter einem zweiten Bett hervor, schwingt sich vom Besen hinein und grinst. »Das kannst du im Unterricht herausfinden.«

»Cordelia ist Vertrauensstudentin und wird Sie in der Anfangszeit unterstützen«, erklärt Profesor Nekovář.

»Ich komme gut allein zurecht, danke.«

Die andere aufgekratzte Studentin ergreift meine Hände. »Du vermisst sicher jetzt schon deine Freunde!«

»Ich *habe* keine Freunde.«

Sie strahlt mich an. »Na, jetzt hast du direkt zwei! Viele meiner Art sind ähnlich zurückhaltend! Kannst du auch erraten, was *ich* bin? Ein Tipp: Ich bin keine Fee!«

Ich zerre meine Hände aus ihren eisigen.

»Ich sehe, Sie verstehen sich schon blendend!« Profesor Nekovář spaziert zur Tür. »Ihr Bett ist auf der Empore!«

Ich strecke die Hand aus. »Profesor –«

Die Tür fällt hinter ihm zu.

»Du hast noch immer nicht geraten!« Die holografische Nervensäge klammert sich an meinen Arm.

»Werde ich auch nicht.« Ich schiebe sie weg, bevor sie den Monatsvorrat Lipgloss an meinen Mantel schmiert. »Ich muss ein Urlaubssemester beantragen. Ein Umzugsunternehmen engagieren, das meine restlichen Möbel einlagert. Und eine Nachricht für meine Eltern verfassen.«

»Eine Nachricht verfassen?« Sie stockt. »Auch ich habe nicht das beste Verhältnis zu meinen Eltern. Wenn du richtig rätst, helfe ich dir bei dieser emotional beanspruchenden Nachricht.« Mit glitzernden Augen sieht sie hoch. »Ach, wem mache ich etwas vor! Ich helfe dir so oder so!«

Stöhnend schließe ich die Augen. Ich werde hier keine ruhige Minute verbringen, oder? »Vorschlag. Wenn ich falschliege, darfst du mir helfen. Rate ich richtig, lässt du mich in Frieden meine Sachen erledigen. Deal?«

Ich erwarte, dass mein Vorschlag sie aufgeben lässt. Es bereitet mir keine Freude, sie zu verletzen.

Aber meiner Erfahrung nach ist es besser, das Pflaster der Realität in einem Ruck abzureißen. Ich bin kein Freundinnenmaterial. Und zufrieden damit.

Doch sie grinst breiter. »Deal!« Sie beugt sich zu Cordelia. »Sie wird Fee raten. *Jeder* rät Fee.«

»Eine Meerjungfrau.«

Der vergnügte Ausdruck fällt ihr aus dem Gesicht. Wie Schuppen von den Augen. *Ha.* Gut, dass ich das nicht laut gesagt habe. Mein Humor würde ihren Wunsch nach Freundschaft garantiert neu aufflammen lassen.

Sie ringt empört nach Atem. »Du hast *gechattet*!«

»Gecheatet«, korrigiert Cordelia sanft. Offenbar gibt es kein Internet in König Tritons Meeresreich.

»Habe ich nicht.« Ich zerre meine Koffer die Leiter hoch, die auf die Empore unter der Glaskuppel führt. Eine Leiter. Wie ein Etagenbett für Kleinkinder. *Alles für ein Praktikum.*

»Verrate mir deinen Trick!«, quietscht Ursula so schrill, dass sie wie ein übereifriger Delfin klingt.

Oben beuge ich mich über den Rand. »Du bist blass, als hättest du dein Leben lang keine Sonne gesehen. Genauso sind deine Pupillen trotz des Dämmerlichts winzig. Du flüsterst so laut, als wärst du deine Stimme nicht gewohnt. Du frierst nicht, als wärst du deutlich kältere Temperaturen gewohnt. Punkte, die darauf hindeuten, dass du tief unter dem Meeresspiegel oder im Weltall gewohnt hast.« Ich klettere hinab und deute zum Alien-Aufnäher auf ihrem Rock. »Man entwickelt selten ein Faible für Dinge, die einem vertraut sind. Deshalb habe ich auf Meerjungfrau getippt.«

Die Kinnlade fällt ihr herab. »Ich bevorzuge Meerfrau, schließlich sagt auch niemand Meerjung*mann*, aber dieses eine Mal lasse ich es dir durchgehen.«

»Kann ich jetzt meine Angelegenheiten erledigen?«

»Auf keinen Fall! Ich *muss* wissen, ob du das bei den anderen auch erraten kannst!«

»Ursula«, mahnt Cordelia. »Du hast es versprochen.«

Sie bohrt den Fuß in den Boden. »Hast ja recht.«

»Danke«, raune ich und klettere die Leiter hoch. Auf der Mitte halte ich inne. »*Ursula?* Wie die –?«

»*Ja*, wie die böse Hexe aus *Arielle*! Nein, meine Eltern haben mich nicht absichtlich so benannt!« Sie wirft sich auf ihr Bett. »Auch wenn es zu ihnen passen würde.«

»Später helfen wir dir in der Mensa beim Stundenplan.« Cordelia nimmt ihre Kopfhörer. »Die anderen konnten sich schon ein paar

Wochen einleben, aber alle werden dich mit offenen Armen empfangen!«

Vielleicht ist das der Fluch, der angeblich auf mir liegt.

Das Sammelsurium aus Tischen im Gewölbesaal erschlägt mich. An Holztafeln hocken Studierende, dazwischen tummeln sich Tische aus allen Epochen mit bunt bemalten Oberflächen.

»Vandalismus oder Kunst?«, murmle ich.

Ursula hüpft zu einer Essensausgabe, über der eine Fisch-Rune in der Luft schimmert. Und ich folge Cordelia, dem kleineren Übel, zu einer anderen Essensausgabe mit nach Curry duftender Reispfanne, Gulasch und Salatzutaten.

Ich zeige zur Rune dieser Ausgabe, ein Kreis, gekrönt von einem Kreuz. »Wieso ein Reichsapfel?«

»In der Arkanen Welt steht er nicht nur für die Herrschaft von Kaisern, sondern auch für die Gregalen. Weil sie die Erde beherrschen, während wir uns verbergen.« Cordelia macht eine fließende Geste mit einer Hand und eines der Tabletts schwebt zu ihr, ein paar Zentimeter über ihrem Schoß. »Aber hier heißt es einfach, dass die Speisen für alle geeignet sind, deren Anforderungen denen der Gregalen entsprechen. Kochpersonal diverser arkaner Arten erstellt das Menü, um die unterschiedlichen ernährungsphysiologischen Bedürfnisse zu erfüllen und möglichst umweltschonend zu gestalten.«

Ich studiere die Schilder. »Hier steht nicht, ob –«

»Alles ist natürlich vegan, glutenfrei, halal und koscher.«

»*Natürlich.*«

»Mattieee!« Der blauhaarige Feenjunge winkt so heftig, dass das Tablett in seiner anderen Hand gefährlich schwankt.

Grace ist ihm auf den Fersen und lächelt mich an. »Konntest du dich erholen, Mattie?«

»Ich heiße *Mathea.*«

Sie starrt meine schwarze Kleidung an, dann meine Lippen. »Du bist so hübsch, Mattie, du musst dich wirklich nicht hinter all dem Make-up verstecken!«

Demonstrativ schwinge ich meinen Fledermausrucksack nach vorn, krame meinen Liquid Lipstick in der Farbe *Abyss* hervor und ziehe meine Lippen nach.

Grace wird rot. »Es war nur nett gemeint!« Sie plustert sich auf, dann dreht sie sich zu Feenjunge. »Ist es in Ordnung, wenn ich mit anderen Freunden essen?«

»Klar!« Er lächelt, als hätte er gar nicht mitbekommen, was passiert ist. Als ich mir Kichererbsencurry nehme und Cordelia folge, rückt er mir weiter auf die Pelle. »Freust du dich auch so sehr wie ich, dass du hier bist?«

Ich starre die alberne Comicfigur auf seinem himmelblauen Pullover an, dann sein breites Grinsen. »Du könntest nichts tun, was meine Freude darüber reduzieren würde.«

»Klasse!« Natürlich versteht er den Sarkasmus nicht. »Und was eine Ehre, mit *Cordelia Hudson* zusammenzuwohnen!«

»Warum?«

»Habt ihr schon darüber nachgedacht«, Cordelia stellt ihren To-go-Becher auf einen Tisch, wo Ursula schon vor einem Berg Garnelen hockt, »dass Kaffee im Grunde Bohnensuppe ist?«

Feenjunge umklammert meinen Arm. »Cordelia ist ein *Genie*!«

»Und Kaffee mit Sojamilch«, Cordelia stellt ihr Tablett dazu, »ist Bohnensuppe *in* Bohnensuppe!«

Ich starre sie an. Dann Feenjunge. »Ganz sicher?«

Er bugsiert mich auf etwas, das wohl ein Stuhl sein soll, aber wie mit Peace-Symbolen bemalter Sperrmüll wirkt. »Also, was willst du über die Univerzita wissen, Mattie?«

»*Mathea.*« Ich ramme meine Gabel in die Kichererbsen. »Wie fändest du es, wenn ich dich …« Ich inspiziere Feenjunge. »Wie heißt du überhaupt?«

»Bob.«

»Bob?« Mir fällt eine Kichererbse von der Gabel. »Du bist ein Elfenwesen mit Schimmerflügeln und heißt *Bob*?«

»Meine Eltern wollten einen außergewöhnlichen Namen. Weil *ich* außergewöhnlich bin!«

»Ah. Zum Stundenplan. Welche Kurse sind Pflicht? Wer arbeitet mit offenen, multimedialen Lehrkonzepten?«

Cordelia zieht ein mit Stickern zugepflastertes Tablet aus der Tasche unter ihrem Rollstuhl. »Die Lehrkonzepte sind *sehr* modern, die Kurse für alle Semester offen –«

Bobs Schnauben verteilt Glitter auf dem halben Tisch. »Wir sind ja nicht die Academia.«

»– und die meisten Seminare projektbasiert. Du wirst es lieben!«, beendet Cordelia ihre Ausführung.

Die Frage, was die Academia ist, verdränge ich. »Eigentlich will ich moderne Lehrkonzepte vermeiden.«

Cordelia lacht. »Du wirst dich bald daran gewöhnen, wie die Univerzita funktioniert. Hier, das Kursangebot.«

Ich studiere Dutzende Kurse in einem minimalistischen Interface. »Ich muss die Kurse nicht mit Feder und Tinte auf einem Pergament ankreuzen?«

»Hast du eine Ahnung, was das bei dreitausend Studierenden für eine Papierverschwendung wäre?«

»Dreitausend?«

Bobs Brust schwillt an. »Die Univerzita ist die größte und angesehenste arkane Universität der *Welt*!«

»Manche behaupten, die Academia wäre angesehener«, speit Ursula in ihre Garnelen, »aber wie könnten schlechte Personen gut sein – geschweige denn die *Besten*?«

»Okay. Was zur Hölle ist diese Academia?«

»Die andere arkane Universität in Prag. Die *Academia Sinistra*«, erklärt Cordelia. »Es gibt zwei gegensätzliche Herangehensweisen an die Artes Arcanes, vor Hunderten Jahren von zwei so ungleichen wie mächtigen Frauen begründet. Die Univerzita lehrt den Pfad der Rechten Hand.«

»Dextras Pfad«, murmle ich. Rektorin Aigeiros erwähnte das.

»An der Academia hingegen wird der Pfad der Linken Hand gelehrt. Sinistras Pfad.«

»Also gute und böse Magie?« Ich schnaube. »Na, *das* nenne ich mal einfallsreich.«

»So klassifizieren wir die Pfade nicht! Unsere *Ars Dextra* basiert auf einem gewissen moralischen Kodex. Die *Ars Sinistra* hingegen …« Cordelia atmet ein. »Wir wollen überholte Stereotype einfach nicht reproduzieren.«

»Merke ich mir.« Zurück zu den Kursen. »›Vierdimensionales Design: Performative Erforschung von Raum, Zeit und Gravitation‹. ›Numerologie und Magie der Zahlen: Was wir noch von den sieben Zwergen lernen können‹?« Ich schaue auf. »Ist das euer Ernst?«

»Du musst insgesamt dreißig Kurse abschließen«, erklärt Cordelia. »Je drei in drei unterschiedlichen Disziplinen. Den Rest kannst du frei wählen, in einigen, allen oder einer Disziplin, je nach Schwerpunkt.«

Genauso verwirrende Studienordnungen wie in jeder anderen Universität. Immerhin etwas.

»Der Anderswelten-Kurs könnte etwas für dich sein«, fährt Cordelia fort. »Generell empfehle ich dir Kurse der Scientia und Eruditio, wenn du dich theoretisch –«

»Sie kann nicht ihr ganzes Studium staubige Bücher wälzen!«, plärrt Bob. »Du *musst* in den Illusio-Kurs kommen. Ich kann dir Feenstaub zeigen, ohne dass du Gefahr läufst zu tanzen, bis deine Füße bluten!«

»Soll das verlockend klingen?«

Ihre schrillen und unendlich fröhlichen Stimmen überlagern sich. Doch in meinem Kopf hallt ein zartes Flüstern wider. *Ich muss entkommen.* Nicht mein Gedanke. Und doch ergreife ich die Flucht.

»Den Rest schaffe ich allein!«

Die Mensa ist so grell, laut und *fröhlich*, dass ich das Gesicht in meine Hände presse. Was ist los mit mir? *Der Fluch*, wabert Professor Nekovářs Stimme durch meinen Kopf. Nein. Andere Menschen bereiten mir schon immer Kopfschmerzen – und diese Truppe hat das offenbar perfektioniert. Doch dann schwirrt diese zarte, fremde Stimme in meinem Kopf umher. Bernsteinaugen und Kastanienlocken, runde Wangen, verängstigte Mimik, eine Halluzination, ganz sicher, nur dass ihr Gesicht etwas in meinem Magen verdreht und –

Ich kollidiere mit etwas Hartem.

»Alles in Ordnung?«

Ich öffne die Augen, ein grellgelbes Gewand verdrängt das halluzinierte Gesicht und ein Student greift nach meinen Schultern. »Du scheinst die innere Balance verloren zu haben. Darf ich dich zu unseren geführten Fantasiereisen einladen?«

Ich quetsche mich an ihm vorbei. Warum sind alle hier so …

Im Foyer mit der geschwungenen Doppeltreppe steht eine schwarz gekleidete Person mit dem Rücken zu mir.

Endlich! Ein düsterer Lichtblick in dieser kunterbunten, ökologisch nachhaltigen Dystopie.

Normalerweise gehe ich nicht freiwillig auf andere Menschen zu. Was zeigt, wie schlecht es um mich steht, als ich auf den schwarzen Fleck in Doc Martens, Netzstrumpfhose und schwarzem Hoodie zusteuere. »Bitte sag mir, dass –«

Sie dreht sich so schnell um, dass ihre hüftlangen Box-Braids über den Earth-Day-Every-Day-Aufdruck des Hoodies wirbeln. »Ganz richtig! Jede Minute werden *dreißig* Fußballfelder Regenwald abgeholzt!« Sie drückt mir einen Flyer aus Recyclingpapier in die Hand.

»Oh, bitte nicht«, raune ich.

Ihr breites Lächeln lässt das seidig-kühle Braun ihrer Wangen und das silberne Septum aufleuchten. »Toll, dass du direkt Feuer und Flamme bist! Anmeldung ist dienstags im Gewächshaus *Chryssanthemum.*« Sie zerrt einen Pullover aus einer Kiste. »Aber für eine Spende in Höhe eigenen Ermessens, die zu siebzig Prozent an WWF geht, erhältst du einen Earth-Day-Hoodie, mit dem du schon heute unser Anliegen in die Welt hinaustragen kannst!«

Ich starre den selbst gemalten Aufdruck an. »Besitzt ihr dafür die Nutzungsrechte? Und habt ihr euch mit steuerlichen Fallstricken beim Buchen von Spenden beschäftigt? Ich weiß nicht, ob es rechtlichen Bestand hat –«

»Jemanden wie dich können wir gut gebrauchen! Wenn du willst, kannst du dich sofort anmelden!«

»Nein danke.«

»Dann ist dir der Regenwald doch egal? Verstehe schon, solange nur Tiere und andere Menschen leiden –«

»Ich nehme einen Pullover!« Mit pochendem Schädel krame ich zwei zerknitterte Scheine hervor.

»Klasse! Schwarz oder im Lindgrün der Univerzita? Und heißt das, du kommst am –«

Ich quetsche mich durch die Studierenden davon.

»Hey!«, ruft sie mir hinterher. »Dein Pulli!«

»Kannst du mir geben, sobald ich zum Treffen komme!« *Also nie.* Mein Kopf dröhnt. Zum Glück finde ich trotzdem den Weg zu meinem Zimmer. *Unserem* Zimmer. Mit der aufgekratzten Ursula. Der an Überfürsorglichkeit grenzend hilfsbereiten Cordelia. Und vermutlich ständigen Besuchern wie Bob.

Drei Jahre. Dann kann ich all das hinter mir lassen.

ELLIE

Ein durchdringendes Fiepen schreckt mich auf. Ich springe hoch, reiße das Etui vom Tisch und die Stifte kullern über den Boden. Wasserdampf füllt meine Wohnung. In zwei Schritten hetze ich zum Herd, zerre den Kessel herunter und stoße das einzige Klapperfenster auf. Der Dampf entweicht auf die Gasse Nový Svět im gleichnamigen Viertel. Ich gieße das Wasser in die schneckenförmige Teekanne, die mich trotz allem wie immer zum Lächeln bringt. Während der Duft aus Kamille und Brennnessel, meine spärliche Ausbeute von Spaziergängen, in die Luft steigt, beäuge ich das leere Blatt Papier. Fünfzehn Minuten braucht mein Herd, bis das Wasser kocht. Und nicht *ein* Punkt steht auf meiner Liste.

Keine einzige Idee, wie ich der Academia entkommen kann.

Neben dem leeren Blatt lauert der dicke Briefumschlag mit dem goldenen Hirschsiegel. Das Dutzend Pergamentseiten, zusammengeknüllt und wieder glatt gestrichen, habe ich kaum eines Blickes gewürdigt, weil mich schon der Stundenplan in Panik versetzt hat.

Als es an der Tür klopft, lasse ich beinahe die Kanne fallen. Tatiana und Tomáš arbeiten, also wer …? Hat meine Familie mich …? Mit pochendem Herzen verharre ich vor dem Herd. Bloß kein Geräu-

»Dein Fenster steht sperrangelweit offen.«

»Astra?« Erleichtert atme ich auf.

»Wen hast du erwartet? Das FBI?«

Ich fahre mir durch die Locken, falls …

Kopfschüttelnd lasse ich die Hände sinken und öffne die Tür. »Ich bin nur nicht auf Besuch eingestellt.«

»Ich würde ja sagen, es tut mir leid«, mit den Händen in den Taschen ihres knielangen Academia-Capes drängt Astra sich an mir vorbei, »aber das tut es nicht wirkl-«

Ich wirble herum, um ihr zu folgen, und laufe mit dem Kopf gegen ihre Schulter. »Du kannst nicht einfach stehen bleiben, dafür ist der Flur zu klein!«

»*Flur?* Du *hast* keinen Flur. Wir stehen in der Küche. *Und* im Wohnzimmer Schrägstrich Schlafzimmer Schrägstrich der Abstellkammer!«

»Es ist gemütlich. Und günstig.«

Sie wirft die Hände in die Luft. »Da führt *ein* freier Pfad durchs Zimmer! Beim Kamin ist die Frage, ob du dir zuerst eine Kohlenmonoxidvergiftung einfängst oder das Bett daneben abfackelst! *Und* hier herrschen zehn Grad.«

»Ich lüfte.« Grummelnd schiebe ich mich an ihr vorbei.

»Ich dachte, ich weiß, warum du die Wohnung behalten willst. All die bunten Häuschen, die aussehen, als wären sie seit dem 16. Jahrhundert unberührt. Aber deins ist garantiert das einzige, das seitdem wirklich nicht saniert wurde.«

Ich zerre das Fenster zu. »Warum bist du hier?« Was, wenn sie mich jetzt schon zur Academia schleppen will? Panisch weiche ich zurück. Ich brauche die nächsten Tage für einen Plan! »Im Brief steht, ich muss erst am Montag die Kurse besuchen und darf das Wochenende nutzen, um zu packen und –«

»Keine Sorge, daran ändert sich nichts. Ich wollte nur wissen, ob du bereit für …« In der Mitte des Raums dreht sie sich im Kreis. »Warum ist die Hälfte deiner fünfzehn Quadratmeter Bretterbude mit einem Dutzend Pflanzen vollgestellt?«

»Für die Atmosphäre.« Ich kann mich aus der Starre lösen, dann befreie ich eine Tasse aus dem mit Kräutern und Geschirr vollgestopften Küchenregal. »Verrätst du mir jetzt, warum du hier bist?«

»Wenn du autoritär klingen willst, solltest du mir dabei keinen Tee in Puppenservice einschenken.«

Hitze schießt in meine Wangen. Ich knalle die Tasse vor ihr auf den Schreibtisch. »Vielleicht habe ich den Tee ja mit einer der Dutzenden Pflanzen vergiftet!«

»Niedlich. Ein wenig Sinistra steckt wohl doch in dir. Aber keine dieser Pflanzen ist giftig.«

»Interessierst du dich für Pflanzen?«

»Nur wenn sie für Alchemia, Medica und Natura relevant sind. Ich lasse nicht meine Wohnung mit ihnen zuwuchern.«

»Alchemia, Medica und was?«

»Natura. Jetzt, da du es ansprichst: Bereit für dein Examen der Artes Arcanes?«

»Ein *Examen*?« Ich stelle meine Tasse ab, weil meine Hände so zittern. »Was für ein Examen? Ich habe doch noch nichts gelernt! Wie soll ich ein Examen bestehen, wenn –«

»Hast du deinen Brief nicht gelesen?«

Ich husche zum Tisch und nehme den Umschlag. »Ich hatte noch keine Zeit, weil …« Ich starre auf die Liste und drehe sie hastig um. Dann knibble ich am Siegel herum, das sich wieder perfekt zusammengefügt hat. »Auf welcher Seite im Brief –« Die scharfe Papierkante gleitet durch meine Fingerkuppe. Ich zische, lasse die Blätter fallen.

Astra greift nach meinen bebenden Händen und berührt sachte den Schnitt, der erst warm wird und dann verheilt.

Ich starre auf meinen Finger. »Wie hast du das gemacht?«

»Heilung ist nicht meine Stärke, aber kleine Verletzungen bekomme ich noch hin.«

»Danke«, murmle ich und presse meine Hand an mich. »Was ist das jetzt für ein Examen?«

»Die theoretischen Disziplinen Eruditio, Alchemia und Scientia können und müssen alle studieren. Das Examen prüft, welche der restlichen sechs Artes Arcanes in dir schlummern. Die, für die man eine Veranlagung braucht.«

»Aber ich beherrsche meine Kräfte nicht!«

»Die Prüfung bringt jede Veranlagung ans Licht. Nur in bestandenen Artes Arcanes darfst du Kurse besuchen.«

»Kann ich mich darauf vorbereiten?« Meine Stimme bebt. Überlagert sich mit den Stimmen in meinem Kopf. *Wieder durchgefallen.* Auf mich gerichtete Augen. Die Enttäuschung. Ich hasse Prüfungen.

»Sicher!« Astra zerrt meine Uniform aus der Ecke, wo ich sie hinter der Monstera verstaut habe, und gibt sie mir. »Zieh sie an! Monsieur Bellerose hat die Accessoires fertiggestellt. Wir müssen unter der Woche die Uniform tragen. Und zwar korrekt. Vergiss das am Samstag nicht!«

»Bei unserem Kennenlernen habt ihr sie nicht getragen.«

»Falls es dir noch nicht aufgefallen ist, wir Sinistras brechen gerne mal die Regeln.«

Ich verschwinde im Bad. »Habt ihr überhaupt Regeln?«

»Entgegen der allgemeinen Meinung braucht das Bösesein sogar reichlich Regeln und Disziplin.«

Im Spiegel kontrolliere ich den Kragen – oh, der *soll* wohl wie ein Folterinstrument im Hals stechen –, dann husche ich ins Zimmer. »Ich dachte, ihr wärt nicht böse?«

»Sind wir auch nicht. Wir … tun nur manchmal böse Dinge. Für einen guten Zweck. Okay, für einen Zweck, der gut für *uns* ist. Wenn das böse sein soll«, ihre Mundwinkel zucken, »habe ich nichts dagegen, wenn du mich dafür bestra-«

Ich pfeffere den Plüschhasen vom Greifarm-Automaten in ihre Richtung. »Ich verstehe solche Anspielungen!«

Astra holt ein schmales Satinband und eine Brosche aus ihrer Hosentasche. »Sie sind mit Schutzmagie verwoben.«

Ich nehme beides entgegen, unerwartet warm auf meiner Haut. Von Astras Körperwärme. Ich betrachte die Goldbrosche. Zwei Schnallen in Form von Hirschköpfen, die mit einer feinen Kette verbunden sind.

»Unser Wappentier. Jedes Jahr gibt es eine weitere.« Astra deutet dorthin, wo zwei Broschen die Seiten ihres Capes zusammenhalten. »Aber zuerst das Band.«

Ich entwirre das Satinband. Für mein Haar?

Astra tritt vor mich. »Soll ich?« Ihre Bergkristallaugen durchbohren mich und aus dieser Nähe kann ich den leichtesten Schimmer Blau darin sehen. Sie rührt sich nicht, bis ich nicke. Dann wickelt sie das Band unter meinen Kragen und bindet es zu einer Schleife, ihr Blick konzentriert und ihr Atem warm auf meiner Stirn.

»Danke«, purzelt es aus mir heraus, bevor sie fertig ist. Zu früh. Oder? Tatiana lässt mich immer mit gutmütigem Spott wissen, wenn mir zu spät klar wird, wie man etwas üblicherweise tut.

Doch Astra lächelt nur über meine Unbeholfenheit und tritt einen Schritt zurück. »Sehr hübsch.«

Ich schlucke vage Panik herunter und klemme die Brosche selbst ans Cape. *Sie meint die Schleife!* »Kann ich sonst irgendetwas tun? Wegen des … des Examens?«

Aus ihrem Rucksack zieht sie eine Holzschatulle. In Fächern, geschützt von grasgrünem Samt, ruhen sechs Edelsteine. »Ich schenke dir einen.«

»Du musst mir nichts –«

Astra hält einen Stein hoch, dessen gewirbelte Bänder aus Rottönen im Licht wie Blut pulsieren. »Ein Karneol. Energie und Stärke. Hilft, beim Examen deine Kräfte hervorzulocken.«

»Können Steine wirklich Kräfte verstärken?«

»Und das Gegenteil.« Astra zieht eine Kette aus ihrem Ausschnitt, an der ein blassgoldenes Oktaeder hängt. »Pyrit. Hält ungewollte Ausbrüche arkaner Kräfte im Zaum.«

»Brauchst du das?«

»Pyrite sind empfindlich. Sie brechen, wenn sie zu viel Energie aufgenommen haben.« Astra lächelt. »Meinen trage ich seit fünf Jahren. Aber für dich ist ein Karneol perfekt. Du musst dich nicht mehr sorgen durchzufallen.«

»Was passiert, wenn ich trotzdem durchfalle?« Ich starre die Edelsteine an. »Darf ich dann nur an Kursen der Eruditio, Alchemia und Scientia teilnehmen?«

»Wenn du keine der Prüfungen bestehst, giltst du nicht als Arkane. Dann darfst du nicht an der Academia studieren. Aber keine Sorge.« Astra hält mir den Karneol hin. »Hiermit fällst du auf keinen Fall durch.«

Statt ihres Gesichts sehe ich das der bleichen Schönheit vor mir. Sie starrt mich aus verengten Augen an, streng und fordernd. Zerrt an mir, innerlich, in eine Richtung, die es nicht gibt. *Denk ein kleines bisschen weiter.*

Und das tue ich. Ich nehme den Stein von Astra an, obwohl ich weiß, dass ich ihn niemals einsetzen werde. Denn durch das Examen zu fallen und nicht als Arkane anerkannt zu werden, ist mein Ausweg.

5

Mathea

Als mein Handywecker vibriert, stehe ich prompt auf.

»Beim ersten Klingeln?«, murrt Cordelia. »Bist du nachtaktiv? Zum Teil Vampir?«

»Nur diszipliniert.« Ich husche ins Bad, denn heute stehen die ersten Kurse an. Den Fluch behalte ich für mich, damit sie mich nicht schonen. Denn ich ziehe das Studium durch. So ungelegen es mir auch kommt – vielleicht muss ich es anders betrachten. Harvard. Ein fantastisches Praktikum. Eine Chance, die ich nutzen kann. Nutzen *muss.*

Mit neuem Elan kämme ich meine Haare – spätestens nächste Woche muss ich die platinblonde Hälfte meines Ponys nachfärben. Bekomme ich hier überhaupt gutes altes Wasserstoffperoxid oder haben sie mich nächste Woche so weit, dass ich mir Henna ins Haar schmiere?

»Jetzt bist du froh, dir mit uns ein Zimmer zu teilen!« Ursula platzt in einem Plüsch-Onesie mit Meerfrauenschuppen herein. »Die meisten haben Gemeinschaftsbä-« Sie kreischt. »Was ist mit deinem Gesicht?«

»Das ist nur eine kollagenbildende Maske. Auf sein Äußeres, eine ausgewogene Ernährung und ausreichend körperliche Betätigung zu achten, sind die Grundpfeiler von Erfolg.«

Cordelia steckt gähnend den Kopf ins Bad. »Wie Patrick Bateman in *American Psycho*.«

»Ich bin kein Stück wie er«, schnaube ich. »Deep Pore Cleanser, mechanisches Peeling *und* Gel Cleanser in *einer* Morgenroutine? Das schreit nach geschädigter Hautbarriere.«

Ursula schlüpft aus ihrem Onesie und springt unter die Dusche. Zum Leben unter Wasser gehört Schamgefühl wohl nicht dazu. Ob sie in der Dusche eine Flosse bekommt?

Ich halte meine Neugier in Schach, wechsle den Platz mit Cordelia und ziehe zum Mesh-Oberteil einen rot karierten Faltenrock an.

»Süß, wie eine Schuluniform!«, jauchzt Cordelia. »Du kannst es ja kaum erwarten!«

Ich widerstehe dem Drang, mir den Rock vom Leib zu reißen. Dann folge ich ihnen durch das Schloss, denn irgendwie haben sie es geschafft, mir heute gleich zwei Kurse unterzujubeln, die sie ebenfalls besuchen. Bei den Treppen verschieben sich die Stufen zu einem Lift, sobald Cordelia sich nähert. So schnell und ruckelfrei, dass ich sicher bin, es ist keine neue Technologie, sondern Magie.

Im Dachgeschoss liegt der Kursraum, dessen Gewölbe von Balken gestützt wird. Neben der Tafel stehen ein Globus, ein Projektor, Kisten voller Pergamentrollen und etwas, das wie ein Theaterfundus aussieht. Was gegen den versprochenen Frontalunterricht spricht.

Als ich zwischen Cordelias und Ursulas Holzpulten sitze, hören sie nicht auf zu schnattern. Alle in der Neun-Uhr-Vorlesung sind so eklig gut gelaunt wie Teilnehmende einer Convention für Verkaufsstrategien von Tupperware.

»Guten Morgen!« Profesor Nekovář tritt ans Pult. »Uns hat sich eine neue Studentin angeschlossen! Viel müssen Sie nicht aufholen, Mathea, denn ich war die ersten zwei Semesterwochen auf Studienreise. Aber falls Sie Fragen haben, wenden Sie sich an mich oder die anderen Studier-« Meine gehobene Hand lässt ihn stocken. »Ja?«

»Wie wird die Semesterleistung benotet?«

»An der Univerzita gibt es keine Noten.«

Mein Herz setzt aus. »Wie bitte?«

»Noten schränken nachweislich Kreativität und Leistung ein.«

»*Wie bitte?*«

»Wir glauben, dass ein auf Interessen und entdeckerische Prozesse ausgerichtetes System unsere Studierenden in ihrer Entwicklung am besten fördert.«

Ich klammere mich am Tisch fest. »Aber woher weiß ich, wie gut ich bin? Wie wird unsere Leistung verglichen? Wie können zukünftige Arbeitgebende meine Qualifikationen prüfen?«

»Wir wollen nicht … Unsere Philosophie besagt …« Profesor Nekovář sieht hilflos zu Cordelia.

Die atmet tief ein. Als würde ich etwas ganz Simples nicht verstehen. *Ich!* »Würdest du einen Meermenschen danach bewerten, wie gut er klettern kann? Eine Harpyie danach, wie gut sie schwimmt? Wir wollen unsere Stärken und Interessen ausbauen, statt den Fokus auf Schwächen zu setzen.«

Noch nie in meinem Leben war ich so fassungslos! Nicht einmal, als meine Eltern in Erwägung zogen, mich auf eine Montessori-Grundschule zu schicken.

Der Profesor räuspert sich. »Haben Sie noch andere Fragen?«

»Nein. Ich stelle gerade nur sämtliche Lebensentscheidungen infrage, die mich in diese Situation gebracht haben.«

»Dann wäre das ja geklärt.« Mit einem Schwamm befreit er die Tafel notdürftig vom Gekritzel. »Tolkiens Valinor.« Er schreibt die Worte gleichzeitig auf. »Wie gregale Autor:innen das arkane Konzept der Anderswelten nutzen.«

Keine Noten. »Heißt das, ich bestehe Kurse durch bloße *Anwesenheit*?«

»Wer von Ihnen kann zusammenfassen, was wir letzte Woche über Anderswelten gelernt haben?« Profesor Nekovář dreht sich zu uns und rempelt dabei den Globus an.

Ursula lehnt sich zu mir. »Jeder Kurs wird mit einem Projekt abgeschlossen.«

Ich stöhne in meine Handflächen.

»Meistens Gruppenprojekte.«

Ich ächze lauter und Ursula tätschelt meinen Kopf. »Wir können gern zusammenarbeiten!«

Der Vorschlag entlockt mir das lauteste Stöhnen.

»Anderswelten sind Orte, die abseits oder verborgen von der irdischen Welt existieren«, rattert Cordelia herunter. »Das komplexe Phänomen zieht sich durch verschiedene Kulturen, Religionen und Mythologien, wobei es unterschiedliche Formen annimmt. Totenreiche ähnlich wie Himmel und Hölle, aber auch Reiche übernatürlicher Wesen wie Götter oder vor den Gregalen verborgene Städte und Länder.«

Profesor Nekovář schiebt den Globus ächzend vor das Pult. »Gibt es real existierende Anderswelten?«

Falls solche Reiche existieren, wären sie so gut vor uns verborgen, dass niemand –

»Elphame!«, ruft eine winzige grauhaarige Frau in der zweiten Reihe mit schottischem Akzent. Ihre zarten Flügel flattern aufgeregt wie die von Bob. »Meine Heimat.«

»Das Reich der Fey.« Profesor Nekovář dreht den Globus und deutet auf ein Fleckchen im Süden Schottlands. »Ein Reich voller grüner Hügel und Wälder, wo sie geschützt leben.«

Ich stutze. Sind Fey etwas anderes als Feen?

»Dort wohnen fünf meiner Kinder und elf Enkel!« Die Fey springt von ihrem Stuhl auf. »Mein Ältester, Dùbhghlas, lebt in London und hat ein gregales Kind mit seinem Mann adoptiert. Wir würden ihr gern Elphame zeigen, aber der Arkane Rat legt uns Steine in den Weg. Mehrmals haben wir die Adoptionspapiere geschickt, um zu beweisen, dass wir sie nicht mit einem Wechselbalg ersetzen und entführen.« Sie plappert im Tempo eines Maschinengewehrs weiter.

Und der Profesor gebietet ihr keinen Einhalt.

Ich rutsche auf dem Stuhl hin und her. Sicher hilft mir die Familiengeschichte einer Fey nicht beim Abschlussprojekt. Das wird immer so sein, oder? Also muss ich selbst aktiv werden. Ich krame in der Tasche nach meinem Laptop.

Cordelia schiebt ihn zurück. »Keine elektronischen Geräte während des Unterrichts. Stören die Magie.«

»Wie soll ich mir dann Notizen machen?«

Sofort klatscht Ursula mir einen Kugelschreiber mit von rosa Federn umhülltem Alienkopf und ein Blatt auf den Tisch.

»Danke«, presse ich hervor, während ich das Datum aufschreibe. Kopf und Federn wabbeln mit jeder Ziffer. Seufzend notiere ich: *Fee und Fey, Unterschiede?*

Endlich lässt die alte Fey jemand anders zu Wort kommen.

»Die Stadt Iram?« Eine junge Frau mit hellbrauner Haut fingert an den Katzenkopfhörern über ihrem Hijab im gleichen Rosa herum. »Ich habe eine Cousine, die dort mit anderen Dschinn lebt und die Region um die Stadt beschützt.«

»Die Stadt der Säulen, wird im Koran erwähnt, aber gilt für Gregale als verschollen.« Er dreht die Wüste Rub al-Chali auf dem Globus zu uns. »Haben Sie Iram gesehen?«

»*Ein* Mal.« Ihre Augen funkeln. »Die Schönheit vergesse ich nie! Verborgen unter Sand, und doch in Licht getaucht. Alles aus schimmerndem Gold, die Türme, der Sand, das Licht.«

»Nur wenigen ist es vergönnt, eine Anderswelt zu betreten! Über Jahrhunderte entwickelten sich deshalb viele Mythen.«

Den Rest der Stunde notiere ich halbherzig Stichpunkte. Doch im Grunde bete ich nur, dass er nicht auch noch den Theaterfundus auspackt.

Auf dem Weg zum Kurs namens *Von Gift zu Gastfreundschaft: Wie Tränke das artübergreifende Miteinander prägen* packt mich der Wunsch, in den Willy-Wonka-Albtraum zu fliehen. Doch im Innenhof gesellt sich Bob zu uns, und so wird die Flucht unmöglich. Die grauhaarige Fey von zuvor kiekst bei seinem Anblick und verbeugt sich theatralisch, bevor sie mit zuckenden Flügeln zwischen den Bäumen verschwindet.

Ich wende mich zu Bob. »Was sollte das denn bitte?«

»Nichts!« Seine ohnehin schon hohe Stimme erreicht eine bisher ungeahnte Oktave. »Das ist eine ganz und gar normale Begrüßung für Fey!«

»Na sicher.«

Wir trudeln mit anderen in dem an einen viktorianischen Palast erinnernden Gewächshaus *Fuchsia* ein und setzen uns an den runden Tisch unter der Glaskuppel. Zwischen Dutzenden anderen Pflanzen hängen die üppigen Blütenkelche der dem Glashaus seinen Namen gebenden Kletterpflanzen herab.

Ursula atmet tief ein. »Nichts geht über diesen Geruch!«

»Muffige Erde?« Ich rümpfe die Nase. »Ich dachte, das wäre ein Alchemie-Kurs.«

»Alchemi*a,* nicht Alchemie«, betont Cordelia. »Dazu gehört viel mehr, als Gold aus günstigeren Rohstoffen herzustellen. Was, nebenbei gesagt, kaum jemandem gelingt.«

»Die Alchemia«, hallt eine zarte Stimme durch den Raum, »beschäftigt sich mit Tränken, Pulvern, Tinkturen, Kristallen, Materialien, der Erschaffung arkaner Artefakte und vielem mehr.«

Alle starren zur Decke.

Von wo aus eine Frau auf einer Schaukel aus Lianen herabgleitet.

»Natürlich«, murmle ich tief ausatmend.

»Die neue Studentin! Ich bin Profesorka Hruška.« Leichtfüßig landet sie vor mir. Auf dem Tisch. *Barfuß.*

Ich lehne mich nach hinten, bevor ihre mit Blümchen lackierten Zehen in meinem Gesicht landen.

»Hruška?« Sie bindet ihr weizenblondes Haar zu einem Zopf, richtet ihre salbeigrüne Chiffonstola, ohne den Blick von mir zu nehmen. »Vom Hruška-Zirkel?«

»Sollte mir das etwas sagen?«

»Sie sind eine Späterwachte *und* auch noch außerhalb eines Víla-Zirkels aufgewachsen?«

»Ihrer Reaktion nach zu urteilen, würde ich raten: *ja*.«

»Ich bringe Ihnen alles bei, was Sie wissen müssen! Über unsere Kräfte, Bräuche, unsere Götter der Jahreszeiten Léto, Podzim, Zima und …« Ihre Stimme bricht und sie greift sich ans Herz. »Die Vorstellung, dass Sie mutterseelenallein ohne Víla-Zirkel aufwachsen mussten …«

»Ich bin nicht mutterseelenallein aufgewachsen.«

»Ein Zirkel ist eine Familie. Obwohl nicht alle im Zirkel verwandt sind, tragen wir den gleichen Nachnamen. Niemand kann unsere verwobenen Wurzeln trennen. Ich wohne in Prag, aber mein Zuhause wird immer unsere Lichtung mit den Birnbäumen sein, nach denen *mein* Zirkel benannt wurde. Hruška, *Birne*. Übrigens –«

»Profesorka Hruška?« Cordelia presst die Lippen aufeinander, wie um nicht zu grinsen. »Was ist mit dem Kurs?«

»Richtig, richtig!« Sie gleitet vom Tisch auf den leeren Platz neben Bob. »Mathea, besuchen Sie mich in meinem Büro, um mehr über Ihre Abstammung zu erfahren!«

»Meine Mutter stammt aus England, mein Vater aus Deutschland. Mehr muss ich nicht wissen.«

»Zuvor haben wir Definitionen von Gift und Lebensmitteln betrachtet und herausgefunden, dass Rohstoffe für unterschiedliche Arkane verzehrbar oder giftig sein können.« Ein Schwarm Zitronenfalter flattert herbei und platziert einen Teekessel in ihrer Hand. »Dementsprechend müssen wir, wenn wir artübergreifende Gäste mit traditionellen Getränken unserer Art empfangen, einige Punkte beachten.« Sie kichert. »Es zeugt nicht von Gastfreundschaft, aus Versehen die Hälfte der Gäste zu vergiften, nicht wahr?«

Ziemlich düster für eine den Morgen begrüßende Ökofee.

Die Schmetterlinge tragen für jeden von uns eine Tasse heran, was die anderen in Jauchzen ausbrechen und mich den Tisch umklammern lässt. Weil ich es albern finde. Nicht weil das Flattern in meinem Gesicht etwas aufwühlt.

»Das hier ist ein Tee der Vílas.« Profesorka Hruška reicht den Kessel an Bob weiter. »Kann jemand die Zutaten erraten?«

Bob schenkt sich ein und schnüffelt am aufsteigenden Dampf. »Nektar von Taubnesseln, wie bei Feentee. Aber herber.«

»Ein schönes Beispiel!« Profesorka Hruška strahlt. »Als Víla würde ich Feen *diesen* Tee anbieten, keinen mit, sagen wir, Tannenzapfensud. Die herben Noten schmecken für Feen interessant, aber dank des Nektars noch süß genug.«

Der Tee geht reihum und ich frage mich, ob ich in einer Art Benimmkurs für künftige Hausfrauen gelandet bin.

Ursula riecht an ihrer Tasse. »Kräuter?«

»Genauer?«

Cordelia nimmt einen beherzten Zug. »Rosmarin?«

Profesorka Hruška nickt begeistert.

Rosmarin steigt mir in die Nase, den Nektar rieche ich jedoch nicht. Dann schlägt mir ein unterschwelliger Geruch entgegen. Erweckt Erinnerungsfetzen an Fichtengeruch, Moderwasser und Schmerz. Und an – »Brennnesseln?«

Profesorka Hruška jauchzt. »Das sind Ihre Víla-Instinkte!«

Flashbacks von den Gerüchen meines Beinahe-Tods – eher ein Indiz, dass ich mit meiner Psychotherapeutin über eine mögliche posttraumatische Belastungsstörung reden sollte. Hat Profesor Nekovář das mit einem Fluch verwechselt? Vielleicht glauben sie nicht an psychische Krankheiten.

Die Kanne gelangt bei der Profesorka an und ich schrecke aus meinen Gedanken. Ungewohnt kurze Aufmerksamkeitsspanne. Ein weiteres Warnsignal. Ich richte mich auf und folge dem Unterricht. In erster Linie, um zu schauen, ob ich es kann. Aber nach einer Stunde muss ich zugeben, dass das Wissen über die Eigenschaften verschiedener Pflanzen nützlich sein könnte. Falls ich je wieder verletzt in einem Wald liege, die Schmetterlinge eine einmalige Sache waren und ich mich mit Pflanzenteilen verarzten muss.

Nach den neunzig Minuten breitet Profesorka Hruška die Arme aus. »Recherchieren Sie bitte ein Heißgetränk Ihrer arkanen Art und bereiten Sie das Getränk für den Kurs nächste Woche zu. Inklusive einer Liste der Zutaten und einer mit den arkanen Arten, die Ihr Getränk gefahrenlos trinken können. Ich weiß, mit der Abschlussarbeit in meinem Kurs gewinnen Sie keine Bravura, aber sind neue Freundschaften nicht sowieso der wertvollste Gewinn?«

Begeistert murmelnd stehen alle auf und ich hole Cordelia ein. »Was meinte sie mit dieser Bravura?«

»Ein akademischer Wettbewerb zwischen Academia und Univerzita, bei dem man ein Empfehlungsschreiben des Arkanen Rates gewinnen kann. Aber im ersten Semester muss dich das noch nicht beschäftigen.« Cordelia lächelt. »Nutz deine Zeit, um Spaß zu haben, Freundschaften zu schließen und –«

»Was, wenn ich Freundschaften am besten durch akademische Zusammenarbeit schließe?«

»Dann gibt es lustigere Möglichkeiten als den Versuch, besser als die Sinistras bewertet zu werden.«

»Die Projekte werden *bewertet*?«

»Schrecklich altbackene Benotung. Nur unter der Bedingung hat die Academia zugestimmt.« Cordelia bremst so abrupt, dass die Kieselsteine unter den Reifen ihres Rollstuhls knarzen. »Du musst niemandem etwas beweisen!«

Mit federnden Schritten betrete ich unser Gewächshaus *Hydrangea*. »Ich höre nicht mehr zu, seit du ›Benotung‹ gesagt hast!«

Da ich sicher keinen authentischen Blog für Víla-Rezepte im Internet finde, frage ich Cordelia am Freitagmorgen nach dem Weg zur

Bibliothek. Sie zeigt mir, wie ich auf die verborgene Webseite der Univerzita zugreife, um den Lageplan herunterzuladen. Denn ich lasse nicht zu, dass ein weiterer Zwischenfall meine Pläne durchkreuzt. Weder ein Nahtoderlebnis noch ein vermeintlicher Fluch – oder auch nur eine einzige vermasselte Hausarbeit. Ganz besonders keine vermasselte Hausarbeit. Und ich kann die Bravura nicht vergessen – die einzige Chance in den nächsten drei Jahren, mich zu beweisen. Mir selbst zu beweisen, dass der … *Vorfall* eine einmalige Sache war. Wenn ich dieses Studium schon durchziehen muss, will ich es gut machen. Und die Bibliothek hat sicher alle Informationen, die ich für eine gelungene Hausarbeit brauche.

Aber als ich durch die Flügeltür trete, halte ich inne. Denn in einem Schloss wie diesem habe ich eine beeindruckende Bibliothek erwartet. Aber nicht *das*.

Zwischen endlosen Bücherregalen wandere ich zum Zentrum, wo unter einer Kuppel ein prächtiger Baum seine Äste ausstreckt. Von dort gehen sich windende Gänge in alle Richtungen ab und Wendeltreppen führen auf verschiedene, teils verborgene Ebenen. Überall wuseln Personen. Licht bricht durch die Kuppel und bringt das Grün des Baums zum Strahlen. Genauso wie das Türkis eines Wasserbeckens, das ihn umgibt. Davor hockt ein Mann mit kastanienbraunem Zopf. Er redet mit einem jüngeren Kerl, der mit nacktem Oberkörper im Wasser liegt, ein Buch vor ihm auf dem Beckenrand. Das Wasser wirft Ringe, weil er träge seine schimmernde Flosse hindurchzieht.

Der ältere Mann kommt lächelnd auf mich zu. Mit seiner Statur könnte er in einem dieser überbewerteten Marvel-Filme mitspielen. Rinde reicht bis an seinen braunen Kiefer. Ein Dryade wie die Rektorin?

»Sie sind neu hier, Mathea.«

»Wurde das der gesamten Univerzita mitgeteilt?«

»Die Bibliothek verrät mir, wenn jemand zum ersten Mal hier ist.« Er weicht einer Frau aus, die mir bis zur Taille reicht und einen ebenso hohen Stapel Bücher balanciert. »Besser gesagt, die Seele der Bibliothek. Der Baum.«

»Er redet mit Ihnen? Einfach so oder wenn Sie ihn umarmen?«

»*Umarmen?*«, entrüstet er sich. »Ich würde nie den Baum einer anderen Dryade entweihen!« Er führt mich unter das Blattwerk. »Nehmen Sie ein Blatt. Und nennen Sie mich Silas. Weder meine Familie noch ich nahmen je einen Nachnamen an.«

»Entweihe ich ihn so nicht?«

»Er gibt seine Blätter freiwillig, also nur zu. Es verbindet Sie mit der Magie der Bibliothek.«

Nur meine Fingerspitzen berühren das Blatt, da löst es sich bereits vom Zweig. Sofort bildet sich eine Knospe.

»Ist der Baum …« Die Puzzlestücke fügen sich zusammen, während ich das Blatt in meine Tasche stecke. »Ist er mit Profesorka Aigeiros verbunden?«

»Oh! Wenige finden das so schnell heraus.« Silas führt mich an Werkbänken vorbei, wo Bücher repariert werden. »Wir haben Bereiche für verschiedene Arkane und Lerntypen eingerichtet. Schauen Sie, wo Sie sich wohlfühlen.«

In einem schmalen Gang steuere ich um Büchertürme herum, so hoch gestapelt, dass sie einstürzen sollten.

»Es gibt nur drei Regeln. Diese müssen Sie aber zwingend einhalten! Erstens: Respektieren Sie die Bereiche.« Vor einer Reihe leicht erhöhter, runder Plattformen dreht Silas sich um. »Zweitens: Wenn ein Buch nicht geöffnet werden will, akzeptieren Sie das.«

Ich nicke und verdränge jegliche Nachfragen.

»Drittens. Die wichtigste Regel.« Silas rollt die Schultern. »*Kein. Verzehr. Von. Speisen.*«

»*Das* ist die wichtigste Regel?«

»Es gab zu viele Auseinandersetzungen.« Er steigt auf eine Plattform. »Macht den regulären Betrieb unmöglich.«

»Reichen drei Regeln für eine Bibliothek?«

»Wir glauben nicht an Bestrafung, außer in Ernstfällen.«

Sie gehen mit ihrer antiautoritären Philosophie wirklich zu weit. »Also darf ich in Bücher malen? Seiten herausreißen?«

»Die Magie der Bibliothek macht das rückgängig.«

»Wenn ich Bücher stehle?«

Er zieht eine verständnislose Grimasse. »Es gibt keinen Grund, Bücher zu klauen. Sie können sie bei mir ausleihen.« Mein kapitulierendes Seufzen lässt Silas grinsen. »Wollen Sie jetzt wissen, wie Sie die richtigen Bücher finden?«

»Das ist nicht mein erstes Mal in einer Bibliothek.«

»Aber das erste Mal in *dieser*.« Er lockt mich heran und als ich mit beiden Füßen auf der Plattform stehe, erscheint an ihrem Rand eine Barriere aus sanftgoldenem Licht, vom Boden bis zur Decke. Energie durchströmt mich.

»Sagen Sie, wonach Sie suchen.«

»Wie viel Geld haben Sie für eine Virtual-Reality-Lösung aus dem Fenster geworfen?«

Er legt den Kopf schief und spitzt die Lippen.

»Schon gut«, stöhne ich. »Bücher über Víla-Tee.«

Aus den Gängen nähert sich dumpfes … Flügelflattern?

Dann fliegen zwischen den Regalen Bücher hervor. Winzige handgebundene Kladden bis hin zu Folianten mit Goldschnallen weichen den Köpfen der Studierenden aus und hinterlassen glitzernde Spuren aus Staub in der Luft. In trägen Spiralen versammeln sie sich um mich.

»Das *ist* besser als eine normale Katalogsuche«, murmle ich.

»Sie können die Suche verfeinern, indem Sie –«

»Nur Bücher mit Rezepten.« Meine Stimme überschlägt sich, doch schon flirren einige der Bücher fort.

»Sie lernen schnell.«

»*Leichte* Rezepte.« Zwei weitere Bücher machen sich davon. Was ist noch möglich? »Mit Zutaten, die in Prag zu finden sind?« Keine Bibliothekswebseite der Welt könnte so speziell filtern. Das Herzklopfen in meiner Brust fühlt sich seltsam an – wohl weil ich für gewöhnlich davon absehe, wegen irgendetwas mein Herz schneller pochen zu lassen.

Alle bis auf drei Bücher fliegen fort, die übrigen gleiten direkt vor mich. Tief atme ich ein. Das hier eröffnet mir so viele Möglichkeiten.

»Sie kommen ab hier sicher selbst zurecht.« Silas steigt von der Plattform. »Viel Spaß noch beim Studium!«

»Danke«, murmle ich und strecke die Arme aus. Die Bücher landen sanft in ihnen. Ich eile eine Treppe hinauf, durch einen von Gemurmel erfüllten Bereich. Moment, habe ich mich *bedankt*? Statt richtigzustellen, dass ich nicht zum Spaß hier bin? Der Fehler passiert mir kein zweites Mal.

Ich erklimme die nächste Treppe zu einer Brücke, die durch halbmondförmige Aussparungen in den Regalen führt. Ein Vogelkreischen über mir. Ich starre hoch. Eine Person mit Schwingen landet auf einem Balken, nah an einem offenen Dachfenster, durch das Luft pfeift. Und noch weiter oben, keine Decke, sondern –

Saphirblauer Nebel? Ein unendlich tiefer Kosmos mit sanft rotierenden Planeten und funkelnden Konstellationen. Aber im gleichen Sternensilber auch blubbernde Zaubertränke. Rehe, die durch einen Wald springen. Tonlos singende Schönheiten. Sogar eine Schlacht zwischen Dämonen und Engeln.

»Was *ist* das?«, raune ich.

Aus dem Nichts tritt die Regenwaldaktivistin neben mich. »Abbilder von allem, was gelesen wird.« Heute trägt sie die Hälfte ihrer tintenschwarzen Box-Braids in einem hohen Haarknoten. Sie lächelt, ihr schwarzer Lippenstift makellos. »Je intensiver die jeweilige Person in ihre Lektüre versunken ist, desto klarer die Bilder.«

»Ich meinte, wie es funktioniert. Aber ich kenne die Antwort bereits: Magie.«

»Die *einfache* Antwort.« Ihre Augen funkeln. Deren Jadegrün sticht in ihrem kühlbraunen Gesicht heraus, verstärkt durch ihr Kunstwerk aus Eyeliner, das jede Achtziger-Post-Punk-Band – und mich – neidisch macht. »Du kannst lernen, wie die Magie genau funktioniert. Soll ich dir Buchempfehlungen –«

Schnell hebe ich den Stapel in meinen Armen. »Die reichen.«

Sie zuckt mit den Schultern. »Dein Earth-Day-Pullover wartet noch im Gewächshaus *Chrysanthemum* auf dich!«

Ich lege einen Zahn zu. »Gut zu wissen.«

Doch sie holt mich ein – und überragt mich um einen Kopf. Ich halte inne. Wo sie auftritt, formen schwebende Bücher Stufen und führen sie zu einem Regalfach, aus dem ihr ein Buch von allein entgegenfällt. Wie *das* funktioniert, kann ich bestimmt herausfinden, wenn –

Nein. Ich bin nur hier, um meine Pflichtaufgabe zu erfüllen.

Also wandere ich zu einem von Sofas umringten Kamin. Ich richte mich ein und überspringe alle Kapitel, die Informationen über Vílas bieten. Nur der Tee ist von Interesse. Nun, nicht gerade Interesse. *Notwendigkeit.* Profesorka Hruška hat die Zutaten bereits im Kurs genannt. Trotzdem kontrolliere ich meine Notizen, begleitet vom Flattern der Bücher. Wie das Rascheln von Wind in Baumkronen. Keine Flashbacks. Mit Büchern, einer Aufgabe und meinem Vorsatz geht mein Atem ruhig. Nachdem ich das Rezept und die Zutaten notiert habe, finde ich Informationen für die Liste jener Arten, die den Tee vertragen. Ich erlaube mir nur kurze Blicke nach oben, wo Elfen, Dryaden und Meermenschen Tee trinken. Als ich mich strecke, erzittern die Bücher und flattern davon. Praktisch.

Ich beuge mich über meine Liste. Rosmarin. Kamille. Fenchelsamen. Brennnesseln. Nektar von Taubnesseln.

»Du findest alles im Gewächshaus.« Die Aktivistin beugt sich über meine Schulter. »Aber pass auf, dass du keine giftigen Zutaten besorgst!«

Das wäre ein miserabler Start. Nur habe ich keine Ahnung von Pflanzen. Dafür von etwas anderem. »Wenn ich mit dir die Urheberrechtssachen durchgehe, würdest du mich im Gegenzug wegen der Kräuter beraten?«

»*Im Gegenzug?* Es reicht, mich um Hilfe zu bitten!«

»Ich frage nicht nach Hilfe«, presse ich hervor, »ich schlage ein Arrangement vor.«

Breit grinsend hält sie mir die Hand hin. »Moremi Eyenga.«

Ich ergreife sie – und zucke zusammen. Ihre Haut ist kaum wärmer als die Silberringe.

»Sorry«, meint Moremi halb zerknirscht, halb schelmisch. »Ich friere hier praktisch immer, obwohl ich seit gut zehn Jahren nicht mehr im Regenwald lebe. Ich bin eine Eloko.«

»Mathea Seymour. Eine –«

»Víla. Weiß ich schon. *Alle* wissen das. Den Nektar werden wir im Gewächshaus nicht finden. Hast du morgen auch Zeit?«

Ich nicke. »Kein Samstagskurs.«

»Die perfekte Gelegenheit, das Goldene Gässchen kennenzulernen!«

6

Ellie

Während ich mit Astra in der Vorhalle warte, erzählt sie mir vom Volleyballteam, den *Academia Gryphons*. Jetzt weiß ich, woher die Schwielen an ihren Händen kommen. Ihre Gesten, als wäre sie mitten in einem Spiel, ziehen mich in ihren Bann. Lenken mich vom Examen ab.

Doch dann betritt ihr Bruder die Vorhalle und Astra stöhnt.

»Hab ich nicht mal samstagmorgens Ruhe vor dir?«

»Du hattest den gesamten Freitag Ruhe. Weil du erneut nicht zu deinem Amt erschienen bist.«

Aus dem Schatten tritt Rektorin Sýkorová und richtet den Spitzkragen ihres Capes. Beim ersten Treffen ist mir nicht aufgefallen, wie kolossal sie ist. Deutlich größer sogar als Astra und Atlas, aber von kompakterer Statur.

Ich weiche zurück, halb hinter Astra, die leise lacht, während ihr Bruder mir einen abschätzigen Blick zuwirft.

»Guten Morgen.« Die Rektorin faltet die Hände auf ihrem Gehstock. »Sind Sie alle bereit?«

Atlas räuspert sich. »Ich bin mir nicht ganz darüber im Klaren, wieso ich hier bin, statt meinen Aufgaben nachzugehen.«

»Ich habe mir gedacht, Sie könnten heute –«

Eine Gruppe Scholares prescht durch die Tür herein, lachend

und von dunklem Nebel umgeben. Einer von ihnen rempelt Rektorin Sýkorová an.

»Verschwindet«, herrscht sie die Scholares an.

»Entschuldigen Sie, wir wussten nicht –«

Rektorin Sýkorovás Gehstock prallt auf den Boden. »Raus!«

Sie dackeln geordnet hinaus und ich reihe mich ein.

Astra packt mich am Cape. »Doch nicht *du*.«

Ich schüttle den Kopf, um die Benommenheit loszuwerden.

Mit einem Hauch Interesse betrachtet Atlas mich. »Sie ist wirklich empfänglich für Magie. Wie eine Gregale.«

»Scholaris Ozerov. Ich hatte gedacht, *Sie* könnten das Examen leiten.« Die Rektorin schreitet mit leicht ausgebreiteten Armen zur gigantischen Tür, deren Flügel aufspringen.

Astra starrt ihren Bruder an, der außer einem zuckenden Kiefermuskel keine Reaktion zeigt.

Im Türrahmen dreht Rektorin Sýkorová den Kopf zu uns. »Es sei denn, Sie fühlen sich der Aufgabe nicht gewachsen?«

»Ich fühle mich dem gewachsen. Danke für die …« Er stockt.

»Ganz recht. Bedanken Sie sich nie für etwas, das Sie sich verdient haben.«

Ich haste als Letzte hinterher und greife nach Astras Arm. »Ist es ungefährlich, wenn er das Examen durchführt?«

Atlas wirft mir einen stechenden Blick zu.

»Er ist unser bester Student.«

Das Zugeständnis mindert das Trommeln meines Herzens nicht.

»Hast du den Karneol dabei?«

Ich umfasse den Stein in der Tasche meines Uniformrocks. Wie würde sie reagieren, wenn sie wüsste, dass es nicht ihr Geschenk ist? Kein warmer Karneol, der meine Kräfte stärkt. Sondern ein Pyrit. Glatt, kühl und metallisch, wie ihrer, der vor ungewollten Ausbrüchen schützt. Ein Glück, dass Tomáš vor einem halben Jahr das hatte, was die genervte Tatiana seine *New-Age-Eso-Phase* nannte. Er hat mir den Stein liebend gern überlassen – dafür, dass ich ihm den Rest seiner eingestaubten Sammlung auch abnehme, welche er prompt mit zu unserer herrlich langweiligen Schicht im Café geschleppt hat. Ich hoffe, der Pyrit ist echt. Denn wenn ich das Examen nicht bestehe, kann ich in mein altes Leben zurück. Mein perfektes, langweiliges Leben.

Als ich durch die Tür trete, rutscht mir der Pyrit zurück in die Tasche. »Deshalb nennt man sie die Spiegelkapelle.« Ich lege den Kopf in den Nacken. Morgenlicht fällt durch die hohen Fenster und tanzt über die mit goldenem Stuck eingefassten Spiegel in den Bögen des Deckengewölbes. Unsere Schritte hallen auf dem Marmorboden mit Sternenmuster.

»Nein, eigentlich *deshalb*.« Astra deutet auf die Wände, die in gedecktem Blassrot gestrichen sein müssen, doch zu dieser Tageszeit wie der Sonnenaufgang strahlen.

Rektorin Sýkorová hebt die Hände. Wo sechs Ölgemälde in geschwungenen Goldrahmen zwischen Marmorpilastern hängen, flirrt die Luft. Die Dunkelheit der Ölfarben zerläuft. Dann verdunstet sie wie Tau in den ersten Sonnenstrahlen und legt sechs schimmernde Spiegel frei.

Während ich mich an einen heranpirsche, nickt die Rektorin Atlas zu. Irgendetwas ist nicht richtig. Ich sehe mein rundes Gesicht mit aufgerissenen Augen, die Kapelle, aber …

Atlas räuspert sich. »Beginnen wir mit der ersten Prüfung. Tritt vor den Spiegel der Illusio.« Seine Reflexion deutet auf das Gemälde ganz hinten links – obwohl sich die sechs Bilder doch in der Realität verwandelt haben.

»Ellie«, zischt Astra.

Ich eile zu Atlas. Von der Empore der Orgel aus – wann ist sie dahin gelangt? – blickt Rektorin Sýkorová herab.

Ich mache noch einen Schritt und die Reflexion verändert sich. Kleine Details zuerst. Formen im Stucco, der Stand der Sonne, die Farbe des Marmorbodens. Ein aus verschachtelten Dreiecken geformter Stern, der unten offen ist und dadurch wie eine Krone aussieht, leuchtet auf. Die Spitze oben links flimmert, dann verweht Atlas' Silhouette.

Mein Spiegelbild hebt die Hand. *Mein* Gesicht sieht mich an, doch so anders, als ich es kenne. Ohne Emotion. Sie hält mir die Hand hin. Beinahe, als könnte sie durch den Spiegel in die Realität greifen.

Eine unsichtbare Kraft drängt mich vorwärts. Es ist unmöglich, doch unsere Finger verschränken sich, ihre so kalt und glatt, wie es das Glas sein sollte.

Jäh zerrt sie mich in den Spiegel.

Ich kneife die Augen zu und der Sog raubt mir den Atem.

Als ich die Lider öffne, seltsam schale Luft einsauge, stehe ich in der Kapelle. Nur ist sie komplett aus Silber. Im Spiegel starren mich Atlas und Astra an. Langsam drehe ich mich um. Zu meinem Ebenbild.

Ich bin allein mit ihr im Spiegel gefangen.

Die andere Ellie tritt näher. »Lass mich *fühlen*.«

»Ich verstehe nicht.« Mein Rücken presst gegen das Glas.

»Ob Furcht oder Liebe, Gram oder Verzückung. Zeig mir, was nicht da ist. Ich will weinen, lachen, schreien.«

Lachen – ein Witz? Dann schüttle ich den Kopf. *Ein* Witz? *Ist das dein Ernst, Ellie? Das kann nicht des Rätsels Lösung sein. Und ohnehin –*

Ich will nicht bestehen. Das erste Mal nützt mir meine Neigung, Prüfungen zu versemmeln.

Aber von ihr geht dieser Sog aus. »Lass mich sehen, was andere belustigt. Lass mich wahre Liebe spüren.«

Ich umklammere den Stein in meiner Tasche. So kühl.

Doch der Sog zerrt an meinem Inneren.

»Pflanze eine Erinnerung an mein Kind, das ich nie gebar.« Ihre Stimme wird drängender. »Werde zu einem *Scheusal*.«

Leise stöhne ich. »Ich kann nicht.«

Sie stößt mit einer Hand gegen mein Brustbein und schmettert mich nach hinten. Durch den Spiegel.

Ich schreie, lasse vom Stein in meiner Tasche ab. Kullere über Marmor, ein Klingeln in den Ohren.

»Keine Illusio«, erklärt Atlas' Stimme weit entfernt.

»Was war das?«, keuche ich. »Was ist passiert?«

»Der Test, ob du Illusio beherrschst.« Astra stützt mich, während ich mich aufrapple. »Andere Illusionen sehen lassen, Gedanken und Emotionen beeinflussen, Erinnerungen ändern, Gestaltwandlung, alles in der Richtung.«

Wieder auf den Füßen taste ich nach dem Stein.

»Fortfahren, bitte«, ertönt Rektorin Sýkorovás Stimme.

Atlas leitet mich weiter. »Der Spiegel der Divinatio.«

Eine Hand greift durch das Glas und zieht mich durch den Kronenstern, wo nun eine andere Spitze flimmert. Wieder in die silberne Parallelwelt.

Ich bin allein. Kein Spiegelbild.

Doch dieser *Sog*. Er zerrt an der Dunkelheit tief in mir.

»Finde mich«, ertönt das fremde Wispern meiner eigenen Stimme. Überlagert sich in der silbrigen, leeren Kapelle.

Fest presse ich die Augen zu.

»Ganz gleich, ob du spürst, wo ich bin, in meinen Gedanken liest, wo ich mich verstecke, in der Zukunft siehst, wie du mich entdeckst.«

Ich umklammere den Stein.

Der Sog treibt mich zurück in die Realität.

»Keine Veranlagung für Divinatio?«, fragt Atlas. »Ungewöhnlich für eine Hexe.«

Astra führt mich zum dritten Spiegel. »Aber auch kein noch nie da gewesener Fall. Ihre Artes Arcanes zeigen sich noch.«

Sie will es nicht sagen, aber … ich scheitere. Doch ich darf nicht die Deckung fallen lassen.

»Der Spiegel der Kosmologia.« Ist Atlas blasser als zuvor?

Mein Körper ist zu schwach, um sich gegen den Sog zu wehren. Der Stern, Silber, doch dann – weiße, endlose Leere.

»Sorge dafür, dass wir wieder vereint sind.«

Sie klingt so traurig. Allein. Als warte sie seit Tausenden Jahren darauf, mich zu treffen. Ich *will* sie erhören.

Aber ich darf nicht.

Mit dem Stein in der Hand beiße ich die Zähne zusammen. Der Sog droht mir das Herz aus der Brust zu reißen, wenn ich ihre Bitte nicht erhöre. Ich widerstehe mühelos.

Mit dröhnendem Schädel werde ich durch den Spiegel geschleudert.

»Kaum jemand beherrscht Kosmologia.« Astra hilft mir auf. »Teleportation, Astralreisen, Beschwörungen, die Zeit verändern – solche Kräfte sind mehr Fluch als Segen.«

Ich bekomme nur verschwommen mit, wie sie mich zum nächsten Spiegel führt, wo die nächste Spitze im Stern leuchtet.

Wann hört das endlich auf?

»Der Spiegel der Medica.« Atlas beobachtet mich. »Wirklich *äußerst* anfällig.«

»Du siehst selbst nicht aus, als wäre das ein Spaziergang«, spottet Astra.

Ich sehe noch, wie sich seine Lippen bewegen, doch der Sog blendet jedes Geräusch aus. Bis ich im silbernen Raum knie und ein Schmerzensschrei mein Trommelfell durchbohrt.

Fünf Meter entfernt windet sich eine Ellie auf dem Boden. Über ihr kauert eine weitere Version von mir und träufelt ihr eine apfelgrüne Flüssigkeit in den Mund. *Gift.*

Die Ellie auf dem Boden schreit lauter. Blut rinnt über ihre Lippen. Verätzte Innereien.

Ich krümme mich nach vorn und presse die Hand gegen meinen Bauch. Doch dort ist nichts. Nicht *ich* bin verletzt.

Also krieche ich nach vorn.

Die böse Version von mir weicht zurück. »Vergilt, was ich ihr angetan habe. Wenn du es *kannst*«, zischt sie. »Vergifte mich. Mach mich krank. Verändere mich, bis ich –«

»Nein!« Ich stürze an die Seite der Ellie am Boden und nehme ihre Hände, klein und weich. Giftgrüner Schlick vermischt sich mit dem Blut auf ihren Lippen.

»Es tut so weh«, wimmert sie. »Hilf mir, bitte!«

Ich entknote unsere Finger, halte meine Hand über ihren Bauch. In mir wütet der Sog. *Hilf ihr. Heile sie.*

Ja. Ich *kann* sie heilen. *Ich* kann das beenden.

Nein!

Ich ziehe meine Hände fort, ergreife den Stein. »Verzeih mir.« Tränen rinnen über meine Wangen. »Ich kann nicht.«

Mein Magen verknotet sich, dann der Rest meines Körpers. Ein Strudel aus Energie. Ich stolpere hustend in die Kapelle.

»Langsam wird es Zeit, Ellie«, flüstert Astra.

»Der Spiegel der Natura«, presst Atlas durch seine Zähne hervor. Das Examen hinterlässt seine Spuren auch bei ihm.

Bevor ich mir Sorgen machen kann, stehe ich im fünften Spiegelbild. Nur steht dieses in Flammen. Japsend weiche ich zurück. Der Spiegel in meinem Rücken glüht. Das Feuer pirscht sich an mich heran, in seiner Mitte ein Hirsch mit flammendem Geweih neben einer Frau. *Ich.*

Sie hebt die Hand. »Du wirst brennen, Ellie.«

Flammen züngeln auf meiner Haut. Durch zusammengebissene Zähne stöhne ich vor Schmerz. Nein! Ich umklammere den Stein in meiner Tasche. So kühl.

»Zügle das Feuer. Lösch es mit Wasser. Erstick es mit Erde. Verwehe es mit Luft.« Die Locken der anderen Ellie verkokeln. Ihre Haut schmilzt. »Lass die Pflanzen dich schützen. Lass den Hirsch dich forttragen.«

Feuer frisst sich in mein Fleisch. Ich winde mich, doch kann dem Brennen nicht entkommen. Schlimmer als glühendes Eisen auf meiner Haut. *Nein! Kein Eisen! Bitte kein Eisen!* Der Sog zerrt die Dunkelheit in mir hervor.

Richtig.

Ich kann das Feuer ersticken.

Mein Schrei zerfetzt es. Dicke Wassertropfen fallen herab, kühlen die Blasen auf meiner Haut. Wind lässt die Flammen zerstieben. Die Erde bricht vor meinen Füßen auf, um das Feuer zu verschlingen.

Um mich zu verschlingen.

»Nein«, flehe ich. Werde zurück in die Realität gerissen. Nein, nein, nein! Ich habe bestanden.

Und somit versagt.

»Das war *fantastisch*!«, jubelt Astra, während sie mich auf die Füße zerrt. »Natürlich beherrschst du die Natura, du secondhandkaufende, barfußschuhtragende Plant Mom!«

Das erste Mal, dass ich eine Prüfung bestehe. Und dann –

Oh. *Das* meinte Alanis Morissette also in *Ironic*.

Atlas atmet schwer. »Darf ich daran erinnern, dass noch eine Prüfung offensteht?«

Ich werfe einen Blick nach oben, wo Rektorin Sýkorová an der verzierten Balustrade lehnt. Sie wird mich nicht gehen lassen. Niemals.

»Der Spiegel der Magica.« Atlas' Worte verschwimmen im Wirbeln.

Der sechste silberne Spiegelraum. Doch ich bin in einem Käfig gefangen. Ich haste zum Gitter, rüttle an ihm. Das Metall versengt meine Haut. Ich ziehe meine Hände zurück und drehe mich um. Eine Tür mit leerem Schlüsselloch.

Ein Kichern. »So viele Wege, dich zu befreien.« Die andere Ellie lässt einen schwarzen Schlüssel um ihren Zeigefinger wirbeln. »Sprenge die Gitter. Öffne das Schloss mit Willenskraft. Miss deine *Magica* mit mir, verzaubere mich, verfluche mich, bis ich dir den Schlüssel gebe. Oder löse den Bann, der dich einsperrt.«

Ich will nur weg. Sinke auf die Knie. Ich dachte, ich könnte es unterdrücken, könnte der Academia entkommen. »An nur einer Ars Arcana bin ich gescheitert?« Mein Lachen klingt hohl. »Ich hätte es geschafft. Wenn du mich nicht provoziert hättest, wäre die Dunkelheit nie wieder hervorgekommen.«

»Es ist zu spät.« Die andere Ellie schreitet ans Gitter. »Du wirst für immer eingesperrt bleiben.«

Ich umklammere den Stein. Aber warum noch?

»Niemals frei. Immer hier. *Allein.*«

Der Sog wütet heftiger als je zuvor. Will jeden Hauch von arkaner Kraft in mir hervorlocken. Der Stein in meiner Hand glüht. »Ich beherrsche keine Magica«, winsle ich.

»Dann bist du allein. Niemand, der dich befreit. Dich liebt. Beschützt.« Sie schwingt den Schlüssel hin und her.

Alles in mir drängt danach, ihn ihr zu entreißen.

»Niemand, zu dem du gehörst.« Sie lacht. »Allein hier, mit deiner Dunkelheit.«

Ich will die Hände auf die Ohren klatschen. *Allein.* Die Magica zerkratzt von innen meine Haut. Ich wimmere. *Allein.*

Die bleiche Schönheit erscheint. Ihre Mimik ist reglos und sie sagt kein Wort, aber sie ist *da*. Als wolle sie mir sagen, dass ich nicht allein bin. Dass ich nur ihrem Ruf folgen muss, der mich in den letzten Tagen immer wieder heimgesucht hat, um nicht allein zu sein.

Sie lügt.

Die Arcanima in mir explodiert. Die Gitterstäbe glühen, erst rot, dann strahlend weiß. Sie schmelzen. *Ich* schmelze sie.

Astra zerrt mich in ihre Arme. Bin ich draußen? Ihre Stimme wispert über meine glühende Stirn. »Du beherrschst Magica! Gut, dass ich dir den Karneol geschenkt habe, was?«

Ich nicke schwach.

Alles umsonst.

Astra strahlt. »Ich wusste, du gehörst zu uns!«

Die Worte sollten mich mit etwas anderem erfüllen als Grauen. Ich balle die Faust um den Pyrit, aber nur Staub rieselt durch meine Finger.

»Eigentlich der Ausgang.« Moremi deutet auf Stufen, die in der Bruchsteinfassade des Burgkomplexes verschwinden. »Aber Arkane können sie unbemerkt benutzen.«

»Wieso hast du mir verschwiegen, dass wir stundenlang durch gleißende Sonne latschen?« Ich richte die breite Krempe meines Huts. »Ist dir klar, wie kurz der Eigenschutz meiner Haut ist?« Ich kontrolliere mein Handy. »Ich zerfalle in genau fünf Minuten zu Staub.«

»Trägst du eine Spur Vampirblut in dir?« Moremi erklimmt pfeifend die Treppe. »Komm, Graf Zahl, ab in den Schatten!«

Hintereinander quetschen wir uns an Menschen vorbei. Dann betreten wir das unebene Gässchen und mit ihm das Mittelalter. Die fensterlose Fassade links spendet Schatten, rechts schmiegen sich bunt gestrichene Häuschen an die Burgmauer. Besucher ducken sich durch die Türen der auf alt gemachten Werkstätten.

»Hier sieht weit und breit nichts wie Zauberläden aus.«

»Sieh genauer hin!« Moremi dreht mich zur endlosen, fensterlosen Fassade links.

Ich verenge die Augen – und Schmerz schießt in mein Gehirn, der sofort verklingt. Ich stutze.

Links reihen sich jetzt ebenfalls Gebäude aneinander. Doch während die Farben der rechten Seite scheinbar von einer Vierjährigen aus ihrem ersten Wasserfarbkasten gewählt wurden, schimmern die verwinkelten Häuschen der arkanen Seite in Metalltönen. Gold vor allem, aber auch Silber, Kupfer und Messing.

Wir schlendern an den Läden vorbei und Moremi lässt mich alles in Ruhe verarbeiten. Unsere Silhouetten spiegeln sich in einem Schaufenster, auf dem ein Slogan steht. *Klopf auf Holz. Arkane Utensilien: nachhaltig, handgefertigt, BPA- und schadstofffrei seit 1603.* Dann muss ich einem tattrigen Mann ausweichen, unter dessen

Schieberkappe zischelnde Schlangen hervorlugen. Mit erhobener Faust ranzt er mich an und aus einem dreistöckigen Laden, kaum breiter als sein Schornstein, pufft im Rhythmus seiner Flüche Glitzerrauch.

Dann steuern wir ein Lädchen mit bronzenem, schief hängendem Giebeldach an. Über der Tür hängt ein Schild in Form einer Phiole, aus der echte Blumen sprießen, verwelken und neu keimen. In Buchstaben aus Moos steht darauf: *Mit Mörser und Stößel.* Ich trete über die Türschwelle und Glöckchen spielen eine Melodie, die verdächtig nach *Mamma Mia* von ABBA klingt. Und nach einer Urheberrechtsklage. Es könnte eine altertümliche Apotheke sein, würden die Regale nicht mit Zeug überquellen, von dem das meiste nicht in ein Geschäft, sondern auf den Kompost gehört. Vergammelte Pastinaken. Fläschchen aus Braunglas, deren Mief mir mehr Kopfschmerzen bereitet als eine Lush-Filiale.

»Mattie!«, ertönt dann die nächste Kopfschmerz-Quelle.

Seufzend drehe ich mich zur Stimme, doch schon bricht mir ein irisierender Messy Bun praktisch die Nase. »Hast du je etwas Tolleres als das Goldene Gässchen gesehen?«

»Verfolgt ihr mich?« Ich schiebe Ursula von mir weg.

Bob nimmt ihren Platz ein, bis ich es schaffe, beide auf Armlänge zu halten.

»In welche Läden gehst du noch?« Bob entwirrt eine türkise Strähne aus seinem filigranen Ohrring, dann zerrt er mich am Arm durch den Laden. »Wir waren schon in einigen, aber gehen auch gern noch mal mit dir –«

Moremi legt sanft eine Hand auf seine Schulter. »Lasst Mathea erst mal alles verarbeiten, ja?«

Er nickt entschuldigend, dann hüpft er mit Ursula davon.

Moremi führt mich durch die Reihen von Tischen und Regalen. »Ich bin mit elf aus unserer Biloko-Siedlung in Mongala hergezogen – aber für die zwei ist das neuer als für dich. Unter dem Meer und in Elphame gibt es solche Läden nicht.«

»Mit *elf*?« Ich habe in der Bibliothek über die Naturgeister Biloko recherchiert. Eigentlich bleibt eine Eloko die ersten zwanzig Jahre eng im Stamm verwurzelt, um den gewissenhaften Umgang mit ihren Kräften zu lernen.

»Meine Schwester kam fürs Studium nach Prag und die Ältesten fanden, meine Fähigkeiten würden von hier aus am meisten nützen. Aber die Entscheidung lag bei mir.« Grinsend hält sie vor dem Verkaufstresen. »Ehrlich gesagt wollte ich nur ein Abenteuer mit meiner Schwester erleben.« Sie hält mir eine Glasphiole mit buttrig-goldener Flüssigkeit und einem winzigen Preisschild hin. »Der Nektar!«

»Honig ist günstiger.« Hinter dem Tresen tritt ein jugendlicher Typ aus dem Schatten. Das Blauschwarz seines Wolf Cuts ist eindeutig gefärbt.

»Nein danke.« Ich lege ihm die abgezählten Münzen hin.

Er kaut ein schwarzes Kaugummi mit halb offenem Mund, sodass spitze Eckzähne aufblitzen, und starrt mich an. »Vampirin in Begleitung von Dextras?«

Ich werfe die Hände in die Luft. »Wieso denken das alle?«

»Siehst halt aus wie eine. Schwarze Haare, blasse Haut, finsterer Blick geboren aus Hunderten Jahren Verdruss ob der menschlichen Unfähigkeit, aus der Geschichte zu lern-«

»*Du* hast goldblonde Haare!« Ich deute auf seinen Ansatz.

»Vorwurfsvoll wie meine Mutter«, murrt er.

»Dextras trauen sich aus ihrem Polly-Pocket-Schloss?«

Wir drehen uns um. Eine Schönheit mit perlweißer Haut und blassgrünen Haaren, die wie Meeresschaum wogen, und ein ebenso blasser, aber stark behaarter Typ, der wie ein billiger Wolverine-Imitator aussieht.

»Sag bitte nicht, der ist ein Werwolf«, stöhne ich.

»*Sinistras*«, zischt Ursula.

Die Schönheit feixt. »Habt ihr euch verlaufen?«

»Wir haben das Recht, hier einzukaufen, auch wenn die Inhaberin eine Sinistra ist!« Ursula deutet auf ein Schild. *Zutritt für Arkane beider Pfade. Strafrechtliche Verfolgung von Streitereien nicht ausgeschlossen.*

»Ich weiß, dass ihr hier sein dürft. Aber es gibt einige gregale Spielzeugläden, die Zauberkästen für Kinder ab acht führen, die eher was für euch sind.«

Ursula plustert sich auf und reicht den beiden dennoch nur bis zur Schulter. »Was habt ihr davon, so *fies* zu sein?«

Während sie Ursula nachäffen, beuge ich mich zu Moremi. »Die sind also von der *Academia Sinistra*?«

»Agrafena, eine Rusalka, und –«

Wolverine entreißt Bob den Glitter. »Nicht deine Farbe, Püppchen!«

»Radulf. Ein Werwolf. Beide sind für ihr aufbrausendes Gemüt bekannt.«

»Wie kannst du es wagen?!« Ursula schiebt sich zwischen Bob und den Kerl. »Er kann *jede* Farbe tragen!«

»Wenn du die Farbe möchtest, überlasse ich sie dir gern!« Bob lächelt versöhnlich. Weil er keine Angst hat – oder das Drohgehabe der Schulhoftyrannen nicht wahrnimmt?

»Dafür, dass wir sie nicht böse nennen dürfen, verhalten sie sich ganz schön böse«, merke ich an.

»Agrafena und Radulf können nichts dafür, dass sie als Rusalka und Werwolf geboren wurden.«

»Du kommst mit ›Sie sind nicht böse, sondern missverstanden‹?«

Moremi verschränkt die Arme. »Sinistras sind *nicht* böse.«

»Sie mobben deine harmlosen, unbedarften Freunde.«

»Vielleicht sind diese zwei *etwas* böse«, gibt sie zähneknirschend zu.

»Und was unternimmst du jetzt?«

»Der Verkäufer greift gleich ein.«

Über die Schulter sehe ich zu ihm. Er filmt uns. Zuckt mit den Schultern. »Beweise, falls ihr was zerstört.«

»Kann ich meine Ware erhalten, bevor du versuchst einen Pulitzer-Preis zu gewinnen?«

»Nope.«

Ich atme schwer aus und schiebe mich an Moremi vorbei. »Es reicht jetzt wirklich mit diesem –«

Radulf fährt seine Krallen aus. Wortwörtlich. »Petzt du bei Mami Aigeiros, dass die Academia gemein war?«

Sie gackern. Ihre Aufmachung sieht wie eine Interpretation viktorianischer Schuluniformen aus. Material für einen Gegenschlag – würden die eleganten Schnitte nicht auf so ärgerliche Weise gut aussehen. Wie etwas aus Muglers 1997er Haute-Couture-Frühlingskollektion.

Dann eben anders. »Ich möchte meine Zeit mit bedeutenderen Aktivitäten als eurem Machttrip füllen, zum Beispiel einem Víla-Tee. Wärt ihr bereit, uns mit der Belanglosigkeit eurer Existenz in Frieden zu lassen?«

Zusätzlich zu den Klauen fährt Radulf noch die Reißzähne aus.

Agrafena grinst breiter. »Uhh, das kleine Kätzchen hat Krallen. Und *Ambitionen*. Hast du Aigeiros versprochen, mit deinem Feentee die Bravura gegen die Academia zu gewinnen?«

»Ich sagte *Víla*-Tee. Macht der Rest der Academia auch solche Fehler? Dann sehe ich keine Konkurrenz.«

Sie beugt sich dichter zu mir, ihr Haar nun wirklich stürmende Gischt. »Du, Víla, bist der jämmerliche, Blumen pflückende Abklatsch von uns Rusalkas!«

»Immerhin bin ich es«, ich nehme die Phiole und zerre Bob und Ursula zum Ausgang, »die ohne Bluthochdruck rausgeht.«

Am Montag hocke ich zwischen anderen Späterwachten auf den Bänken an der Wand eines Turmzimmers, noch benommen vom Illusio-Kurs zuvor. Profesorka Yoon, die zu den koreanischen Fuchsgeistern Kumiho gehört, im Schneidersitz auf dem Pult sitzt und Loungewear auf stylische Art mit gestärkten Hemden und Sneakern kombinieren kann, hatte den Spaß ihres Lebens dabei, wie wir Studierenden durch die harmlosen, aber verwirrenden Illusionen stolperten.

Ich schüttle den Kopf, als Cordelia die Mitte des Raums ansteuert, ein Tablet auf dem Schoß. »In diesem sicheren Raum könnt ihr die Arkane Welt und eure Kräfte kennenlernen. Die erste halbe Stunde verbringen wir gemeinsam, danach arbeitet ihr einzeln mit einer Person eurer Art aus dem Lehrstuhl oder höheren Semestern.«

Die eine Veranstaltung, die nicht zur Diskussion steht: *Bitte ist nicht das einzige Zauberwort – Einführung in die Arkane Welt.* Aber schließlich bin ich hier, um meine Zukunft nicht mit unkontrollierten Ausbrüchen zu verpfuschen.

»Unsere arkanen Kräfte basieren auf drei Säulen, die von Magistra Evženie Dextra, der Gründerin des Pfades der Rechten Hand, vor einigen Jahrhunderten studiert und zum ersten Mal stringent und schriftlich definiert wurden.« Cordelia scrollt auf ihrem Tablet und über ihr erscheinen schemenhafte Figuren aus lindgrün leuchtendem Nebel.

Stringent *und* schriftlich? Klingt nach einer Magistra meines Geschmacks. Ich lehne mich vor.

»Tschechien und besonders Prag waren immer ein Zentrum des Arkanen. Auch die gregale Geschichte hier ist durchzogen von Magie und Alchemie.« Der Nebel wandelt sich in mehrere Figuren, die mir teils vage aus der Geschichte bekannt vorkommen. Alchemisten über Petrischalen, der Astronom Tycho Brahe mit seinem Zwirbelbart, der Prager Golem. »Deshalb verwundert es euch sicher nicht, dass die Säulen der Magie auf Begriffen der alttschechischen Sprache basieren.« Der Nebel konzentriert sich, bis er schimmernde Buchstaben bildet. *Jádro*, dann die Etymologie zum Wort. »Mit *Jádro*, also Samen, Zentrum, Kern, beschreiben wir das, was in uns ist.

Die Arcanima, aber auch der bewusste Wille – oder der Instinkt –, Magie zu wirken. Während zum Beispiel Mágos Techniken nutzen, um unsere Arcanima in Magie umzuwandeln«, Cordelia schwenkt ihre Hand durch die Luft, ein Windstoß stiebt einmal im Kreis, um all unsere Haare aufzuwirbeln – na, vielen Dank auch –, und Cordelia grinst, »nutzt der Körper eines Werwolfs Arcanima ganz instinktiv zur Verwandlung.«

Wieso hat mir niemand gesagt, dass es so interessant wird? Ich hätte etwas mitgebracht, um mir Notizen zu machen. Fasziniert beobachte ich, wie der Nebel das nächste Wort bildet.

»Die zweite Säule ist *Tělo*. Das Physische, also Bewegungen und körperliche Merkmale wie die Stimmen von Sirenen. Zuletzt *Slovo*, das Wort. Inkantationen, also Formeln, um beides zu steuern und zu präzisieren. Aber auch Gesang oder Schriftliches wie Runen, Schrift, Symbole und Bannkreise. Nicht immer sind alle drei Säulen notwendig. Verschiedene arkane Arten und Praktiken arbeiten auf verschiedene Weise. Inkantationen sind präzise, aber aufwendig. Instinktivere Ausbrüche haben große Kraft inne, aber können schwer kontrolliert werden. Umso wichtiger ist es, dass alle Arkanen zusammenarbeiten und einander unterstützen. Deshalb bitte ich euch, euch zum Einstieg zu zweit zusammenzufinden und euch kennenzulernen!«

Die anderen wenden sich einander zu und wie meistens bleibe ich über. Weil ich mich bewusst an den Rand gesetzt habe. Mit Glück entgehe ich der erzwungenen Kontaktaufnahme und kann die Theorie noch mal durchgehen, um –

»Mattie!« Cordelia kommt auf mich zu, noch strahlender als die Grinsebacken um mich herum.

Innerlich stöhne ich. »Du musst nicht –«

»Ich freue mich, dich noch besser kennenlernen zu dürfen!« *Noch* besser? Wie viel weiß sie über mich? Was *glaubt* sie, über mich zu wissen? »Beschreib dich doch in drei Worten!«

»Effizient.«

»Sehr clever.« Ihr Lächeln verblasst nicht, während sie auf meine Gegenfrage wartet. Die nicht kommen wird. Einer meiner Grundsätze: keine abgedroschenen Eisbrecher.

»Dann mache ich weiter. Zweites Jahr, wissenschaftliche Mitarbeiterin und Vertrauensstudentin. Meine Passion ist es, den Hexenbesen wieder in Mode zu bringen.«

Ich schnaube.

»Richtig, du empfindest ihn als *stereotypisch.*« Cordelia grinst. »Ich empfehle den Kurs *Fliegen statt Fegen – Der Hexenbesen als Symbol des arkanen Feminismus.*«

»Der stand nicht im Kursangebot.«

»Weil wir voll sind. Aber ich kann dir einen Platz besorgen.«

»Ich sagte nicht, dass ich Interesse habe.«

Sie zwinkert. »Ich verrate niemandem, dass du Herzchenaugen bekommen hast, als du vom Kurs gehört hast.«

Ich schnappe nach Luft. »Nur weil ich gewisse akademische Schwerpunkt setzen *muss* –«

»*Mein* Schwerpunkt sind arkane Ingenieurwissenschaften«, sie deutet auf den Button an ihrem Hemd, auf dem träge glimmende Funken ein Zahnrad umgeben, »deshalb belege ich vor allem Kurse in Scientia, Magica und Alchemia. Das schließt perfekt an mein Mechanical-Engineering-Studium am MIT an, aber als Mágos habe ich auch eine Affinität zu Divinatio.«

Ich stutze. »Du hast einen Bachelor am *MIT* gemacht? Wo nur etwa vier Prozent aller Bewerber:innen angenommen werden?«

Cordelia knibbelt am Button herum. »Eigentlich meinen PhD.«

»Du hast einen *Doktor* am *MIT* in *Mechanical Engineering* gemacht?« Falls meine Kinnlade herunterfällt, hat Cordelia es verdient.

»Bachelor, Master, PhD – das sind nur ein paar Buchstaben.«

Ich starre Cordelia an. »Wieso bist du hier? Und löst nicht, keine Ahnung, die Energiekrise?«

»Ich sehe mehr Potenzial darin, der Welt durch die Kombination von Technik und Arkanem zu helfen.«

»Heißt das …«, beginne ich langsam. Unschuldig. »… du bist gern akademisch tätig?«

Cordelia verengt die Augen. »Du führst etwas im Schilde.«

»Ich habe auf der Webseite der Univerzita über diese Bravura recherchiert und –«

»Moremi hat mich gewarnt.« Cordelia dreht sich um. »So, das reicht! Gleich treffen die Betreuenden ein!«

»In den Regeln steht, dass sich alle bewerben können.« Ich haste hinter ihr her. »Und gewinnen kann man neben dem Empfehlungsschreiben des Arkanen Rats den Zugang zu wertvollen Büchern, die im Studium helfen können. Was ist so schlimm daran, wenn ich mitmachen will?«

»Es ist nicht schlimm. Nur zwecklos. Der Rat wählt keine Projekte aus dem ersten Jahr.« Sie fährt grummelnd fort. »Selbst wenn man eine Software entwickelt, die mit Arcanima funktioniert, tote Schriften entziffert und offensichtlich hätte gewinnen sollen.«

Die Tür zum Turmzimmer öffnet sich und eine Herr-der-Ringe-Cosplay-Truppe tritt ein. Oder Lehrkräfte und Studierende.

Profesorka Hruška baut sich vor mir auf. »Ich habe die Ehre, Sie zu betreuen!«

Bevor Cordelia verschwinden kann, recke ich den Kopf. »Was, wenn jemand aus dem ersten Semester mit jemand aus einem höheren Semester zusammenarbeitet?«

Im Türrahmen hält sie inne. »Ändert nichts. Seit Jahren hat niemand von der Univerzita gewonnen.« Sie atmet tief aus. »Vielleicht ist es an der Zeit, dass du siehst wieso. Halte dir Mittwoch frei. Ich zeige ich dir den Styk – und die Sinistras.«

Profesorka Hruška hat ihr Büro im Gewächshaus *Datura* eingerichtet. Wenig überraschend. Meine Stiefel versinken im Moosboden, während sie mir zehn Minuten lang erzählt, dass Vílas slawische Naturgeister sind, die in Wäldern, Gebirgen und Gewässern in sogenannten Zirkeln leben. Familiäre Gruppen, die für meinen Geschmack zu sehr nach 68er-Kommune klingen. Ein Glück, dass ich da nicht aufwachsen musste.

»Früher waren wir den Menschen näher. Bis Gerüchte aufkamen, dass wir Männer ver- und Kinder entführen. Ein paar Männer haben in uns einen Sündenbock gefunden.«

»Lassen Sie mich raten. Sie betrogen ihre Frauen und die Vílas haben sie angeblich mit Magie verführt?«

»Unsere Magie *kann* andere mit einem Bann belegen. Aber damit schützen wir die Natur. Wir bezirzen keine gregalen Männer.«

»Machen Sie das?« Ich deute auf ihre Zitronenfalter, die um einen Baum schwirren, an dem goldene Birnen genauso wie zarte Blüten hängen. »Die Schmetterlinge dazu bringen, den Baum zu bestäuben? Blüten im Herbst wachsen lassen?«

»Wir können mit Schmetterlingen, Insekten, Schwänen, Falken, Schlangen und sogar Wölfen kommunizieren. Aber wir befehlen nicht. Wir bitten um Zusammenarbeit. Solange wir Flora und Fauna achten, beschenken sie uns reichlich. Birnen und Pflaumen, Bucheckern und Steinpilze, Hagebutten und –«

»Das kann ich lernen?«

»Überstürzen Sie nichts, Mathea. Man kann eine Víla umtopfen, aber ohne ihre Wurzeln geht sie ein.«

Ich höre mir nicht wochenlang Geschichten über ihre Pilze knabbernde Hippiebewegung an, bevor ich lerne, die Kräfte zu unterdrücken. »Ich bin eine *eingegangene Topfpflanze*?«

»Bei Wald und Wiese, nein! So meinte ich das nicht. Aber Sie haben alle Zeit, sich an Ihre Kräfte heranzutasten. Vor allem in Ihrem *Zustand*.«

Richtig, Profesor Nekovář wollte mit den anderen Dozierenden darüber sprechen. Nun, ich schätze, falls es wirklich einen Fluch gibt, ist das gut. Solange die anderen Studierenden nichts davon erfahren. Trotzdem habe ich nur drei Jahre, um meine Kräfte zu erlernen, also verschränke ich die Arme. »Was, wenn ich jemanden verletze?«

Daraufhin plustert sie sich tatsächlich auf. »Víla-Kräfte heilen und beschützen – sie verletzen nicht!«

»Aber was, wenn ich aus Versehen jemanden mit einem dieser Banne belege? Ich möchte niemanden verletzen!«

Sie nickt mit glänzenden Augen. »Beginnen wir mit dem Rufen von Schmetterlingen.« Sie bedeutet mir, ihr nach draußen zu folgen. »Das ist Ihnen schließlich schon einmal gelungen.«

Dunst wabert um die Baumstämme. Ich ziehe meinen Mantel enger um mich, während ich sie in ihrer flatterigen Chiffonrobe mustere. »Ist Ihnen nicht kalt?«

»Vílas leben in der Natur – wir frieren selten.«

Tiefer im Innenhof wächst die Bepflanzung wilder. »Wie viele Schmetterlinge gibt es bei diesen Temperaturen überhaupt?«

Kurz guckt sie verwirrt, dann lächelt sie. »Ich sollte nicht so schnell vergessen, dass Sie ohne dieses Wissen aufgewachsen sind. Vílas haben meist eine Verbindung zu zwei oder drei Arten – wie ich zu Zitronenfaltern. Die überstehen dank Glycerin, das ihren Gefrierpunkt senkt, sogar den Winter.« Sie öffnet die mit Goldsträngen verzierte Tür eines riesigen Gewächshauses und lässt mir den Vortritt. »Aber das können nicht alle Arten, also haben Sie richtig erkannt, dass es für unsere Kräfte Einschränkungen gibt.«

Sanftes Wasserrauschen umhüllt mich und zwischen Bäumen, Blumen und Sträuchern glitzern Wasserfälle. Die warme Luft riecht nach überreifem Obst. Überall flattern Falter.

»Ein Schmetterlingshaus.«

»Später können Sie Schmetterlinge auch aus dem Nichts beschwören, aber für den Anfang ist es so einfacher. Welche Art hat Ihnen beim Unfall geholfen?«

»Ich bin beinahe gestorben – für eine ausführliche Taxonomie hatte ich keine Zeit.«

Sie blickt auf den Boden. »Natürlich. Es tut mir leid.«

»Keine Entschuldigung nötig. Sie haben mich schließlich nicht geschubst, oder?«

»So etwas würde ich *nie* tun!«, japst sie. »Wie sahen die Schmetterlinge denn aus?«

»Rosa. Und sie hatten, Sie wissen schon, vier Flügel, Fühler und mindestens zwei Beine zu viel.«

»Rosa? Ungewöhnlich. In Europa kann es sich im Freien nur um Weinschwärmer handeln.« Sie wirft ein Sitzkissen auf den Boden. »Setzen Sie sich.«

Ich füge mich, auch wenn ich für gewöhnlich davon absehe, mich auf Böden jeglicher Beschaffenheit niederzulassen.

»Schließen Sie die Augen und konzentrieren Sie sich auf die Umgebung. Das Plätschern, der Duft von Blüten und Erde, die Aura der Pflanzen. Das Schlagen der Schmetterlingsflügel.«

»Wie soll ich *das* bitte hören?«

»Ich sagte nichts von *hören*, oder? Als Víla *spüren* Sie es.«

Das ist absurd. Trotzdem schließe ich die Augen. Und *spüre*. Doch dank des süßlichen Modergeruchs und der Schwüle fühle ich mich nur, als wäre ich in einem Smoothie-Laden gefangen, der es mit den Hygienevorschriften nicht allzu genau nimmt.

»Rufen Sie um Hilfe. Innerlich.«

Noch etwas, wovon ich für gewöhnlich absehe. Aber ich muss es tun, wenn ich je meine Freiheit zurückerlangen will.

Nur verknoten sich meine Eingeweide beim Gedanken, sie im Gesicht zu spüren. *Nein. Sieh es als Konfrontationstherapie.* Auch wenn meine Psychotherapeutin das ohne fachkundige Begleitung wohl nicht gutheißen würde.

»Mathea?« Profesorka Hruška legt sanft ihre Hand auf meine Schulter und ich schrecke auf. »Verarbeiten Sie die Eindrücke und wir probieren es nächste Woche erneut.«

»Ich muss keine Eindrücke verarbeiten!«

»Mathea. Die Stunde ist vorüber.« Da ist etwas Dunkles in ihrem

Blick, das nicht zu ihren rundlichen Zügen und Sommersprossen passt.

»In Ordnung.«

Noch während ich aufstehe, rauscht sie durch die Glastür, in ihrer Hand ein Handy, auf das sie starrt.

7

Ellie

Als ich Sonntagabend gepackt habe und dabei den Stundenplan in die Hände bekam, verblassten auf ihm so gut wie alle Kurse. Außer die theoretischen Pflichtdisziplinen und die zwei Artes Arcanes, die ich bestanden habe. Nur zwei – und doch genug, um an der Academia studieren zu müssen. Aber ich behalte meine Wohnung. Meinen Aushilfsjob. Zwar findet jeden Tag ein Kurs statt, aber es bleibt genug Zeit, um mein altes Leben nicht aufgeben zu müssen. Und ich bin sicher, ich finde einen Weg zu entkommen. Bis dahin muss ich alles dafür geben, nicht vor dem Arkanen Rat zu landen.

Doch jetzt, am Montagmorgen, erstarre ich mit der Tasche vor dem Tor der *Academia Sinistra*.

»So früh für *Natura I* um neun?« Valix, im Uniform-Cape, die Anzughose am Saum von den Hacken der schwarzen Chucks zerfleddert, schlendert an mir vorbei. »Kannst es wohl kaum erwarten?«

Hastig folge ich Valix. »Ich will nur nicht zu spät kommen.«

Ein Scholaris versperrt uns den Weg und starrt mit verkniffenen Augen Valix' Hörner an. »Hast dich rausgeschlichen, um anderen Arkanen das Blut auszusaugen, Níghul-Abschaum?«

Ich erstarre. *Blut aussaugen?* Und was bedeutet Níghul?

Valix verschränkt die Arme. »Sicher, dass du dich mit mir anlegen willst?«

»Glaubst du, ich hätte Angst vor niederen Dämonen wie dir?«, speit er und lässt die Fingerknöchel knacken.

Eine andere Scholaris zieht ihn am Cape zurück. »Bist du lebensmüde? Valix ist mit Astra Ozerov befreundet!«

Der Scholaris reißt die Augen auf. »Ähm … ich … das war eine Verwechslung!« Ohne sich umzusehen, stürmt er davon.

»Seit ich mit Astra befreundet bin, wird mir jeglicher Spaß verwehrt«, mault Valix.

»Warum war er so gemein zu dir?« Ich sollte mehr Angst wegen der Sache mit dem Blutsaugen haben, aber wie immer, wenn jemand heruntergemacht wird, verblasst alles andere.

»Nur Imponiergehabe des ersten Jahres.« Valix durchquert den Innenhof der Studierenden mit langen Schritten. »Spätestens wenn du um ein Bett kämpfst, tust du genau das Gleiche.«

»Aber wenn ich das nicht will?«

»Dann wirst du sehen, was du davon hast.«

Im alabasterweißen Flur muss ich hasten, um Schritt zu halten. »Astra und Peninnah nennen dich immer nur beim Namen. Ich weiß nicht, ob du –?«

Valix hält mit dem Rücken zu mir inne.

War das falsch?

Aber dann dreht sich Valix um. Lächelt so zart, dass es mit dem breiten Kiefer und den düsteren Augen bricht. »Die Seirim nutzen das Pronomen *sei*.«

»Se…irim?« Der Scholaris sagte doch eben Níghul?

»Eine Dämonenart. Die sind dir schon aufgefallen?« Valix deutet auf die – auf *seire* – Hörner. »Seirim erziehen ihre Kinder ohne westlich-menschliche Vorstellung von Geschlecht. Erst mit der Volljährigkeit wählen wir, welche Geschlechterrolle wir annehmen. Ich entschied mich für keine. Also danke fürs Fragen.«

Ich lächle. Dann muss ich grinsen. »Sicher, dass du dabei gesehen werden willst, wie du dich bedankst?«

Valix stampft eine Marmortreppe hoch. Doch dann hält sei inne und seufzt. »Wenn du im Kurs Stärke zeigst, überlassen sie dir vielleicht ein Bett.«

Ich will mich bedanken, doch Valix ist bereits zwischen den anderen Scholares verschwunden. Also umklammere ich meine Tasche und kämpfe mich in die zweite Etage. Alles ist so kühl. Nicht steril wie im Krankenhaus. Ich fühle mich wie eine Jane-Austen-Protagonistin, die in einem wehenden Kleid durch die ehrwürdigen Schlosshallen eines von Verlust gezeichneten Lords wandert.

Jemand rempelt mich an. Ächzend pralle ich gegen die Wand. Diese verschlingende Energie überall …

Nein. Sie haben mich bisher nicht aufgefressen, dann tun sie es auch nicht, wenn ich nach dem Weg frage. *Hoffe ich.* Ich räuspere mich und starre in das erstbeste Gesicht.

Schwarz unterlaufene Augäpfel.

»Was?«, faucht die Scholaris. Natürlich ist sie gereizt, wenn man sie anstarrt wie ein fünfköpfiges Huhn.

»Entschuldigung, wo findet der Natura-Kurs statt?«

»Willst du mich verarschen?« Fahrig schaut sie über die Schulter. »Ist das ein Trick von jemandem?«

»Ich will wirklich nur wissen, wo der Kurs stattfindet.«

»Stehst direkt davor.« Sie deutet mit ihren Klauen auf die prächtige Doppeltür. In den Verzierungen blitzt ein Smaragd auf, das Herzstück eines Symbols aus sechs Kreisen.

»Sollen das Blütenblätter sein, die für die Ars Arcana Natura stehen?«

»Wow. Schon mal über eine Karriere als Aufspürerin für den Arkanen Rat nachgedacht?«

»Keine Ahnung, was das bedeutet, aber danke. Ich hab schon befürchtet, dass hier niemand je ein warmes Wort übrig hat.«

»Bei Dextras Darminhalt.« Stöhnend verschwindet sie.

Schade, aber sie will wohl auch nicht zu spät kommen.

»Hat wieder jemand den Raum mit einem Bann belegt?«

Ich trete von der Tür zurück. »Nein, ich –«

Eine kleine Frau mit Pixie Cut, deren hellbraune Arme in Flügel mit dunklerer Zeichnung übergehen, stößt die Tür auf.

»Sind Sie ein *Engel*?«, keuche ich.

»Wer wagt es, eine Harpyie derart zu beleidigen?« Sie peitscht herum und stiert mich aus verengten Augen an, die Iriden im Bernstein eines Uhus. »Ah. Die neue Scholaris.«

»Ich wollte Sie nicht beleidigen!«

»Rein mit Ihnen.« Ihre Schritte klackern. Statt auf Füßen läuft sie auf Vogelkrallen. »Ich gehe davon aus, dass Sie aufgeholt haben, was Sie versäumt haben?«

Durch die Fenster fällt Morgenlicht und erleuchtet geometrische Mosaike im Glas. Eine glühende Flamme. Ein schimmernder Wassertropfen. Ein grüner Samen. Ein blassgelber Wirbelwind. Und eine bronzene Eule.

Jemand schnippt und ich schrecke aus der Faszination für das Lichterspiel auf dem Steinboden auf. »Wie bitte?«

»Sie haben sicher aufgeholt, was Sie versäumt haben?« Die Harpyie sieht nur etwas älter aus als ich, aber muss die Profesorka sein. Magistra, wie sie hier genannt werden.

»Oh, ähm. Hätte ich, wenn ich gewusst hätte, was –«

Die Tür knallt gegen die Wand und Scholares drängen sich an uns vorbei.

»Magistra Estrada!« Einer von ihnen verwickelt sie in ein Gespräch und ich bin erlöst.

Ich verziehe mich in eine Ecke. Dank in den Boden gemeißelter Runenkreise sieht es nicht wie ein Kurszimmer aus, sondern wie ein Ort, an dem man Dämonen aus der Hölle beschwört. O Gott. Das tun wir gleich nicht wirklich, oder?

»Wie Sie dem Semesterplan entnehmen können, widmen wir uns heute den Grundlagen des nächsten Elements.« Magistra Estrada breitet die Flügel aus und steigt mit einem Stoß in die Luft. Sie landet mitten im Raum und der Aufprall wirbelt alle Capes und meine Locken auf. *»Luft.«*

Während sie weiterredet, beuge ich mich zum Studenten neben mir. »Wie komme ich an den Semesterplan?«

»Mit einer Zeitreise zur ersten Woche.«

Führt er mich aufs Glatteis? Am besten, ich halte mich im Hintergrund und frage nach der Stunde Magistra Estrada.

»Scholaris Novotná«, reißt mich die Magistra aus den Gedanken. Alle Scholares treten zur Seite. »Sie scheinen bereits alles zu wissen, da Sie so angeregt mit Ihrem Nachbarn plaudern.«

Sie muss auch das Gehör eines Raubvogels haben.

»Nein, ich wollte nur –«

»Die heutige Lektion demonstrieren? Wie freundlich.« Sie deutet auf den mittleren Runenkreis.

Hölzern gehe ich durch die tuschelnden Studierenden ins Zentrum des Raums. Sie lachen, nicht gerade hinter vorgehaltener Hand.

Stärke zeigen, wie Valix meinte.

»Zeigen Sie, was Sie können!« Sie hebt die Arme und der Wirbelsturm im einen Fenster glüht wie flüssiges Gold.

Dann bricht ein echter Sturm über mich herein.

Ich reiße die Hände vors Gesicht, doch Wind stiebt um mich. »Was …« Meine Stimme geht im Rauschen unter. Ich hole Luft, die in meiner Lunge brennt. »Was soll ich tun?«

»Sie sind eine Hexe. Lassen Sie sich etwas einfallen.«

Ich balle meine Hände zu Fäusten. Was habe ich mir nur gedacht? Stärke zeigen? Ich habe keine Ahnung, wie ich auch nur einen Löffel verbiegen könnte. Ich übernachte einfach auf einer Bank in den Innenhöfen. Hab schon schlimmer geschlafen. Auf siffigen Sitzen in Bushaltestellen. In Prags Gassen, bevor ich meine Wohnung in Nový Svět bekommen habe. Aber ohne guten Schlaf könnte meine Kraft ausbrechen, ich fliege raus – und komme vor den Rat. Mir muss etwas anderes einfallen. Hauptsache, ich überstehe das hier erst mal. Ich zerre die Arme näher an mich. Wenn sie sieht, wie es mir zusetzt, erlöst sie mich. Doch der Sturm nimmt zu. Wind schneidet über meine Haut, muss Striemen hinterlassen.

Und dann ist die junge Frau wieder da. Schaut zu. Teilnahmslos, aber doch an meiner Seite. Sie rümpft die Nase. Ist sie enttäuscht von mir? Wenn sie wüsste, wie sehr es *wehtut* –

Nein. Natürlich hilft sie mir nicht. *Das tut nie jemand.*

Ich schluchze. Durch das Rauschen dringt Lachen zu mir. Die Scholares finden das witzig.

Dunkelheit braust in mir auf. Rollende Gewitterwolken, die ich nur herauslassen muss, um das hier zu beenden. Um ihr Lachen zu beenden. Um sie –

Nein. »Bitte …« Der Wind trägt meine Stimme davon.

Und dann zieht etwas die Luft aus meiner Lunge.

Die Finger in die Brust gekrallt schaue ich wild um mich. Sieht niemand, dass ich nicht atmen kann?

Sie tuscheln miteinander. *Gelangweilt.*

Das Vakuum in meinem Brustkorb zerquetscht meine Rippen. Doch da! Der Blick eines Studenten kreuzt meinen. Wenn ich –

Er murmelt etwas. Noch mehr Luft wird aus mir gezerrt.

Tut *er* mir das an?

Ein Freund klopft ihm auf die Schulter und er grinst.

Ich greife nach meinem Hals. Er tötet mich. Sie alle lassen zu, dass er mich tötet!

»Genug!«, donnert Magistra Estrada und der Wind verweht.

Luft strömt in meine glühende Lunge. Aber die Blicke der anderen sind schlimmer als das Ersticken. Sie haben erkannt, was ich bin. *Ein leichtes Opfer.*

Ich streune durch den Schlafsaal. Alle starren mich an, mit hungrigen Augen. Ich kann niemandem sein Bett abnehmen! Doch dann macht mein Herz einen Hüpfer. Eine Pritsche, frei von Warnschildern, Fallen und persönlichen Gegenständen.

Ich schleiche hin.

»Das Bett würde ich nicht nehmen«, säuselt Elorel, die letztes Mal die Riesin ausgeknockt hat. Eine Pixie, wie Astra erklärt hat. Inklusive Warnung, dass die rein gar nichts mit den kleinen, liebreizenden Wesen aus der Folklore zu tun haben. »Purdue hat die Abschlussprüfung im August verhauen und alle wussten, dass er auch an der Nachprüfung scheitern würde. Seit Wochen ist klar, dass er heute von der Academia fliegt und dieses Bett frei wird. Du bist nicht die Einzige, die Anspruch darauf erheben wird.«

»Habt ihr schon mal überlegt, ein rotierendes System umzusetzen? So könnten alle –«

Elorels schrilles Gelächter hallt von den Dachschrägen wider. »Schätzchen, du wirst heute Abend mit dem kämpfen, was Gregale gemeinhin als *Monster* bezeichnen.« Sie rollt sich auf den Rücken und zählt an den Fingern ab. »Pixie, Kappa, Nixe, Banshee, Kelpie, Gorgone, Satyr, Oni, Karasu-Tengu, Şüräle, Ghul und Wendigo.«

Damit kann ich arbeiten. Es gefällt mir nicht, aber welche Wahl habe ich, als ein Bett zu erobern? Ohne vernünftigen Schlaf keine Energie, um meine Kräfte zu erlernen, die Prüfungen zu bestehen und meine Freiheit zu erlangen. Oder um doch noch einen Ausweg aus dem Studium zu finden. Also atme ich ein. »Was glaubst du, wer greift zuerst an?«

»Wenn du wetten willst – ich setze auf Desmond, einen Ghul. Oder den Satyr Victor.«

»Ghul und Satyr«, murmle ich und schwinge mir meine Tasche über die Schulter.

»Was ist mit der Wette?«, ruft Elorel mir hinterher.

Ich mache mich auf zur in Dutzenden Räumen nach Themen getrennten Bibliothek, die Astra mir gezeigt hat. Die Nase der Bibliothekarin bleibt hinter ihrem Buch verborgen, während sie bestätigt, dass die Schutzmagie auch auf arkane Gegenstände wirkt, ich die Bücher also außerhalb der Academia lesen kann. Dann weist sie mir den Weg zum richtigen Raum. Dort zerre ich die zentnerschwere

Encyclopedia Arcana – Von Abarimon bis Zuijin aus dem Regal und schleppe sie nach draußen.

»Ellie?«, ruft Astra mir entgegen, die im Innenhof unter den wachsamen Augen mehrerer Studentinnen einen Volleyball balanciert. »Du kannst nicht in deiner Wohnung schlafen! Rektorin Sýkorová wirft dich ohne Zögern raus, wenn du die Regeln brichst!«

Als ich endlich wieder die *Academia Sinistra* betrete, schimmert kühles Licht in den dunklen Fluren. Kristalle, die an der Decke schweben und von denen mich einige wie Irrwische verfolgen. Ich hoffe, ich bin nicht zu spät. Doch als ich im Schlafsaal ankomme, sind sie mitten im Kampf. Zwei Kerle ringen auf dem Boden, beide offenbar der körperlichen Kraft zugeneigt, statt Zauber oder Ähnliches zu nutzen. Vielleicht konnten sie deshalb noch kein Bett ergattern – Körperkraft hilft nicht viel gegen Magie. Der mit den Ziegenbeinen und Hörnern, bei dem es sich um den Satyr Victor handeln muss, rammt den Ellbogen ins Gesicht des anderen. Der Ghul Desmond schlägt seine Fangzähne, die lang aus seinen gräulichen Lippen ragen, in Victors Fleisch. Dessen Jaulen fährt wie ein Blitz durch mich hindurch.

Ich reiße mich aus der Trance. Das ist meine Chance. Also pfeffere ich meine Tasche auf das Bett und schüttle die ausgefranste Decke aus. Alle Augen richten sich auf mich. Sogar der Kampf gerät ins Stocken, doch ich binde die getrockneten Kräuterbündel, vor allem Lavendel, ans Kopfende des freien Bettes, ohne sie zu beachten.

»Willst du ernsthaft sterben?«, röhrt Desmond. Seine schweren Schritte kommen auf mich zu.

»Ich würde nicht näher kommen«, warne ich.

Die meisten lachen.

Ich drehe mich um, gerade rechtzeitig. Desmond stürmt zu mir, um mich vom Bett weg oder direkt in zwei Stücke zu reißen. Mit im Hals pochendem Herzen weiche ich zurück.

Er stößt mich mit voller Wucht zu Boden, wo er mich unter seinem doppelt so großen Körper begräbt. Ich kann nicht atmen, so sehr zerdrückt er meinen Brustkorb.

Hilflos winde ich mich unter ihm, bis er endlich Gewicht von mir nimmt, um mich zu packen. »Du kleines Miststück hast dich mit dem falschen –«

Ich greife in sein wutverzerrtes Gesicht.

Er grollt so tief aus der Brust, dass ich fürchte, in ihm steckt ein Teil Werwolf, den ich späterweckt habe. Doch dann wandelt es sich in ein Wehklagen, während die Haut um seinen Mund Blasen wirft. Zischelnde, eitrige Blasen. Er kippt zur Seite und ich ziehe mich am Bettrahmen hoch. Die Blicke der anderen wandern zu Desmond, der sich jammernd windet.

»Was hast du getan?«, zischt Elorel.

»Das, was alle von euch tun würden – wenn ihr könntet.« Bewusst vage bleiben. Stärke zeigen.

Ein Raunen geht durch die Scholares und der Satyr macht drei klappernde Schritte zurück.

Es funktioniert. *Einschüchterung.*

Ich lege meine Tasche aufs Bett und zerre Desmond auf die Beine. »Ich bringe ihn zum Medica-Flügel.« Dramatische Pause, wie in Tatianas Seifenopern. »Bevor er *stirbt.*«

Es funktioniert so gut, dass niemand meine zitternden Hände bemerkt. Oder dass alles in mir mich anfleht, Desmond das Gesicht zu waschen, ihm eine Salbe zu besorgen und mich tausendmal zu entschuldigen. Ich steuere ihn auf den Ausgang zu – wo Astra im Türrahmen steht. Mit zusammengebissenen Zähnen helfe ich dem jammernden Desmond in den Flur und werfe einen letzten Blick auf das Bett.

Niemand rührt es an. Genauso wenig wie meine Tasche.

Sobald die Tür zufällt, atme ich tief aus.

Astra greift nach Desmonds Arm. »Wie hast du das gemacht?«

»Mit meinen Hexenkräften?«

»Wenn du mich hinters Licht führen willst, sollte das nicht als Frage aus deinem Mund kommen.« Sie blickt an Desmonds hin und her wiegendem Kopf vorbei, um mich anzusehen. »Keine Sorge, ich denke nicht, dass er genug bei Bewusstsein ist, um dein Geheimnis mitzubekommen.«

»Was hab ich nur getan?«, stöhne ich. »Ich dachte nicht, dass es bei Ghulen *so* heftig wirkt!«

Auf der Treppe purzelt Desmond beinahe die Stufen hinunter, weil mich ein Zittern durchfährt.

Zum Glück hält Astra das meiste seines Gewichts. Dann schnüffelt sie an ihm und ihre Augen leuchten auf. »Du hast Seifenwurz benutzt?«

»Pscht!« Ich deute auf die wenigen Scholares im Flur. »Sie sollen so lange wie möglich glauben, es wäre Magie!«

Einen ganzen Flur lang lacht Astra nur. Dann stößt sie die Tür des Medica-Flügels mit einer Schulter auf. »Woher wusstest du, dass Seifenwurz giftig für Ghule ist?«

Ein Medica-Pfleger in einer weißen Variante des Capes geleitet uns zu einem mit Vorhängen abgetrennten Krankenbett, auf das wir Desmond verfrachten.

»Ich habe recherchiert. Das Schwierige war eigentlich, Seifenkraut in Prag zu finden.«

»Wer hätte gedacht, dass deine Drohung, meinen Tee zu vergiften, nicht bloß heiße Luft war!«

»Ich würde dich nie vergiften!«

Sie hebt die Augenbrauen. »Auch nicht, wenn ich mich in dein Bett schleiche?«

»Du hast ein Zimmer! Was willst du mit meinem Bett?«

»Richtig, meins ist komfortabler.« Sie greift sich ans Kinn. »Vielleicht sollte ich mich davor in Acht nehmen, dass du es auf *mein* Bett abgesehen hast?«

»Ich bezweifle, dass ich mich als Präfektin eigne.«

Einen weiteren Flur lang hört sie nicht auf zu lachen.

Ich kann in einem Bett schlafen. Dort zu liegen, im Mondlicht, zwischen all den anderen Arkanen, die sich hin und her werfen, tief atmen, leise schnarchen, ist friedlich. Anders, als ganz allein zu schlafen. Es erinnert mich an früher. An meine Familie. Ob sie noch nach mir suchen? Ein Teil von mir wünscht es sich, wünscht sich, dass sie sich noch etwas aus mir machen. Der Wunsch, dass nie jemand von ihnen vor mir auftaucht, ist größer. Trotzdem kann ich nicht anders, als an sie zu denken und mich zum ersten Mal, seit ich in Prag bin, beim Schlafen ganz zu entspannen.

Bis die Kämpfe losgehen.

Offenbar *haben* sie ein Rotationssystem – nur anders, als ich es mir vorgestellt hätte. Nach ein paar Stunden schleichen die Ersten in den Saal, um die schlafenden Sinistras aus ihren Betten zu zerren. Aber die wenigsten unter ihnen sind bereit, nach so wenig Schlaf ihren Platz zu räumen. Ich dämmere weg, bis der nächste Kampf ausbricht und mich aufschreckt. Das Ganze wiederholt sich mehrmals. Nie kommt jemand zu mir. Aber wenn sie mitbekommen, dass ich nur eine Finte benutzt habe, wird sich das ganz schnell ändern. Am besten, ich gebe ihnen so wenig Gelegenheit wie möglich, mich zu durchschauen.

Deshalb husche ich am Morgen als eine der Ersten aus dem Bett und mache mich im heruntergekommenen Gemeinschaftsbad fertig. Doch als ich im mit Ebenholz verkleideten Speisesaal der Academia ankomme, sind so gut wie alle Plätze an den Reihen dunkler Tische besetzt. Lauter Scholares, die ihr Besteck nutzen, als müssten sie jedem klarmachen, dass auch ein Buttermesser im Rücken für Schmerzen sorgt.

»Nur die Hälfte der Scholares kann gleichzeitig essen.« Ein Mann, wohl ein Magister, tritt neben mich. Alles an ihm ist lang. Sein dunkelbraunes Gesicht, der skulptierte Bart, über den er streicht, seine Arme und Beine im Tweedanzug, an dessen Weste eine Hirschbrosche steckt, die aus seiner Studienzeit stammen muss. Die Art, wie er Worte dehnt. »Was bedeutet, dass Sie sich einen Platz erkämpfen müssen.«

Ich weiche zurück. »Schon wieder kämpfen?«

»Nicht so brachial wie bei den Betten. Mit *Prestige*.«

Ich schlucke. »Danke, Magister …?«

»Lorcan. Sie werden mich noch in *Magica I* kennenlernen. Wenn Sie bis morgen überleben.« Damit verschwindet er zwischen den Scholares, die um die Tischreihen herumschleichen, auf der Suche nach einem frei werdenden Platz.

Prestige. Schon die Bedeutung des Wortes kann ich nur vage umschreiben. Wie soll ich damit einen Platz ergattern?

Ich schleiche etwas näher. Goldene Schalen mit all den tschechischen Backwaren, die ich erst seit meiner Ankunft in Prag kenne. Äpfel, Mirabellen und Pflaumen, beträufelt mit Nektar. Tee, der nach erlesenen Blüten duftet, und schwarzer Kaffee, den die Scholares runterkippen, als wäre er das Heilmittel für alle Krankheiten. Ich könnte mir etwas in einer Bäckerei holen, aber … was sagt Tatiana immer? *Darovanému koni na zuby nehleď.* Dieses Buffet vor mir *ist* ein geschenkter Gaul. Also krame ich meine Plastikdose hervor, in der ich Kamillenblüten gesammelt habe, und husche zum nächsten Tisch. Ich greife nach einem mit Mohn und Walnüssen gefüllten Teilchen.

Doch neben meiner Hand rammt jemand eine Gabel in den Tisch. »Meins«, knurrt der Scholaris.

Hastig schaufle ich stattdessen ein fluffig gebackenes *Rohlíky* mit Butter und eine tiefrote Pflaume in meine Dose, ignoriere die Blicke und stürme davon. Direkt zum Café. Meine Schichten passe ich an den Stundenplan an, während ich Tatianas und

Tomáš' Fragen ausweiche, was die Änderungen sollen. Ein Teil von mir will ihnen alles erzählen. Nun, nicht *alles*. Nur von der *Academia Sinistra*, denn vielleicht würde das meine Bürde etwas erleichtern. Doch ein anderer, größerer Teil will, dass sie nie davon erfahren. Dass sie der eine normale Anker in meinem Leben bleiben.

Erst am Abend kehre ich für *Scientia I* in die Academia zurück. Nein, in der Nacht, um 23 Uhr.

Nur wenige Kristalle begleiten mich durch die düsteren Flure und während ich mit anderen Scholares vor der Falltür über der Treppe im dritten Stock warte, redet niemand mit mir. In der Tür ist ein Onyx eingelassen, dunkel wie der Nachthimmel, umrandet von einem Symbol. Der Kronenstern vom Examen! Was sagte Astra? Scientia umfasst Astronomie, Runenmagie und Magietheorie. Der Stern muss für die neun Artes Arcanes stehen, die dort erforscht werden.

Ein Mann taucht in einem Wirbel aus Fledermäusen auf. Ich weiche als Einzige zurück. Magister Dumitrescu. Nach gestern habe ich meinen Stundenplan genauestens studiert, wenn ich schon keine Semesterpläne habe. Schweigend schließt er die Tür auf und dabei blitzt eine pergamentweiße Adlernase unter der Kapuze seines Umgangs hervor.

Der unverputzte Raum sieht nach Keller aus – und riecht auch so –, aber gehört zum Astronomischen Turm. Die Scholares drängeln von hinten, sodass die ersten die Holztreppe zu den höheren Ebenen erklimmen müssen. Ich stolpere über eine Rinne und klammere mich an die von der Wand abstehende Vorrichtung. »Was ist das alles?«

»Die Meridianhalle«, schallt es kratzig von der Treppe.

Ich sehe zur verhüllten Silhouette von Magister Dumitrescu, der einer über uns lauernden Krähe gleicht. Doch er stiefelt höher, ohne mehr zu erklären.

Die Scholares schieben mich auf die knarzende Treppe. Ich klammere mich ans Geländer. Was, wenn mich jemand runterschubst? Würde ich zerbrechen wie eine Porzellanpuppe – oder würde die dunkle Macht in mir aufbegehren?

Ich wünschte, Astra wäre hier.

Sofort klatsche ich mir eine Hand vor den Mund, als hätte ich das laut gesagt. Wie albern. Sie ist keine Ritterin in weißer Rüstung, sondern eine Studienpräfektin in schwarzer Uniform. Nur deshalb hat sie mir geholfen.

»Gruppenarbeit«, murrt Magister Dumitrescu.

Alle ziehen sich in Grüppchen auf die schmale Galerie zurück oder eilen noch weiter die steile Treppe hoch.

»Ähm«, ich recke den Hals, »Entschul-«

Magister Dumitrescu löst sich in Fledermäuse auf, die in Spiralen nach oben flirren.

Ich haste hinterher, bis unter das Dach. Vier Türen führen auf die Aussichtsplattform, wo Scholares um den wenigen Platz kämpfen und in den Himmel starren. Zwei balancieren auf der Balustrade und langen nacheinander.

Der Magister materialisiert sich auf einem Balken unter der Decke, wo er sich mit einem Buch hinhockt.

»Sollten Sie nicht etwas sagen?« Ich deute nach draußen, wo die Rauferei heftiger wird.

Seine Kapuze bewegt sich ein paar Millimeter, als drehe er den Kopf zur Seite. »Ich bleibe unparteiisch.«

»Was, wenn jemand stürzt?«

Er zieht die Kapuze tiefer ins Gesicht.

Ich haste zu den miteinander ringenden Studenten. »Sollen wir nicht am Projekt arbeiten? Ich habe noch keine Gruppe, aber würde gern mit euch –«

Der kleinere stößt den anderen mit dem Ellbogen in der Magengrube von der Balustrade.

Japsend presche ich zum Geländer.

Ein Schwarm Fledermäuse stiebt an mir vorbei. Ihre ledrigen

Flügel klatschen gegen mein Gesicht. Mit einem Zerren im Magen stolpere ich zu Boden. *Es sind nur Tiere.* Trotzdem beruhigt sich mein Atem kaum.

Die Fledermäuse schwirren zu einem Pulk zusammen. Einen Wimpernschlag später lauert der größere der beiden Scholares über mir und bindet sein schwarzes Haar nachlässig im Nacken zusammen. Seine Haut hat die Farbe von vergilbtem Papier.

»Wie hast du das gemacht?« Keuchend rapple ich mich auf.

»Ich bin Mihai Dumitrescu«, verkündet er stolz. Weil ich ihn nur anstarre, schnieft er. »Ein Strigoi, aus der gleichen Familie wie Magister Dumitrescu.«

Strigoi. Ist das nicht … eine Art Vampir aus Rumänien? Geschichten darüber haben mir meine Eltern oft erzählt.

»Was lässt dich glauben, dass wir mit dir zusammenarbeiten wollen?«, schnarrt er.

»Magister Dumitrescu sagte *Gruppenarbeit.*« Ich zwinge mir ein Lächeln auf. »Zwei sind keine Gruppe, oder?«

»Eine deiner Art ist so hilfreich wie zehn Gegner.« Er krallt sich den Kleineren und springt mit ihm vom Turm.

Den Rest der Stunde hocke ich in einer Ecke und google, wie man auf Menschen zugeht, als Nachzügler eine Gruppe findet und, in einem ganz dunklen Moment, eine Einzelarbeit als Gruppenprojekt ausgeben kann. Beinahe wünsche ich mir, das Gesicht der blassen Schönheit wiederzusehen.

Dann schaue ich Katzenvideos.

»Wie war der warme Empfang deiner Mitstudierenden?«

Ich blicke hoch. Astras blonder Haarschopf schwebt über mir, ansonsten ist niemand mehr hier.

»Ich weiß einfach nicht, was ich falsch mache.« Ich stehe auf. »Gibt es Höflichkeitsregeln, die ich lernen muss?«

»Daran liegt es nicht.« Astra streicht ihr Cape glatt, unter dem sie einen Oversized-Blazer und dunkelbraun karierte Chinos trägt, die eindeutig nicht zur Uniform gehören. »Sondern am Konkurrenzkampf. Und der allgemeinen Neigung zur Boshaftigkeit, die Sinistras Pfad mit sich bringt.«

»*Ich* bin nicht boshaft.«

»Nun«, sie stemmt die Hände in die Hüften wie eine Lehrerin, »wenn du dich etwas mehr anstrengst, böse zu sein, würdest du vielleicht leichter Freunde finden.«

»Das kann ich nicht.«

»Sicher kannst du. Versuch es bei mir. Ich verspreche, ich nehme es dir nicht krumm.«

Die Falltür rumst auf. Zwei Studenten stolpern halb die Treppe hoch. Sie küssen sich innig, bevor sie uns bemerken.

»Oh«, murmelt einer. »Astra. Sorry. Wir wussten nicht, dass schon wer hier ist.«

»Immerhin kann uns die Präfektin keine Strafe aufbrummen«, grinsend drängt der andere ihn die Treppe runter, »wenn sie selbst hier ist, um –«

Mit einem Wisch von Astras Hand knallt die Falltür zu.

Meine Ohren glühen, ohne dass ich genau weiß warum. Vielleicht wegen der beiden, vielleicht wegen dem, was sie glauben, was hier vor sich geht.

»Mach dir nicht so viele Gedanken.« Astra geht einen Schritt zurück. »Die Leute kommen nicht *nur* dafür her.«

»Aber das denken die beiden jetzt von uns!«

»Na und? Ist doch egal, was andere denken. *Mir* ist das egal. Und deshalb«, grinsend neigt sie den Kopf, »kommst du auch nicht drum herum, die im Prinzip zehnte Ars Arcana an mir zu erproben. Sag etwas Fieses über mich.«

Ich schüttle den Kopf, denn selbst wenn mir etwas einfiele, könnte ich es nie aussprechen. Worte können so viel tiefer schneiden als jedes Messer.

»Du bist zu ängstlich. Viel zu zaghaft.«

»Das sind nicht unbedingt schlechte Eigenschaften. Und du kannst mich nicht provozieren, denn –«

»Deine Handyhülle«, Astra deutet auf die Blumenverzierung aus Strasssteinen, »ist abgrundtief hässlich.«

»Das Handy und die Sticker hat mir meine Freundin Tatiana geschenkt!«

»Sicher, dass sie dich nicht gebeten hat, es zu entsorgen?«

»Es leistet sehr gute Dienste!«

Astra zieht eine Braue hoch. »Wie der Telegraf. Doch es hat einen Grund, warum wir den nicht mehr nutzen.«

»Das war eine liebe Geste einer *sehr* lieben Freundin!« Ich hole tief Luft. »Aber das verstehst du wohl nicht, weil … weil deine Freunde nur getragene Socken, abgehackte Fledermausköpfe und Folterinstrumente verschenken!«

Astras Lachen hallt durch den Turm. »Du bist so schlecht hierin.«

»Und ich hoffe, dein Lieblingsbuch bekommt eine entsetzliche Filmadaption!«

Sie rudert mit ihrem Lachen zurück. »Hat es schon.«

»Was ist dein Lieblingsbuch?«

In ihrer Tasche vibriert es. Sie zieht ihr Handy hervor und wirft einen Blick darauf, dann sieht sie hoch. »Komm morgen um dreizehn Uhr in den Vojan-Park. Ich warte auf der Terrasse.«

»Wieso?«

»Ich muss los. Sorry.«

Punkt dreizehn Uhr, aber keine Astra. Ich schlendere zum Brunnen auf der Terrasse, die an drei Seiten vom barocken Palast begrenzt wird. Für meinen Geschmack ist hier zu viel asphaltiert, aber immerhin zwei Bäum-

Ich halte inne. Auf den knorrigen Ästen thronen drei Pfauen.

Obwohl ich die Hand ausstrecke, lassen sie sich nicht dabei stören, ihr blaugrün schimmerndes Gefieder zu putzen. Der auf dem niedrigsten Ast sieht mich aus Perlaugen an.

»Du bist wunderschön«, flüstere ich. »Seid ihr so zahm, weil euch alle durchfüttern?«

Er antwortet mit einem majestätischen Laut.

»Sorry, musste noch etwas klären!« Astra stampft die Treppe herauf und die Pfauen flattern höher, ungelenk durch die langen Schwanzfedern. »Sie mögen dich wohl mehr als mich.«

»Vielleicht, weil ich nicht wie ein zwei Meter großer Holzfäller durch den Park trample?«

»Wäre eine Überlegung wert. Hier gehts zum Styk.«

Ich folge ihr die Treppe hinab und durch den Park. *»Styk?«* Was meint sie mit Schnittstelle? Schnittstelle – oder Kontakt. O nein. »Bitte nicht wieder eine Dämonenkneipe.«

Astra deutet auf eine schwarz angelaufene Kapelle.

Sie wirkt, als hätte jemand Bruchstücke von Tropfstein mit halb erstarrter Lava aneinandergepappt. Zwischen Konturen, die an gekrümmte Gliedmaßen erinnern, entdecke ich Überreste von Tierfiguren. »Es sieht aus wie eine Dämonenkneipe.«

»Der Styk ist die gemeinsame Bibliothek der Academia und Univerzita.« Astra scheucht mich durch die Tür. Das Innere sieht noch schauriger aus. Als hätte man es aus Tausenden Tierzähnen erbaut.

»Hast du nicht gesagt, die Universitäten hassen sich?«

»Und damit wir uns wegen Büchern, von denen nur ein Exemplar existiert, nicht gegenseitig die Unigebäude abfackeln, hat man diese Lösung gefunden.« Astra kniet sich vor einen kahlen Kamin. »Na gut, *wir* würden *ihr* Schloss abfackeln. Sie würden vor unseren Toren einen Hungerstreik mit Mahngesang abhalten. Das größere Verbrechen, wenn du mich fragst.«

Ein Feuer entflammt im Kamin – ohne Holz. In einer runden Nische erscheint ein Spiegel. Wir steigen hindurch und ein Nichts aus Silber verschlingt mich. Dann treten wir in eine monumentale Halle, die aus zwei in der Mitte zerschnittenen Gebäuden zusammengesetzt scheint. Unsere Hälfte aus knochenweißem Material, akkurat und kahl wie die Academia. Die andere Hälfte wie ein aus Ranken gewachsenes Baumhaus von gigantischem Ausmaß. Vogelgezwitscher schallt aus den Regalen der anderen Seite.

Wir wandern zu akkurat angeordneten Marmortischen, wo Astras Bruder Atlas mit Peninnah, Valix und anderen Scholares sitzt. Doch ich kann den Blick nicht vom Grün abwenden. »Wunderschön …«

»Hier siehts nicht anders aus als in der Academia.« Astra runzelt die Stirn, als sie sich auf einen der Stühle setzt. »Oh, du meinst die Hobbithöhle da drüben.«

»Wenn man eine Hobbithöhle auf Wish bestellt.« Eine junge Frau wirft sich ihre üppigen Ebenholzlocken über die Schulter, wobei ihre Silberohrringe mit korallenen und türkisen Perlen klimpern. Sie studiert mich, ihre Augen gerahmt von den dichtesten Wimpern, die ich je gesehen habe.

»Wollen wir uns einen freien Tisch suchen?«, flüstere ich.

»Wenn du per Telepathie mit deinen Gruppenmitgliedern über euer Scientia-Projekt kommunizieren willst.« Astra breitet ihre Habseligkeiten auf dem Tisch aus, ohne den Platz des neben ihr kauernden Studenten zu achten. Krähenflügel verhüllen seine schlaksigen Gliedmaßen. Ebenso hängen ihm schwarze, schulterlange Strähnen ins Gesicht.

Ich halte mich an der Stuhllehne fest. »Gruppenmitglieder?«

»Khadija Veselá. Ich bin eine Dschinn.« Die Schönheit mit den Locken hält mir ihre Hand hin, die ich ergreife. Weiche Haut, vom Ockerton feinen Wüstensandes, den die Abendsonne erwärmt. Sie lächelt. Das erste Lächeln einer Sinistra, abgesehen von Astra!

»Ellie Novotná!«

Ohne dass ihr Lächeln verblasst, umklammert Khadija meine Hand fester. »Es gibt eine, wirklich nur *eine* Sache, die ich von dir verlange.« Sie zieht mich über den halben Tisch. »*Keine. Wünsche.* Keine ernst gemeinten Wünsche. Keine Witze über Wünsche. Keine

Imitation der blauen Schandtat, die Disney 1992 *und* 2019 in diesen Filmen als Dschinn verkaufen wollte. Und *vor allem* kein Nachfragen, ob man sich mit einem der drei Wünsche unendlich viele Wünsche wünschen kann.«

»Welche … welche Filme?«

»Ganz genau.« Abrupt lässt Khadija los und ich stolpere zurück in den Stuhl. »Ich mag dich jetzt schon. Der hier«, sie zeigt zum Schwarzhaarigen neben ihr, »ist Ren Nomura. Karasu-Tengu – ein Krähendämon. Er ist schüchtern.«

Zwischen Rens dunklen, geraden Brauen entsteht eine Falte. »Ich bin nicht schüchtern.«

Atlas räuspert sich. »Könntet ihr eure Kennenlernrunde im *U Sedmi Čertů* abhalten? Ihr stört die anderen.«

Astra rollt mit den Augen und Ren murmelt ein »Sorry«.

Khadija lehnt sich gegen Atlas' Schulter. »Du brummst uns doch keine Strafe auf?«, raunt sie so betörend, dass mein Nacken kribbelt und alle am Tisch an ihren Lippen hängen.

Atlas schüttelt sie ab. »Du weißt, dass das bei mir nicht funktioniert.«

Khadija gleitet zurück. »Wollte nur sichergehen. Es nervt, wenn Kräfte nicht wie gewohnt funktionieren.«

»Bei mir hat es funktioniert.« Astra zuckt grinsend mit den Schultern. »Etwas zumindest.«

»Weil ich gut aussehe. Nicht wegen meiner Fähigkeit.«

»Bei allen anderen hat es funktioniert.«

»Trotzdem nervt mich die Immunität von euch Suc-«

Atlas knallt einen Ordner auf den Tisch. »Was sagte ich über Ruhestörung?«

Dieses Mal bringt er alle zum Schweigen. Gut, nicht ganz, denn Khadija erklärt flüsternd die Aufgabe von *Scientia I*, gespickt mit Ergänzungen von Ren, was Atlas zu tolerieren scheint. Das erste Jahr konzentriert sich auf Astronomie, das zweite auf Runen und das dritte auf Experimente. Das Gruppenprojekt bestimmt unsere

Abschlussnote. Wir müssen ein Geburtshoroskop von uns erstellen. Khadija schleudert mit Begriffen wie *Aszendent*, *Heliozentrik* und *Zodiak* um sich, bei denen mir nach einer halben Stunde die Ohren klingeln.

Als sich unsere Blicke kreuzen, werfe ich Astra dennoch ein dankbares Lächeln zu.

»Du schuldest mir was«, formt sie mit den Lippen.

Ich nicke – dann fährt ein Stich durch meine Schläfen.

Ich verstehe nicht, was wir hier sollen, murmelt die glasklare Stimme in meinem Kopf. Mehr aus Gewohnheit drehe ich mich um, nicht weil ich wirklich erwarte, jemanden zu sehen. Und wie immer steht niemand dort.

»Schau dir einfach an, gegen wen du antreten würdest«, antwortet eine wärmere Stimme. Weiter weg, nicht in meinem Kopf. Mit angehaltenem Atem halte ich Ausschau. Hinter einem Regal entdecke ich eine Gruppe, die ich selbst in unserer Uniform nicht für Sinistras halten würde.

»Kennen keine Skrupel, wenn sie gewinnen wollen.« Die mit der warmen Stimme. Ihre rosa Locken erinnern mich an eine Pfingstrose und das Tippeln ihrer Fingernägel auf der Armlehne ihres Rollstuhls vibriert hinter meiner Stirn.

Daneben hängen eine Studentin mit schimmernden Haaren und ein Elf wie Akrobaten halb auf einer Schneewittchen-Schönheit. Wenn sich Schneewittchen die Kleidung ihrer bösen Stiefmutter leihen und einen Bob schneiden würde.

Dann erst erkenne ich sie. Denn sie ist vornehm blass statt bleich wie beim ersten Mal, als ich sie sah. Kein Blut und keine Zweige in ihrem Haar. *Lebendig.*

Sie ist hier. Wirklich hier.

Astra sieht auf und ihre Augenbrauen verdunkeln ihren Blick. »Versuchen die uns auszuspionieren?«

Ich klammere mich am Stuhl fest. Was soll ich bloß tun?

»Betonung liegt auf *versuchen*«, schnaubt Khadija.

Ren sieht nicht auf. »Die sind die Zeit nicht wert.«

Alle hören auf ihn. Nur ich kann nicht aufhören zu starren. Das Zerren an meinem Inneren reißt mich beinahe entzwei.

»Welche von denen wollten sich im Goldenen Gässchen mit uns anlegen«, bohrt sich ihre glasklare Stimme in meinen Kopf. Zum ersten Mal ihre echte Stimme.

»Haben sie euch verletzt?«, fragt die Rosahaarige.

»Wir konnten es nicht mehr sehen«, murmelt der Elf, »aber ich glaube, Mattie hat sie zum Weinen gebracht.«

Mattie. Ist das ihr Name? Sie sieht kein einziges Mal zu mir. Ich will mich bemerkbar machen, gleichzeitig erstarre ich. Was sollte ich überhaupt zu ihr sagen? *Hallo, ich habe dich in meinen Träumen gesehen?* Klingt wie ein schlechter Flirtversuch – und die Wahrheit ist noch schlimmer.

Oh. Nicht nur ich beobachte sie noch immer. Ohne das Gesicht auch nur einen Millimeter vom Buch abzuwenden, schaut Atlas aus dem Augenwinkel zu ihnen. Sicher wird er sie wegen Ruhestörung tadeln. Vielleicht sieht Mattie dann zu mir und ich kann an ihrem Gesichtsausdruck ablesen, ob sie auch mich erkennt. Doch er regt sich nicht, sein Atem geht ruhig. Dann wendet er den Blick ab.

»Warum hast du Angst vor ihnen?«, fragt Mattie. »Bis zum zweiten Jahr muss ich sicher nicht warten, um diese verwöhnten Waschlappen bei der Bravura zu besiegen.«

Atlas' Stuhl schabt über den Marmor.

»Ruhestörung, Atlas!«, tadelt Astra ihn grinsend.

Er schreitet zu den Dextras. O Himmel, was hat er –

Ren zieht mich am Arm zurück, bevor ich merke, dass ich aufgesprungen bin. »Nicht in die Schusslinie geraten.«

Steif verharre ich auf meinem Platz.

Als die Dextras Atlas bemerken, treten sie zurück.

Alle außer Mattie.

Sind die weißen Strähnen, die ihr Gesicht umrahmen, gefärbt

oder ein Zeichen ihrer arkanen Art? Sie muss zu den furchtloseren Dextras gehören, denn als Atlas vor ihr hält, sie um mehr als einen Kopf überragt, hebt sie nur das Kinn.

»Du bist im ersten Jahr und willst die Bravura gewinnen?«, fragt Atlas mit nüchterner Stimme.

»Wieso? Brauchst du Hilfe bei *deinem* Projekt?«

Atlas' Augen verengen sich leicht. »Du bist die späterwachte Víla.« Er sieht kurz zu den anderen. »Mattie?«

»*Mathea*«, knurrt sie.

»Mathea.« Er rückt seine Krawatte zurecht, als läge sie nicht schon perfekt. »Kein typischer Name für eine Víla. Auch kein typisches Aussehen. Sie sind meist hellhaarig. Lieblich.«

»Dein Aussehen ist nicht typisch für einen Bergtroll. Trotzdem verhältst du dich wie einer.«

Astra schnaubt. Geschwisterrivalität übertrumpft wohl die Rivalität mit der Univerzita.

Doch etwas in mir drängt mich dazu, Mathea zur Seite zu stehen. Nur kann ich mich wieder nicht regen.

Khadija legt die Finger aneinander. »Sollen wir eingreifen?«

»Er braucht keine Hilfe, um mit ein paar Dextra-Wichten fertigzuwerden.« Astra lehnt sich zurück.

Mathea streicht sich die Haare hinters Ohr, was bei ihr nicht kokett, sondern wie eine Kampfansage wirkt. »Und wer bist *du*, dass du dich so aufspielst?«

»Atlas Ozerov. Unter anderem Studienpräfekt, der Gewinner der letzten Bravura und –«

Matheas Lachen schallt wie zerbrechendes Glas durch den Styk. »*Atlas?* Wie der Titan? Dann bist du wohl außerdem der Preisträger des prätentiösesten Namens?«

Atlas rümpft die Nase, sodass seine Narbe schimmert. »Weil *Mathea* so gewöhnlich ist?«

»*Den* Preis überlasse ich gern dir.« Sie lächelt zuckrig. »Schließlich gewinne ich schon die Bravura.«

»Wieso provoziert sie ihn?«, lacht Astra. »Ich hab ihn selten so aufgebracht gesehen.«

»*Aufgebracht?*« Ich starre Atlas an. Er sieht aus, als würde er mit ihr einen Einkaufszettel besprechen.

»Du quatschst mich seit vier Minuten mit Nichtigkeiten voll.« Mathea streicht über die Buchrücken, als suche sie einen Titel. »Warum bist du hier?«

»Warum seid *ihr* hier?« Atlas klatscht die Hand auf das Buch, bevor sie es herausziehen kann. »Und belauscht uns?«

»Sie dachten, ihr *skrupellosen Gestalten* würdet mich von der Bravura abschrecken. Doch bisher sehe ich nur elitäre Sprösslinge in Schuluniformen.«

Atlas hebt die freie Hand über die Schulter. Auf dem Tisch reißt sich eine Seite aus seinem Notizbuch und segelt zu ihm, während er das Buch aus dem Regal zieht. »Wenn du das Können der Sinistras sehen willst«, er klatscht den Zettel auf den Einband, fährt mit dem Zeigefinger, der glühende Spuren hinterlässt, darüber und reicht ihr beides, »bist du samt deiner *illustren* Gefolgschaft herzlich eingeladen.«

Sie studiert den Zettel. »Und sie ist so überaus herzlich, diese Einladung für den 31. Oktober um 23 Uhr zu …«, sie zieht eine Braue hoch, »einer *Halloweenparty*?«

»Die meisten von uns nennen es beim ursprünglichen Namen. Samhain.«

»Und doch hast du einen grinsenden Kürbis gemalt.«

»Ich habe lediglich die offizielle Einladung übertragen«, erklärt Atlas. »Nur damit lässt man euch herein.«

»Hat er gerade Dextras eingeladen?«, zischt Khadija.

»Ein sicherer Weg zu einem Blutbad.« Peninnah lächelt. »Ist an Samhain schon lange überfällig.«

Wieder regt sich der Beschützerinstinkt in mir, obwohl Mathea nicht den Eindruck macht, ihn zu brauchen. Andererseits – wenn sie zu Samhain kommt, schaffe ich es vielleicht, mit ihr zu reden.

»Ich hasse es, dich enttäuschen zu müssen«, Mathea stopft das Papier in ihre Tasche, »aber ich habe keine Zeit für eure Kinderparty.«

Ich atme auf. Denn vielleicht ist das gar nicht die Frau aus meinen Träumen. Vielleicht hat all das keine Bedeutung. Oder vielleicht ist es am besten, diese Sache nicht aufzuwühlen.

Mathea

Während Profesor Nekovářs Erklärungen bekomme ich nach den Tagen voller neuer Kurse über *Ethik des Hellsehens*, *Vergleichende Runenkunde*, *Arkane Rechtswissenschaften* und anderes, aber vor allem nach dem unnötigen Ausflug in den Styk endlich etwas Ruhe. Im Styk, wo mein Magen sich verknotet hat – und zwar definitiv nicht wegen Ozerov. Dieser seltsame Sog in meinem Inneren … Ich schüttle den Kopf.

»Das mythische Königreich Shambhala.« Profesor Nekovář legt eine Folie auf den Overheadprojektor. Die Digitalisierung ist wohl auch in der Arkanen Welt noch nicht angekommen. Skizzen auf der Folie zeigen ein von Wolken umrahmtes Reich.

»Es soll laut Prophezeiungen des tibetanischen Buddhismus zwischen dem Himalaya und der Wüste Gobi liegen. Wenn die Welt in Krieg ausbricht, wird ein König aus Shambhala aufsteigen und die dunklen Mächte besiegen. Die Scientia vermutet, dass in Shambhala arkane Wesen mit gregalen Buddhisten in Einklang leben und über die Welt wachen.«

»Das heißt, Anderswelten sind nicht nur Wohnorte spezifischer arkaner Arten«, fragt Ursula, »sondern auch Reiche, von denen aus Arkane über die Welt wachen?«

Profesor Nekovář nickt. »Anderswelten wohnt in den meisten

Fällen eine Konnotation von Schutz inne. Manche sind auf unserer Erde verortet, manche eine Unterwelt, die durch geheime Gänge betreten werden kann, manche ein Himmels- oder Götterreich in einer anderen Sphäre.«

Ich nehme den Stift vom Papier. »Zu was zählt Shambhala?«

»Manche Schriften sprechen von *zwei* Shambhalas – dem himmlischen und dem irdischen. Das irdische könnte als Zugang zum himmlischen dienen.«

Ursula stützt stöhnend ihren Kopf in die Hände. »Dieser ganze Multiversumskram reichte mir schon bei Marvel.«

Ein geschnaubtes »Dito« kann ich nicht unterdrücken, woraufhin Ursula mich anstrahlt.

»Anderswelten sind auch für Arkane schwierig zu begreifen. Deshalb beschäftigen sich Dutzende Forschende mit ihnen.« Profesor Nekovář zerrt eine riesige Karte vor der Tafel auf. »Wer hat schon von der Anderswelt in Prag gehört?«

Ein paar zucken mit den Schultern.

»Ihre Existenz wird gemeinhin angezweifelt. Überlieferungen sprechen von einem zweiten Prag, wo wir Arkane des Pfades der Rechten Hand in Zeiten der Not Zuflucht finden konnten.«

Ein gefalteter Zettel landet auf meinen Notizen. Ursula grinst. Ich öffne das Papier mit den unbeholfenen Druckbuchstaben, bevor sie schwerere Geschütze auffährt.

WAS FÜR EIN KOSTÜM TRÄGST DU?

Ich beiße die Zähne aufeinander, um nicht zu stöhnen. Als wäre ich in der sechsten Klasse. Nur dass ich damals keine Briefchen bekommen oder geschrieben habe. Aus gutem Grund. Es ist albern, unpraktisch und schon jetzt komme ich bei Profesor Nekovářs Erklärungen nicht mehr mit.

Ich hole mein Handy aus der Tasche – ich weigere mich, dafür Papier zu verschwenden – und tippe unter dem Tisch.

Keins. Ich gehe nicht zur Halloweenparty.

Ursulas Augen weiten sich und sofort tippt sie auf ihrem mit Anhängern und Perlen behangenen Handy herum, als müsste sie den Präsidenten der USA vor einem Alienangriff warnen.

Weil du zur Party der Sinistras gehst? 🐬👍🎃😏🌽🧜‍♀️🧝

Die Reihe Emojis soll mir wohl etwas sagen.

Ich schüttle den Kopf, dann konzentriere ich mich auf Profesor Nekovář, der drei Folien weiter ist.

»Shambhala wurde auch von rechtsesoterischen Gruppierungen für ihre Zwecke umgedichtet. Auch ein Beispiel, wie gregale Autor:innen Konzepte der Anderswelten nutzen.«

Ursula stupst mich an. Ich ignoriere sie, doch sie macht weiter. Und weiter. Bis ich entnervt auf mein Handy blicke.

Die Einladung kannst du dir doch nicht entgehen lassen!

Profesor Nekovářs Blick ruht auf mir. »Allerdings betrachten wir dieses rassistisch-mythologische Weltbild, welches bis heute Bestand hat, in späteren Stunden.«

»Mattie?«, raunt Ursula.

Ich presse die Lippen aufeinander.

»Mattie.« Sie beugt sich näher. »Mats. Thea. *Titi.*«

»Mathea!«, zische ich, glücklicherweise genau als Profesor Nekovářs altmodischer Wecker in die Luft steigt, um ihn mit Stupsern an das Ende der Stunde zu erinnern. Ich springe auf – und renne beinahe in Cordelia hinein, die mir den Weg versperrt. *Absichtlich.*

»Wieso nimmst du die Einladung nicht an?«

»Ihr wollt, dass ich auf eine Party eurer bösen Feinde –«

»Sie sind nicht böse. Und nicht unsere Feinde. Dextra und Sinistra sind zwei Seiten der gleichen Medaille.«

»Dir ist klar, wie abgedroschen das klingt?«

»Du kannst dir so eine Chance nicht entgehen lassen!«

»Ich mag keine Partys. Ich gehe nicht zu *dieser* Party.« Die Tür zum Innenhof stoße ich etwas zu heftig auf. »Vor allem lasse ich mich von diesem Sinistra-Schnösel nicht dazu provozieren.«

Ursula grinst so breit, dass sie einem Hai ähnelt. »Es wäre *die* Gelegenheit, mehr über deine Konkurrenz herauszufinden.«

Ich fasse es nicht, dass ich das in Erwägung ziehe. Aber ein stechendes Argument kann ich nicht ignorieren, deshalb werfe ich den Kopf in den Nacken. »Ich komme eine Stunde mit zur Academia, wenn du mich endlich in Ruhe lässt.«

»Zwei Stunden.« Ursula hakt sich bei mir unter. »*Mit* Kostüm!«

8

Mathea

Ich will mich auf den Freitagskurs *Arkane Geschichte* konzentrieren, am Wochenende Hausarbeiten erledigen und am Montag Profesorka Yoons völlig chaotischen Illusio-Kurs überleben, um danach von Profesorka Hruška mehr über meine Fähigkeiten zu lernen. Obwohl sie mir selten etwas wirklich Nützliches beizubringen scheint. Doch vor, nach und während der Kurse schwafeln alle nur über ihre Kostüme. Sie verkleiden sich nicht als Geister, Hexen und Ähnliches – sondern als Gregale in stinknormalen Situationen.

Am 31. fliehe ich frühmorgens, um die Zeit, bis ich sie abends vor der *Academia Sinistra* treffe, in Antiquitäten- und Bücherläden zu überbrücken. Als ich die Adresse erreiche, die Cordelia mir gegeben hat, stehe ich vor dem Klementinum. Nun, es ist offenbar nicht das, wofür es die Gregalen halten. Ob die Barocke Bibliothek dennoch existiert? Es wäre ein Jammer, sie von meiner Bucketlist streichen zu müssen. Nur ein Tor steht offen, über dem ein Hirschkopf und verwitterte Buchstaben, *Solve et Coagula*, eingemeißelt sind. Die Fußgänger sehen am Eingang vorbei, als wäre er nicht dort.

»Wo ist dein Kostüm?« Ursula baut sich vor mir auf. Wenig imposant, weil ihr Müll am Kopf klebt. Eine Fußgängerin, die mit zerfleddertem Schirm gegen einen Sturm ankämpft.

Ich deute an meinem Highwaist-Rock und dem schwarzen Croptop unter meinem Mantel herunter. »Ich *bin* verkleidet.«

»Als was?«, fragt Bob, der einen Frisierumhang und silberne Klammern im Haar trägt. »Der Fledermausrucksack zählt nicht! Wir müssen als Menschen in alltäglichen Situationen gehen.«

»Tue ich.« Meine Stimme klingt beinahe heiter. »Ich gehe als Studentin, die genervt von einer Halloweenparty ist.«

Cordelia versucht die drei Pakete Toilettenpapier unter Kontrolle zu bekommen, die an den Griffen ihres Rollstuhls baumeln. Toilettenpapier-Horterin. »Wollen wir rein?« Sie ist nervös.

Ich gehe voran durch den Innenhof.

Cordelia holt mich ein. »Du willst die Bravura wirklich durchziehen?«

»Ich sehe keinen Grund, warum nicht.«

»Wegen der *Academia Sinistra* zum Beispiel?«

Mal wieder rolle ich mit den Augen. »Ich sehe ja jetzt, was an den Gerüchten dran ist.«

Durch die einzige offene Tür purzeln die anderen hinter mir in einen Vorraum. Eine ältere Frau schaut zurückgelehnt ein Video auf ihrem Handy. »Seid spät dran.« Sie studiert uns. »Und *keine* Sinistras.«

»Wir haben eine Einladung.« Ich lege sie auf den Tresen.

»Wer hat euch das gegeben?«

»So ein aufgeblasener –«

»Ich.« Atlas Ozerov tritt durch die Doppeltür. In einem maßgeschneiderten mitternachtsschwarzen Anzug unter dem Cape, das alle Sinistras tragen. Seines reicht bis zu den Knien. Und er trägt schwarze Handschuhe.

»Richter oder Bestatter?«, frage ich.

»Ich verkleide mich nicht zu Samhain.« Der Hauch eines russischen Akzents ist kaum wahrnehmbar, weil er spricht wie jemand, der zu viel *Downton Abbey* schaut. Er flüstert der Frau etwas zu, während die anderen tuscheln. Und kichern.

Das hier bereue ich jetzt schon.

Die Frau hält uns Edelsteinketten hin. »Leuchten, wenn ihr Getränke haltet, die nicht für euch geeignet sind.«

Ich hänge mir die Silberkette um, deren Bergkristall sich in einen schwarzen Obsidian verwandelt. Als ich hochsehe, färbt sich der von Ursula passend zu ihrem türkisen Glitter-Lipgloss, Cordelia hält einen Amethyst und Bobs harmoniert mit dem Aquamarin in seinem baumelnden Ohrring.

Ozerov deutet auf die Doppeltür. »Der Ball findet im Spiegelsaal statt.«

»Der *Ball*?« Ich betrete den opulenten Saal, den ätherische Geigen- und Flötenklänge erfüllen. Eine klassische Version irgendeines Chartsongs. Von den Spiegeln an Wänden und Decken reflektieren schimmernde Lichter, tanzen über das Meer aus Menschen in Anzügen und Ballroben. Und über fein gearbeitete Masken mit Perlen, Federn und Silberfäden. Alles in den Farben von erlesenen Weinen, Edelsteinen und Gift in Kristallflaschen.

Ein Maskenball. Und wir haben Einkaufskörbe, Frisierumhänge und *Toilettenpapier* dabei.

Als ich mich zu Ozerov drehe, wird der über den Boden wabernde Nebel aufgewirbelt. »Ärgerlich, dass dir entfallen ist, uns über die Kleiderordnung zu informieren.«

»Ich trage auch nur die Uniform.« Er kontrolliert den Sitz der zwei Schmuckspangen an seinem Cape. *Nur die Uniform.* Er sieht aus wie der verboten gut gekleidete Bösewicht auf dem Ball eines Historiendramas. Er will uns vorführen.

Innerlich schnaube ich. *Viel Erfolg dabei.*

Mich interessiert nicht, was die Sinistras denken. Und die anderen sind zu unbedarft, um den Hohn zu verstehen. Im Gegenteil – ich gebe ihnen fünf Minuten, bis sie den Sinistras den Abend mit ihrer Fröhlichkeit ruinieren. Also ringe ich mir ein süßliches Lächeln ab. »Jetzt sind wir hier, also genießen wir die Nacht.«

Ursula patscht die Hände zusammen. »Heißt das, wir tanzen? Ich habe in meinem Leben erst zwei- oder dreimal mit Menschenbeinen getanzt!«

»Es ist schön, wenn andere zur Abwechslung tanzen *wollen.*« Bob greift nach Ursulas Händen. »Nicht, weil ihnen Fey-Getränke die Sinne vernebeln.«

Sie stürzen sich auf die Tanzfläche – wo Sinistras ernsthaft Walzer tanzen – und rempeln Hand in Hand sämtliche Paare an. Dann verrenken sie sich zu etwas Ähnlichem wie dem Tanz von *Thriller*. Ich mochte sie nie mehr.

Immer noch zuckrig lächelnd sehe ich zu Ozerov. »Vielen Dank für die Einladung.«

Keine Regung ziert seine Mimik.

»Ich könnte etwas zu trinken vertragen.« Cordelia, die plötzlich um eine Packung Toilettenpapier leichter ist – sicher absichtlich –, hebt ihre Kette. »Und ich will wissen, wie das funktioniert.« Sie steuert die Bar an.

Ich folge ihr ohne einen Blick zurück durch dunkel gedeckte Tische, auf denen Kristallkugeln zwischen opulenten schwarzen Dahlien schummriges Licht verbreiten.

»Cordelia. Wir sollten die Ketten behalten.«

»Wieso?«

Von einem Buffet wehen Noten von Karamell, Beeren und Zimt herüber. Unter Glasglocken locken mich schwarz kandierte Äpfel, daneben Red Velvet Cupcakes, in denen blutige Glassplitter stecken, und Küchlein wie geschmolzene Kerzen. Ich schüttle den Kopf, um mich von ihrem Bann zu befreien. »Für unser Bravura-Projekt.«

»Es gibt kein Projekt.« Sie manövriert ihren Rollstuhl geschickt durch die Studierenden und ich hole sie erst an der Bar ein. Auf der Empore darüber spielt ein Kammerorchester die seltsam anmutende Musik. Etwas ist anders als bei Gregalen. Die Instrumente, die Melodien – oder diejenigen, die sie spielen? Ich muss die Stimme erheben, um bei der Barfrau Wasser zu bestellen.

»Ein *Wasser*?«, fragt Cordelia enttäuscht.

»Muss ich dir eine Standpauke über Gruppenzwang halten? Oder warte ich, bis du mir eine Zigarette andrehst?«

»Du musst nichts mit Alkohol nehmen.« Cordelia drückt mir ihr Glas in die Hand, in dem violette Glitzerschlieren schimmern. »*Whisper of Elderberry*, ein Elfen-Drink. Die Vorteile von Elfen-Speisen, aber keine Nebenwirkungen. Kein Kater, kein Blackout, keine bleibenden –«

»Vílas sollten bei Elfen-Speisen genauso vorsichtig wie bei Alkohol sein.« Ozerovs verdrießliche Stimme. Schon wieder. Er deutet auf den leuchtenden Stein meiner Kette. »Ich empfehle den *Full Moon*. Auch von Elfen, aber du tanzt später nicht nackt auf dem Astronomieturm.«

Die Barfrau zaubert ein Martiniglas hervor und entkorkt eine Flasche mit Runen auf dem Etikett. Schwarze Flüssigkeit landet im Glas, dann ein taubeneigroßer Eiswürfel, der auf der Oberfläche schwimmt wie ein Vollmond. Grinsend steckt sie eine aufgespießte Brombeere dazu. »Er weiß, was gut ist.«

Der *Full Moon* ist hübsch. Und weil alle so einen Wirbel um Elfen-Drinks machen, nagt Neugier an mir. Also nippe ich daran. Ich erwarte den Geschmack von vollmundigem Rotwein oder die kribbelnde Säure von Brombeeren. Doch es schmeckt wie … die erste Süßigkeit, die mir meine Eltern je gegeben haben. *Unbeschreiblich.*

»Habe ich zu viel versprochen?« Ozerov schwenkt das tiefrote Getränk in seinem Totenkopfglas, sodass die Cranberrys auf dessen Oberfläche hypnotisch kreisen.

»Du hast nur versprochen, dass ich nicht nackt tanze.«

»Scholaris Ozerov. Wer sind Ihre Freunde?«

Ich schnelle herum. »Freunde würde ich nicht gerade sagen.«

Ozerov nickt. Demütig. »Rektorin Sýkorová.«

»Studierende der Univerzita?« Die Frau pustet sich eine Strähne aus der Stirn. »Ich hoffe, Sie machen uns keinen Ärger.« Unter einem bodenlangen Mantel aus schwerem Damast trägt sie eine amethystfarbene Samtcorsage und eine ausgestellte Highwaist-Hose aus dem gleichen Stoff.

Einen neidischen Blick kann ich mir nicht verkneifen.

Eine Studentin stützt sich auf Ozerovs Schultern. »Sie sind wirklich gekommen!« Hochgewachsen, blassblond, prägnante Wangenknochen, verglichen mit anderen recht gut aussehend –

»Es gibt *zwei* von deiner Sorte?«, ächze ich.

»Astra ähnelt mir kaum.«

Ich nicke seiner Schwester zu. »Glückwunsch dazu.«

Sie lacht, dann bestellt sie ein halbes Dutzend Drinks.

Rektorin Sýkorová blickt von mir über Cordelia zu Ozerov. »Warum sind Studierende der Univerzita hier?«

»Sie ist eine späterwachte Víla. Unter Gregalen aufgewachsen. Das hat mein Interesse geweckt.«

Eine Glocke schlägt Mitternacht.

»Sagen Sie, wenn Sie etwas Erwähnenswertes herausfinden. Und geben Sie auf Ihre Gäste acht.« Schatten steigen um Sýkorová auf. »Die Magistrae verlassen den Ball jetzt.« Sie verschwindet im Schatten.

Ich funkle Ozerov an. »Ihr sprecht über mich wie über ein Experiment.«

»Natürlich nicht.« Er stellt sein Glas sachte ab. »Eher wie über eine Feldstudie.«

Ein mich überrumpelndes Lachen unterdrücke ich, indem ich den letzten Schluck *Full Moon* austrinke. So witzig war das nicht – bewusstseinsverändernde Substanzen lassen nur alles lustiger erscheinen. »Was erhoffst du dir, in der Feldstudie herauszufinden?«

»Das wird sich noch zeigen.«

Ich mag seinen auf mir ruhenden Blick nicht. Also starre ich zurück. Wenn er glaubt, mich einschüchtern zu können, hat er sich geschnitten.

Die große Tür des Saals klappert, als weitere Dozierende durch sie verschwinden. Die Musik verklingt und eine ähnlich andersweltliche, aber modern gespielte Melodie ertönt. *Monster Mash.* Wie vorhersehbar.

»Deine Freunde scheinen Spaß zu haben.« Er deutet zur Tanzfläche, wo Bob und Ursula herumzappeln, wie hypnotisiert vom Timbre der Sängerin – die vermutlich eine Sirene ist.

»Sie sind nicht meine Freunde.«

Ozerov verengt die Augen kaum merklich. »Tanzt du?«

»Nein.«

»Gut.«

Cordelia tätschelt meine Schulter. »Ich lasse euch dann mal in Ruhe weiterflirten.«

»Das ist kein –«

Sie verschwindet in der Menge.

»Faszinierend, deine Freunde.«

»Noch mal: Sie sind nicht meine Freunde.« Ich könnte gehen. Aber eine Flucht würde ihm Genugtuung bereiten, oder?

»Du hast etwas gegen Freunde?«

»Wenn es darauf hinausläuft, dass man von mir erwartet, mich zu ändern. Ich bin lieber glücklich, so wie ich bin, als eine unglückliche Person zwischen sogenannten Freunden.« Ist ja nicht so, als hätte ich es nie versucht. Dann werfe ich ihm einen Seitenblick zu. »Sowieso – bisher hast *du* mit deiner Schwester und deiner Rektorin gesprochen.«

Einer seiner Mundwinkel zuckt. Könnte unwillkürlich sein. »Ich habe Freunde. Sie sind nützlich. In der Arkanen Welt könntest du auch welche gebrauchen.«

Plötzlich überkommt mich Hunger. Verdammt, kommt das vom *Full Moon*? Ich merke sonst nicht viel, aber die kandierten Äpfel rufen nach mir. »Wieso Freunde, wenn vernünftige Feinde Motivation genug sind?« Wie gebannt stiefle ich los.

»Wer bitte sind deine Feinde?« Er folgt mir, natürlich. Und klingt seltsam amüsiert.

»Gerade bist *du* dabei, das Rennen zu machen.«

»In dem Fall beginnen jetzt die Duelle. Wir könnten das ehrenhaft austragen.«

»Duelle?«, frage ich.

Eine donnernde Stimme übertönt mich. »An Samhain sind die Schwellen zu den Anderswelten besonders durchlässig.«

Die Sinistras stieben auseinander, um vor einer Kanzel am anderen Ende der Kapelle Platz zu machen.

»Die Gregalen versuchen nicht nur sich mit Verkleidungen vor uns zu *verstecken.*« Eine Sinistra mit einer geometrischen Maske und schiefergrauer Haut erklimmt die Kanzel. Ihr Satinkleid schleift über die Stufen. »Sie wollen uns zurücktreiben. Verschrecken. Schaden zufügen!«

Ich greife einen Apfel mit schwarzer Zuckerglasur und kämpfe mich vor. Neugierde brodelt in mir, so unersättlich wie der Hunger.

Sie hebt die Hände. »Aber unsere Kräfte erreichen an Samhain ihren jährlichen Höhepunkt.«

Die Sinistras machen Ozerov Platz, bis wir ganz vorn stehen. Er schüttelt den Kopf. »Wer hat entschieden, dass Peninnah die Rede hält?«

»Beweisen wir uns in den Duellen von Samhain einmal mehr, wieso sie uns nie auslöschen werden. Heute Nacht messen wir unsere Kräfte. Heute Nacht kämpfen wir! Bis aufs Blut! Bis auf die Knochen!« Unter Jubelrufen stampft sie mit ihren Stilettos, deren Absätze wie eine Wirbelsäule geformt sind – wie passend –, auf den Boden. *»Bis auf den Tod!«*

Der Marmor erbebt, als kontrolliere sie die Steine.

»Peninnah«, zischt Atlas.

»Gut, nicht bis auf den Tod. Nur beinahe. Wer andere tötet, wird der Academia verwiesen und muss sich vor dem Arkanen Rat erklären – aber bleibende Schäden, vor allem am Stolz, können nicht ausgeschlossen werden! Welch Vergnügen!«

»Ist sie eine Gargoyle?«, frage ich zwischen zwei zuckrigen Bissen. Ich *muss* es wissen. Und stöhne, weil ich so begierig klinge. Der Effekt des *Full Moon*?

»Korrekt.« Ozerov blickt zu mir. »*Wissbegierde*. Interessante Wirkung.«

»Die Ehre des ersten Duells geht an die besten Scholares. Ihr liebt sie und ihr hasst sie – unsere Wunderkinder, die schon im zweiten Jahr als Studienpräfekte gewählt wurden und für so viele gebrochene Herzen wie gebrochene Knochen sorgen.«

Ozerov streicht sich stöhnend über das Gesicht.

Mit einer ausladenden Handbewegung deutet Peninnah um sich. »Astra und Atlas Ozerov!«

Die Jubelrufe der Sinistras schwellen zu neuen Höhen an, während er und seine Schwester vortreten.

In der Menge entdecke ich Ursula, Cordelia, Moremi und Bob. Hoffentlich halten sie sich im Hintergrund. Ich habe keine Lust, jemanden zum Krankensaal zu schleppen. Aber verpassen will ich auch nichts. Verdammt, der *Full Moon* steigert, was einen antreibt, oder? Das meinte er mit Wissbegierde.

Als der beherrschte Ozerov seiner Schwester gegenübersteht, verstehe ich, wieso er findet, Astra ähnele ihm nicht. Statt einer Maske trägt sie ein Kunstwerk aus Bruchkristall und Schimmerlidschatten um die Augen.

»Ich hoffe, du hast seit deiner Niederlage letztes Samhain fleißig geübt?« Ihre nonchalante Haltung strotzt vor Selbstsicherheit. Ebenso wie die laufstegreife Kombination aus champagnerfarbenem Häkelhemd, Männersakko und weiter Hose, in der Taille mit einem Gürtel aus Goldketten fixiert.

»Wirklich? Einschüchterungsversuche?«

»Nach euch wollen noch andere antreten«, stöhnt Peninnah. »Also legt endlich los!«

Mit ausgestreckter Hand stürmt Astra nach vorn. Schwarze Partikel, wie Asche, schweben um ihre Finger. Atlas weicht ihr aus, nah am Boden, umkreist sie. Sie peitscht herum, doch er kommt schon wieder an seiner Ausgangsposition hoch. Mit unmenschlicher Leichtigkeit macht er drei Sätze zurück.

Astra prescht auf ihn zu. »Läufst du wieder nur weg?«

Mit einem gedämpften Laut prallt sie gegen eine unsichtbare Barriere und wird auf den Boden geschleudert.

Um sie brennt ein Kreis, als hätte jemand mit einem glühenden Eisen den Marmor gezeichnet.

»Zumindest *kann* ich weglaufen.« Ozerov klingt, als würde er hämisch grinsen, doch hebt nur leicht sein Kinn.

Astra rappelt sich auf. »Netter Partytrick. Aber gegen mich kaum effektiv.« Sie schließt die Augen, bewegt die Lippen und der Flammenkreis auf dem Boden lodert auf.

Ohne sie aus den Augen zu lassen, geht Ozerov in die Knie.

Astra reißt die Augen auf und Feuer stiebt vom Bannkreis aus um sie. Keuchend weichen die Umstehenden vor Flammen und glühender Asche zurück. Grinsend hastet Astra über den Bannkreis, dessen Feuer an ihren Fäusten haftet. Sie schleudert es zu Ozerov.

Er hebt die Arme, die Handflächen nach vorn, und die Feuergeschosse prallen an einer unsichtbaren Wand ab.

Ich lehne mich zu einem Typ mit Fischschuppen. »Sie sind beide Hexen? Und das ist Telekinese, Pyrokinese, oder …?«

»Eine Mischung aus Magica und Natura. Sie stammen von einer der wichtigsten Blutlinien der ersten Wærloga ab.«

»Wærlo-?« Das Wort geht in ein Zischen über, weil Astra mit der Wange auf den Marmor knallt.

»Verräter, Täuscher, Eidbrecher – Menschen, die mit dem Teufel im Bunde waren. Heute nennt man sie Warlocks.«

Atlas hebt die Arme, sodass sich über ihm sämtliches Essbesteck sammelt. Und sich auf seine Schwester richtet.

Bevor ich mehr fragen kann, unterbricht mich ein Aufschrei.

Eine winzige Sinistra, die trotz ihrer großzügigen Kurven im Sinistra-Cape verloren geht, springt zwischen Ozerov und die auf dem Boden gekrümmte Astra. »Bitte, das reicht doch!«, fleht sie mit glockenklarer Stimme. Sie bebt so sehr, dass ihre Locken wippen. Kastanienbraune Locken. So seltsam vertraut, obwohl ich sicher bin, sie nie zuvor gesehen zu haben.

Ein seltsamer Sog zerrt an meinem Herzen. O nein. Bitte kein *Mitleid.*

Ozerovs Blick verdunkelt sich. »Du unterbrichst eines unserer wichtigsten Rituale.«

»*Wichtigstes Ritual*«, äfft Astra ihn nach und steht auf. »Du klingst wie Großtante Amalda.«

Atlas zuckt mit den Fingern und die Messer und Gabeln rucken ein paar Zentimeter nach vorn.

Das rundliche Mädchen quietscht auf.

»Schon okay, Ellie.« Astra schlendert davon. »Ich gebe auf.«

Ozerov erstarrt. Ihre Gleichgültigkeit stört ihn garantiert mehr, als hätte er verloren. Sicher tut Astra genau deshalb so ungerührt.

Peninnah hebt die Arme. »Diese viel zu schnell beendete Zurschaustellung arkaner Kräfte schürt bei uns allen die Vorfreude auf das nächste Samhain! Aber jetzt ist Zeit für weitere entschlossene Duellanten!«

Ich bahne mir einen Weg zu den anderen, um ihnen zu sagen, dass ich gehe. Meine soziale Batterie ist nach all der Geselligkeit leer – und in der Univerzita warten ein Bett und ein gutes Buch auf mich. Außerdem brodelt dieses seltsame Gefühl in mir, ein richtungsloses Zerren, das am *Full Moon* liegen muss. Genauso wie der Nebel vor meinen Augen.

Ozerov schneidet mir den Weg ab. Die Messer und Gabeln hinter ihm gleiten zurück an ihre Plätze. »Andere Arkane zeigen andere Fähigkeiten.«

»Ich habe genug gesehen.« Ich steuere um ihn herum. »Ihr werft mit Feuerbällen um euch. Keine Ahnung, wie das bei einem akademischen Projekt helfen soll.«

»Welches Projekt willst du mit *Schmetterlingen* umsetzen?«

Ich recke den Kopf. Wo sind die anderen? »Ich muss meine Kräfte nicht für die Bravura nutzen, oder?«

»Aber du beherrschst deine Kräfte doch?«

Will er, dass es mir peinlich ist? »Wie gut hast *du* deine Kräfte beherrscht, zwei Wochen nachdem sie erwacht sind?«

»Ich war fünf Jahre alt.«

»Eben.« Ich entdecke Ursulas Schimmerhaar und hüpfe los. Auf eine Art, bei der ich ein Grinsen unterdrücken muss. *Jetzt* wirkt der Feen-Drink aufputschend?

»Ich kann es dir beibringen«, schallt seine Stimme zu mir. »Besser als Hruška.«

Langsam drehe ich mich um. »Woher weißt du, dass sie mich unterrichtet?«

»Soweit ich weiß, ist sie die einzige Víla-Dozentin.«

»Abgesehen von dir anscheinend?«, schnaube ich.

Ozerov kommt näher und mir gefällt nicht, wie die Lichter über seine Schmuckspangen am Cape, die polierten Schuhe und die Augen tanzen. »Jeder Sinistra könnte dich besser unterrichten als eure Dozierenden.«

»Du verschaffst mir einen Vorteil für die Bravura?«

»Es bereitet mir keine Genugtuung, jemand völlig Unterlegenes zu besiegen.«

Theatralisch greife ich mir ans Herz. »Wie ritterlich.«

Ebenso ritterlich hält er mir eine Tür auf.

Ich weigere mich, durch sie zu treten.

»Du hast Angst, mit mir zu kommen?« Er neigt so leicht den Kopf, dass man es nicht als herausfordernd bezeichnen kann. *Und doch.* Er will mich anstacheln.

»Muss ich Statistiken herauskramen, was in diesem Szenario alles für mich schiefgehen könnte?«

Ozerov streckt die behandschuhten Hände aus. »Ein arkaner Schwur macht es unmöglich, einander zu schaden.«

»Bist du als Warlock nicht wortwörtlich ein Eidbrecher?«

»Was hast du heute noch alles herausgefunden?« Ein paar Muskeln in seinem Gesicht zucken. »Das bezieht sich auf das gebrochene Taufgelübde, weil unsere Vorfahren einen Pakt mit Luzifer eingingen. *Den* Eid nehmen wir seit Jahrhunderten sehr ernst, also …«

»Ein Pakt mit dem Teufel. Wie beruhigend.« Doch der *Full Moon* pocht in meinen Adern. Sicher hebe ich nur deshalb die Hände über seine. »Was muss ich tun?«

»Dreimal ›Bloody Mary‹ sagen.«

Ich lache abgehackt. Fantastisch.

Selbstzufriedene Überlegenheit blitzt in seinen Augen auf. »Zieh deine Hände nicht weg.«

Also halte ich sie ruhig, während er unverständliches Zeug vor sich hin sagt. Wärme erblüht zwischen unseren Handflächen. Dann schlingen sich unsichtbare Fäden um meine Finger und zerren sie zu seinen. Ich will meine Hände wegziehen, doch erinnere mich an seine Worte. Ich vermassle sicher nicht meine eine simple Aufgabe.

Als sich Hitze wie heißes Eisen in meine Haut frisst, reiße ich sie dennoch weg.

Auf meiner Handfläche glüht ein Symbol.

Eine auf die Seite gedrehte Sechs und Neun, nur mit runderen Bögen, die einen Kreis formen. »Sternzeichen Krebs?«

»Ja und nein. Eine simple Sigille. Tatsächlich mit dem Symbol des Tierkreiszeichens verwandt, welches in der Alchemia auch für eine Lösung steht.«

»Ein Gemisch aus zwei Stoffen«, murmle ich und starre auf seine Hand, sehe wegen der Handschuhe jedoch nichts. »So wie wir jetzt verbunden sind?«

»Niemand kann dem anderen etwas antun, ohne selbst betroffen zu sein. Aber die Magie dieser Sigille verblasst schnell.«

»Schauen wir, ob du ein so guter Lehrer bist, wie du glaubst.«

Ich husche hinter Ozerov durch die Tür und den endlosen Flur. Eigentlich hatte ich düsteres Dekor erwartet, aber das Knochenweiß der hohen Wände und Decken sprüht auch nicht gerade vor Lebensfreude.

»Können wir einen Abstecher in die Barocke Bibliothek machen?«, frage ich in die Stille.

»Der Zugang ist selbst Sinistras nur mit Zustimmung der Rektorin erlaubt.«

Sie existiert! Und … enthält verborgenes Wissen? Ich beiße mir auf die Lippe, bevor ich ihn anflehe.

Mit einer Geste seiner Hand klickt das Schloss der Tür neben uns, bevor er sie aufstößt. »Ein Kompromiss.«

Der Lesesaal. Die Fotografien werden der Realität nicht gerecht. Mondlicht fällt durch hohe Fenster und bleicht die Wände zu Elfenbeinweiß aus. Die düsteren Ölgemälde hingegen, welche beide Stirnwände in Gänze einnehmen, erwachen zum Leben. Nebeneinander wandern wir durch die Reihen von alten Holztischen mit Leselampen aus angelaufenem Messing.

»*Solve et coagula.* Löse und verbinde. Ist das der Leitspruch der *Academia Sinistra*?«, frage ich. »Irgendwie seltsam.«

»Natürlich empfindest du das so. Die meisten auf Dextras Pfad geben sich gar nicht erst die Mühe zu verstehen.«

Bevor ich antworten kann, deutet Ozerov zum Stuck an der Decke, wo Statuen das Gewölbe zu stützen scheinen. »Allegorien der Tugenden. Auch etwas, das ihr Dextras nicht verstehen könnt.«

Hier lernen sie in ihrer Freizeit. Ziemlich unfair.

Viel zu früh öffnet Ozerov mit einer weiteren Geste eine Tür, die auf den Flur führt. »Wie gut beherrschst du deine Kräfte?«

Ich beiße die Zähne aufeinander. »Gar nicht.«

Hinter einer Reihe Sprossenfenster liegt ein gepflasterter Platz mit abgestelltem Brunnen. Doch durch die Tür treten wir in einen völlig anderen Hof.

»Eher das natürliche Habitat von Vílas.« Ozerov wandert zum Brunnen, aus dem jetzt milchig weiß leuchtendes Wasser sprudelt. Entlang des efeubewachsenen Gemäuers führt ein Laubengang aus schlanken Pilastern. Glühwürmchen schwirren durch die Luft, ihr Licht aquamarin.

Langsam schmerzen meine Füße, deshalb hocke ich mich auf den Brunnen. »Da weißt du offenbar besser Bescheid als ich.«

»Der Lesesaal begeistert dich mehr als«, Ozerov breitet die Arme aus, sodass sein Cape um seine Beine weht, »*das* hier?«

»Wieso? Geht es dir anders?«

»Du bist ein seltsamer Fall von Víla.«

»Jaja, schöne Blumen, faszinierende Glühwürmchen, wunderschöne Atmosphäre.« Ich neige den Kopf zur Seite. »Wie viele andere Studentinnen hast du schon hergebracht?«

»Nicht mehr als drei pro Woche«, entgegnet er.

»Humor ist nicht dein Ding. Sag mir, wenn das hier ein eigenartiger Versuch der Annäherung sein soll, dann kann ich ihn nämlich direkt abbrechen. Ansonsten würde ich gern vor Morgengrauen mit deinem Unterricht loslegen.«

»Steh auf. Und zieh die Schuhe aus.« Er deutet auf eine überwucherte Grünfläche. »Das sollte deine Kräfte erden.«

Ich löse die Schnallen meiner Plateauschuhe. »*Erden.* Ich dachte, dem Gefasel entkomme ich für ein paar Stunden.«

»Die Socken auch.«

Ich starre einen Augenblick zu ihm hoch. »Wenn das hier in eine seltsame Fußfetisch-Sache ausartet, werde ich –«

Ozerov schließt mit einem entnervten Stöhnen die Augen. Die Regung sieht so fremd an ihm aus, weil es, nun, eine *Regung* ist, dass ich grinse. Was ich hastig unterdrücke, als er die Augen öffnet. »Erneut: Ich hege kein Interesse an dir. Außer rein akademischem.«

»Weil ich eine späterwachte Víla bin.«

»Auf das Gras.« Er folgt mir. »Mein besonders Interesse gilt Flüchen und Bannen. Die der Vílas sind nur wenig erforscht, weil die wenigsten ihre Zirkel verlassen.«

»Du siehst mich wirklich als Feldstudie. Etwas inhuman, aber immerhin gehst du offen damit um. Und ich habe auch etwas davon.« Gras kitzelt zwischen meinen Zehen und ich rümpfe die Nase. »Hoffe ich zumindest.«

»Deine Kräfte traten bei einem Unfall in Erscheinung?«

»Woher weißt du das?«

»Dafür, dass Sinistras und Dextras so wenig wie möglich miteinander zu tun haben wollen, verbreiten sich Neuigkeiten erstaunlich schnell.« Er hebt die Arme und die Luft um ihn flimmert wie über Asphalt an heißen Sommertagen. »Der Auslöser war also Todesangst.«

»Mir gefällt nicht, in welche Richtung das geht.«

»Wir können abbrechen.«

Hruška wird unter keinen Umständen meine Kräfte mit Angst hervorlocken – oder überhaupt auf irgendeine Weise. Ihre Samthandschuh-Taktik hält mich nur zurück. »Tu, was notwendig ist.«

Mit einem Nicken entfacht er erneut seine Kräfte. »Eine ähnliche Methode wird beim Examen der Natura benutzt, sie ist also recht gut erprobt.«

Die Luft um mich erwärmt sich. »Was für ein Examen?«

Ein Flammenring tut sich um mich herum auf. »Richtig. Die Univerzita hat die Examen abgeschafft.« Er schnaubt und führt die Hände zusammen. Der Feuerkreis zieht sich enger. »Nicht *inklusiv* genug. Ihr wollt Stärken fördern, aber lasst zu, dass eine Nixe sechs Semester damit verschwendet, *nichts* in einer Kristallkugel zu sehen.«

Hitze züngelt an meiner Haut und ich starre die Sigille an, die etwas verblasst, aber noch deutlich sichtbar ist. »Ich hab mir das Lehrkonzept nicht ausgedacht.«

»Konzentrier dich auf die Arcanima in dir, statt zu reden.« Er ballt die Hände zu Fäusten.

Die Flammen stieben in die Höhe und verbergen ihn. Hitze verschlingt mich. Je tiefer ich einatme, desto stärker brennt meine Lunge. Was, wenn er –?

Nein. Er kann mich nicht verletzen.

»Wehr dich nicht dagegen«, dringt seine Stimme durch das sich nähernde Feuer.

»Danke für den so hilfreichen Tipp!«

»Dein Sarkasmus mag deine Unsicherheit verbergen«, entgegnet er, »aber hilft nicht gegen Verbrennungen.«

»Du kannst mich nicht verbrennen! Vielleicht ist das das Problem. Ich weiß, dass du mir nichts –«

Feuerzungen greifen nach mir. Ich schrecke zurück, zertrete glühendes Gras und zische auf. Moment. Was garantiert mir, dass er die Wahrheit über die Sigille gesagt hat? Ich wirble herum, suche nach einer Lücke in der Flammenwand.

Nichts. Sie rückt näher und versengt meine Haut. Ich presse die Augen zu, pralle auf die Knie. Hebe die Arme über mich.

»Konzentrier dich auf das, was in dir vor sich geht.«

Was in mir vor sich geht? Ich verbrenne, das geht in mir vor! Ich will schreien, doch da ist keine Luft mehr in mir, nur Hitze und Rauch. Und dann kriecht etwas in mir hoch. Zart wie ein Seidenfaden, kühl wie Morgentau.

Das Feuer brennt herunter.

Hinter Rauchschwaden öffnet Ozerov seine verkrampften Hände. Schmetterlinge flattern um seinen Kopf.

Hustend komme ich hoch. »Habe ich dich aufgehalten?«

»Streng genommen nicht.« Er wedelt die Falter fort. »Als du sie beschworen hast, habe ich aufgehört. Bis du mit ihnen etwas anrichten kannst, musst du deutlich mehr üben.«

»Aber ich kann sie Dinge tun lassen, oder?« Vorsichtig trete ich näher, um sie nicht zu verscheuchen.

Sie sind nicht rosa.

Und flirren sofort ein Stück weg.

»Du musst sie rufen.« Ozerov sieht mich an, auf eine Art, wie er vermutlich Bücher studiert. Da ist etwas in seinem Blick, das ich von mir selbst kenne. Neugierde. Er tritt näher. *Faszination.*

Ich starre ihn an, dann die Schmetterlinge. »Kommt? Meine … kleinen flatterigen Freunde?«

»Mit deinen *Kräften.*« Er seufzt. »So wie eben. Erinnere dich an das Gefühl. Strecke die Hände nach ihnen aus.«

Steif halte ich sie vor mich. »So?«

»Vílas nutzen bedächtige, weiche Bewegungen. *Du* siehst aus wie eine Vogelscheuche.«

»Vermutlich, weil du mich abfackeln wolltest.«

»Ich hätte dich nicht verletzt. Nicht bleibend.« Er kommt an meine Seite. »Jetzt such nach dem sanften Víla-Flair, das tief unter deinen Schichten aus schwarzem Stoff und Sarkasmus verborgen liegen muss.«

Ich hebe und senke die Hände.

»Langsamer.« Er deutet auf meine Arme, so wie ein Dirigent sein Orchester anleitet. »Rundere Bewegungen. Nicht als wolltest du eine Melone mit bloßen Händen zerschlagen!« Er ist so penibel darauf bedacht, mich nicht zu berühren, dass es mich ablenkt. Als wäre ich in Schleim gehüllt.

Ich gebe mir alle Mühe, seinen Handzeichen zu folgen, doch die Schmetterlinge verschwinden nach und nach im Dunkeln.

»Ist es dir überhaupt ernst mit deinen Kräften?« Er verengt die Augen. »Ich *muss* Samhain nicht mit dir verbringen.«

»Ich mache es genau so, wie du vorgibst!«

»Du hast nicht *eine* Bewegung korrekt ausgeführt.«

Ich werfe die Hände in die Luft. »Tu nicht so, als würde dir mit deiner Technik Prags halbes Tierreich zu Füßen liegen!«

»Du bist die enervierendste Dextra, der ich je begegnet bin.« Er zögert einen Atemzug, dann tritt er halb hinter mich und umgreift mein Handgelenk. So, als würde er lieber eine Kneifzange nutzen. Obwohl er Handschuhe trägt. »Lass locker. Erinnere dich an das Gefühl deiner Kraft.«

Ich rufe mir die Kühle des Morgentaus in Erinnerung.

Er führt meinen Arm, als wäre dieser irgendein ekelerregender arkaner Wurm. Bin ich ihm zuwider, weil ich eine Dextra bin, weil er mich persönlich nicht ausstehen kann – oder versucht er tatsächlich höflich zu sein?

»Ich kann versuchen, deine Víla-Kraft an die Oberfläche zu holen.« Er hält inne. Definitiv, er *ist* höflich. Auf eine seltsam altmodische Art, die sich in diese strenge, hochmütige, Maskenball abhaltende Sinistra-Nummer fügt. *Galant.* Das Wort passt. Ich schüttle den Kopf. Mir fallen noch andere passende altmodische Worte für ihn ein. Verdrießlich, blasiert und schroff.

»Dann nicht.« Er zuckt mit den Schultern. »Ich bin in der Lage, das hier die ganze Nacht zu tun.«

»Wie gesagt, Humor ist nicht dein Ding.« Ich presse die Lippen aufeinander. »Mach dein Zauberding, Houdini.«

Er atmet tief ein und aus. Etwas zerrt an der Arcanima in mir, fremde Wärme zu meiner Morgentaukälte.

Ich atme tiefer. Ozerov riecht, als hätte er sich gerade die Haare gewaschen und Zähne geputzt. Klasse. Ich muss mich wirklich nicht damit beschäftigen, wie reinlich er ist.

Víla-Kräfte. Morgentau. Schmetterlinge.

Er bewegt unsere Hände in einem Kreis, die Handflächen nach oben gedreht, und, oh, etwas macht *klick*. Arcanima quillt in mir hoch. Kühl und sicher. Strömt durch meine Arme, in meine Hände, wo sie zu seiner Hand drängt. Doch dann rinnt die Energie aus meinen Fingern. Ich höre das Blätterrascheln, das Brunnenplätschern, das Summen der Glühwürmchen. Schmecke Nektar und Blütenstaub.

Ein Schwarm Schmetterlinge gleitet durch die schlanken Bäume. Sie kommen zu *mir*.

Ozerovs Finger liegen noch an meinen, als ein Schmetterling auf meiner Handfläche landet. Ein *schwarzer* Schmetterling mit goldenen Hinterflügeln. Auf seinem Körper prangt ein –

»Ein Totenkopfschwärmer«, stellt Ozerov leise fest. »Wie passend.« Und dann, noch leiser, lacht er.

Etwas in mir will seine Mimik sehen. Verdammt, ich hätte diesen

Feen-Drink nicht trinken sollen. Doch ich blicke über die Schulter, sein Lachen bereits verklungen, und da ist etwas in seinem Blick.

Faszination, die sich beinahe wie ein Kuss anfühlt.

Nein, nein, *nein*! Das ist völlig aus dem Nichts gegriffen. Die Faszination gilt meiner Víla-Existenz. Ich gebe mir nicht die Blöße, das falsch zu interpretieren, oder –

Ozerov beugt sich näher.

Auf peinliche Art vergesse ich für einen Atemzug, nun, wie man atmet. Aber er berührt mit seiner freien Hand meine Taille und lässt mich alle Vorbehalte vergessen.

Dann atmet er abgehackt ein, beinahe schmerzhaft. Der Moment zerplatzt. Er weicht zurück. »Ich kann das nicht mit dir tun.«

»Was soll das heißen, *nicht mit mir*? *Du* hast dich zu *mir* gelehnt und –«

Eine Schockwelle brandet durch den Garten. Lässt das Laub und das Gras erzittern.

Ozerov wirbelt zur Kapelle herum. »Ich schätze, deine Freunde brauchen Hilfe.«

»*Nicht* meine Freunde«, stoße ich zwischen zusammengebissenen Zähnen hervor und eile los.

Ellie

Während Astra gebannt das Duell beobachtet, pfriemle ich an meinem knöchellangen Rock herum. Ich war außer mir vor Freude, als ich ihn im Secondhandladen entdeckt habe, die fließende Baumwolle wie die silbrigen Blätter der Mondviole. Zwischen den Sinistras will ich dennoch am liebsten im Boden versinken. Ich will mich nicht so fühlen. Aber dass seit Stunden niemand auf meine Gesprächsversuche eingeht, macht es nicht gerade leicht.

Astra lacht. Eine Studentin mit ockerfarbener Haut legt ihren muskulösen Arm um sie. Eine Volleyballspielerin von den *Academia Gryphons*? Sie bringt Astra mit einer Bemerkung lauter zum Lachen. Zu meinem Dazwischenfunken beim Duell hat Astra nichts gesagt. Sie wirkte auch nicht sauer. Sie … beachtet mich nur nicht. Weil ständig irgendwer etwas von ihr will, tanzen, trinken, reden oder kämpfen.

Also muss *ich* mir einen Ruck geben. *Los.* Drei, zwei, eins – ich bleibe erstarrt stehen. *Mist.*

»Frag sie doch einfach nach einem Date.«

»Was?«, quietsche ich und fahre zu Khadija herum.

Elegant deutet sie auf Astra, obwohl der bestickte Ärmel ihres schwarzen Kaftans schwer aussieht. »Frag sie einfach nach einem Date.«

»Ich empfinde nicht so für … Astra ist nur eine …«

»Eine Freundin?« Khadija lacht. »Schätzchen. Es ist offensichtlich.«

Nicht für mich. Sicher, Astra ist offenherzig, witzig, begabt, aufregend, attraktiv, *sehr sogar*, aber das heißt doch nicht gleich, dass ich –

O Gott. Es heißt genau das, oder?

Mit pochendem Herzen lasse ich von meinem Rock ab. »Das geht nicht.«

Astra streicht lachend das Haar der Volleyballspielerin zurück, weil deren Strähnen drohen in ihrem Glas zu landen.

Khadija zieht eine Braue hoch. »Du glaubst nicht ernsthaft, dass Astra kein Interesse an Frauen hat?«

Ich spüre, wie mein Gesicht knallrot anläuft.

»Ach du meine Güte.« Khadija greift sich an die Wange. »Richtig, du kommst aus so einem hinterwäldlerischen Ort, oder? Egal was deine Familie sagt, es ist ganz normal, wenn Frauen –«

»Ihr bedient euch an Speis und Trank, aber unsere Bräuche verschmäht ihr?« Eine Schönheit mit einem Kleid so perlweiß wie ihre Haut schubst jemanden vor die Kanzel, wo er auf die Knie stürzt.

Für einen Moment durchflutet mich Erleichterung, dass Khadija das Thema meiner Familie fallen lässt. Dann folgt das schlechte Gewissen – jemand ist gestürzt! Vielleicht verletzt!

»Bob!« Das Mädchen mit dem Schimmerhaar wirft sich vor ihn.

»Booob!«, äfft die Scholaris sie nach.

Die Dextras sind doch gekommen. Mein Herz hämmert. Ist Mathea auch hier?

»Agrafena.« Khadija verdreht die Augen. »Nur weil vor Hunderten Jahren eine Vorfahrin als junge Braut von einem viel älteren Ehemann ertränkt wurde und als rachsüchtiger Wassergeist ins Diesseits zurückkehrte, müssen die Rusalkas nicht jeden Tag nach Rache dürsten, oder?«

Ich höre nur halb zu, so sehr konzentriere ich mich auf mein Inneres. Kein Sog. Nicht wie im Styk.

Agrafena baut sich vor Bob und seiner zarten Freundin auf. »Dieses Mal rennt ihr nicht weg wie im Goldenen Gässchen. Irgendwer wird kämpfen.«

»Wir wollen nicht kämpfen!« Die Dextra stemmt die Hände in die Hüften. »Wir sind hier, um mit euch Spaß zu haben!«

Agrafenas Gackern hallt durch die Spiegelkapelle.

Ich pikse Khadija den Ellbogen in die Seite. »Sollten wir nicht etwas unternehmen? Magistrae holen oder so?«

»Die Dextras wollten unbedingt herkommen, dann müssen sie auch damit umgehen können.«

»Ursula.« Bob ergreift ihre Hand. »Lass uns einfach gehen.«

Und doch pirscht Agrafena zu den Dextras. »Wenn *ihr* nicht kämpft, dann eure großmäulige Freundin.«

»Niemand von uns kämpft!« Die rosahaarige Dextra versperrt Agrafena mit ihrem Rollstuhl den Weg.

»Ihr glaubt, ihr seid so viel besser als wir.« Agrafena hebt die Arme. Aus den Gläsern der Umstehenden gleiten die Getränke zu ihr und mit einer Armbewegung peitscht die Flüssigkeit gegen Ursula. Rammt sie zu Boden.

Ich stürze zu ihr. Kann nicht anders, weil mir der Schmerz auf ihrem Gesicht nur allzu vertraut ist.

Doch Bob schubst mich zurück. »Lass sie in Ruhe!«

Ich lande auf dem Hosenboden. »Ich wollte nur helfen! Aber ich hätte nicht einfach losrennen dürfen, ich verstehe, dass das angsteinflößend –«

Die Sinistras brechen in Gelächter aus, das in mir brennt.

Mit glühenden Wangen stehe ich auf.

»Du bist so armselig, dass nicht einmal die Baumumarmer deine Hilfe wollen«, höhnt Agrafena.

Ich umklammere meine Arme. Aber es ist egal, was sie von mir denkt. Ich wende mich Ursula zu, auf deren klitschnassen Armen sich Schuppen abzeichnen. »Kannst du aufstehen?«

Sie rappelt sich auf und wirft mir einen finsteren Blick zu.

»Zeig ihnen doch, dass du zu ihnen hältst, und verteidige ihre Ehre in einem Duell. Tritt *du* gegen mich an.«

Ich mache einen Schritt zurück. Niemals kämpfe ich.

»Radulf«, knurrt Agrafena.

Ein haariger Student greift nach mir. Ein Werwolf? »Los, stell dich nicht so an, Späterwachte!«

Ich winde mich in Radulfs Griff, blicke zu Astra, die nur auffordernd die Augen weitet. Will sie, dass ich kämpfe? Damit ich nicht schwach wirke?

Ich schüttle heftig den Kopf. *»Ich kämpfe nicht!«*

Agrafena gackert. »Dann häng weiter am Rockzipfel deiner Angebeteten. Irgendwann merkst du schon, dass sie sich kein Stück um dich schert.«

Ich erstarre und kann nicht zu Astra schauen. Denn ich weiß, dass sie recht hat. Astra schreitet nicht ein. Ein Kloß drückt in meinem Hals. Alles, nur das nicht! Ich grolle, werfe mich gegen die Pranken.

Kreischend greift Agrafena die Dextras an. Energie wummert durch den Saal.

Radulf lässt so ruckartig los, dass ich auf den Marmor knalle.

Ein Stechen fährt durch mein Handgelenk und ich jaule auf, krieche weg. Ich hätte niemals herkommen sollen. Auf den Ball. An die Academia. Ich kämpfe mich hoch, kämpfe gegen die Übelkeit an, gegen die dunkle Macht, aber auch etwas anderes. Ein Zerren, das mit der Macht ringt.

Sinistras rempeln mich an, lachen oder gaffen. Atlas steht mir plötzlich im Weg.

Und neben ihm Mathea.

Ich ertrage ihre Gegenwart nicht. Nicht jetzt. Beim Wegrennen stoße ich gegen sie. Der Sog droht mich entzweizureißen. Ich will nur weg. All die Augen auf mir, kalt und unnachgiebig. So vertraut. *Unterdrück es, El!* Ich erschaudere. Diese Stimme. Nein, sie ist nicht hier. Sie ist nicht –

Jemand greift nach meinem Arm. »Kämpf einfach, Hexe!«

»NEIN!«, platzen Scham, Angst und Wut aus mir heraus. Ich schüttle die Hand weg – und die Energie stößt die Person mit Wucht von mir. Sie schreit. Ich sinke in die Hocke, presse die Hände gegen meine Schläfen, schlucke Tränen und Dunkelheit herunter. *Bitte nicht schon wieder!*

Jemand berührt meinen Rücken.

»*Weg von mir!*« Energie schlägt um mich wie Peitschenhiebe. Niemand soll mich berühren. Mich zwingen zu …

»Ellie!« Astras Stimme, angestrengt, aber sanft.

»*Nein!* Tut mir nicht weh!«

Astra zischt auf.

Ich öffne die Augen ein Stück. Sie hockt vor mir, ihre Wange aufgeschürft. »Ich will das nicht«, wimmere ich.

Sie schlingt die Arme um mich. »Ich verspreche dir, du musst nicht kämpfen.« Die Dunkelheit konzentriert sich zwischen uns. Verblasst. Wie schafft sie das? »Aber wenn du niemanden verletzen willst, musst du jetzt aufhören.«

Ich nicke, presse meine Stirn gegen ihre Schulter. Alle Kraft entweicht mir. Schon wieder kann sie mich so leicht beruhigen. *Zu* leicht. Ich weiß, sie hat diese Kraft – aber das hier ist etwas anderes. Doch ich bin dankbar. Meine Hände zittern und ich vergrabe sie in Astras Sakko. »Habe ich jemanden …?«

»Nein! Ich merke es kaum. Die anderen waren zu weit –«

»Mathea!«, brüllt jemand. Der Aufprall eines Körpers auf Marmor vibriert bis zu mir.

Mein Herz fühlt sich an, als risse es mir jemand aus der Brust. Denn ich spüre, dass mit ihr etwas nicht stimmt.

Und es ist meine Schuld.

9

Ellie

»Ellie, hör auf Angst zu haben!« Die untergehende Sonne fällt in langen, schmalen Streifen durch die kahlen Bäume auf den Hügel Letná und erleuchtet Tomáš' rotes Haar zu einem flammenden Heiligenschein.

Wind weht durch meine Locken, und das Schleifen, Rollen und Klacken der Skateboards umhüllt mich. Ich habe das vermisst. Ihn und Tatiana.

»Ich habe keine Angst.« Langsam lasse ich sein altes Board, das er mir geschenkt hat, unter meinem Fuß vor und zurück gleiten. »Ich bin nur bedacht.«

Der Platz beim gigantischen, hin und her wiegenden Metronom ist gut besucht. Doch trotz der vielen Menschen fühle ich mich freier als sonst wo in Prag. Vielleicht, weil ich hier oben keine Häuser sehe. Nur Bäume und Himmel. Das brauche ich nach letzter Nacht.

»Jetzt mach schon, Ellie!«, ruft Tatiana, die auf einem von der abgerissenen Stalin-Statue übrig gebliebenen Stein hockt.

Ich nicke, nehme Anschwung und fahre auf die Steinbank zu. Nicht nachdenken. Ich bringe meine Füße in Ollie-Position und springe ab. Dann läuft alles von allein. Ich treffe mit beiden Achsen die Kante und grinde über sie. Ein bisschen wackelig, doch als

Tomáš und Tatiana jubeln, kann ich nicht anders, als einzustimmen.

»Hätte ich gewettet, was du auf dem Letná machst, hätte ich definitiv verloren«, ruft jemand. Astra!

Ich schnelle mit dem Kopf herum. Fehler. Beim Absprung verlagere ich mein Gewicht falsch und schürfe mit Knien und Armen über den Boden.

»Alles okay?«, ruft Tomáš mäßig besorgt.

»Jep.« Hastig rapple ich mich hoch.

»Du skatest?« Astra steht direkt vor mir, mein Board in einer Hand. »Und trägst eine Hose? Moment, sind das winzige aufgestickte Rüben auf der Hose?«

Ich wische mir über die Knie, wo die braune Cordhose aufgeribbelt und meine Knie aufgeschürft sind. »Das ist ein bisschen sexistisch. Hätte ich von dir nicht erwartet.«

»Hast du keine Angst, dich zu verletzen?«

»Nach den ersten zehn Stürzen nicht mehr.«

Ihr Blick bleibt zwei Sekunden an der Haut zwischen dem hohen Bund meiner Hose und dem kurzen gestreiften Poloshirt hängen. Dann sieht sie in mein Gesicht. »Aber auf der Demo und Samhain meintest du, niemand solle dir wehtun, und –«

»Das ist etwas anderes.« Schroff entreiße ich ihr das Board. »Hier habe ich die Kontrolle. Weiß, was passiert, wenn ich sie verliere.« Ich seufze. »Aufgeschürfte Knie und ruinierte Lieblingshose.«

»Und du schwänzt den Unterricht, weil du eine Karriere als Profiskaterin anstrebst?«

»Ellie, wer ist das?« Tatiana schlingt ihren Arm um meine Taille und betrachtet Astra von Kopf bis Fuß.

Bevor sie anerkennend pfeifen kann, zwicke ich sie in die Seite. »Später, okay?«

»Na gut.« Sie schlendert zu Tomáš. »Aber wehe, das erklärt nicht, warum du seit drei Wochen kaum noch Zeit hast.«

Ich umklammere das Board. »Wieso bist du hier?«

»Um dich zurückzuholen natürlich!« Astra schließt die Augen und badet sich in den Strahlen der Abendsonne. »Ohne dich ist die Academia sterbenslangweilig.«

»Das bezweifle ich. Warte mal. Woher wusstest du, dass ich hier bin? Hast du mir nachgesetzt?«

»Nachsetzen ist so ein hartes Wort. Es war nur etwas Scrying im Spiel.«

Ich starre sie an.

»Kristallomantie. Aufspüren über eine Kristallkugel.«

Nach Luft japsend trete ich zurück. »Das ist schlimmer als Nachsetzen! Du hast mich beobachtet? *Gestalkt?*«

Astra greift sich an die Brust. »Ich hätte dir nicht beim Schlafen oder Umziehen zugeschaut.« Sie neigt den Kopf. »Ohne Erlaubnis.«

»Ihr Sinistras seid unmöglich!« Grummelnd stampfe ich davon.

»Du musst heute Nacht zur Academia zurückkehren. Sonst fliegst du raus.« Ihre Schritte verfolgen mich. »Und dann stehen spätestens Morgen Jäger vom Arkanen Rat vor deiner Haustür.«

»Vielleicht wäre das genau das Richtige!« *Bleib weg mit deiner Dunkelheit!*

Astra starrt mich an.

Mein Atem geht schwer. »Vielleicht es ist besser, wenn sie mich wegsperren. Vielleicht habe ich es verdient.«

»Ist es wegen dieser Mathea?«

Ich zucke zusammen.

Astra umrundet mich. »Weil du glaubst, *du* hättest ihr das angetan?«

Mit zusammengepressten Lippen starre ich zu Boden.

»Es ist nicht deine Schuld.«

Es ist deine Schuld, El.

Mein Kopf schnellt hoch. »Meine Kräfte –«

»Hatten mit ihr nichts zu tun.«

»Sie ist zusammengebrochen, nachdem ich sie berührt hab!«

»Temporale Zusammenhänge sprechen nicht unbedingt für kausale Zusammenhänge, Ellie«, spottet Astra.

Ich dränge mich an ihr vorbei. »Was für dich ein riesiger Spaß ist, ist für mich Ernst!«

»Ellie!« Mit einem Satz hält sie mich zurück. »Ich *nehme* das ernst. Aber sie ist nicht wegen dir im Krankensaal. Und selbst wenn – wieso stellst du dich deinen Kräften nicht?«

»Ich will diese Kräfte nicht!«

»Aber du *hast* sie! Und vielleicht ginge es dir besser, wenn du sie annehmen würdest, statt sie zu unterdrücken. Scheiß auf den Pfad der Linken Hand, scheiß auf Sinistras.« Ihre Bergkristallaugen funkeln. »Nutz deine verfluchten Hexenkräfte für etwas Gutes, wenn du willst!«

Mein abgehackter Atem gleitet über meine Lippen. »Aber an der Academia muss ich … ich muss …«

»Du musst gar nichts.« Astra umfasst meine Schultern, ihre Hände warm durch meine kurzen Ärmel. »Und was wäre tougher, *subversiver*, als deine zerstörerischen Kräfte für gute Dinge zu nutzen, die den anderen Sinistras einen Schauer über den Rücken jagen?«

Ich lache auf, auch wenn es wie ein Hicksen klingt. »Keine Ahnung, was subversiv heißt. Bist du wegen mir hier oder weil du Studienpräfektin bist?«

»Geht nicht beides?«

Wärme erblüht in meiner Brust. »Ich will nicht böse oder tough sein. Mir ist egal, was die Sinistras denken. Ich will nur nie wieder jemanden verletzen.«

»Dann musst du lernen, mit deinen Kräften umzugehen.« Astra wuschelt durch meine Haare. Dann grinst sie. »Aber dir ist nicht egal, was eine *bestimmte* Sinistra von dir hält.«

Die Wärme in meiner Brust steigt in meine Wangen, doch ich straffe die Schultern. »Du hast recht. Die Meinung *einer* Sinistra ist mir wichtig.« Ich sehe Astra in die Augen, bis sie die Brauen hochzieht. Dann grinse ich. »Schließlich entscheidet Rektorin Sýkorová, ob ich nach drei Jahren das Schlangennest verlassen darf!« Auf der Hacke mache ich kehrt, während Astra lacht.

»Vielleicht findest du in den drei Jahren an der Sinistra auch etwas Gutes, für das es sich lohnt zu bleiben?« Sie holt mich viel zu schnell ein. »Oder jemanden.«

»Zweifelhaft. Meine Karriere als Profiskaterin hat oberste Priorität.«

Mathea

Stöhnend öffne ich die Augen, auch wenn das grelle Licht das Pochen hinter meinen Schläfen verstärkt. »Oh, bitte nicht schon *wieder*.«

Ich liege im Krankensaal. Um mich versammelt Bob, Ursula und Cordelia, als läge ich im –

»Ich liege nicht im Sterben, oder?«, keuche ich. Meine Brust fühlt sich tatsächlich ein wenig so an.

Ursula wirft sich auf mich. »Du LEBST!«

»Was ich jetzt schon bereue.« Ächzend schiebe ich sie von mir – wie kann jemand so Winziges derart schwer sein?

Bobs Augen sind rot geädert. »Wir hätten dich nie überreden sollen, zu diesen schrecklichen, boshaften, fieslichen –«

»Fieslich ist kein echtes Wort.« Cordelia schiebt ihn weg.

»Dann sollte es für die Sinistras erfunden werden!«

Cordelia tätschelt meine Hand. »Weißt du, was passiert ist?«

»Natürlich weiß ich, was …« Ich runzle die Stirn. Durchforste meine schwammige Erinnerung. Der Ball. Ozerov. Meine Kräfte. Ein Stich fährt durch meine Schläfen. Dieses Mädchen, Ellie.

»Sie haben dich *verflucht*!«, platzt es aus Ursula heraus. »Diese fieslichen –«

»Die Sinistras haben mich nicht verflucht«, kommt es über meine Lippen, bevor ich es mir richtig überlege.

Ursula japst. »Die *Sinistras* haben dich nicht verflucht? Wieso betonst du das so seltsam?«

»Ah, Sie sind wach!« Die Tür klappert hinter Profesor Nekovář ins Schloss. Seine leichten Falten zeichnen sich tiefer ab als sonst. »Lassen Sie mich bitte allein mit Mathea sprechen.«

»Aber wir haben Mattie keine fünf Minuten –«

»Ich *bitte* darum«, schneidet er Ursula das Wort ab.

Sie alle trollen sich nach draußen. Endlich kann ich durchatmen. Was anstrengender ist, als es sein sollte.

»Ich habe Sie erneut diagnostiziert, als Sie ohnmächtig waren. Profesorka Hruška hat mit den Víla-spezifischen Aspekten geholfen. Wieso haben Sie verschweigen, dass sich die Symptome verschlimmert haben? Wir hätten ein Arrangement treffen können, was den Unterricht angeht.«

Ein Arrangement, das mich garantiert zurückwerfen würde. »Ich merke nichts vom Fluch. Keine Symptome.«

»Ein dritter Ohnmachtsanfall ist kein Symptom?«

Ich umklammere die Decke. »Was haben Sie herausgefunden?«

»Nicht viel mehr als vorher auch. Der Fluch scheint den Fluss Ihrer Arcanima zu blockieren. Nicht vollständig, aber wir wissen nicht, wie es sich mit der Zeit verhalten wird.«

»In drei Jahren?« Ich starre aus dem Fenster, wo die ziegelroten Dächer der Malá Strana im Herbstlicht glühen. »Wenn die Arcanima in drei Jahren komplett unterdrückt ist, zählt das wohl eher nicht als *Kontrolle meiner Fähigkeiten*, oder? Was tut der Arkane Rat dann mit mir?«

»Vorher werden wir eine Lösung finden. Das verspreche ich Ihnen.« Profesor Nekovář zuckt mit der Hand, als wolle er meinen Kopf tätscheln, doch überlegt es sich zum Glück anders. »Sie müssen nur alles ruhig angehen lassen. Auf Dauer schwächt blockierte Arcanima Ihre mentale und körperliche Verfassung.«

Wieder etwas, das meinen Zielen im Weg steht. Nicht nur der Bravura, dem Studium hier oder meinem Jura-Studium – sondern meiner Zukunft. Meinem Leben. »Was kann *ich* tun?«

»Nichts.«

Ich schüttle den Kopf. »Das genügt mir nicht.«

»Wenn Sie etwas Neues bemerken oder Ihnen ein merkwürdiger Gegenstand einfällt, mit dem Sie in Kontakt geraten sind, können Sie jederzeit zu mir kommen. Bis dahin sind die Nachforschungen beim Kollegium in den besten Händen.«

»*In den besten Händen?* Sie können nicht sagen, woher der Fluch kommt, was er mit mir macht oder wie man ihn loswird. Sie können nicht helfen und ich soll *nichts* tun?«

Er stellt eine Schatulle voller Phiolen auf den Tisch. »Trinken Sie täglich eine. Das kräftigt Sie.«

»Ich will selbst recherchieren. Gibt es eine Art arkanes *netdoktor. de*?«

»Konzentrieren Sie sich auf Ihr Studium. Wir arbeiten mit Hochdruck an einer Heilung.« Er durchquert den Raum. »Vertrauen Sie uns.«

Ich lasse mich zurück ins Bett fallen, während die Tür zuklappert. Das ist doch …! Erst das Studium an der Univerzita, jetzt auch noch dieser Fluch, der droht meine Zukunft zu verbauen. Aber keins von beidem erlaube ich das. Mit zusammengebissenen Zähnen springe ich auf und klemme mir die Schatulle unter den Arm.

Ich finde heraus, wie der Fluch gelöst werden kann.

Am Wochenende arbeite ich nach, was ich in den Kursen am Donnerstag verpasst habe. Nach reichlich Überzeugungsarbeit bei Ursula und Cordelia, die mich am liebsten ans Bett ketten würden, nachdem sie darüber hinweggekommen sind, dass ich ihnen den

Fluch vorenthalten habe. Über den Büchern vergesse ich alles – nur sobald ich aufstehe, überkommt mich Schwindel. Kein starker, doch stark genug, dass ich mir selbst den Kopf dafür abreißen könnte, den Fluch so lange auf die leichte Schulter genommen zu haben.

Für den Magica-Kurs am Montagmorgen habe ich einen Plan. Profesorka Wardwell, eine unendlich alte Mágos, lässt uns wieder das richtige Fallen nach einem Angriff üben. Der Grund, warum ich ausgerechnet sie auserwählt habe, liegt seit vorletzter Woche in der Ecke. Einer der Boxsäcke, die vom Gewölbe hängen. Sie sind verhext, um Angriffszauber aufzusaugen, statt sie zu reflektieren. Nur dass Profesorka Wardwell den in der Ecke in meiner ersten Stunde mit drei Inkantationen in Fetzen gerissen hat, um die Wichtigkeit des Ausweichens zu demonstrieren.

Wir können viel von den Älteren lernen. *Über Flüche.*

Also gebe ich studentischen Eifer vor und frage sie über die Unterschiede zwischen Angriffsflüchen und dauerhaften Flüchen aus. Sie weiß sofort, worauf ich hinauswill. Und sagt, sie könne mir nicht helfen. Kann sie nicht – oder *will* sie nicht? Ihren Rat, die anderen Dozierenden ihre Arbeit machen zu lassen, dann gehe es mir bald besser, ignoriere ich.

Stattdessen stecke ich meine Hoffnung in den Mittwoch – und in mich selbst –, denn am Nachmittag habe ich Zeit zum Recherchieren. Aber zuerst muss ich *Macbeths Weyward Sisters und andere Frauen der Alchemie: Praktische Einführung in die Ars Alchemia* überstehen. Profesorka Chandra, die zu den Nagas gehört, tänzelt mit Waagschalen, Retorten und Tiegeln zwischen unseren Tischen entlang. Sie trägt einen senfgelben Sari, in einer anderen Wicklung als letztes Mal, mit Sneakern und einem schlichten Hemd. Als sie uns begeistert den Athanor, einen Ofen der Alchemie, vorführt, verwandeln sich ihre Beine in einen Schlangenschwanz. Dass ich dafür nur einen müden Blick übrig habe, sagt alles darüber, wie sehr das Arkane schon zu meinem Alltag gehört.

»Das passiert immer, wenn ich aufgeregt bin!«, stöhnt sie mit einem Lachen. »Aber jetzt wissen Sie, warum Saris so praktisch sind. Also, befolgen Sie die Schritte auf Seite elf, um sich mit dem Tisch-Athanor vertraut zu machen.«

Zwischen mir und Grace steht einer dieser Tonöfen, der wie etwas aussieht, worin zuckerfrei lebende Müslifans Brot aus selbst gemahlenen Körnern backen.

»Ich habe die Substanzen zusammengestellt, die Sie für die einfache Heilsalbe brauchen, damit Sie nicht aus Versehen Zutaten verwechseln.« Profesorka Chandra schlängelt zwischen den Reihen entlang und legt Glasschalen mit duftenden Kräutern, Ölen und Pudern auf unsere Tische. »Den Stein der Philosophen würde wohl niemand aus Versehen herstellen, aber wir wollen Explosionen vermeiden.«

Mhm. Vielleicht finde ich mit etwas Recherche und harter Arbeit ja doch heraus, wie man den Stein der Philosophen herstellt, und kann damit die Bravura –

Stopp, nicht abschweifen. Noch eine Nebenwirkung des Fluchs. Eine, die ich nicht gebrauchen kann.

Ich schlage das abgegriffene Buch auf, das Profesorka Chandra mir letzte Woche gegeben hat. Eine von Marie Meurdrac III überarbeitete Version des Werkes *La Chymie Charitable et Facile* ihrer Vorfahrin, der Alchemistin Marie Meurdrac. Beide habe ich gegoogelt, doch fand nur heraus, dass die erste Meurdrac das Buch entgegen den damaligen Erwartungen veröffentlichte und sich damit vor allem an Frauen und mittellose Menschen wandte. Als ich abends das Buch durchgeblättert habe, habe ich schnell bemerkt, dass Marie Meurdrac III es um mehr als die einfachen Heilmittel ihrer Vorfahrin ergänzt hat. Allein die mir unbekannten Zutaten wie *Rosmarinus argenteum*, Blutsalz und Agapewurzel sprechen Bände.

Unruhiges Gezappel neben mir macht es mir unmöglich, das Rezept zu studieren, also blicke ich auf.

»Es tut mir so leid, was du durchmachen musst!«, platzt es aus Grace hervor, als hielte sie es seit Kursbeginn zurück.

»Danke, aber langsam habe ich mich an die Univerzita gewöhnt.« Ich wende mich dem Buch zu.

»Ich meine den *Fluch*!«

Klasse, also weiß darüber jetzt auch jeder Bescheid.

»Es muss schrecklich sein, so sehr gehasst zu werden, dass man verflucht wird.«

Oh? Als Sorge getarnte, aber kaum verhohlene Abneigung? »So sehr gehasst zu werden?«, wiederhole ich, mein Amüsement im Gegenzug kaum verhohlen.

»Ich meine natürlich nicht von *allen*!« Abwehrend wedelt sie die Hände. »Nur von *einer* Person. Oder einer Gruppe.«

»Also«, ich zerhacke den frischen Salbei äußerst sorgfältig, »schließt du aus, dass ich aus Versehen verflucht wurde? Das ist Profesor Nekovářs Erklärung.«

Sie erblasst. »Das wäre natürlich auch eine Möglichkeit.«

»Aber nicht deine erste Eingebung, weil … ich so leicht zu hassen bin?«

Grace wickelt das Ende ihres perfekten Pferdeschwanzes um ihre Finger, als wolle sie ihre Haare ausreißen. »Also, eigentlich meinte ich …«

»Mathea, ich würde gern kurz privat mit Ihnen sprechen. Sie wissen schon, wegen Ihres«, Profesorka Chandra fährt flüsternd fort, »F. L. U. C. H. S.«

Während Grace ausatmet, folge ich der Profesorka.

Hinter ihrem Pult, auf dem sich Schriftrollen in bemalten Kaffeetassen und angesengte Bücher stapeln, greift sie sich an die Brust. »Ich hörte von Ihrem … Leiden.«

»Wie vermutlich alle anderen.«

»Ich möchte Ihnen helfen.«

Das lässt mich stutzen. »Wirklich?«

»Ich weiß, dass die Lehrkräfte alles tun, um Ihren Fall zu lösen. Aber unter uns gesagt – es kann nicht angehen, dass man Sie in der Zwischenzeit einfach alleinlässt.«

Mein Herz pocht etwas schneller. »Danke, Profesorka Chandra. Ich weiß das zu schätzen.«

»Wundervoll! Ich hätte mittwochabends Zeit, Ihnen ein paar grundlegende Atemübungen und Selbstaffirmationen zu zeigen.«

»Atemübungen.« Ich weiche zurück. *»Selbstaffirmationen.«*

»Sie werden sehen, im Nullkommanichts werden Sie mit dem Stress umzugehen wissen!«

»Ich hatte eigentlich etwas anderes im Sinn.«

»Reiki-Heilung?« Sie tippt sich ans Kinn. »Einen Versuch ist es sicherlich wert.«

»Nein, ich –«

Ein Schrei gellt durch den Kursraum.

Noch bevor ich mich umdrehe, wabert der Gestank von verbranntem Salbei und Menschenhaar herüber.

»Jedes Jahr diese *eine* Person«, knurrt Profesorka Chandra und hastet zu Grace, die durch die Tischreihen stolpert, weil das Ende ihres Zopfs raucht. Hat sie sich über den Athanor gebeugt, um zu lauschen?

Ich eile zurück zum Tisch und fische mein Handy aus meiner Tasche. Die Stunde ist in wenigen Minuten vorbei, also nutze ich den Aufruhr, um aus dem Kursraum zu huschen. Zeit für meine eigene Recherche.

In der Bibliothek atme ich durch, und die Mischung aus Staub, Pergament und diesem ganz eigenen Duft der Magie, die die Bibliothek am Laufen hält, verdrängt den scharfen Rauch.

»Wurde dir kein Zimmer zugeteilt?« Silas springt von einer Leiter, unter dem Arm ein arg mitgenommener Wälzer, und begleitet mich durch die Regale. »Oder warum bist du praktisch täglich hier?«

»In meinen drei Jahren hier nutze ich die Bibliothek voll aus.«

»Wenn du den Magister machst, wärst du länger hier. Oder du schließt das Grundstudium nicht in Regelstudienzeit ab.«

»Nicht in Regelstudienzeit?«

Er rumst das zerfledderte Buch auf eine der Stationen, wo sie Bücher reparieren, und lacht auf. »Guck nicht so, als hätte ich vorgeschlagen, ein Waisenhaus auszurauben.«

»Deine Vorschläge sind grauenhaft.« Ich gehe in Richtung der Plattformen. »Danke also für nichts!«

Kehlig lachend hebt Silas die Hände über das Buch. Schimmernde Spuren lösen sich aus den Seiten. Verbrauchte Arcanima, wie er mir letzte Woche erklärt hat, welche die Bücher nicht mehr vor Schäden und Diebstahl schützen kann. Hastig wende ich mich ab, damit er nicht noch damit anfangen kann, dass ich bei Interesse gern genauer erforschen könne, wie die magische Buchbinderei funktioniert.

Ich habe Wichtigeres zu tun.

Also steige ich auf eine der Plattformen. »Permanente Flüche, die arkane Kräfte unterdrücken.«

Eine mickrige Auswahl gleitet herbei. Ich nehme alle vier Bände, aber das reicht nicht. Profesor Nekovář war sich so unsicher über den Fluch – vielleicht muss ich weiter vorn ansetzen.

»Flüche anhand von Symptomen identifizieren.«

Diesmal erscheint eine größere Auslese, die ich verfeinere, bis abermals nur noch vier vor mir schweben. Ich nehme das dickste der Bücher.

Mit dem Stapel in beiden Händen kämpfe ich mich die Treppen hoch bis zu den Sofas vor dem Kamin. Nur zwei Studierende, die tief in ihre Lektüre versunken sind. Während ich mich im Schneidersitz auf das knautschige Sofa setze und das dicke Buch auf meinen Schoß verfrachte, blicke ich zum Saphirnebel unter der Decke, der zeigt, was die Studierenden gerade recherchieren. Schimmernde Meermenschen brechen durch Wellen, daneben rasen nordische Runen wie silberne Kometen durch den Saphirnebel. Privatsphäre sieht anders aus.

Aber was bleibt mir anderes übrig?

Ich blättere zu den Symptomen *Schwindel* und *Schwierigkeiten beim Konzentrieren*, und jep – wie in der Gregalen Welt kann es praktisch alles sein. Vom simplen Erkältungsfluch über den *Fey-*

schen Rausch bis hin zu etwas mit dem malerischen Namen *Schwarze Fäulnis*. Eine Stunde lang notiere ich jeden einzelnen Fluch, der auf mich zutreffen könnte, in einem meiner neuen Notizbücher aus dem Goldenen Gässchen – die ich kaufen *musste*, schließlich wandeln sich ihre Seiten von blanko zu liniert, kariert oder punktiert, je nachdem, was ich gerade benötige. Dann widme ich mich den kleineren Büchern und gleiche alle Flüche, die arkane Kräfte unterdrücken, mit denen auf meiner Liste ab. Ein paar kann ich ausschließen, aber mehr neue kommen dazu.

Seufzend klappe ich den letzten Schinken zu. Abendsonne fällt durch die Regalreihen und ich reibe mir über die Augen.

»Hier bist du!« Ursula klettert unbeholfen über die Rückenlehne neben mich. »Wir haben dich überall gesucht!«

»Warum?«

»Na, um uns zu vergewissern, dass es dir gut geht!« Sie beugt sich näher zu mir. »Hausaufgaben?«

Ich schlage meine Notizen mit der einen Hand zu und schiebe mit der anderen die Bücher von ihr weg. Zu spät.

»Recherchierst du den Fluch?« Sie zieht einen Schmollmund. Bitte nicht wieder die Leier, dass ich das den Dozierenden überlassen soll. »Zu Flüchen wie dem findest du garantiert nur was im Styk. In der Fluchabteilung.«

»Das ist … überraschenderweise tatsächlich hilfreich.« Ich packe mein Notizbuch ein, während die Bücher zurück an ihre Plätze schweben. Woher sie wohl wissen, dass ich sie nicht mehr benötige? Als ich vor zwei Tagen ein Buch ausleihen wollte, blieb es liegen. Ich könnte Silas fragen, wie –

Nein. Zum Styk.

»Du solltest erst etwas essen.« Ursula hastet an meine Seite, während ich die Treppe hinunterstürme.

»Später, Mama.«

Sie springt die Treppe hinab und stellt sich mir in den Weg. »Du isst etwas. Die Kräfte brauchst du bei so einem Fluch. Und du nimmst mich mit zum Styk.« Sie schenkt mir ihr Haigrinsen. »Sonst sage ich Cordelia, was du vorhast.«

»Oh, du bist also nicht meine Mama, sondern meine petzende kleine Schwester?«

»Ich wusste, dass wir uns nahestehen – aber dass du mich schon als Schwester siehst, hätte ich nicht gedacht!« Ursula hakt sich bei mir ein. »Sowieso brauchst du eine helfende Hand, die das Portal zum Styk mit ihrer Magie öffnet.«

»Ich beherrsche ein wenig Magie, seit –« Ich beiße mir auf du Zunge. Was nur nichts bringt.

»Ohh, richtig!« Ursula kichert. »Dieser griesgrämige Sinistra hat dir geholfen, deine Víla-Magie zum Erblühen zu bringen. Wirst du ihn wieder treffen?«

»Nicht, wenn es sich vermeiden lässt.«

Vor dem heruntergekommenen Heiligenhäuschen, das an der verborgenen Ecke einer Rasenfläche steht, brauche ich ein paar Anläufe. Doch dann flattern Totenkopfmotten um die Engelsstatue und ein Schimmern verfestigt sich zu einem Spiegel. Der Eingang der Dextras zum Styk. Ein anderer als der, den die Sinistras nehmen.

Während wir eintreten, hört Ursula nicht auf zu feixen, doch dann setzt sie sich an einen der Univerzita-Tische und erledigt Hausarbeiten. Also kann ich in Ruhe recherchieren.

Ich wandere durch die Regalreihen, eine Hand auf den Bücherrücken, die nach Themengebieten sortiert sind. Sosehr ich die Bibliothek der Univerzita auch schätze – händisch zu suchen, erfüllt mich mit einer anderen Art der Zufriedenheit. Vielleicht liegt es an der Konzentration, dem Wissen, gleich das perfekte Buch aus den endlosen Reihen zu ziehen, oder einfach nur an der Ruhe, die kaum jemand zu stören wagt.

Niemand außer Profesorka Hruška und Profesor Nekovář, die ich, als ich ein dickes Buch herausziehe, dabei entdecke, wie sie eine Regalreihe weiter sehr ungeschickt miteinander flirten. Ich husche weg und lege mehrere Bände auf einen eleganten weißen Tisch. Er gehört zur Sinistra-Hälfte, aber ich schleppe die Wälzer nicht durch den halben Styk.

Ich versinke in der Lektüre. Die Fenster zeigen einen ewigen magischen Sternenhimmel – vermutlich liegt der Styk unter der Erde –, doch ich brauche keinen echten Himmel, um zu wissen, dass ich eine Stunde recherchiere, ohne einen Schritt weiterzukommen.

»Hast du etwas gefunden?« Ursula hockt sich auf den Tisch.

Seufzend schüttle ich den Kopf.

»Wenn die Dozierenden noch im Dunkeln tappen, wirst du nicht an einem Nachmittag fündig. Wir sollten später –«

»Für all deine Vorschläge finden sie in drei Stunden Gegenmittel!«, zischt jemand einen Gang weiter. Agrafena, die Rusalka aus dem Goldenen Gässchen. »Damit es ihnen wirklich eine Lehre ist, brauchen wir einen Fluch, den die Dextras nicht einfach loswerden können.«

Ursulas Augen weiten sich, bis sie aussieht wie ein Guppy. Genauso öffnet und schließt sie den Mund, während ich mich näher ans Regal lehne.

Durch eine Lücke sehe ich, wie Radulf neben ihr sich in den Nacken greift. »Etwas aus dem *Compendium Maledictum*?«

»Wie stellst du dir das vor?« Sie boxt ihn. »Guten Morgen, Rektorin Sýkorová, wir wollen uns an den Dextras rächen, wenn Sie uns also kurz das *Compendium Maledictum* aus der Barocken Bibliothek reichen würden?«

»Versuchen können wir es ja.«

Während sie weitertuscheln, umfasst Ursula meine Arme. »Denkst du, was ich denke?«

Mit zusammengebissenen Zähnen nicke ich. »Jep.«

»*Agrafena* hat dich verflucht!«

»Was? Wie kommst du –? Nein! Ich meine, dass ich dieses *Compendium Maledictum* brauche.«

Auch wenn es ein seltsamer Zufall ist, dass sie genau jetzt und hier darüber reden. Aber Spur ist Spur.

»Es wird in der Barocken Bibliothek der Academia aufbewahrt. Willst du dort einbr-«

»Schon wieder hier? Ganz *zufällig*?«

Wir fahren zu Atlas Ozerov herum.

»Mir war nicht bewusst, dass wir deine Erlaubnis brauchen, um hier zu lernen.« Ich rücke vom Regal ab und zwinge mich, nicht zu Agrafena zu blicken.

»Braucht ihr nicht.« Etwas an seiner Haltung, seiner Stimme, sogar der Art, wie er sein Haar nach hinten frisiert, als könnte er sich nicht entscheiden, ob er für überteuerte Mäntel modeln oder das Millionenimperium seines größten Feindes akquirieren will, verlangt nach Unterordnung.

Was ich noch nie besonders gut aufgenommen habe.

Ich bemühe mich, meinen Kiefer zu entspannen.

»Bist du wegen Samhain hier?« Ozerov neigt den Kopf auf eine Weise, bei der er auch gleich hätte fragen können: *Weil ich dich abgewiesen habe?*

Ich knirsche hart mit den Zähnen. Nicht, weil er mich mit seiner Abweisung gekränkt hat – tatsächlich habe ich daran bis gerade keinen Gedanken verschwendet.

Sondern weil er davon ausgeht.

»Du –«

Agrafena tadelt ihren Lakaien lautstark wegen seines Vorschlags zum *Compendium Maledictum* und Ozerov sucht mit verengten Augen nach der Quelle der Ruhestörung.

»Du hast recht«, presse ich stattdessen eilig hervor.

Das lenkt seine Aufmerksamkeit wieder auf mich. Gleichzeitig entlockt es Ursula ein leises »Uhh«, das klingt, als hätte sie am liebsten einen Eimer Popcorn dabei.

»Ich will wissen, warum du mich abgewiesen hast.«

Ozerov stiert auf mich herab, vermutlich weil er mit mehr Gegenwind gerechnet hat. »Es liegt nicht an dir.«

O bitte, wie klischeehaft kann man sein? Ich muss mich zwingen nicht die Augen zu verdrehen.

»Du bist nur zu …« Er stockt. Dabei habe ich alles schon gehört. Zu kühl, zu gleichgültig, zu fordernd, zu wenig verliebt. Weil es die Wahrheit ist, hat es mich die wenigen Male, als ich einer Liebschaft eine Chance gegeben habe, nicht gekränkt.

Ozerov zuckt mit einer Schulter. »Du bist zu schwach.«

Okay, *das* höre ich zum ersten Mal.

Ich verschränke die Arme. »Was soll das bitte heißen?«

»Dass Arkane manchmal inkompatibel sind, weil zwischen ihren Kräften eine zu große Diskrepanz herrscht. Du wirst vermutlich nie mehr schaffen, als Schmetterlinge zu rufen.«

»Autsch«, murmelt Ursula.

»Und wie kommst du auf diese Theo-«

Agrafena und ihr Lakai ziehen weiter.

Angetrieben von der Erleichterung darüber, dass Ozerov uns nicht auf die Schliche gekommen ist, ziehe ich Ursula weg. »Weißt du, was, ich muss wohl lernen, mit der Schmach deiner Zurückweisung umzugehen«, flöte ich. Soll er denken, was er will – solange er nicht ahnt, was ich vorhabe.

Ich brauche dieses *Compendium*.

10

Ellie

»Noch mal!«, herrscht Astra mich an und zieht den Feuerkreis um mich enger.

Ich versuche die Kraft in mir herauszulocken. Versuche nicht vor der Hitze des Feuers zurückzuweichen, sondern mich ihr entgegenzustellen. Doch es versengt meine Haut wie glühendes Eisen und ich kauere mich wie in jedem unserer Trainings der letzten Tage zusammen.

»Ich kann nicht!«

Astras feuerumschlungene Silhouette tritt näher. »Reiß einfach die Kontrolle an dich!«

Ächzend presse ich die Hände in den kühlen Steinboden des um elf Uhr nachts leeren Kursraums. »Du tust, als wäre das *einfach*!« Dreißig Minuten Erholung hat Astra mir nach dem Magica-Kurs erlaubt, in dem ich mehr oder weniger der Sandsack der anderen war.

»Das hier *ist* einfach für dich! Ich habe dich im Spiegel der Natura gesehen! Feuer, Wasser, Luft und Erde – du beherrschst die gesamte Palette der westlichen Vier-Elemente-Lehre. Und es würde mich nicht wundern, wenn du einen auf Toph machst und noch das Metallbändigen meisterst.«

»Wer ist Toph?«, keuche ich.

»Hattest du keine Kindheit?«, stöhnt Astra.

Ich grabe die Fingernägel in die Fugen des Steinbodens. Sie triezt mich, um meine Kräfte hervorzulocken. Das weiß ich. Und doch brennen ihre Worte heftiger als ihr Feuer.

»Astra«, flehe ich. »Ich kann das nicht. Ich sage nicht, dass ich aufgeben will, aber wir versuchen es seit fast einer Woche auf deine Art. Gibt es keinen anderen Weg? Wie lernen die Dextras –«

Funken stieben auf. »Du bist eine Sinistra! Und du erlernst deine Sinistra-Kräfte nur auf Sinistra-Art.«

Ich beiße die Zähne zusammen. Ignoriere, wie sich die Funken in meinen Cardigan fressen. Astra glaubt an mich.

»Muss ich dir erst ein Skateboard besorgen, mit dem du durch Feuerringe springen kannst?«

Trotz der in mir wütenden Panik muss ich lachen. Sie hat sich gemerkt, was ich über Kontrolle gesagt habe. Das Lachen verdrängt die Panik etwas. »Vielleicht muss es kein Skateboard sein«, murmle ich und taste in meiner Rocktasche. Warm gleitet er in meine Hand.

Der Karneol, den Astra mir geschenkt hat.

Seine Wärme jagt durch meine Finger, meinen Arm, bis zu meinem Herzen. Dort schürt sie eine Hitze, welche die Dunkelheit in mir zum Glühen bringt.

Mit dem Arm vor dem Gesicht kämpfe ich mich auf die Beine.

»Hör auf deinen Instinkt!« Astras Stimme verblasst im Feuerknistern. Im Knistern meiner Macht. *Lösch das Feuer.* Mit der Dunkelheit brodelt ein Schrei in mir hoch, doch ich presse die Zähne zusammen, um ihn zurückzuhalten. Das Feuer weicht zurück. Und die Dunkelheit droht mich zu verschlingen. Statt eines Schreis entweicht mir ein Wimmern. Mein Herz erstarrt. Es ist zu viel, zu schnell, zu dunkel.

»Ellie!«

Da, eine Lücke in der Flammenwand! Ich strauchle los. Bin nicht sicher, ob ich zu Astra oder vor meiner Dunkelheit davonrenne.

Doch als ich in Astras ausgestreckte Arme stolpere, die grinst, während ich ungläubig lache, ist es egal.

»Du hast es geschafft!« Sie wirbelt mich durch die Luft.

Atemlos komme ich zum Stehen, noch immer in ihren Armen. »Ich konnte kaum einen armbreiten Spalt im Feuer erschaffen.«

»Du hast zum ersten Mal die Macht von Sinistras Pfad zugelassen! Hattest keine Angst vor der Dunkelheit!«

»Ich hatte auch zuvor keine Angst vor der Dunkelheit!« Etwas in mir bäumt sich gegen ihre Worte auf und ich blicke hoch. »Ich will sie nur nicht …«

Zu spät bemerke ich, dass Astra mein Gesicht hält. Wie ich meine Finger in ihr lockeres Seidenhemd grabe. In ihre Taille. Wie sich ihr Atem in meinen Locken verfängt.

Ich weiche zurück.

Doch Astra lässt ihre Finger von meinen Wangen zu meinen Händen gleiten, sachte, ohne mich festzuhalten. »Schieb die Dunkelheit nicht länger fort, Ellie.«

Das Blut pocht mir in den Ohren und ich weiß nicht warum. Etwas in mir verdreht die Bedeutung ihrer Worte. Als meinte Astra mit der Dunkelheit nicht nur meine arkane Kraft, die Academia und Sinistras Pfad – sondern sich selbst.

Ich schüttle ihre Hände von meinen. »Wie gesagt, ich –«

Ein Vibrieren lässt mich zusammenzucken. Astra fischt ihr Handy aus der Tasche ihrer bastbraunen Tweedhose und tippt fluchend auf dem Display herum. »Atlas!«, knurrt sie dann ins Mikro. »Ich bin nicht zu spät! Spiel dich nicht auf wie der Prinz der Dunkelheit höchstpersönlich!«

Die schwere Holztür schwingt auf und wie aufs Stichwort stolziert Atlas herein. In einem Mantel, die markante Nase an der Spitze rosa, als wäre er draußen gewesen. »Du hast es vergessen.«

»Wir haben noch gute fünf Minuten. Lass uns einfach gehen«, stöhnt Astra.

»Musst du Ellie vorher nicht ins Bett bringen?«

Astra schlingt den Arm um meine Schulter und führt mich auf den Flur, wo sich ein paar leuchtende Kristalle über uns sammeln. »Ellie kann mitkommen.«

Mit langen, akkuraten Schritten überholt Atlas uns und alle Kristalle schwirren zu ihm. »Es ist eine große Ehre, die nur den Scholares zuteilwerden sollte, die sich das Streben nach Exzellenz, akademischer Erkenntnis und rücksichtsloser Überlegenheit zum Ziel gesetzt haben. Nichts für jemanden aus dem ersten Jahr. Ohne herausragende Fähigkeiten.«

»Was weißt du schon über Ellies Fähigkeiten«, flötet Astra.

Atlas stellt sich ihr in den Weg.

»Sie hat gerade so zwei Artes Arcanes bestanden. *Zwei.*«

»Es gibt herausragende Arkane, die nur *eine* Disziplin beherrschen.« Astra drängt sich an ihm vorbei, doch als ich ihr folge, bleibt sie wieder stehen und sieht ihn mit erhobenem Kinn an. »Nadežda Sinistra selbst beherrschte nur Magica. Und *perfektionierte* sie.« Ihr Ton wird süßlicher. »Ich bin überrascht, dass du das nicht weißt.«

»Ellies herausragende Magie würde ich gern sehen.«

Die Geschwister drehen sich zu mir.

Ich starre zurück. Dann hebe ich die Hände und führe den Trick vor, bei dem es aussieht, als wäre mein Daumen abgeschnitten.

Atlas stößt ein abgehacktes, kehliges »Ha!« aus.

Astra stiert ihn wiederum an, als würden ihm zwei extra Daumen wachsen. Dann klopft sie mir grinsend auf die Schulter. »Sie hat dich zum Lachen gebracht. Das geht offensichtlich nur mit unsagbar starken Illusio-Künsten. Kann sie jetzt zuschauen oder nicht?«

Atlas macht auf dem Absatz kehrt und geht den Flur hinab. Astras zufriedenem Summen zufolge ist das wohl ein Ja.

Sie führen mich durch einige Flure, bis wir auf Peninnah und drei weitere Scholares treffen, unter ihnen Agrafena. Sie starrt mich naserümpfend an, während sich die anderen begrüßen.

»Ich bin Ellie«, stelle ich mich vor.

»Naia.« Der Blick der Scholaris, an deren dunkelbraunen Wangen und Hals ein Fischschuppenmuster schimmert, ist so durchdringend, dass ich die erste Frage ausplappere, die mir in den Sinn kommt. »Bist du eine Meerjungfrau?«

»Igitt. Was an mir sieht wie eine Meerjungfrau aus?«

Als ich auf ihre Schuppen und *Kiemen* deute, verzieht sie die Miene. »Antworte lieber nicht. Ich bin eine Nixe.«

Der letzte Scholaris ignoriert mich, während Agrafenas Blick noch immer auf mir ruht.

Ich wische meine Hände am Rock ab und schiebe mich hinter Peninnah. »Valix ist nicht dabei?«

Mit hochgezogener Augenbraue sieht sie zu Agrafena, dann zurück zu mir. »Da du hier bist, wäre es nur angebracht, wenn auch Valix bei dieser äußerst prestigeträchtigen Aufgabe dabei wäre. Das stinkt nach bevorzugter Behandlung.«

Astra schnalzt mit der Zunge. »Sei könnte sich dazu entscheiden, einfach zu kommen. Selbst schuld, wenn der Mut für den Regelbruch fehlt.«

»Valix ist nur nicht hier, weil die Seirim –«

»*Atlas und ich* sind hier.« Astra blickt undeutbar über ihre Schulter. »Es liegt also nicht daran, zu welcher arkanen Art man gehört, oder?«

»Du meinst, es sei eine Frage von Mut? Mut, den unser Angsthamster Ellie im Gegensatz zu Valix hat?«

Agrafena lacht schallend.

»Angsthase«, korrigiere ich Peninnah mit sich verknotendem Magen. Aber Astras triumphierendes Lachen war es wert.

Peninnah spitzt die Lippen. »Vielleicht verbirgst du genauso viel Mut in dir wie Macht, Goldie.«

»Goldie?«

»Ein Hamstername.« Sie hakt sich bei mir unter. »Weißt du überhaupt, wobei du zusehen darfst?«

Ich schüttle den Kopf.

Dann halten wir. Während Astra, Peninnah, Naia und der

schweigsame Scholaris neben mir stehen bleiben, tritt Atlas vor eine Tür. Sie ist komplett aus milchigem Bergkristall gefertigt. In den unregelmäßigen Facetten flackert das Licht der Kristalle über uns. Keine Klinke, kein Schlüsselloch.

»Das Crystalorium.« Peninnah deutet ausschweifend auf die Tür. »Dort webt Rektorin Sýkorová wöchentlich alle Banne, die die Academia schützen. Manchmal erlaubt sie ausgewählten Scholares, die Kontrollen der Schutzmagie durchzuführen.«

»*Ad altiora tendo*«, raunt Atlas.

Der Bergkristall leuchtet auf und bricht dann in der Mitte, um aufzuschwingen.

»Was hat er gesagt?«, flüstere ich.

»Ich strebe Höheres an«, erklärt Astra. »Ein Inkantationspasswort, mit dem Rektorin Sýkorová uns den Zutritt erlaubt. Die Magie, durch die wir andere Sprachen verstehen, wirkt nicht bei toten Sprachen und Inkantationen. Damit wir den richtigen Wortlaut lernen, nicht Übersetzungen.«

Ich höre nur noch halb zu, weil wir in etwas eintreten, das ein Traum sein muss. Eine Grotte, geformt aus Rosenquarz, Amethyst und Bergkristall. Von den changierenden Kristallwänden hallen unsere Schritte wider und der Boden ist so perfekt geschliffen, dass er eine stille Wasseroberfläche sein könnte. Die Decke hängt über uns wie das kristalline Innere eines aufgebrochenen Amethysts. Atlas streicht mit einer Hand über einen schlanken Obelisken aus Bergkristall, der in der Mitte des Raums langsam auf und ab schwebt.

Peninnah tritt hastig vor. »Kann ich das heute übernehmen?«

Atlas betrachtet sie reglos.

»Du weißt, dass ich es kann. Lass es mich beweisen.« Da ist etwas Begieriges in ihrer Stimme, das mir völlig fremd ist. Niemals würde ich mich darum reißen, meine Macht zu beweisen. Vielleicht früher mal, aber das ist lange her. So lange, dass ich nicht weiß, ob es wirklich je so war.

»Nun gut«, meint Atlas nur, obwohl seine Augen kurz aufglimmen. Ich weiß, Astra meinte, die beiden hätten eine ›beidseitig zweckdienliche Geschäftsbeziehung‹ – doch da ist offensichtlich etwas an ihr, das ihm gefällt. Ihr Selbstbewusstsein vielleicht.

»Zu gütig, Studienpräfekt.« Peninnah schiebt Atlas zur Seite und legt die Hände an den schwebenden Bergkristall. Dann murmelt sie unverständliche Worte. Der Edelstein leuchtet heller und heller.

Atlas runzelt die Stirn. »Nicht zu überstürzt.«

Stöhnend rammt Astra ihm den Ellbogen in die Seite. »Hör auf, alles nach Anleitung machen zu wollen. Sie weiß, was sie tut. Was sie sich zutrauen kann.«

»Kann jeder das machen?«, flüstere ich.

»Du nicht.« In Agrafenas verengten Augen reflektiert das Schimmern des Bergkristalls.

Atlas tritt neben mich, ohne Peninnah aus den Augen zu lassen. »Theoretisch alle Arkane mit genug Arcanima. Aber es braucht mehr als das bloße Aussprechen der Inkantation. Rektorin Sýkorovás Magie muss auf die richtige Weise mit der eigenen Arcanima genährt werden. Verwoben ist vielleicht das bessere Wort. Wie ein kompliziertes Strickmuster.«

»Ich bin ganz gut im Stricken«, flüstere ich.

»Willst du den Job beim nächsten Mal machen?«, neckt Astra.

»Auf gar keinen Fa-«

Peninnah ringt nach Atem, wirft den Kopf in den Nacken, die rollenden Augen komplett weiß. »Eindringlinge«, wispert sie.

Mathea

Wir überqueren die Karlsbrücke, die sich im Dunkeln glitzernd und behäbig über die Moldau spannt. Niemand beachtet Ursulas perlmuttern schimmernde Haare. *Oder Bobs verflixte Elfenflügel.* Die

Verhüllung, die magische Illusion des Fundus, verbirgt wirklich all das, wofür man früher auf dem Scheiterhaufen gelandet wäre – und was heute innerhalb von fünf Minuten als hochaufgelöstes Video mit aller Welt geteilt werden würde.

Ich hole Cordelia ein, die sich durch die Menge manövriert. »Ich kann nicht fassen, dass Ursula geplappert hat. Und noch weniger, dass du mir hilfst.«

»Ich bin deine Vertrauensstudentin.«

»Und die Jobbeschreibung beinhaltet Einbrüche in die Uni eurer Erzfeinde?«

»Jemandem in Not zu helfen, ist immer der richtige Weg.«

»Das verstehst du schon noch, wenn du lang genug mit uns befreundet bist.« Bob hakt sich bei mir unter.

Seit wann wehre ich mich nicht mehr? Langsam, aber sicher brechen sie mit ihrer pausenlosen Nettigkeit wohl meinen Geist.

»Wieso seid ihr so erpicht darauf, mit mir befreundet zu sein? Ich war kein einziges Mal nett zu euch.«

Ursula hakt sich zu meiner anderen Seite bei mir unter. »Ich nehme alle so an, wie sie sind. Auch dich grummelige Seegurke.«

Grummelige Seegurke? Ich verenge die Augen. »Liegt diese besorgniserregende Akzeptanz daran, dass du selbst nicht so angenommen wurdest, wie du bist?«

Sie strahlt. »Guck, tief in der Grummelgurke steckt eine sensible Seele, die in die Herzen anderer blicken kann.«

»Euch ist klar, dass ich euch niemals so einen Gefallen tun würde?«, seufze ich. Versuche ich gerade ihnen einen letzten Ausweg aus dieser Aktion aufzuzeigen?

Aus einer Wand Touristen heraus gleitet Moremi vor uns. »Du hast mir mit dem Urheberrechtsklimbim geholfen.«

Ursula kiekst. »Verfolgst du uns?«

Wir bleiben stehen. Mitten in der Staré Město. Die fünf- oder sechsstöckigen Fassaden der imposanten Stadthäuser erstrecken sich mehrere Blöcke weit.

»Nein. Also …« Moremi dreht ein paar ihrer schwarzen Braids zusammen. »Ja, theoretisch schon. Die Pflanzen haben mir verraten, dass Mathea Hilfe braucht.«

»Moremi, richtig? Vom Regenwald-Kollektiv?« Cordelia scheucht uns weiter, dem Schutz der Fassade des Klementinums näher. An dieser Ecke liegt die Kirche des heiligen Salvator. »Wir können jede Hilfe gebrauchen.«

»Dann müssen wir nur noch auf Grace warten«, meint Bob.

Tief atme ich ein. »Ich bezweifle, dass Grace kommt.«

»Ich habe sie darum gebeten!«

»Ihr seid befreundet – *mich* kann sie nicht leiden. Was ich ihr nicht verüble. Ehrlich gesagt ist ihre Reaktion die einzige, die ich nachvollziehen kann.«

»Du legst es echt drauf an, uns zu vergraulen, um uns zu schützen, was?« Ursula kneift in meine Wange. »Aber das klappt nicht. Wir sind hier und bereit.«

Cordelia nickt. »Genau. Wir haben uns nicht aus der Univerzita gestohlen und riskieren einen Verweis, um jetzt nur einen *Trdelník* zu essen.«

Ursula greift nach Cordelias Arm. »Aber wir *könnten* danach *Trdelník* holen? Ich will einen mit Zimt und Zucker! Oder – käme es komisch, wenn ich darum bitte, ein paar Algen in den Teig einzubacken?«

»*Also*«, ergreife ich so laut das Wort, dass mich alle ansehen. »Ihre Schutzmagie verhindert, dass jemand von Dextras Pfad ohne Einladung unbemerkt ihren Boden betreten kann?« Ich deute auf die Portikusfassade aus Sandstein, die golden vor dem tiefblauen Nachthimmel glüht. Blickt das Dutzend Heilgenstatuen gütig oder verurteilend auf uns herab? Wohl eher Letzteres. »Und deshalb steigen wir über das Dach ein?«

Cordelia nickt, während Moremi Bob und Ursula an den Jacken festhält, um sie daran zu hindern, auf der Suche nach dem nächsten *Trdelník*-Stand loszustiefeln.

»Nehmen wir an, wir *könnten* die Fassade erklimmen – ohne jegliche Klettererfahrung. Falls es noch keiner von euch bemerkt hat«, ich deute auf die schnatternden Touristen, »das hier ist das Gegenteil von diskret.«

»Ich verstärke die Verhüllung, bis ihr unsichtbar seid«, erklärt Cordelia.

»Und wenn wir drinnen sind? Seilen wir mich von der Decke ab oder wie schaffen wir es, den *magisch geschützten Boden* nicht zu betreten?«

»Nun ja.« Grinsend verlagert sie ihr Gewicht, sodass sie nur auf den Hinterrädern ihres Rollstuhls balanciert. »Technisch gesehen *betrete* ich ihren Boden nicht. Also warte ich im Hof und sobald ihr das Zeichen gebt, unterbreche ich den Schutzbann in der Bibliothek.«

»Und du bist sicher, das Schlupfloch funktioniert?«

Sie presst die Lippen aufeinander. »Möglicherweise habe ich es auf dem Samhain-Ball ausprobiert?«

»Wieso?«

»Aus akademischem Interesse?«

»Es ist sicher nicht so einfach, wie du es klingen lässt.«

»Ist es nicht. Weshalb ich die Unterbrechung nur ein paar Minuten aufrechterhalten kann.«

Langsam puste ich Luft aus und blicke über die Taskforce des Händchenhaltens. Moremi schiebt die Ärmel ihres Earth-Day-Every-Day-Hoodies hoch, Ursula lässt ihre Fingerknöchel knacken und Bob … nun, wippt auf den Ballen vor und zurück. Ihre noblen Beweggründe schwächen die kriminelle Energie ab. Dennoch muss ich ihre Entschlossenheit anerkennen.

Cordelia hebt die Arme und murmelt mit durchdringendem Blick eine Inkantation. Arcanima schwebt von ihren Händen in fliederfarbenen Seidenfäden durch die Luft.

Während sie sich träge um uns winden und ein Prickeln auf meiner Haut hinterlassen, mustere ich die Menschen, von denen niemand auf vier unsichtbar werdende Studierende achtet. Als würden sie uns gar nicht sehen *wollen*. Wie oft habe ich meine Augen vor dieser verborgenen Welt verschlossen, bevor ich von ihr erfuhr?

»Wie kommen wir die Fassade hoch?«, frage ich.

»Wir klettern.« Moremi klopft prüfend gegen den Sandstein.

»Ich bin eine Víla – nicht die verflixte zwölfte Inkarnation von Spider-Man.«

»Musst du immer alles so negativ sehen?« Moremi legt ihre Hände flach auf den Boden. Zwischen ihren Fingern sprießen Keimlinge hervor und drängen einen Pflasterstein nach dem anderen beiseite. Mit einem Surren in der Luft wachsen sie zu Lianen heran, die sich um eine Säule schlingen. Bis zum Dach. Eine tropische Liane im herbstkalten Prag.

Seufzend schiebe ich mir die Haare hinter beide Ohren. »Ich schätze, das ist der am wenigsten absurde Teil des Plans.«

Cordelia reckt die Daumen in die Luft und verschwindet durch das Eingangsportal der Academia. Keine Sirenen schrillen auf. Sie geht nicht in Flammen auf. Immerhin.

Dann klettere ich los. Was ehrlicherweise in einem Desaster enden würde, wären da nicht die Blattranken, die meine Hände anstupsen, wenn ich unsicher bin, wo ich mich festhalten soll, und mich höher schieben, sobald meine Sohlen die dickeren Äste berühren.

Ursula kraxelt hinter mir. »Die Hälfte meines Lebens unter Wasser und ich habs trotzdem so was von drauf!« Ihr schimmerndes Haar gleitet so gemächlich durch die Luft, als wäre sie auch jetzt dort. »Von wegen ›Bewerte einen Fisch nicht danach, wie gut er klettern kann‹!«

Als wir uns über die Balustrade schwingen, beide keuchend, schießt Moremi auf einer Liane an uns vorbei.

»Hättest du das nicht mit uns allen tun können?« Grummelnd klopfe ich meine Hose ab.

»Ich muss meine Kräfte sparen. Keine Ahnung, was ihr ohne mich getan hättet.« Handwedelnd scheucht Moremi uns weiter.

Auf dem Dachfirst richte ich mich wackelig auf, beide Arme ausgestreckt. Novemberwind zupft an meinen Haaren, bis sie mir ins Gesicht peitschen. Wir stehen auf einem *Dach.* Wenn ich ausrutsche, kommen mir Schmetterlinge zu Hilfe. Aber es gäbe keine größere Demütigung, als von einem Bataillon rosa Falter durch die Lüfte getragen zu werden. *Also ist es inakzeptabel auszurutschen.*

Ich straffe die Schultern. Vor mir erstrecken sich die historischen Bauten der Staré Město und zwischen ihnen die erleuchteten Gassen. Adern aus geschmolzenem Gold. Ich vergesse jede Gefahr und schreite durch die Nacht. Ein seltsamer Sog zerrt an mir.

Neben mir ertönt ein Japsen.

Am Rande meines Sichtfeldes schlittert Ursula nach unten.

Ich schnelle herum. Bekomme sie gerade so zu fassen. Ihr Schwung zerrt mich mit sich. Die Erinnerungen an meinen letzten Sturz brechen über mich herein.

Doch im letzten Moment ergreift Bob meinen Arm und mit einem Ruck landen wir alle auf dem Hinterteil.

»Du kannst schwimmen und du kannst klettern.« Ich hieve Ursula auf die Beine. »Aber versprich mir, nie mehr zu versuchen auch noch zu fliegen.«

Einen Moment starrt sie mich an, dann schlingt sie die Arme um mich. »Danke, danke, danke!«

Ich tätschle ihren Rücken, bevor ich sie von mir schiebe. »Wenn du deine Dankbarkeit zeigen willst, geh weiter.«

Die restlichen Dächer passieren wir schweigend. Nur der Sog in mir verstärkt sich mit jedem Schritt. Etwa in der Mitte des Gebäudekomplexes versammeln wir uns am Rande des Dachs, schräg vor uns eine Fensterfront.

»Dahinter liegt die Bibliothek«, murmelt Moremi.

Da, im Innenhof unter uns winkt Cordelia.

Moremi breitet die Hände aus. Eine Efeuranke kriecht zu einem der Fenster und durch einen Spalt hinein. Nach ein paar Atemzügen öffnet es sich mit einem Klicken. Dann raschelt es, bis sich der

Efeu an der Hauswand zu einem Netz verwoben hat, das sich zum Fenster erstreckt.

»Wieso habe ich keine so nützliche Kraft wie du?«, frage ich sie, während Ursula auf das Efeunetz springt und halb zum Fenster klettert, halb rutscht.

»Würdest du deine Kräfte akzeptieren, wären sie nützlich.«

»Leicht zu sagen, wenn man Poison Ivy ist und nicht irgendeine Nebenfigur aus *Winx Club*.«

Elegant lässt sie sich von Efeuranken zur anderen Seite tragen. Meine Hände und Füße hingegen verheddern sich in den Ranken. Als ich nach dem Fenstersims greife, ziehen mich Bob und Moremi an beiden Armen in die Bibliothek.

Ich trete vor die kunstvoll geschwungene Balustrade der Empore und blicke hinab. Der Überfluss an barocker Dekadenz ist beinahe zu viel. Fresken, Ornamente und Goldrahmen ringen um meine Aufmerksamkeit, sodass ich nicht anders kann, als den Atem anzuhalten. Regale aus Mahagoni verlaufen über beide Etagen an den Wänden, gefüllt mit Ledereinbänden in Bordeaux, Elfenbein und Gold. Ich nehme einen Atemzug. Pergament. Tinte. Gebeiztes Holz. Uralte *Magie*. Mondlicht fällt durch die in Nischen zurückgesetzten Fenster und erleuchtet ein Dutzend Globen auf dem Marmorboden, die aufgereiht wie Planeten darauf warten, studiert zu werden.

Aber dafür sind wir nicht hier.

Die anderen bestaunen die Ornamente, doch ich steige die enge Wendeltreppe hinab. Meine Hand gleitet instinktiv über die Globen – nicht nur Erdkugeln, sondern auch Himmelsgloben und kompliziert aussehende Apparaturen. Ich ziehe die Hand zurück, als hätte ich mich verbrannt. Schon wieder lasse ich mich vereinnahmen. Stattdessen studiere ich die Bücher. Tausende, wenn nicht Zehntausende.

»*Compendium Maledictum*, richtig?«, flüstert Moremi von oben.

»*Compendium Maledictum*«, bestätige ich und gehe die Regale ab, an denen goldgerahmte Schilder die Themengebiete auf Latein verkünden. Wie erwartet. Ich ziehe den Zettel mit den recherchierten Begriffen aus meiner Tasche. *Maledictum* wie im Kompendium, die Schmähung. Nichts. *Exsecratio*, Verwünschung. *Blasphemia*, *Incantatio* und dann –

Anathema, der Bannfluch.

Die Einbände werden von mit Blattgold ausgearbeiteten Titeln, eingeprägten Runen und Edelsteinen geziert. Mit pochendem Herzen gehe ich sie durch. Woher kommt diese Sicherheit, dass mir ein Buch, auf das ich zufällig gestoßen bin, helfen wird? Aber ich spüre, sie ist zum Greifen nah. Die Lösung.

Nur dass sich hier kein *Compendium Maledictum* befindet.

»Verdammt«, murmle ich. Was, wenn Agrafena mir zuvorgekommen ist?

Nein. Ich studiere das Regal. Keine Lücke in den Reihen, wo es hätte stehen können. Vielleicht sind oben weitere Bücher über Flüche. Ich trete zurück – und mir fällt ein Lesepult am Ende der Bibliothek auf.

Obwohl ich die Augen zusammenkneife, erkenne ich nichts außer ein Schimmern. *Schutzmagie?* Mit angehaltenem Atem schreite ich näher und der seltsame Sog verschärft sich jäh. Es *muss* das Buch sein. Meine Rettung.

Vor dem Pult strecke ich meine Hände aus, doch –

Meine Handflächen berühren die vergoldete Ablagefläche. Dort liegt nichts.

Die Schritte der anderen nähern sich.

»Seid ihr fündig geworden?« Ich drehe mich um. »Das Buch –«

Das sind nicht die anderen.

Atlas Ozerov, flankiert von finster dreinblickenden Schergen, lässt ein unscheinbares Buch vor meiner Nase hin und her baumeln. »Suchst du das?«

Es kostet mich alle Willenskraft, nicht zurückzuweichen.

Das Mondlicht bleicht die Nuancen seines blassen Gesichts und das Blond seiner Haare zu Silber aus, ein harscher Kontrast zur tiefschwarzen Kleidung. Nicht die Uniform der Academia, aber so streng geschnitten, elegant und förmlich, dass es kaum einen Unterschied macht.

»Hat es dir die Sprache verschlagen?« Er lässt das Buch sinken, doch der irritierende Gesichtsausdruck bleibt. Nicht ganz Feindseligkeit, nicht ganz Desinteresse. »Glaubt ihr, ihr könnt uns bestehlen, ohne dass wir dessen gewahr werden?«

»*Ausleihen*, nicht stehlen.«

»Mattieeeee!«, schrillt Ursulas Stimme über mir. Ein Student schiebt sie die Wendeltreppe herab, hält ihre Hände hinter ihrem Rücken verschränkt. Agrafena – ausgerechnet sie! – bringt Moremi zu uns. Von Bob hingegen fehlt jede Spur.

Ozerov neigt den Kopf. »Was sollen wir jetzt mit euch tun, Mattie?«

»*Mathea*«, knurre ich, den Blick auf das Buch gerichtet, das er schützend an sich presst.

Er bemerkt meinen Blick und schiebt das Buch in die Innentasche seines Chesterfield-Mantels.

Irgendwie muss ich an das Buch herankommen und verschwinden. Im besten Fall mit Ursula und Moremi, die sich nicht gegen die Griffe der Sinistras wehren. Vermutlich weigern sie sich, ihre Kräfte für einen Kampf einzusetzen.

»Bist du *ganz zufällig* hier? Oder war deine Verfolgst-du-mich-Masche im Styk eine Projektion?« Ich muss Ozerov hinhalten, damit er keine Dozierenden ruft, bevor ich mir einen Plan überlegt habe. Und bis ich weiß, wo Bob ist.

Ozerov spitzt die Lippen. »Die Barocke Bibliothek ist laut des Beschlusses des Arkanen Rates von 1952 ganz offiziell den Sinistras vorbehalten. Den Notenbesten unter uns.«

»Ihr bekommt *Noten*?«

Seine Augen verengen sich. »Wie bitte?«

»Wieso bist du nur so besessen von Noten?«, stöhnt Moremi.

»Ihr habt das Glück, *bewertet* zu werden?« Ich fasse an seinen

Mantelkragen. »Wie funktioniert das Notensystem? Ach, egal, wo kann ich mich immatrikulieren?«

Ozerov starrt mich an, als stünde eine Textaufgabe in Sumerisch auf meiner Stirn.

»Ihr werdet an der Univerzita nicht bewertet?« Eine Stimme wie helles Glockenläuten weht von der Balustrade zu uns herab. Die winzige Sinistra Ellie, als Einzige in Uniform. Im gleichen Moment zerrt der Sog tausendfach verstärkt an meinem Herzen. Ich taumle nach vorn, hole tief und schmerzhaft Luft, während ich mich krümme.

Eine Hand landet auf meiner Schulter. Ozerovs Mantelärmel streicht über meinen Arm. »Was ist –«

Obwohl sich alles dreht und ich Sterne sehe, beiße ich die Zähne zusammen. Ich stecke meine Hand unter sein Cape, bekomme das Buch zu fassen und stoße ihn von mir.

Er will nach mir greifen.

Doch aus dem Nichts taucht Bob auf, eine Spur Glitzer hinter sich herziehend, und rammt Ozerov zur Seite.

Dann bricht die Hölle los.

11

Mathea

Ich schiebe mich als Letzte nach draußen. Moremi versiegelt das Fenster mit Efeu, während Bob mit Ursula nach oben flattert.

»Nicht Richtung Univerzita!«, zische ich ihnen zu und bete, dass sie mich hören. »Damit rechnen sie!«

Ich erlaube mir nur einen kurzen Blick in den Innenhof – mehrere Sinistras, aber keine Spur von Cordelia. Gut.

Aus der Bibliothek dringen dumpf Ozerovs Befehle.

Moremi befördert uns mit ihren Efeuranken aufs Dach. »Hast du das *Compendium*?«

Ich nicke und verstaue es in meiner Jackentasche.

»Meine Rankenbarriere wird nicht ewig halten!« Moremi zerrt mich weiter. Wir hasten über den Dachfirst und Prags goldene Lichter verwischen.

»Gebt auf!«, keift jemand hinter uns.

»Nicht umschauen!«, befiehlt Moremi, doch ich kann einen hastigen Blick nicht unterdrücken.

Peninnah. In eng anliegendem Satinrock, zarter Strumpfhose und zerbrechlichen Ankle Strap Heels. Ich grinse. Sie sieht fantastisch aus. Aber damit wird sie uns nicht einholen.

»Gut, dass ich festes Schuhwerk gewählt habe!«

Moremi lacht keuchend. »Du trägst fünf Kilo schwere Plateaustiefel mit einem Dutzend Silberschnallen!«

»Wartet nur ab, bis ich euch in die Finger kriege!«, brüllt Peninnah. Etwas klappert über die Dachziegel.

Ich blicke gerade noch rechtzeitig zurück. Zwei schwarze Flecken rutschen über die Traufe. Ihre Ankle Strap Heels.

Peninnah hockt auf einem Erkerfenster und *verwandelt* sich.

Ich erstarre.

Geschwungene Hörner wachsen aus ihren Schläfen. Ledrige Flügel mit klauenartigen Auswüchsen spannen sich hinter ihr auf.

»Sie ist eine Gargoyle?«, keucht Moremi.

Unter Peninnahs steingrauer Haut schwellen die Muskeln an, bis ihr Rock wie eine zweite Haut sitzt.

»Das ist schlecht, ganz schlecht!« Moremi zerrt mich weiter.

Aus dem Augenwinkel sehe ich, wie Peninnah sich mit einem durchdringenden Kreischen in die Höhe stößt.

Wir rennen auf das Ende des Daches zu, doch ihr Flügelschlagen schallt näher. Ich spüre die aufwirbelnde Luft im Nacken. »Das schaffen wir nicht!«

»Sollen wir uns fangen lassen?«, brüllt Moremi. »Spring einfach. Vertrau mir!«

Oh, ja, in die Fähigkeiten anderer vertrauen. Meine größte Stärke. Aber habe ich eine Wahl?

Peninnah brüllt und stürzt sich auf uns herab. Der Abgrund rast näher. Vier Etagen. *Vertrau Moremi. Sie lässt uns schon nicht auf den Asphalt knallen.*

Aber selbst wenn ich es könnte –

Peninnah würde uns in der Luft ergreifen.

Nur ein paar Schritte vom Abgrund entfernt.

Ich reiße Moremi aus Peninnahs Flugbahn. Ledrige Flügel ratschen über meine Schulter und Wange, doch sie stiebt an uns vorbei. Kreischend. Kann ihr Tempo nicht zügeln und stürzt tiefer.

Keine Verschnaufpause.

»Nach Süden!« Ich zerre Moremi mit mir. »Engere Gassen! Da kann sie nicht fliegen!«

Das Klappern und Rutschen der Dachziegel ignoriere ich. Peninnah wird sich erholen.

Moremi steuert auf die schmale Gasse zu.

»Uns bleibt wirklich keine Wahl, als zu spr-«

Moremi umklammert mich und stürzt sich mit mir vom Dach. Fenster rauschen an uns vorbei, alles zu schnell, um zu schreien. Wir prallen auf einen Haufen Unkraut, den Moremi wohl hat wachsen lassen. Nicht genug, um sanft zu landen, aber immerhin ohne gebrochene Knochen.

Wir hasten weiter. Durch die engen Gässchen der Staré Město, wo uns die nächtlichen Fußgänger verschlucken.

Moremi japst – vom Rennen oder dem Einsatz ihrer arkanen Kraft? »O nein«, murmelt sie mehrmals. »Wir haben Bob und Ursula alleingelassen. Und Cordelia.«

»Atme durch.« Ich schiebe sie in den Eingang einer der mit Holz verkleideten Ladenfronten. »Nur Peninnah war auf dem Dach. Und die beiden sind längst weg. Bob kann sich unsichtbar machen, oder?«

»Ja«, keucht sie. »Und Ursula mit ihm. Aber Cordelia –«

»– ist die Einzige von uns, um die sich niemand Sorgen machen muss. Wir können ohnehin nichts tun.«

Moremi sieht mich mit einem Blick an, den ich kenne. Vorwurfsvoll. »Sie sind für *dich* dort eingebrochen.«

»Ich habe niemanden darum gebeten, oder? *Ihr* wolltet mitkommen, weil ihr euch gut fühlt, wenn ihr anderen helft. Und jetzt bin ich schuld?« So ist es immer. Ich bitte nicht um Hilfe, doch bin die Böse, weil ich Hilfe nicht würdige. Verdeutliche, dass ich keine Freundschaft will, doch bin die Böse, wenn ich sie mit meiner Distanziertheit –

»Eure arkanen Kräfte haben einen ganz eigenen Geschmack, wisst ihr das?« Ozerovs Schwester tritt vor uns, Ellie im Schlepptau.

Astra deutet auf Moremi. »Erdig, wie die warme Luft in einem Tropenhaus, und«, sie zeigt auf mich, »die kaum vernehmbaren Noten von nasser Pappe.«

Ich versuche langsam zu atmen. Nachzudenken. Abgesehen vom *Compendium* habe ich keine Spur. »Ich brauche das Buch.«

Astra schlendert näher, lässt keinen Fluchtweg frei. »Die Academia braucht es auch. Und es gehört uns.«

»Zu viele Menschen für meine Kräfte«, flüstert Moremi. »Sie sehen uns nicht, können nicht ausweichen. Ich könnte jemanden verletzen.«

Ich deute auf Astra und Ellie. »Wird das auch sie abhalten?«

»Wir sind nicht wie *sie*.«

»Gebt auf.« Astra hebt die Hände, um die Spuren von Arcanima schimmern. »Das war von Anfang an eine Schnapsidee.«

»Astra!« Ozerov prescht aus einer Gasse, gefolgt von Peninnah, die sich zurückverwandelt hat. »Lass sie gehen.«

Ich starre in sein Gesicht. Aufgerissene Augen, gefurchte Brauen, abgehackter Atem auf leicht geöffneten Lippen.

Astra weicht zurück. »*Was? Du* wolltest, dass wir –«

»In der Academia gibt es größere Probleme als die zwei!« Ozerov eilt auf seine Schwester zu.

Peninnah schweigt.

Ich verenge die Augen. Ihre Füße. *Ankle Strap Heels.* »Mach dich bereit«, flüstere ich und drücke Moremis Hand.

»Was für Probleme?« Astra schüttelt den Kopf. »Haben sich da noch mehr von ihnen –«

Ozerov zwinkert mir zu. Dann sprintet er los, rennt seine Schwester über den Haufen. Die Luft um ihn flirrt.

Ich hetze mit Moremi an ihnen vorbei.

Ozerovs Silhouette verwandelt sich in die zartere Form von Bob. »Lauft! Ich werde sie allein los!«

Ich ergreife das Handgelenk von Ursula, auf der nur noch ein Hauch von Peninnah, vom verbergenden Schleier der Feenmagie liegt. Wenn wir entkommen, haben sie keinen Beweis, dass wir das Buch gestohlen haben.

»Bob!« Ursula wirft sich gegen mich, doch ich ziehe sie und Moremi weiter. Denn ein Blick über die Schulter verrät mir, dass Bob schon wieder unsichtbar ist, sodass Astra scheinbar mit sich selbst auf dem Boden ringt.

»Bitte wartet!« Ellie stolpert hinter uns her. »Ich helfe euch! Gebt mir die Chance, mit den anderen zu reden, und sie überlassen euch das Buch sicher!«

Schnaubend steigere ich das Tempo. »Auf eure Sinistra-Tricks falle ich nicht rein!«

»Es ist kein Trick!« Sie klingt ehrlich betroffen. Aber sie klingt auch weit weg. Ihre kurzen Beine halten nicht mit.

Ein paarmal biegen wir in den verwinkelten, unebenen Gassen ab, erst dann lasse ich Ursula und Moremi los.

Ursula dreht nicht um. Gut. Aber jammernd verliert sie an Tempo. »Bob hat sich für uns geopfert!«

»Bob hat einen kühlen Kopf bewahrt.« Abrupt biege ich in einen Durchgang zu einem Innenhof ab, wo wir zwischen den Tischen eines Cafés entlanghuschen. »Er weiß, dass er die größte Chance hat zu entkommen.«

»Aber was, wenn sie ihn doch fassen?« Ursula schnauft und strauchelt. Richtig. Meermensch.

Ich drossle das Tempo. »Sie werden ihn schon nicht umbringen.« Vor meinem inneren Auge stürzt sich Peninnah auf mich und ich halte an einer Kreuzung inne. »*Oder?*«

»Es sind Sinistras!«, klagt Ursula.

»Schon verstanden.« Angestrengt lausche ich. Da. Das Rumoren einer Tram. Ich schiebe die beiden weiter, in die Richtung, wo die Moldau liegen muss. »Aber wie oft haben sie jemandem wirklich etwas angetan? Mehr als Hohn und Kabbeleien?«

Ursula zuckt mit den Schultern.

Doch Moremis Blick verfinstert sich. »Sie verletzen sich ständig, wegen dieses sinnlosen Konkurrenzkampfes. Wenn sie so schon zueinander sind, wie gehen sie dann mit einem Dieb der Univerzita um?«

Ich presse die Lippen aufeinander. »Falls sie Bob gefangen nehmen, werde *ich* bestraft.« Ich klopfe auf meinen Mantel. »Schließlich habe ich das Diebesgut.«

Ein warmer Blick von Moremi. »Du würdest die ganze Schuld allein auf dich nehmen?«

»Es *ist* allein meine Schuld.«

Wir huschen über die Straße auf die Brücke. Nicht die Karlsbrücke, sondern die Brücke der Legionen, behäbiger, breiter, aber mit weniger Fußgängern. Dafür rattern Trams über sie und um die altmodischen Straßenlaternen zieht sich Nebel zusammen.

»Wie Irrwische, die auf uns lauern«, murmelt Ursula, ohne beim Laufen den Blick vom Bernsteinlicht der Laternen zu lösen, das im Dunst zu schweben scheint.

»Kennt ihr den Weg von hier?« Auf der Hälfte der Strecke, kurz vor der Insel mitten in der Moldau, schaue ich über die Schulter. Niemand verfolgt uns. »Vermutlich können sie das Gelände der Univerzita nicht betreten?«

»Wir müssen den Petřín hochsteigen.« Moremi deutet auf den sanft aufsteigenden Hügel am Ende der Brücke, der in dichterem Nebel liegt. »Wir brauchen bestimmt eine halbe Stunde, um –«

Ich halte Moremi am Arm zurück.

Ozerov lehnt an der Brüstung.

»Woher wusstest du, dass wir hier sind?« Schmeckt er unsere Kräfte auch? *Nasse Pappe.* Ich bin sicher, das hat sie nur gesagt, um meinen Stolz zu verletzen.

»Sechs Brücken, die ihr nehmen könntet. Warum euch verfolgen, wenn wir euch einfach in Empfang nehmen können?«

Deshalb haben uns nur Peninnah und Astra gejagt. Sie sollten uns in die Arme derjenigen treiben, die auf den Brücken lauern.

»Was habt ihr mit dem *Compendium Maledictum* vor?« Ozerov

stößt sich von der Mauer ab, die Hände in den Taschen seines Chesterfields, der im Wind flattert. »Es beinhaltet keine Inkantationen, die jemand auf Dextras Pfad nutzen würde.«

»Warum interessiert dich das?«

»Das *Compendium* ist ein wertvolles, einzigartiges Stück, das sich seit Jahrhunderten im Besitz der Sinistras befindet.«

»Lass uns einfach gehen und nächste Woche habt ihr eure satanische Bibel unbeschadet zurück.«

»Das soll ich euch glauben?« Er kramt in seiner Manteltasche. Unauffällig, aber dank seiner generellen Reglosigkeit nicht so unauffällig, wie er wohl glaubt. »Nachdem ihr eingebrochen seid, uns bestohlen und angegriffen habt?«

Etwas leuchtet in der Tasche auf. Ein Handy. Er ruft die anderen.

Verdammt. Uns bleibt nur wenig Zeit.

»Du bist noch schwächer als zuvor, Seymour«, merkt er an. Nicht überrascht, nur leicht irritiert. Fast enttäuscht.

Die Worte brennen in meiner Brust, wie Sodbrennen, das ich seit Jahren erfolgreich mit einer ausgewogenen Ernährung und Stressmanagement vermeide.

»Vielleicht sollten wir es zurückgeben«, flüstert Ursula.

Ob er uns dann ziehen lässt? Das wage ich zu bezweifeln.

Also zerre ich das Büchlein hervor und halte es über die Moldau. »Vorsicht«, flöte ich. »Ich bin so schwach, es könnte mir aus Versehen entgleiten.«

Seine Augen verengen sich. »Das würdest du nicht wagen.«

»Atlas!«, hallt der Ruf seiner Schwester über die Brücke. Astra joggt zu uns, kaum außer Atem, und Bob vor ihr, mit auf dem Rücken verschränkten Händen. Ihr Anhang Ellie sieht aus, als bräche sie jeden Moment zusammen.

»Den Elfen haben wir hierher verfolgt. Die anderen brauchen länger, um zu uns zu stoßen.« Astras Blick haftet sich an das *Compendium*, dann stöhnt sie. »Was ist dieses Jahr mit den Dextras –«

»Wirf es nicht ins Wasser!« Ellie wetzt auf mich zu.

Dann pulsiert ein Dröhnen durch meine Schläfen.

Sie greift nach meinem Arm. »Wir können das klären, solange das Buch unbeschadet –«

Stöhnend zucke ich zusammen. *Nicht jetzt!* Doch das *Compendium* gleitet aus meinen Fingern. Ich beiße mich durch den Kopfschmerz, lehne mich über die Brüstung. Mit einem Klatschen versinkt das Buch in den Wellen der Moldau.

Panik steigt in mir auf. »Das wollte ich nicht!«

Alle starren mich an.

»Es tut mir leid«, murmelt Ellie. »Es tut mir so leid, ich wollte nur helfen!«

Etwas ist seltsam. Auf Ozerovs und Astras Gesichtern zeichnet sich zu wenig ab. Selbst Ozerov sollte beim Verlust des *Compendiums* zumindest mit der Wimper zucken.

Ich greife nach Moremis Arm. »Das Buch ist magisch geschützt. Wie in unserer Bibliothek. Wasser kann ihm nichts anhaben.«

»Also wer zuerst in die Fluten der Moldau springt …«

Wir drehen uns zu Ursula.

»Was?«

»Jemand von uns muss das Buch rausholen«, erklärt Moremi.

»Okay.« Sie blickt von Moremi zu mir und wieder zurück. »Moment, ihr erwartet, dass *ich* –?«

»Du bist eine verflixte Meerjungfrau!«

»Meerfrau.« Ursula stemmt die Arme in die Hüften. »Und igitt. Ich springe da nicht rein.«

Ozerov stößt seine Schwester an. »Schreib Naia. Sie soll so schnell wie möglich herkommen.«

Sie haben auch einen Meermenschen?

Ich packe Ursula bei den Schultern. »Du brichst bei deinen ärgsten Feinden ein und bestiehlst sie für mich, und ausgerechnet *das* ist zu viel verlangt?«

»Weißt du, was das da unten für eine Brühe ist? Wie viel Industriemüll reingepumpt wird?« Sie reißt sich von meinem Griff los. »Es gibt gute Gründe, warum ich mich für ein Leben oberhalb des Wasserspiegels entschieden habe!«

Ich starre sie an, dann zerre ich mir den Mantel vom Leib. »Dann mache ich es eben selbst.«

Moremi umklammert meinen Arm. »Du kannst nicht einfach in den Fluss springen!«

»Oh, klar, bei Mathea machen sich plötzlich alle Sorgen«, schnaubt Ursula. »Aber Ursula kann man ins Verderben schicken.«

»Du bist eine *Meerjungfrau*!«, zetert Moremi, während sie versucht mich davon abzuhalten, die Schuhe abzustreifen.

»*Meerfrau!* Oder sprichst du auch von Meer*jung*männern? Nein, *die* sind natürlich von Geburt an Meermänner. Aber uns Frauen stülpt man dieses überholte Konstrukt der Jungfräulich-«

»Was hat all das zu bedeuten?«, donnert eine Stimme über die Brücke der Legionen.

Wir fahren zu Profesor Nekovář herum, der in einem viel zu riesigen Strickpullover dasteht, das triefende *Compendium Maledictum* in der Hand. Wie hat er –?

Neben ihm starrt Grace auf ihre makellosen Sneaker.

»Grace?«, keucht Bob. »Hast du uns *verraten*?«

Ihre Hasenohren sinken nach unten.

»Wird auch Zeit, dass sich einer der Betreuer dieser Kindergartentruppe um sie kümmert.« Ozerov tritt zu Profesor Nekovář, die Hand ausgestreckt. »Wenn Sie uns dann unseren Besitz zurückgeben würden.«

»Halt.« Profesor Nekovář regt sich nicht.

Ebenso wie Ozerov. Als stünde er unter einem Bann.

Der Profesor faltet langsam die Hände mit dem Buch darin. Ich dachte, er wäre mehr der Theoretiker. Welche Art Arkaner ist er? »Ich bin enttäuscht. Von Ihnen allen.«

»Sie sind nicht unser Magister«, schnarrt Astra.

»Offiziell sind *alle* Dozierenden Magister. Nur weil überholte Sitten im Alltag der Univerzita keinen Platz mehr haben, ändert sich nichts daran, dass ich somit über Ihnen allen stehe.«

Astras Augen funkeln, während Ozerov den Kiefer anspannt.

Profesor Nekovář reckt das Buch in die Höhe. »Keinem von Ihnen steht es zu, über dieses *Compendium* zu verfügen. Dass Sie dessen nicht würdig sind, haben Sie heute bewiesen. Kämpfe und Verfolgungsjagden mitten zwischen den Pragern. Ohne Rücksicht auf Verluste. Das garantiert unseren beiden Institutionen eine Überprüfung durch den Arkanen Rat. Schlimmeres konnte nur durch Grace' Einschreiten verhindert werden.«

Neben mir schnieft Ursula und Moremis Gesicht ist trotz des Bernsteinlichts aschfahl.

»Mathea«, heischt er so kühl, dass ich zusammenzucke. »Vielleicht bereuen Sie Ihr kopfloses Handeln, wenn Sie erfahren, dass die Dozierenden der Univerzita mit Rektorin Sýkorová im Gespräch waren. Aber Sie haben uns die Chance verbaut, dass sie uns Bücher als Leihgabe überlässt.«

Ich kralle die Finger in meine Oberschenkel. »Wenn Sie mir das gesagt hätten, statt mich im Dunkeln zu lassen –«

»Wir haben Sie gebeten, uns zu vertrauen! Weil Sie in Ihrem Zustand Stress vermeiden sollten, statt sich über jeden einzelnen unserer Schritte Gedanken zu machen! Ich hielt Sie für vernünftiger.«

Meine Oberschenkel brennen, doch ich lasse nicht los.

»Da es nicht anders zu funktionieren scheint: Ich *verbiete* Ihnen, weiter auf eigene Faust zu handeln.«

Wut schäumt in mir hoch, über seine Maßregelung und meine eigene Unfähigkeit. »Und was haben *Sie* bisher erreicht? Wie viel näher sind Sie der Lösung gekommen?«

Seine Augen blitzen ein letztes Mal auf, dann wendet er sich ab und pfeift. Ein Pferd taucht auf, blass wie der Nebel, aus dem es tritt. Beinahe geisterhaft. Er schwingt sich darauf und reitet davon.

Ellie

Ich weiß nicht, was genau Astra zu Mathea gesagt hat, dass sie uns freiwillig zum *U Sedmi Čertů* begleitet. Obwohl die anderen sie mit Tausenden Entschuldigungen allein lassen, offensichtlich erschüttert von den Folgen des Abends, zuckt Mathea beim Anblick der sieben Teufelsfratzen auf der violetten Tür nicht einmal mit der Wimper. Andererseits – in Schwarz und Blutrot gekleidet, der Eyeliner nur leicht verschmiert, und mit dem Gesichtsausdruck einer rücksichtslosen Königin sieht sie auf dem Sofa uns gegenüber aus, als wäre sie in der düsteren Kneipe zu Hause.

»Radka macht einen fantastischen Kräutertee aus Baldrian, Melisse und Passionsblume«, schlage ich vor, »der beruhigt dich sicher nach dem Tohuwabohu.«

»Tohuwabohu?«, wiederholt Astra amüsiert.

Nach einem knappen Blick auf die Karte bestellt Mathea bei der schmunzelnden Radka einen Soja Latte mit Karamellsirup. Während Radka mit unserer Bestellung davongleitet, legt Mathea die Karte fein säuberlich auf den Tisch zwischen uns. »Warum bin ich hier?«

»Um uns zu erklären, warum ihr das *Compendium Maledictum* klauen wolltet«, zischt Atlas.

»*Ich*, nicht wir.« Sie schlägt die Beine übereinander, ohne ihn aus den Augen zu lassen. Keine Ahnung wie – ich sacke unter seinem durchdringenden Blick immer zusammen. »Und ich schulde euch keine Erklärung.«

Astra beugt sich vor. »Warum hast du es fallen lassen?«

Ich erwarte wieder eine ausweichende Antwort. Der Sog in meinem Magen verstärkt sich. Es ist so seltsam, sie vor mir zu sehen, in echt, und –

Matheas Blick huscht zu mir. Da ist etwas in ihren Augen.

Sie spürt den Sog auch.

Japsend hole ich Luft, sodass Astra und Atlas mich taxieren.

Atlas deutet zwischen Mathea und mir hin und her, als wolle er einen Fehler in einer Gleichung aufzeigen. »Was ist diese seltsame Verbindung zwischen euch?«

Mathea verengt die Augen. »Woher weißt du davon?«

Ich hatte recht!

»Du brichst jedes Mal zusammen, wenn du mit Ellie in einem Raum bist.«

»Tut sie?« Astra blickt zu ihrem Bruder.

»Tue ich nicht!«, knurrt Mathea. »Das eine Mal an Samhain war wegen des mittelmäßigen Feen-Drinks, den du mir aufgeschwatzt hast.«

Atlas ignoriert sie, um Astra zu antworten. »Samhain. In der Bibliothek. Eben auf der Brücke. Es war kaum zu übersehen.«

Astra zuckt mit dem Mund. »*Ich* habe das nicht mitbekommen.«

Radka knallt das Tablett mit unseren Getränken auf den Couchtisch. »Erst eine Sinistra, die aussieht, als könnte sie keiner Fliege etwas zuleide tun. Jetzt eine Dextra, die das Cover der *Módní Sinistra* zieren könnte.« Mit dem Kinn deutet sie zum Modemagazin auf dem Zeitungsstapel, auf dessen Titelseite eine Vampirin ein schweres Kreuz aus geschwärzten Knochen um den wangenknochenhohen Kragen ihres blutroten Kleids trägt. »Ihr bringt immer interessantere Freundinnen mit.«

»Wir sind keine Freunde«, zischen Mathea und Atlas gleichzeitig.

Radka spaziert lachend zum nächsten Tisch, wo sich eine Frau mit Ziegenbeinen auf dem Diwan fläzt und eine schmale, nach Harz und Honig duftende Zigarette raucht.

»Du wurdest verflucht«, wirft Atlas dann in den Raum.

»Oh, und woher weißt du *das*?« Mathea legt die Arme auf die Rückenlehne. »Hast du etwas damit zu tun?«

»Bitte. Als gäbe es dazu einen Grund. Du bist eine Dextra. Und keine besonders beeindruckende.«

Sie stieren sich mit derart verengten Augen an, dass ich zum ersten Mal die Redewendung verstehe, die Luft sei zum Schneiden dick.

Ich blicke zu Astra – die den Spaß ihres Lebens zu haben scheint. Also hole ich tief Luft. Meine Stimme quietscht trotzdem. »Bist du Veganerin?«

»*Was?*«

Ich deute auf ihre schwarze Tasse, die wie ein winziger Hexenkessel geformt ist. »Wegen dem … Soja Latte?«

»Ich vertrage keine Kuhmilch«, sagt sie langsam. »Das gibt es doch sicher auch bei Sinistras? Oder sind Unverträglichkeiten bloß was für Dextras?«

»Ich dachte nur«, meine Hände schiebe ich unter meine Oberschenkel, »du magst vielleicht auch Tiere?«

»Was soll das hier werden? Eine Kennenlernstunde im Kindergarten?« Ruckartig steht sie auf. »Ich habe wirklich Besseres zu tun.«

»Nein, warte!«, rufe ich, während sie ihren Mantel überwirft.

»Lass sie.« Astra legt mir die Hand aufs Knie und ich zwinge mich, nicht dorthin zu starren.

Mathea nickt uns zu. »Ich würde sagen, es war ein Vergnügen, aber das Schönste am Abend war euer Gesichtsausdruck, als das *Compendium* in die Moldau gefallen ist, also …« Auf den Plateauabsätzen ihrer Schuhe macht sie kehrt.

»*Lass sie*«, wiederholt Astra drängender. Da ist etwas in ihrer Stimme, das meine Gedanken verschwimmen lässt, der warme Sommerschauer. Aber –

»*Nein!*« Ich schiebe ihre Hand weg, springe auf und greife Mathea am Ärmel. »Ich will ihr *helfen.*«

»Nicht nötig. Ich wüsste auch nicht, was du tun könntest.« Mathea zuckt mit den Schultern. »Nichts für ungut.«

Ich packe ihren Ärmel fester, auch wenn das Zerren in meinem Magen meine Knie schlackern lässt. »Ich muss ihr helfen. Das spüre ich!«

Astra schüttelt den Kopf. »*Nie mój cyrk, nie moje małpy.*«

»Was heißt das?«

»*Nicht mein Zirkus, nicht meine Affen.* Ein Sprichwort aus Polen. Da haben wir eine Zeit lang gewohnt, nachdem –«

»Astra.« Ihr Bruder verkrampft die Hände.

»Sorry, sorry.« Sie winkt ab. »Die Übersetzungsmagie kommt nicht so gut mit Sprichwörtern klar. Zu viel Ähnlichkeit zu Inkantationen.« Weil ich Astra immer noch verwirrt anstarre, fährt sie fort. »Ich meine, dass ihr Fluch nicht unser Problem ist. Sollen sich die Dextras darum –«

»Du hast gesagt, dass ich vielleicht an der Academia etwas finde, für das es sich zu bleiben lohnt!« Wenn ein klein wenig der Dunkelheit in mir durch das *U Sedmi Čertů* pulsiert, fühle ich mich ausnahmsweise nicht schlecht deswegen. »*Das* ist das Gute, das ich gefunden habe. *Mathea.* Mit meinen Kräften jemand anderem zu helfen.«

Astra pustet sich eine Strähne aus der Stirn.

»Also interessiert niemanden, was ich dazu sage?« Mathea knöpft ihren Mantel zu.

»Ich wäre dabei«, erklärt Atlas.

Mathea und Astra drehen sich zu ihm. »*Was?*«

»Ich interessiere mich für Flüche.«

»Schon wieder eine Feldstudie?« Schnaubend verschränkt Mathea die Arme. »Ist jeder Mensch für dich ein Objekt, das seziert, analysiert und katalogisiert wird?«

»Weil du ein so warmer Mensch bist, dass«, Atlas deutet um sich, »all deine Freunde an deiner Seite sind?«

Mathea streicht sich ihre Haare hinter die Ohren und stampft davon. Mehrere Schimpfworte, die ich noch nie gehört habe, gleiten über ihre Lippen.

Atlas regt sich nicht. »Wir sind deine einzige Chance.«

Mathea hält inne.

»Deine Freunde haben jetzt zu viel Angst. Eure Dozierenden sind so nützlich wie euer Klatsch-und-Tanz-Abschluss. Du hast *drei* Wochen Erfahrung mit der Arkanen Welt.«

Mathea bewegt sich nicht. Der dämmrige Schein der Totenkopfkronleuchter flackert über ihren schlanken Nacken. Ihre Schultern, die zu beben scheinen. Dann dreht sie sich um. »Wie könnte ich *Sinistras* je vertrauen?«

Atlas setzt sein Wasserglas in aller Ruhe ab. »So wie du es schon einmal konntest.«

Wir betreten die Straße zwischen den Eckhäusern aus warm erleuchtetem Sandstein. Die Ladenfronten aus dunklem Holz und Kupferelementen mit grüner Patina versetzen mich in die Goldenen Zwanziger. Zwischen ihnen sticht der brachiale Pulverturm besonders hervor. Die gotische Fassade aus angelaufenen Backsteinen öffnet sich unten als Tor über der Verbindungsstraße zwischen den Stadtbezirken Staré Město und Nové Město.

»Was genau tun wir hier?«, flüstere ich Astra zu.

»Eine langfristige arkane Verbindung kann man nicht zwischen Tür und Angel in einer Kneipe aufbauen. Oder in der Academia, wo Magistra Sýkorová sofort Wind davon bekommt.«

Mathea, die anscheinend mit Atlas einen neuen Weltrekord im Power Walking aufstellen will, schnaubt. »Beim letzten Mal ging es zwischen Tür und Angel.«

»Das war eine temporäre Verbindung.« Atlas hält am Fuße des Pulverturms. »Für die permanente Verbindung braucht es die richtigen Utensilien, eine mit Arcanima aufgeladene Inkantationsstätte und ungestörte Ruhe.«

Während er die Hände über das Schloss der Eisentür hebt und mit gerunzelter Stirn eine Inkantation murmelt, beugt sich Mathea über seine Schulter. »Dass wir auf E-Scootern hergekommen sind, dimmt die ominöse Wirkung deiner Worte deutlich, Aleister Crowley.«

Die Tür öffnet sich mit einem Klicken.

»Dürfen wir dort rein?«, frage ich, während Atlas und Mathea bereits eine Wendeltreppe erklimmen.

»Es ist eine alte Stätte, an der Sinistras ihre Magie wirken können. Die Polizei ist sicher nicht begeistert – aber nach arkanem Recht dürfen wir sie nutzen.«

Ich folge ihr die enge Treppe hinauf. Der beißende Hauch vom früher hier gelagerten Schießpulver wabert durch die stehende Luft. »Ist diese Verbindung … gefährlich?«

Astras Gesicht liegt im Schatten, so selten fällt Licht durch die Fensterluken. »Nur wenn du einen der anderen verrätst, verletzt oder anderweitig schadest.«

Ich schlucke. Natürlich habe ich das nicht vor, aber … ich kenne meine Kräfte mittlerweile.

Über eine Stiege, mehr klapprige Leiter als Treppe, kommen wir endlich im achteckigen Dachzimmer an. Alles ist aus alten Holzbalken gezimmert. Nachtluft, die ich gierig einsauge, pfeift durch die Spalten in den Dachschrägen.

Atlas gestikuliert durch die Luft und auf einem niedrigen Balken erwacht eine Reihe Kerzen zum Leben. Ich bin sicher, sie waren vorher nicht sichtbar. Genauso wenig wie die knorrige Werkbank mit Dutzenden Schubladen und Fächern, in der Atlas kramt. Zwischen Mörsern, Setzkästen voller Edelsteine, Goldwaagen mit Kristallgewichten, vollgestopften Glasphiolen, Zinntöpfchen und Metallgeräten fischt er einen Samtbeutel und Kerzen hervor.

»Bist du sicher, dass du das durchziehen willst, Mathea?«, fragt Astra. »Nekovář schien es ziemlich ernst zu meinen, dass du dich raushalten sollst«

»Die Dozierenden meinen es gut.« Mathea beobachtet, wie Atlas etwas in das Samtsäckchen füllt. »Aber dieser Fluch liegt wohl nicht im Bereich des Möglichen für Dextras.«

Astra nickt nur.

Dann tritt Atlas in die Mitte des Raums.

Schweigend schüttet er den Beutelinhalt in einer schmalen Spur auf den Holzboden. Schwarzer Sand. Das leise Rieseln der Körner durch die Spalten in den Dielen erinnert mich an eine Sanduhr. Er zieht einen perfekten Kreis, als hätte er das schon tausendmal getan.

»Hätte dich nicht als den kreativen Typ eingeschätzt.« Mathea beobachtet jede Bewegung mit wachem Blick, bis er mehrere kleinere Kreise und Runen hinzugefügt hat.

»Ein simpler Bannkreis ist kaum kreativ. Aber für Ungeübte scheint es, als malte ich die Mona Lisa.«

»Wohl eher *Saturn verschlingt seinen Sohn* von Francisco de Goya.«

Atlas spitzt die Lippen, einen Hauch zufrieden. Wegen Matheas Bemerkung oder weil er mit dem Bannkreis fertig ist? Er schafft vier Samtkissen herbei, die er auf die Spitzen des Vierecks legt, die aus dem Kreis herausragen. »Nicht den Sand verschieben.«

Wir setzen uns, Astra mir gegenüber, ein leichtes Grinsen auf den Lippen. »Dextras können die Academia betreten, wenn sie eingeladen oder erwartet werden. Durch den Schwur wird die Schutzmagie uns immer als in der jeweils anderen Universität eingeladen sehen. Ich wäre enttäuscht, wenn du das nicht ausnutzt.«

Mathea nickt. »Ich hingegen kann auf Besuch verzichten.«

Atlas streckt beide Hände aus. In der einen erscheint eine Silberschale, in der anderen ein mit einem einzelnen Obsidian geschmückter Dolch.

Ich schrecke zurück, schaffe es im letzten Moment, mein Knie nicht durch den Sand zu ziehen.

»Ich schwöre bei allem, was mir lieb ist«, Mathea funkelt Atlas an, »wenn der Abend damit endet, dass wir einen Dämon erwecken, der uns tötet, werde ich alles daransetzen, auf die Erde zurückzukehren und dich wiederzubeleben, damit ich dich dann erneut umbringen kann.«

»Düster«, kommentiert Astra, als beschriebe sie das Wetter als heiter.

»Ein Tropfen Blut von jedem.« Atlas presst seinen Daumen gegen die Klinge.

Übelkeit quillt in mir hoch, weil metallene Säure in meine Nase steigt. Eisen und versiegendes Leben, das herausquillt aus seiner –

Ich presse die Augen zu. So schnell *kann* ich kein Blut riechen.

Ein schwerer Tropfen fällt von seinem Daumen auf den Sand, das Rot unsichtbar in den schwarzen Körnern. Ich atme aus.

Astra nimmt den Dolch von ihm entgegen, dippt ihn in das Schälchen, wo die Klinge zischt.

Mathea verengt die Augen. »Weihwasser, Salpetersäure oder eine Träne Gottes?«

Atlas sieht starr geradeaus, als Astra in ihren Daumen pikst und einen Tropfen fallen lässt. »Wasser aus einer Bergquelle mit Chrisam und Silberpulver.«

Mathea reinigt den Dolch und presst den Daumen an die Klinge. Ihr Brauen zucken nur leicht. Ist das für alle so spektakulär wie ein Spaziergang über die Kampa oder warum bin ich die Einzige, deren Hände schwitzen und Magen sich verkrampft?

Ihr Blut sickert zischend in den Sand – und zeichnet sich darauf ab. Sind die schwarzen Körner heller geworden?

Mathea drückt mir den Dolch in die Hand und ich schleudere ihn beinahe von mir. *Eiskalt.* Was habe ich erwartet? Dass er glüht? Mein Fleisch versengt?

Schluckend ziehe ich die Klinge über meine Daumenkuppe. Nichts passiert.

»Zu zaghaft«, murmelt Astra.

Mit zusammengepressten Zähnen versuche ich es wieder. Scharfer Schmerz, wie mein erster Schnitt an Papier, der mir viel zu klar in Erinnerung ist. Ich atme heftig ein. Dann halte ich die Hand über den Sand und drücke. Als mein Blut auf den Körnern landet, zischelt es. Rauch steigt auf.

Nein, die schwarze Farbe des Sandes steigt auf. Aschweiße Körner bleiben zurück. Atlas murmelt etwas und sie sinken glühend ins Holz. Übrig bleibt ein Brandmal.

Er streckt seine Hände aus, eine mit der Handfläche nach oben, die andere nach unten. Astra lässt ihre ein paar Zentimeter über der seinen schweben und nimmt zusammen mit Mathea die gleiche Haltung ein. Ich schalte als Letzte.

»*Ceph Eshkar e Unh*«, raunt Atlas. Worte, die mir völlig fremd sind – und doch in mein Inneres sinken wie ein fehlendes Puzzleteil.

»*Ceph Eshkar e Unh*«, wiederholt Astra, sieht dann zu Mathea.

Diese spricht die Silben nach, nur eine Spur unsicherer.

Aber über meine Lippen fließen sie wie kühles Quellwasser und glühende Lava. Vertraut, sobald ich sie ausspreche. »*Ceph Eshkar e Unh.*« *Mein Leben für deines.* Aber mehr als das. Hunderte Bedeutungen, überlagert und verwoben. *Leben, Energie, Seele, Heil.* Woher weiß ich das?

Wärme erblüht zwischen unseren Handflächen. Dann zerrt etwas unsere Hände zueinander. Als wir uns berühren, scheint unsere Haut zu verschmelzen. Unsere Fingerspitzen versengen die zarte Stelle an den Handgelenken der jeweils anderen, dort wo der Puls hämmert. Ein Summen vibriert in der Luft.

Dann fällt die Anspannung schlagartig von uns ab.

Schwer atmend starre ich auf meine Handflächen. Ein Symbol zeichnet sich auf ihnen ab, perlweiß und leicht erhaben, wie eine alte Narbe.

»Die Sigille für eine chemische Lösung«, murmelt Mathea. »Aber sie fühlt sich anders an.«

»Wir sind verbunden, bis wir den Eid einvernehmlich auflösen.« Elegant steht Atlas auf. »Oder einer die anderen verrät.«

12

Ellie

Viel zu früh stolpere ich am Morgen in den Speisesaal und mache mich auf den Spießrutenlauf namens Nahrungsbeschaffung gefasst.

Aber ich habe Glück. Khadija winkt mich zu einem der Dutzenden akkurat angeordneten Tische, wo sie mir den letzten von zwölf Plätzen frei hält. Inmitten der Geräuschkulisse aus klapperndem Besteck, polierten Schuhen auf poliertem Parkett und Gemurmel der Scholares kämpfe ich mich zu ihr und Ren durch.

Ein Scholaris will sich den leeren Stuhl neben Khadija krallen, doch die raunt ihm etwas ins Ohr und mit glasigem Blick schwankt er davon.

Seufzend falle ich auf den Stuhl. »Morgen.«

»Wow.« Khadija nimmt ein Mohn-*Koláček* vom reichhaltigen Angebot auf dem Tisch und ertränkt es in Ahornsirup. Dazu schenkt sie sich tiefschwarzen Kaffee ein. »Schlecht geschlafen oder wirst du endlich wirklich zur Sinistra?«

Ich fische einen Toast aus dem Korb, aber schaffe es nicht, Pflaumenmus darauf zu verteilen. »Wenig geschlafen.«

Khadija lehnt sich vor. »Die Nacht mit Astra verbracht?«

Mitten beim Abzupfen von Toast halte ich inne. »Zusammen mit *mehreren* anderen –«

»Ellie!«, johlt sie. »Direkt mehrere?«

»Das meinte ich nicht! Und das weißt du!«

»Wir wissen, was passiert ist.« Ren richtet sich aus seiner gebeugten Haltung auf, sodass seine Krähenflügel rascheln. »Die ganze Academia weiß es.«

Stöhnend stopfe ich mir einen Apfel in die Tasche des Capes, für den Fall, dass ich später mehr herunterbekomme. Noch hat Rektorin Sýkorová uns nicht in ihr Büro beordert.

Aber es ist nur eine Frage der Zeit.

»Wegen unseres Projekts.« Khadija schiebt ihr Geschirr zu ihrem Sitznachbarn, der sich beschwert, bis er Rens Starren bemerkt. Dann knallt sie ihr Notizbuch auf den Tisch.

Ich bemühe mich, ihr zu folgen. Aber während ich den Toast zerrupfe, weiß ich nicht mal, ob wir über die Horoskope oder das Amulett aus dem Magica-Kurs von Magister Lorcan sprechen, das wir analysieren und entfluchen müssen.

Khadija tritt mich unter dem Tisch und als ich aufblicke, verdunstet der Schatten in der Mitte des Raums. Ich erstarre.

Rektorin Sýkorová!

Ein weiterer Tritt von Khadija und ich springe auf. Ein paar Scholares stiefeln zu ihren Morgenkursen los und zwischen ihnen schleiche ich mich raus. Ich weiß, wir können ihr nicht ewig aus dem Weg gehen – aber mir wäre es lieber, mich ihr nicht allein stellen zu müssen.

Also mache ich mich auf den Weg. Etwas zu früh betrete ich die schmale Zuschauertribüne im Anbau mit der Sporthalle. Viel heller, als es Jahres- und Tageszeit erlauben, strahlt Licht durch die großflächigen Dachfenster. Die *Academia Gryphons* brüllen sich Kommandos in einem Übungsmatch zu, wobei ihre Schuhe auf dem Feld quietschen. Zumindest die von denen, die welche tragen. Niemand bemerkt mich.

Ich setze mich an das Geländer und packe das Buch für den Eruditio-Kurs aus. *Enchiridion Arkaner Meilensteine.* Ich muss dringend aufholen und Sport interessiert mich nicht – vielleicht, weil ich den Sinn und die Regeln bis heute nicht verstanden habe. Trotzdem erwische ich mich dabei, wie ich runterschaue. Denn das Match ist anders als alles, was ich bisher gesehen habe.

In erster Linie wegen der Feuerangriffe, Erstarrzauber und panisch kreischenden Gefangenen von Illusionen.

Es scheint so ziemlich alles an arkanen Künsten erlaubt zu sein, um den Ball auf den Boden des gegnerischen Teams zu schmettern. Astra sieht anders aus. Schwarze Sportshorts und Tanktop, beides mit goldenen Streifen, die bei jeder Bewegung die langen Linien ihre Silhouette betonen. Ich sollte sie nicht anstarren. Nicht wie sich die Sportsocken um ihre Waden spannen und noch weniger den schmalen Streifen Haut, der entblößt wird, wenn ihr Top hochrutscht.

Eine Bewegung unterbricht meine Gedanken.

Astra und eine neben ihr besonders zart wirkende Pixie springen zum Ball. Gleichzeitig. Die Pixie wird zu Boden gerammt. Ich japse, doch mein Blick verfolgt Astra. Sie schmettert den Ball über das Netz – wo er in Flammen aufgeht und sich in drei Exemplare trennt. Die Gegner hechten zu ihnen, erwischen sie alle. Die Pixie springt hinter Astra in die Luft und vor ihrer Hand erscheint aus dem Nichts ein Ball. Sie donnert ihn in die unbewachte Mitte der Gegenseite.

Während das Gewinnerteam jubelt, verpuffen die drei Feuerbälle. Astra wuschelt der Pixie durch das Haar und wischt sich über die Stirn.

Dann entdeckt sie mich und winkt. »Genug für heute!«

Alle schlurfen zu den Umkleidekabinen, nur Astra wandert zu mir. »Ich dachte, du verschläfst.«

»Wie kannst du so energiegeladen sein?«

Sie grinst nur, sprintet dann mit einer Salutation los. »Warte ein paar Minuten!«

Ich packe mein Buch ein und schlendere nach unten. Aus den Umkleiden dringt das Rauschen der Duschen. Und, lauter, Lachen.

Es riecht unerwartet. Frisch. Das Gegenteil der Trampolinhalle, in die ich Tatiana und Tomáš einen Monat lang geschleppt habe. Magie, wie sie überall an der Academia wirkt, um den Alltag zu erleichtern. Den Alltag voller Machtkämpfe und Übertrumpfungsversuche. Ich stupse den Volleyball an und er eiert durch die Halle.

Eine Tür klappert. Durch den Spalt in der Tür der Umkleide entdecke ich die muskulöse Mitspielerin, die an Samhain mit Astra gelacht hat. Deren kurze Haare Astra zurückgestrichen hat. »Danke für heute Morgen, Łucja«, flattert Astras Flüstern zu mir herüber. Hastig hebe ich den Ball auf, wende mich ab und umklammere ihn. Das klang so vertraut, als wäre es nicht für meine Ohren bestimmt.

»Hat Sýkorová dich schon erwischt?«

Ich fahre zu Astra herum und schüttle den Kopf.

Wasser tropft aus ihren Haaren auf den schwarzen Pullover und die Cordhose. »Ich wünschte, sie würde es einfach hinter sich bringen.« Sie wirft sich einen knittrigen Blazer über.

Ich deute auf ihr Haar, auf unerklärliche Weise etwas grummelig. »Du erkältest dich.«

»Niemals.«

»Dann tropfst du halt den Boden voll.«

Sie wirft mir das Handtuch zu und beugt sich vornüber.

Einen Atemzug lang erstarre ich. Dann stolpere ich zu ihr. Eine Stimme flüstert, dass es ein Witz sein könnte. »Wir brauchen dich in bester Verfassung«, murmle ich. Keine Ahnung, warum ich den Atem anhalte, während ich das Handtuch durch ihr Haar gleiten lasse. Oder weiß ich es etwa genau? So genau, dass ich nicht mehr klar denken kann. Was albern ist. Astra ist nicht gerade zurückhaltend mit Klopfern auf den Rücken, Armen um Schultern, Griffen um Handgelenke, sogar Händen auf meinen Knien. *Ich* hingegen …

Ich berühre sie kaum. Eigentlich niemanden.

Aber sie umfasst meine Ellbogen, um das Gleichgewicht zu halten, und ich bemerke, dass ihr Duschgel aus einer dieser schlichten, eleganten Packungen stammen könnte, die viel zu teuer für mich sind und auf denen *Zitrone, Sizilianische Mandarine und Schwarzer Pfeffer* steht. Ich kann nur noch darüber nachdenken, warum ich das nicht öfter mache. Nicht ihre Haare trocknen. Sie berühren.

Was ich mittlerweile schon viel zu lange tue, oder?

Ich lasse das Handtuch auf ihre Schultern fallen.

Grinsend hebt sie den Kopf. »Alle anderen Sinistras hätten die Gelegenheit beim Schopf gepackt – wortwörtlich – und mir den Kopf abgerissen.«

»Du bist Studienpräfektin!«

»Begehrter Posten.« Sie zerrt sich das Handtuch von den Schultern.

Ich will über die nassen Haare in ihrem Nacken streichen.

O Gott, was ist los mit mir?

»Atlas und Mathea warten sicher schon«, presse ich hervor und marschiere locker wie ein Zinnsoldat zur Tür.

Neben meinem Schlafsaal habe ich bisher nur Peninnahs und Valix' Doppelzimmer gesehen – durch den Türspalt, als sei mir ein Buch geliehen hat. Die flüchtigen Eindrücke von aufgebauschten Bettdecken, Abendlichtstrahlen auf Schreibtischen und Collagen aus Gruppenfotos und Seiten aus dem arkanen Modemagazin *Módní Sinistra*, das Peninnah immer liest, schienen wie eine Oase. Nicht, dass ich einen Platz in einem der Sechser- oder Achter-Schlafsäle für weniger elitäre Scholares verschmähen würde. Aber als ich durch die Doppeltür gegenüber der Göttinnenstatue Atlas' und Astras Gemächer betrete, fällt mir die Kinnlade herunter.

Gemächer ist eindeutig der richtige Begriff.

Die Wände des Empfangsraums sind in einem Grünton gestrichen, der in Anwesen gehört, in denen man sich zwischen dem Blauen und dem Grünen Salon entscheiden muss. Überall stapeln sich Bücher, Goldapparaturen und Kostbarkeiten. Alles in Licht getaucht, das durch zwei Fenster fällt. In der geöffneten Tür dazwischen lehnt Mathea am Geländer des schmalen Balkons und blickt in den Innenhof. Der Sog meldet sich nur vage. Gewöhne ich mich an ihn? An einem der zwei Arbeitstische runzelt Atlas über einem Stoß Pergamente die Stirn, einen Füllfederhalter an der Unterlippe. Er setzt ein paar Zeichen, bevor er hochblickt. »Ihr seid spät.«

»Es ist exakt neun Uhr dreißig«, murrt Astra.

»Und jetzt benötigst du noch mindestens fünf Minuten, um deine Sachen abzulegen und mental anzukommen.«

Astra tritt die Doppeltür links auf und pfeffert ihre Tasche in einen Raum, der ihr Zimmer sein muss. »Drei Sekunden.«

Schnell blicke ich weg, bevor ich mehr als die Kleiderstange mit Astras typischen Kleidungsstücken aus rauem Tweed, Seide und Wolle angaffe. Das Bett daneben, zum Beispiel. Aus welchem Stoff dessen Bezüge wohl –

Mathea schließt die Tür nach draußen und grüßt mich, was ich nur dumpf wahrnehme und haspelig entgegne. Dann konzentriere ich mich auf sie. »Ist es für deine Freunde in Ordnung, dass du in der Academia bist?«

»Nicht meine Freunde. Und sie wissen nicht, dass ich hier bin. Sie reden nach gestern nicht wirklich mit mir.«

»O Gott, wie schrecklich!«

Mathea sieht mich irritiert an. »Wieso?«

Ich öffne den Mund, um ihr gut zuzureden. Von den Freunden im Stich gelassen, natürlich baut sie diese Mauer auf.

Doch Mathea wendet sich ab. »Also, was ist der Plan?« Sie streicht über einen Tisch, stupst einen der Ringe an, die dort statt einer Platte auf drei Ebenen schweben, und studiert die darauf aufgeschlagenen Folianten, Bücher und mit enger, sauberer Schrift beschriebenen Notizbücher. »Es gibt doch einen Plan?«

Atlas bedeutet uns, ihm auf den Flur zu folgen. »Wir dürfen für unsere Forschungsprojekte Werke aus der Barocken Bibliothek ausleihen.« Bis zur Bibliothek ist es nicht weit – eine Annehmlichkeit für die Präfekte. Zusätzlich dazu, dass sie nicht für jedes Buch einzeln eine Erlaubnis bei Rektorin Sýkorová einholen müssen.

»Das *Compendium Maledictum*? Hat eure Rektorin es einfach zurückgestellt?« Mathea blickt durch die Glastüren des Gemeinschaftsraums vom dritten Jahr. Astra und Atlas haben dort nicht nur Zugang, sondern wachen darüber. Über die Scholares ein Jahr über ihnen.

»Unwahrscheinlich. Und selbst wenn – zu auffällig.« Atlas hält vor der Doppeltür der Barocken Bibliothek und legt seine Hand an das goldene Schloss. »Ich dachte an fortgeschrittene Diagnosezauber.«

Ob sie weiß, wie begabt die Menschen sind, die ihr helfen? Okay, zwei der drei Menschen.

Atlas zuckt leicht zusammen, als das Schloss Arcanima von ihm verlangt, dann dreht sich der Schlüssel innen. Ich trete als Letzte in die opulente Bibliothek. Atme tief ein.

Denn auch ohne Begabung kann ich ihr helfen.

Atlas pflückt Bücher aus den Regalen und reicht sie Astra, die zwei leichtere an mich weiterreicht. Dann erklimmt er eine verschiebbare Leiter. »Was war euer Plan? Wolltest du das Buch einfach nehmen und dir den nächsten Fluch einfangen?«

Mathea ist tief über einen antiken Globus mit Sternzeichen gebeugt. Mit verengten Augen beobachtet sie, wie der Drache seinen Schwanz um den großen Bären wickelt, um dann wieder locker zu lassen.

»Seymour.«

Sie blickt auf, blinzelt.

Im Dämmerlicht kann ich nicht sagen, ob Atlas' Mundwinkel zuckt oder ich mir das nur einbilde. Er zieht ein besonders schweres Exemplar hervor und steigt die Leiter herab. »War euch nicht bewusst, dass die Bücher geschützt sein würden, selbst wenn ihr es herein schafft?«

Sie spitzt die Lippen. Eindeutig nein. Doch dann lächelt sie seicht. »Oh, dann hast du mich also *beschützt*?«

»Ich habe nicht –«

Mathea schnappt sich das Buch. »Welchem Schicksal bin ich dank dir entkommen?«

Atlas nimmt Astra Bücher ab und marschiert zur Tür.

Grinsend läuft Astra neben Mathea her. »Deine Hände wären verbrannt, sodass sie nur noch leblos heruntergehangen hätten. Und wenn Rektorin Sýkorová einen nicht vom Fluch erlöst, fällt einem nach ein paar Tagen das verkohlte Fleisch von den –«

»Astra!«, mahne ich, bevor ich mich übergeben muss.

Zurück im Empfangszimmer der Präfekte wischt Atlas mit dem Arm über den seltsamen Tisch durch die Luft. Die Bücher erheben sich von den Ebenen und gleiten davon. Wir platzieren die neuen Werke auf den Buchstützen.

»Und weiter?«, herrscht Mathea niemand Bestimmtes an. Die Arme. Sie muss sich unendlich hilflos fühlen. Am liebsten würde ich sie umarmen. Aber wenn eine Sinistra so auf sie zukommt, verschreckt es sie nur noch mehr.

»Mir schuldete noch jemand einen Gefallen, daher hab ich die hier.« Atlas hält eine Handvoll gummiartiger Drops hoch.

»Hat beim letzten Mal schon nicht funktioniert.«

»Deshalb nutzen wir einen … *intensiveren* Diagnosezauber. Und Ellie wird ihn durchführen.«

Ich verschlucke mich. »*Wie bitte?*«

Astra tätschelt meine Schulter. »Khadija hat erzählt, dass du die Beste bist, was Diagnosesprüche angeht.«

»Bei einem leblosen Amulett. Nicht bei *Menschen*!«

»Aber du hattest seit Samhain keinen Anfall mehr, oder? Obwohl deine Magie seitdem in den zwei Wochen –«

»Zehn Tagen!«

»– oft genug auf die Probe gestellt wurde. Du hast eine Begabung für Inkantationen wie diese. Anders als Atlas und ich. Und du hast diese Verbindung zu Mathea. Wenn wir dich durch die Inkantation führen, wirst du ihr helfen können. Das wolltest du doch?«

Ich presse die Lippen aufeinander. Stolz schlängelt sich um mein Herz. Aber Stolz ist trügerisch.

»Du übst an Astra«, erklärt Atlas, »während ich den passenden Spruch recherchiere. Den einfachen Diagnosezauber an einer gesunden Person austesten, da kann wenig schiefgehen.«

»*Wenig?*«, quietsche ich.

»Ihr helft mir wirklich.« Mathea klingt, als könnte sie erst jetzt glauben, dass sie nicht alle im Stich lassen.

»Ich *helfe* nicht.« Atlas drückt Astra eine der Kugeln in die Hand. »Ich beschäftige mich mit einem akademisch interessanten Fall.«

»War ja klar«, murrt Mathea.

»*Ich* helfe!« Die Worte verlassen meinen Mund, bevor ich es mir anders überlegen kann.

»Und *ich* helfe Ellie, ihr Potenzial zu entfalten. Klingt nach Spaß.« Astra schluckt die Kugel und verzieht das Gesicht.

Etwas in mir drängt mich dazu, Mathea zu helfen. Die seltsame Verbindung zwischen uns, schätze ich. Zu wissen, wie es ist, Hilfe zu brauchen. Ich suche Matheas Blick, doch sie sieht an meiner Schulter vorbei. Dann blättern sie und Atlas durch die Pergamentseiten, drehen die Scheiben, um Texte aus verschiedenen Büchern zu vergleichen, und diskutieren flüsternd.

Astra und ich hocken uns im Schneidersitz gegenüber. Ich stelle mir vor, dass Astra das Silberamulett ist, und es geht einigermaßen. Trotzdem beben meine Hände, als ich sie mit etwas Abstand um ihre Konturen gleiten lasse. Es fühlt sich falsch an, ihre Form so zu katalogisieren. Aber ich *muss* mich auf die breiten Schultern konzentrieren, darauf, wie sich die Muskeln unter den Ärmeln ihres Hemdes abzeichnen, wie sich ihr Brustkorb mit jedem langsamen Atemzug ausdehnt. Arcanima prickelt in meinen Händen, anders als beim Amulett verstärkt durch die Wirkung der Kapsel. Ihr Herz schlägt ruhig und langsam, ihr Ruhepuls so niedrig von all dem Sport, der ihre Muskeln –

Ich beiße mir auf die Zunge. *Nicht schon wieder.*

Runen erscheinen um Astra. Lindgrün, die Linien klar.

Sie lacht leise. »Ein Musterbeispiel in der Blütezeit ihrer körperlichen Verfassung.«

»Stimmt.« Ich wische ein paar Runen in den Fokus. Gelblich verfärbt. »Abgesehen vom Muskelkater. Leidest du darunter öfter? Da sollte vielleicht jemand mit mehr Expertise einen Blick drauf werfen, damit dich ein *leichtes* Morgentraining nicht so beansprucht.«

Astra klatscht sanft gegen meine Schulter. »Khadija hatte recht. Du *bist* gut hierin.« Sie springt auf und schlendert zu den anderen beiden. »Seid ihr so weit?«

»*Ich* bin so weit«, entgegnet Atlas.

»O Wunder, du weißt mehr als ich.« Mathea rollt mit den Augen. »Die erst knapp einen Monat studiert.«

»Wie lange ist das noch deine Ausrede? Für die Bravura bleiben dir nur noch drei Monate.«

»Reichlich Zeit, um –«

Astra klatscht mit der Hand auf den Tisch. »*Niemand* gewinnt die Bravura, wenn wir nichts gegen den Fluch tun!«

»Nun, *ich* gewinne die Bravura, sollte Seymour unter dem Fluch dahinsiechen«, meint Atlas.

»Oh?« Mathea wirft ihm ein zuckriges Grinsen zu. »Nur wenn ich unter dem Fluch dahinsieche?«

»So meinte ich das ni-«

Ich springe auf und schüttle die Fäuste. »Können wir aufhören, vom Dahinsiechen zu sprechen?« Mit drei langen Schritten bin ich bei Mathea und ziehe sie am Ärmel ihres Hahnentrittmantels in die Mitte des Raums. »Fangen wir an, bevor mich der Mut verlässt!«

Atlas beugt sich zu Astra. »Wie hat sie einen Monat überlebt?«

Astra reicht mir das Buch, ohne etwas dazu zu sagen. Wird ihre Nase rot? Aber wieso? Dann tippt sie energisch auf das Buch und ich schaue hinunter. Neben den Warlock-Runen liegt ein Zettel mit ihrer Aussprache in Atlas' kompakter, gewissenhafter Handschrift. Ich bedeute Mathea, ihren Mantel auszuziehen. Zu viel Stoff, der die Diagnosemagie stört. Doch während sie sich aus ihm schält, sackt mein Herz in den Magen. Hat sie ihn angelassen, weil sie noch immer glaubt, jeden Moment vor uns fliehen zu müssen?

Auf dem Boden kämpft sie, um die klobigen Plateaustiefel in einem Schneidersitz unterzubekommen. Atlas' Blick schweift über den Punkt, wo das Schwarz ihrer Strümpfe in die marmorweiße Haut ihres Oberschenkels übergeht, bevor er sich an ein Buch heftet. Trotzdem kontrolliere ich, dass Matheas Rock nicht zu weit hochrutscht. Ein bisschen scheinheilig, so wie ich zuvor Astra ange-

Ich schüttle den Kopf.

Mathea hält den Mantel nah bei sich, richtet die schlichte Schleife an ihrem Hemdkragen.

Sie ist so nervös wie ich.

»Bereit?«, flüstere ich.

Ihre Oberlippe zuckt. »Sollte ich das nicht dich fragen? Ich sitze nur herum.«

Vielleicht doch nicht so nervös wie ich.

Sobald sie die Diagnosekugel geschluckt hat, hebe ich die Arme. *Sieh Mathea als Amulett, nicht als Mensch.* Ich rufe die Arcanima in mir hoch, erinnere mich an das Gefühl während Astras Training, an den seitdem einfacheren Fluss meiner Kräfte während der Kurse.

Matheas Hände zittern.

»Ich kann das«, purzelt es über meine Lippen. Nicht um mich selbst zu ermutigen. Für Mathea.

Sie nickt.

Leise beginne ich, die Inkantation vom Zettel aufzusagen. »*Teph ur viir Ennerath. Gilageth ur Namidhe.*« Es ist so seltsam, wie mir die

Worte rein gar nichts sagen und doch nach wenigen Silben mühelos über die Lippen fließen. »*Askarith ur garded ni Aearin.*«

Mathea zieht die Brauen etwas tiefer über die Augen. Oh. Das Blassgrau eines bewölkten Tages, wie die Augen so vieler aus meinem …

Ein Klopfen.

Unsere Köpfe schnellen in Richtung Tür. Astra gestikuliert wild vor Atlas' Gesicht, ohne einen Laut von sich zu geben. Er zuckt mit den Schultern.

»Scholaris Ozerov.«

O Gott. Rektorin Sýkorová.

Ich rapple mich auf, zerre Mathea mit mir. Sie kickt das Buch unter eine Kommode, was Atlas zusammenzucken lässt.

»Eine solche Inkantation bleibt nicht unbemerkt.«

Astra stürzt zur Tür und reißt sie auf. »Rektorin Sýkorová! Von was für einer Inkantation sprechen Sie?«

»Lassen Sie den Unsinn.« Die Absätze ihrer Stiefel knallen auf dem Parkett. »Ich hielt genug von Ihnen, dass ich es als unnötig empfand, nach der kleinen Auseinandersetzung gestern Abend sofort einzugreifen. Offenbar lag ich falsch. Wenn auf unserem Grund und Boden eine Dextra durch Kämpfe oder irgendwelche Magieversuche zu Schaden kommt, habe ich wieder den Arkanen Rat an der Backe.«

Atlas räuspert sich. »Rektorin –«

»Ruhe!« Sie streckt den Arm aus. Das Buch rutscht unter der Kommode hervor und fliegt in ihre Hand. Dann folgen die anderen, die Atlas herausgesucht hat, und schweben um ihre Schultern. »Keine Experimente mehr mit der Víla. Ich belege diese Bücher mit einem Bann. Und ich behalte Sie im Blick!«

Sie verschwindet in ihren Schatten.

Mathea

Cordelia ignoriert mich zwar und ich bin froh, weder heute Morgen beim Zähneputzen noch den restlichen Tag über mit Fragen zum Fluch und meinem Befinden bombardiert zu werden. Dafür liegt ständig Ursulas gequälter Blick auf mir, auch wenn sie ebenfalls nur das Nötigste zu mir sagt. Sind sie sauer auf mich – oder haben sie Angst wegen Profesor Nekovářs Standpauke? Dabei wurden wir nicht einmal bestraft. Kein Wort von Rektorin Aigeiros. Da hat die antiautoritäre Philosophie also auch Vorteile.

Ich genieße die relative Ruhe – bis mir Bob im Abendkurs *Verschleiern, Jagen, Richten: Einführung in das arkane Recht* im Nacken sitzt. Obwohl das der eine Kurs ist, der den Anflug von Nützlichkeit für meine Zukunft aufweist und dessen grummeligen Profesor Yaşar, der sich hinter dicken Brillengläsern und schulterlangen, dunklen Locken von uns abschirmt, ich angenehm erträglich finde. Stundenlang entschuldigt Bob sich damit, dass er das niemals von Grace erwartet habe, dass sie überhaupt nicht in der Lage sein sollte, ihn so zu verraten – was auch immer das heißt. Vielleicht irgendeine ungeschriebene Freundschaftsregel. Egal wie oft ich sage, dass es schon okay ist, das Gejammere hört nicht auf. Dabei dröhnt mein Kopf, und ich will einfach nur endlich ins Bett. Vielleicht wäre es weniger schlimm, würde ich nicht seit Stunden mit den Zähne malmen. Aber ich kann nicht aufhören.

Profesor Yaşar verkündet das Ende der Stunde. Endlich. Schlaf. Nicht mehr daran denken, dass meine nächste Lösung auch im Sande verlaufen ist. Ich schleppe mich als Letzte durch die Tür.

Und im Flur steht Ellie.

Die Verbindung lässt meinen Magen nur einen halbherzigen Salto schlagen. Sie wird schwächer, je mehr wir uns sehen. Ellies Haar ist windzerzaust und sie trägt zu ihrem Flatterrock bloß einen groben Strickpulli mit zwei Taschen vorn, aus denen Unkraut quillt.

Keine Jacke, obwohl die Fenster den Blick auf den Nachthimmel freigeben, nur noch ein zartes, blau-violettes Band am Horizont.

»Richtig, dank des Schwurs können wir jetzt bei den anderen ein und aus spazieren, wie wir wollen?«, ächze ich.

»Ich hab deine Handynummer nicht und Atlas wusste sie auch nicht, deshalb –«

»Wieso sollte er meine Nummer haben?«

»Ähm.« Sie macht eine vage Geste. »Eigentlich bin ich nur gekommen, um zu sagen, dass du nicht aufgeben sollst.«

»Dafür kommst du her? Gut, dass du meine Nummer nicht hast. Wer weiß, welche Nichtigkeiten da stündlich von dir –«

»*Ich* gebe dich nicht auf!«

Einen Atemzug lang starre ich sie an. Schlucke. Dann reibe ich mir über die Stirn. »Das ist … lieb.«

»Sag nicht lieb, als würdest du das Gegenteil meinen!«

»Aber es ist zwecklos. Unsere Dozierenden bekommen alles mit, was wir tun.«

Ellie zieht meine Hand von meiner Stirn. »Du brauchst frische Luft.«

»Ich brauche keine –«

Sie zerrt mich hinter sich her. Und weil es in Richtung von Gewächshaus *Hydrangea* und meinem Bett geht, finde ich nicht genug Kraft, um mich zu wehren.

»Bekommen wir irgendwo heißes Wasser her? Dann kann ich dir einen Nerventee zubereiten.« Sie deutet auf das Unkraut in den Taschen ihres Pullis. »Frisch gepflückt!«

»Das ist vom Straßenrand? Mit einem Hauch Abgas und Hundepisse?«

»Kann man alles abwaschen.«

»Woher wusstest du überhaupt, wo du mich findest?«

»Hab rumgefragt, bis mich ein Paar deiner Mitstudierenden vor dem Kursraum abgesetzt hat.« Sie stößt die Tür in den Innenhof auf. »Hier sind alle furchtbar nett.«

»*Furchtbar* nett trifft es gut.« Ich halte sie zurück. »Und woher wusstest du, dass es hier in den Innenhof geht?«

»Na, ich hab die Bäume gerochen!«

»Natürlich.«

Ein paar Minuten wandern wir zwischen Bäumen und Beeten entlang, so seltsam grün für November.

»Okay, hier ist mein Zim-«

»Ein Unding!« Ellie blickt so finster drein, als hätte jemand Flickenröcke per Gesetz verboten.

»Ich finde meine Unterbringung auch suboptimal.«

»Magie lässt die Bäume so lange grün bleiben, oder? Durch die ganze künstliche Beleuchtung blühen Bäume und Blumen schon viel früher, als es normal wäre, und jetzt wird der Zyklus auch noch zum Laubfall durcheinandergebracht!«

»Okay?«

»Ich werde ein ernstes Wörtchen mit eurer Rektorin sprechen müssen!«

»Okay.« Ich lange nach dem Türgriff.

»Warte!« Ellie klammert sich an meinen Arm. Toll, noch eine von der Sorte. »Du bleibst natürlich meine Priorität!«

»Nicht nötig. Ich verstehe sowieso nicht, warum du mir so unbedingt helfen willst.«

Ernst sieht sie mich an. »Natürlich weißt du das.«

Ich seufze. »Richtig. Du spürst es auch.«

»Komm morgen zu meiner Wohnung. Bitte!« Ellie schlendert weiter. »Dort sind wir ungestört und können weiter an der Diagnose arbeiten.«

Wider besseres Wissen folge ich ihr. Vielleicht weil die frische Luft wirklich hilft. »Ohne das Buch …«

»Das hier hat Sýkorová übersehen.« Ellie hält den Zettel mit Atlas' akkurater Schrift hoch, für deren Perfektion er garantiert ein von Mami und Papi bezahltes Seminar besucht hat. Die Lautschrift des Diagnosezaubers.

Wir treten durch den Bogengang auf den Waldweg, der die Univerzita umgibt. Das Laub raschelt unter unseren Schritten.

»Also kommst du morgen?«

Ich nehme einen tiefen Zug der frösteligen Nachtluft. »Was habe ich zu verlieren? Außer mein Leben.«

Sie verzieht das Gesicht, hin- und hergerissen zwischen Freude über meine Zusage und Missbilligung in Anbetracht meiner Worte. »Ich wusste, du gibst nicht auf! Ich wohne an der Ecke Nový Svět und Černínská. Bis morgen!«

Bevor sie davontänzelt, halte ich sie am Strickpullover zurück. »Ich bringe dich zur Academia.«

Ihre Augen werden riesig. »Warum?«

»Weil ich nicht wissen will, was Astra mir antut, wenn dir etwas zustößt.«

»Wir haben einen Pakt geschlossen!«

»Den würde sie sicher für ihre Freundin brechen.«

»Freundin?«

Ich runzle die Stirn. »Seid ihr noch nicht zusammen?«

»Nein! Und werden es nie sein!«

»Entschuldigung, war vermutlich unsensibel von mir.«

Sie plustert die Wangen auf. »Du bringst mich die Hälfte des Wegs. Dann muss jede gleich viel allein laufen.«

Ich summe zustimmend und schweigend steigen wir die Treppen durch den Wald hinunter. Die Dächer und Laternen der Malá Strana leuchten durch die kahlen Äste auf. Sie hatte recht, der Innenhof *ist* unnatürlich. Irgendwie ist es an mir vorbeigezogen, dass mittlerweile nur noch spärlich Laub an den Bäumen hängt.

Auf dem kleinen Platz vor der deutschen Botschaft, die ich nach meinem Erwachen in der Univerzita nie erreicht habe, druckst Ellie unruhig herum wie ein Kindergartenkind.

»Musst du auf die Toilette oder was ist los?«

»Weißt du, was es damit auf sich hat?«, fragt sie, als müsste mir *damit* irgendetwas sagen. Leider tut es das auch.

»Mit dem schrägen Sog und dass ich dein Gesicht gesehen hab, bevor ich dich kennengelernt hab?« Ich schüttle den Kopf. »Es beruhigt mich aber, dass du keine Halluzination bist.«

»Ich hatte gehofft, du wüsstest mehr. In meinen Visionen hast du mich meist irgendwie geleitet, deshalb dachte ich …«

»Geleitet?« Ich lache. »Sicher, dass du *mich* gesehen hast?«

»Wir können uns noch nie zuvor begegnet sein, oder?«

»Ich wohne in Deutschland.« Ich studiere ihre geröteten Wangen, die unschuldigen Augen. »Du bist eine Späterwachte?«

Ellie druckst wieder herum.

»Doch nicht?«

»Doch, doch!« Sie holt tief Luft. »Nur an der Academia ist das praktisch ein Todesurteil. Aber du bist ja keine Sinistra. Seit wann weißt du, dass du eine Dextra bist?«

»Seit«, ich überlege kurz, »dem 17. Oktober. Da habe ich meine Kräfte zum ersten Mal benutzt. Unfreiwillig.«

»Wie bei mir«, haucht Ellie.

Ich starre sie an. Kastanienrote Locken und rundliche Wangen, so wie die Halluzination, als ich in der Univerzita erwacht bin. Das Erste, was ich nach dem Nahtoderlebnis gesehen habe. Meine Knie wackeln.

Ellie umfasst meine Schultern. »Lass uns wann anders weiter darüber reden. Herausfinden, was es damit zu tun hat.«

Abwesend nicke ich.

»Das ist die Hälfte des Wegs«, murmelt sie dann.

Wir halten auf dem Kleinseitner Ring, dem Zentrum der Malá Strana, dessen Mitte von der St.-Nikolaus-Kirche dominiert wird. Ob ich irgendwann dazu komme, mir die historisch bedeutenden Bauten Prags anzuschauen? Vielleicht auch das Nationalmuseum. Das Kafka-Museum. Ich wette, Ozerov hat sich da schon ein halbes Dutzend Mal die Zeit vertrieben.

Als ich zu Ellie blicke, reibt sie sich die Arme und ich seufze. »Nimm meinen Mantel.«

»Dann frierst du!«

»Ich laufe bergauf. Mir ist so warm, dass ich ihn auf halber Strecke sowieso ausziehen würde.«

Mit der Unterlippe zwischen den Zähnen sieht sie vom Hahnentrittmantel, den ich ihr hinhalte, auf die nebelumwobenen Laubengänge rings um den Kleinseitner Ring. »Wenn dir *wirklich* nicht kalt ist …«

Ich werfe ihr den Mantel über die Schultern.

»Eigentlich friere ich selten, nur manchmal überkommt es mich so plötzlich«, plappert sie. »Dann bin ich aber nie darauf vorbereitet. Tatiana sagt mir immer, dass ich doch einfach eine Jacke mitnehmen soll, aber wenn mir so warm ist, denke ich nicht dran.«

»Gut zu wissen. Dann gute Nacht und bis morgen.«

»Keine Sorge!«, platzt es aus ihr heraus. »Ich verliebe mich nicht, nur weil du einmal nett bist!«

Das bringt mich tatsächlich zum Lachen. »Ich weiß, dass das so nicht funktioniert, Ellie.«

»Es ist nur, Tomáš meinte, viele seiner ehemaligen Freunde haben genau das geglaubt, nachdem sie erfahren haben, dass er … Aber ich schätze, das waren nie echte Freunde, oder?«

»Ich kenne weder Tomáš noch seine Freunde. Aber ich bin so weit im 21. Jahrhundert angekommen, dass ich weiß, du verliebst dich nicht in jede, die nett zu dir ist. Sowieso *war* ich nicht nett. Ich will, dass du gesund bleibst, weil ich dich für die ganze Fluchproblematik brauche.«

Das bisher größte Strahlen macht sich auf ihrem Gesicht breit. »Du *brauchst* mich? So was Liebes hat lange niemand zu mir gesagt.«

Stöhnend mache ich kehrt. »Sag bloß Ozerov und Astra nicht, was ich gesagt habe!«

Eine Minute bergauf und mir ist fast unangenehm warm, als trüge ich den Mantel noch. Immerhin dröhnt mein Kopf nicht mehr so sehr. Aber die Mischung aus Schlafmangel und Fluch legt sich in Form von Übelkeit auf meinen Magen. Weiterzumachen ist die richtige Entscheidung. Wenn ich das Ruder den Dozierenden überlasse, dauert alles zu lange. Sie stehen mir nur im Weg. So wie Menschen es meist gern bei meinen Zukunftsplänen tun.

Ich beiße die Zähne zusammen und lehne mich mehr in meine Schritte. Ein so flacher Anstieg zwingt mich sicher nicht –

»*Mathea!*«, kreischt Ellie.

Aber sie … Ich sollte sie nicht hören können.

»*Mathea!*«, schrillt ihre Stimme klar durch die Nacht, bohrt sich in meine Schläfen.

Ich stürme los. Meine Füße drohen sich zu verheddern, so schnell haste ich den Abhang hinab. Aber wo ist sie?

Ich presche durch die Reihen geparkter Autos vor der St.-Nikolaus-Kirche. Doch Ellie ist nicht hier.

Ich lausche, ob sie wieder ruft – auch wenn ich sicher bin, dass ich ihre Stimme nicht auf normale Weise gehört habe, sondern über unsere Verbindung.

Da! Der Sog, ihre Panik, zerrt mich weiter.

Ich renne über den Platz, auf dem so spät abends noch ein paar Touristen und Prager spazieren gehen.

Eine Tram rattert um die Kurve.

Ich stolpere zurück, klammere mich an der Säule des Laubengangs fest, und die Tram fährt vorbei. Weiter hinten in der Seitenstraße leuchtet etwas. Ich eile weiter, auf drei schmale Tunnel in einer Hausfassade zu, einer für die Trams, einer für Autos, einer für Fußgänger. Das Licht glimmt zwischen den Bogengängen zwischen dem Tram- und dem Autotunnel hervor. Der Fußgängerweg wäre wohl zu viel verlangt.

Mit zusammengebissenen Zähnen laufe ich über die Gleise der Trams – die fahren seltener als Autos durch ihren Tunnel –, bis ich Ellie entdecke.

Sie kauert unter einem der Torbögen, die das Gebäude stützen.

Über sie beugen sich zwei verhüllte Figuren. Beide halten Dolche. Einer meinen Hahnentrittmantel.

»Keinen Schritt weiter!«, rufe ich.

Sie halte inne, starren zu Ellie. Denn die presst die Hände auf die Ohren, ihr Wimmern schwillt an und da peitscht Arcanima um sie. Wie an Samhain!

»Weg von ihr!«, befehle ich. Nicht aus Sorge um die Typen – was immer Ellie ihnen antun würde, haben sie verdient. Sondern weil Ellies Energiewirbel Putz von den lädierten Torbögen bricht und das Knirschen der darunter liegenden Backsteine durch die Luft hallt.

Der Tunnel wird einstürzen, wenn sie weitermacht!

»Hör auf, Ellie!« Meine Zähne knirschen aufeinander wie die Backsteine. Sie murmelt unverständliches Zeug. Ich stürze zu ihr, zerre an ihrem Arm, um sie wegzuschaffen, bevor das Gebäudeteil einstürzt.

Sie kreischt so schrill, dass ich zurückweiche.

»Ergreif das Mädchen!«, befiehlt der mit meinem Mantel.

Ich knurre und instinktiv wie Atmen bricht meine Víla-Kraft aus mir hervor. Totenkopffalter erscheinen aus dem Nichts. Stürzen sich auf die beiden. Ich weiß, ich kann nicht viel mit ihnen ausrichten, aber Dutzende Flügel im Gesicht müssen reichen, um sie abzulenken.

»Ellie«, versuche ich es sanfter. Sie schreit weiter.

»Ihre Kräfte haben sich manifestiert!«, bellt der eine. »Wieso weiß ich davon nichts?«

Ich knie mich neben Ellie, egal wie sehr das Schrillen in meinem Kopf sticht. »Du musst aufhören.«

Die Fremden hasten davon. Keine Ahnung warum, an meinen Faltern kann es nicht liegen. Sie flattern zu uns.

»Ellie, sie sind weg. Okay?« Am liebsten würde ich ihr die Hand auf den Mund schlagen, damit sie endlich aufhört. Aber das würde es nur schlimmer machen. Verdammt. Ich beiße mir auf die Unterlippe. Nach allem, was ich von ihr weiß …

»Ellie, du tust mir weh.« Es ist nicht einmal eine Notlüge. Ihre peitschende Arcanima frisst sich in meine Haut.

Sie verstummt. Keucht. Die Energie schwillt ab.

»Danke.« Meine Stimme ist sanft, aber innerlich frage ich mich, was zur Hölle mit dieser Frau los ist.

»Es tut mir so leid«, schluchzt Ellie. »Sie haben mich beobachtet. Erst dachte ich, es wäre Zufall, aber sie haben mich verfolgt. Und dann … dann …«

»Schon okay. Sie sind weg.«

Mit meinem drittliebsten Mantel. *Dreckskerle.*

13

Mathea

»Ein Wunder, dass keiner von uns verschlafen hat!« Astra fläzt sich auf dem Blümchenüberwurf auf Ellies Tagesbett.

»Es ist ein Wunder, dass wir alle in diesen Verschlag passen.« Ich recke die Teetasse in Form von etwas hoch, das wohl eine Seerose sein soll, aber mehr wie ein Kohlkopf aussieht »Selbst gemacht?«

Ellie nickt aufgekratzt, während sie einen Quadratmeter auf ihrem Flickenteppich freiräumt. »In einem Sommerkurs! Ich kann dir gern die Webseite schicken.«

»Danke, aber ich bevorzuge es, mein Geschirr zu kaufen.« Da steht so viel anderer Firlefanz – sich gefährlich biegende, handgezogene Kerzen, Spraydosen neben einem Foto von Ellie und zwei Freunden vor einem Graffiti, eine mit Stoffblumen gespickte Collage aus Tickets für Underground-Touren, Stand-up-Paddling, Bungee-Jumping, sogar gerahmte Socken einer Trampolinhalle. »Ist es dein Lebensziel, alles zu machen, was Prag zu bieten hat?«

»Man weiß nie, wie viel Zeit einem bleibt!«

»Memento mori«, murmle ich.

»Bei ihr wohl eher *carpe diem*.« Ozerov stellt seine Tasse, von der Hundeohren abstehen, mit verkniffenem Mund ab. »Sollten wir darüber reden, wer Ellie verfolgt hat? Oder kehren wir das unter … Ellies Flickenteppich?«

Astra und ich rollen mit den Augen, doch Ellie kichert über seinen Versuch eines Witzes. Er sieht unerfreut aus, also war es eventuell nicht witzig gemeint.

»Ich will die Kerle finden, die Ellie verfolgt haben«, erkläre ich und stelle meinen Tee ebenfalls ab. Er schmeckt nach Unkraut vom Wegesrand.

Ellie versucht meine Hand zu ergreifen.

Die ich wegziehe.

»Sie haben meinen drittliebsten Mantel mitgehen lassen.«

Mit glänzenden Augen lächelt Ellie mich an. Bitte kein Gefühlsausbruch. *Bitte* keine Tränen.

Ozerov furcht die Brauen. »Was wollen sie mit einem Mantel?«

»Es ist ein sehr schöner Mantel.«

»Ist er wirklich«, bestätigt Ellie. »Sehr chic. Sehr Cruella de Vil. Aber ohne Hundefell, das hab ich kontrolliert, nachdem Mathea ihn mir geliehen hat.«

»Cruella de Vil? Ich bin mehr ein Katzenmensch.«

Ozerov schnaubt. »Du weißt, das Cruella nicht vernarrt in die Dalmatiner war, weil sie Hunde so sehr liebt?«

»Ellie.« Astra richtet sich auf dem Bett auf. »Heißt das, *du* hast Matheas Mantel getragen?«

»Mattie hat ihn mir geliehen, weil mir kalt war. Wieso?«

Oh? Erhofft Ellie sich Eifersucht? Ich betrachte ihre arglose Miene. Nein, auf so etwas würde sie nie kommen.

»Hast du ihre Gesichter gesehen?«, hakt Ozerov nach. »Kennst du die Menschen, die dich verfolgt haben?«

Ellie stockt, zieht die Lippe zwischen die Zähne. »Ich kannte diese Männer nicht. Tut mir leid.«

Ozerovs Blick durchdringt mich. »Hast du je überlegt, *wer* dich verflucht hat? Und warum?«

»Profesor Nekovář meinte, es war vermutlich ein Unfall. Was hat das mit gestern …« Mit der Erkenntnis vergrabe ich meine Fingernägel im Sessel. *»Mein Mantel.«*

»Tut mir leid, dass ich ihn verloren habe!«, winselt Ellie. »Aber ich tue alles, um ihn –«

»Sie hatten es nicht auf Ellie abgesehen. Sondern auf mich.«

Ozerov nickt. »Die Möglichkeit besteht.«

»Wegen dem Mantel?«, fragt Ellie.

»*Des* Mantels«, korrigieren Ozerov und ich sie gleichzeitig. Wir funkeln uns an und Astra rollt mit den Augen.

Ellie knibbelt an einem gehäkelten Kissen herum. »Sie haben mich verfolgt, weil ich ihren Mantel getragen hab? Also war der Fluch vielleicht kein Unfall? Jemand hat ihn ihr angehängt?«

»Das ist gut«, meint Ozerov.

»Wie bitte?«, entrüste ich mich.

»Wir haben eine weitere Spur. Wir versuchen es mit dem Diagnosezauber und Recherche. Aber wir können auch die verfolgen, die es auf dich abgesehen haben. Dass die Person, die den Fluch ausgesprochen hat, ihn löst, ist der einfachste Weg.« Er nimmt einen Notizblock vom Schreibtisch. »Mach eine Liste von all deinen Feinden, Cruella.«

»Oh, der Name bürgert sich also ein?« Ich verschränke die Arme. »Ist dir klar, wie lang die Liste der Menschen ist, die mich nicht leiden können?«

»Wie wäre es mit einer Liste von Menschen, die etwas davon hätten, dich leiden zu sehen?«, schlägt Astra vor.

Langsam sehe ich zu Ozerov.

Er atmet langsam aus. »Ich verfluche niemanden wegen der Bravura. Vor allem, wenn ich ohnehin gewinne.«

»Da ist diese Grace im Macbeth-Feminismus-Alchemie-Kurs. Die uns verpfiffen hat, als wir bei euch eingebrochen sind. Sie hat im Prinzip gesagt, es wäre kein Wunder, dass mich jemand genug hasst, um mich zu verfluchen.«

Ellie erblasst. »*Das* hat sie zu dir gesagt?«

»Durch die Blume.«

»Vielleicht denkst du darüber nach, wer Grund hätte, dich zu verfluchen«, schlägt Ozerov vor. »Und jetzt konzentrieren wir uns auf die Diagnose.«

Alle nicken und ich setze mich mit Ellie auf den Boden. Ozerov reicht mir eine Diagnosekugel, die ich runterwürge. Dann hebt Ellie ihre Hände. Ihre Magie wickelt sich in grazilen Fäden um mich. Doch sie bleiben zart, dünn. Durchbrechen nicht meine Haut. Sie runzelt die Stirn.

»Liegt es an den Angreifern?«, frage ich. »Du weißt, dass sie dich nicht mehr verfolgen werden? Solange du dir keine Kleidung von mir leihst zumindest.«

»Es ist die Wohnung.« Ellie blickt sich in ihrem Gerümpel um. »Ich habe zu wenig Platz.«

Astra sieht Ozerov vielsagend in die Augen.

Er verschränkt die Arme. »Nein.«

»Du bist kaum dort, seit du Präfekt bist!«

»Trotzdem nein!«

Ich gehe zwischen die beiden. »Wovon sprecht ihr?«

»Von nichts«, meint Ozerov durch schmale Lippen.

»Atlas hat seine Wohnung behalten«, summt Astra. »Falls ihm die Academia zu viel wird.«

»Astra!« Uh, das erste Mal, dass er die Stimme hebt. Wenn auch nur maximal ein Fünftel eines Dezibels.

»Du scheuchst uns den Pulverturm hoch, holst uns in die Schlangengrube, die ihr Universität nennt, und lässt zu, dass wir uns wie Sardinen in Ellies Abstellkammer quetschen, während du reicher Schnösel neben deinem Prinzengemach in der Academia noch eine Wohnung besitzt?«

»Ich habe doch auch eine Wohnung neben der Academia«, piepst Ellie dazwischen.

»Das hier«, ich deute um mich, »zählt nicht als Wohnung.«

Ellie sieht zu Astra, die nickt. »Sie hat recht.«

»Also.« Ich schwinge mir meinen Fledermausrucksack auf den Rücken. »Worauf warten wir?«

Ozerov ergreift seinen Mantel wie ein Soldat sein Gewehr. »Gehen wir. Nicht zu meiner Wohnung. Zum *Pulverturm.*«

Vor dem schwarzen Turm verschränkt Ozerov die Arme. »Kümmerst du dich um die Touristen?«

Astra ächzt genervt, aber erklimmt die Treppe.

Ich lehne mich an die Steinfassade und beobachte Ozerov. »Was genau ist mit deiner Wohnung los? Was versteckst du dort? Irgendein seltsames Hobby? Taxidermie? Marionetten? Sammelst du leere Energydrinks?«

Er funkelt mich an.

»Ich tippe auf Marionetten«, flüstere ich Ellie zu.

»Vielleicht sammelt er Katzenfigürchen!«

Beeindruckt nicke ich ihr zu und sie strahlt.

Ozerov öffnet den Mund, doch dann tröpfeln die Touristen aus dem Pulverturm. Ihre Blicke sind glasig.

Als Letzte tritt Astra heraus. »Haben den Turm für uns!«

Ich blicke den taumelnden Menschen hinterher. »Was hast du zu ihnen gesagt?«

»Die Frage ist nicht was. Sondern *wie.*« Pfeifend steigt sie die Treppe hoch und Ellie folgt ihr.

Ozerov stellt sich mir in den Weg. »Du bist äußerst feindselig.«

»Entschuldige, das war nicht meine Absicht. Du bist schließlich so unfassbar zugänglich und freundlich.«

Ozerov öffnet den Mund und schließt ihn wieder. »Ist es immer noch wegen Samhain?«

Verdattert lache ich. »Was?«

»Wenn ich dich an dem Abend gekränkt oder verwirrende Gefühle ausgelöst habe, sodass du dir irgendetwas von mir erhoffst, das –«

»Ozerov. Ich erhoffe mir nichts von dir.«

»Im Styk sagtest du –«

Ich stöhne. »Das hast du ernsthaft geglaubt?«

»Wir können die Situation nicht klären, wenn du auf so unreife Weise abstreitest, dass du an Samhain –«

»Ich streite nichts ab. Ich *hätte* dich an Samhain geküsst.«

Das bringt ihn zum Schweigen.

Ich zucke mit den Schultern. »Aber was ist dabei? Du wolltest nicht – dein Pech übrigens – und ich bin wegen einer Nacht nicht unsterblich in dich verliebt.«

Er runzelt die Stirn, als wäre ihm dieser Ausgang des Gesprächs im Traum nicht eingefallen.

Mit verschränkten Armen hebe ich die Augenbrauen. »Hast du gehofft, dass ich dir hinterherschmachte?«

»Natürlich nicht.«

Ich schiebe mich an ihm vorbei und die Treppe hoch. »Dann weiß ich nicht, warum wir damit Zeit verschwenden.«

Die Stufen fühlen sich steiler an als beim letzten Mal. Weil mich das Adrenalin antrieb – oder weil der Fluch mehr meiner Arcanima verschlingt?

Oben schließt Atlas die Tür, lässt sich nichts vom seltsamen Gespräch anmerken und legt zwei Kissen auf den Dielenboden. »Die *Sphera* sollte noch wirken.«

»*Sphera?*« Ich setze mich gegenüber von Ellie. »So heißen diese Glibber-Drops also.«

»Die verantwortliche Medica-Schmiede hätte vielleicht dich in Sachen Marketingfragen konsultieren sollen.«

»Hör auf, deinen so unfassbar umwerfenden Charme raushängen zu lassen«, befiehlt Astra. »Ellie muss sich konzentrieren.«

Und genau das tut Ellie. Wieder hebt sie die Arme, und dieses Mal durchbohren ihren Magiefäden meine Kleidung und Haut. Das Kribbeln in meinem Magen verbindet sich mit dem Tasten ihrer arkanen Kraft.

Ich ringe nach Atem. Der Diagnosezauber verdreht meine Eingeweide. »Ist das normal?«, keuche ich.

»Alles läuft nach Plan«, dringt Ozerovs Stimme dumpf in meine Wahrnehmung. »Ein so verborgener Fluch benötigt rabiatere Methoden.«

Als ein Stechen durch meine Brust zuckt, beuge ich mich ächzend vornüber.

»Astra?«, wimmert Ellie alarmiert.

»Mach weiter«, drängt sie und kniet sich neben mich. Sie reibt über meinen Rücken, während ich verkrampfe. »Es ist gleich vorbei. Keine Sorge.«

»Wehe, das ist ein Sinistra-Streich«, quäle ich mir ab.

Doch dann versiegt das Graben in meinem Inneren. Kurz höre ich nur Ellies angestrengten Atem. Ich blicke auf.

Wie bei Nekovářs Diagnose schwirren Runen um mich. Nur viel mehr. Und diese schimmern in Dutzenden Violettnuancen, Aubergine bis Flieder.

Direkt vor meiner Brust schweben Goldfäden, wie gesponnenes Karamell. Kugeln spicken die Fäden, so groß wie Murmeln, aber von trübem Grau.

Ozerov hockt sich vor mich. »*Das* ist interessant.«

»Was bedeutet das?« Ellie fährt mit den Fingern an den Kugeln entlang. Sie bewegen sich nicht von der Stelle, rotieren nur sanft. Neue Runen leuchten auf.

Ozerov deutet auf den Goldnebel. »Das ist Matheas Arcanima. Sie manifestiert sich bei den meisten als versponnene Fäden. Aber die Kugeln … Der Fluch unterdrückt ihre arkanen Kräfte nicht einfach. Er verkapselt sie.« Ozerov tippt eine Kugel an, die hart wie Glas aussieht. »Diese hier sind schon länger verkapselt.« Er zeigt auf eine größere wabernde Kugel. »Aber die scheinen frisch entstanden zu sein. Die Verkapselung schreitet fort.«

»Das heißt, meine Arcanima wird nach und nach vom Fluch umhüllt? Kann ich sie deshalb nicht nutzen?«

Ozerov blickt in die Ferne. »Möglich.«

»Scheint, als würde mir jemand einen Gefallen tun«, murmle ich. »Ohne Kräfte kann ich das Studium abbrechen.«

»Wenn die Verbindung zwischen Arkanen und ihrer Arcanima gekappt wird, ist das in etwa so, als kappe man die Sauerstoffzufuhr.«

»Oh.« Ich presse meine Hände aneinander. »Aber ich spüre nichts außer Schwindel und Kopfschmerzen.«

»Erst wenn die Geschwüre mehr von ihr verschlingen –«

»*Geschwüre?*« Meine Stimme klingt viel zu hoch. »Profesor Nekovář sagte, der Fluch bedrohe nicht mein Leben. Und jetzt trage ich … arkane Krebsgeschwüre in mir?«

»Ich sagte nichts von Krebsgeschwüren.«

»Richtig, *nur* Geschwüre. Dann ist ja alles wunderbar!« Ich springe auf. Da kratzt etwas in meinem Hals, das ich ganz und gar nicht gebrauchen kann.

Ellie hastet hinter mir her und versperrt die Tür. »Wir sind für dich da! Gemeinsam finden wir eine Lösung!«

Zittrig atme ich aus. Ein verdammter Fluch. Verdammte Magiegeschwüre. Verdammte unfähige Dozierende. Und diese verdammte zusammengewürfelte Gruppe aus einer Späterwachten, die sich wie eine Kindergärtnerin kleidet, einem zugeknöpften Musterstudenten und seiner unbekümmerten Schwester, die vermutlich der Mittelpunkt jeder Party ist.

Aber nun bin auch ich Teil der Gruppe. Ich stand noch nie einem Problem gegenüber, das ich nicht lösen konnte. Jetzt fange ich sicher nicht damit an.

Ich nicke. »Was sind die nächsten Schritte?«

»Die Verkapselung ist ein neuer Anhaltspunkt für die Recherche«, erklärt Ozerov.

»Noch mehr Bücher?«, jammert Astra.

Ellie reckt den Kopf hinter meiner Schulter hervor. »Astra und ich könnten bei den Scholares rumfragen? Vielleicht gibt es Arkane, die mit einem Fluch wie diesem vertraut sind.«

Ozerov blickt skeptisch von ihr zu Astra und zurück. »Und du bist sicher, ihr bewältigt das unauffällig?«

»Sicher!«

»Ich bekomme das hin«, ergänzt Astra.

Ozerov dreht sich zu ihr. »Hast du vor …?«

»Glaubst du das von mir?« Astras Stimme ist frostig.

»Ich weiß nicht, was ich von dir glauben soll. Gerade erst hast du die Gregalen –«

»Ich würde die Fähigkeiten nie einsetzen, um mal eben Dutzende Scholares zum Reden zu bringen. Wir wissen, wie das enden ka…« Astra fährt zu Ellie und mir herum und Ozerov sieht einen Hauch bleicher aus als sonst.

Worüber genau reden sie?

»Was meintest du, du würdest deine Fähigkeiten so nicht einsetzen?«, plappert Ellie. »Wenn es Dinge gibt, die wir als Wiċċian nicht tun dürfen, muss ich das wissen!«

Mit einem Wisch der Hand durch die Luft löscht Astra die Kerzen. »Es ging nicht um Wiċċian.«

»Also nur um Warlocks?«

Astra knöpft ihren Dufflecoat zu.

»Gelten für Warlocks und Hexen unterschiedliche Regeln?« Und da sag noch mal einer, *ich* hätte kein Gespür für soziale Situationen. »So was muss ich doch wissen!«

Astra fährt herum, ihre Stimme so leise, dass sie in meinem Nacken prickelt. »Es ging nicht um Hexen, Warlocks oder irgendeine andere Wiċċian-Art.«

Jegliche Wärme weicht aus Ellies runden Wangen.

Die Tür knallt auf und Astra hastet die Treppe hinab.

Zwei oder drei Atemzüge lang stehen wir drei uns gegenüber, und, oh, Astra scheint diejenige zu sein, die irgendeinen Sinn in unsere Konstellation bringt. Denn plötzlich weiß niemand mehr, was zu sagen ist.

Also gehe ich zur Tür. »Unsere Nummern haben wir ausgetauscht. Bis nächstes Mal.« Im Türrahmen bleibe ich stehen. Atme tief ein. Zwinge die Worte heraus. »Danke. Dass ihr das hier macht.«

»Ich mache das nicht für dich, sondern aus –«

»Akademischem Interesse«, ergänze ich.

Ozerov besteht darauf, die Recherche systematisch anzugehen. Wogegen ich nichts habe. Was mich stört, ist, dass er mit mir die Bibliothek der Univerzita betritt, weil er, ich zitiere, sichergehen will, dass die Forschung fehlerfrei durchgeführt wird. Kurz gesagt: Er traut mir die Recherche nicht zu. Mir! Das Schlimmste ist, wie er durch die Regalreihen stolziert. Nicht nur so, als fühle er sich ganz wie zu Hause, sondern als *gehöre* ihm die Bibliothek.

Ich betrachte seine polierten Oxford-Schuhe. Will er so aussehen, als halte er gleich an Harvard einen Vortrag über die Philosophie der Platonischen Dialoge? Vermutlich gibt es in seinem Elternhaus tatsächlich eine Bibliothek. Und seine Familie nennt es in ihrem vornehmen Ton *Das Studierzimmer*.

Nachdem er einige Bücher ausgewählt hat, führe ich ihn die Treppen hinauf. Besser schnell in Deckung gehen, bevor uns Cordelia, Ursula, Bob oder Moremi über den Weg laufen. Sie halten noch immer Abstand zu mir. Aber wenn sie mich mit Ozerov sehen, ist ihre Angst sicher ganz schnell überwunden. Ihre Fragen – und Überdrehtheit – kann ich gerade nicht ertragen.

Ozerovs pikierter Blick wandert nach unten zum Becken. »Wieso überrascht es mich nicht, dass ihr in eure Bibliothek eine Wasseranlage eingebaut habt?«

Silas tritt mit einem Folianten im Arm hinter einem Regal hervor. »Weil die Univerzita bekannt dafür ist, allen Arkanen eine optimale Lehrumgebung zu bieten.«

Ozerov schnaubt.

»Ist an der Academia vermutlich nicht nötig«, säusle ich, »weil nur dreihundert Arkane bei euch studieren wollen?«

Silas starrt Ozerovs Uniform an. »Mathea, wer ist das?«

Ich winke ab. »Niemand Wichtiges. Ich helfe ihm bei einer Hausaufgabe. Ist das okay?«

Ozerov blickt drein, als zwänge ich ihn, im Wasserbecken zu recherchieren.

Silas rollt die Schultern. »Solange er sich an die Regeln hält. Die Univerzita ist nichts, wenn nicht gastfreundlich.«

»Wenn Gastfreundschaft die herausragendste Eigenschaft der Univerzita –«

Ich bohre ihm den Ellbogen in die Seite, dann verabschiede ich mich von Silas und führe Ozerov zum Ruhebereich bei den prasselnden Kaminen.

Er rümpft die Nase. »Arbeitstische schränken die Kreativität von euch dreitausend Clownschulabsolvierenden zu sehr ein?«

»Hey, das ist *meine* Clownschule und nur *ich* darf sie so nennen! Aber ich besorge dir gern einen Tisch, wenn du den als Stütze zum Recherchieren brauchst.«

»Es wird schon gehen.« Er legt die Bücher auf den Couchtisch und studiert die Einbände. Eine halbe Ewigkeit lang.

»Hast du einen Röntgenblick oder was wird das?«

»Ich überlege, welches Buch ich dir anvertrauen kann. Aber nichts hiervon ist Kost für Amateur-«

Stöhnend schnappe ich mir eins, werfe mich auf das Sofa und mache mich an die Arbeit. Er rückt den Sessel mir gegenüber zurecht, während ich das Buch und das Notizbuch aufschlage, die Seite in liniert ändere und meine neueste Errungenschaft aus dem Goldenen Gässchen, einen selbstschreibenden Füllfederhalter, mit einem Fingertippen aktiviere. Er notiert noch etwas wirr, aber die Verkäuferin meinte, mit der Zeit gewöhne sich die Magie des Stifts an meine Gedankengänge.

Ozerov setzt sich und ich kann mich endlich konzentrieren. Das

Buch beschreibt Heilzauber, mit denen Flüche temporär gedämmt werden können, bis sich Medica-Heilende darum kümmern können. Ich gehe sie durch, während wir in Stille arbeiten, nur umgeben vom Flattern der Bücher, Blätterrascheln und dem Kratzen meines Füllfederhalters.

Auf Seite 108 entdecke ich eine Verkapselung, mit der rasch streuende Giftflüche isoliert werden können.

Ich blicke auf. »Ozerov?«

Er legt seinen Finger auf eine Zeile und sieht mich an. »Fündig geworden?«

»Woher kommen Flüche, Zaubersprüche und so weiter?«

»Das ist wohl eher ein Thema für deinen Scientia-Kurs.«

»Ich belege keinen Scientia-Kurs.«

Ozerov zuckt mit den Brauen. »Wirklich nicht? Das solltest du. Es würde dir liegen.«

»Astronomie und Runenlegen? Du hast wirklich eine schlechte Menschenkenntnis«, schnaube ich. »Ich will nur wissen, ob Zaubersprüche einfach existieren oder ob es möglich ist, welche zu erfinden – sie vielleicht zu verändern oder weiterzuentwickeln?«

»Ich meine, Magietheorie und Magieexperimente würden dir liegen. Scientia beinhaltet mehr als Sterne beobachten und Runen auswendig lernen. Unter anderem die Antworten auf deine Fragen.« Er beugt sich vor. »Also, was hast du gefunden?«

»Einen Heilzauber, der sehr ähnlich funktioniert.«

»*Kápsula*«, raunt er und ich höre praktisch die kyrillischen Buchstaben schwer von seinen Silben tropfen.

»Ist das Russisch? Ich dachte, die Magie des Fundus lässt mich alle Sprachen verstehen.«

»Nicht bei Inkantationen«, raunt er mit einer Denkfalte zwischen den Brauen. »Zeig mir das Buch.«

»Was ist dieses *Kápsula*?«

Ozerov steht auf, um mir das Buch zu klauen.

Ich umklammere es fester. »Du könntest bitte sagen!«

»*Kápsula* ist der Zauber einer russischen Medica-Koryphäe. Ich war jung, als wir aus Russland gef-«, seine Hand zuckt an seiner Seite, »ausgewandert sind. Daher kann ich mich nicht gut erinnern. Aber wenn ich mehr darüber lese, kommt die Erinnerung sicher zurück.« Er streckt seine Hand aus. »Also, würdest du mir *bitte* das Buch geben, Mathea?«

Mathea. Mein Herz macht *keinen* Hüpfer oder so einen Unsinn. Nur das kleinste Stolpern. Im Grunde nichts und nur weil er meinen Namen seltsam ausspricht.

»Seymour?«

»Ja, schon gut«, grummle ich und halte ihm das Buch hin. »Aber dann bekomme ich deins.« Ich beuge mich vor und schnappe mir das Buch aus seiner Hand.

Während er liest, beobachte ich ihn über den Rand der Seiten hinweg. Wenn er nachdenkt, zieht er die Unterlippe zwischen die Zähne. Zwischen schöne Zähne.

Er blickt auf. »*Was?*«

»Du bist relativ attraktiv, oder?«

Er verengt die Augen. »Ist das eine Feststellung? Oder fragst du mich das?«

Ich deute vage in seine Richtung. »Dein Gesicht besitzt diese Symmetrie. Gerade weiße Zähne. Ebenmäßige Haut.«

Vielleicht täusche ich mich, aber er dreht kaum merklich die Gesichtshälfte weg, über die sich die Narbe zieht.

»Gute Hygiene. Du bist groß. Alles Merkmale, die von den meisten Menschen als attraktiv angesehen werden, weil sie auf Gesundheit und gutes Erbmaterial hindeuten.«

Ungläubig lässt er das Buch sinken. »Machst du mir Avancen?«

»Funktioniert es?«

Er schürzt die Lippen.

Lachend lehne ich mich zurück. »Atlas Ozerov, Studienpräfekt, Bravura-Gewinner des Vorjahres und Musterschüler der Academia, weiß die Antwort nicht?«

»Es funktioniert *nicht*«, presst er hervor. »Und ich dachte, wir hätten das geklärt?«

»Wir haben geklärt, dass ich nicht unsterblich in dein charmantes, unwiderstehliches Selbst verliebt bin.« Ich neige den Kopf. »Du weißt schon, dass ich nicht darauf aus bin, wenn ich Interesse an …«

»Sagst du immer, was dir in den Kopf kommt, egal wie unangemessen?«

»Wäre es dir lieber, ich schreibe Briefchen?«

»Konzentrier dich einfach auf die Arbeit«, seufzt er.

»Alles klar.«

Er blickt sehr erleichtert drein.

Was mich wieder zum Lachen bringt. »Ich habe noch nie so viel Emotion in deiner Mimik gesehen.«

»Ich sehe ein bisschen zu viel Emotion auf deinem Gesicht, dafür dass wir recherchieren sollten.«

Abwehrend hebe ich die Hände und gehe meine bisherigen Notizen durch, bis er zu Ende gelesen hat.

»Deine Überlegung ist vielversprechend«, meint er dann, vollends gefasst. Auch etwas, das mir gefällt. Er hält sich nicht länger als nötig mit einer Sache auf, kann Arbeit und Vergnügen trennen. Etwas mit ihm anzufangen, würde meinem Studium nicht im Weg stehen. Schade, dass er so vehement dagegen ist.

Ich nicke langsam. »Medizin in der falschen Dosis kann zu Gift werden.«

»Richtig. Wieso nicht auch bei Flüchen?« Er blättert weiter. »Das könnte der Grund sein, warum niemand etwas über deinen Fluch herausgefunden hat. Er wurde erst vor kurzer Zeit aus *Kápsula* entwickelt.«

Ich atme schwer aus. »Ein neu entwickelter Fluch. Die Verfolger. Es ist ziemlich deutlich, oder?«

»Jemand hat es auf dich abgesehen. Definitiv.«

Ellie

Atlas' Blick liegt auf mir. Ist ihm nicht bewusst, dass ich mich nicht konzentrieren kann, wenn er mich zusammen mit Magister Lorcan beobachtet? Ich blende Khadija und Ren aus, um mich ganz auf das Amulett auf dem runden Tisch zwischen uns zu konzentrieren. Und sowieso, was tut er hier? Wir treffen uns erst nach dem Magica-Kurs.

»Ellie«, unterbricht Khadija meine Konzentration. »Du hast es letzte Woche hinbekommen. Was ist heute los?«

Ich stemme die Hände auf den Tisch und schüttle den Kopf. »Atlas und Profesor Lorcan beobachten mich.«

Khadija schnalzt mit der Zunge. »So ein Unsinn. Du darfst dich nicht immer wegen nichts so verunsichern lassen.« Sie reckt den Kopf, dann zieht sie eine Grimasse. »Jep, sorry, mein Fehler. Die starren dich definitiv an.«

»Kann einer von euch heute die Diagnose durchführen?«

Ren nickt und streckt die Hände über dem Amulett aus. Der Obsidian darin ist von der gleichen Farbe wie sein Haar, das ihm ins Gesicht hängt. Dann atmet er ein und schwarzer Rauch windet sich um das verfluchte Schmuckstück.

Als Karasu-Tengu funktioniert seine Diagnosemagie anders als meine, trotzdem bilden sich ähnliche Runen wie die meinen aus dem Rauch. Sie erzählen von den Geheimnissen, die tief im Silber verborgen liegen. Auch Khadija als Dschinn kann auf die Informationen zugreifen, aber es kostet sie deutlich mehr Kraft als uns – und das Ergebnis ist rudimentär. Sie hat noch Glück. Nicht alle Arkanen können, was wir können, und müssen andere Wege finden, um den Fluch zu entschlüsseln und die Semesterprüfung zu bestehen. In meiner zweiten Woche hat ein Werwolf versucht, den Fluch gewaltsam aus seinem Amulett zu zerren – und landete im Medica-Flügel. Wo er bis heute liegt, soweit ich weiß. Nach einem Monat Fehlzeit wird er der *Academia Sinistra* verwiesen.

»Okay, übersetzen wir.« Khadija notiert die einzelnen Zeilen, die wir in der letzten Stunde als *Rovásírás*, die altungarische Runenschrift, identifiziert haben.

Ich öffne auch mein Notizbuch. Vier Augen sehen mehr als zwei. Und bei den zitternden Runen, die niemand von uns flüssig beherrscht, schleichen sich sicher Fehler ein.

»Ren«, murrt Khadija, »ich wünschte, du würdest die Runen noch etwas mehr verwackeln. Ich habe das Gefühl, ich erkenne sie viel zu gut.«

»Hey, ich dachte, wir dürfen keine Witze über Wünsche machen!« Die Runen verwackeln komplett.

»Ihr dürft nicht.« Khadija umfasst seine Handgelenke, um sie zu stabilisieren. »Ich schon.«

»Soll doch ich übernehmen?« Ich kann Ren, dessen Gesicht jegliche Farbe verliert, nicht länger so sehen.

»Scholaris Novotná, Ihre Gruppenmitglieder dürfen in meinem Kurs ruhig auch etwas lernen«, dröhnt Magister Lorcans Bass in mein Ohr. Er steht direkt hinter mir.

Ich drehe mich im Schatten, den sein langer Körper auf mich wirft.

»Begleiten Sie mich zu meinem Pult.« Er streicht sich über den skulptierten Bart, so wie bei unserer ersten Begegnung.

Jedes Mal, wenn ich ihn sehe, frage ich mich, was er von mir hält. Schließlich schleiche ich trotz seines Ratschlags praktisch jeden Tag mit Dosen aus dem Speisesaal.

Ich nicke so heftig, dass es eine Verbeugung sein könnte, und husche hinter ihm her, um mit seinen langen Beinen Schritt zu halten.

Atlas begrüßt mich knapp, während Magister Lorcan sich an sein Ebenholzpult lehnt und auf mich herabblickt.

Ich starre die arkane Tageszeitung auf seinem Pult an und der Titel verändert sich von *At Dawn* in *Za Svítání*. Er liest sie auf Englisch, aber für mich übersetzt sie sich auf Tschechisch.

Wieso sagt niemand etwas?

»Ähm. Habe ich etwas verbrochen?«, frage ich, weil ich es nicht mehr aushalte.

Atlas schnaubt.

Magister Lorcan hingegen lacht leise und tief. »Ich glaube nicht, dass Sie in der Lage sind, etwas zu verbrechen. Sosehr ich mir das auch wünschen würde.«

Mein Blick huscht zu Atlas und meine Gedanken zum Einbruch in den Pulverturm, zum geheimen Ritual, zu Diagnosezaubern, die ich trotz Magistra Sýkorovás Verbot durchgeführt habe.

Seine Mundwinkel zucken. Doch das legt sich. »Ich habe mit Magister Lorcan über dein Talent gesprochen.«

»T…«, ich schlucke, »Töpfern?«

Magister Lorcan greift sich an den Bart, verdeckt seinen Mund mit den Fingern.

»Diagnosezauber«, korrigiert Atlas. »Du weißt, dass mein Forschungsschwerpunkt Flüche und Banne sind?«

Mit einem Räuspern unterbricht ihn der Magister. »In seltenen Fällen bringen wir ältere Scholares mit verheißungsvollen jüngeren zusammen, um Talent im Rahmen eines fortgeschrittenen Forschungsprojektes zu fördern. Scholaris Ozerov kam auf mich zu. Er würde Sie als Tutor für Magica begleiten.«

»*Das* würdest du für mich tun?« Ich starre Atlas' unbewegtes Gesicht an. »Ich bin unendlich dankbar, aber … du hast schon so viele Pflichten!«

Atlas hebt die Brauen und spitzt die Lippen, nur einen Hauch. Auffordernd. Ermahnend. Oh. Er macht das hier nicht für mich, sondern für *Mission Fluch*. Für Mathea. Irgendwie bringt mich das innerlich zum Grinsen.

»Sie würden gemeinsam über die Entwicklung neuer Flüche und Gegenflüche forschen«, fährt Profesor Lorcan fort. Jep, das klingt nach einem Plan für Mission Fluch. »Mehr Ressourcen für Ihre Arbeit, ausgedehnte Unterstützung von mir, sicher auch das

Interesse von Institutionen außerhalb der Academia. Was denken Sie?«

Interesse von außerhalb? Meine Zunge liegt plötzlich wie eine verschrumpelte Alraunenwurzel in meinem Mund. »Ich … ähm … Sicher, dass ich dafür geeignet bin?«

»Ehrlich gesagt bin ich unsicher.« Lorcan verschränkt die Arme. »Sie sind so kleinlaut, demütig und sanft. Aber Ihre Diagnosezauber sind beeindruckend für eine Arkane, die erst vor wenigen Wochen erwacht ist. Ich vertraue Ozerovs Urteil. Er zeigt selten Interesse am Tun anderer Scholares, also sollte ich das wohl als Zeichen sehen.«

Ich nicke noch, da rauscht Atlas schon aus dem Kursraum.

»Ozerov!«, ruft Magister Lorcan ihm hinterher.

Er bleibt stehen.

»Erzählen Sie Magister Dumitrescu nichts davon, dass ich Ihr Interesse als *Zeichen* sehe. Die Genugtuung will ich dem alten Sternenglotzer nicht bereiten.«

»Natürlich nicht«, sagt Atlas in einem Ton, der nach *Wieso sollte ich mit irgendjemandem über so etwas Belangloses reden?* klingt. Dann fällt die Tür hinter ihm zu.

»Sie auch nicht, Scholaris Novotná«, mahnt er.

»Würde mir nicht im Traum einfallen«, fiepse ich und eile zurück an meinen Platz.

Khadija und Ren löchern mich mit Fragen, auf die ich keine Antwort weiß, doch dann kommt die Erlösung in Form einer aufploppenden Nachricht von Atlas auf meinem Handy.

Gut mitgedacht, deine gespielte Unsicherheit. Hättest du direkt zugestimmt, wäre er misstrauisch geworden. Das Treffen bleibt bei 23 Uhr.

Mit eingesogenen Lippen tippe ich mehrere Antwortversuche, doch alle enden mit dem Geständnis, dass ich das nicht absichtlich gemacht habe. Also schicke ich ihm eine Raupe zurück. Ich hoffe, das wird ihm so gegen den Strich gehen, dass er das ganze Gespräch löscht.

Dann klammere ich mich an den Tisch und male mir derart schlimme Szenarien zur Forschungsarbeit und den externen Interessenten aus, dass meine düsteren Gedanken allein das Amulett mit einem zweiten Fluch versehen könnten.

Die antike Standuhr im Präfektzimmer schlägt 23 Uhr. Meine Gedanken verschwimmen so sehr, dass ich mitten im Raum stehe und mich nicht entscheiden kann, auf welchen Sessel ich mich fallen lassen soll.

»Also habt ihr in den letzten drei Tagen unter den Scholares nichts herausgefunden?« Atlas schaut nicht von seiner Alchemia-Hausarbeit auf. Ein Medaillon, das er so manipulieren will, dass es Arcanima fassen kann.

Astra schüttelt den Kopf.

So charmant sie auch war, niemand konnte etwas mit der Beschreibung des Fluchs anfangen. Aber stundenlang mit ihr durch die Academia zu streifen, hatte trotzdem Vorteile. Nicht nur, dass sie mir täglich etwas aus ihrer liebsten Bäckerei mitgebracht hat. Überteuerten Maple Latte, *Trdelník* oder einen frisch gebrühten Mate-Tee. Als wäre ich eine ihrer Freundinnen. Wobei – ich habe noch nie gesehen, dass sie jemand anderem etwas mitgebracht hat. Meine Wangen werden warm. Aber das ist nicht der einzige Vorteil. Ich glaube, je mehr Scholares mich mit Astra sehen, desto eher lassen sie mich in Ruhe. Denn bisher hat mir niemand mein Bett streitig gemacht.

»Hörst du zu, Ellie?« Mathea zieht ihren Mantel enger. Ein rubinroter Plüschmantel, der an ihr nicht wirkt wie ein Bademantel, sondern wie etwas aus einem edlen Cabaret.

Und er sieht so endlos weich aus, als könnte man sich hineinlegen und schlafen.

Astra bugsiert mich auf einen gepolsterten Stuhl. »Ich glaube, sie ist nicht mehr anwesend.«

Mathea wendet sich dem Medaillon unter Atlas' Fingern zu, wo sich Dunstschwaden aus Arcanima ins Metall fressen. »Wie gesagt, dank des Funds zu *Kápsula* wissen wir jetzt in etwa, womit wir es zu tun haben.«

»Aber nicht, *warum* Seymour verflucht wurde«, übernimmt Atlas, als hätten sie wochenlang eine Präsentation einstudiert, »oder wie wir ihn lösen.«

»Ich wette, unser Albtraum-Duo der Recherche hat trotzdem einen Plan.« Astra hopst auf einen Schreibtisch. Atlas' Tisch, mit den akkurat geordneten Büchern und Dokumenten.

Mit gerunzelter Stirn beugt er sich tiefer über das Medaillon. »Nun, damit wären wir wieder bei ihrer Liste von Feinden. Jetzt müssen wir herausfinden, wer von ihrer Liste sie verflucht hat. Dann wissen wir warum – und wie der Fluch gelöst werden kann.«

»Netter Plan.« Astra springt vom Tisch und schnappt Atlas das Medaillon vor der Nase weg, damit er sie ansieht. »Aber *wie* finden wir heraus, wer sie verflucht hat?«

Atlas presst die Lippen aufeinander und ich vertusche ein Schmunzeln als Gähnen. Er hasst es, keine Antwort zu haben.

»Können wir es nicht einfach umdrehen?«, schlägt Mathea vor und die anderen schauen sie genauso fragend an, wie ich mich fühle. Sie seufzt. »Herauszufinden, warum man mich verflucht hat, könnte uns zur Person führen, die es getan hat.«

Atlas nickt langsam. »Wir könnten den Kreis der Verdächtigen so zumindest einschränken.«

Astra klatscht in die Hände. »Dann überlegen wir, welche Gründe es geben könnte. Aber ich glaube, ich muss Ellie jetzt in den Schlafsaal schleppen.«

»Was?« Ich reiße die Augen auf. »Ich hab nicht geschlafen! Und ich kann allein gehen!«

»Trotzdem bringe ich dich.« Sie hält mir die Tür auf. »Bevor es zu Verletzungen kommt.«

»Bisher hat mich niemand verletzt«, entgegne ich. Und verschweige den Vorfall aus Magistra Estradas Kurs, wo man mir die Luft abgeschnürt hat. So wie den einen oder anderen weiteren Vorfall aus anderen Kursen.

»Ich meinte auch eher, dass *du* jemanden verletzt.«

Schlagartig bin ich hellwach. »Ich verletze niemanden!«, fauche ich und stürme nach draußen. Wie kann sie das immer noch von mir denken? Seit Samhain habe ich mich so bemüht, meine Ausbrüche zu kontrollieren. Habe gelernt, meine Kräfte vorsichtig einzusetzen.

»Ellie!«, ruft sie mir hinterher.

Ist es, weil ich versagt habe, als sie mir aufgelauert haben?

Aber ich habe niemanden verletzt. Weder Mathea noch die Verfolger. Und trotzdem sieht sie mich …

Niemand, der dich befreit. Dich liebt. Beschützt.

Das Klirren von Metall auf Metall, schwingende Schlüssel, schrill. Ich presse die Hände auf die Ohren. Meine eigene Stimme, aber fremd. *Vom Examen.*

Ich muss einatmen. Mich beruhigen.

Du gehörst nicht zu uns. Wimmernd presse ich mich in den Schatten einer Statue. *Du solltest verschwinden. Allein sein mit deiner Dunkelheit.*

Nicht die Stimme aus dem Examen.

Jeder Atemzug brennt in meiner Brust. Auf der Haut, meinem Rücken, meinen Armen, im Herzen. Nein, nein, nein!

»Hier versteckst du di-« Astras Stimme bricht ab.

»Ich verletze niemanden!«, schwöre, *flehe* ich, doch es kommt so zittrig heraus, dass die Silben verschwimmen.

»Ich …« Astras Atem geht abgehackt. »Ellie, was …«

Mein ganzer Körper erschaudert. *Was tue ich nur?* Ich muss mich zusammenreißen. Astra darf nicht merken …

Kühle Hände berühren meine glühenden Wangen. Astra dreht mein Gesicht sanft zu sich. »Ich weiß nicht, was los ist, Ellie. Du musst mir –«

Ich zucke weg.

Sie lässt nicht los, aber greift nicht fester zu, sondern folgt mir. »Du musst mir nicht sagen, was los ist! Nur, wie ich dir helfen kann. Nur das, okay?«

»Du bist zu nett, Astra«, kommen ungeplante Worte hervor.

»Für eine Sinistra?« Leise lacht sie, seltsam wacklig.

Aber ihr Lachen erdet mich. Ihre Stimme. Wie von Anfang an. Nicht nur ihre seltsame Kraft, sondern *sie.* »Zu nett zu *mir.*« Mein Kopf glüht.

»Ich glaube nicht, dass irgendjemand *zu* nett zu dir sein kann. Du bist praktisch eine Heilige.«

Bin ich nicht, will ich entgegnen. »Aber wenn du so nett bist, glaube ich manchmal …«, rinnt es stattdessen über meine Lippen. O Gott, wieso habe ich das gesagt?

»Ellie.« Ihre Daumen streichen über meine Wangen. Was, wenn sie … wenn sie auch …?

Obwohl sich nichts schwerer anfühlt, kann ich nicht anders, als in ihr Gesicht zu blicken. Denn ich weiß, ich bedeute ihr etwas, sie hält sich nicht damit zurück, das zu zeigen. Aber *was*? Was bin ich für sie? Eine kleine Schwester? Eine gute Freundin? Oder … mehr?

Bevor ich etwas in ihren Augen lesen kann, haucht sie einen Kuss auf meine Stirn. »Du bist durcheinander.«

Eisiges Grauen erfüllt mich. *Du bist durcheinander.* Sie nimmt meine Gefühle nicht ernst.

»Du brauchst Schlaf.« Sie geht einen Schritt zurück. »Bleib hier, ich sage Atlas, dass er dich in den Schlafsaal bringen soll, und besorge etwas für deine Nerven.«

Sie verschwindet den Gang hinunter, doch das Grauen in meinem Magen bleibt. Ich habe alles falsch verstanden. *Wie konntest du nur glauben, dass ich dich mag, El? Dass irgendwer jemanden wie dich mögen könnte?*

Ich presse die Handballen in meine brennenden Augenhöhlen.

Nicht schon wieder.

14

Mathea

Während Profesorka Hruška Wolle, die sich aus der Tasche ihres Patchworkumhangs entrollt, zu einem unförmigen Knäuel strickt, destilliert der Kurs in Zweiergruppen das Gift aus üppigen Engelstrompetenblüten. Alle auf andere Weise. Manche nutzen Verfahren der Alchemia, manche schicken Magica durch die Membranen und manche nehmen das Gift unbeschadet mit ihren Lippen auf.

»Ich hab dich schon lange nicht mehr über die Bravura reden hören.« Cordelia schaut nicht von unserer Destillierapparatur auf, unter deren bauchigen Rundkolben kein Feuer züngelt, sondern ihre Mágos-Kräfte. Das erste Mal seit Ewigkeiten, dass sie wirklich mit mir spricht.

»Ich kann darüber reden, wenn du doch Interesse hast.« Die Totenkopfschwärmer, die ich zur Übung hergerufen habe, flattern davon. Immerhin habe ich dafür noch genug Arcanima in mir. Auch wenn ich noch immer nicht herausgefunden habe, was genau sie tun können. Und Hruška bleibt in unseren Mentoringstunden seltsam vage.

»Es ist nur …« Sie atmet durch die Nase aus. »Warum wolltest du die Ketten vom Samhain-Ball behalten?«

»Staut sich das seit zwei Wochen in dir auf?«

»Sag doch einfach, was deine Idee ist.«

Ich grinse. »Hast du deine Kette behalten?«

»Mattie!«

»Du willst mit mir zusammenarbeiten, oder? Der Ehrgeiz hat dich gepackt. Meine Worte –«

Sie klatscht die Kette auf den Tisch, ihr Stein wieder milchig weiß. »Sagst du jetzt, was für eine Idee du hast?«

Triumphierend lehne ich mich zurück, aber koste den Moment nicht zu sehr aus, um sie nicht zu verlieren. »Das Thema der Bravura dieses Semesters ist *Arkane Künste in der Gregalen Welt*, richtig?«

»Ich mag das Thema«, seufzt sie. »Wir könnten mit arkanen Fähigkeiten viele Probleme lösen – aber immer mit der Gefahr, dass unsere Existenz entdeckt und bedroht wird. Wege zu finden, wie Arkanes unbemerkt genutzt werden kann, um gesamtgesellschaftliche Probleme der Gegenwart zu lösen, ist so ein spannendes Feld.«

Ich schwenke die Kette vor ihr hin und her. »Wie wäre es, wenn man die Magie der Anhänger nutzt, um ein Warnsystem für gespikte Drinks zu entwickeln?«

Cordelia lässt vom Kolben ab. »Tu das nicht.«

»Gerade in den letzten Jahren haben sich mit Drogen versetzte Getränke als großes Problem herausgestellt, vor allem für FLINTA*, BIPoC und andere vulnerable Gruppen.«

»Verführ mich nicht mit diesen Begriffen«, fleht sie.

»Es geht ja nicht ausschließlich ums Gewinnen. Die Arbeit an sich wäre der größte Gewinn.« Ich lege meine Hand an die Brust. »Und die Freunde, die wir auf dem Weg find-«

»Okay, trag nicht zu dick auf!« Sie gibt mir einen leichten Klaps gegen die Schulter. »Ich bin dabei. Vor allem, weil ich diese sozialbewusste Seite an dir fördern will, damit du nicht als einsame Katzenlady endest.«

»Genau das ist mein Lebenstraum.«

Cordelia wendet sich wieder unseren Engelstrompeten zu.

»So eine wundervolle Idee, Mathea!«, jauchzt Profesorka Hruška. »Mein Fachgebiet sind Gifte, nicht Artefakte, aber ich spreche mit den anderen Dozierenden, um Unterstützung für Sie zu finden!«

»Haben Sie gelauscht?«, platzt es aus mir heraus.

»Sie haben laut in meinem Unterricht darüber geplappert.« Die Profesorka stupst meine Stirn an. »Seien Sie froh, dass wir eine so liberale Einrichtung sind und Sie dafür kein Nachsitzen aufgebrummt bekommen!«

»Keine Universität verhängt Nachsitzen«, murmle ich, während sie davontänzelt. Dann wende ich mich Cordelia zu. »Eine andere Frage. Hast du eine Idee, warum man die Arcanima einer Person unterdrücken wollen würde?«

Sie stiert die Blütenblätter im Kolben an, während sich ihre Magie aufbaut. »Zum Schutz vor einer vermeintlichen Gefahr?« Sie blickt auf. »Geht es wieder um den Fluch?«

»Nur theoretisch«, entgegne ich hastig. »Ich überlege, welche Hintergründe der Fluch hat.«

Cordelia brummt.

»Aber ich *bin* keine Gefahr. Ich habe keine große Macht. Sie ist überhaupt erst so spät erwacht.«

»Woher weißt du, wie lange der Fluch schon auf dir liegt?«, murmelt sie. »Wie lange deine Arcanima unterdrückt wird?«

»Wenn er seit Jahren auf mir liegen würde, hätte ich doch etwas bemerkt.«

»Nicht, wenn er deine Kräfte im Zaum gehalten hat – bis sie durch einen traumatischen Vorfall doch durch die Barriere gebrochen sind. Und er jetzt mit aller Macht versucht, das rückgängig zu machen.«

»Wieso hast du diese Gedanken nicht früher geteilt?«

Sie blickt drein, als wäre ihr das unangenehm. Immerhin. »Weil ich sicher bin, die Dozierenden schätzen es nicht, wenn eine Studentin ihren Senf dazu gibt.«

Ich schüttle den Kopf. Kann nicht einmal sauer sein, weil das so typisch Univerzita ist. »Du solltest dein Licht nicht immer so unter den Scheffel stellen«, murre ich.

»Danke!« Sie ergreift meine Hand.

Natürlich.

Statt ihr zu sagen, dass ich das nicht als Kompliment meinte, krame ich mein Handy hervor und schicke ein Update mit Cordelias Überlegungen in unsere WhatsApp-Gruppe, der Ellie den Namen *Freundschaft ist Magie* und ein Katzenbaby als Profilbild verpasst hat. Angeblich zur Tarnung. Aber sie war viel zu glücklich darüber. Es ist offensichtlich, dass sie den Großteil ihres Lebens nicht viele Freunde hatte. Oder Freiheiten. Ich tippe auf irgendeine ultrareligiöse Aufbringung, aus der sie sich befreit hat. Gut für sie.

Zähneknirschend fixiere ich Cordelias Hände. Konzentration. Ich rufe die kühle Arcanima in mir hoch, bis sich die Totenkopfschwärmer wieder um uns sammeln. Sie bringen mir keine Dinge wie die Zitronenfalter von Profesorka Hruška. Vielleicht, weil mein Wunsch, mir wie eine Disney-Prinzessin Obst und Teeservice von Tieren bringen zu lassen, nicht gerade riesig ist. Aber egal was ich probiere, sie tun auch sonst nichts. Sosehr ich die schwarzen Falter bevorzuge – die Heilmagie der rosa Schmetterlinge von meinem Unfall ist definitiv nützlicher.

Doch die Weinschwärmer erscheinen nie.

Von den Víla-Tänzen, in die Profesorka Hruška mich in der vorletzten Stunde eingeführt hat, will ich gar nicht erst anfangen. Ich weiß nicht, ob ich wirklich so untalentiert bin, ob es eine Frage von Natur versus Umwelt ist oder ob der Fluch bereits zu viel meiner Arcanima verkapselt hat.

Mein Kopf fängt schon wieder an zu dröhnen. Frustriert lasse ich die Hände fallen. Die Totenkopffalter flattern weiter um meine Schultern, als wollten sie mich trösten.

Profesorka Hruška beendet den Kurs und ich schleppe mich an die frische Luft.

Wo Ozerov mit dem Rücken zu mir vor dem See wartet.

Stöhnend kämpfe ich mich durch Matschrasen, schneidenden Wind und tief hängende, kahle Äste, begleitet von den Faltern. Allein sie bei mir zu behalten, verlangt mir einiges ab, aber ich schätze, so halte ich meine arkanen Kräfte fit. Neben Ozerov ziehe ich meinen Mantel enger. »Du weißt schon, was Handys sind?«

Er starrt über das Wasser, die Hände tief in den Taschen seines Capes vergraben. »Vielleicht wollte ich dich sehen?«

»Haha.«

»Ich war in der Gegend. Deine Nachricht hat mich auf eine Idee gebracht. Manche haben Vorbehalte gegen Arkane, die über besonders viele Artes Arcanes gebieten. Zu viel Macht für eine Person. Welche Disziplinen beherrschst du?«

»Kurse belege ich in so ziemlich allen.«

»So läuft das ja bei euch.« Er seufzt. »Ich meine, für welche Artes Arcanes du eine Veranlagung hast.«

»Als Víla vermutlich Natura? Medica wegen meiner heilenden Weinschwärmer, auch wenn die sich seit dem Unfall nicht mehr blicken lassen. Und theoretisch Illusio, wenn ich auch nur einen der Tänze hinbekommen würde, um jemanden zu bannen?«

»Richtig, du hast das Examen nie absolviert.«

Mein Herz macht einen Hüpfer. »Das Examen? Davon hast du schon erzählt!«

Ozerov starrt mich an. »Wieso klingst du so …?«

»Erzähl mir mehr!«

Er hebt die Hände. »Du bist wirklich fordernd, hat dir das schon wer gesagt?«

»Ich weiß, was ich will. Und ich schäme mich nicht dafür, es einzufordern.« Ich streiche mir die Haare hinters Ohr und grinse, weil er sich unter meinem Blick windet. »Aber ich akzeptiere ein Nein.«

»Wir müssen dich in die Spiegelkapelle schaffen, ohne dass Rektorin Sýkorová es mitbekommt.« Auf den Hacken macht er kehrt. »Ellie hat bis halb drei *Alchemia I.*« Er geht nicht einmal auf mein Necken ein. Dann dreht er sich um. »Willst du bis dahin am See erfrieren oder begleitest du mich?«

Es nieselt, als wir auf den schmalen holzgetäfelten Laden zusteuern. *Dáma Liškovás Antiquariat.* Beim genaueren Hinsehen legt der Übersetzungszauber das Wort *Fuchs* über den Nachnamen *Lišková*. Ein arkaner Laden.

Wir quetschen uns durch die Tür und landen zwischen viel zu eng stehenden Regalen, die sich gefährlich unter dem Gewicht der Antiquitäten biegen.

»Das schreit nach einer Klage wegen verletzter Sorgfaltspflicht«, murmle ich.

Ozerov streicht sich das Haar zurück, auf dem Tropfen vom Nieselregen glitzern. »Ich suche nach Material für mein Projekt mit Ellie. Kann ich dich unbeaufsichtigt lassen, ohne dass du mich blamierst?«

Ich rolle mit den Augen und verschwinde in einem der Gänge, während erst Ozerovs Stimme zu mir herüberweht, dann die undeutliche Antwort einer Frau, die wohl die Besitzerin sein muss. Langsam gehe ich die Waren ab. Kreuz und quer liegende Bücher, mit Faden zusammengebundene Schwarz-Weiß-Fotografien, die wohl ausnahmsweise echte übernatürliche Erscheinungen zeigen, Dutzende Teetassen voller Edelsteine mit Preis-pro-Gramm-Schildern. Eine Leiter schwebt herbei, immer wenn ich den Blick zu einem der oberen Regalböden hebe.

Als ich mich unter einem der Physik trotzenden Bücherbögen ducke, entdecke ich Profesor Nekovář. Er nimmt eine silberne Hand der Hamsa aus einem Schaukasten, von der aus eine seltsame Energie bis zu mir wabert.

Ich husche zurück – und pralle gegen Ozerov. Und gegen ein Regal, auf dem angelaufene Phiolen und Kolben klirren.

Nekovář horcht auf.

»Ich dachte, du schaffst es, mich nicht zu blam-«

Hastig presse ich meine Hand auf Ozerovs Mund und schiebe ihn in die Untiefen der verworrenen Gänge. In einer Sackgasse zwischen drei Regalen mit Kristallkugeln auf prunkvollen Metallfüßen halte ich an.

Ozerov zerrt meine Hand von seinem Mund. »Was soll das?«, zischt er und hält meinen Unterarm umklammert. Als fürchte er, ich risse ihm sonst jeden Moment das Cape vom Leib.

»Profesor Nekovář«, erkläre ich augenrollend. Auch wenn sich für einen winzigen Augenblick etwas tief in mir regt, weil seine Finger lang und warm an meinem Handgelenk liegen und es, soweit ich mich erinnere, das erste Mal ist, dass er mich überhaupt berührt. Ohne Handschuhe. »Was, glaubst du, wird er denken, wenn er uns zusammen sieht?«

»Dass eure Univerzita-Taktiken funktionieren und wir uns nach der Verfolgungsjagd durch Prag vertragen haben?«

»Er wird misstrauisch sein! Wenn er mich hier sieht, zwischen Objekten, von denen mir vermutlich jedes dritte einen weiteren Fluch anhängen könnte, und dann auch noch mit *dir* …«

»Mit *mir*?« Er klingt tatsächlich einen Hauch entrüstet.

Ich blicke über die Schulter, um zu überprüfen, ob Nekovář auftaucht, und winke ab. »Du weißt, wie ich das meine.«

»Das weiß ich nicht.«

»Du bist ein Sinistra. Wie er im Buche steht.«

Seine Augen verengen sich. »Darf ich dich daran erinnern, dass ich dir helfe?«

»Das hat dich jetzt nicht ernsthaft verletzt, oder?« Ich starre zu ihm hoch. Ziehe ihn mit dem Arm, den er immer noch festhält, näher. »Ich habe dir sogar schon klar zu verstehen gegeben, dass ich Interesse an dir habe. Reicht das deinem Ego noch nicht?«

»Ein Umstand, den ich noch immer nicht verstehe. Du kannst mich nicht ausstehen.« Ozerov weicht nicht zurück – ein kleiner Sieg. Der Nieselregen von zuvor sollte den Hauch von teurem Parfüm eigentlich von seiner Haut waschen. Es stört mich nicht, dass das Gegenteil der Fall ist.

»Ich finde dich attraktiv und deine Gegenwart halbwegs erträglich.« Ich verlagere das Gewicht. Nicht genug, um ihn zu streifen, aber genug, um ihm klarzumachen, dass wir uns berühren *könnten*.

Seine freie Hand zuckt an seiner Seite. Dann hebt er das Kinn. »Die Hälfte unserer Interaktionen sind Wortgefechte und Meinungsverschiedenheiten.« Hinter seinem hohen Kragen blitzen filigrane tintenschwarze Linien auf seinem Hals hervor. Ein Tattoo hätte ich von ihm nicht erwartet.

»Wie bereits gesagt«, ich ziehe meine Unterlippe zwischen die Zähne, zugegeben absichtlich – aber auch, weil mein Mund ein winziges bisschen trockener ist als sonst, »halbwegs erträglich.«

Er senkt den Blick auf meine Lippen und ich kann ein Grinsen nicht unterdrücken. Will es auch gar nicht, weil er umso faszinierter scheint.

»Hast du deine Meinung geändert?«, frage ich so unbekümmert, dass er mir düster in die Augen sieht. Irritiert, weil ich die Oberhand habe? Weil sein Atem schneller geht als meiner?

Vielleicht verrate ich ihm, dass ich seinen Atem auf meinen Lippen spüren will. Nur damit er sich besser fühlt.

Ich *kann* nett sein. Wenn er mich dadurch länger so ansieht, *will* ich sogar nett sein. Sehr, sehr nett. Und danach vielleicht auch ein wenig ungez-

Schlagartig lässt Ozerov meinen Arm los und richtet seinen Kragen. Habe ich zu viel gestarrt? Ich lehne meinen Hinterkopf an das Regal. Spielverderber.

»Ich sagte bereits, dass ich kein Interesse habe.«

»Eigentlich hast du das nicht. Nicht so deutlich.«

Himmel, jetzt korrigiert er auch noch den Sitz der goldenen Hirschspangen an seinem Cape. »Es ist nicht so, dass du nicht auch … halbwegs erträglich bist.« Ozerov sieht mich an. »Aber deine arkanen Kräfte reichen nicht aus.«

»Zum *Küssen*?«

Seine Hand rutscht von der zweiten Spange ab.

Ich schüttle den Kopf und die Schultern. »Ich bitte dich nicht, gemeinsam mit mir die Weltherrschaft an dich zu reißen.«

Er marschiert aus dem Gang.

Augenrollend folge ich ihm. »Erklär mir einfach, was arkane Kräfte damit zu tun haben, dann hat mein Geist Ruhe und ich kann *dich* in Ruhe lassen.«

»Ich habe mir ein Ablenkungsmanöver überlegt, damit wir deine Artes Arcanes prüfen können.«

»Heißt das, ich soll dich nicht in Ruhe lassen?«

Ozerov fährt zu mir herum, so abrupt, dass der Saum seines Capes die Regale links und rechts streift. »Du bist schrecklich, Seymour.«

Ellie

Mitten in *Alchemia I* platzt Astra ins Laboratorium. Magistra Redferne, eine Warlock mit ellenlanger graumelierter Mähne, in der kein einziges Haar aus der Reihe tanzt, presst ihre schmalen Lippen zusammen. Als sie merkt, wer hereinkommt, strahlt das fahle Rosa ihres Teints plötzlich.

Kann Astra mit jedem verflixten Menschen auf der Welt gut?

Die Dozentin lockt sie heran und Astra stolziert durch die Tische mit den Aufbauten aus Glas und Kupfer, die heute stillliegen. Nur das Gemurmel von verzweifelten Scholares liegt in der Luft. Ich konzentriere mich wieder auf den Amethyst vor mir. Am Anfang dachte ich, zumindest die drei allgemeinen Kurse wären so gestaltet, dass alle bestehen können – aber nein. Arkane, die die Kräfte der Steine nicht nutzen können, haben Pech gehabt.

»Operation Mathea verlangt gleich nach uns.« Astra schwingt sich auf meinen Tisch.

Ich schrecke auf, dann sehe ich wieder auf meinen Amethyst und halte die Hände über ihn.

»Okay.« Ich stelle mir vor, wie Arcanima in den Stein fließt und die Kräfte in ihm verstärkt. Nur weigert sich meine Arcanima, in den Facetten zu verweilen.

Astra zieht ein Knie an die Brust. »Du hast nur noch ein paar Minuten.« Entgegen meiner Hoffnung sagt Magistra Redferne nichts dazu, dass ihr Loafer mit den silbernen Schlangen als Schnalle auf dem Tisch steht.

»Danke«, presse ich durch schmale Lippen. *Amethyst. Energie. Irgendwie dafür sorgen, dass meine Arcanima sich nicht wieder zurück in meinen Körper drängt.*

»Es braucht nur ein wenig Konzentration.«

Meine Arcanima zischelt wie ein Stromschlag zu Astra. »Willst du, dass ich durch die Prüfungen falle?«

Grinsend leitet sie die verirrte Magie an sich vorbei. »Nur, dass du mehr als ein Wort zu mir sagst. Und bis zu den Prüfungen am Semesterende hast du noch genug Zeit.«

»Aber in zwei Minuten entscheidet sich, ob man mich als begabt genug sieht oder mich heute Nacht aus meinem Bett schmeißt. Ich rede mit dir, sobald ich weiß, dass ich heute Nacht ein Auge zubekomme.«

»Dann bin ich beruhigt.« Ihr Blick wird sanfter. Was schlimmer ist als ihre Nerverei. So erinnert sie mich an gestern Nacht. An die Dinge, die ich gesagt habe. Ihre Reaktion. Dass ich *durcheinander* sei.

Ich blende sie aus. Dann geht es plötzlich ganz schnell. Magie schimmert in den Facetten des Steins und ich befehle ihr, nicht zu mir zurückzukehren. Sie gehorcht. Der Amethyst verbreitet sein Leuchten. Ich atme die Anspannung aus.

»Wer hätte vor einem Monat gedacht, wie weit du heute gekommen bist? Ach richtig. *Ich.*« Gut gelaunt springt Astra vom Tisch. »Meinst du, ich kann als Talentscout arbeiten, wenn ich zu alt bin, um Mitglied in einem arkanen Team zu sein? Klar, bis ich zu klapprig bin, dauert es noch mindestens –«

Magistra Redferne klopft auf den Tisch. »Die Zeit ist um.«

Astra schnappt sich meinen Amethyst, spaziert zur Magistra und knallt ihn auf ihr Pult. »Ellies funktioniert!«

»Wenn Sie das sagen, Scholaris Ozerov.«

Astra kommt wieder zu mir, während Magistra Redferne die Steine der anderen prüft. Seltsamerweise scheinen alle Steine zu funktionieren. Verwirrt sehe ich Astra an. »Vor ein paar Minuten war der halbe Kursraum am Verzweifeln.«

»Allianzen, Erpressung, eingelöste Gefallen«, erklärt Astra. »So bestehen die meisten Sinistras. Merk dir das für die Abschlussprüfungen.« Sie schwingt sich meine Pilztasche über die Schulter, deren Gurt viel zu kurz für sie ist, und spaziert los. »Steht mir das?«

Lachend folge ich ihr, ihren Rucksack auf den Schultern, der mir bis in die Kniekehlen hängt.

Vor der Tür warten schon die anderen. Atlas auffällig griesgrämig und Mathea ungewöhnlich heiter.

»Was ist passiert?«, frage ich.

»Nichts.« Murrend geht Atlas den Flur hinunter.

Wir folgen ihm und Mathea beugt sich zu mir. »Ich glaube, er ist traurig, dass seit einer Stunde niemand nachgefragt hat, was sein großer Plan ist.«

»Warum hast du nicht gefragt, wenn er so traurig war?«

»Ich hatte wichtigere Fragen.«

Ich eile an Atlas' Seite. »Lass dich nicht von Mathea ärgern! Ich glaube, sie mag dich, deshalb neckt sie –«

»Ihr müsst einen Kampf im Styk anzetteln.« In einer verlassenen Ecke hält er an.

»Astra und ich?«

»Das reicht nicht.«

Peninnah, Valix, Khadija und Ren treten in ihren Capes um die Ecke wie eine Schar Raben.

»Danke für euer Erscheinen«, wendet Atlas sich an die vier. »Aber auch das reicht noch nicht, um Rektorin Sýkorová auf den Plan zu rufen. Wir brauchen noch –«

»Moment mal.« Mathea runzelt die Stirn. »Wie hast du es geschafft, eine Schar Sinistras zu mobilisieren? Und *wann*? Wir waren die ganze Zeit zusammen.«

»Da gibt es diese magische Technik, mit der man anderen über Kilometer hinweg zu jeder Tageszeit Gedanken und Nachrichten übermitteln kann.« Atlas schwenkt sein Handy – in der langweiligsten schwarzen Hülle, die ich je gesehen habe – vor ihrer Nase.

»Und sie haben sich einfach so bereit erklärt, mir zu helfen? Ohne Hintergedanken?«

Peninnah verschränkt die Arme. »Das geschieht sicher nicht aus Herzensgüte oder Sympathie. Wir alle schulden Atlas und Astra mehr als einen Gefallen.«

Richtig. Allianzen, Erpressung, eingelöste Gefallen. Es fällt mir nicht schwer zu glauben, dass ausgerechnet die beiden die meisten Gefallen einholen.

Pfeifend betrachtet Astra unsere Gruppe. »Fühlt sich gerade noch jemand wie …«

»Der Winx Club?«, rate ich.

»Iason und seine Argonauten?«, schlägt Mathea vor und Atlas wirft ihr einen undeutbaren Blick zu.

Astra rollt mit den Augen. »Die Avengers, meinte ich.«

»Wer ist das?«, fragen Mathea und Atlas gleichzeitig.

Dann leuchtet die Erkenntnis in Matheas Augen auf. »Von diesen banalen Marvel-Filmen, oder?«

»Astra hat mich gezwungen, den ersten zu sehen. Ich schätze, diese sogenannten Avengers treten später auf?«

Astra verdreht stöhnend die Augen.

Ist eigentlich noch niemandem außer mir aufgefallen, wie gut Mathea und Atlas zueinander passen?

Oh. *Peninnah* ist es aufgefallen. Sie schürzt die Lippen und betrachtet Mathea vom Pony bis zu den Spinnennetzstrümpfen in schwarzen Mary Janes.

Vielleicht ist es für sie doch keine ›beidseitig zweckdienliche

Geschäftsbeziehung‹. Mein Herz verkrampft, gleichzeitig kann ich nicht anders, als auf Matheas Seite zu sein. Nein! Ich bin auf niemandes Seite!

»… erklären sich vielleicht bereit, zum Styk zu kommen. Wenn ihr versprecht, dass niemand ernsthaft zu Schaden kommt und den Rest des Semesters Kämpfe anzettelt«, endet Mathea.

Ich schrecke auf.

Peninnah zieht eine Schnute. »Wo bleibt denn da der Spaß?«

»Ist es nicht genug Spaß, den Univerzita-Teil des Styk zu zerlegen?«, entgegnet Mathea.

Valix legt den Arm um Peninnah. »Es ist kein Wochenende. Da können wir es *etwas* ruhiger angehen lassen, oder?«

Ich verknote die Hände. Ein Handgemenge zwischen einem Dutzend Sinistras und Dextras auf dem einen friedlichen Gebiet der beiden Pfade. Was kann schon schiefgehen?

Es stellt sich heraus, dass einiges schiefgehen kann.

In erster Linie, dass sich praktisch alle Dextras und Sinistras dem vorgetäuschten Gemenge anschließen, bis es nicht mehr vorgetäuscht ist. Womit vorab seltsamerweise niemand gerechnet hat.

Ich weiche einer Liane aus, die auf mich zu peitscht und an meiner Stelle eine der geradlinigen Tischlampen der Academia-Hälfte zu Boden schleudert.

»Ellie, hier!«, ruft Astra mir hinter einem umgestürzten Marmortisch zu. Ihre Augen funkeln.

Oder alle außer mir haben es geahnt. Darauf gehofft.

Denn da alle anderen ernsthaft kämpfen, bleibt uns Eingeweihten nichts übrig, als mitzumachen.

Geduckt husche ich an einer Werwölfin vorbei, die den Elfen Bob am Kragen schüttelt. Seine Freundin, die Meerfrau, springt brüllend auf den breiten Rücken der Sinistra, bis diese von Bob ablässt. Alles ist so ein Durcheinander, dass ich nicht wüsste, wem genau ich helfen soll.

Keuchend taumle ich hinter den Marmortisch, wo Peninnah, Khadija, Valix und Ren mit Astra hocken. Astra, die lacht.

»Alles läuft völlig aus dem Ruder!«, japse ich.

»Tut es nicht. Kaum jemand setzt ernsthaft arkane Kräfte ein. Das hier ist einfach eine Art … Barschlägerei.«

Eine Schwadron Bücher zischt über unsere Köpfe hinweg und bleibt in der Marmorwand stecken wie Wurfmesser.

»Was für Bars besuchst du?«, keife ich.

»Ich nehme dich am Wochenende gern mit.« Astra richtet sich halb auf und feuert Flammenbälle zurück.

»Du wirst jemanden verletzen!«

»Entspann dich, ich ziele nur auf die Bücher.«

»Die Bücher?«, schnaubt Peninnah. »Lass das nicht deinen Bruder hören.«

»Würde ihn nicht stören. Er weiß, dass sie nicht verbrennen können.« Der Marmortisch steigt in die Luft und Astra zerrt mich am Arm weg.

Ein paar Meter vor uns dreht Cordelia ihre ausgestreckten Hände nach außen und die Marmorplatte bricht sauber in der Mitte. »Hört auf euch zu verstecken, ihr elenden Lügner! Dieses Debakel ist *eure* Schuld!«

Wir finden hinter einem Bücherregal Deckung.

»Warum ist er es eigentlich, der sich den Spaß entgehen lässt«, keucht Peninnah, »um bei dieser Späterwachten das Examen durchzuführen? Was ist das zwischen ihnen?«

»Bist du eifersüchtig?« Mit einem Schwenk ihres Arms lässt Astra sämtliche Bücher aus dem Regal stürzen und zu einer Barriere aufeinanderfallen. »Oder kannst du sie einfach nicht leiden?«

Ein breitschultriger Dryade, dessen Arme zu peitschenden Weidenzweigen wachsen, stürmt auf uns zu.

»Ich *kann* sie leiden.« Mit ihren Overknees stampft Peninnah auf und der Boden reißt von ihrem Absatz aus auf. Der Dryade stürzt in den Spalt. »Weshalb ich mich um ihr Wohlergehen sorge. Jemand mit ihrem Sinn für Mode sollte wohlauf bleiben. Aber sie ist recht … schwach, oder?«

»Lass das Atlas' Sorge sein.«

Peninnah sieht Astra an. »Hast recht. Er hatte ja auch nie Schwierigkeiten, ungewollte Avancen abzuschmettern.«

»Können wir bitte nicht über das Liebesleben meines Bruders reden?« Astra deutet ein Würgen an.

Eine bildhübsche Dextra mit goldenen Schwingen schwebt um die Ecke. Sie neigt den Kopf wie eine Eule, als sie uns erblickt. Dann verengt sie die Augen.

»Ich dachte, Harpyien gehören zu Sinistras Pfad?«

»Keine Harpyie, eine russische Alkonost«, erklärt Astra. »Keine Sorge, im Gegensatz zu ihrem Gegenstück, den Sirin, sind sie anderen wohlgeson…«

Astras Worte verschwimmen, denn die Alkonost spricht zu mir. Mit der süßesten Stimme, die ich je gehört habe. »Bitte hört auf zu kämpfen.«

Ich erhebe mich, ebenso wie Peninnah, Ren und Valix. Muss näher zur Alkonost.

Khadija und Astra halten uns an den Capes zurück.

Ich zerre daran, so wie die Stimme an meinem Herzen zerrt. Eine Gruppe Elfen mit gebleckten Zähnen kommt näher, doch was können die mir schon anhaben? Alles wird gut, wenn ich nur weiter der wunderschönen Erscheinung lausche.

»Hab vergessen, wie es ist, wenn man nicht immun gegen Verführungszauber ist«, presst Astra hervor, während sie mich fester hält. »Khadija, die Ehre gebührt ganz dir.«

Tränen steigen in meine Augen. Wieso will Astra mich von der Alkonost trennen?

Khadija stößt Ren und Valix zu Boden. »Nichts lieber als das.«

Dann hebt sie die Hände, Rauch steigt auf und trägt sie höher zu meiner Königin, meiner Göttin, meiner –

Khadija stürzt sich auf sie und ich schreie vor Wut und Schmerz. Dann verklingt die Stimme der Alkonost.

Schlagartig stelle ich meine Gegenwehr ein. »Was …«

Astra zerrt uns drei hinter sich her, weg vom Kampf in der Luft zwischen Khadija und der Alkonost. »Ohren zuhalten!«, bellt sie – keine Sekunde zu früh.

Klatschend landen meine Hände auf meinen Ohren, sodass die melodische Stimme der Alkonost nur dumpf durch sie hindurchdringt.

Wir bahnen uns einen Weg durch die kämpfenden Scholares, brennende Stühle und zersplitterte Äste der Univerzita-Bäume, bis wir außer Reichweite sind.

»Warum seid ihr immun? Du und Khadija?«, keuche ich.

»Arkane mit ähnlichen Fähigkeiten weisen oft eine höhere Widerstandsfähigkeit gegen diese Kräfte auf.«

»Noch immer keine Magistrae!«, knirscht Peninnah. »Wenn das so weitergeht, liegt der ganze Styk in Schutt und Asche, bevor Rektorin Sýkorová ihr Büro verlässt.«

Ich packe Astra am Arm. »Wieso bist du immun, aber ich nicht? Wir sind beide –«

Astra schüttelt sich frei. »Ich glaube, wir haben gerade Wichtigeres zu tun, oder?«

»Ich verschaffe uns einen Überblick.« Ren streckt seine Krähenflügel aus, deren Federn mir in Gesicht, Augen, sogar Mund landen, dann steigt er in die Höhe. Er verschafft sich einen Überblick und wendet sich dann wieder uns zu. »Wie wäre es, wenn wir versuchen den Sinistra-Spiegel zu zerstören?«

Valix zuckt mit den Schultern. »*Das* kann Rektorin Sýkorová nicht ignorieren.«

»Wieso nicht den Spiegel der Univerzita?«, mault Peninnah. »Unserer ist so viel hübscher.«

Astra rollt die Schultern. »Weil sie der Univerzita-Spiegel nicht juckt. Zerstört die Univerzita allerdings *unser* arkanes Artefakt –«

»*Sie* zerstören es doch aber nicht!«, beschwere ich mich.

»Ellie, ernsthaft?« Astra schüttelt den Kopf. Dann sieht sie zu Ren. »Schaffen wir das zusammen?«

»Ich lasse den Spiegel fallen und du schwächst seine Schutzbarriere.«

»Klingt nach einem Plan!« Astra prescht los, Ren parallel zu ihr in der Luft.

Rat- und atemlos verharre ich neben Valix und Peninnah. Schon wieder weicht Astra diesem Thema aus. Die seltsame Fähigkeit, die sie besitzt.

Peninnah beugt sich näher zu mir. »Ich kann dir Astras Geheimnis verraten.«

Geheimnis? Ich kralle meine Finger in die Handflächen. Wie sie andere dazu bringt, sich ihrem Willen zu beugen – nicht mit Charme, sondern mit Magie. Aber auch, wie sie bei unserer ersten Begegnung mit dem Kuss den Ausbruch meiner Kräfte stoppen konnte. Wie es ihr, ausgerechnet *ihr*, etwas peinlich schien, darüber zu reden. Ihre mysteriöse Auseinandersetzung mit Atlas.

»Das von ihr und Atlas«, fährt Peninnah fort.

Ich starre Astra an, die mit Ren den Spiegel der Sinistra von der Wand zerrt, noch immer ihr Grinsen auf den Lippen. Eine Warlock, die mit allen gut kann, immer im Mittelpunkt steht. Offenherzig ist.

»Die beiden sind –«

»Nein, warte!« Ich schlage ihr eine Hand vor den Mund. Am liebsten wüsste ich alles über Astra. Besonders die vermutlich wenigen Dinge, die sie nicht offen nach außen hin zeigt. Aber … »Wenn, dann will ich es von ihr hören.«

Peninnah zieht grinsend meine Hand weg. »Das ist wirklich herzallerliebst. Und ziemlich mutig, so deutlich zu machen, was du für sie empfindest. Langsam verstehe ich, was sie so an dir mag.«

»Ich habe *nicht* deutlich gemacht, was ich für sie …« Meine Ohren glühen und ich zwinge mich, sie nicht unter meinen Händen zu verbergen.

»Ich kanns kaum abwarten, Astra davon zu erzählen!«

»Peninnah!«, quietsche ich. »Du kannst Astra nicht erzählen, dass ich – Ich meine, es wäre nicht die Wahrheit, dass –«

»O fuck!«, bellt Valix.

Peninnah und ich hasten an seire Seite. Eine Gruppe Dextras aus Mágos, Dryaden und anderen Arkanen stampft mit grimmiger Mimik auf Astra und Ren zu.

»Hm«, macht Peninnah, »*die* sehen wie die Avengers aus. Sogar einen Groot haben sie dabei.«

Ich presche vor, die Hände zu Fäusten geballt.

»Auch herzallerliebst, wie du zu ihrer Rettung eilst!«, ruft Peninnah mir hinterher.

Ich renne nur schneller. Zu viele Meter zwischen mir und ihr. Selbst für Astra sind – fünf, sechs, nein, sieben Arkane von Dextras Pfad – eine Nummer zu hoch.

Die Dextras heben ihre Hände, während Astra immer noch fluchend am Spiegel zerrt, den Rücken zu ihnen.

Ein Energieblitz jagt auf sie zu.

»Astra!«

Sie dreht sich zu mir, ohne zu zögern. Zu mir, nicht zu den Angreifern. Und ich bin zu langsam.

Sieben Arkane sind nicht zu viel für dich, Ellie.

Ich beiße die Zähne zusammen und entfessle die Dunkelheit.

Sie explodiert um mich herum, eine Schockwelle aus roher Arcanima. Der Blitzangriff prallt von Astra ab und schlägt in eine der Marmorstatuen ein.

Sie zerspringt in tausend Splitter.

Damit hätten sie sie fast getroffen.

Schlitternd komme ich vor ihr zum Stehen. Spüre ihren Blick in meinem Nacken, während ich die Hände hebe, pulsierende Energie in mir, so viel, so frei, so *perfekt*.

»Keinen Schritt näher!«, brülle ich.

Die Dextras weichen zurück.

Erleichterung durchspült mich. Aber neben ihr, *in ihr*, auch ein einziger Gedanke.

Sie haben es nicht verdient zu fliehen.

Alles an mir erstarrt zu Stein. Ich ordere meine Arcanima zurück und sie fährt so schnell in mich, dass ich fürchte zu zerspringen wie die Statue zuvor.

Ren landet vor mir, die Augen aufgerissen. »Wenn Sýkorová jetzt nicht kommt, bringt der Spiegel auch nichts.«

Astra dreht mich an der Schulter zu sich herum. Ihr Grinsen, so breit, wie ich es noch nie zuvor gesehen habe, vertreibt die Dunkelheit und löst mich ein wenig aus der Starre. »Du gehörst zu uns, Ellie, eindeutig!«

15

Mathea

Im altehrwürdigen Speisesaal aus Ebenholz und Goldverzierungen stecken so viele Sinistras über halb aufgegessenen Schalen Gulaschsuppe und golden ausgebackenen Kartoffelpuffern namens *Bramboráky* oder Hausarbeiten die Köpfe zusammen, dass meine Anwesenheit nicht herausstechen sollte. Ich bin nicht einmal die Einzige, die keine Uniform trägt, obwohl sie das zu Unterrichtszeiten eigentlich sollten. Gut für mich, denn Sýkorová darf nicht merken, dass ich hier bin, während all die Studierenden, die mit mir das *Compendium Maledictum* stehlen wollten, den Kampf im Styk anzetteln.

Ich dachte, Cordelia und die anderen sind mir aus dem Weg gegangen, weil sie wegen des Einbruchs sauer auf mich waren – aber sie haben so schnell zugestimmt, dass sogar ich begreife, dass sie ein schlechtes Gewissen hatten. Menschen sind seltsam. Mir schwant, dass ich nicht einmal den Waffenstillstand mit den Sinistras hätte herausschlagen müssen, damit sie helfen. Aber so haben wir alle etwas davon und ich stehe nicht in ihrer Schuld – keine Hilfe, sondern ein fairer Handel.

Ozerov deutet auf den Teller mit *Bramboráky* vor mir, über denen man, wenn man genau hinschaut, die Zutaten in blassen Buchstaben schweben sieht. »Auch wenn die Küche noch immer nicht auf meine Beschwerdeschreiben reagiert hat und ernährungsphysiologisch optimierte Kost anbietet, solltest du etwas essen. Damit du nicht gleich zusammenklappst.«

»Ich kann vor einer Prüfung doch nichts essen!«

Unter dem Tisch tritt er auf meine wippenden Füße, dann runzelt er die Stirn. »Ist dir klar, dass man normalerweise nicht aus Vorfreude auf eine Prüfung den Appetit verliert?«

»Hast du etwa Prüfungsangst?«

»Kann ich nicht sagen. Vielleicht, wenn ich je einen Grund dafür hätte.«

Ich rolle mit den Augen. »Natürlich.«

Ozerov richtet sich auf. »Rektorin Sýkorová verlässt die Academia.«

»Woher weißt du das überhaupt?«

Er springt auf. »Wir haben nicht ewig Zeit.«

Ich folge ihm gemächlich. Sicher renne ich ihm nicht hinterher. Weder mit diesen Absätzen noch ohne. »Du und Astra könnt die Arcanima anderer spüren, oder?«

»Wenn du das schon weißt, wieso fragst du dann?«

»Welche Antwort wäre dir lieber? Dass ich mir wünsche, du würdest mehr von dir preisgeben – oder dass ich wissen will, wie eure Fähigkeit im Detail funktioniert?«

Er schnaubt. »Die Arcanima aller Arkanen ist einzigartig. Kleine Variationen, anhand derer man sie unterscheiden kann. Wie eine Handschrift. Wenn ich mit der Arcanima einer Person vertraut bin, kann ich sie unter Hunderten aufspüren.«

»Du bist quasi ein Labrador Retriever.« Ich lächle zuckrig, was er ignoriert. »Also, was erwartet mich gleich?«

»Jede der sechs Prüfungen findet in einer Spiegelwelt statt. Astra hat Ellie einen Karneol geschenkt, weil sie so Panik hatte, aber das bringt gar nichts. Die Magie der Spiegel lockt jede Veranlagung hervor, sei sie noch so schwach.«

»Wie kommt es, dass du mir nie etwas schenkst?«

»Ich schenke dir einiges an Geduld.« Ozerov hält mir die Glastür zum Vorraum der Spiegelkapelle auf.

»Also muss ich in den Spiegeln rumzaubern?«

»Du musst *rumzaubern*«, wiederholt er indigniert, »wenn du unsere uralten arkanen Kräfte so nennen willst.«

»Es gibt keinen schriftlichen Teil?« Enttäuschung macht sich in mir breit. Ich brilliere in schriftlichen Prüfungen.

Auf der engen Wendeltreppe zum Spiegelsaal dreht er sich kopfschüttelnd zu mir um. »Dein Prüfungsfetisch ist bizarr.«

Ich kann ihm direkt in die Augen sehen, weil er zwei Stufen unter mir steht. »Nehmen wir mal an, im Examen stellt sich heraus, dass ich viele Artes Arcanes beherrsche. Und nehmen wir an, wir lösen den Fluch.«

Seine Hand verkrampft um das Geländer.

»Würde das etwas än-«

Eine Tür knallt auf. »… eine verdammte Balgerei im Styk.«

Ozerov zieht mich an Arm und Taille nach unten, bis wir am Geländern kauern. »Magistra Estrada«, zischt er.

Halb auf den Stufen zu hocken, halb zu liegen, ist nicht gerade gemütlich. Aber irgendwie landen meine Beine zwischen seinen, meine Hand in seinem Cape und seine Finger pressen in meine Taille, sodass ich zu ihm hinabgrinse. »Das Schicksal scheint uns in solchen Situationen sehen zu wollen.«

Er bewegt sich nur einen Hauch, um mich anzusehen. »Glaubst du an Schicksal?«

»… nein«, muss ich zugeben.

Seine Mundwinkel zucken, irgendwie überlegen. »Dann ist es einfach eine Reihe unglücklicher Zufälle.«

»Können wir weiter?« Ich blicke auf seinen Oberschenkel, wo unsere Hände liegen, seine um mein Handgelenk geschlungen. »Oder willst du länger in diesem *unglücklichen Zufall* verharren, obwohl deine Magistra seit Minuten weg ist?«

»Ich dachte, wenigstens diese Gefälligkeit kann ich dir erweisen«,

Ozerov richtet sich auf, »wo du schon damit leben musst, niemals in den Genuss des Gesamtpakets zu kommen.«

Lachend folge ich ihm die Treppe hinunter. Tagsüber sieht der Spiegelsaal anders aus als an Samhain. Wärmer, sakraler, aber nicht weniger beeindruckend. »Wer hat ihn erbaut?«

Ozerov führt mich zu einem der sechs Ölgemälde. »Nadežda Sinistra, die –«

»– Begründerin des Pfads der Linken Hand.«

Er nickt. Dann hebt er die Hände und ein Flimmern in der Luft lässt die Ölfarbe der Gemälde zerfließen.

Ich starre in den Spiegel, der vor mir freigelegt wird. »Details unterscheiden sich von der echten Welt.«

»Wer sagt, dass die andere Welt nicht auch echt ist?«

Ich drehe mich zu ihm. »*Ist* sie es?«

»Ist das eine ernst gemeinte Frage oder willst du mich lediglich vorführen?«

»Bei all deinen Defiziten muss ich gestehen, dass du eine wahre Quelle des Wissens bist, also …« Mein Ton ist wenig ernst, eher neckend.

Ozerov greift sich in den Nacken. »Die Zeit rennt.« Die Geste, eine Metapher, wie er sie sonst nie verwendet – er ist verlegen. Wegen des Lobs. Die Information speichere ich mir ab. Er deutet zum Spiegel. »Der Spiegel der Magica.«

»Was soll ich –«

Mein Spiegelbild reicht mir die Hand.

»Faszinierend«, murmle ich und strecke meine ebenfalls aus. Es zieht mich *in* den Spiegel. Unter dem Rauschen des Sogs bin ich mir nicht sicher, ob Ozerov leise lacht oder ob ich es mir nur einbilde. Dann schwillt das Rauschen ab und ich stehe mir selbst in einer versilberten Variante des Spiegelsaals gegenüber. Es ist kühl, das Licht diffus, weder Tag noch Nacht. Zwischen uns liegen Gitterstäbe – ich bin gefangen.

»So viele Wege, dich zu befreien.« Die andere Mathea lässt einen

Schlüssel vor meinem Gesicht baumeln. »Sprenge die Gitter. Öffne das Schloss mit Willenskraft. Miss deine Magica mit mir, verzaubere mich, verfluche mich, bis ich dir den Schlüssel gebe. Oder löse den Bann, der dich einsperrt.«

Ich drehe mich zu Ozerov, der auf der anderen Seite des Spiegels steht. »Kannst du mich hören?«

Er schüttelt den Kopf und deutet auf seine Augen. Also nur sehen. Und er wusste trotzdem, was ich gefragt habe. Wieso sieht er nicht, wie wir in gewissen Aspekten harmonieren? Dass uns das entgegenkäme, wenn er und ich –?

Ich drehe mich um. Nicht während einer Prüfung. *So* gut sieht er auch nicht aus.

»Du kannst es nicht?«, fragt mein Spiegelbild.

Ein Wirbeln ergreift mich, ich verschmelze mit dem Gitter – dann stolpere ich in die echte, warme Kapelle. »Ich konnte es überhaupt nicht versuchen!«

Ozerov hebt die Hand. »Die Spiegelmagie weiß, ob du Magica beherrschst oder nicht. Sie täuscht sich nicht.«

»Aber –«

»Der Spiegel der Illusio«, übertönt er mich und schreitet zum nächsten Spiegel.

Mit knirschenden Zähnen trete ich vor ihn und werde hineingesogen. Wieder steht mir mein Spiegelbild gegenüber.

»Lass mich *fühlen*«, spricht es. »Ob Furcht oder Liebe, Gram oder Verzückung. Zeig mir, was nicht da ist. Ich will weinen, lachen, schreien.« Da ist ein Sog, der nach meiner arkanen Energie greift. Die Magie der Spiegel. »Lass mich sehen, was andere belustigt. Lass mich wahre Liebe spüren.« Es fühlt sich wie an Samhain an, als ich das erste Mal meine Kraft bewusst eingesetzt habe. Nur hundertfach stärker. »Pflanze eine Erinnerung an mein Kind, das ich nie gebar. Werde zu einem *Scheusal*.«

Illusio. Bannkreise der Vílas fallen darunter.

Ich arbeite die ersten Schritte des Víla-Tanzes ab, die Hruška mir unter größter Verzweiflung ob meiner Unkoordiniertheit eingeflößt hat. Oh, richtig, sanfte Armbewegungen. Doch noch bevor ich auch die einbauen kann, rauscht meine Magie aus meinen Fingerspitzen. Sie wabert als schimmernder Nebel um mich und mein Spiegelbild. Dann bricht die andere Mathea in Tränen aus. Sie starrt um sich, wo ich vage Umrisse einer Szenerie erkenne, die sie verzücken lässt. »Danke!«, wispert sie so emotional, dass ich einen Schwall Fremdscham verspüre. Kann man von Fremdscham sprechen, wenn das eigentlich ich selbst bin?

Etwas reißt an mir und stolpernd lande ich zurück in der Realität.

Ozerov geht zum anderen Spiegel. »Wie war es?«

»Eine schriftliche Aufgabe wäre mir lieber gewesen.« Ich eile an seine Seite. »Gibst du mir zumindest eine Note?«

»Die Spiegelwelt wirkt sich erstaunlich wenig auf dich aus. Andere kommen verwirrter zurück. Ein gutes Zeichen.«

»Also … ein Sehr-Gut mit Sternchen?«

»Ein *dobře*. Im besten Falle. Du hast ewig gebraucht.«

Ich zucke mit den Schultern. »*Dobře* heißt gut, oder? Damit kann ich leben.«

Seine Mundwinkel zucken schon wieder. »Vor *dobře* kommt *velmi dobře* – sehr gut – und *výborně* – exzellent.«

»Wie bitte? Nur die drittbeste Note?«

»Der Spiegel der Natura.«

Während der nächste Spiegel mich in seine silbrige Kapelle saugt, verschwimmt Ozerovs Gesicht. Die Andeutung eines verwischten halben Grinsens ist seine schlechte Bewertung trotzdem beinahe wert. Etwas in mir entscheidet, dass ich ihm irgendwann ein klares, echtes Grinsen entlocken muss. Nur um zu wissen, ob ich es kann.

Aber erst mal das hier. Denn die gespiegelte Kapelle steht in Flammen. Meine Haut glüht – kann ich mich verletzen oder ist das eine Illusion?

Ein Hirsch mit flammendem Geweih und mein Spiegelbild nähern sich mir. »Du wirst brennen, Mathea.«

Natura. Das muss ich als Víla beherrschen!

»Zügle das Feuer. Lösch es mit Wasser. Erstick es mit Erde. Verwehe es mit Luft.« Die andere Mathea verbrennt. Nett. Eine Vorschau dessen, was mit mir geschieht? Oder soll mir das Angst einjagen? »Lass die Pflanzen dich schützen. Lass den Hirsch dich forttragen.«

Ein Sog zerrt an meinem Inneren.

Und eine Schar Totenkopffalter umringt mich. Dutzende, Hunderte, Tausende. Sie flattern mit ihren Flügeln, bis sie das Feuer verwehen, ihr Summen zu laut, zu viel. Doch vor Ozerov halte ich mir sicher nicht die Ohren zu.

Dann schickt mich die Magie zurück. Mein Herz schlägt lauter und fester. *Zwei Prüfungen bestanden.* Ich stolpere in den echten Saal und meine Knie geben nach.

Bevor ich auf den Boden knalle, umfasst Ozerov meine Arme. »Bitte fang nicht wieder von Schicksalswinken an.«

Ich schiebe seine Hände fort und haste zum nächsten Spiegel. Energie trommelt durch meine Adern. Ich bin nicht schlecht im arkanen Kram – es liegt offensichtlich am Fluch.

»Der Spiegel der Kosmologia. Bedenke, dass kaum jemand –«

Ich werde hineingezogen, kann es kaum erwarten, mich wieder zu beweisen. Wenn es sich immer so anfühlt, arkane Kräfte zu wirken, verstehe ich, warum alle anderen freiwillig an der Univerzita studieren. Sobald der Fluch gelöst ist, finde ich vielleicht selbst Gefallen daran. Wäre vermutlich doch interessanter als Steuerber-

Überall Weiß. Endlose Weiße und Leere. Das ist neu.

»Sorge dafür, dass wir wieder vereint sind.«

Ich drehe mich, warte auf mehr. Doch sie sagt nichts. Und ich fühle keinen Sog in mir, sosehr ich mich auch anstrenge. Ich werde durch das Nichts zurückgeschleudert.

Ein Gewicht sackt in meinen Magen. *Das* war dann wohl ein Ungenügend.

»Wie gesagt, niemand beherrscht alle Artes Arcanes«, erklärt Ozerov, bevor ich die Zähne auseinanderbekomme. »Kosmologia erst recht nicht. Schon vier der sechs sind für manche ein Grund für Argwohn.«

Wortlos schleppe ich mich zum nächsten Spiegel.

»Divinatio«, sagt Ozerov. »Seymour, selbst wenn du nicht –«

Ich werfe mich praktisch ins Spiegelglas. Übelkeit schwappt in mir hoch, so schnell werde ich hineingezogen. In der Spiegelwelt bin ich allein.

»Finde mich«, fordert meine Stimme. »Ganz gleich, ob du spürst, wo ich bin, in meinen Gedanken liest, wo ich mich verstecke, in der Zukunft siehst, wie du mich entdeckst.«

Okay, Konzentration. Vier Artes Arcanes wären okay. Noch ist nichts verloren. Vílas könnten geschärfte Sinne haben, diese feine Wahrnehmung für die Seelen anderer. Ich lege die Magie in mir offen, damit sich der Sog daran bedienen kann.

Doch nichts passiert.

Bis ich wieder in die Realität gezogen werde. Ich knalle auf den Knien auf und rapple mich keuchend auf alle viere.

»Das hier ist nur *eine* Spur«, meint Ozerov. »Sie hat nichts ergeben, dann folgen wir einer anderen.«

Ich kämpfe mich ganz hoch, presse meine Fäuste an meine Oberschenkel und wandere zum letzten Spiegel.

»Du musst nicht weitermachen. Ob zwei oder drei Artes Arcanes ist egal. Beides ist Durchschnitt, nichts wofür man verflucht werden würde.«

Durchschnitt.

Wir wissen immer noch nicht, warum ich verflucht wurde. Sind dem Fluchwirkenden nicht näher. Einer Heilung nicht näher.

Begleitet von Ozerovs leisem »Spiegel der Medica« presse ich meine Handflächen ans Glas und werde eingesogen. Denn wenn ich zumindest drei statt zwei Artes Arcanes beherrsche, würde ich mich nicht ganz so mies fühlen. Dieses Gefühl, das ich kurz vor meinem

Nahtoderlebnis zum ersten Mal gespürt habe. Mir geschworen habe, nie wieder zu spüren.

Im silbernen Raum komme ich wieder auf den Knien auf und ein Schrei lässt mich aus meinen Gedanken aufschrecken.

Vor mir bäumt sich mein Spiegelbild auf dem Boden auf, doch eine weitere Mathea flößt ihr grüne Flüssigkeit ein. Das Schreien wird lauter und Blut rinnt aus ihrem Mund.

Ich kämpfe mich hoch, dann zu den beiden vor.

Mein Spiegelbild huscht zurück. »Vergilt, was ich ihr angetan habe. Wenn du es *kannst*. Vergifte mich. Mach mich krank. Verändere mich, bis ich –«

»Schon verstanden!«, knurre ich sie an und sinke neben mein sich windendes Spiegelbild.

»Es tut so weh«, jammert es. »Hilf mir, bitte!«

Ich kann das. Los. Die rosa Schmetterlinge rufen.

Doch nichts passiert.

Leere breitet sich in mir aus, als ich zurückgeholt werde. Zwei bestandene Prüfungen. Durchschnitt. In der Realität klammere ich mich an der Wand fest. Meine Schultern beben, ich kann es nicht unterdrücken.

»Seymour …«

Ich wirble zu ihm. »Wehe, du bemitleidest mich jetzt!«

»Ich bemitleide …« Seine Stimme verliert sich. Zumindest lügt er mich nicht an.

»Du musst sehr glücklich sein. Eine Konkurrentin weniger«, speie ich und marschiere davon. Ich weiß, meine Wut richtet sich gegen den Falschen. Das macht es schlimmer. Ich verhalte mich kindisch, obwohl ich es besser weiß.

O Himmel. Ächzend werfe ich den Kopf in den Nacken. Ich werde mich bei ihm entschuldigen müssen.

Nach einem seltsamen, vagen Traum erwache ich mit einer Erleuchtung. Ich muss mit Atlas sprechen. Mit pochendem Herzen grapsche ich nach meinem Handy. Sieben Uhr. Nur einen Moment zögere ich. Ozerov macht sicher schon Kontrollgänge, korrigiert Hausarbeiten oder beschwert sich in der Küche über die suboptimale Zusammenstellung des Essensangebots, also kann ich ihn anrufen. Doch er geht nicht ran.

Ich lasse mein Handy sinken. Nach gestern kann ich ihm nicht einfach schreiben, als wäre nichts vorgefallen. Also springe ich aus dem Bett, sammle mein Make-up und wahllos frische Klamotten auf, bevor ich die Leiter hinunterklettere. Cordelia schläft und von Ursula fehlt jede Spur. Gut, denn nach dem Kampf im Styk, für den es kaum Konsequenzen gab, außer dass sie dort alles aufräumen und reparieren mussten – ein Klacks mit Magie –, haben sie mich den ganzen Abend belagert. Es war, als hätten alle unterdrückten Fragen der letzten Zeit auf einmal rausgemusst.

Draußen erklingt ein Klatschen und eine perlmuttern schimmernde Flosse taucht über der Wasseroberfläche des Sees auf, grazil und gleichzeitig kräftig. Da ist ja Ursulas Spur. Ich habe sie noch nie in dieser Form gesehen. Ihr Haar gleitet hypnotisierend durchs Wasser, zur Abwechslung nicht in Space Buns oder einer anderen verspielten Frisur. Ich schüttle den Kopf, eile ins Bad und putze mir die Zähne. Kein Wunder, dass Seefahrer so oft von Sirenen berichten. Bei Gelegenheit sollte ich Ursula fragen, ob Sirenen etwas anderes sind als Meermenschen, aber jetzt –

Es klopft.

Cordelia murrt und ich stecke den Kopf aus der Badtür.

Ozerov. Jedes Haar und Kleidungsstück makellos, als hätte er nicht gerade den Petřín hochkraxeln müssen. Durch Novemberwind und Nebelschwaden. Natürlich.

Ich starre mich im Spiegel an. Wirre Haare, Zahnpastamund, Überreste von Mascara und Eyeliner um die Augen. So kann ich nicht vor ihn treten. Das wird er mich nie vergessen lassen.

»Seymour!« Wieder klopft er.

»Öffne endlich die Tür!«, knurrt Cordelia und flucht dann so düster und kreativ, dass ich befürchte, ich habe gleich den nächsten Fluch an der Backe.

Scheiß drauf. Es ist nur Ozerov, nicht der Direktor von Harvard. Ich spucke die Zahnpasta aus, klatsche mir Wasser ins Gesicht, stürze zur Tür und reiße sie auf.

»Morgen!«, flöte ich mit meinem sarkastischsten Lächeln.

Er starrt mein Gesicht an – komm schon, ich bin ungeschminkt und ungekämmt, nicht an Drachenpocken erkrankt –, dann mein weites T-Shirt mit dem Print eines frühen Covers von Mary Shelleys *Frankenstein*, bis sein Blick nur den Bruchteil einer Sekunde an meinen Beinen hängen bleibt, bevor er wieder hoch zu meinem Gesicht wandert. Da ist etwas Unlesbares in seinem Blick. »Wie … niedlich.« Er sagt das, als meine er unbedarft, schwächlich, harmlos.

»Ich weiß, dass das nicht als Kompliment gemeint ist.«

»Es ist eine objektive Beobachtung.«

Wir starren uns an, diese seltsame Wer-zuerst-wegschaut-verliert-Nummer.

»Ich habe eine Idee«, platzen wir dann gleichzeitig heraus.

Ozerov bedeutet mir, zuerst zu sprechen.

»Das Examen konnte auf meine Magie zugreifen, trotz der Verkapselung, richtig?«

Etwas in seinem Blick blitzt auf. »Das habe ich auch gedacht.«

»Gibt es einen Weg, das zu nutzen?«

»Wir müssten es erforschen. Und an jemand anderem als dir testen. Ich habe bereits ein paar Bücher ausgeliehen –«

»Natürlich.« Deshalb sieht seine Tasche aus, als wöge sie fünf Kilo.

»Wir schlafen nicht alle bis in den späten Vormittag.«

Cordelia grummelt. »Es ist sieben Uhr dreißig, du eingebildeter, hobbyloser Morastspaten!«

Ozerov zieht eine Braue hoch.

»Fühl dich geehrt, das war noch nett.« Einen Moment schweigen wir, dann seufze ich. »Entschuldige mein Verhalten gestern. Das Ergebnis des Examens ist nicht deine Schuld.«

»Dein Verhalten angesichts der Lage war nur verständlich.« Er sagt das im Ton eines Tierforschers, der abnormales Verhalten bei Honigbienen beobachtet.

»Morgeeeen«, flötet Ursula komplett sarkasmusfrei und spaziert nackt und triefend an uns vorbei. »Es war so cool gestern mit deinen Freunden, Atlas!«

Ozerov würdigt ihr nacktes Hinterteil, an dem sich die letzten schimmernden Schuppen zurückbilden, keines Blickes. Er runzelt nur die Stirn. »Sicher, dass du keine Nixe bist?«

»Bis gerade mochte ich dich.« Ursula wirft sich einen Bademantel über. Den sie offen lässt. »Aber nenn mich noch *ein* Mal Nixe und das ändert sich!«

»Die Drohung widerlegt meine Vermutung nicht«, raunt er. Dann blickt er pointiert auf mein Haar. »Ist das dein neuer Look und wir können los?«

»Ich brauche noch einen Moment.«

»Ich warte draußen und schaue, wie die Schutzmagie der Univerzita funktioniert. Du hast zwanzig Minuten, dann weiß die Academia alles über eure Schutzvorkehrungen.«

ELLIE

»Du hast einen Tag lang *Kápsula* studiert und konntest ihn jetzt schon bei Astra anwenden?«, frage ich Atlas.

Er nickt, während er den Stuhl unter der Werkbank im Pulverturm hervorzieht.

»Wieso löst du nicht die Verkapselung bei Mathea? Wenn du das nach einem Tag hinbekommst, wieso nicht auch –«

»Ich werde das nicht tun.«

Ich schüttle den Kopf. »Du bist viel –«

»*Du* hast die Verbindung zu Seymour. Und ich kann nicht die Magie des Spiegels studieren *und* meine Entkapselungskünste trainieren.«

»Aber –«

Astra greift nach meinem Arm. »Frag ihn nicht weiter danach«, flüstert sie. So sanft ist sie sonst nie zu ihrem Bruder. Wieso bei diesem Thema?

Mathea lehnt sich an die Werkbank, direkt neben Atlas. »Soll ich bei der Recherche helfen?«

»Wir können nicht beide in einem Buch lesen.«

Sie tippt seinen Stuhl mit dem Knie an. »Wir könnten, wenn du rutschst.«

»Das hättest du wohl gern.«

»Hätte ich wirklich.«

Astra runzelt die Stirn. »Flirten sie?«

»Ich denke nicht«, flüstere ich zurück.

»Wir flirten *nicht*«, grummelt Atlas.

Mathea grinst. »Wir flirten ein *bisschen.*«

Atlas murrt etwas, das ich nicht höre, und dann sind die beiden in eine Diskussion verwickelt.

»Also. Entkapselung?«, fragt Astra.

Ich bin nicht gerade glücklich darüber, dass schon wieder sie als Versuchskaninchen herhalten muss. Aber sie setzt so viel Vertrauen in mich. Etwas in mir will ihr beweisen, dass es gerechtfertigt ist.

Der Wind bläst seit Mittag immer stärker und rattert an den Holzbalken des Pulverturms. Es beruhigt mich. Wie ein stürmischer Nachmittag im Wald, wenn die Blätter rauschen und kommender Regen schwer in der Luft hängt.

Mit geschlossenen Augen atme ich ein und murmle die Inkantation. Dann lasse ich meine Magie in Astras Inneres tasten. Als ich die Augen öffne, schwebt ein Abbild ihrer Arcanima vor mir, sodass ich sehe, wo die Verkapselungen sind und wo ich meine Magie hinschicke.

»Du musst vorsichtig und präzise vorgehen«, erklärt Atlas.

Ich nicke. Zarte Magiefäden, verwoben wie ein seidenes Spinnennetz. Stark, aber auch so leicht einzureißen.

»Berühre sie so wenig wie möglich. Am besten gar nicht.«

»Was passiert sonst?« Sachte webe ich meine Magie um ihre. Halte inne, weil Atlas schweigt, statt zu tun, was er so gern tut: eine Erklärung herunterrattern.

»Ich bin nicht sicher, ob du das hören willst«, meint er schließlich.

»Es hilft mir, vorsichtiger zu sein, wenn ich es weiß.«

»Stell dir die Magiefäden wie eine Art DNA-Helix vor. Schon die kleinste Mutation kann verheerende Auswirkungen haben.«

»Wie Menschen und Schimpansen zu 99 Prozent die gleiche DNA haben, aber das eine Prozent sorgt für so viele Unterschiede?«

»Nicht *so* viele Unterschiede, in manchen Fällen«, murmelt Mathea, die ihre Falter auf einem Balken aufreiht. Keiner von beiden hat über das Examen gesprochen – was wohl heißt, dass es nicht gut gelaufen ist.

»Wenn du Magie veränderst«, fährt Atlas fort, »kann niemand die Folgen voraussagen. Ein Prozent würde vielleicht dafür sorgen, dass man seine Kräfte verliert. Aber bei zehn oder zwanzig Prozent? Du könntest eine Art genmutiertes Monster erschaffen. Verschrobene, entsetzliche Magie.«

Ich schlucke.

»Gut, dass Ellie mich zu sehr mag, um einen arkanen King Kong aus mir zu machen«, meint Astra heiter.

Richtig. Sie glaubt an mich.

Mit neuem Elan – und neuer Vorsicht – navigiere ich durch ihre

Magiefäden und die Kugeln, die Atlas zuvor verkapselt hat. Es sollte einfach sein. Deutlich einfacher als Matheas Fluch-Verkapselung.

Doch sosehr ich sie mir als Eierschale vorstelle, die ein Vogelschnabel durchbricht, es tut sich nichts. Minutenlang, gefühlt stundenlang.

Irgendwann umfasst Astra meine Schultern. »Mach eine Pause.«

Mein Atem geht schwer. »Ich bin nicht sicher, ob ich das lernen kann.«

»Du musst. Und wenn wir jeden Tag üben.«

Wir üben wirklich jeden Tag. Mehrmals. Bis meine Arcanima an ihre Grenzen kommt und die Erschöpfung hinter meinen Schläfen hämmert. Die Kurse werden wieder schlimmer. Niemand macht Anstalten, mein Bett zu stehlen, aber Magie immer auf Sparflamme zu wirken, ebnet den Weg für Spott und Feindseligkeiten. *Ich tue es für Mathea.* Das sage ich mir immer wieder, auch wenn ich weiß, dass ich es vor allem für mich tue. Es nimmt mir das Gefühl, mit dem Studium von Sinistras Pfad einen Fehler zu begehen. Die Dunkelheit in mir, die ich zulasse, hege und stärke – sie hilft jemandem.

Als nach einer weiteren Sitzung im Pulverturm mein ganzer Körper zittert, verlegt Astra unser Lager in meine Wohnung in Nový Svět. Außerhalb des Wirkkreises von Magistra Sýkorová, aber wärmer.

Astra entzündet den Ofen mit einer Handbewegung und schmeißt sich mit dem Buch über *Kápsula* auf mein Tagesbett. Währenddessen koche ich mit dem abgepackten Zeug, das Mathea auf meine Küchenzeile geknallt hat, einen Tee. Atlas baut auf meinem kleinen Schreibtisch seine Bücher, Notizen und Schriftrollen auf und macht sich ans Werk. Als ich allen ihre Tasse gereicht habe, sinke ich zu Boden, mit dem Rücken an mein Bett gelehnt.

»Hier ist noch Platz«, erklärt Astra.

»Ich sitze gern auf dem Boden«, murmle ich.

Mathea studiert Atlas' Bücher. »Sieht nach Mathe aus.«

»Es ist keine Mathematik. Ich suche einen Weg, die Magie der Spiegel und die *Kápsula*-Auflösung zu verbinden. *Solve et coagula* ist nicht grundlos das Motto der *Academia Sinistra.*«

»Löse und verbinde«, übersetzt Mathea. »Eine alchemistische Formel, nicht wahr? Der Prozess des Analysierens, des Auflösens einer Eigenschaft und das anschließende Zusammenfügen zu einem besseren Ergebnis.«

»*Solve et coagula* wird in der Arkanen Welt nicht nur für die Alchemia genutzt. Mit ihr kann neue Magie entwickelt werden. Was in unserem Fall schwierig ist, weil *Kápsula* temporär ist – die Wirkung der Spiegel jedoch permanent. Du bist mit den drei Säulen des Arkanen vertraut?«

»Vage.« Mathea lehnt sich vor. »*Jádro*, das, was in uns ist. Die Arcanima sowie der Wille und der Instinkt, Magie zu wirken. *Tělo*, Bewegungen und körperliche Merkmale. Und *Slovo*, Inkantationen, Gesang oder Geschriebenes.«

Das nennt sie sich *vage* auskennen? Ich schlucke, denn ich bin mir nicht mal sicher, davon je gehört zu haben.

Atlas studiert Mathea, als denke er genau das Gleiche. Nicht, dass er davon noch nie gehört hat, sondern dass er beeindruckt ist. Dann räuspert er sich. »Nicht immer sind alle drei Säulen notwendig. Bei *Kápsula* und der Spiegelmagie schon. Sie basieren auf sehr komplizierten Kombinationen von Jádro, Tělo und Slovo. Vor allem Slovo. Mit Syntax und Semantik, die –«

»Es ist also eher wie Informatik? Programmieren?«

»Magieverwebung ist nicht wie …« Atlas runzelt die Stirn. »Nun gut. Es *ist* wie Programmieren. Ich habe zwei Quelltexte für zwei Programme, die ich kombinieren will. Aber viele Variablen werden in beiden Texten unterschiedlich verwendet. Gleichzeitig sind beide in völlig unterschiedlichen Programmiersprachen verfasst. Und für die schwierigere fehlen die Anmerkungen der Programmiererin. Magistra Sýkorová.«

»Verstehe«, murmelt Mathea und scannt all die Texte.

»Ich verstehe gar nichts«, beschwere ich mich.

Atlas blickt angestrengt zu Decke. »Es ist, als verwöbe man zarte Seidenfäden mit …«

»Draht?«, schlägt Mathea vor.

»Eher Baumstämmen.«

Ich schüttle den Kopf. »Das ergibt keinen Sinn.«

»Eben.« Atlas kreist mit den Schultern. »Die Säulen dieser Magien passen zusammen wie Seidenfäden und Baumstämme.«

»Seidenfäden passen sehr gut zu Baumstämmen«, murmle ich. »Spinnenfäden zum Beispiel.«

Astra rollt sich auf den Rücken und stupst meine Stirn an. »Das war eine Metapher, Ellie.«

Atlas blättert hastig durch seine Zettel. »Nein, sie hat recht! Wenn ich *Kápsula* und die Spiegelmagie nicht verwebe wie gleich große Fäden eines Stück Stoffs, sondern …« Er findet ein leeres Stück Pergament und kritzelt drauflos.

»Kommt da noch was?« Astra bleibt liegen, ihr Kopf neben meinem. Wenn ich nicht so müde wäre, würde ich mir vermutlich mehr Gedanken machen. Aber so überkommt mich nur das vage Verlangen, meinen Kopf an ihren zu lehnen. Dem ich nicht nachgehe.

Mathea lässt sich neben sie aufs Bett sinken. »Er verwebt die Inkantationen nicht – er spannt die Teile des einen zwischen die Verästelungen des anderen Zaubers. Wie Spinnweben zwischen Äste.«

Das lässt mich wacher werden. »Ich habe einen neuen Zauber erfunden?«

»*Ich* erfinde einen neuen Zauber«, korrigiert Atlas. »Du hast nur …« Er verliert sich wieder in seinen Gedanken.

Mathea grinst. »Ich glaube, du kannst dich seine Muse nennen.«

Etwas klappert und ich schrecke auf.

»Ich bin so weit.« Atlas legt seinen Füllfederhalter beiseite.

Noch immer sind wir in meiner Wohnung. Mondlicht scheint durch das Fenster herein. Jemand hat mir die Teetasse aus den Händen genommen und eine Decke über mich gelegt.

»Klasse«, murmelt Mathea. »Jetzt komm schlafen.«

Atlas blickt über Mathea und Astra, die kreuz und quer auf meinem Bett liegen. Astra mit dem Kopf noch immer neben mir, die Augen geschlossen, ausgestreckt wie ein Seestern, und Mathea am Fußende, zusammengerollt wie eine Katze.

»Ganz sicher nicht«, schnaubt Atlas. »Wir müssen meine Inkantation testen, bevor wir sie an Subjekten anwenden.«

»Subjekte?« Mathea gähnt, aber rappelt sich auf.

Ich muss kichern. »Du gähnst wie eine Katze. Niedlich.«

»Bin ich nicht«, beschwert sie sich.

»Was ist mit mir?« Astra reckt jetzt doch den Kopf. »Bin ich auch niedlich?«

Atlas kommt ans Bett. »Du bist eine 1,87 Meter große, Volleyball spielende Warlock.«

»Eine *niedliche* 1,87 Meter große Volleyball spielende Warlock?«

»Du warst schon mit sechs Jahren nicht mehr niedlich.« Atlas zerrt an ihr. »Könnt ihr euch zusammenreißen? Ich muss die Inkantationen verweben und dafür –«

»Uhh, der Teil ist nett.« Astra rappelt sich hoch. Mathea und ich setzen uns auch aufrecht hin – zumindest halbwegs.

»Ihr müsst dafür sorgen, dass keine Magie nach außen dringt. Solange der Zauber ungetestet ist, kann er verletzen – oder den Arkanen Rat auf uns aufmerksam machen. Wir benötigen einen *Zahrazovat*-Bann.«

»Was bedeutet *Zahrazovat*?«, fragt Mathea.

Richtig, sie spricht kein Tschechisch.

»Eindämmen«, erklärt Atlas. »Ein Bannkreis, den Nadežda Sinistra entwickelt hat, um Magieexperimente räumlich zu begrenzen.

Astra wird den Großteil erledigen, aber sie braucht eure Arcanima.« Sein Blick huscht zu Mathea, als wolle er sie fragen, ob sie sich dazu in der Lage fühlt. Doch er sagt nichts. Und nach einem Blinzeln bin ich unsicher, ob es wirklich passiert ist.

Astra stellt sich mit ausgestreckten Armen in eine der Ecken. »Wir bilden ein Dreieck um Atlas.«

Mathea folgt ihrer Anweisung.

Ich hingegen trotte an meinen Platz und strecke widerwillig die Hände aus. »Ist das hier … illegal?«

Astra murmelt die Inkantation in der seltsamen Sprache des Verbindungsschwurs.

Atlas tritt in die Mitte zwischen uns. »Nicht per se. Man braucht nur eine Erlaubnis vom Arkanen Rat.«

»Die wir haben?«, frage ich, während Energie aus meinen und Matheas Händen in sanftem Bogen zu Astra gleitet. Schimmernd und fragil wie eine Seifenblase, die wächst, bis sie uns als Kuppel umgibt.

»Noch nicht. Profesor Lorcan holt sie jedoch für unser Forschungsprojekt ein.«

Astra schnaubt. »Was wollen wir mit einer Erlaubnis, wenn die Testphase schon längst durch ist?«

»Nun, Ellie und ich können schwerlich einen illegal erprobten Zauber als Bravura-Projekt vorführen, oder?«

Mathea versteift sich und es herrscht zwei Wimpernschläge lang Stille. »Du benutzt meinen Fluch als *Bravura-Projekt*?«

»Ich dachte nicht, dass es dich stören würde. Wo du doch selbst ein so fantastisches Projekt auf die Beine stellst?« Atlas hebt die Arme und murmelt eine Inkantation. *Seine* Inkantation. Doch nichts passiert. Er beugt sich über die Notizen auf dem Tisch und kritzelt ein paar Änderungen dazu. »Außerdem habe ich dir gesagt, dass ich nicht dir helfe, sondern aus eigenem Interesse am Fluch arbeite.«

O Gott. Arme Mathea! Er muss wirklich nicht so auf ihren Gefühlen herumtrampeln und dazu noch ihre Lage ausnutzen! Wut kocht in mir hoch, doch bevor ich den *Zahrazovat*-Bann brechen kann, um Atlas für seine Taktlosigkeit zusammenzufalten, schnaubt Mathea.

Amüsiert.

»Gut gespielt, Ozerov. Aber das Motto der Bravura dieses Semesters ist *Arkane Künste in der Gregalen Welt.*«

Zurück in der Mitte hebt Atlas wieder die Arme. »Du arbeitest noch am Projekt für *dieses* Semester?«

Es knistert in der Luft zwischen den beiden, aber nicht die Art von Knistern aus Tatianas Romanen.

Matheas Hände zucken. »Gut für dich, dass du deinen Bedarf nach einem ausgedehnteren Zeitplan so gut kennst.«

Ein Muskel in seinem Kiefer hüpft. Noch auffälliger, als Astra leise lacht. Doch dann landet sein Blick auf einer Stelle zwischen ihnen und er murmelt die abgewandelte Inkantation. *»Gilageth ur Namidhe.«*

Weißgoldenes Licht bricht aus seinen Fingerspitzen.

»Askarith ur garded ni Aearin.«

Wie flüssiges Gold beim Gießen durch schmale Rinnen im Boden fließt, bildet es Kreise in Kreisen in Kreisen, deren Ränder von Runen gesäumt sind.

»Heißt das, es funktioniert?« Mathea beobachtet die geraden Linien, die von den Kreisen ausgehen und an deren Enden sich neue geometrische Formen bilden. Geradlinig und perfekt, beinahe technisch. Es ist atemberaubend.

Astra und Atlas nicken. Sie sehen aus, als wären sie selbst aus der weißgoldenen Magie geformt.

»Aber ich kann die Inkantation noch immer nicht anwenden«, werfe ich ein. »Nicht einmal die normale Entkapselung.«

Atlas lässt die Hände sinken und die Magie verblasst. »Du musst weiterüben. Und Seymour sollte ihre Kräfte sammeln und sich ausruhen, bis es so weit ist.«

»Ich kümmere mich um Ellies Training.« Astra schlingt ihren Arm um Atlas' Schulter. »Und du hilfst Mathea.«

»Ich sollte Ellie die Inkantation beibringen, schließlich –«

»Ellie muss die Verkapselungen in *mir* lösen. Und glaubst du wirklich, dass Mathea sich ohne Aufsicht entspannt?«

Mathea

»Ohh, du hast dich so chic gemacht!«, ruft Ellie von Weitem, als ich am nächsten Abend am Pulverturm ankomme.

»Ich habe mich nicht chic gemacht.«

Sie deutet auf mein Outfit. »Diesen Tüllrock habe ich noch nie an dir gesehen. Dazu Spitzenhalsband und Lackstiefel?«

Ich würdige das keiner Antwort.

Astra und Ozerov treten aus dem Turm, in eine Diskussion versunken, die sie erst beenden, um mich zu begrüßen.

Ellie stiert von mir zu Ozerov. Dann bohrt sie ihm den Ellbogen in die Seite. »Sag etwas zu Matties Outfit!«

»Wie bitte?«

»Mach einfach!«, zischt sie.

Nicht die Augen verdrehen. Nicht tief einatmen. Nicht vor diesem Kindergarten wegrennen.

Ozerov lässt den Blick über mich gleiten. »Viel Schwarz.«

Ellie zieht einen Schmollmund und ich muss fast grinsen.

»Du weißt, dass das hier kein Date ist?«, ermahne ich sie stattdessen. »Ihr sagt, ich soll mich vor dem Lösen des Fluchs entspannen. Genau das tue ich.«

Astra zieht eine Augenbraue hoch. »Weiß einer von euch beiden überhaupt, wie man sich entspannt?«

»Für gewöhnlich verbringe ich Zeit *allein*«, betone ich.

Ozerov nickt. »Dito.«

Astra schnaubt. »Das funktioniert ja offenbar fantastisch.«

»Ihr könntet ins Kino gehen!« Ellie zappelt. »Das Kino Světozor zeigt seltsame Arthouse-Filme, das könnte was für euch sein! Mit der Tram sechs Minuten entfernt. Von der Jindřisská nur eine Station fahren!«

Astra schmunzelt. »Hast du für sie Date-Ideen gegoogelt?«

Stöhnend mache ich auf dem Absatz kehrt. »Lass uns bitte einfach gehen, Ozerov.«

Er holt auf, während Ellie uns lauthals viel Spaß wünscht.

»Hast du eigentlich auch etwas anderes zum Anziehen als deine Uniform?«, seufze ich. »Nicht gerade unauffällig.«

»Ich bin gut darin, zwischen Gregalen unterzugehen.« Mit seinem hinter sich herflatternden Cape sticht er vor dem Nachthimmel hervor wie eine Marmorstatue. Zweifelhaft, dass es einen Ort gibt, an dem er zwischen anderen untergeht.

Auf dem Weg öffne ich die Webseite vom Kino Světozor.

»Du willst da wirklich hin?«, fragt Atlas.

»Hast du eine bessere Idee?«

»Ich schätze nicht.«

An der Haltestelle mitten im Stadtteil Nové Město erwischen wir eine der Trams, die alle zwei Minuten fahren. In der ruckelnden Bahn stehen wir uns gegenüber. Ich betrachte sein ausdrucksloses Gesicht. »Du musst das nicht machen. Wir können uns beide etwas Besseres vorstellen als eine Zwangsverbannung in ein Kino.«

»Nein, sie haben recht.« Er hebt das Kinn. »Ohne meine Überwachung würdest du wer weiß was tun. Du kannst nicht still sitzen und andere machen lassen. Und ich verpfusche mein Bravura-Projekt nicht wegen eines Abends.«

»Na dann, tausend Dank für deine Aufopferung.«

Die Tür der Tram öffnet sich und ich springe auf die Straße, gefolgt von ihm. Das Kino Světozor liegt in einer Passage, die aussieht, als wäre sie in den Siebzigern erbaut wurde, inklusive Leuchtbuchstaben über dem Eingang. Im Saal, der nur aus Beton und minimalistischen Lichtinstallationen besteht, finden wir schnell unsere Plätze.

»Ich bin wirklich kein großer Kino-Fan«, flüstere ich. Aber mein Blick fällt auf seine langen Beine, die er ein bisschen zu sehr anwinkeln muss, als dass es gemütlich sein kann. Seine Knie sind sehr nah an meinen. Vielleicht ist nicht alles hieran übel. Obwohl. Er starrt stoisch geradeaus und sitzt da mit seiner perfekten Musterknabenhaltung. Ich sollte mir keine Hoffnungen machen, dass der Abend eine willkommene Wendung nimmt.

Ich ertrage die Vorschau, indem ich die bleichen Knöchel seiner Hand auf seiner Anzughose studiere. Die Art, wie der Saum seines Hemds genau an der richtigen Stelle seines Handgelenks endet. Garantiert maßgeschneidert.

Dann werden die Lichter gedimmt. Also los, entspannen, den Film durchstehen, nicht vor Langeweile sterben.

Ozerov beugt sich so unerwartet näher, dass ich den Atem anhalte. »Ich wüsste vielleicht etwas Besseres«, streicht seine Stimme über mein Ohr.

Die Lichter hier sind heller, aber nicht viel. Dafür ist es ruhiger und die Luft riecht nach Papier, Staub und Tinte. Vor allem Staub.

Eine Bibliothek.

Atlas Ozerov hat mich in eine verdammte Bibliothek gebracht, um dem Kino zu entkommen, und mir verboten, etwas anderes als leichte Unterhaltungsliteratur auszuwählen. Jetzt kann ich die Augen erst recht nicht von ihm abwenden. Besonders, weil er die tschechische Ausgabe von *Farm der Tiere*, die ich ausgesucht habe, um zu testen, ob ich sie dank der Magie des Fundus lesen kann, anscheinend als leichte Unterhaltungsliteratur akzeptiert.

Wir finden einen abgelegenen Tisch mit zwei altbackenen Sesseln. Sobald wir nebeneinandersitzen, starre ich ihn über den Rand des Buches hinweg an. Er krempelt die Ärmel seines Hemdes hoch. Zum *Lesen*. Verdammt. Zwei meiner Schwächen auf einmal.

»Was liest du überhaupt?«, frage ich und will mir sein Buch schnappen, um den Titel zu lesen und meine Gedanken in eine anständigere Richtung zu lenken.

Nur, dass er das Buch ein Stück vor mir wegzieht, wodurch meine Finger seinen Arm streifen. Ich will sie zurückziehen – aber er umfasst mein Handgelenk.

»Hilf mir weiter«, murmle ich. »Machst du das, damit ich dich nicht noch mehr berühre – oder damit ich nicht loslasse?« Ich starre schon wieder seine Arme an. Nicht so durchtrainiert wie die seiner Volleyball spielenden Schwester, aber er hat perfekte Haut mit dieser Andeutung von Sehnen, Muskeln und sich sanft abzeichnenden Adern. Wie viele Bücher er wohl jeden Tag trägt?

Ozerov lässt mich los, als hätte ihm die Berührung einen Stromschlag verpasst. Nett. Aber dann atmet er langsam durch die Nase aus. »Ich weiß es nicht.«

Oh? Ich beiße mir auf die Unterlippe und sehe mich um.

Niemand sonst ist hier, also neige ich den Kopf. »Gibt es etwas, das funktionieren würde?«

Ozerov blickt drein, als wüsste er die Antwort auf die Frage eines Examens nicht.

»In der Univerzita meintest du, sie würden nicht funktionieren. Meine *Avancen*.«

Er umklammert das Buch fester und die Adern auf diesen nervtötend hübschen Armen stechen noch mehr hervor.

»Würdest du es vorziehen, wenn ich auf schüchtern täte?«

Ozerov presst die Lippen fester zusammen, aber das verbirgt nicht, dass er schneller atmet.

Als hätte ich alle Zeit der Welt, nehme ich ihm sein Buch ab, dieses Mal, ohne ihn zu berühren. »Oder soll ich deutlicher werden?

Dir sagen, dass ich mich nicht auf mein Buch konzentrieren kann, wenn du …«, ich lese den Titel *Die Lotterie*, »so vertieft in eine meiner liebsten dystopischen Kurzgeschichten bist?«

»Seymour«, warnt er rau.

Ich studiere sein Gesicht. Er ist am Zug. Wenn er will. Doch offenbar will er nicht. Also stehe ich auf, etwas zu abrupt, und winde mich umständlich zwischen Sessel und Tisch hervor. »Ich wollte dich nicht –«

Das Buch schlägt auf dem Boden auf. Weil er aufspringt und meine Hüften umklammert. »Bist du sicher, dass das eine gute Idee ist?«

Ich spüre seine Finger durch die Lagen meines Rocks sowie die Kante des Tisches an den Rückseiten meiner Oberschenkel. Die Nervenenden meiner Haut singen.

Ich wüsste Dutzende Entgegnungen. Aber während ich mich näher an ihn presse, lasse ich nur ein leises »Ja« über meine Lippen gleiten. Ich bin nur leicht alarmiert, dass es wie ein atemloses »Bitte« klingt.

Ozerov atmet scharf ein. »Du bist wirklich schrecklich.«

»Das denke ich meistens auch über dich. Aber jetzt gerade mag ich dich ziemlich gern.«

Seine Finger gleiten tiefer. Zum Saum meines Rocks. Meine Knie zittern und weil es viel zu früh ist, dass er das mitbekommt, gleite ich auf die Kante des Tisches. Er hilft mit, anscheinend ganz instinktiv – dann hält er inne. »Willst du das hier definitiv?«

»Muss ich dir erst verraten, wie oft ich mir bei unserer Recherche vorstelle, dass du mich endlich gegen eines der Bücherregale –«

»Das ist keine Antwort auf meine Frage.« Seine Daumen, mit denen er in seinem Leben vermutlich Tausende Buchseiten umgeblättert hat, geistern über die Stelle zwischen Rock und Oberschenkeln und schicken eine Welle der Elektrizität durch mich hindurch. Erinnern mich hinterlistig daran, wie schnell er die Oberhand gewinnen könnte – wenn er nur wollte.

»Du bist vielleicht noch wissbegieriger als ich, oder?«

Ozerovs Pupillen weiten sich.

Ich grinse, atme seinen Geruch ein, der so viel besser ist als der der Bibliothek. »Magst du es, wenn ich dich dafür lobe, wie wissbegierig du bist? Wie talentiert? Wie intelligent? Oder soll ich zur Abwechslung liebenswürdig sein?«

»Nein«, presst er hervor. »Sei einfach …« Das leise Geräusch in seinem Hals klingt schmerzhaft.

Ich grinse breiter. »… du selbst?«

Alles an ihm erstarrt, als hätte ich etwas unsagbar Schreckliches herausgefunden.

»Wie lange hast du vor, deine Hände dort zu lassen«, flüstere ich, »Atlas?«

»Bis du mir sagst, ob du das hier wirklich willst.«

»Himmel, wie viele offensichtliche Daten brauchst du noch, um die Hypothese deiner Feldstudie zu überprüfen, Ozerov? Ja, ich will das hier. Ich will dich.«

Ein Ruck geht durch ihn hindurch. Er zerrt mich nach vorn an die Tischkante, bis unsere Körper sich aneinanderpressen.

Er macht ein Geräusch, das beinahe ein Lachen sein könnte, wäre es nicht so atemlos. »Jetzt wieder Ozerov?«

»Atlas?«, versuche ich es erneut. Ich schwöre, wenn er nicht gleich irgendwas tut, zerreiße ich vor –

Er lehnt die Stirn an meine Schulter, sein Atem angestrengt, aber so, so warm an meinem Hals. »Du bist wirklich …«

Etwas unter seinem Kragen leuchtet sanft auf.

Instinktiv strecke ich die Hand danach aus und auf Höhe seines Schlüsselbeins gleiten meine Finger zwischen die Ketten der Hirschspangen.

Der Moment zerplatzt, weil er so hastig zurückweicht, dass ich fast vom Tisch stürze.

Ich brauche einen Augenblick, um vom Leuchten unter seinem Hemd in sein Gesicht zu blicken. »Was ist das?«

Ozerov schafft eine Distanz zwischen uns, die einer Bibliothek angemessen ist. Klasse.

Er dreht sich mit wehendem Cape um. »Ellie und Astra warten.«

Ich atme lang gezogen aus. Dann folge ich ihm. Er greift sich ans Schlüsselbein, wo das Leuchten versickert.

16

Ellie

Der Wind, der durch das Dachgeschoss des Pulverturms zischt, zerzaust Astras Haar. »Wovor hast du so große Angst?«

Ich zucke mit den Schultern. Mehrere Tage musste sie mit den Verkapselungen herumlaufen, weil ich es nicht schaffe. Tage, seit denen wir uns hier oben im Schneidersitz gegenüberhocken. Und ein weiteres Mal versickert meine Magie.

Sie stützt sich mit den Armen hinter ihrem Rücken ab und seufzt. »Davor, mich zu verletzen?«

Wieder kann ich nur mit den Schultern zucken. Jedes Wort würde mich zu sehr daran erinnern …

»Warum?« Sie lehnt sich wieder vor.

Ich will den Kopf schütteln, doch schaffe es nur, ihn hängen zu lassen, bis meine Locken mich abschirmen.

»Ellie.« Ihre Hand streicht mein Haar nach hinten, verweilt an meiner Wange.

Mein Herz pocht in meinen Ohren, so heftig, dass sie es hören muss. Und ich weiß nicht, ob es wegen ihr ist oder wegen dem, was sie anspricht. Wegen beidem.

»Ich bin fantastisch darin, Bekanntschaften zu schließen und im Rampenlicht zu stehen.« Mit dem leichtesten Druck bringt sie mich dazu, sie anzusehen. »Aber ich bin unfassbar schlecht darin, wenn es tiefgründiger wird. Ich will dir helfen und für dich da sein. Aber ich weiß nicht wie. Im Flur, als es dir so schlecht ging, hätte ich nicht einfach abhauen dürfen.«

»Du musst nicht für mich –«

»Ich weiß«, unterbricht sie mich. »Ist dir nie in den Sinn gekommen, dass ich nicht muss, sondern will?«

Ich schlucke, doch der glühende Druck in meinem Hals bleibt. Noch nie hat jemand … *Andere* haben es versucht, weil sie es mussten. Nie weil sie wollten.

»Es ist wegen deiner Familie, oder?«

Ich zucke so heftig zusammen, dass auch ihre zweite Hand zu meiner Wange gleitet.

»Was kann ich tun, damit du mit mir darüber reden kannst?«

Nicht. Nichts. Nichts. Du darfst nie davon erfahren. Nicht du. Nicht davon, wer ich wirklich bin. Die Stimme in meinem Kopf, die mich seit Jahren so vehement begleitet, hämmert es mir noch vehementer ein als sonst. Aber da ist auch ein anderes Flüstern, das das Gegenteil will.

Es klingt viel mehr wie meine eigene Stimme.

»Was ist dein Geheimnis?«, tröpfelt es über meine Lippen.

Astra zuckt zurück und nimmt die Hände von meinen Wangen. Der Wind schneidet umso kälter auf meiner Haut.

»Peninnah hat erzählt, dass du eins hast.«

Sie greift sich in den Nacken. »Eigentlich ist es kein großes Geheimnis. Zumindest unter meinen Freunden verschweige ich es nicht, anders als …« Sie räuspert sich. »Ich bin nicht *nur* eine Warlock.«

Keine reine Warlock? So wie ich –

»Ich bin zur Hälfte eine Succubus.« Sie wechselt im Schneidersitz die Position ihrer Beine. »Wobei ich mich technisch gesehen als Incubus bezeichnen würde. Oder noch besser, als Concubus. Aber die alten Säcke bestehen auf ihre überholte Einteilung in weiblich und männlich, statt die ursprünglichen Bedeutungen vom unten und oben liegenden Part und die Fluidität von Geschlech…«

»Ich verstehe nicht.« Noch immer rast mein Herz so schnell, dass die Wörter ihrer Ansprache verschwimmen.

Astra lacht leise. »Natürlich hast du von uns noch nie gehört. Wir haben kein hohes Ansehen. Succubi und Incubi sind Dämonen, die sich von der Energie anderer ernähren.«

»Wie Vampire?« Ich erinnere mich daran, wie Valix vom Scholaris angegangen wurde, und an die Suppe im *U Sedmi Čertů*, die wohl gar keine Tomaten enthielt. »Und Seirim?«

»Es gibt Parallelen, aber wir trinken kein Blut. Concubi nehmen Arcanima auf, indem sie eine Beziehung eingehen – oder Liebesakte mit ihren Fähigkeiten erzwingen.«

Erzwingen?

Ihr Lächeln verrutscht. »Ich mache das natürlich nicht!

Reine Concubi müssen Arcanima von anderen aufnehmen, um selbst arkane Kräfte wirken zu können, aber bei mir als halbe Warlock ist das etwas anders. Ich brauche keine fremde Energie. Aber sie stärkt mich und das Verlangen, Arcanima aufzunehmen, ist immer präsent.« Sie öffnet die oberen Knöpfe ihres Hemdes, sodass ich schlucken muss, dann zerrt sie den Pyrit hervor. »Du erinnerst dich, dass er seit Ewigkeiten nicht bricht?«

Ich nicke.

Astra zieht das Hemd weiter zu Seite. Filigrane Linien aus schwarzer Tinte ziehen sich über ihr Brustbein.

»Eine Sigille?«, murmle ich.

»Das hast du schon gelernt?« Sie blickt etwas überrascht drein. Dann stolz. »Ich brauche nur diese eine, um den Concubi-Teil in mir zu kontrollieren.«

»Warst du deshalb am Morgen nach unserem Verbindungsschwur so energiegeladen?« Ich verschlucke den Rest. *Weil du die Arcanima deiner Mitspielerin Łucja aufgenommen hast?*

Astra lehnt sich grinsend zurück. »Es hat Vorteile, eine Succubus zu sein, auch für andere. Wenn sie zu viel Arcanima in sich tragen, ist es wohl recht angenehm.«

Ist es angenehm für Łucja?

Ich balle die Fäuste. »Wenn es kein Geheimnis ist, wieso hast du immer so abweisend reagiert?« Sie sagte, es sei unter *Freunden* kein Geheimnis. Aber vor mir?

»Weil nicht alle Concubi mit offenen Armen empfangen – wir können schließlich ihre Arcanima rauben. Das Stigma macht es nicht immer einfach. Genauso wenig wie ich es vor dir geheim halten wollte, wollte ich es dir zwischen Tür und Angel erzählen.«

»Also wissen alle davon?« Sie hat mir kein großes Geheimnis anvertraut. Ich bohre meine Finger in meine Oberschenkel. Wie kann ich nur hoffen, dass sie niemanden außer mir hat, mit dem sie darüber spricht? Mir wird übel vor Selbstsucht.

»Jep.« Astra neigt den Kopf. »Aber ich verrate dir ein anderes Geheimnis, das kaum jemand kennt.«

Ich sehe hoch. »Warum?«

Sie atmet zweimal ein und aus. »Du weißt warum.«

Alles dreht sich. Ich weiß *nicht* warum. Weil sie will, dass ich mich ihr genauso anvertraue? Weil ich eine gute Freundin geworden bin? Weil sie … weil wir …?

»Ich hätte nach meiner Geburt sterben sollen.«

Ich erstarre. »Was?«

»Im Incubus-Clan meines Vaters muss der Erstgeborene ein Junge sein. Wird zuerst ein Mädchen geboren …« Sie schluckt. »Meine Mutter wusste, dass sie ein Mädchen und einen Jungen bekommt. Neun Monate lang konnte sie an nichts anderes denken als daran, wer von uns zuerst zur Welt kommt.«

»Das ist schrecklich«, wispere ich.

»Sie ist vor unserem Vater und dem Clan weggerannt, als es so weit war, und im Krankenhaus kam es zu Komplikationen. Dann ging ihre schlimmste Befürchtung in Erfüllung. Ich kam zuerst auf die Welt. Keine Ahnung, wie sie es geschafft hat, aber völlig erschöpft von der Flucht und der Geburt hat sie das ganze Krankenhaus mit ihren Warlock-Kräften dazu gebracht zu glauben, Atlas wäre der Erstgeborene.«

Ich schlinge meine Arme um mich. Mir vorzustellen, wie es ihrer Mutter ging und was mit Astra passiert wäre, wenn –

»Wenn es Atlas nicht gäbe … Er hat mein Leben gerettet. Aber mit der Zeit wuchs in meinem Vater die Vermutung heran, dass meine Mutter gelogen hatte. Und sie floh mit uns, entfloh dem Incubus-Clan endgültig. Um uns zu beschützen.«

»Nach Prag?« Mein Hals ist so eng, dass ich nicht mehr über die Lippen bringe, obwohl ich so vieles sagen will. Stattdessen greife ich nach Astras Händen.

»Eine Weile sind wir von Ort zu Ort gezogen, aber mächtige Mitglieder ihrer Warlock-Familie haben das mitbekommen und uns aufgenommen. Nicht aus Herzensgüte, sondern aus traditionellem Pflichtbewusstsein.«

Ich starre auf unsere verwobenen Finger. »Aber ihr seid jetzt in Sicherheit? Du, Atlas und deine Mutter?«

Astra lächelt so gequält, dass ich Bescheid weiß. Ihre Mutter …

Ich krauche nach vorn, um Astra zu umarmen. Sie tätschelt meinen Rücken, als wäre es ihr unangenehm.

»Schon gut, es ist einige Zeit her«, murmelt sie. Doch ich drücke sie noch fester und dann atmet sie aus. Schlingt ihre Arme auch um mich. »Ich habe dir das nicht erzählt, damit du mir von deiner Familie erzählst. Sondern weil ich wollte, dass du es weißt.«

»Okay«, flüstere ich in ihr Haar. Dann kommt mir ein Gedanke. »Atlas ist auch ein …?«

»Verrate es nicht Mathea.« Astra schiebt mich ein Stück von sich. »Er muss das selbst klären. Seine Incubus-Kräfte … Er kann nicht … Verrate ihr einfach nichts, okay?«

»Natürlich nicht.«

»Atlas hat mich bei meiner Geburt beschützt, so wie all die Zeit danach. Er würde nichts tun, das mein Leben gefährdet – das heißt, er vertraut dir, genauso wie ich es tue.«

Langsam sinke ich zurück. »Du vertraust mir wirklich.«

»Das begreifst du erst jetzt?«

Eine zarte Traurigkeit erfüllt mich, all die ungesagten Details ihrer Erzählung, Erinnerungen an meine Kindheit. Aber auch neue Zuversicht. Eine Wärme, die etwas in mir füllt, das so lange leer war, dass ich mir dessen gar nicht mehr bewusst war.

Ich blicke auf. »Dieses Mal schaffe ich es.«

Astra grinst.

Und tatsächlich. Dieses Mal löse ich die *Kápsula* in ihr.

Den ganzen Tag lang erfüllt mich eine rastlose, gleißende Energie. Das Wissen, Mathea helfen zu können. Und dann ist es so weit. Hoffentlich zum letzten Mal finden wir uns im Dachgeschoss des Pulverturms ein. Eine seltsam nervöse Spannung liegt in der Luft, doch am seltsamsten ist, dass sie mir nichts anhaben kann.

Ich bin die Ruhigste von uns, während Mathea und ich uns in den Bannkreis setzen. Astra und Atlas stehen zu unseren Seiten, die Arme für den *Zahrazovat*-Bann ausgestreckt, damit nichts von unserem Vorhaben nach außen dringt. Mathea ist blasser als sonst und ihr stets perfekter Eyeliner auf der einen Seite etwas zu lang.

Ich lächle sie an.

Sie blickt drein, als müsste sie sich auf den Bannkreis übergeben. »Das hier könnte die schlimmste Idee sein, die ich je hatte.«

»Ellie schreibt heute Geschichte«, meint Astra. »Die erste Hexe, die nach nur etwas mehr als einem Monat seit ihrem Erwachen einen fortgeschrittenen, bisher unbekannten Fluch löst. Ein Jammer, dass wir niemandem davon erzählen dürfen.«

»Was erzähle ich den Dozierenden der Univerzita?«

»Wenn du sagst, du hast ein paar homöopathische Sachen ausprobiert, schlucken sie das sicher.«

Mathea schnaubt. »Das höchste der Gefühle ist Naturmedizin. Ich lasse mich lieber vom Arkanen Rat wegsperren, als andere glauben zu lassen, ich würde auf Homöopathie vertrauen.«

»Können wir die Einzelheiten, ob du durch Reiki oder TCM geheilt wurdest, auf später verlegen?«, fragt Atlas.

Ich nicke. »Zuerst befreie ich Mattie vom Fluch.«

»Du bist wirklich überzeugt, dass du es hinbekommst.« Mathea studiert mein Gesicht. »Leg schon los.«

»Teph ur viir Ennerath«, beginne ich mit dem Diagnosezauber. So oft habe ich geübt, dass sich meine Magie instinktiv zwischen Matheas Magiefäden schlängelt. Sie keucht, dann leuchten die Runen auf, dunkelviolett, an manchen Stellen rostrot verfärbt. Rostrot heißt, ihr Leben ist in Gefahr.

Ich schüttle den Kopf. Nur ein paar Stellen, das war zu erwarten. Immerhin keine schwarzen Runen. Ich beschwöre das Abbild ihrer Magie herauf. Ihre goldenen Fäden sind so viel spärlicher als zuvor. Astra und Atlas murmeln untereinander. Hart und komprimiert tummeln sich die Verkapselungen auf den Fäden, doch sie sind nicht länger von milchigem Grau.

Sie haben die Farbe und Maserung einer Raucherlunge.

Stocksteif sitzt Mathea da. »Was passiert, wenn die Verkapselungen gelöst sind?«

»Der plötzliche Machtanstieg könnte deinen Körper und Geist im ersten Moment überwältigen«, erklärt Atlas. »Aber das legt sich. Dein Körper ist für deine Arcanima gemacht. Das perfekte Gefäß für sie.«

Mathea nickt abgehackt, atmet mehrmals ein uns aus. »Danke noch mal, dass ihr mir helft.« Ein rascher Blick zu Atlas. »Oder euch aus akademischem Interesse damit –«

»Ich muss mich konzentrieren«, murre ich und sie verstummen.

Jetzt die neue Inkantation vom Zettel. *»Gilageth ur Namidhe.«* Wie bei Atlas' Testlauf bilden sich die geometrischen Formen um uns, blassgolden und so viel strahlender als Matheas Magie. »*Askarith ur garded ni Aearin.*«

Die Verkapselungen sind so viel brachialer als die von Astra. Es ist offensichtlich, dass Atlas bei ihr mit größter Sorgfalt vorgegangen ist, im Gegensatz zu demjenigen, der Mathea verflucht hat. Aber ich teile meine Magie in Dutzende Fäden auf, die sich um die Verkapselungen wickeln. Eine nach der anderen, vorsichtig und zart.

»Es ist, als würde man einer Chirurgin zuschauen«, flüstert Astra. »Du bist fantastisch, Ellie.«

Ihre Worte beflügeln mich und mit sanften Fingerbewegungen umschließe ich die letzte Verkapselung.

Dann übe ich Druck aus.

Ein leises, angestrengtes Geräusch erklingt in Matheas Hals. »Mach weiter«, knurrt sie, bevor ich Zweifel bekomme.

Also intensiviere ich den Druck. Ich weiß, wie präzise ich die leichtesten Schwachstellen in den Hüllen finden muss. Den Punkt, an dem ich sie zum Brechen bringen kann.

Mathea stöhnt und krümmt sich nach vorn. »Scheiße«, flucht sie mit rauer Stimme. »Als würdest du meinen Brustkorb mit bloßen Händen aufreißen, um hineinzublicken.«

»Das war zu erwarten.« Atlas' Blick huscht vom Abbild ihrer Magie zu Matheas Gesicht. »Du hältst das doch aus?«

»Natürlich.« Und dann, mit einem weiteren Stoß gegen die Hüllen, hallt das Knirschen ihrer Zähne durch das Dachgeschoss.

»Ich habe es gleich«, murmle ich, zu konzentriert auf meine Aufgabe, um Mitleid zu verspüren. Das ist gut. Mitleid würde mich zögern lassen. Einen Fehler machen lassen.

Ein lang gezogenes Ächzen erschüttert ihren Körper.

Ich mache weiter. »Das ist seltsam«, flüstere ich, als ich die Hüllen durchbohre, das Loch kleiner als eine Nadelspitze. »Es ist, als würde ich die Person, die den Fluch ausgesprochen hat, in der Magie spüren.«

»Das ist normal.« Atlas' Stimme erreicht mich nur dumpf. »Alle Inkantationen tragen eine Handschrift. Wie bei Kunstwerken.«

»Aber«, ich runzle die Stirn, während ich die Löcher vergrößere, »ich *kenne* diese Handschrift –«

Die Hülle splittert. Risse wandern durch die harte Oberfläche, wie bei einem gefrorenen See.

Mathea sackt noch tiefer in sich zusammen, krallt ihre Hände in ihren Brustkorb. »… w-weiter«, keucht sie.

Mein Atem strömt durch meine Lunge, Luftröhre, über meine Lippen. Wärme erblüht in mir. Ich schaffe es. Sie glauben an mich und ich *schaffe* es.

»*Das* ist nicht normal.« Atlas, irgendwo weit entfernt.

Eine Mischung aus Schrei und Stöhnen durchbohrt mein Trommelfell. »Ellie!« Mathea windet sich, blass wie Kerzenwachs und mit schweißnasser Stirn. »Nicht weiter!«

»Aber ich –«

Dunkelheit sickert aus ihren Verkapselungen.

Mathea kracht zu Boden. Ihr ganzer Körper verkrampft sich. »Bitte!«, fleht sie mit verzerrtem Gesicht.

Keuchend stürzt Atlas an ihre Seite. »Hör auf!«

O Gott. *O Gott.* Panisch ziehe ich meine Magie zurück. Tiefrot glühen die Runen um sie herum.

Atlas' Hände schweben über ihrem sich krümmenden Körper, dann hält er ihre Arme, ihre sich aufbäumenden Schultern, kann sich nicht entscheiden, was richtig ist.

Ich will zu Astra sehen, die allein den *Zahrazovat*-Bann aufrechterhalten muss. Doch ich darf nicht.

Mehr Dunkelheit trieft durch die Löcher in den Hüllen. Ein Gemisch aus Rauch und Teer, klebrig, das die blassgoldenen Stränge ihrer Magie verschlingt.

Ein weiterer Fluch, versteckt in den Kapseln.

»Was habe ich getan?«, hauche ich.

»Mach es rückgängig!«, herrscht Atlas mich an, beinahe so blass wie Mathea. Er entschließt sich, ihr Gesicht zu umfassen, damit sie es nicht in den Boden rammen kann.

»Ich weiß nicht –«

Mathea schreit.

Die ersten Runen färben sich schwarz.

»Atlas!«, japst Astra. »Versuch du es. Du kannst …«

Sein Blick wird wild. Seine Finger bohren sich in Matheas schmerzverzerrtes Gesicht. »Ich kann nicht …« Er starrt zu mir. Panisch. *Hilflos.* »Es tötet sie, Ellie!«

Ich kann nicht atmen. Erinnerungen vermischen sich mit seinen Worten. Ich weiß, er sagt, *es* tötet sie. Aber in meinem Kopf, meinem Herzen, sagt er *du*.

Du tötest sie.

Nein. Ich klatsche mir ins Gesicht. Der Schmerz vertreibt Erinnerungen und alle Worte, alle Zweifel. Ich lasse meine Magie zwischen ihre fahren. Forme sie so unvorstellbar dünn zu feinen, spitzen, unabreißbaren Fäden.

Und ich flicke die Löcher.

Tränen strömen über Matheas wächserne Wangen oder über meine, es macht keinen Unterschied. Ich schluchze, so schmerzhaft, weil ich meinem Körper jede Regung verbiete.

»Mathea«, wispert Atlas, als hätte jemand seinen Hals mit Schmirgelpapier bearbeitet. Sachte tätschelt er ihre Wangen, doch sie regt sich nicht mehr.

Meine Arcanima versickert. Doch nach jeder geflickten Kapsel finde ich irgendwo tief in mir noch Reste. Ich brabble irgendwas, vielleicht Entschuldigungen, vielleicht ihren Namen. Schwärze sickert in mein Sichtfeld.

Dann versinke ich in ihr.

Mathea

Ich kenne den Geruch. Bittere Kräuter. »Das kann nicht wahr sein«, ächze ich. Jede Silbe brennt in meiner Brust.

»Mattie!«, hallt Ellies Stimme durch das Krankenzimmer.

Halb öffne ich ein Auge.

Sie kauert an meiner Bettkante, ihre Hände um meine linke geklammert. Noch nie habe ich derart rote Augen gesehen.

»Wie lange liege ich hier?«

»Drei Tage«, jammert sie.

»Und du hast die drei Tage durchgeheult?«

Schritte nähern sich.

»Sie wissen, was passiert ist. Aber wir haben niemandem verraten, *wie* es passiert ist«, flüstert sie hastig. »Wenn du willst, kannst du es ihnen sagen, aber wir wollten die Entscheidung dir überlassen.«

Ich muss nicht überlegen. Die Dozierenden dürfen nicht davon erfahren. »Was genau *ist* passiert?«

Profesor Nekovář, Profesorka Hruška und Rektorin Aigeiros preschen durch die Tür, alle drei angespannt, aber mit einem Ausdruck von Erleichterung auf den Gesichtern.

»Mathea!« Hruška versucht den Berg an Strickwolle in ihren Armen unter Kontrolle zu halten. »Wie geht es Ihnen?«

»Schlechter als die letzten Male hier.«

Ellie löst eine Hand von meiner, um mir mit einem nassen Lappen über die Stirn zu fahren.

»Profesor Nekovář wird eine weitere Diagnose durchführen«, verkündet Aigeiros. »Fühlen Sie sich dazu in der Lage?«

»Sie müssen Mathea nicht diagnostizieren!«, fährt Ellie dazwischen. »Wir haben schon gesagt, dass ich das getan habe, nachdem sie diesen Anfall hatte!« Eine Lüge. Die Dozierenden sollen glauben, dass der Anfall einfach so stattfand. »Matheas Arcanima ist –«

»Bei allem Respekt, Scholaris Novotná«, entgegnet Nekovář ruhig. »Ich denke, meine Diagnose wird ein wenig umfangreicher als Ihre ausfallen.«

»Wenn Sie damit Zeit vertrödeln, wird Mathea sterben! Ich habe …« Ellie versteift sich. Weil sie nicht sagen kann, dass er sich irrt? Denn das tut er. Ellies Diagnose schlägt seine um Längen.

Doch Profesorka Hruška wirft das Strickzeug auf mein Bett und ergreift Ellies zitternde Hand. »Meine Liebe, ich besorge Ihnen einen beruhigenden Kräutertee, ja? Es muss ein riesiger Schreck sein, eine Freundin so zu sehen.«

Abgehackt nicke ich Ellie zu. Keinen Verdacht schüren.

Jetzt, da die Dozierenden genauer wissen, was los ist, kommen sie einer Lösung hoffentlich endlich näher.

Profesor Nekovář gibt mir eine Sphera und zieht den Oculus hervor, den Ellie auch nicht für ihre Diagnose braucht. Zitronenfalter flattern durch die Tür, mit einem Teeservice im Schlepptau. Hruška reicht Ellie eine Tasse, die sie so fest umklammert, dass das Porzellan jeden Moment zerbrechen könnte.

Dann erscheinen die Runen um mich herum.

Ich öffne den Mund, schließe ihn hastig wieder. Die Runen sind violett. Keine Spur der roten Verfärbungen. Genauso wenig wie von den schwarzen Runen, die vor mir schwebten, während ich nicht atmen, nicht schreien, nicht denken konnte.

Profesor Nekovář lässt die Hände sinken. »Das sieht besser aus, als ich nach den Schilderungen erwartet hatte.«

»Aber … der Anfall … die Runen …«

»Sicher war der Anfall ein riesiger Schreck.« Profesorka Hruška eilt an meine andere Seite und drückt auch mir eine glühend heiße Tasse in die Hände. »Es tut mir unendlich leid, dass wir ihn nicht haben kommen sehen.«

Mein Blick wandert zu Ellie. Was, wenn sie die Kapseln nicht nur repariert, sondern ausgebessert hat? Keine Heilung – aber eine Behandlung.

Profesor Nekovář reibt sich über das Gesicht. »Ich hätte Ihre Sorgen ernster nehmen sollen, statt mich in der Recherche zu vergraben. Es tut mir leid, Mathea.«

Ich weiß nicht, was ich sagen soll. In erster Linie, weil ich mit Ellie und den anderen allein reden will.

Rektorin Aigeiros nickt. »Auch ich muss einen Teil der Schuld auf mich nehmen. Das Wohl meiner Studierenden sollte an erster Stelle stehen. Ich werde umgehend Heilende der besten Medica-Institute konsultieren.«

»Ruhen Sie sich aus, Mathea.« Profesor Nekovář steht auf und verlässt mit der Rektorin das Zimmer.

Profesorka Hruška folgt ihnen, doch hält dann inne. »Mein Schal!« Sie kommt zurück und schaufelt den Strickklumpen in ihre Arme, als wolle sie ihn vor unseren Blicken abschirmen.

»Ein Schal?« Das soll dieses Ding darstellen?

Mit roten Wangen sieht sie zur Seite. »Ein Geschenk für … jemanden.«

Ich nehme an, dass sie das Ungetüm nachts als *Geschenk* auf jemandes Bett platziert wie der Pate einen abgetrennten Pferdekopf.

»Brauchen Sie noch etwas, Mathea? Als Víla schmerzt es mich besonders, Ihnen nicht zur Seite gestanden zu haben. Selbst wenn wir nicht aus einem Zirkel stammen.« Wieder diese Anbiederung, als bestehe irgendeine Verbindung zwischen uns, nur weil wir beide Vílas sind.

»Nein danke. Ich fühle mich … recht gut.«

Ellie verzieht das Gesicht, als vermute sie eine Lüge.

Hruška tätschelt meine Hand. »Melden Sie sich, wenn Ihnen doch etwas einfällt.« In einer fließenden Bewegung steht sie auf. »Ach, und, Mathea?« Sie sieht auf mich herab und da ist etwas seltsam Strenges in ihrem Blick. So anders als sonst. »Ich verrate Rektorin Aigeiros und Profesor Nekovář nichts, aber … Diagnosen sind eine Sache. Experimente eine andere.«

Es geht mir so gut, dass ich schneller als gedacht aus dem Krankenflügel entlassen werden soll. Allerdings nicht schnell genug, um dem Besuch von Cordelia, Bob und Ursula zu entkommen, die endgültig alle Vorbehalte vergessen haben. Und dann spricht Cordelia mit mir Termine für unser Bravura-Projekt ab. Sie sagt, um mich von weiteren Schnapsideen abzuhalten – aber ich weiß, dass sie der Univerzita mindestens so sehr diesen Sieg wünscht wie ich.

Im Alchemia-Labor, das unser Betreuer, der junge, übereifrige, aber definitiv auf dem Gebiet der arkanen Artefakte versierte Profesor Balogh aus Ungarn, für uns reserviert hat, werkle ich seit Minuten an meiner Kette von Samhain herum.

»Ein bisschen behutsamer«, weist Cordelia mich an.

Ich knalle die Zange auf den Tisch. »Ich habe keinen Schmuck aus Plastikperlen gebastelt, als ich elf war, entschuldige, dass das nicht meine Stärke ist.«

»Meine ist es auch nicht. Aber wir brauchen den Stein für die Untersuchung, ohne dass ihn störendes Metall umgibt.«

»Ich gebe mir alle Mühe. Aber ich kann nicht zaubern.«

Cordelia neigt den Kopf. »Eigentlich könnte man schon sagen, dass du –«

»Schon klar, schlechte Metapher.« Ich mache mich wieder an die zarten Metalldinger, die den Stein in der Fassung halten. Es kann ruhig länger dauern, Hauptsache, ich beschädige ihn nicht. »Ist das eigentlich legal? Diesen Zauber zu nutzen?«

»Auf Magie gibt es kein Urheberrecht. Nur auf Produkte, die daraus entstehen. Wenn wir herausfinden, wie die Magie funktioniert, steht es uns frei, etwas anderes daraus zu machen.« Cordelia füllt eine transparente Flüssigkeit in ein Glasschälchen.

Doch dann bebt meine Hand – nicht das erste Mal in den letzten Tagen – und ich rutsche mit der Zange ab. Der Kristall klappert auf den Tisch.

»Wir können morgen weitermachen, wenn –«

»Ich will nicht untätig herumsitzen.«

»Du kannst es doch trotzdem langsam angehen lassen. Es ist nur ein Wettbewerb. Lass uns einfach Spaß haben.«

»So gewinnen wir aber die verfluchte Bravura nicht!«

Cordelia schreckt zurück. Dann verengt sie die Augen. »Warum bist du derart erpicht darauf, den ersten Platz zu machen?«

»Weil das der ganze Sinn von Wettbewerben ist?«

»Nein. Irgendetwas ist passiert. Bevor du an die Univerzita gekommen bist. Du warst von Anfang an so unfassbar versessen auf die Bravura. Auf Noten.«

Ich umklammere die Zange. »Nichts ist passiert. Gar nichts.«

Cordelia steuert um den Labortisch herum, um mir behutsam die Zange abzunehmen. »Okay. Dann lass uns eine Pause machen. Wir können ähnliche Zauber recherchieren.«

»Es geht mir nicht so schlecht, dass ich nur noch lesen und nachdenken kann«, murre ich. Beides gehörte immer zu meinen Lieblingsbeschäftigungen. Hätte mir vor einem Monat jemand gesagt, dass ich lieber an einer Kette herumbasteln würde, als ein Buch zu lesen … Ich atme heftig durch die Nase ein.

»Wir sind für dich da. Ursula, Bob und ich. Sicher auch Moremi, wenn du mit ihr besser reden kannst.«

»Ich weiß. Aber das ändert nichts, oder?«

Cordelia starrt auf die Kette. »Hast du dir deshalb Hilfe von den Sinistras geholt? Weil du glaubst, wir könnten dir eh nicht helfen?«

Mein Mund öffnet sich, doch kein Ton kommt heraus.

Sie lächelt. *Traurig.* Die schlimmste aller Arten zu lächeln.

Mein Magen verknotet sich, weil ich nicht weiß, wie ich damit umgehen soll. »Es tut mir leid, wenn mein Verhalten –«

»*Tut* es dir leid? Wirklich?«

Ich weiß es nicht. Natürlich genieße ich nicht, dass sie mein Verhalten verletzt hat. Aber ich finde nicht, dass ich mich falsch verhalten habe. Ich habe nur mit den Personen zusammengearbeitet, die den Ansatz einer Lösung hatten, oder? Hätte ich ablehnen sollen, um die Gefühle der Dextras zu schonen?

Cordelia murmelt irgendwas Unverständliches.

Okay. Ich hätte zumindest mit ihnen reden können. Auch wenn ich sie nicht als Freunde sehe – sie sehen mich als Freundin. Ich habe ihre Hilfe angenommen, um das *Compendium Maledictum* zu stehlen. Als ich einen anderen Weg fand, hätte ich ihnen davon erzählen können.

War es ihnen vielleicht sogar schuldig.

Ich blicke auf. »Es tut mir leid, dass ich –«

Das Alchemia-Laboratorium ist leer.

Seufzend stütze ich den Kopf in die Hände. Ich wusste, es würde Probleme geben, wenn ich sie in mein Leben lasse. Vermeidbare Probleme. Aber jetzt *sind* sie Teil meines Lebens.

Mein Handy vibriert in meinem Rucksack und als ich es raushole, bebt meine Hand erneut. Verdammt. Ich fühle mich nicht sonderlich schlecht, nicht krank, nur müde. Erschöpft. Als hätte ich ein paar Nächte zu lange durchgemacht, um zu lernen. Und noch mal verdammt. Eine Nachricht von Ozerov.

Du solltest die Bravura dieses Semester ausfallen lassen.

Ein paar Atemzüge lang starre ich auf die Zeile. Dann lache ich humorlos. Drei Tage, seit ich aufgewacht bin, und das sind die ersten und einzigen Worte, die er an mich richtet.

Arsch.

Ich tippe meine Antwort ein, ohne nachzudenken.

Suchst wohl einen einfachen Weg zu gewinnen?

Er antwortet nicht. Nicht am Abend während des Kurses *Das Internet weiß alles, Arkane wissen noch mehr: Ethik des Hellsehens*, in dem ich mich kaum auf die Erklärungen konzentrieren kann, noch danach beim Abendessen oder als ich im Bett liege. Ächzend vergrabe ich mein Gesicht im Kissen.

Das mit ihm kann ich mir wohl abschminken, bevor es wirklich angefangen hat.

Ellie

Wochenlang konnte ich mich aus den Spielen der *Academia Gryphons* gegen Mannschafen wie die *Brno Basilisks*, die *Ostrava Golems* und *Praha Phoenixes* – ein Ü50-Team und das einzige, das gegen die Academia gewonnen hat – heraushalten. Doch wir haben uns darauf geeinigt, es ein paar Tage ruhig angehen zu lassen, bis Rektorin Aigeiros und die anderen Dozierenden Mathea wieder aus dem Blick verlieren. Und deshalb schleppt Astra mich ohne Gnade zum Spiel gegen die *Univerzita Hydras* mit. Das darf man offenbar nicht verpassen. Die Regeln kenne ich immer noch nicht, genauso wenig kommen mir die Mitglieder aus dem gegnerischen Team bekannt vor. Matheas Freundeskreis besteht wohl eher weniger aus Sportfans. Trotzdem macht es Spaß zuzuschauen. Sie anzufeuern. Für ein paar Stunden den Fluch und das Studium zu vergessen.

Die *Academia Gryphons* gewinnen, was mich nicht überrascht. Sie gewinnen vor allem wegen Astra – was mich noch weniger überrascht. Die Scholares vergessen anscheinend für einen Nachmittag, dass sie düstere Zeitgenossinnen sein wollen, und schreien sich die Seele aus dem Leib. Ich juble so laut wie sie – zum ersten Mal in meinem Leben. Valix und Łucja, deren Schultern den Nachnamen KAMINSKA und die Nummer 06 auf dem Trikot in die Breite ziehen, tragen Astra nach draußen. Auch das kann meine Laune kaum dimmen. Dann schleppen Peninnah, Khadija und Ren mich mit zur Feier im *U Sedmi Čertů*. Ich will Astra gratulieren, denn eigentlich bin ich nur wegen ihr hier, doch um sie scharen sich so viele Teammitglieder, dass kein Durchkommen ist.

»Radkas Spezial-Cocktail!«, ruft Peninnah mit einem Tablett in der Hand. »*Gryphons Goblet!*« Der Cocktail in den Teamfarben – Schwarz und Gold – schmeckt wie Nektar und glüht in meinem Magen. Dann packen sie mit arkaner Energie verwobene Spielkarten aus.

»Golems und Kröten«, verkündet Khadija und presst auch mir einen Satz knisternde Karten in die Hände.

»Ich kenne die Regeln nicht!«

Sie winkt ab. »Es gibt kaum Regeln, das verstehst du schnell!«

Selbst nach drei Runden, in denen die Karten mir die Finger versengen, mich unkontrolliert zum Lachen bringen und mit einem Ruck an die Decke stieben, wo sie kleben bleiben, verstehe ich das Spiel nicht. Aber auch das macht Spaß und ich denke so gut wie gar nicht an Mathea und ihren Fluch.

Oder das, was aus den Kapseln gequollen kam. Ich erschaudere bei der Erinnerung. Okay, vielleicht denke ich etwas öfter als so gut wie gar nicht daran.

Weil es ruhiger um das Team wird, schiebe ich vor, zur Toilette zu müssen. Dann bahne ich mir einen Weg zu Astra. Sie sitzt an der Bar und die schimmernde 99 auf dem Rücken ihrer schwarzgoldenen Varsityjacke blitzt immer wieder zwischen den Gästen auf. Ihr Lachen erfüllt das *U Sedmi Čertů*. Ob es für jeden so klingt, als säße sie direkt neben einem, oder nehme nur ich den Klang so klar wahr?

Ich quetsche mich zwischen Agrafenas Werwolf-Freund und Mihai durch – und erstarre.

Łucja Kaminska, Nummer 06, küsst Astra.

Einen seltsamen Moment lang rede ich mir ein, dass das nur eine freundschaftliche Siegesgeste ist. Aber sie umfasst Astras Gesicht, um sie näher zu sich heranzuziehen. Und Astra vergräbt die Finger in Kaminskas Varsityjacke.

Der *Gryphons Goblet* glüht nicht mehr in mir, er lodert. In meinem Magen, meiner Brust, meinem Hals. Ich glaube, ich muss mich übergeben. Wie konnte ich so …? Heftig atme ich ein. Es ist meine Schuld. Weil ich mir irgendetwas zusammengeträumt, Astras Freundlichkeit missverstanden habe. Ich mache auf dem Absatz kehrt – und laufe direkt in Agrafena hinein.

Sie wirft sich das blassgrüne Haar über die Schulter. »Du schon wieder. Mit dieser Mathea befreundet, nicht wahr?«

»Lass mich bitte vorbei.« O Gott, ich glaube, ich muss mich wirklich übergeben.

»Bist selbst fast eine Dextra«, schnarrt sie. »Sag mir, wie geht es dieser Schreckschraube mit ihrem Fluch –«

»Lass mich vorbei!« Ich schubse sie, doch Arcanima schwappt mit der Bewegung aus mir hervor.

Agrafena stolpert mit einem Stöhnen zurück.

Ich schiebe mich an ihr und den anderen Scholares vorbei. Die Unruhe, die daraus entsteht, interessiert mich nicht.

»Ellie?«, ruft Astra. Ausgerechnet sie.

Das Lodern in meinem Magen kocht hoch bis in meine Ohren und Wangen. Wenn sie mich zu Gesicht bekommt, sieht sie sofort, was in mir vor sich geht. Ich stoße die Tür nach draußen auf. Wem mache ich etwas vor? Sie weiß längst, was ich für sie empfinde, vermutlich länger als ich selbst.

Gierig atme ich die Nachtluft ein. Ich will mich zusammenkauern, aber ich muss weiter. Weg hier. Mich beruhigen, bis ich Astra wieder gegenübertreten kann.

Sicher vermisst sie mich heute Nacht nicht.

Der Gedanke ist so albern, eifersüchtig und bitter, dass ich über mich selbst lachen muss. Das Geräusch in meinem Rachen klingt nur nicht nach Lachen.

»Ellie.« Astras Stimme lässt mich erstarren.

Dann atme ich ein, tackere ein Lächeln auf meine Lippen und drehe mich um. »Ich bin todmüde, aber geh du ruhig zurück feiern. Du hast es dir verdient!«

Astra zieht ihre Varsityjacke enger um sich und mein Blick bleibt an der kleineren 99 auf der Brusttasche hängen. Ich kann ihr nicht ins Gesicht blicken.

»Hast du gesehen …?«

»Nein!«

Astra lacht leise und schickt eine neue Welle Übelkeit durch mich hindurch. »Ich hab nicht gesagt, *was* du gesehen haben sollst.«

Warum ist sie hier? Warum folgt sie mir, wenn ich offenbar alles falsch interpretiert habe? Grauen verscheucht die Übelkeit. *Hat sie Mitleid?*

»Ich bin wirklich müde«, entgegne ich schließlich.

»Das sagtest du schon.«

»Okay, dann bis morgen.« Ich drehe mich, um auf den ersten aufsteigenden Stein zu treten, doch ein Rundfahrtboot tuckert heran. Sowieso – es fühlt sich nicht richtig an. Also fahre ich zu ihr herum. »Nein, weißt du, was? Mir ist klar, dass du alles lockerer siehst als ich, und vielleicht ist es meine Schuld, dass ich zu viel in dein Verhalten hineininterpretiere. Ich habe kein Recht, sauer zu sein. Aber all deine Zweideutigkeiten, wie du mich berührst und dann stehen lässt, wie du mir Geheimnisse anvertraust und mir so vage sagst, dass ich wisse warum –« Ich muss einatmen, die Stille vom Plätschern der Čertovka gefüllt. »Nach alldem habe ich zumindest das Recht, dass du mir sagst warum. Warum du dich so verhältst.«

»Ich …« Wieder zieht sie ihre Jacke enger um sich und sieht seltsam verloren aus. Ausgerechnet Astra. Dann streckt sie eine Hand aus. »Ellie …«

»Nein! Komm mir jetzt nicht mit *Ellie*!«

Sie zuckt mit den Schultern und lässt die Hand fallen. »Was erwartest du von mir?«

Ich knirsche mit den Zähnen, denn Wut kocht in mir auf. Und mit ihr Furchtlosigkeit. »Geh mit mir auf ein Date.«

»Was?«

»Ich will, dass du mich ernsthaft in Betracht ziehst. Nicht als gute

Freundin, ein Projekt oder jemand, den du beschützen willst, sondern –«

»Ich weiß, warum man auf ein Date geht, Ellie.«

Ich verschränke die Arme. »Also?«

Astra atmet aus, so schwer, als wäre ihr Match gerade erst beendet worden. »Das willst du *jetzt* besprechen?«

Ich straffe die Schultern. »Was spricht dagegen?«

Sie starrt mich an, gerahmt vom Efeu, der vor der Tür des *U Sedmi Čertů* hängt. »… nichts.«

»Morgen?«

Astra schiebt die Hände in die Taschen ihrer Varsityjacke. »Morgen trifft sich das Team zur Besprechung.«

»Übermorgen?« Ich versuche die Angst vor der Zurückweisung nicht überhandnehmen zu lassen.

»Ja. Okay.« Sie veranstaltet etwas, das halb Schulterzucken, halb Nicken ist.

Das Stechen, das ihre Reaktion in mir auslöst, verdränge ich. *Ich habe eine Chance.* Verletzt kann ich sein, falls ich es versuche und scheite-

Ein Arm schlingt sich von hinten um meinen Hals.

In meiner Kehle löst sich ein Schrei, kommt nur als Gurgeln heraus.

»Ellie!« Astra stürmt zu mir.

Ich winde mich im Griff des Angreifers.

»Halte still, dann passiert dir nichts«, raunt eine sanfte Stimme. Zu sanft. Viel, viel zu sanft. Er riecht nach Baumharz und matschigem Laub.

Ich kenne ihn.

Mein Körper erbebt. Mit hochkochender Panik ramme ich meinen Ellbogen in seine Magengrube. Er lässt nicht los.

Feuerkugeln erscheinen vor Astras Händen. »Weg von ihr!«

Doch der Angreifer hebt die freie Hand und ein Summen dröhnt in meinen Ohren. Dann fliegt ein Schwarm Insekten zwischen Astra und uns, beinahe schwarz in der Dunkelheit und ihr Gesumme so durchdringend, dass ich Gänsehaut bekomme.

Astra hält inne. »Sind das –?«

»Hornissen!« Ich trete dem Angreifer auf den Fuß. Wieder erfolglos. »Es sind zu viele. Wenn sie dich stechen, kann das tödlich –«

Mit erhobenen Armen lässt Astra das Feuer aufflammen und kommt zu mir.

»Du kannst sie nicht mit Feuer vertreiben! Er befiehlt über sie! Schickt sie in den Tod, wenn es sein muss!«

Der Angreifer schlägt seine Hand auf meinen Mund. Mit der anderen heischt er die Hornissen an. Hunderte, wenn nicht Tausende. Als würden sie sich einen Verstand teilen, wenden sie sich Astra zu.

Dann stürzen sie sich auf sie.

Ich höre nur ihr Summen, als würden Hunderte in meinem Kopf schwärmen. So viele, dass mein Schädelknochen dem Druck von innen nicht mehr standhält.

Astra zischt auf, muss gestochen worden sein. Das Gift der Hornissen – keine normalen Hornissen, ganz sicher –

Statt meines Schädels explodiert meine arkane Macht, pulsierend und düster. Sie schleudert den Angreifer von mir, der mit einem Platschen im Wasser landet.

Ich haste zu Astra, die japsend auf die Knie sinkt. Meine Magie lässt die Hornissen auseinanderstieben, doch selbst im Dunkeln zeichnen sich die roten Stiche auf Astras Haut ab.

»Scheiße!«, stöhnt sie.

Halb falle, halb rutsche ich neben ihr auf die Knie. »Ich hab dir gesagt, du sollst zurückbleiben!«

Ächzend sinkt sie auf den Rücken, von mir geleitet. Sie grinst. »Eigentlich hast du nur gesagt, ich könne sie nicht mit Feuer vertreiben.«

Ich packe ihre Arme, untersuche sie auf Stiche. Vier, fünf, sechs – weitere am Hals, einer im Gesicht. Nicht genug, um bei normalen

Hornissen tödlich zu enden, aber … das waren keine normalen Hornissen.

»Halt stillt!« Ich hebe die Hände über sie, spreche den Diagnosezauber und unterstützt von den Runen finde ich das Gift in ihrer Blutbahn. Es ist wirklich mit Arcanima verwoben. Ich zwinge mich zur Ruhe und sauge mit meiner Magie das Gift aus ihren Adern.

Bei jedem Stich, um den ich mich kümmere, zieht sie zischend Luft durch die Zähne.

Ich mache weiter, bis ich jeden letzten Tropfen aus ihr geholt habe. Denn das hier ist meine Schuld.

Weil ich die Wahrheit verschwiegen habe.

17

Mathea

Ozerov zieht es wirklich durch, mich zu ignorieren. Wir sind keine Freunde, das ist mir klar, aber dass er mich komplett ignoriert, sobald er meinen Fluch nicht mehr untersuchen kann – ziemlich ungehobelt.

Nach den Kursen klopfe ich an die Tür von Profesor Nekovářs Büro, eine abgespeckte Zusammenfassung all unserer Erkenntnisse in der Hand.

»Ja, bitte?«, hallt es durch die Tür.

Ich bin nicht sicher, ob ich ein Büro oder einen Trödelladen betrete. Abgesehen von einem angelaufenen Spiegel neben der Tür sind alle Wände von Regalen gesäumt, aus denen Bücher, Globen, Glaskästen mit Krimskrams und anderer Unrat quellen. Obendrauf stapeln sich mehr Bücher bis unter die Decke.

Profesor Nekovář sitzt an einem Tisch, der dringend aufgeräumt werden müsste. »Mathea! Sie sehen erholt aus!«

Er lügt. Ich sehe aus wie nach drei durchgemachten Nächten. »So fühle ich mich allerdings nicht. Und damit sich das ändert, bin ich hier.« Ich lege mein Notizbuch auf die knittrige Pergamentrolle vor ihm.

Er schiebt die Brille höher und überfliegt die erste Seite. »Sie haben selbst recherchiert.«

»Sie sagten, es tue Ihnen leid, meine Sorgen nicht ernst genommen zu haben. Jetzt können Sie –«

»Mathea.« Er hebt die Hand, streicht sich über die Stirn. »Ich danke Ihnen für Ihre Arbeit und werde sie so bald wie möglich durchsehen. Nur jetzt gerade ist es unpassend.«

Natürlich. »Wann *ist* es denn passend? Wenn ich das nächste Mal im Krankensaal aufwache? Oder gar nicht mehr aufwache?«

Er atmet so gequält auf, die Augen groß und glänzend, dass sogar ich den Hauch eines schlechten Gewissens verspüre. »Es tut mir leid, Mathea. Profesorka Hruška braucht meine Unterstützung bei ihrem …« Er räuspert sich, doch ich höre ihm kaum noch zu. Denn in einem Vogelkäfig im Regal, vergraben unter anderen Büchern und einem Strickschal, liegt es.

Das *Compendium Maledictum*.

Mein Kiefergelenk knackt, so fest beiße ich die Zähne aufeinander. Er hat es *vergessen*? Nach all dem Aufruhr und der Predigt, dass Rektorin Sýkorová nach dem Diebstahl keine Bücher mehr an die Univerzita verleihen werde, vermodert das Buch in seinem verdammten rostigen *Vogelkäfig*?

Doch dann sticht mir der Strickschal ins Auge. Potthässlich und so zerknautscht, als hätte man ihn mit Salatbesteck statt Stricknadeln zusammengeklöppelt. An dem hat Profesorka Hruška gearbeitet! Und die anderen Bücher – über Botanik und Teezubereitung.

»Mathea?«

Die Rädchen in meinem Kopf drehen sich. Diese Sache, bei der er Profesorka Hruška helfen soll. Beschäftigt sie ihn absichtlich, damit er keine Zeit hat, mir zu helfen?

»Danke für Ihre Zeit!« Ich stürme zur Tür.

»Mathea!«

Hinter mir lasse ich sie ins Schloss fallen und haste durch die Flure der Univerzita. Ohne Ziel. Ich brauche nur ein paar Minuten, um meine Gedanken zu sortieren. Kann es sein, dass Profesorka

Hruška dafür gesorgt hat, dass das *Compendium* nicht zurück zur Academia gelangt? Dass Nekovář es vergisst? *Um mir zu schaden?* Das würde bedeuten … Ich lehne mich in einer Nische ans Fenster, das die erhitzte Haut meines Rückens kühlt, und schreibe in die seit Tagen stille Freundschaft-ist-Magie-WhatsApp-Gruppe.

Nekovář hat das *Compendium Maledictum*, aber weiß es vermutlich nicht. Vielleicht Hruškas Werk. Wenn sie wollte, dass wir das Buch nicht in die Hände bekommen … hat vielleicht sie den Fluch ausgesprochen? Ich habe keine Beweise.

Mehrmals atme ich ein, dann tippe ich eine zweite Nachricht.

Interessiert daran, es der Academia zurückzubringen? Mit einem kleinen Zwischenstopp zur Recherche?

Während ich in der Bibliothek an meinen Projekten arbeite – das heißt mit rasenden Gedanken über einer leeren Seite im Notizbuch hocke –, antwortet niemand. Ein ungutes Gefühl beschleicht mich. Wie kann ich herausfinden, ob irgendetwas passiert ist? Social Media. Astra ist die Einzige der drei mit einem Instagram-Profil. Was ich seltsam finde. Nicht weil ich Instagram für lebensnotwendig halte – mein eigenes gähnend leeres Profil habe ich nur zu Recherchezwecken –, sondern weil Ellie mit ihren Hunderten Unternehmungen prädestiniert dafür ist, jeden einzelnen Schritt digital festzuhalten.

Astra hat etwas in ihrer Story gepostet. Zumindest sind sie nicht in Gefahr, wegen Hruška, wegen *mir*, sondern …

Sie feiern. Im *U Sedmi Čertů*.

Ich umklammere mein Handy. Aber warum? Ist ja nicht so, dass sie jede Minute des Tages auf Abruf für mich bereitstehen müssen. Ich bin die Letzte, die das erwarten kann.

Und doch.

Vielleicht sollte ich mit Cordelia reden. Die Wogen glätten. Aber es fühlt sich verlogen an, mich zu entschuldigen, weil ich im Grunde nur etwas von ihr will.

In keinem den verwackelten Videos entdecke ich eine Spur von Ozerov. Seltsamerweise lässt mich das entschlossen aufspringen. Er feiert nicht mit den anderen, sondern sitzt vermutlich in seinem Präfektzimmer herum. Und antwortet trotzdem nicht.

Er benutzt meinen Fall für sein Bravura-Projekt. Das Mindeste, was ich verdient habe, ist die Gewissheit, dass ich auf ihre Hilfe nicht mehr zählen sollte.

In der Academia schenkt mir kaum jemand Beachtung, wie jedes Mal, wenn ich allein hier war. Trage Schwarz und du gehörst dazu. Ich zwinge mich, sachte an die Tür des Präfektzimmers zu klopfen, damit er mich nicht erkennt und so tut, als wäre er nicht da.

Ozerov öffnet die Tür und starrt auf mich herab. »Seymour.«

»Oh, du kennst noch meinen Namen?« Meine Stimme trieft vor Spott wie die dunkle Energie aus meinen Kapseln, während ich mich in den Empfangsraum quetsche.

»Bitte, komm doch herein.« Er deutet eine sarkastische Verbeugung an. »Was tust du hier?«

Mein Blick bleibt an seinem Cape kleben, das ordentlich über seiner Stuhllehne hängt. Klasse, weniger Kleidung als sonst. »Niemand antwortet mir.«

»Ich war beschäftigt.« Etwas raschelt, dann tippt er auf sein Handy. Kurz ist es still. »Welchen Grund hätte Hruška?«

»Ellie meinte, dass ihr die Handschrift der fluchwirkenden Person bekannt vorkam. Sie ist Hruška begegnet. Und da Hruška eine Víla ist, kannte sie mich vielleicht schon, bevor ich an die Univerzita kam.«

»Das ist kein Grund. Kein Beweis. Und das *Compendium* zu stehlen, wäre keine gute Idee.«

Ich wirble herum. »Weil es dir nichts für die Bravura bringt?«

Er streicht sich das Hemd glatt. »Das ist nicht der Grund.«

Strategiewechsel. »Also bist du nicht am *Compendium Maledictum* interessiert? Ob darin etwas darüber steht, was dieses dunkle Zeug in den Kapseln, in *mir* …« Meine Stimme zittert, so unerwartet, dass ich nichts dagegen tun kann. Keine Schwäche zeigen. Nicht vor ihm. Von allen Menschen nicht ausgerechnet vor *ihm*.

Sein Gesicht bleibt unlesbar, aber ich kann mir vorstellen, was in ihm vorgeht. Was stört ihn genug, um ihn davon abzulenken? Die Tür zu seinem Privatzimmer steht offen.

»Machst du um dein Zimmer auch so ein Geheimnis wie um deine Wohnung?« Ich schlendere hinüber.

Zu meiner Überraschung stößt er die Tür weiter auf. »Du denkst, wir hätten dich aufgegeben.«

»Denke ich nicht.« Sein Zimmer ist sehr aufgeräumt – wenig überraschend – und enthält quasi keine Dinge, die irgendetwas über ihn verraten. Seine Bettwäsche fällt mir ins Auge, akribisch gefaltet und so schwarz, dass ich mich wohl darin fühlen würde.

Nein, solche Gedanken nicht *jetzt*.

Sein Schreibtisch – noch einer, als reiche der im Empfangsraum nicht – quillt im Gegensatz zum Rest des Raums vor Unordnung über.

Ich atme den schwachen Geruch nach *ihm* ein. Nervig, dass ich das wahrnehme. »Was hat dich so beschäftigt?«

»Was glaubst du?«

Woher soll ich das wissen? Auf dem Laufenden hat er mich nicht gerade gehalten. Ich spaziere vorbei an einem Regal mit Unibüchern, alphabetisch nach Nachnamen geordnet. Die langweiligste Sortierung. Am liebsten würde ich herausfinden, ob er die Bücher einer Person noch mal nach Titel sortiert. Aber das wäre nach dem ausgezogenen Cape, der Bettwäsche und seinem Geruch das i-Tüpfelchen, auf das ich gerade gut und gerne verzichten kann. Also überfliege ich stattdessen die Titel auf seinem Schreibtisch. Und gerate ins Stocken.

Es sind die Bücher über meinen Fluch.

Langsam drehe ich mich zu Ozerov, der mit den Händen in den Taschen an seinem Kleiderschrank lehnt. Weiß nicht, was ich sagen soll. Da stecken nur irgendwelche zusammenhanglosen Wörter in meinem Hals fest.

»Vielleicht *habe* ich geglaubt, ihr hättet mich aufgegeben.« Ein Moment der Schwäche, keine Frage durch den Fluch bedingt. »Was nicht schlimm wäre, ich kann das auch selbst lösen, aber es wäre nett, informiert zu werden, damit ich mein weiteres Vorgehen dementsprechend anpassen und –« Meine Stimme bricht.

Fuck.

Er grinst.

Ozerovs erstes verdammtes Grinsen, bizarr hübsch in seinem scharf geschnittenen Gesicht – und ausgerechnet, weil ich emotional werde. Ich hasse es. Vor allem, dass der träge Schwung seiner Lippen etwas mit meinem Magen anstellt und eine Stimme flüstert, dass es das wert war.

»Brauchst du eine Umarmung?« Sein stichelnder Ton schürft an meinen Nerven.

Also strecke ich die Arme aus. »Ja.«

Vielleicht weil er keinen Rückzieher machen will – oder, schlimmer, etwas ehrlich Hilfloses in meinen Augen sieht –, tritt er vor. Als er seine Arme um meine Schultern schlingt, halte ich den Atem an. *Wie tief willst du noch sinken, Mathea?*

Er tätschelt meinen Rücken, so unbeholfen wie spöttisch. »Wir sind ja für dich da. Finden eine Lösung.«

Ich schnaube. Doch statt ihn wegzuschieben, wie er es sich sicher erhofft, vergrabe ich die Finger in seinem Hemd, dort wo seine Rückenmuskeln vom täglichen Bücherschleppen etwas ausgeprägter sind. *Perfekt.* Das werde ich ihm jedoch garantiert nicht sagen.

Seine Hände zucken. »Es ist kein Witz, dass du Angst –«

»Ich habe keine *Angst.*« Meine Finger bohre ich fester in seinen Rücken. Eine Warnung.

»Du meinst es ernst mit deiner … dezenten Beunruhigung?«

Ich drehe den Kopf, um ihn anzusehen, und er sieht zu mir herunter. Meine Lippen streichen über seinen Kiefer.

Ozerov erstarrt.

»Beiß nicht immer so die Zähne zusammen.« Ich umfasse seinen Kiefer, betont ruppig, um ihn abzulenken. »Bruxismus ist in Leistungsgesellschaften ein ernstes Problem, du solltest dich über Aufbissschienen informieren, wenn du tagsüber schon –«

»Ich finde einen Weg, den Fluch zu lösen.« Seine Stimme ist tief und rau. »Und ich finde einen Weg, dich vor Hruška zu beschützen, falls wirklich sie dafür verantwortlich ist.«

Ich lasse meine Hand sinken. »Warum?«

»Ich habe eine gewisse Mitschuld daran, dass Ellie die Kap-«

»Das nehme ich dir nicht ab.« Die Last der Sorgen verringert sich plötzlich nur durch seine verdammten Worte. Dem traue ich nicht. »Was hast du davon zu helfen?«

Er lacht humorlos. »Du glaubst, ich tue das für mich selbst, weil ich die Bravura gewinnen will?«

»Ich glaube, du tust das für dich selbst, weil du willst, dass kein Fluch zwischen uns steht. Ich weiß, das ist einer *meiner* Beweggründe, warum ich diesen Fluch loswerden will.«

Ozerov neigt den Kopf zu mir. »Das sollte keiner deiner Beweggründe sein, Mathea.«

Mein Name. Wie er ihn ausspricht, sollte mich nicht alles andere vergessen lassen.

»Dein schlechtes Gewissen verstehe ich nicht.« Ich dränge mich an ihn. Serviere ihm meine Lippen, meinen Hals, *alles*, quasi auf dem Silbertablett. »Du willst mich berühren. Küssen. So wie ich dich, seit *Wochen*, und –«

Ozerov taucht hinab zu meinem Hals und küsst die zarte Haut direkt über meinem Puls. Sein Kinn schlägt gegen mein Schlüsselbein, aber das ist egal, denn oh, verdammt. Seine Lippen, die Andeutung von Zähnen, seine Narbe. Ich will, dass er nicht damit aufhört, aber will auch seine verfluchte Zahnpasta schmecken, den Hauch von Aftershave und teurer Gesichtscreme. Will wissen, wie sich das weiche Kratzen seiner Narbe an meinen Lippen anfühlt. Als er diesen empfindlichen Punkt in der Kuhle meines Schlüsselbeins findet, ist mir egal, wie ruhelos, fiebrig, *bedürftig* mein Atem klingt. Ich ziehe ihn an den Gürtelschlaufen näher.

Ich weiß, dass das ein Fehler war, zu viel war, noch bevor er sich zurückzieht.

Unter dem so offensichtlichen Verlangen in seinen Augen blitzt Reue auf. »Mathea …«

Ich presse ihm die Hand auf den Mund. »Dieses ganze Geplänkel bisher ist ja schön und gut. Aber langsam muss ich wissen, ob sich mehr daraus ergibt, denn vor allem in Anbetracht der Situation kann ich kein Hin und Her gebrauchen. Also, keine halbgare Antwort.« Ich nehme die Hand von seinem Mund. »Ja oder nein?«

Sein Atem geht schneller. »Mathea«, wiederholt er dann gequält. Falsche Antwort.

»Wenn es ein Nein ist, sag einfach Nein.« Augenrollend mache ich einen Schritt zurück. »Ich habe zu tun. Damit, mein Leben zu retten, zum Beispiel.« Ich strecke die Hand nach der Tür aus.

Ozerov, plötzlich hinter mir, drückt sie zu. Mit beiden Händen an der Tür atmet er ein.

Mein Herz hämmert gegen meine Rippen. Dann drehe ich mich um, noch immer zwischen seinen Armen. »Wenn du mich nach *dieser* Nummer nicht küsst, Atlas Ozerov –«

Er küsst mich.

Seltsam akribisch. Ich beuge mich zu ihm, meine Hände an seinen Oberarmen, ein Flirren in der Brust. Ist es eine gute Idee, diese Ablenkung zuzulassen?

Doch er berührt mich kaum und irgendwie stachelt mich seine Art, so nach dem Lehrbuch zu küssen, an. *Perfekter Atlas Ozerov.*

Mit den Händen gleite ich über seine Schultern, die angespannten Muskeln entlang, bis ich die Finger in den Strähnen in seinem Nacken vergraben kann. Ich will seine perfekten Haare durcheinanderbringen. *Ihn* durcheinanderbringen.

Das leiseste Summen lässt seine Lippen an meinen vibrieren. Dass ich leicht in seine Unterlippe beiße, ist weitaus weniger der Taktik geschuldet, als mir lieb ist. Es ist eher ein Impuls.

Das Geräusch, das er als Antwort gibt, durchdringt mich bis in die Zehen. Er zieht mich an sich und jetzt vibriert mein triumphierendes Lachen an seinen Lippen.

»Du bist so …« Er ringt nach Luft, weil ich ihm das makellos gebügelte Hemd aus der Hose zerre. Ich hoffe, ich zerknittere es.

»Schrecklich?« Ich setze flüchtige Küsse auf seinen Kiefer. »Anstrengend? Unmöglich?«

»Alles davon«, wispert er gepresst gegen meine Lippen, gefolgt von weiteren Küssen, fahrig und hungrig und so, so imperfekt. Strähnen lösen sich aus seiner Frisur, fallen in mein Gesicht. Sie sind länger, als ich gedacht hätte.

Als ich den obersten Knopf seines Hemds löse und er mit der Zunge einen Schauder durch mich schickt, setze ich den Wunsch, sein Haar nach dem Duschen zu sehen, seidig und unbeschwert von kostspieliger Pomade, auf meine To-do-Liste.

»Und ungeduldig«, murmelt er an meiner Schläfe.

»Das kann dich nicht überraschen.« Ich klinge nicht halb so überlegen, wie ich will. Was egal ist, weil seine Augen jedes Mal, wenn meine Stimme bricht, dunkler werden.

Da ist wieder dieses Leuchten auf seiner Brust, doch ich bin zu abgelenkt von seinen Händen unter meinem Pullover, davon, wie die Küsse ineinander verschmelzen, wie alles an ihm etwas in mir erweckt, das ich nicht kenne.

»Ich wusste, dass es so sein würde«, raune ich. Anders als je zuvor.

Er brummt zustimmend und mir wird schwummerig, weil er es jetzt auch sieht. Es vielleicht die ganze Zeit gesehen hat.

Aber etwas anderes als Verlangen und Triumph zerrt an meinem Inneren. Ich knöpfe sein Hemd weiter auf, mit Gedanken, die sich drehen und drehen wie nach zu vielen Stunden des Lernens. Dann zittern meine Beine. Er küsst mich härter. Ich bohre die Finger in seine Brust, um mich zu ankern, aber es reicht nicht, das hier ist zu viel. *Ich will ihm alles geben.* Der Gedanke verzückt mich – jagt mir Angst ein. Denn er küsst mich, als würde er alles von mir nehmen. Ohne Zögern. Ohne Reue.

Ozerov befiehlt etwas, doch ich höre nur den Hunger in seiner Stimme, verwoben mit Schmerz. Leere breitet sich in mir aus, dann ein quälendes Brennen, als entrisse er mir meine Seele. Auch sie will ich ihm geben.

Ein gleißendes Licht leuchtet zwischen uns auf, so blendend, dass es schmerzt. Keuchend stößt Ozerov mich von sich.

Ich falle in mich zusammen, dann umfasst er meine Taille, bevor ich zu Boden stürze. Angestrengt atmend schleppt er mich auf sein Bett.

Er weicht zurück, eine Hand an seiner Seite geballt, die andere zitternd vor seinem Mund. »Scheiße«, murmelt er wieder und wieder.

Was zur Hölle? Nur träge kehrt das Gefühl in meine Glieder zurück.

»Okay«, keuche ich. »Offenbar gab es einen guten Grund für deine Vorsicht. Sorry.«

Er lacht, zitternd, streicht sich über das Gesicht. *»Sorry?«*

»Na ja, das Ganze hätte man vermeiden können, wenn du mir kurz ein Update à la ›Sorry, ich bin schlimmer als die 104 Jahre alte Jungfrau Edward Cullen‹ gegeben hättest.«

Das lässt ihn empört dreinblicken – besser als der Selbsthass zuvor. »Ich bin kein Vampir.«

Ich unterdrücke das Beben meiner Gliedmaßen. Besser, er sieht nicht, wie ausgelaugt ich bin. Gleichzeitig so leichtsinnig. Durch seinen Kuss? »Aber du bist nicht nur ein Warlock.«

Sein Kiefer zuckt.

Ich fühle mich wie nach dem *Full Moon*. Sollte ich wegrennen? Kein Vampir bedeutet nicht keine Gefahr. Aber ich kann mich nicht von seiner Haut lösen, die immer noch unter seinem offenen Hemd hervorlugt. Dort, wo das Leuchten versickert. Es geht von einer intrikaten Sigille aus feinen überlagerten Linien in schwarzer Tinte aus. »Was ist das?«

»Eine Sigille.«

»Danke«, schnarre ich. »Ich dachte, es wäre ein Einhorn. Sie hält diese Kräfte in Schach? Mit denen du meine Arcanima raubst?«

Ozerov nickt abrupt.

»Funktioniert ja toll.« Ich reibe mir über die Arme. »Du solltest dir einen besseren Tätowierer suchen.«

»Es tut mir leid.«

Ich winke ab. »Ist dein Körper, nicht meiner.«

»Du musst in den Medica-Flügel. Du redest Unsinn und –«

»Ich versuche dich abzulenken.« Ich gebe nicht zu, dass ich mich wie eine leere Hülle fühle und mir nicht vorstellen will, was passiert wäre, wenn er weitergemacht hätte. Weil er nun wieder so voller Selbsthasst dreinschaut, dass ich mich übergeben könnte.

Ich hebe eine Augenbraue. »Soll ich deine Schwester holen?«

»Nein!«

Aha! Ich grinse. Sie ist die Letzte, vor der er schwach wirken will. »Ist sie auch eine …?«

»Succubus.« Seine Hände ballen sich wieder zu Fäusten. »Ich bin ein Incubus. Wenn du sie fragst, hält sie dir einen ellenlangen Vortrag über –«

»Mir wäre lieber, es von dir zu hören.«

Das lässt ihn mich argwöhnisch betrachten.

»Entspann dich. Ich hab mich immer noch nicht hoffnungslos in dein charmantes Wesen verliebt. Aber selbst wenn das hier«, ich deute auf uns, die Bewegung schwerfällig, »nicht funktioniert, bist du dennoch einer der erträglicheren Menschen, die ich kenne. Nenn mich gefühlsduselig, aber wenn du, keine Ahnung, mit jemandem darüber reden willst …«

Er regt sich noch immer nicht, aber schnaubt. »Ich soll dir von meinen Schwächen erzählen.«

Stöhnend lasse ich mich auf den Rücken fallen. *Besser.*

»Würdest du dafür zu mir kommen?«

Widerwillig richte ich mich auf. »Ich bin hier, oder? Nicht bei Ellie, Astra oder jemandem von der Univerzita.«

»Verstehe ich das richtig? Du willst, dass wir *Freunde* sind?«

»Freunde wäre übertrieben. Konkurrenten, die sich ab und zu austauschen? Über Akademisches vor allem. Wenn ich mich benehme, kannst du doch in meiner Nähe sein?«

Er beobachtet mich.

Ich bin nicht sicher, warum ich ihm das Angebot gemacht habe. Weil ich noch nie so mit jemandem auf einer Wellenlänge war? Auch wenn ich jetzt schon vermisse, wovon ich nur kurz kosten konnte, kann ich mir vorstellen, ihn auch ohne physische Komponente zu ertragen. Gelegentlich. Denn Ozerov bringt etwas Sinn in die Arkane Welt. *Konkurrenz.*

Meine Beine spielen wieder mit und ich rapple mich auf. *Tschüss, schwarzes, nach ihm duftendes Bett. Das war das erste und letzte Mal in dir.* »Du musst nicht mit mir über die ganze«, ich deute auf seine Sigille, »*Sache* reden, wenn du –«

»Wo ist mein liebster Lieblingsbruder?!«, tönt es aus dem Vorraum. Dann ein Krachen.

»Astra!«, japst Ellie dumpf.

Ächzend knöpft Ozerov sein Hemd zu, bevor er in den anderen Raum geht, und ich folge ihm. Er bewegt sich noch steifer als sonst, als bemühe er sich, sich nicht nach mir umzuschauen. »Bist du betrunken?«

Astra schmeißt sich ihm an den Hals. »Nur ein bisschen. In erster Linie liegt es an diesen seltsamen Hornissen und ihrem Gift, das irgendwie halluzinogen ist, aber nicht halb so lustig, wie es klingt.

Du hättest mich heute anfeuern sollen! Aber wenn Mathea hier ist …«

»Astra!« Ellie zieht sie am Arm zurück und blickt zwischen mir und Ozerov hin und her. Wie kann sie mal so unbedarft sein und mal mit einem Blick erfassen, was los ist?

Astra stolpert in ihr Zimmer.

Ellie wirft ihr einen besorgten Blick hinterher, aber verharrt an Ort und Stelle. »Ich hab deine Nachricht gelesen.«

»Okay.«

»Wir brauchen das *Compendium*. Nach dem, was ich in dir gesehen habe …« Ihre Hände beben.

Ich verenge die Augen. »Was ist passiert?«

Ellie klammert sich an eine Stuhllehne. »Da war wieder ein Verfolger. Ich glaube …« Heftig atmet sie ein, ihre Augen glitzern verräterisch.

Bitte nicht. »Diese seltsamen Typen müssen dich immer noch für mich halten«, sage ich, bevor sie in Tränen ausbricht. »Es beruhigt mich, wie inkompetent sie offenbar sind – aber trotzdem haben aller Wahrscheinlichkeit nach sie mich verflucht. Oder ihr Befehlshaber.«

Ozerov tippelt mit den Fingern auf seinem Schreibtisch herum. »Also wollen sie den Job beenden, falls es der Fluch nicht schafft?«

Ich ziehe eine Augenbraue hoch. »*Falls?* Danke für die Zuversicht.«

»Der Fluch«, murmelt Ellie. Dann blickt sie auf. »Ganz egal, wie all das zusammenhängt – wir müssen handeln. Schneller als die Dozierenden. Schneller als Hruška.«

»Danke!« Vielsagend deute ich auf Ellie und wende mich zu Ozerov. »Schau, *so* unterstützt man eine Konkurrentin, mit der man sich ab und zu austauscht!«

»Du siehst mich als Konkurrentin?«, fragt Ellie ungläubig.

»Sicher. Ich unterschätze niemanden.«

Ein strahlendes Lächeln schleicht sich auf ihr Gesicht.

Ich strecke die Hand aus. »Bitte umarm mich jetzt nicht!«

»Würde ich im Traum nicht wagen!«, kichert sie.

»Davon hatte ich heute ohnehin schon genug«, murmle ich.

Ozerov räuspert sich. »Würden deine Freunde von der Univerzita helfen, das *Compendium Maledictum* zu besorgen? Wir wirken unauffälliger, wenn du nicht nur mit einer Schar Sinistras in der Univerzita herumschleichst.«

»Jetzt hältst du es doch für eine gute Idee?«

»Es könnte das fehlende Puzzleteil sein.«

Ursula und Bob sind sofort dabei, als hätten sie vergessen, wie unser letzter Einbruch verlief. Sie überreden wiederum Cordelia, die mich während der Planbesprechung in unserem Gewächshaus *Hydrangea* mit finsteren Blicken straft. Ich würde mich deutlich wohler fühlen, wenn mich hier alle so anschauen würden – was ich ihr besser nicht mitteile. Mittendrin klopft Moremi an, um mal wieder zu versuchen, mir den Earth-Day-Every-Day-Pullover anzudrehen, und erkennt mit einem Blick, dass wir etwas vorhaben. Natürlich will auch sie helfen. Dann studiert Cordelia eine Excel-Tabelle, auf die sie als Vertrauensstudentin Zugriff hat, und schließt, dass der beste Zeitpunkt nach Profesor Nekovářs Anderswelten-Kurs ist. An dem Tag zu der Uhrzeit sind die meisten Studierenden und Dozierenden in Kursen. Vor allem Hruška. Jemand muss sie ablenken und wir müssen Profesor Nekovář davon abhalten, sein Büro zu erreichen.

Besser gesagt: ich.

Mit einem Víla-Tanz, der einen Schlafbann auf jemanden legt – was laut Hruškas Erklärungen als gewaltfreie Konfliktlösung gedacht ist. Jetzt ergibt es wohl mehr Sinn, dass sie mir nur harmlose Dinge beibringen wollte, um mich nicht zu sehr zu stärken.

Am Ende von Profesor Nekovářs Stunde nicke ich Cordelia und Ursula zu, die sich hastig rausschleichen. Ursula sammelt Bob ein, um den Flur vor Nekovářs Büro zu sichern.

Und ich dackle zum Pult, wo er seine Ledertasche packt. Diese eine letzte Chance gebe ich ihm.

»Oh.« Er schneidet eine Grimasse. Toller Anfang.

»Haben Sie schon Zeit gefunden, meine Notizen durchzugehen?«

Eine Pergamentrolle gleitet ihm aus der Hand. »Ich habe angefangen, aber …«

Ich unterdrücke jegliches Augenrollen und Stöhnen. Er trödelt immer noch herum. »Ich verstehe.«

»Mathea, ich weiß, ich habe versprochen …« Er atmet tief ein. Schuldbewusst. »Aber Profesorka Hruška hat mich gebeten …«

O Gott. Er und seine verfluchte Schwärmerei für unsere zweigesichtige Öko-Königin. Bei ihr zu landen, ist natürlich wichtiger, als einer verfluchten Studentin zu helfen. Aber der Kursraum leert sich und ich muss ihn nur noch eine kurze Weile hinhalten.

»Dann wäre es wohl besser, ich wende mich an Rektorin Aigeiros wegen der Medica-Spezialisten, von denen sie sprach.«

»Das wird nicht notwendig sein. Sie hat bereits –«

»Nun gut.« Die letzte Studentin geht hinaus. »Geben Sie Bescheid, wenn Sie etwas Neues herausfinden.«

Mit geducktem Kopf macht er sich von dannen. Er hat definitiv ein schlechtes Gewissen.

Bevor er aus der Tür treten kann, versperrt Cordelia ihm den Weg und zieht demonstrativ die Bremse ihres Rollstuhls an. »Profesor, ich hätte noch eine Frage.«

»Natürlich!« Wie Cordelia prophezeit hat, setzt er sich, um ihr zu signalisieren, dass er sich Zeit für sie nimmt. Er soll schlafen, aber sich nicht verletzen – Cordelias Bedingung.

Sobald er leise mit ihr redet und mich komplett vergessen hat – nichts Neues –, gehe ich hinter seinem Rücken die Bewegungen durch. Ich beiße die Zähne zusammen, um keinen der affigen Hüpfer, keine der eleganten Armbewegungen, keine Neigung meiner Schultern zu vergessen.

Profesor Nekovář hängt an Cordelias Lippen. Doch mit jeder meiner Bewegungen sackt er etwas mehr in sich zusammen.

Dann sinkt sein Kinn auf seine Brust.

Ich schleiche zu Cordelia. »Wie lange hält es an?«

»Er scheint ziemlich tief zu schlafen. Sicher eine Stunde, wenn ihn niemand vorher weckt. Aber dafür verschließe ich ja die Tür magisch von innen.«

»Bist du sicher, dass du bei ihm –«

»Ich bin absolut sicher. Das Wichtigste ist, dass niemand zu Schaden kommt. Ich bewache ihn.«

»Aber wenn er –«

»Bei den ersten Anzeichen seines Erwachens verschwinde ich. Er wird denken, er wäre eingenickt.«

Ich wende mich zur Tür und genauso schnell wieder zu ihr. »Cordelia … Wegen unseres Gesprächs letztens –«

Sie scheucht mich voran. »Geh endlich!«

Also tue ich genau das.

Auf dem Weg zu Nekovářs Büro kommen mir einige Studierende entgegen, alle mit seltsam seeligen, aber leeren Blicken.

Moremi stößt zu mir. »Er schläft?«

Ich nicke, dann stehen wir hinter der nächsten Ecke Bob gegenüber. Er blickt ungewohnt konzentriert drein.

»Deine Verhüllung steht?«, frage ich.

»Hier kommt niemand vorbei.« Bob grinst. »Solange sie nicht wissen, was ich tue, funktioniert es wie der Schutzbann um die Univerzita. Ihnen fallen ganz plötzlich Gründe für einen Umweg ein.«

Moremi schaut auf ihr Handy. »Ursula ist in Hruškas Kurs. Sie meldet sich, wenn etwas Seltsames passiert.«

»Wenn dein Handy in einem ungünstigen Moment klingelt …«

Grinsend schwenkt sie es durch die Luft. »Von Cordelia verzaubert. Nur ich spüre eine Vibration.«

Ich hielt Moremi immer eher für eine Einzelkämpferin, mir ein Stück weit ähnlicher als den anderen Dextras. Aber auch sie arbeitet erstaunlich gut mit ihnen zusammen. Ich schätze, jetzt, da ich ein Mal in meinem Leben auf Hilfe angewiesen bin, verstehe ich das ganze Aufsehen um Gruppenarbeit und Sozialkompetenz etwas besser.

»Ich sagte doch, dass du Freunde gebrauchen kannst.« Ozerov schlendert mit Astra und Ellie um die Ecke.

»Sie sind nicht meine Freunde.«

»Süß, wie schüchtern du noch immer bist!« Moremi tätschelt mit steifer Hand meinen Rücken. Sie traut den Sinistras nicht.

»Ich bin nicht schüchtern. Nur introvertiert.«

»Introvertiert?« Ozerovs Schnauben klingt beinahe wie ein Lachen. »Du bist praktisch eine Niederlage davon entfernt, mit einer Nacktkatze auf dem Schoß über deinen Plan zu kichern, die Weltherrschaft an dich zu reißen.«

»Weil ihr die Reinkarnation von Gandhi seid?« Moremi wendet sich mir zu. »Sicher, dass wir sie brauchen?«

Da ist sie ja wieder, die Einzelkämpferin.

»Ihr braucht uns. Definitiv.« Ozerov stiefelt los. »Und auch Gandhi ist nicht das pure Gute, für das du ihn anscheinend hältst. Ich kann dir kritische Literatur empfehlen, wenn das hier vorbei ist.« Die ständigen Lehrmonologe, dieses Bedürfnis, anderen Wissen zu vermitteln, seine Arbeit als Präfekt – er ähnelt Astra mehr, als er wahrhaben will. Unter der verdrießlichen Hülle steckt ein wahrer Menschenfreund. Erschreckend, dass mich das nicht *verschreckt*.

Vor Nekovářs Büro konzentriert Ozerov sich auf das Schloss und der Austausch von Energie ist in der Luft spürbar. »Stärker als gedacht. Er ist Theoretiker, oder?«

»Rektorin Aigeiros wirkt die Schutzzauber«, erklärt Moremi.

Das Türschloss klickt auf und Ozerov versucht sein Ringen nach Luft zu verbergen. Vermutlich erfolgreich, außer bei mir.

Doch als wir nacheinander eintreten, legt Ellie die Hand auf seinen Arm. »Alles in Ordnung?«

Er zieht ihn kommentarlos weg.

»Das heißt wohl ja«, murmelt Ellie grinsend. Mhm, vielleicht kann er mit *ihr* reden, wenn es sein muss? Sicher die bessere Wahl als ich, was alles Emotionale angeht.

»Dort ist es.« Ich gehe zum zugemüllten Vogelkäfig.

Ozerov hält mich zurück. »Lass mich.«

»Glaubst du, ich bin nicht mal mehr in der Lage, einen rostigen Vogelkäfig zu öffnen?«

»Es könnte mehr als ein normaler Käfig sein.« Astra durchwühlt den Schreibtisch. »Schutzmagie, die Unbefugte verletzt.«

»Das ist ein Käfig mit Müll.«

»Euer Profesor ist ein sammelwütiger, unordentlicher, verplanter Luftikus.« Atlas drängt sich an mir vorbei. »Das heißt nicht, dass er über keine geschützten Aufbewahrungsorte für sein Gerümpel verfügt.«

»Können wir nicht einfach den ganzen Käfig mitnehmen«, Moremi dreht sich zum dutzendsten Mal zur Tür, »und ihn knacken, wenn wir in Sicherheit sind?«

»Bevor wir ihn einfach ergreifen, sollten wir sichergehen, dass man nicht versteinert, verbrannt oder sonst wie verstümmelt wird.« Ozerov führt langsam die Hände an die Gitterstäbe. Ein Knistern liegt in der Luft und ich zwinge mich, nicht den Atem anzuhalten. Doch er berührt den Käfig und nickt. »Keine Gefahr. Aber es liegt ein Schutz darauf.«

Ich stupse Moremi an. »Wenn wir erwischt werden, sagen wir, Ozerov und die anderen Sinistras sind eingebrochen und wir haben nur versucht sie aufzuhalten.«

»Das können wir nicht tun, Mattie!«, tadelt Moremi.

Im gleichen Moment lacht Astra. »Sicher, dass du nicht an die Academia wechseln solltest? Vielleicht bekommt man das irgendwie durchgeboxt.«

»Wäre sofort dabei.«

Ozerov sieht sich argwöhnisch zu mir um.

»Keine Sorge, nicht wegen dir. Du bist der einzige Grund, warum ich nicht schon längst mit gepackten Koffern vor euren Toren stehe.«

»Beruhigend.« Er wendet sich wieder dem Käfig zu.

»Und es ist unmöglich zu wechseln«, gibt Ellie zu bedenken. Dann leuchtet Hoffnung in ihren Augen auf und sie dreht sich zu Astra. *»Oder?«*

»Die Einteilung in Sinistra und Dextra ist unumstößlich, sogar unabdingbar für den relativen Frieden. Und du bist eine Sinistra. Du gehörst zu uns.«

Ellie lächelt tapfer und gequält. Dabei dachte ich, sie hätte sich so wie ich mit ihrem Schicksal abgefunden.

Seufzend lässt Ozerov vom Käfig ab. »Das Schloss benötigt Arcanima, um geöffnet zu werden.«

»Und die Tür hat dich schon so viel gekostet, dass das nicht mehr drin ist?«, spöttelt Astra. »Dann lass mich ran.«

»Es braucht mehr, als wir zusammen ansammeln könnten. Zumindest wenn wir nicht zwei oder drei von uns ohnmächtig hier liegen lassen wollen.« Er schaut sich um. »Oder gibt es Freiwillige?«

Ellie hebt die Hand, die Astra sofort wieder hinunterdrückt. »Treib die Selbstaufopferung nicht zu weit.«

»Tue ich nicht! Ich glaube nur, ich könnte gut genug lügen, um mich aus der Lage zu befreien, wenn ich entdeckt werde.«

»Könntest du *nicht*«, sagen wir alle synchron.

Seufzend fahre ich über den Käfig, der sanft vibriert. »Ich verstehe es nicht. Hat Profesor Nekovář Hruškas Kram dort reingetan? Oder sie selbst?«

»Als Víla könnte sie ihn dazu gebracht haben, ohne dass er sich dessen gewahr ist.« Atlas studiert die Gegenstände hinter den Gittern. »Vielleicht sieht er das Buch nicht einmal.«

Ich schüttle den Kopf. »Und wie öffnet Profesor Nekovář ihn, wenn unser aller Arcanima zu gering ist?«

»Er könnte stärker sein, als wir glauben«, meint Moremi. »Nicht alle mächtigen Arkanen entscheiden sich dazu, ihre Kräfte praktisch einzusetzen.«

Ich bin Profesor Vaclav Nekovář, Fachbereiche Eruditio, Scientia und Alchemia. So hat er sich vorgestellt. Ich durchwühle seinen Schreibtisch, ohne genau zu wissen wonach. Pergamente, Bilder, ausgetrocknete Federhalter.

»Wenn er mächtiger als wir fünf zusammen wäre, wüssten wir das trotzdem«, schnaubt Astra.

Schublade für Schublade zerre ich auf. Mehr Federhalter, ein Glaskasten mit zerbeulten Schmuckstücken, zerbrochene Edelsteine, ein Jahresvorrat Kamillentee. Was hat er noch über sich erzählt, das helfen könnte? Ich blende die anderen aus, während ich die Regale entlanglaufe. Der Kerzenhalter blitzt im Spiegel auf. *Meine Reise durch den Spiegel.* Ich husche zum Tisch. *Gesammelte Arcanima, damit Ihre Reise nicht zu viel unserer Energie frisst.* Das Amulett!

Ich reiße die zweite Schublade auf und zerre den Glaskasten voller Schmuck auf den Tisch. »Könnten das Amulette mit gespeicherter arkaner Energie sein?«

Die anderen verstummen.

Dann fährt Ozerov mit der Hand durch die Amulette und Ringe. »Nur noch Restenergie. Aber ja. Woher wusstest du das?«

Sein Blick liegt auf mir und ich grinse. Sieht er so aus, wenn jemand eine bessere Note schreibt als er? »Besorgt, wie viel ich schon nach ein paar Wochen gelernt habe?«

Er geht jedes Schmuckstück einzeln durch. »Vielleicht sind nicht alle aufgebraucht.«

Da, eine silberne Hand der Fatima – die hat er in *Dáma Liškovás Antiquariat* aus dem Schaukasten genommen. Ich picke das Amulett heraus. »Was ist mit dem?«

Er nimmt es mir ab und spitzt die Lippen, als hätte er in eine Zitrone gebissen. »Aufgefüllt. Woher wusstest du …?«

»Bessere Auffassungsgabe als du?«

Kopfschüttelnd tritt er vor den Käfig. »Astra? Ich habe bereits die Tür geöffnet und den Käfig untersucht.«

Mir liegt auf der Zunge, ob es ihm derart schwerfällt, um Hilfe zu bitten. Aber das wäre von mir nun wirklich scheinheilig.

»Richtig.« Astra eilt ihm zur Seite.

Gemeinsam berühren sie das Schloss des Käfigs. Ein gleißendes Licht leuchtet auf und sie murmeln etwas in der fremden Sprache, über die ich unter anderen Umständen schon lange mehr hätte erfahren wollen. Doch jetzt warte ich erstarrt ab, ob es funktioniert.

Astra stöhnt leise und Ellie greift ausgerechnet nach *meiner* Hand, doch Astra lässt nicht vom Käfig ab, sucht nur festeren Stand. Das Licht bleicht die beiden Zwillinge aus.

Und dann knallt das Amulett zu Boden, seine Kette gerissen, und die Käfigtür springt auf.

Mein Herz pocht in meinem Hals, so heftig, dass ich schlucken muss, um atmen zu können.

Ozerov dreht sich zu mir, das *Compendium* in der Hand. Seine Knöchel sind weiß. Ich starre vom Buch zu ihm, sein Mund verkniffen, sein Blick düster.

Er wird doch nicht …

Ozerov hält mir das Buch hin. »Also haben wir euch am Ende völlig umsonst durch halb Prag gejagt.«

Ich atme aus. Mit zittrigen Fingern nehme ich das *Compendium* entgegen. Schlage es dort auf, wo ein Lesezeichen mit gepressten Blüten steckt. »Ein uralter Fluch.«

Ozerov beugt sich über die Seite. »So alt, dass er kaum noch bekannt ist. Kaum Aufzeichnungen existieren. Er wurde nicht aus *Kápsula* entwickelt. Sondern *Kápsula* aus ihm.«

Moremi umfasst meinen Arm. »Ursula hat geschrieben! Hruška ist plötzlich aufgebrochen!«

»Scheiße!«, flucht Astra und scheucht Ellie zur Tür.

Doch ich stemme mich gegen Moremi. Da sind Notizen auf den Seiten, winzig klein gekritzelt.

Nicht Hruškas Schrift.

Aber er sagte, Hruška habe ihn eingespannt. Mehrmals. Alles deutet auf sie hin.

»Mathea!« Ozerov klappt das Buch in meinen Händen zu und zerrt gemeinsam mit Moremi an mir.

Was, wenn Ellie die Kapseln gar nicht perfekt repariert hat? Wenn er bei seiner Diagnose –?

»Profesor Nekovář!«, ruft Moremi. »Wir müssen zu Rektorin Aigeiros. Profesorka Hruška ist diejenige, die Mattie –«

»Geben Sie mir das *Compendium*, Mathea.« Nekovář, der mit Cordelia vor sich im Türrahmen steht, streckt die Hand aus. »Es ist nicht sicher für Sie.«

Cordelia nickt. »Er hat recht.«

»Hast du ihn aufgeweckt?«, keucht Moremi.

»Ja. Ich musste euch Einhalt gebieten. Die Regelbrüche, die Diebstähle, das völlige Missachten der Sicherheitsvorkehrungen …«

Nein. Sie würde uns nicht so in den Rücken fallen. Mir vielleicht, aber sicher nicht den anderen.

Ich presse das *Compendium* an mich. »Cordelia –«

Gequält schüttelt sie den Kopf. »Es ist zu deinem Besten, Mathea.«

Mathea. Niemand von ihnen nennt mich so.

Ich starre auf Profesor Nekovář. »Wo ist Bob?«

»Weggelaufen.« Er kommt näher, seinen besorgten Hundeblick auf dem Gesicht.

Kopfschüttelnd mache ich einen Schritt zurück. Ellie stellt sich kaum merklich vor mich. *Sie spürt es auch.*

Dann tut Ozerov es ihr gleich.

Die Gedanken schwirren durch meinen Kopf. Alles, was ich über den Fluch weiß, habe ich von Nekovář erfahren. Er hat die Diagnosen gestellt. Meine Heiltränke zubereitet. Die Dozierenden informiert. Wenn sie nicht wussten, wie schlimm es um den Fluch steht, wenn er sie *manipuliert* hat …

»Welcher arkanen Art gehören Sie an, Profesor?«

Er lässt die Hand sinken. »Diese Fragen stellen wir an der Univerzita nicht. Ich glaube, die Gepflogenheiten Ihrer Sinistra-Freunde färben schon zu lange auf Sie ab. Ich habe keine Wahl, als Ihr Vergehen bei Rektorin –«

»Sie sind ein Víla«, keucht Ellie. Ausgerechnet sie durchschaut ihn, noch bevor ich es ganz verarbeiten kann. »Das heißt, Matheas Bann hat Sie nie einschlafen lassen.«

»Mathea ist eine ungelernte, verfluchte Späterwachte!«

»Nein!« Angetrieben von Wut im Bauch trete ich vor. »Sie haben mich verflucht!«

»Das ist doch Unsinn, Mathea! Denken Sie nach!« Er blickt so verzweifelt drein, dass ich ihm fast glaube.

»Was ist mit Hruška?«, fragt Moremi.

»Hruška?« Nekovář lässt die Hände sinken. Dann werden seine Augen groß. »Sie meinen, Hruška hätte …? *Ja, natürlich.* Ihre ständigen Aufgaben, die sie mir aufgebrummt hat. Ihre –«

»Hören Sie auf mit dem Laientheater!«, fauche ich. »Sie haben es so aussehen lassen, als wäre Hruška diejenige, die es auf mich abgesehen hat! Aber *Sie* haben uns das *Compendium* abgenommen und nie jemandem Bescheid gesagt, deshalb gab es keine Strafen.«

Atlas knirscht mit den Zähnen. »Rektorin Sýkorová hat das Buch nie erwähnt – nur die Kämpfe.«

»Sie haben so getan, als würden Sie von der Dunkelheit in Matties Kapseln nichts entdecken!«, japst Ellie.

»Wann hört ihr endlich mit euren Detektivspielchen auf?«, ruft Cordelia. »Ihr alle werdet Mathea noch auf dem Gewissen haben!«

Ich wende mich ihr zu. »Hat er dich mit einem Bann belegt?«

»Natürlich nicht! Nur weil ich die einzig Vernünftige –«

»Was ist unser Bravura-Projekt?«

Cordelias Augen weiten sich, genauso wie Nekovářs. Dann grinst sie anerkennend.

Sie steht unter seinem Bann. Er kann sie sagen lassen, was er will – aber nicht auf ihre Erinnerung zugreifen.

»Warum sollte ich das *Compendium* für alle sichtbar bei mir auslegen?« Nekovář kommt näher, doch Astra stellt sich ihm in den Weg, größer und breiter als er.

»Weil Sie damit endgültig Hruška hätten beschuldigen können.« Ich stocke. »Nein, wir hätten es für Sie getan.«

»So wie Sie uns auf das *Compendium* angesetzt haben.« Ozerov streckt den Arm vor mir aus. »Wir haben es Ihnen praktisch überreicht und Sie behielten es, damit niemand von den anderen Dozierenden auf den Fluch stoßen konnte. Bei all Ihren Taktiken fällt der Verdacht nie auf Sie.«

»Wenn ihr doch nur verstehen würdet …« Nekovářs Blick zuckt durch die Gegend, geht durch Ellie hindurch in die Ferne.

»Warum haben Sie mich verflucht?«, zische ich. Antworten. Ich brauche Antworten, *Gründe*. Wieso ich?

»Mathea, geben Sie mir einfach das *Compendium*.«

Ich presche vor.

»Mattie!«, kreischt Ellie.

Ozerov greift zu spät nach mir.

»Sie hätten mich töten können!« Das *Compendium* rutscht mir aus der Hand – weil ich Nekovář an die Gurgel springe. »Wegen Ihnen bin ich im Studium zurückgefallen!«

Er rollt sich unter mir weg und greift nach dem *Compendium*.

Doch ich hechte hinter ihm her. »Ich will wissen warum!«

Eine Schar Schmetterlinge stürzt sich aus dem Nichts auf mich. Schwarze, mit roten Flecken gespickte Flügel flattern über mein Gesicht. Meine Muskeln versteifen sich.

Nekovář windet sich unter mir, doch zumindest scheine ich in meiner Starre wie ein Stein auf ihm zu liegen. Auch wenn ich die Augen zupresse, um die Viecher nicht sehen zu müssen.

»Das sind Blutströpfchen!«, kreischt Ellie, als ob es mir hälfe, ihren Namen zu kennen. »Sie sind giftig!«

Hastig weiche ich vor ihm zurück, verscheuche die Schmetterlinge, während jemand mich auf die Beine zerrt.

Nekovář rappelt sich auf, umgeben von den Blutströpfchen, die so wild flatternd wahrhaftig wie ein Regen aus Blut aussehen. Er hat das *Compendium Maledictum*.

Ozerov hält mich mit einem Arm um den Brustkorb fest, der sich schmerzhaft weitet. »Überstürz nichts!«

»Er wird abhauen! Mit dem *Compendium*!«

Astra prescht in den Türrahmen, Feuer an ihren Händen.

»Geben Sie das Buch zurück«, befiehlt Ozerov und lässt mich endlich los. »Es ist vorbei.«

Nekovář lacht. »Ihr alle haltet euch für überlegen. Aber vor allem du, Atlas Vsevolodovich Ozerov, Sohn des Vsevolod. Der Name deines Vaters, dessen Erbe du so fürchtest, richtig?«

»Woher …« Ozerov ballt die Fäuste. »Geben Sie –«

»Es braucht nicht einmal einen Bann, um dich erstarren zu lassen.« Nekovář dreht sich um und seine Blutströpfchen stürzen sich auf Astra.

Die hebt ihre in Flammen stehenden Hände.

»Nicht wieder der gleiche Fehler!« Ellie rammt Astra zu Boden. Das Feuer stiebt hoch. Ellie schreit. Der Gestank von verbrannter Haut steigt auf. Astra rappelt sich auf die Knie, hält Ellie in einem Arm, wirkt mit der anderen Hand etwas, das ein Heilzauber sein muss.

Alles wegen mir.

Ich stürze wieder nach vorn.

»Duck dich!«, schreit Moremi und aus Reflex gehorche ich. Eine halb vertrocknete Topfpflanze fliegt an mir vorbei. Sie zerscheppert vor Nekovář auf dem Boden und er lacht wieder, umfasst Cordelias Hals. Sie muss noch immer unter seinem Bann stehen.

Doch dann wächst die Pflanze, schlingt sich um sein Bein, und sein Lachen versiegt.

Moremi sorgt mit einem Ruck ihres Handgelenks dafür, dass die Pflanze ihn zu Boden reißt. Er knallt mit dem Kopf gegen einen Setzkasten. Das scheint den Bann zu lösen, denn Cordelia hebt die Hände.

Nekovářs zuckender Körper schwebt in die Luft.

Wir haben ihn!

Moremi stößt die Tür auf. »Ich hole Aigeiros!«

Cordelia heult auf. Die Blutströpfchen schwärmen um sie herum, krabbeln über ihre ausgestreckten Hände, die sie trotzdem nicht herunternimmt.

Ich beiße die Zähne zusammen und hechte los, doch Ozerov überholt mich. Er rammt Nekovář eine Faust gegen den Kiefer. Dann stöhnt er vor Schmerz auf und schüttelt seine Hand aus. Mit der anderen reißt er das Buch an sich.

Die Falter lösen sich in Luft auf und ich werfe mich vor der schluchzenden Cordelia auf die Knie. Pusteln ziehen sich über ihre Arme. »Ich weiß nicht, wie ich dir helfen kann!«

Ellie schiebt mich beiseite. Mit entschlossenem Gesichtsausdruck hebt sie die Arme über Cordelia. Sie kann ihr helfen. Erleichtert atme ich auf.

Dann wende ich mich Ozerov zu. Nekovář stürzt sich auf ihn, doch Ozerov beschwört eine Flammenwand herauf, die die überall verteilten Pergamente verschlingt.

Nekovář weicht zurück, fällt brüllend zu Boden. Ich will mich auf ihn werfen, doch Astra hält mich zurück. Eine neue Schar Schmetterlinge erscheint, ein Kaleidoskop aus Orange, Braun und Schwarz.

»Ihr begeht einen großen Fehler, indem ihr Mathea helft!«, donnert Nekovář, während sich die Falter um ihn sammeln.

Ich reiße mich los – doch als ich dort aufkomme, wo eben noch Nekovář lag, pralle ich nur auf den nackten Boden.

Er ist verschwunden.

18

Ellie

»Aigeiros«, grüßt Rektorin Sýkorová so unterkühlt, dass ich trotz der brennenden Haut erzittere.

Die weißhaarige Dryade, die mir in ihrem Büro Salbe für meine Brandwunden reicht, dreht sich um. »Sýkorová.«

Astra und Atlas richten sich ganz auf, statt sich an den Sofas abzustützen. Doch Rektorin Sýkorová beachtet uns nicht.

Mit Rektorin Aigeiros verzieht sie sich hinter deren Schreibtisch, wo sie sich flüsternd unterhalten.

Der Angreifer nach Astras Spiel, meine Vergangenheit – ich war kurz davor, ihnen mehr zu erzählen. Aber das wäre ein Fehler. Niemand darf davon erfahren, das habe ich mir geschworen. Und ich weiß nicht einmal, ob es wirklich mit Mathea und dem Fluch zusammenhängt.

Ich blicke zu den anderen. Mattie, die flach atmend auf dem Sofa neben Moremi kauert. Atlas hinter ihr, ohne sie eines Blickes zu würdigen, das *Compendium* aufgeschlagen in der Hand. Astra lockt mich zu ihnen.

Ich schleppe mich auf das Sofa. »Glauben sie uns?«

Astra zuckt mit den Schultern. »Die Story ist ziemlich abstrus. Nekovář, seine Manipulation, *Kápsula*, all unsere heimlichen Aktionen, was wir sonst noch geheim gehalten …«

Die Doppeltür knallt auf. Bob stürmt mit Ursula und Profesorka Hruška im Schlepptau herein. Er blickt um sich. »Wo ist Cordelia?«

Moremi wedelt schwach mit einer Hand. »Im Medica-Flügel, aber es geht ihr –«

»Ist sie verletzt?« Mit wenigen Schritten türmt Bob über ihr. Angsteinflößender, als es jemand in einem Strickpullover mit Wolken sein sollte.

»Ellie hat das Gröbste geheilt. Sie braucht nur Schlaf.«

Bob sackt etwas in sich zusammen, dreht sich dann mir zu. »Danke«, haucht er so von Herzen, dass ich lächle.

Profesorka Hruška sinkt in Tränen aufgelöst an Matheas Seite zu Boden und ergreift ihre Hand. »Ich werde mir nie verzeihen, dass ich Ihnen Anlass gegeben habe, mich zu verdächtigen!«

Mathea befreit ihre Hand. »Eigentlich hat Nekovář –«

»Er hat mir immer wieder eingebläut, Sie nicht zu sehr zu fordern. Vielleicht wäre alles anders verlaufen, wenn ich Sie besser unterrichtet hätte? Von nun an trainieren wir alles, wozu Sie sich in der Lage fühlen.«

»Profesorka Hruška«, ruft Rektorin Aigeiros. »Auf ein Wort!«

Sie stolpert zu den Rektorinnen, ohne sich die Tränen fortzuwischen, und mein Herz verkrampft. *Die arme Frau.*

»Warnt mich, wenn mich mein Víla-Erbe jemals so gefühlsduselig werden lässt«, ächzt Mathea.

Atlas' Hand verkrampft an der Sofalehne, sobald ihre Stimme erklingt. Was ist nur zwischen ihnen passiert?

»Ich hoffe, dass sie sich nicht die Köpfe abreißen, wenn sie über das weitere Vorgehen entscheiden.« Astra springt über die Lehne und quetscht sich zwischen Mathea und mich. Als wäre nichts. Dabei haben wir unser Gespräch vor dem *U Sedmi Čertů* nie wirklich beendet. Vielleicht bin ich auch die Einzige, die überhaupt noch darüber nachdenkt.

»Rektorin Aigeiros würde nie jemandem den Kopf abreißen!«, empört sich Bob.

»Dann kennst du sie schlecht.«

Atlas baut sich gegenüber von Astra auf. »Die Runensprache kenne ich nicht. Daher ist es vermutlich eine tote Sprache. Nekovář hat als Eruditio-Theoretiker ganze Arbeit geleistet, genau diesen Fluch auszuwählen. Wer weiß, wie lange er gebraucht hat, den Text zu übersetzen. Es wird schwierig, eine Koryphäe auf dem Gebiet zu finden, und selbst wenn, könnte die Übersetzung Monate …« Atlas stockt.

Aber das bekomme ich kaum noch mit, denn Müdigkeit legt sich über mich. Ruhe und Wärme. Weil Astra neben mir sitzt? Vielleicht ist es am besten, wenn ich auch einfach nicht mehr darüber nachdenke. Über das Gespräch, das Date, das morgen vielleicht oder vielleicht auch nicht stattfindet. Über sie und mich. Einfach nur Freunde sein reicht. Ich lasse den Kopf an ihre Schulter sinken und atme auf.

»Sie müssen also Nekovář aufspüren.« Astra greift nach meiner Hand, ganz beiläufig. Sie macht es mir nicht leicht.

Mathea sieht Atlas so lange an, bis er sich ihr zuwendet. »Wir sind ab jetzt raus? Können nichts mehr tun?«

»Ich weiß, Sie alle sind erschöpft.« Rektorin Aigeiros tritt mit gefalteten Händen vor uns. »Deshalb danke ich Ihnen für Ihre Erklärungen. Auch wenn Ihr Verhalten ein schlechtes Licht auf beide Institutionen geworfen hat. Aber das ist ein Thema für später.«

Sýkorová lässt sich auf dem anderen Sofa nieder und überschlägt die langen Beine. »Zu Ihrer Information: Meine Scholares erhalten ihre Strafe *umgehend*.«

»Wir regeln das jeweils nach Dextra- und Sinistra-Art« ergänzt Aigeiros. »Sie sollen wissen, dass wir uns einen großen Teil der Schuld zugestehen. Wir ließen uns von Nekovář hinters Licht führen, der uns das wahre Ausmaß des Fluchs vorenthielt. Aber er ist fort. Und wird sich nicht trauen zurückzukehren.«

Mathea setzt sich auf. »Was heißt das?«

Sýkorová streckt die Hand aus und Atlas verrenkt sich über den Tisch, um ihr das *Compendium* zu reichen. Sie lässt es neben sich auf das Sofa fallen. »Mit dem Wissen aus dem *Compendium* kann Aigeiros endlich eine Lösung für dieses Problem finden. Und ich höre hoffentlich bis zur Bravura nichts mehr von der Univerzita.«

»Wir übersetzen den Text und finden eine Heilung für Ihren Fluch, Mathea«, setzt Aigeiros sanft hinterher.

Das weckt meine Lebensgeister und ich springe auf. »Sie suchen nicht nach Nekovář?«

»Das ist unnötig.«

»Aber was, wenn die Übersetzung zu lange dauert?« Galle kriecht meinen Hals hinauf. »Wenn nur er den Fluch lösen kann!« Wenn er frei herumläuft – er und die anderen? Es ist meine Schuld, wenn Mathea etwas geschieht. Weil ich nicht verrate, dass vielleicht –

Plötzlich dreht sich alles und ich japse nach Luft, als hätte mir jemand gegen den Brustkorb geschlagen.

»Ellie.« Astras Hand, warm und groß, umschlingt meine.

Ich kann atmen, aber sinke zurück auf das Sofa. Vom Rest der Unterhaltung bekomme ich nichts mit. Ich wollte ihr helfen, wollte, dass alles gut wird, doch habe es nur schlimmer gemacht. Natürlich. *Wie immer.* Ich presse meine Handballen gegen meine dröhnenden Schläfen.

»Ich fühle mich nicht gut«, knurrt Mathea und ich schrecke hoch. Sie sitzt so aufrecht, ihr Blick ist so klar, dass sie es nicht ernst meinen kann. »Wir sollten uns alle ausruhen, bevor wir weiter darüber diskutieren.«

»Vernünftig.« Rektorin Aigeiros nickt.

Rektorin Sýkorová zieht nur eine Augenbraue hoch. Sie durchschaut Mathea. Und sagt nichts dazu.

Dann tröpfeln wir aus dem Büro, ich halb auf Astra gestützt, deren besorgten Blicken ich ausweiche. Wir schleppen uns ein paar Flure weiter, bis in eine von Fenstern gesäumte Nische, wo Mathea sich gegen eine Säule lehnt.

»Ich bringe dich in den Krankenflügel, Mattie«, meint Bob und versucht sie unterzuhaken.

»Ich will nicht in den Krankenflügel«, zischt sie.

Er greift dennoch nach ihrem Arm – bis Atlas ihn von ihr wegzerrt. »Sie sagte, sie will nicht.«

Bob funkelt den reglosen Atlas an.

Übelkeit rollt durch meinen Magen wie eine Gewitterwolke. »Wir müssen Profesor Nekovář aufspüren.«

»Und ein weiteres Mal gegen die klaren Anweisungen der Dozierenden vorgehen?«, schnaubt Moremi. »Cordelia bringt uns um. Wenn wir uns vorher nicht selbst umbringen.«

»Nicht, wenn wir nur nach ihm suchen«, entgegne ich. »Wir müssen keinen Kampf riskieren. Wenn wir herausfinden, wo er sich aufhält, verfolgen die Dozierenden vielleicht seine Spur.«

Bobs Flügel flattern. »Ich bin dabei, wenn Cordelia sagt, dass es okay ist.«

Ursula nickt, aber sieht nicht gerade aus, als gäbe sie viel auf Cordelias Erlaubnis.

»Dann brauchen wir einen Plan.« Astra klingt, als wäre sie schon wieder fit, um direkt loszustürmen.

Atlas lässt den Blick über Moremi, Ursula und Bob schweifen. »Und einen erweiterten Verbindungsschwur.«

Mein Magen fühlt sich an, als hätte jemand einen Makramee-Wandbehang daraus geknüpft. Aber nicht, weil Astra, Mathea, Cordelia und ich uns drei Tage später erneut zu Profesor Nekovářs Büro schleichen.

Sondern weil Astra meinen Blicken ausweicht. In Aigeiros' Büro hat sie noch meine Hand gehalten und ich dachte, vielleicht sagt sie etwas wegen des Dates. Aber nichts.

Ich schüttle den Kopf. Etwas von Profesor Nekovář finden, mit dem Astra ihn per Scrying aufspüren kann.

Der Flur ist leer, also halten wir vor der Tür an. Astra berührt das Schloss. »Magisch gesichert, war klar.« Dann schließt sie eine Inkantation murmelnd die Augen.

»Ist das nicht Ozerovs Spezialität?« Mathea verschränkt die Arme, was sie in letzter Zeit noch öfter tut als sonst. Sie will das gelegentliche Beben verbergen.

Das Schloss klickt und Astra dreht sich mit erhobenem Kinn zu ihr. »Ich *bin* eine Ozerov, vergessen?«

»Müsste es nicht theoretisch Ozerova heißen?«

»Touché. Aber da wir in der Arkanen Welt die Nachnamen nicht nach Geschlecht anpassen, bin ich auch Ozerov.« Astra kickt die Tür auf, als wäre sie Teil einer militärischen Spezialeinheit. »Die talentiertere Ozerov.«

»Geht endlich rein!« Cordelia scheucht uns mit beiden Händen voran. »Ich kann nicht stundenlang hier rumstehen und den Flur bewachen.«

Astra tritt hinein, doch Mathea wirft Cordelia einen Blick zu. Haben sie sich gestritten? Dann zieht Mathea mich jedoch durch die Tür.

Wir laufen in Astra hinein, die erstarrt dasteht. Kein Wunder. Das Büro ist nicht nur leer geräumt – es ist *ausgebrannt*. Verkohlte Gerippe der Bücherregale lehnen an den Wänden, Ruß klebt am Wandspiegel und herausgerissene Schubladen aus seinem Schreibtisch liegen verstreut auf dem Boden.

»Wer würde das tun?« Ich drehe mich langsam um mich selbst, wobei angeschmolzene Scherben unter meinen Schuhen knacken. »Eure Rektorin? Was hat sie davon?«

»Nein.« Mathea tritt gegen eine der leeren Schubladen. »Nekovář war noch mal hier.«

»Hat sichergestellt, dass ihn niemand verfolgen kann.« Astra schwenkt die Hand durch die Luft und aus dem Ruß schweben geschwärzte Überreste von Pergamenten hoch.

»Und jetzt?«, frage ich.

Glas knirscht. Mathea prescht auf den Flur.

»Warte!«, dringt Cordelias Stimme ins Büro.

Als Astra und ich nach draußen treten, verschwinden die beiden hinter der nächsten Ecke.

»So ein Scheiß«, murrt Astra. »Darin lag all ihre Hoffnung.«

Ich bin allein mit Astra. Panisch hetze ich los. »Geh schon mal vor! Ich schaue, wie es Mathea geht.«

»Ellie!« Astra greift nach meiner Hand und räuspert sich. »Wegen letztens. Nach dem Spiel gegen die *Univerzita Hydras.*«

Sie will darüber reden? Nachdem sie das Gespräch die ganze Zeit über ignoriert, nichts zum Date gesagt hat und –

»Kanntest du den Angreifer?«, fragt sie.

Darum geht es ihr?

»Ich weiß, wir gehen davon aus, dass sie Mathea verfolgen wollen und euch verwechseln. Aber wie wahrscheinlich ist das? Und du wusstest viel über die Hornissen.«

Ich ziehe meinen Arm aus ihrer Hand. »Du hast einem Date zugestimmt.«

»Ist das gerade wirklich wich…« Astra wirft die Hände in die Luft. »Versuchst du abzulenken?«

»Zwei Tage sind längst vergangen.«

»Nun, es war einiges los, oder etwa nicht? Was ein bisschen wichtiger war?«

Natürlich. Ich weiß das. Und ich weiß, dass zumindest ein Teil in mir wirklich ablenken will. Aber Kälte sammelt sich neben meinem Herzen, irgendwo zwischen den Rippen verkantet.

Ich will wegrennen. Gleichzeitig will ich es verstehen. »Wieso?« Ich schlucke. »Liegt es an mir? Oder am Concubi-Teil in dir?«

»Ich sagte doch, ich kann das kontrollieren.« Sie verneint nicht, dass es an mir liegt. Aber dann streicht sie über meine Wange, zart, hastig, und lässt die Hand sinken.

Wärme erblüht da, wo sie mich berührt hat. Aber sie taut den hartnäckigen eisigen Klumpen in meiner Brust nicht. »Was ist es dann?«

»Ellie.« Sie verzieht den Mund. »Ich weiß, dass du nach Prag geflohen bist. Ich vermute, wegen deiner Familie?«

Ich sage nichts. Weiß nicht was.

»Haben sie nicht akzeptiert, dass du queer bist?«

Der Eisklumpen wächst, schmerzt.

»Du musst nicht darüber sprechen. Aber ich … ich kann nicht aufhören, darüber nachzudenken.«

»Was? Wieso?«

»Wie viele potenzielle Partnerinnen hast du vor mir kennengelernt? Wie viel Erfahrung hast du gemacht?«

»Das ist es?« Die Erinnerung an ihren Kuss mit Łucja Kaminska, Nummer 06, flammt in mir auf. »Ich bin zu *unerfahren*?«

Astra atmet schwer ein. »Was, wenn meine Gefühle größer werden? Wenn das, was auch immer zwischen uns ist, irgendwann für mich zu Liebe wird?« Sie starrt auf ihre Hände. »Aber nicht für dich?«

»Warum denkst du so weit im Voraus?« Ausgerechnet sie?

Sie antwortet nicht.

Und ich verstehe es. »Du glaubst, du bist die erstbeste Frau, die mir über den Weg gelaufen ist, oder? Nur zu deiner Info: Du wärst nicht mein erster Kuss. Bist nicht die erste Frau, in die ich verliebt bin.«

Bei dem Wort wird Astras Blick glasig.

Was ich verdränge, denn ich will wieder wegrennen, aus einem anderen Grund als zuvor. Aus Zorn. Aber etwas hält mich zurück. »Und ich weiß nicht, was du dir zusammenreimst, aber ich bin nicht deswegen von meinem Zi-«, vor Erbitterung stolpere ich über die Buchstaben, »meinem Zuhause geflohen. Ich –«

Hastig schlage ich mir die Hand auf den Mund. *Verrate es nie jemandem, El. Dann kannst du woanders neu beginnen.*

»Du willst, dass das hier etwas Ernstes wird?« Astra springt auf. »Dann sei ehrlich zu mir. Ich weiß *nichts* über deine Vergangenheit. Wie kannst du erwarten, dass ich dich für etwas Ernstes in Betracht ziehe, wenn ich rein gar nichts über dich weiß?«

Ich erzittere. *Dann kannst du woanders neu beginnen. Wo niemand weiß, was für ein Scheusal in dir lebt.* Mein Fluchtinstinkt schlägt wieder an. Dieses Mal höre ich auf ihn und fliehe.

Ich schleiche durch die kalten Flure der Univerzita, bis sich mein Atem und mein Herzschlag beruhigen. Es ist besser so. Ich weiß nicht, was ich mir dabei gedacht habe. Eine alberne Schwärmerei. Ich muss etwas tun, um mich abzulenken. Und Mathea geht es schlecht – vielleicht kann ich dafür sorgen, dass es wenigstens einer von uns besser geht. Also klopfe ich an die Tür von Gewächshaus *Hydrangea.*

Mathea öffnet, stöhnt und geht zurück in ihr Zimmer. Aber sie lässt die Tür offen.

Ich husche hinein und sehe mich um. »Wo ist Cordelia?«

»Nicht hier.« Mathea wirft sich auf ein durchgesessenes Sofa und nimmt sich ein Buch, das mit den Seiten nach unten daliegt.

Vorsichtig setze ich mich neben sie. »Du bist es gewohnt, dass du alles schaffst, was du dir vornimmst, oder?«

Sie schnaubt. »Das ist nicht das erste Mal, dass mir etwas misslingt. Aber das erste Mal, dass es um mein Leben geht.«

»Es gibt immer noch die Dozierenden, die –«

Sie klappt das Buch zu. »Ellie. Ihr habt zehnmal so viel geschafft wie die Dozierenden. Wieso sollte sich das plötzlich ändern?«

»Weil sich alles geändert hat! Profesor Nekovář manipuliert sie nicht mehr. Das ist ein Anfang, oder?«

»Mhm.«

»Und ich organisiere ein Treffen mit den anderen und wir überlegen mit vereinten Kräften, was wir jetzt tun.« Auch wenn ich dann Astra sehen muss. Nein, es geht nicht um mich. Ich greife nach Matheas Hand. »Du hast mehr Freunde als je zuvor, die dir helfen.«

Sie öffnet den Mund.

»Ich weiß«, komme ich ihr zuvor und male mit den Fingern Gänsefüßchen in die Luft, »›du hast keine Freunde‹. Aber du hast *uns*. Egal, wie du uns nennen willst.«

»Habe ich euch denn verdient?«

Ihre Worte finden Widerhall an der verhärteten, eisigen Stelle in meinem Herzen, die bei ihrem Ton schmerzhaft vibriert. »Du bist kein schlechter Mensch«, sage ich, was ich so viele Jahre gern gehört hätte.

»Ich weiß.« Sie umklammert das Buch fester. »Ich bin aber auch kein sonderlich liebenswerter.«

Meine Atemzüge brennen. Das haben wir wohl gemeinsam. Aber ich schlucke das runter, für Mathea. Sie vertraut mir gerade an – wenn auch mit typischem Grummeln und störrischer Miene –, was sie vermutlich nie jemandem anvertrauen wollte. Zweifel, die sie sich normalerweise verbietet.

Verschwörerisch neige ich den Kopf. »Ich wüsste, wie du zumindest mir zurückzahlen kannst, was du mir schuldest.«

»Zurückzahlen, was ich dir schulde?«, wiederholt sie einen Hauch amüsiert. »Das klingt nicht nach dir.«

»Kdo chce s vlky býti, musí s nimi výti.«

»Ein tschechisches Sprichwort?«

Ich grinse. »Wer unter Wölfen sein will, muss mit ihnen heulen.«

»Du heulst nicht wirklich mit den Sinistras. Trotzdem hast du unter ihnen so lange überlebt«, merkt sie an. »Liegt es daran, dass Astra dich schützt – oder weil sie dich alle unterschätzen?«

Ich bohre meine Finger in das Sofa.

Sie löst meine Hände vom Stoff. »Wobei soll ich dir helfen?« Ich blicke hoch und der Sturm in ihren Augen lichtet sich, bis nur noch das übliche Blassgrau eines bewölkten Tages übrig bleibt. So ähnlich, wie *ihre* Augen.

Nein. Da ist mehr in Matheas Augen. Sie ist nicht wie *sie*.

Ich atme tief ein. »Ich hinke ziemlich in den Kursen hinterher.

Bei der Theorie vor allem. Wenn wir den Fluch-Kram gelöst haben und du wieder gesund bist – hilfst du mir beim Lernen?«

Stöhnend legt Mathea den Kopf gegen die Rückenlehne. »Warum ausgerechnet ich?«

»Du bist die schlauste Person, die ich kenne. Abgesehen von Atlas. Aber ich glaube, du bist die bessere Lehrerin.«

»Mhm. Sinistra-Verschlagenheit und Univerzita-Schmeichelei. Gefährliche Kombination.«

»Ich wollte nicht –«

»Mir gefällt das.« Mathea springt auf. »Wenn der Fluch gelöst ist, helfe ich dir beim Lernen.«

»Danke!«

Dann dreht sie sich langsam zu mir. Ihre Mimik ist unlesbar. »Ist dir klar, dass du die Einzige bist, die glaubt, ich werde wieder gesund?«

»Ich bin *nicht* die Einzige, die das glaubt.«

Mathea lächelt. Anders als ihr übliches Grinsen. So dankbar wie schwermütig.

Mathea

Beim Kampf mit Nekovář konnte ich *nichts* tun. Alle haben gekämpft, auf ihre Weise, doch ich stand nur daneben. Das muss sich ändern. Ich will mich verteidigen können. Und da wir erst in zwei Tagen einen Termin für die Lagebesprechung gefunden haben, muss ich die Zeit sowieso irgendwie überbrücken. Aber vorher sollte ich Cordelia suchen. Ich finde sie in der Bibliothek, wo sie mit Silas über den Büchern hockt, deren verbrauchte Arcanima ausgebessert werden muss, um die Schutzmagie zu erneuern.

Als ich mich ihnen nähere, blickt Silas auf und lächelt, als wüsste er bereits, warum ich hier bin. »Ich lasse euch ein Weilchen allein«, murmelt er und zieht von dannen.

Mit gespitzten Lippen werkelt Cordelia weiter am Buch und zieht die alte Magie in Schwaden wie Zigarettenrauch heraus.

Ich setze mich ihr gegenüber. »Was habe ich falsch gemacht?«

Cordelia blickt verwirrt auf.

»Ich habe Vermutungen, aber bei so was liege ich manchmal falsch. Gut, meistens. Ich kann mich nur entschuldigen und mein Verhalten anpassen, wenn ich weiß, was dich stört.«

»Dein Verhalten anpassen? Liegt das überhaupt im Rahmen deiner Möglichkeiten?«

»Nun, zum einen lasse ich erst mal die Bravura sein. Eine fundamentale Anpassung, wenn du mich fragst.«

»Die Bravura?« Sie gräbt die Finger ins Papier und die Rauchschwaden verpuffen. »Wegen unserer Differenzen?«

»Weil ich mich auf den Fluch konzentrieren muss. Ich muss stärker werden, meine Kräfte erlernen und … um Hilfe bitten.«

»Das ist für dich das Schwerste daran, oder?«

»Ich hätte eher fragen sollen. Dich und die anderen.«

»Du weißt also *doch*, warum ich sauer bin.«

»Wie gesagt, Vermutungen hatte ich.«

Cordelia zerrt die letzte Magie aus dem Buch. »Wir sprechen seit fünf Minuten über Entschuldigungen und irgendwie schaffst du es dabei, dich nicht *ein* Mal wirklich zu entschuldigen.«

Touché. »Es tut mir leid.«

Cordelia strahlt, so sehr lächelt sie.

Ich schüttle den Kopf. »Du bist wirklich einfach zufriedenzustellen.«

»Oh, eine Sache musst du noch tun, bevor ich dir verzeihe: mich um Hilfe bitten.«

Ich streiche über die zerfransten Buchseiten. »Ist es nicht geschmacklos, mich zu entschuldigen und direkt darauf um Hilfe zu bitten? So als hätte ich mich nur deshalb –«

Sie knallt grinsend das Buch zu. »Jetzt frag schon!«

»Wie kann ich meine Víla-Kräfte stärken? Ich will lernen, sie einzusetzen, damit mich nie wieder jemand so überrumpeln kann. Ich weiß nur nicht, wo ich anfangen soll.«

Cordelia bedeutet Silas über das Wasserbecken hinweg, die Reparatur zu übernehmen, und führt mich zur Suchplattform. »Die Univerzita glaubt, dass jeder seine eigene Lernart hat. Deine ist offensichtlich theoretisch. Wieso recherchierst du nicht zuerst, was deine Schmetterlinge können?«

»Darauf… hätte ich auch kommen können.« Ich beschwöre Bücher zu Vílas und ihren Kräften, dann hocke ich mich mit Cordelia an einen der Gruppenarbeitsplätze und wir wälzen die Bücher.

»Hier sind Weinschwärmer. *Deilephila elpenor*«, meint Cordelia irgendwann. »Sie eignen sich durch ihre herausragende Sicht auch bei Nacht als Späher. Und sie können Wunden heilen.«

»Vielleicht sollte ich mich auf die Falter konzentrieren, die ich auch ohne Nahtoderlebnis beschwören kann.« Seufzend blättere ich weiter und scanne die Titel nach den Totenkopfmotten ab. Dann runzle ich die Stirn. »Wenn mich die Weinschwärmer geheilt haben, hätte ich nicht beim Examen die Medica-Prüfung bestehen müssen?«

Cordelia kaut auf ihrer Unterlippe. »Hm, ich kenne mich nicht gut mit dem Examen aus, weil es hier keine Tradition mehr ist. Aber nicht *du* besitzt Medica-Kräfte, sondern die Schmetterlinge, die du mit Natura rufst.«

»Ergibt Sinn.« Dann schlage ich die Doppelseite zu den Totenkopfmotten auf. *»Acherontia atropos«*, lese ich vor.

Eine lebensechte Zeichnung prangt in der Mitte, der Totenkopf auf dem Körper besonders detailliert ausgearbeitet. Darum drängen sich handgeschriebene Absätze. »Der Name setzt sich aus *Acheron*, einem Fluss der Unterwelt der griechischen Mythologie, und *Atropos*, dem Namen einer der drei Moiren, auch griechische Mythologie, zusammen.«

»Ich kenne die Sage der Moiren, der drei Schicksalsgöttinnen! Atropos' Aufgabe ist das Zerschneiden des Schicksalsfadens.«

Ich fahre mit dem Finger über den Absatz zu den Fähigkeiten. »Ganz so düster sind die Kräfte der Totenkopffalter nicht. Sie können Geräusche erzeugen, die andere desorientieren. Ihre Flügelzeichnung kann mich vor Blicken verbergen und sie sondern ein Sekret ab, das meinen Geruch überdeckt. Beides praktisch. Und, oh – die Totenkopffalter können nicht nur als eine der wenigen Schmetterlingsarten Honig aus Bienenwaben aufnehmen, sondern Arcanima von anderen auf mich übertragen.«

Cordelia reißt die Augen auf, als hätte ich ihr verraten, dass meine Schwärmer ein zweites Mal die Beulenpest verbreiten.

»Kein Wunder, dass Profesorka Hruška sich gesträubt hat, mir beizubringen, sie zu nutzen«, schnaube ich. Und kein Wunder, dass Ozerov geheim hält, zum Teil Incubus zu sein, wenn Cordelia darauf schon so reagiert.

Cordelia runzelt die Stirn, so als ob sie über unser Bravura-Projekt nachgedacht hätte. Bevor sich Wehmut in mir ausbreiten kann, macht sie ein wissendes Geräusch. »Lag es nicht vor allem daran, dass Profesorka Hruška unter Nekovářs Einfuss stand?«

Richtig. Sie meinte doch sogar, dass sie mich von nun an anders trainiert. Ich stehe auf. »Es wird Zeit für zusätzliche Stunden bei ihr.«

»Mattie?«

Stöhnend halte ich inne, aber spare mir den Atem, sie zu korrigieren. »Ja?«

»Frag Bob, ob er hilft. Feen besitzen besonders viel Arcanima – du kannst ihn nicht aus Versehen auslaugen.«

Am nächsten Tag leite ich im Schmetterlingshaus die Totenkopfschwärmer mit einer sanften Armbewegung zu Bob. Natürlich erst nachdem Hruška sich stundenlang vergewissert hat, dass er bereit ist – und ich kräftig genug. Was ich bin, seltsamerweise. Ellies Flicken auf den Kapseln halten nicht nur, sie scheinen die weitere Verkapselung zu verlangsamen.

»Es gibt keinen Trick, Mathea«, meint Profesorka Hruška von ihrer Lianenschaukel aus. »Sie müssen sich einfach mit Ihrem Víla-Erbe verbinden.«

Ich beiße die Zähne zusammen, doch die Totenkopfschwärmer flattern nur um Bobs knallgelbe Regenjacke herum.

Bob zieht seinen schlumpfblauen Lolli mit einem Ploppen aus dem Mund. »Ich glaube, sie haben schon Arcanima von mir aufgenommen. Du musst sie nur zurückholen!«

»Wäre sicher leichter, wenn du nicht aussehen würdest wie eine Sonnenblume und dein halbes Gesicht mit Zucker vollgeschmiert hättest wie eine wandelnde Schmetterlingsfalle.«

Er streckt die blaue Zunge aus. »Wenn du schon mit *der* Hürde nicht klarkommst, wie willst du dann bei einem Angriff deine Kräfte einsetzen?«

Goldenes Laub wirbelt auf und Rektorin Aigeiros tritt daraus hervor, die Brauen zusammengezogen.

Das Herz sackt mir in die Kniekehlen. Ist sie hier, um mir ein weiteres Mal etwas zu verbieten?

»Oh!« Sie streckt eine Hand zu den Faltern aus, von denen einer auf ihrer baumrindenartigen Hand landet und sich wie zu Hause zu fühlen scheint. »Die *Acherontia atropos* haben Arcanima aufgenommen. Gute Arbeit!«

»Danke.« Wo ist der Haken?

Rektorin Aigeiros schickt den Falter in die Luft. »Aber ich halte es für keine gute Idee, in Ihrem Zustand mit Arcanima zu experimentieren.«

»Natürlich«, murre ich. »Ich soll wieder *nichts* tun?«

Sie hebt die Hände. »Nein, nein! Die Weigerung der Schwärmer, die Arcanima an Sie zu übertragen, sehe ich nur als Warnung. Wer weiß, was passiert, wenn Sie fremde Arcanima aufnehmen? Vertrauen Sie den Schwärmern.«

»Also darf ich andere Fähigkeiten trainieren?«

Sie nickt. »Hören Sie einfach auf Ihren Körper.«

»Tue ich immer.« Das Gehirn ist schließlich ein Teil davon.

Profesorka Hruška hüpft von ihrer Liane. »Also Verbergen und Aufspüren! Bob, auch da eignen Sie sich bestens als Trainingspartner.«

Er wippt auf den Fußballen auf und ab. »Verstecke oder suche ich als Erster?«

»Das hier wird kein Versteckspiel«, murre ich.

Doch als er sich mit seiner Feenmagie unsichtbar macht und ich bis dreißig zähle, bevor ich die Totenkopfmotten aussende, wird mir klar, dass es wirklich Verstecken ist. Rektorin Aigeiros und Profesorka Hruška streichen über Blüten, stochern in der Erde und unterhalten sich murmelnd, während ich den Schmetterlingen folge, die mich zu einem Bienenstock führen. Ächzend beobachte ich, wie sie vom Nektar essen, unbehelligt von den Arbeiterinnen.

»Sie geben Substanzen ab, die ihren Eigengeruch übertönen.« Es raschelt in einem Baum ein paar Meter weiter, dann springt Bob neben mich. »Sollen wir es andersherum versuchen?«

Seufzend stimme ich zu und Bob schließt die Augen, um zu zählen. Es dauert eine Weile, bis ich die Schwärmer vom Nektar weglocken kann, während Bob langsamer und langsamer zählt, um mir eine Chance zu lassen. Dann hocke ich mich auf eine niedrige Mauer – sicher klettere ich nicht auf einen Baum, unter einen Busch oder setze mich auf den Rasen – und hebe die Arme. Bitte sie innerlich, mich zu verbergen. Sie surren nur über meinem Kopf, unschlüssig und viel zu laut. Ich stöhne durch zusammengebissene Zähne.

Doch dann setzen sie sich einer nach dem anderen auf mich.

Es wäre wohl ein majestätischer Augenblick – würde das Gefühl von Dutzenden surrenden, handflächengroßen Flatterviechern auf meiner Haut, in meinen Haaren, auf meinem *Gesicht* mir nicht vom Nacken bis zum Steißbein eine Gänsehaut bescheren.

»Danke für die Hilfe«, murmle ich, um sie nicht zu verärgern – Himmel, jetzt *rede* ich schon mit Tieren –, »aber ich hoffe, Bob findet mich sofort.«

Meine Bitte wird nicht erhört. Rektorin Aigeiros und Profesorka Hruška wandern an mir vorbei zum Ausgang. Sind sie so in ihre Diskussion vertieft oder wirkt die Tarnung derart gut? Dann stakst Bob auf die Rasenfläche, das breiteste Grinsen im Gesicht, die zarten Flügel aufgeregt zuckend – und schaut durch mich hindurch. Mhm.

Zeit für Experimente.

Langsam richte ich mich auf. Die Schwärmer verharren auf mir, zur Abwechslung komplett geräuschlos, und so mache ich ein paar Schritte. Sie tarnen mich nicht nur mit ihrem Muster. Sie machen mich unsichtbar.

Grinsend – mich sieht dabei ja niemand – schleiche ich mich an Bob heran und stoße meine Knie in seine Kniekehlen.

Er kreischt, wirbelt herum und lacht, während die Falter davonstieben. »Erhöhen wir die Schwierigkeit?«

Mein Atem geht schon jetzt schwerer. »Wie?«

»Wir machen uns beide unsichtbar und wer zuerst gefunden wird, hat verloren!«

Ich nicke, schlucke die leichte Übelkeit herunter und strecke die Arme aus. Doch die Totenkopfschwärmer kehren nicht zurück.

Lächelnd umklammert Bob meinen Arm und ich lasse ihn gewähren, weil ich so immerhin das Mitleid in seinem Blick nicht sehen muss. »Vielleicht nächstes Mal? Ich hab einen Drachenhunger.«

»Ich brauche nur eine kurze Pau-«

Cordelia und Ozerov kommen durch die Glastür ins Schmetterlingshaus.

»Schau, wer meine Hilfe gebraucht hat!«, ruft Cordelia.

Ich ziehe meinen Arm aus Bobs Griff. Nicht wegen Ozerov, definitiv nicht, sondern weil ich ganz allgemein vermeide, mich dabei sehen zu lassen, wie ich mich an jemand anderes klammere. Aber er vergeudet kaum einen zweiten Blick darauf – eigentlich nicht einmal einen ersten.

Was natürlich völlig egal ist.

Cordelia fährt über den gepflasterten Pfad zu uns und lächelt. »Wir können den Text im *Compendium Maledictum* übersetzen.«

»Hat Rektorin Aigeiros euch einen Blick ins Buch erlaubt?«

»Natürlich nicht«, entgegnet Atlas.

»Aber wie …«

Er zieht einen Stoß Pergamente aus der Tasche. »Ich habe Kopien angefertigt, bevor sie mir das *Compendium* abgenommen haben.«

Ich starre von den ins Papier eingebrannten Runen auf ihn. »Wieso hast du das verschwiegen?«

»Es bot sich keine Gelegenheit.«

»Er wollte nichts sagen, falls die Übersetzung nicht klappt.« Da schwingt Vergnügen in Cordelias Ton mit, das mich die Lippen aufeinanderpressen lässt.

Sie wollten nicht, dass ich mir Hoffnungen mache. Glauben sie, ich hätte das nicht verkraftet?

Cordelia grinst Ozerov an. »Mein Bravura-Projekt vom letzten Semester muss ihm wohl deutlich in Erinnerung geblieben sein.«

»Die Software, die tote Schriften mit Arcanima entziffert!« Ungewollt trete ich näher. »Also kann der Fluch doch von jemandem außer Nekovář gelöst werden?«

Ozerov wirft Cordelia einen halb missmutigen, halb überlegenen Blick zu. »Deshalb hielt ich es für besser, die Unterhaltung anders zu beginnen.«

Sie winkt ab. »Die Übersetzung dauert noch eine ganze Weile und wir wissen erst dann, ob jemand außer ihm den Fluch lösen kann. Aber wenn wir Nekovář aufspüren, kann *seine* Entfluchung kontrolliert werden, damit er dir nicht noch mehr Schaden zufügt.«

Eine schwere Last sinkt von meinem Herzen in meinen Magen. »*Falls* wir ihn aufspüren.«

»Das ist noch immer das Problem, ja.«

Ozerov ergänzt irgendetwas, das ich ausblende.

Verdammter Nekovář. Ich weiß nicht einmal, warum er mich verflucht hat. Mich töten will. Ich habe zu Ellie gesagt, dass ich niemanden unterschätze, aber bei ihm habe ich es getan. Von Anfang an. Als ich zum zweiten Mal in der Univerzita aufgewacht bin und er neben mir saß in seinem Opa-Cardigan und mit dem Hundeblick –

Moment mal. Ich bin aufgewacht, weil jemand wisperte. Und Nekovář hatte ein Buch dabei. Klein, alt, unscheinbar.

»Nekovář hatte das *Compendium* dabei.«

»Was?«, fragt Cordelia.

»Als er mich das erste Mal diagnostiziert hat – er hatte das *Compendium*! Da muss er mich verflucht haben!«

»Das kann nicht sein«, meint Ozerov. »Das *Compendium Maledictum* war zu der Zeit in der Academia.«

»Eine zweite Ausgabe?«, schlage ich vor und balle die Fäuste. Nekovář hat mich im Wald gefunden. Irgendetwas muss ihn dazu gebracht haben, mich zu verfluchen. Nur was?

»Wieso hat er euch auf die Ausgabe in unserer Bibliothek angesetzt, wenn er schon eine besitzt?«

»Rektorin Sýkorová wollte Rektorin Aigeiros Zugang zur Barocken Bibliothek erlauben. Er hatte Angst, dass sie auf das *Compendium* stößt, und hat uns deshalb darauf angesetzt. Nicht direkt, sondern über Agrafena – die sicher auch unter einem seiner Víla-Banne stand.« Ich durchforste meine wirren Gedanken. »Aber wieso hat er mich später das *Compendium* bei sich sehen lassen, um den Verdacht auf Profesorka Hruška zu lenken?«

Ozerov schüttelt den Kopf. »Vielleicht haben unsere Nachforschungen ihn so in Bedrängnis gebracht, dass er uns lieber das *Compendium* finden und Hruška verdächtigen ließ, als ganz aufzufliegen?«

»Was, wenn es jetzt zu spät ist?« Ich kralle mir die Fingernägel in die Handflächen, doch das hilft kein Stück gegen die aufwallende Übelkeit. »Wenn niemand mehr rechtzeitig das *Compendium* entziffern und mich vom Fluch befreien kann?«

Niemand sagt ein Wort.

Ich hätte es wissen müssen. Dass er sich über meine *Orb of Light Full Moon*-Lidschattenpalette mokiert hat, hätte Hinweis genug sein sollen, dass er nicht der einfühlsame, korrekte Profesor ist, für den er sich ausgegeben –

Meine *Orb of Light Full Moon*-Lidschattenpalette.

Ozerov redet noch, doch die Worte platzen aus mir heraus. »Ich weiß, wo wir einen Gegenstand von Nekovář finden!«

Sie alle sehen mich an.

»Im Fundus!«

19

Ellie

Dank Matheas Einfall geht es bei unserer Lagebesprechung nicht länger darum, irgendeinen neuen Strohhalm zu finden, an den wir uns klammern können. Wir brauchen einen Plan, wie wir Nekovář finden. Dafür trommeln wir wirklich alle zusammen, die Bescheid wissen. Aber wir sind zu viele, um uns in meiner Wohnung zu treffen. Oder im Pulverturm. Aber die Sinistras halten es für unfair, sich in der Univerzita zu treffen, und die Dextras wollen nicht in die Academia. Nach viel Diskussion per WhatsApp einigen wir uns auf den Styk. Nicht wirklich vertraulich, aber neutraler Grund. Ich bin schon erschöpft, als ich mich an die Sinistra-Seite des Tisches im Styk setze.

Langsam verstehe ich etwas besser, warum Mathea am liebsten allein arbeitet.

Wir tun so, als würden wir Hausarbeiten erledigen, aber Bob legt eine Verschleierung über uns, sodass es für Außenstehende auch so aussieht, als würden wir schweigend arbeiten. Zusätzlich sorgt Cordelias Bann dafür, dass sich uns niemand von denjenigen nähert, die immun gegen Bobs Verschleierung sind. Hoffentlich reicht das.

»Ist es nicht ein bisschen unfair«, Ursula stiert vielsagend auf unsere Seite des Tisches – wo Astra und ich an verschiedenen Enden sitzen, zwischen uns Valix, Peninnah, Ren, Khadija und Atlas, »dass ihr in der Überzahl seid und auch noch zwei von *uns* sich mit Magie ermüden?«

Peninnah knallt die Hände auf den Tisch. »Was willst du damit sagen?«

»Bitte, Ursula«, geht Mathea dazwischen, »sie können nun wirklich nichts dafür, dass niemand von ihnen zu solcher Magie in der Lage ist.«

Ich zucke zusammen. Muss diese Provokation sein?

Peninnah sieht mit funkelnden Augen zu Atlas. »Kann mich irgendwer daran erinnern, warum genau wir dieser Meute Kindergartenkindern helfen?«

»Weil es Spaß macht?«, antwortet Astra an seiner Stelle und obwohl ich sie nicht ansehe, höre ich ihr Schulterzucken förmlich.

Valix nickt. »Einbrüche, Handgemenge im Styk, Handlungen hinter den Rücken der Magistrae – ist das nicht genau deine Vorstellung eines gelungenen Tages?«

Peninnah zupft an der Stickerei ihrer Bluse herum, die sie statt eines der offiziellen Oberteile zur Uniform trägt. »Hast ja recht.«

»Ihr nehmt das zu sehr auf die leichte Schulter!« Moremi funkelt die anderen Sinistras an.

»Genau. Vergeuden wir unsere Zeit nicht mit Rumgealbere.« Atlas nickt. »Manche von uns haben noch wichtige Dinge zu erledigen.«

»Ich meinte, dass sie Matheas *Leben* zu sehr auf die leichte Schulter nehmen!«

»Richtig, das auch.«

»Wenn wir Nekovářs Gegenstand aus dem Fundus haben«, erhebt Cordelia die Stimme, »was ist der Plan? Wer spürt ihn auf?«

»Ich bin gut im Scrying«, wirft Astra ein.

»Und wenn wir ihn haben? Wie rufen wir Rektorin Aigeiros?«

»Wir brauchen keine Dozierenden, um mit ihm fertigzuwerden!«, mault Peninnah. »Wir sind zu zwölft!«

»Das war die Bedingung!« Cordelia verengt die Augen. »Kein Kampf, keine Gefahr, wir spüren ihn nur auf!«

Peninnah rollt mit den Augen. »Ihr seid so unfassbar langweilig.«

Die Dextras brechen in empörte Rufe aus, in die die Sinistras sofort einsteigen. Stöhnend stützt Mathea ihr Gesicht in die Handflächen.

Und dann schwillt die Arcanima in der Luft an. Keine Ahnung, wer als Erstes seine Kräfte zum Vorschein bringt, aber plötzlich springen mehre von uns auf, Bob mit funkelndem Türkis um die Finger, Peninnah, um die Gesteinsbrösel rotieren, Astra mit Flammen, deren Hitze meine Haut bis ans andere Tischende erwärmt, und Ursula mit einem aufgerollten Collegeblock in der Hand.

»Ihr lasst die Verhüllung auffliegen!«, zischt Cordelia.

Atlas streicht sich über das Gesicht.

Mathea knallt die Hand auf den Tisch. »Das funktioniert so nicht!« Alle starren sie an, doch sie zuckt unter der Aufmerksamkeit nicht einmal zusammen. »Astra und Cordelia, ihr kennt unsere Stärken am besten, ihr überlegt euch einen Plan. An den sich alle halten!«

Zustimmendes, wenn auch widerwilliges Gemurmel.

Astra beugt sich näher zu Cordelia. »Interesse, das irgendwo zu tun, wo es Kaffee gibt?«

Cordelia lächelt und schafft es fast, allen Argwohn aus ihrer Mimik zu halten. »Gern. Aber nicht das *U Sedmi Čertů*. Neutraler Boden in einem gregalen Café. Das *Lehká hlava*?«

»Kann ich mit leben!«

Aus dem Augenwinkel sehe ich, wie sich die beiden zu ihren jeweiligen Spiegeln aufmachen. Die anderen stehen auch auf – vermutlich war das die maximale Zeit, die sie miteinander aushalten, ohne sich die Köpfe einzuschlagen.

Mathea bleibt als Letzte sitzen und beobachtet mich vom Platz mir gegenüber aus. »So unterkühlt mit Astra?«

»Wieso unterkühlt?« Meine Stimme quietscht.

»Ihr habt euch nicht einmal verabschiedet.« Weil ich nichts sage, steht sie auf. Doch dann verharrt sie vor mir, tippelt mit den Fingern auf dem Tisch. »Du bist nicht die Einzige, der ein Ozerov Probleme macht.«

Mit mehr Kraft als notwendig stopfe ich meine Sachen in meine Pilztasche. »*Ich* mache die Probleme.«

»Mhm. Das ist gut.«

»Wieso ist das gut?«

»Dann kannst *du* sie auch lösen.«

Das lässt mich innehalten und den Taschengurt umklammern. »Du hast recht …«

»Habe ich meistens.« Sie macht auf den Hacken kehrt.

»Mattie?«

Sie stöhnt leise, murmelt etwas davon, dass sie nie hätte nachfragen sollen, aber bleibt stehen.

»Was würdest du tun, wenn es etwas in deiner Vergangenheit gibt, das niemand weiß?«

»Kaum jemand von euch weiß etwas über meine Vergangenheit.«

»Aber das liegt an deiner Art. Nicht an der Vergangenheit.«

Schulterzuckend dreht sie sich zu mir. »Weißt du das? Oder gehst du davon aus, dass nur du etwas mit dir herumschleppst, das schwer auszusprechen ist?«

Meine Fingerknöchel sind weiß am Taschengurt. Astra hat mir ein Geheimnis ihrer Vergangenheit anvertraut. Das kann nicht leicht gewesen sein. Bin ich zu sehr auf mich fokussiert?

Vorsichtig sehe ich hoch. »Geht es bei deiner Vergangenheit um deine Eltern?«

»Wieso denkt das jeder?« Mathea wirft den Kopf in den Nacken. »Ach, richtig. Weil ich so unnahbar und schroff bin.«

»Ich mag, wie du bist.«

»Du magst jeden Menschen.« Sie spaziert davon.

Ich folge ihr. »Nekovář mag ich nicht!«

»Uuuh, du magst jemanden, der eine Freundin töten wollte, nicht. Du Misanthropin!«

»*Freundin?*«, japse ich.

Mit warmrosa Wangen, die sich mit ihrem cranberryfarbenen Lippenstift beißen, legt sie einen Schritt zu. »*Du* siehst mich als Freundin. Nicht andersherum.«

Lachend bleibe ich stehen. »Ich muss dir echt erst das Leben retten, bevor du mich als Freundin anerkennst, was?«

»Gut möglich!«

Mathea

Ozerovs Schritte hallen von den Steinstufen der Univerzita wider und sein Cape weht hinter ihm her. Keine Ahnung, wieso mir Cordelia und Astra ausgerechnet ihn beim Einbruch in den Fundus zur Seite gestellt haben. Sicher, er ist vermutlich die beste Wahl, wenn es darum geht, die Magie des Fundus zu durchschauen, um Nekovářs Gegenstand zu finden. Aber ich glaube, das war nicht wirklich Cordelias Grund.

»Wie läuft dein Bravura-Projekt?« Mit ihm zu reden, ist besser, als über ihn nachzudenken. Oder ihn aus dem Augenwinkel zu beobachten.

»Wirklich, Seymour? Small Talk?«

»Die Bravura ist für dich Small Talk?«

»Alles, was keine formale Debatte ist, ist für mich im Prinzip Small Talk.«

»Wie läuft dein Bravura-Projekt«, wiederhole ich, während ich überlege, ob es links oder rechts zum Fundus geht, »und fördert die Bravura den interuniversitären Austausch? Du nimmst die Gegenposition ein.«

Ozerov wirft mir das kürzeste Grinsen der Welt zu.

Ich gehe ein Quäntchen schneller. Zuvor hätte ich gedacht, dass dieses Grinsen, bei dem sich die Muskeln hinter meinem Bauchnabel zusammenziehen, jedes Wort wert ist. Ich hätte darüber nachgedacht, das Grinsen mit meinen Lippen und meiner Zunge in ein Keuchen zu verwandeln.

Aber ich habe ihm ein Versprechen gegeben.

Nun ja, das Wort *Versprechen* fiel weder als Nomen noch als Verb oder Adjektiv. Aber es war impliziert. Konkurrenten, die sich austauschen.

»Da wären wir.« Ich strecke die Arme vor der recht unscheinbaren Holztür des Fundus aus. Dann deute ich auf das Schloss. »Zeit für deinen großen Auftritt, Houdini.«

Ozerov macht sich ans Schloss und wirft mir dabei einen Blick zu. »Was ist überhaupt deine Aufgabe?«

»Aufpassen, dass du die Univerzita nicht ausraubst.«

»Du meinst, so wie du die Academia bestohlen hast?« Das Schloss klickt unter seiner Magie und mein Blick verweilt etwas zu lange auf seinen Händen. Es wirkt nicht, als würde es ihm etwas abverlangen. Blasse Narben ziehen sich über seine Knöchel, die er sich vermutlich zugezogen hat, als er ein wenig zu stur auf verfluchte Amulette eingewirkt hat.

Konkurrenten, die sich austauschen, nicht vergessen.

Ich folge ihm in den Fundus, vertraue darauf, dass Cordelia im Raum darüber und Astra im Raum darunter jeden Warnzauber unterdrücken.

Die ringförmigen Regale rotieren noch immer mit sanftem Surren, ein Uhrwerk aus Stein über mehrere Stockwerke.

Ozerov pfeift. »Beeindruckend.«

»Ein Kompliment? Über die Univerzita? Von dir?«

»Ich gebe zu, wenn ich etwas gut finde.« Er tritt vor die Leiter in der Mitte des Raum. »So reif bin ich schon.«

»Wieso habe ich dann noch nie gehört, dass du etwas gut findest?«

»Weil ich das selten tue.« Erwartungsvoll sieht er mich an. »Wie hat Nekovář deinen Gegenstand hinterlegt?«

»Ihn in die Luft gestreckt und meinen Namen plus die arkane Art genannt.«

»Hm.« Ozerov wendet sich von mir ab und streckt die Hände leicht zu den Seiten aus, legt den Kopf in den Nacken. Etwas in der Luft kippt. Das kaum wahrnehmbare Surren von Arcanima, ein Hin und Her, vielleicht eine Art Gespräch zwischen ihm und der Magie des Raums. »Vaclav Nekovář, Víla.«

Das Scharren der Steine erklingt. Die Lichtstreifen gleißen von einem der kleinen Fächer einige Reihen über uns, dann tragen sie etwas heran. Eine versilberte Schlange, die sich in den eigenen Schwanz beißt und einen perfekten Kreis bildet.

»Ouroboros«, murmeln wir gleichzeitig.

Ozerov streicht mit dem Daumen über griechische Buchstaben, die krude in ihre Schuppen eingeritzt sind. ἕν τὸ πᾶν. »Alles ist eins.«

Ich blicke auf. »Welche Bedeutung könnte das für ihn haben?«

»Der Selbstverzehrer, die Schlange der Ewigkeit, findet sich in vielen Kulturen. Ouroboros der griechischen Mythologie, die Midgardschlange der nordischen Mythologie, Zhulong aus der neolithischen Hongshan-Kultur, auf Papyri des hellenistischen Ägyptens –«

»Schon verstanden. Es kann alles sein.«

»Oder nichts. Ein Geschenk, das ihm aus Sentimentalität etwas bedeutet.« Ozerov überreicht mir die silberne Schlange. »Mathea Seymour, Víla«, ruft er dann.

»Hey!« Ich drücke seinen ausgestreckten Arm zu Boden. »Was soll das?« Es ist mir nicht per se peinlich – aber ich habe wirklich keine Lust auf irgendeine Laienpsychoanalyse.

Doch die *Orb of Light Full Moon*-Palette landet schon in seiner anderen Hand. Er wendet sie hin und her, sodass die holografische Schrift schillert. »Wenig überraschend.«

»Und du bist so vorhersehbar wie ein Rosamunde-Pilcher-Roman.« Ich versuche ihm die Palette abzunehmen, bevor er sie zerkratzt oder fallen lässt.

Er streckt sie hoch in die Luft, sodass ich an seinem Ärmel zerren muss. Ein unsichtbares Grinsen durchwebt seinen Tonfall. »Hast du viele Rosamunde-Pilcher-Romane gelesen, um dieses fundierte Urteil fällen zu –«

Goldlaub wirbelt auf. *Rektorin Aigeiros.*

Ich schiebe die Silberschlange in meine Rocktasche. Dann klammere ich mich mit beiden Händen an Ozerovs Arm und erstarre. Ganz bewusst. Ich lasse mich nicht dazu herab, so ein klischeehaftes »Spiel mit« zu flüstern. Das versteht er hoffentlich von allein.

Mit verengten Augen tritt Rektorin Aigeiros aus dem Laub. »Der Zutritt ist Ihnen nicht erlaubt.« Ihr Blick wandert zu Ozerov. »Vor allem *Ihnen* nicht.«

Ozerov lässt den Arm sinken, sodass ich mir die Palette schnappen kann, ohne ihn ganz loszulassen. Er zieht mich kaum merklich näher – aber doch so, dass sie es mitbekommt.

»Atlas hatte Interesse an der Magie des Raums.«

Bei Erwähnung seines Vornamens hüpfen seine Sehnen unter meinen Fingern. Ja, perfekt, denk an seine Unterarme. Vielleicht schleicht sich ein Hauch Röte in meine Wangen. Unwahrscheinlich, aber in diesem Moment durchaus nützlich.

»Ich weiß, dass Sie nicht aus akademischem Interesse hier sind.«

»Wir wollten nur …« Ozerov holt tief Luft, viel zu gekünstelt atemlos. Es jagt dennoch einen schwachen Schauer über meinen Nacken und meine Gedanken wandern in eine Richtung, die –

Bleib bei den Unterarmen, Mathea.

»Sie sind beileibe nicht das erste interuniversitäre Paar, das ich in einem verbotenen Raum erwischen musste«, seufzt sie und innerlich juble ich. Sie hat das Schauspiel geschluckt! »Aber Regeln sind Regeln. Nicht hier.«

»Es tut mir aufrichtig leid«, erklärt Ozerov und drückt ihr die Palette in die Hand.

»Jetzt lass uns verschwinden!«, zische ich ihm zu.

Während wir in Gewächshaus *Hydrangea* auf die anderen warten, sitze ich mit Ursula auf ihrem Bett und drehe die Schlange hin und her. Ein Anhänger mit kleiner Öse, aber ohne Kette. Hat er wirklich keine weitere Bedeutung?

Cordelia poliert ihren Besen wie jemand, der ein bisschen zu besessen von Autotuning ist. Sie ist nervös. Ebenso wie Moremi, die einen Haufen Regenwald-Pullover dabeihat, um sie an die Sinistras zu verticken, und diese immer wieder neu auf Cordelias Bett faltet und glatt streicht. Bob hockt auf einer der Streben, die die Glaskuppel tragen, wie eine Art überdimensionale, schlumpfeisfarbene Fledermaus.

Dann klopft es und Ursula springt zur Tür, um sie aufzureißen.

»Beruhig dich, es ist nicht der Weihnachtsmann, nur Ozerov«, schnaube ich.

Er tritt herein, Peninnah ziemlich dicht an seiner Seite, was an der Enge des vollen Gewächshauses oder an ihrer gemurmelten Diskussion liegen kann. Dahinter folgen Valix und Astra, die eine Holzkiste mit alten, aufgerollten Landkarten, klirrenden Metallapparaturen und Phiolen mit diversen Zutaten schleppt. Ellie tapst als Schlusslicht herein. Offenbar noch kein Fortschritt zwischen den beiden.

»Wir haben alles hier, was wir zum Scrying brauchen«, merkt Cordelia pikiert an. Sie schwenkt ihre Hand und ihr Nachttisch schwebt in die Mitte des Raums.

Astra, mit Schatten unter den Augen, als hätte sie die Nacht durchgearbeitet, lässt ihre Kiste auf das Sofa fallen. »Ich bevorzuge es, mit meinen eigenen Utensilien zu arbeiten.«

Ich inspiziere das, was ich für Cordelias exzentrische Dekorationen hielt, aber offenbar Magieutensilien sind. Eine Kristallkugel, in der sich das Flackern mehrerer Kerzen spiegelt, Edelsteine, Pendelketten, handgemalte Tarotkarten mit Pokémons, dazwischen lose Keyboardtasten und eine dieser Plastikfiguren mit überdimensionalen Köpfen, deren schwarze Knopfaugen mit der Apathie einer äonenalten Gottheit durch den grauen Abyssus der Sinnlosigkeit auf unsere Konsumgesellschaft herabschauen.

»Alles in Ordnung?« Ellie sinkt neben mich auf das Bett. »Du wirkst etwas …« Unschlüssig gestikuliert sie.

»Entrückt wegen der nahenden Kulmination der vom Fluch gezeichneten letzten Wochen?«

»Ich … glaube schon?«

Astra hockt sich im Schneidersitz auf den Holzboden. »Fangen wir mit Prag an.« Sie streut eine Handvoll Kräuter auf den Holzboden, rollt darauf eine der abgegriffenen Karten aus und kritzelt mit Kohlestücken Runen in deren Ecken. Dann reckt sie mir ihre Hand entgegen und ich gebe ihr Nekovářs Ouroboros-Anhänger.

Während sie mit der Unterlippe zwischen den Zähnen arbeitet, setzt sich Ozerov auf das Sofa und Peninnah neben ihn. Sie streift sich die Stilettos ab, auf deren Absätzen *Male Ego* steht – nett –, und verschränkt die langen Beine auf dem Sofa. Ihre Füße streifen Ozerovs Oberschenkel. Sie muss nicht ihre Gargoyle-Form annehmen, um Überlegenheit auszustrahlen. Ist vermutlich mächtig genug für ihn. Die Glückliche.

»Ignez a Un iquid.« Astra hebt eine Glaskugel, die perfekt in ihre Hand passt, über die Karte. In der freien Hand beschwört sie Flammen und hält sie über die Glaskugel. Wie eine Lupe, mit der man bei Sonne ein Blatt verbrennen kann, entzündet ein Lichtstrahl das Papier der Karte.

»Soll das passieren?«, flüstere ich Ellie zu, die nur mit den Schultern zuckt. Da niemand aufspringt, eine Decke auf die abfackelnde Karte wirft oder panisch rausrennt, muss es wohl gewollt sein.

Aber dann bleiben nur Aschepartikel über und Astra runzelt die Stirn. »Nicht in Prag.« Sie blickt zu Ozerov. »Meinst du, er hat Tschechien verlassen?«

»Unwahrscheinlich.«

Summend greift Astra nach der nächsten Karte, doch Cordelia fährt vor sie und schnappt sich das Pergament sowie Nekovářs Schlangenanhänger.

»Wir können hier drin nicht Dutzende Karten abfackeln. Sowieso ist das unnötig.«

»Du meinst, du bist schneller?«

»Ich meine, dass ich zumindest nicht unser Zimmer abfackle oder uns eine Kohlenmonoxidvergiftung verpasse.« Cordelia zerrt dann die Kristallkugel, die auf einem Bronzefuß aus drei Halbmonden balanciert, an den Rand des Tisches.

Ozerov rutscht auf dem Sofa nach vorn. »Wenn du ihn in der Kugel siehst, wissen wir trotzdem nicht, wo er ist.«

»Aber wir können es uns anhand der Umgebung ableiten.« Cordelia legt die Hände an die Kristallkugel, deren klares Glas sich nach wenigen gemurmelten Worten – eine andere Sprache als die der Warlocks – mit Rauch füllt.

»Sagt nicht, dass man damit auch in die Zukunft sehen kann?« Wenn ich ausgerechnet, was in Kristallkugeln starrende Medien angeht, mein Leben lang falschlag, wäre das ein herber Schlag.

Cordelia hält den Ouroboros-Anhänger über die Kugel und lässt dann los. Die Schlange schwebt in der Luft.

»Die Zukunft zu sehen – nicht nur vage Vorhersagen, sondern wirkliche Einblicke in die Zukunft«, erklärt Astra, »ist selbst unter Divinatio-Nutzenden so selten, dass manche die Fähigkeit der Kosmologia zuordnen.«

»Kosmologia – der leere weiße Spiegelraum?« Ich durchforste meine Erinnerung. »Teleportation, Astralreisen, Beschwörungen?«

Metall klirrt auf Glas. »Ihr stört meine Schwingungen«, brummt Cordelia und hebt den Anhänger auf.

Niemand sagt mehr ein Wort, während sie es erneut versucht, Arcanima mit der Kristallkugel verwebt. Doch weiterhin dreht sich nur träger Rauch darin.

Sie lässt sich gegen die Rückenlehne fallen. »Er muss einen starken Verhüllungszauber verwenden.«

»Nur weil du ihn nicht finden kannst?« Astra zerrt eine andere Karte hervor und rollt sie auf. Eine Weltkarte. »Ich grenze es ein. Er wird wohl kaum ein Raumschiff gebaut haben.«

Ursula richtet sich mit glitzernden Augen auf. »Und wenn doch? Gäbe es eine Möglichkeit, ihn dorthin zu verfol-«

»Er ist *nicht* im Weltall«, unterbricht Cordelia sie.

»Mist und Ölpest«, murrt Ursula.

Ich blende sie aus und sehe zur Weltkarte, die Astra mit ihrer Glaskugel in Brand setzt. Wieder verglüht das Papier vollständig.

Seufzend pustet sie die Asche weg. »Nekovář nutzt wirklich einen Zauber, der ihn unaufspürbar macht.«

»Gibt es einen stärkeren Zauber?«, frage ich.

»Keinen, den jemand von uns beherrscht.«

Ich starre auf meine Fingerknöchel, die vor Anspannung so weiß sind wie die Knochen darunter.

Ursula tätschelt meine Hände. »Denk positiv, Mattie.«

»Wir finden einen Weg, wenn du nur daran glaubst«, stimmt Cordelia mit ein.

Ich fahre hoch, bevor Moremi und Bob auch noch so einen Spruch ablassen können. »Habt ihr an der Univerzita eigentlich je von toxischer Positivität gehört?«

Das bringt sie zum Schweigen.

»Vielleicht gibt es nichts, das wir tun können«, schließe ich. So ausgesprochen fühlt es sich viel zu real an.

»Mattie«, beginnt Bob.

»Wenn du jetzt sagst, was mich nicht umbringt, macht mich stärker, während die reale Gefahr besteht, dass ich an diesem Fluch verrecke –«

»Ich wollte eigentlich sagen, dass die Situation scheiße ist. Aber dass du versuchen könntest, Nekovářs Spur mit deinen Totenkopfschwärmern aufzunehmen. Wie wenn du mich beim Training aufspürst.«

»Ist das denn … möglich?«

Grinsend hüpft er zum Tisch und reicht mir den Ouroboros-Anhänger. »Es gibt nur einen Weg, das rauszufinden, oder?«

Ich umklammere das kühle Silber. Schlucke, sehe auf und gehe nach draußen. Die anderen folgen mir. Unter einer kahlen Eiche rufe ich die Totenkopfschwärmer.

Sie flattern zu mir. Ein paar setzen sich auf meinen ausgestreckten Arm und ich schicke die mit meiner Bitte getränkte Arcanima in einem stetigen Fluss zu ihnen. »Kommt schon«, murmle ich. »Lasst mich jetzt nicht im Stich.«

Sie umschwirren meine Hand. Das Medaillon.

Dann fliegen sie durch den Innenhof.

»Ha«, stoße ich mehr erleichtert als siegreich aus und laufe hinterher.

»Sie folgen seiner Fährte!« Cordelia jubelt leise. »Dorthin, wo sein Geruch stärker wird.«

Die Schmetterlinge halten vor der Doppeltür ins Innere der Univerzita und ich stoße sie auf. Sie flattern weiter.

»Das heißt, es könnte ewig dauern, bis wir seine Wege in der Univerzita verfolgt haben«, gibt Ozerov zu bedenken.

»Wenn seine ältere Spur auf eine neue trifft, folgen sie der stärkeren. Wir könnten Glück haben.«

Wir bahnen uns einen Weg durch Flure, um Ecken, Treppen hinauf. Mehrmals halten die Falter inne, bevor sie sich für eine neue Richtung entscheiden.

»Das nutzt die Absätze meiner neuen High Heels ab«, murrt Peninnah. »Hätte ich gewusst, dass ich die komplette Univerzita begehen muss, hätte ich –«

»Festes Schuhwerk angezogen?«, ergänzt Valix.

»Ein *altes* Paar getragen.«

Ich blende sie aus. Konzentriere mich nur auf die Schwärmer, auf meine Arcanima, um mit ihnen in Verbindung zu bleiben.

Ellie hastet an meine Seite. »Geht es dir gut?«, keucht sie.

»Ging mir nie besser.«

»So fühlt es sich aber nicht an.« Sie keucht nicht vom Laufen. Sondern weil *ich* keuche.

Meine Arcanima versiegt mit jedem Schritt und sie spürt das. Neben der Fluch-Sache ist unsere Verbindung in den Hintergrund geraten. Vielleicht auch, weil wir uns an das Zerren gewöhnt haben, wenn wir in der Nähe der anderen sind.

»Was, wenn er sich außerhalb von Prag versteckt?«, fragt Moremi. »Verfolgen wir ihn zu Fuß bis nach Ostrava, wenn es sein muss?«

»Das sehen wir dann.« Ich halte, weil die Schmetterlinge wieder auf der Stelle flattern, und reiße die Tür auf, vor der sie warten, in Gedanken noch immer halb bei Ellie und der Verbindung.

Das ausgebrannte Gerippe von Nekovářs Büro.

All meine Organe verknoten sich um mein Herz. Vielleicht ein Zwischenstopp. Gleich nehmen die Totenkopfschwärmer wieder seine Spur auf. Ganz sicher.

Doch sie segeln unentschlossen durch den Raum, während mein Inneres noch weiter einzufallen scheint, die Arcanima völlig ausgelaugt. Trotzdem verfolge ich ihre Bewegungen, ohne zu blinzeln. Irgendwas muss doch –

Vor dem rußbedeckten Spiegel stieben sie auseinander. Lösen sich in Luft auf, so wie meine Arcanima. Meine Hoffnung.

Hoffnung. *Darauf* muss ich schon vertrauen statt auf meinen Willen, mein Können, meine harte Arbeit. Und selbst sie wurden mir genommen.

Meine Beine wanken, alles ist zu schwer, sodass ich auf die Knie sinke. Mir fehlt die Kraft, mich dagegen zu wehren. Aufzustehen.

Jemand legt eine Hand auf meine Schulter, endlos vorsichtig. Die Berührung durchfährt mich wie ein Stromschlag.

Ich zucke weg. Atme heftig ein.

Der Strom versiegt nicht, lodert in meinen Adern. Nagt an meinem verschlissenen Selbst, nur noch zusammengehalten von Haut und Knochen.

Der Fluch zerfrisst mich.

»Mattie«, flüstert Ellie. Sie bemitleidet mich.

Ich kann es nicht mehr herunterschlucken. Den Kloß, das Brennen, die Angst. »Geht einfach«, bringe ich hervor.

»Du solltest nicht allein sein«, flüstert sie sanft. Sanft, als wäre ich zerbrechlich. Nein. Weil ich zerbrechlich *bin.* »Ich spüre, wie sehr der Fluch gerade –«

»Geht einfach!« Mein Brustkorb ist aufgerissen, alles darin zur Schau gestellt. Sie dürfen keinen Blick hineinwerfen. »Ihr könnt nicht helfen! Natürlich nicht!«, speie ich.

Und sie lassen mich in Frieden, so wie ich es immer wollte.

Nur ist daran nichts friedlich.

20

Ellie

Da ist eine Leere in mir, bei der ich nicht weiß, ob sie von Mathea stammt oder meine eigene ist. Vielleicht beides. Ich sitze in *Erudition I* und starre aus dem Fenster, ohne irgendetwas mitzubekommen.

Dann fällt der erste Schnee.

Vage will mich etwas in mir nach draußen ziehen, um ihn mit dem Mund aufzufangen. Doch das Gefühl verebbt.

Dezember. Beinahe schmecke ich die gerösteten Maronen auf der Zunge. Süß, buttrig, aber mit der verkohlten Bitterkeit des Feuers. Früher war der Dezember eine Zeit, in der wir uns um die einzige Wärmequelle gedrängt Geschichten über den Frühling erzählt haben. Über die unmögliche Liebe zwischen Zima und Jaro. Zima, die jedes Jahr wieder den Boden für ihren Geliebten mit frostigen Fingern erneuert. Jaro, der nichts anbauen kann, solange sie bleibt.

Ein Schneeball klatscht ans Fenster und ich schrecke auf. Niemand sitzt mehr im Kursraum. Der Schnee fällt jedoch noch nicht lang genug für Schneebälle, also muss Magie –

»Ellie!« Die Scheibe dämpft Astras Stimme, dennoch vibriert sie klarer in meiner Brust, als die Eisblumen am Glas zu erkennen sind.

Sie redet mit mir?

Ich weiß nicht, was ich tun soll. Also bleibe ich sitzen. Ich habe

Sachen zu ihr gesagt, die ich bereue – zu viel verraten. Und zu wenig. Ich *darf* niemandem die Wahrheit sagen. Niemals.

Aber wenn ich es doch täte, dann ihr.

Astra tritt vor die Scheibe, gerahmt von den filigranen Eisblumen, bis sie das Fenster mit ihrer Magie öffnet. »Hey«, sagt sie sanft.

»Haben wir uns vertragen?«

Sie runzelt die Stirn. »Haben wir uns gestritten?«

Mein Inneres zieht sich zusammen. »Du hast die letzten Tage nicht ein Wort mit mir gesprochen.«

»Ich war beschäftigt.«

Ich kann nicht glauben, dass noch keine Eiszapfen am Fensterbrett hängen, denn die drei Worte fühlen sich an, als ramme sie mir einen zwischen die Rippen.

»Hiermit.« Astra beugt sich auf die Fensterbank und reicht mir einen Umschlag aus marmoriertem Pergament.

»Was ist das?«

Sie lacht leise. »Das findest du allein heraus.«

Ellie Novotná steht in geschwungener Schrift darauf. Ich drehe ihn um. Ein lindgrünes Wachssiegel, das eine prächtige Eiche zeigt. Das Symbol der Univerzita.

Ich sehe hoch. »Was …?«

»Mach ihn auf.« Ihre Nase und Wangen sind rot von der Kälte, vielleicht auch von etwas anderem.

Meine Finger sind so steif, dass ich ein paar Anläufe brauche, um das Siegel zu öffnen. Mehr Pergament, schwer und mit smaragdgrüner Tinte beschrieben. Die Buchstaben verschwimmen.

»Ich hätte all das nicht sagen sollen.« Das Rascheln von Stoff lässt mich aufsehen. Sie greift sich an den Pyrit. »Über deine Vergangenheit und was du mir erzählst. Dass ich rein gar nichts über dich weiß.«

Ich starre wieder zum Brief. Noch immer erkenne ich nichts als ein *Sehr geehrte Ellie Novotná* und das Symbol der Univerzita.

»Ich weiß alles, was wichtig ist«, fährt sie fort. »Wer du *jetzt* bist.«

»Astra, was ist das?« Der Brief zittert in meinem Griff.

Sie nimmt meine Hände. »Aber ich hätte dir von Anfang an besser zuhören müssen. Um dich wirklich kennenzulernen.«

Sehr geehrte Ellie Novotná,
ich freue mich, Sie zum nächsten Semester an der Univerzita Mystika a Magie …

Wieder verschwimmen die Buchstaben und ich blättere weiter. Immatrikulationsbescheid. Eine Karte der Univerzita.

»Das ist unmöglich!«, japse ich.

»Ich hab mich bei Rektorin Aigeiros dafür eingesetzt.«

»Aber …« Ich schüttle den Kopf. »Ich dachte, die Pfade müssen zwingend getrennt bleiben, um, keine Ahnung, den Weltuntergang zu vermeiden!«

»Weltuntergang ist ein bisschen übertrieben.« Astra grinst mit der Wärme der Sommersonne mitten im Winter. »Ich hab quasi eine wissenschaftliche Abhandlung über die Pfade der Magie, ihre überholte starre Trennung und die angebliche Offenheit der Univerzita präsentiert. Meine beste Arbeit der letzten Semester, wenn ich das so sagen darf. Und ausgerechnet die wird nie bewertet.«

Ich lege den Brief ab, bevor ich ihn zerknittere. »Das hast du für mich getan?«

»Du wolltest nie an der *Academia Sinistra* sein.«

Sie hat recht. Ich hätte alles dafür gegeben, der Academia zu entkommen, bevor all das mit Mathea begonnen hat. Vor …

Ich sehe zu Astra.

»Du sollst glücklich sein«, raunt sie. »Und es tut mir leid, wie spät ich erkannt habe, dass du das hier nicht wirst.«

Ein Teil von mir fließt über vor Erleichterung. Aber Glück? Vielleicht vor ein paar Wochen. Ich verknote meine Finger. »Es fühlt sich an, als würdest du mich abschieben.«

»Was?«

Nicht das erste Mal, dass man mich loswerden will. Trotzdem schmerzt es beinahe genauso sehr. Es zerreißt mich nicht so wie zuvor bei *ihr*, nicht mein gesamtes Sein, nicht von Kopf bis Fuß. Aber Astras Worte rupfen Stücke meines Herzens ab, als wäre es nur ein hauchzartes, sprödes Blatt Laub, das man achtlos zur Seite werfen kann. Mein Atem verhakt sich in meiner Kehle, verstopft mit den trockenen Laubfetzen meines Herzens.

»Ellie.« Hände an meinen Wangen. »Atme mit mir, okay?«

Ich kann nicht.

Astra klettert durch das Fenster, greift nach meinen Händen und presst sie an ihren Brustkorb. »Atme einfach. Ein und aus. Wie ich.« Luft strömt in sie hinein, dehnt die Muskeln und Rippen unter meinen Fingern. Langsam und sicher.

Ein und aus.

»Nenn mir fünf Dinge, die du sehen kannst«, fordert sie mich sanft auf.

»Ich –«

»Nur fünf Dinge.«

Mein Blick huscht wild umher. Fünf Dinge. Ein Glimmen. »Deine Pyritkette.« Ihr Atem wogt noch immer unter meinen Fingern. Einatmen, ausatmen. »Eisblumen am Fenster.«

»Hübsch, nicht wahr?«

Ich nicke fahrig, sehe zur Seite. »Meine Tasche. Gallenröhrlinge.«

Ein und aus. So wie Astra. Ich sehe hoch in ihr Gesicht, die Bilder meiner Vergangenheit blasser. »Du.«

Sie grinst. Nein, lächelt. »Gefällt dir, was du siehst?«

»Du kennst die Antwort.« Zittrig atme ich ein. »Woher wusstest du, wie du mich beruhigen kannst?«

»Ich wusste letztes Mal nicht, was ich tun soll. Und ich kann dir auch nicht bei jedem Anfall die überschüssige Arcanima stehlen, oder? Also habe ich Strategien gegoogelt.«

»Danke«, flüstere ich.

Astra umfasst mein Gesicht, sodass ich sie ansehe. »Ich stoße dich nicht weg. Wenn du an der Academia bleiben willst, wäre ich die Letzte, die etwas dagegen hätte.« Ihr Daumen streicht über meine Wange. »Aber wenn du an die Univerzita wechseln willst, ändert das nichts zwischen uns.«

»Wir würden uns kaum noch sehen. Das *ist* eine Veränderung.« Sie wird mich vergessen, zwischen all den Freunden, Prüfungen, Volleyballspielen und Kämpfen der Sinistras.

»Wir finden Wege, uns zu sehen. Die Univerzita ist auf der anderen Seite der Moldau, nicht in Shambhala.«

»Wo?«

»Eine Anderswelt. Aber selbst wenn die Univerzita in Shambhala läge, würde ich einen Weg finden, wie wir uns sehen könnten. Denn ich *will* dich sehen.« Die Art, wie sie einmal flach Luft holt, schickt Wärme in meinen Magen. »Ich will mit dir zusammen sein.«

Meine Gedanken rasen, während die Hitze höher steigt. Was will sie damit sagen? Wenn ich sie wieder falsch verstehe –

»Du bist unsicher, was ich meine, oder?«

»Weil du es nicht klar genug sagst!«

Es folgt ein Lächeln mit einem in ihren Mundwinkeln verborgenen Zittern. »Wäre ein Kuss klar genug?«

Eigentlich nicht, nein. Ein Kuss kann alles bedeuten. Und ich habe schon beim Gedanken daran Angst, was ihrer mir sagt. Aber ich würde Astra auch wirklich, wirklich gerne küssen.

Also stelle ich mich auf die Zehenspitzen und klammere mich an ihrem Cape fest.

Ein Zögern huscht durch ihren Blick, nicht wegen mir, sondern wegen ihrer Sorgen. Aber sie beugt sich zu mir herab. Wispert meinen Namen, bevor sich unsere Lippen treffen.

Der Kuss ist flüchtig und zart. Doch ihre Hände, die an meine

Taille finden, als wären sie dafür gemacht, versprechen mehr. Nur nicht jetzt. Noch nicht. Denn schon das hier, die Nähe, ihr Atem, ihr Geruch, die Sanftheit ihrer Lippen, ihres Lächelns, raubt mir den Atem. Auf eine Art, bei der ich glaube, nie wieder atmen zu müssen.

Mathea

Seit zwei Tagen fällt Schnee. Ich glaube, Prags verworrene Gassen im Winter sind das Schönste, was ich je gesehen habe. Schneebedeckte Dächer über rosé, kornblumenblau, elfenbein- und saffranfarben gestrichenen Barockfassaden, das angelaufene Schwarz der Prager Burg hoch auf dem Hügel vor einem makellos weißen Himmel. Krähen, die um die Tausenden Türme und Kuppeln ziehen wie die Scholares vor den Alabasterwänden der Academia.

Etwas so Wunderschönes hat in mir noch nie solch einen Würgereiz ausgelöst.

Ich wende mich vom Fenster der Bibliothek ab und schlage meine Notizen auf. Die Aufzeichnungen zu Nekovářs Anderswelten-Kurs könnte ich auch wegwerfen, schließlich hat Rektorin Aigeiros beschlossen, dass wir alle ohne Abschlussprojekt bestehen. Eine weitere Sache, die ich auf Nekovářs lange Liste an Verbrechen gegen mich setzen kann. Der grundlos bestandene Kurs macht die Sache persönlich.

Aber am 22. Dezember beginnen die Winterferien, die ich mit meinen Eltern in Deutschland verbringe. Bis dahin will ich den Großteil meiner Abschlussprojekte beenden. Einerseits, weil mein Kopf frei sein muss, um sie über den Fluch aufzuklären. Andererseits, weil ich nicht sicher bin, ob ich im Januar noch an meinen Projekten arbeiten kann.

Meine Finger zittern bei jeder Seite, die ich umblättere. Seit ich Nekovářs Spur mit den Totenkopfschwärmern verfolgt habe, ist in mir keine Arcanima mehr. Oder sie ist in mir, jedoch vollständig verkapselt. Was okay wäre, wenn ich den so ominös angekündigten Arkanen Rat dadurch überzeugen könnte, mich nicht mehr als Arkane zu sehen. Ich könnte mein Jura-Studium endlich fortsetzen. Nur dass die Víla-Magie in mir nicht plötzlich Ruhe gibt, jetzt da keine Arcanima mehr vorhanden ist. Sie zehrt stattdessen an meiner Lebensenergie.

Ich glaube nicht, dass ich je wieder mein Jura-Studium –

»Mattie!« Ursula steht plötzlich neben mir, irgendein Selbsthilfebuch vor dem Bauch umklammert. »Wie …?« Sie zögert, weiß mittlerweile, dass sie mich das nicht fragen sollte.

»Was ist los?« Ich verberge meine Hände in meinem Schoß. »Meine Verschriftlichung unseres Projektes für *Von Gift zu Gastfreundschaft* habe ich euch schon zugeschickt.«

»Darum geht es nicht.« Vorsichtig legt sie das Buch auf meinen Tisch. »Das hat meiner Schwester geholfen, als sie eine Sinnkrise wegen ihres –«

»Ich habe keine Sinnkrise, Ursula. Ich *sterbe*. Okay?«

»Du stirbst doch nicht!« Ihre Stimme bebt. Es fühlt sich so unecht an. Wir sind keine Freundinnen, dafür habe ich schließlich gesorgt.

»Sie finden nach fast drei Monaten nicht plötzlich doch noch ein Heilmittel!«

»Du darfst die Hoffnung nicht aufgeben! Wenn du denkst, es geht nicht mehr, kommt von irgendwo ein –«

Stöhnend stütze ich die Stirn in die Hände, hinter der es dröhnt. »Wieso lasst ihr mich nicht einfach in Ruhe meine Aufgaben erledigen?«, murmle ich. Ich will doch nur etwas Ruhe. Das Gefühl haben, noch irgendetwas zu schaffen.

»Weil wir alle der Meinung sind –«

»Es ist mir egal, welcher Meinung ihr seid!« Ich springe auf und klatsche die Hände auf den Tisch. Nicht um meinen Worten Nachdruck zu verleihen, sondern um nicht umzukippen. »Hau einfach ab!«

»Warum bist du so … so …«

»So war ich schon immer! Und es ist nicht meine Schuld, dass ihr das nie wahrhaben wolltet!«

Ursula schüttelt den Kopf, ihr Mund verzogen vor Enttäuschung oder Wut oder was weiß ich. »Du warst nie so *abscheulich.*«

Das stochert an einem Teil in mir, der sich eigentlich zu versteinert anfühlt, um etwas zu spüren. Vielleicht lag ich falsch damit, dass ich kein besonders liebenswürdiger Mensch bin, aber auch kein schlechter. Beinahe, beinahe, will ich sie zurückhalten, als sie auf dem Absatz kehrtmacht.

Doch ich schaue nur zu, wie sie davonstürmt.

Dann pfeffere ich ihr verfluchtes Selbsthilfebuch mit der grinsenden Frau auf dem Cover in eine Ecke.

Ich hocke vor Aigeiros und Hruška, höre mir an, was sie herausgefunden haben – im Prinzip nichts – und wie sie weiter vorgehen wollen – so wie bisher. Sie antworten nicht auf meine Frage, wie lange mein Körper es noch mitmacht, von innen aufgefressen zu werden. Die Wörter *Tod* und *Sterben* bringe ich nicht über die Lippen. *Verlieren Sie nicht die Hoffnung, Mathea*, ist ihre Antwort auf alles. Ohnehin muss ich es nicht von ihnen hören.

Ich weiß, genau darauf läuft der Fluch hinaus.

Ob in Monaten oder Jahren, spielt nicht wirklich eine Rolle, oder? Ich beteilige mich nicht an den praktischen Komponenten der Gruppenprojekte, aber liefere meine schriftlichen Teile fristgerecht ab. Zumindest kann ich dafür sorgen, ihnen nicht zur Last zu fallen. Dann plane ich das Gespräch mit meinen Eltern und gehe allen aus dem Weg. Ihrem Mitleid und ihrer Hoffnung.

Viel zu oft stehe ich viel zu lange im Innenhof und starre in den Winterhimmel. Als wäre ich hundert Jahre alt.

»Astra und Ellie meinten, ich soll dir mitteilen, wie oft sie an dich denken.«

Ich drehe mich um.

Ozerov steht mit den Händen in einem dicken Wollmantel hinter mir. Das übliche Schwarz einer Beerdigung. Wie passend. Nur statt seiner polierten Oxford-Schuhe trägt er Chelsea-Boots, die etwas im Schnee versinken. »Ich kann mir nicht vorstellen, wie du dich fühlst, aber –«

»Ich schwöre bei meinem Leben, wenn du jetzt auch noch irgendeinen abgedroschenen Spruch aus einem Sprüchekalender zum Abreißen bringst …!«

»Du schwörst bei deinem Leben?« Er lacht leise. »Ich will ja nicht unnötig morbide sein, aber das wäre, als würde ich auf mein sonniges Gemüt schwören.«

Ich schnaube. »Galgenhumor, nett.«

»*Eigentlich* wollte ich sagen, dass du jedes Recht hast, wütend zu sein.«

Mein Atem stockt. Ich weiß, dass ich jedes Recht dazu habe, das muss er mir nicht sagen. Wieso brennt bei seinen Worten dennoch mein Hals?

»Die Situation muss hart für dich sein. Vielleicht sogar härter, als mir dabei zuzusehen, wie ich den Preis der Bravura entgegennehme?«

Lachen sprudelt in mir hoch. Es überrumpelt mich so sehr, dass es in meinem verkrampften Hals schmerzt. Aber ich kann nicht aufhören. So absurd das auch ist, Ozerov sagt nichts, regt sich nicht, bis das Lachen endlich versiegt und ich mir Tränen aus den Augenwinkeln wische. »Dass ausgerechnet du die beste emotionale Unterstützung zustande bringst …«

»Kann ich noch etwas anderes für dich tun?«

»Langsam wird die Freundlichkeit dubios.«

»Ich meine es ernst.« Er sieht mich an, als meine er es so – aber er sieht immer ernst aus.

»Du hast mehr geholfen als alle anderen bisher.«

»Es muss Strategien geben, wie man so eine Situation verarbeitet.«

»In Filmen zerschmettern die Leute immer alte Autos mit Baseballschlägern.«

Ozerov verengt die Augen. »Ist das etwas, das klingt, als würde es dir helfen?«

»Nicht wirklich.« Ich seufze. Vielleicht ist es an der Zeit, mein Schicksal zu akzeptieren. Das Beste daraus zu machen. Aber wie akzeptiert man, dass man all die Pläne, die man jahrelang gemacht hat, vermutlich nie umsetzen kann?

»In Filmen schreiben die Charaktere zuweilen Zettel und verbrennen sie. Als Katharsis.«

Ich rolle mit den Augen, wie es mich solche Symbolgesten immer tun lassen, weil sie keine Lösung für irgendwelche Probleme darstellen. Aber wenn es keine Lösung gibt … »Ich will keine Zettel verbrennen. Sondern die Jura-Bücher und meine Notizen von der Univerzita.«

Vielleicht kann ich dann damit abschließen und etwas für die nächsten Monate finden.

»*Bücher verbrennen?*« Ozerov verzieht das Gesicht, als hätte ich ihm in den Magen geboxt.

»So viel Sentimentalität von dir, Ozerov?« Ich stiefle los, durch die sanften Flocken, die seit ein paar Minuten wieder fallen müssen. Erst jetzt merke ich, dass meine Füße zu Eisklötzen gefroren sind. Egal. Auf zum Gewächshaus.

Er folgt mir. »Was genau hat dich eigentlich ausgerechnet an Jura fasziniert?«

»Nichts. Nicht jeder Mensch muss einer Arbeit nachgehen, die ihn erfüllt. Ich bin gut im Lernen, das ist alles.«

»Aber du bist so …« Er überlegt kurz. »Ehrgeizig.«

»Und weshalb passt das nicht zu Jura?«

»Ist dir bewusst«, Ozerov hält mich unter dem tief hängenden Dach einer mächtigen Buche zurück, deren knorrige, nackte Äste unter dem Gewicht des Schnees knirschen, »wie viele Fragen du zur Arkanen Welt gestellt hast – obwohl du sie um jeden Preis schnellstmöglich hinter dir lassen wolltest?«

»Wer ist gern unvorbereitet einer neuen Situation ausgesetzt?«

»Der Grund, warum du lernst, ist nicht, weil dich das deinen Zielen näher bringt. Sondern weil es dich antreibt. Wissbegierde, Entdeckungen, Möglichkeiten, Herausfor-«

»Danke für Ihre fundierte Einschätzung, Doktor Freud.« Ich gehe weiter, schneller als zuvor, egal wie keuchend ich atme. Was denkt er? Dass er mich durchschaut hätte? Dass ich ein faszinierendes Mysterium bin, das er in Rekordzeit gelöst hat? Nicht, dass Mysterien oder ihre Lösung faszinierend wären. Argh! *Er* hat mir diesen Floh ins Ohr gesetzt!

Erst vorm Gewächshaus *Hydrangea* halte ich an, um die Tür aufzuzerren.

Ich starre die Leiter zu meiner Empore an.

»Soll ich …?«

»Hör auf, dich so entgegenkommend zu verhalten! Da bekomme ich Gänsehaut.« Ich klettere hoch und stopfe die drei Jura-Wälzer von meinem Nachttisch in eine Tasche, dann die Notizbücher. Kraxle irgendwie wieder mit ihnen hinunter.

»Feuerzeug«, murmle ich und sehe mich um. »Oder Streichhölzer für ihre Räucherstäbchen.«

»Du beleidigst mich«, meint Ozerov.

»Richtig. Pyromanischer Warlock.«

Wir gehen wieder nach draußen, in die Nähe des Sees. Kann Ursula auch bei diesen Temperaturen im Wasser …? Nein, nicht an sie denken.

Ozerov beschwört eine Flamme, die ein paar Zentimeter über dem Boden schwebt. »Bist du sicher, dass dir das hilft?«

Die Bücher fest umschlungen trete ich ans Feuer. »Ab jetzt konzentriere ich mich auf Dinge, die mir Freude bereiten. Genieße das Leben. Wozu lernen, wenn ich davon nichts mehr habe?«

»Sollte ich dich daran erinnern, dass noch nicht feststeht, ob du –«

»Falls ich den Fluch überlebe, kann ich weitermachen, wo ich aufgehört habe. Aber ich will nichts bereuen, falls nicht. Das sagen doch immer alle – man bereut nicht, was man getan hat, sondern was man nicht getan hat.«

»Jetzt kommst du selbst mit Kalenderweisheiten an? Dann darf ich auch.« Er räuspert sich dramatisch. »Die Hoffnung –«

Ich stöhne laut.

»Die Hoffnung«, wiederholt er mit Nachdruck, »sie ist in Wahrheit das übelste der Übel, weil sie die Qual der Menschen verlängert.«

»Nietzsche«, raune ich. »Natürlich bist du ein Fanboy.«

»Hat es geholfen?«

»Nicht mehr als Ursulas Sprüche.« Ich schlucke. Dann werfe ich das erste Buch ins Feuer. Aber natürlich passiert nicht viel, weil Bücher nicht so gut brennen, wie man denkt. »Kannst du das nicht irgendwie beschleunigen?«

»Ungeduldig, selbst wenn es darum geht, von Vergangenem Abschied zu nehmen.« Sein Spott ist sanft. Beruhigend.

Ich reibe meine steifen Finger aneinander. »Wenn ich sterbe, dann durch den Fluch. Nicht durch Erfrieren.«

Ozerov hebt die Hand und das Feuer lodert in smaragdgrünen Flammen auf, züngelt um das Buch, um endlich seine Seite zu verschlingen.

Als ich den nächsten Wälzer hineinwerfe, der Stapel in meinen Armen leichter wird, wird auch etwas in mir leichter.

Ich beobachte das Flackern der grünen Flammen, spüre, wie ihre Wärme meine eiskalten Finger erreicht. Dann folgt das letzte Jura-Buch. Irgendwie bin ich fast erleichtert, dass ich das nicht mein Leben lang machen muss.

Wer hätte gedacht, dass die Erkenntnis nicht eine, sondern zwei Nahtoderfahrungen bräuchte?

Obwohl da ja schon beim letzten Mal diese armselige Stimme ganz tief in mir geflüstert hat. Entschieden nehme ich mein Notizbuch mit den Aufzeichnungen zu verborgenen Welten, Magie in Kristallketten und unerforschten arkanen Schriftsystemen in die Hand.

Meine Finger bewegen sich nicht. Bohren sich nur in den mit Magie verwobenen Einband, bei dem ich nie herausgefunden habe, wie genau der Wechsel der Liniatur innen funktioniert. Die Magie, mit der Bücher an ihren Platz zurückkehren, vor Feuer geschützt sind.

Ich kann es nicht.

Erbitterung brandet in meinem Magen und ich fege zu Ozerov herum, das Notizbuch vorwurfsvoll ausgestreckt. »Tust *du* das? Mich davon abhalten – mit deinen Fähigkeiten –«

»Nein.« Seine Stimme ist so sanft wie seine Schritte, als er vor mich tritt. Den Ärmel seines Mantels gegen meine Wangen drückt, ein bisschen ruppig, um Tränen aufzunehmen, derer ich mir nicht bewusst war.

»Ich glaube, ich bin doch noch nicht bereit aufzugeben.« Argh, meine weinerliche Stimme.

»Der Eindruck bietet sich auch mir.« Wieder wischt er über meine Wangen.

Noch mehr Tränen? Ich meine, Weinen ist eine völlig normale Reaktion auf Stresssituationen. Aber muss es gleich so exzessiv sein?

Ich bin nicht bereit. Bereue so einiges. Und diese Stimme ganz tief in mir schreit, dass das nicht alles gewesen sein kann. Magie bietet so viele Möglichkeiten, so viel Unbekanntes, es muss einen Weg geben, den Fluch zu lösen.

»Ich dachte immer, andere verstünden meine Lebensziele nicht. Aber offensichtlich habe ich mich in meinen Zielen getäuscht.« Warum sage ich ihm das? *Wieso blicke ich fragend hoch?* »Wäre ich der

Arkanen Welt, den anderen und ihrer Hilfe gegenüber, offener gewesen – wäre alles anders verlaufen?«

»Ich kann nicht hellsehen. Das ist eher Astras Metier. Und auch sie kann keine alternativen Zeitverläufe –«

Ich gebe ihm einen Knuff. »Das war eine rhetorische Frage.«

»Du kannst immer noch um Hilfe bitten.«

»Ich war schrecklich zu ihnen.« *Abscheulich* hallt es in Ursulas Stimme in mir nach.

Ozerov zuckt mit den Schultern. »Das warst du eigentlich schon immer. Die meiste Zeit.«

»Danke für die aufbauenden Worte«, schnarre ich.

»Aber es gibt Gründe, warum sie dir trotzdem geholfen haben.«

»Weil sie herzensgute Menschen sind. Und ein bisschen naiv. Aber ich habe nichts getan, um ihre Hilfe zu verdienen.«

»Ich habe von einer Furie im Goldenen Gässchen gehört, die ihre Freunde vor zwei Sinistras verteidigte. Von einer Dextra, die einer Umweltaktivistin Rechtsbeistand über Urheberrecht geleistet hat. Die der Zweitplatzierten der letzten Bravura Hoffnung gemacht hat, dieses Semester doch gewinnen zu können. Falsche Hoffnung, doch immerhin Hoffnung.«

»Klingt nach einem wahren Engel«, schnaube ich.

Aber vielleicht sind das Dinge, auf denen ich aufbauen kann.

Ellie

Zwei Monate bis zur vorlesungsfreien Zeit. Drei, bis das neue Semester anfängt. Drei Monate, bis ich der Dunkelheit den Rücken kehren kann, niemanden mehr in den Kursen verletzen und mit keinem um ein Bett kämpfen muss.

Dank Astra.

Astra, die mich geküsst hat.

Ich hüpfe zur Treppe des Astronomieturms. Die Horoskope, die ich dort mit Khadija und Ren anfertige, sind eindeutig Humbug. In den Sternen stand nie etwas von dem, was passiert ist. Aber dass Astra mir einen Platz an der Univerzita verschafft und mich *küsst*, hätten sie vorhersagen *müssen*!

Ich biege um die Ecke, hinter der die anderen Scholares schon auf Profesor Dumitrescu warten. Ihre mürrischen Blicke können mir heute gar nichts anhaben.

»Na, da ist aber wer schrecklich gut gelaunt«, begrüßt Khadija mich. »Was ist passiert? Hat Astra dich geküsst?«

Blut und Hitze schießen in meine Wangen, bis sich mein Kopf anfühlt, als platze er gleich.

Khadijas Augen werden riesig. *»Ernsthaft?«*

»Ich habs kommen gesehen«, meint Ren, der neben ihr in ein Buch vertieft ist.

»Aber sicher nicht in ihren Sternen«, schnaubt Khadija. »Hab noch nie schwammigere Horoskope gesehen als die über Ellie. Als könnten sich die Sterne nie so ganz entscheiden, was ihr schwanen soll.«

»Vielleicht lasse ich mein Leben auch einfach nicht so sehr vom Schicksal bestimmen wie ihr beide!«, entgegne ich.

»Uhh«, macht Khadija. »Du wirst jeden Tag mehr zur Sinistra.«

Mein Herz macht einen Hüpfer, der zu fünfundneunzig Prozent glücklich ist. Und zu fünf Prozent … irgendwas anderes. »Also, eigentlich –«

»Ellie?«, ertönt Matheas Stimme.

Ich drehe mich zu ihr und Atlas, und jetzt sinkt mein Herz tiefer. Sicher, ich habe ihr geschrieben. Aber ich hätte mehr tun können. Sie besuchen. Doch mir schwirrten fast nur Astra und die Univerzita im Kopf herum. Okay, größtenteils Astra. Und ihr Kuss, der –

Nein, nicht schon wieder!

»Können wir reden?«, fragt sie.

Ich würde kurz Gegenwehr wegen *Scientia I* geben, würde sie nicht so seltsam zaghaft klingen. Nicht wie Mathea. »Klar!«, entgegne ich, hake sie unter und spaziere los – in dem Moment, als Magister Dumitrescu um die Ecke rauscht.

Er sieht zu mir, auch wenn sein Gesicht wie immer halb von der Kapuze verdeckt ist. »Sie schwänzen?«

»Ich … ähm …«

Atlas tritt vor ihn. »Ich würde Seymour gern den Astronomieturm zeigen, aus akademischen Gründen.«

»Während meines Unterrichts?«

»Magister Lorcan warnte mich, dass Sie es mit den Regeln zu eng sehen würden«, seufzt Atlas. Eine dreiste Lüge, oder? »Ich meine, er nannte Sie einen … Prinzipienreiter?«

Magister Dumitrescu plustert sich auf. Richtig, ihre Rivalität. Magister Lorcan *hat* unseren Scientia-Dozenten einen alten Sternenglotzer genannt, da ist Prinzipienreiter gar keine so große Verzerrung der Wahrheit.

Atlas räuspert sich. »Ich persönlich verstehe das nicht als Beleidung, aber –«

Magister Dumitrescu hebt die Hand. »Tun Sie, was Sie nicht lassen können.« Grummelnd öffnet er die Falltür und findet auch ein paar kreative Namen für Magister Lorcan.

Wir folgen ihm als Erste die knarzenden Holztreppen hoch bis ins Dachgeschoss. Durch eine der vier Türen betreten wir den schmalen Rundgang außerhalb des Turms, auf den die nächsten Scholares zusteuern. Atlas wirft ihnen einen Blick zu, der sie innehalten lässt, dann lässt er die Türen mit einer Geste zuknallen. Niemand versucht sie zu öffnen.

Mathea atmet tief ein, als sie sich an die Brüstung lehnt. Sofort legt sich ihre Erschöpfung auch auf mich.

Ich öffne den Mund, um aufmunternde Worte zu finden, doch Atlas schüttelt den Kopf. Hastig schließe ich den Mund.

»Okay.« Mathea atmet noch einmal ein, dann richtet sie sich auf.

»Für folgende Punkte möchte ich mich entschuldigen: Ich hätte nicht sagen sollen, dass ihr mir nicht helfen könnt. Dass ihr mich in Ruhe lassen sollt. Ich hätte dankbarer für alles sein sollen, was du getan hast.«

»Du musst nicht … ich konnte dir ja nicht helfen, also …«

»Ich hätte dich nicht wegstoßen dürfen, nur weil es mir schlecht ging. Es war ebenfalls falsch zu sagen, ich würde dich nicht als Freundin sehen, schließlich bist du offensichtlich genau das geworden. Das war alles.«

Freundin. Ich muss schlucken. Noch nie hat mich jemand eine *Freundin* genannt.

»Die Nummer hat sie bei allen anderen auch abgezogen«, erklärt Atlas. »Es waren Karteikarten im Spiel.«

»Nur zum Einstudieren«, zischt Mathea.

»Einstudieren?«, frage ich perplex.

»Ich bin schon froh, dass ich sie davon abhalten konnte, eine PowerPoint-Präsentation dazu zu erstellen«, meint Atlas.

Ich greife mir ans Herz. »Du hast dir so viele Gedanken darüber gemacht, was du zu mir sagen willst? Hast dir Worte zurechtgelegt?«

»Wow.« Atlas zieht die Brauen hoch. »Du gehörst wirklich mehr an die Univerzita als alle, die schon dort sind. Niemand hat *so* reagiert.«

»Ozerov.« Mathea funkelt ihn an. »Das ist eine Sache zwischen Ellie und mir. Kannst du dich raushalten?«

»Sicher. Aber wann kommt mein Entschuldigungs-TED-Talk?«

»Du bekommst keinen.« Sie lächelt zuckrig. »Der große Atlas Ozerov macht das alles ja nur aus akademischem Interesse.«

Atlas grinst sie an, er *grinst*, und seltsamerweise treibt dieser kurze Moment zwischen ihnen das Stechen drohender Tränen in meine Nase.

»Bitte keine Tränen!« Matheas panisches Flehen bringt mich zum Lachen.

»Das sagt die Richtige«, raunt Atlas.

»Ozerov!« Mathea boxt ihn.

Ich kann nicht anders, ich muss Mathea umarmen. Nur ganz kurz. »Mir war die Verbindung zwischen uns bewusst, aber ich hätte nicht gedacht, dass es sich um Freundschaft handeln würde!«

Sie tätschelt unbeholfen meinen Rücken. »Ich glaube, dahinter steckt mehr als Freundschaft. Aber das ist ein Thema für einen anderen Zeitpunkt.«

Widerwillig löse ich mich von ihr.

»Ich möchte weiter gegen den Fluch kämpfen. Aber ich weiß, dass ich das nicht allein schaffe, also wollte ich dich fragen, ob du mir weiterhin hilfst.«

Alles in mir schreit: *Ja. Sei für sie da, so wie jahrelang nie jemand für dich da war.* Aber ich kann nicht. »Meine Magie … ich will sie nicht mehr einsetzen. Da ist diese Dunkelheit in ihr, die ich nicht kontrollieren kann. Ich denke, du weißt schon von Atlas, dass ich für eine theoretische Ausbildung an die Univerzita wechsle, also … Ich kann dir mit meiner Magie nicht helfen.«

Falls sie enttäuscht darüber ist, zeigt sie es nicht. »Es muss nicht mit deiner Magie sein. Aber vielleicht einfach, indem du weiter …«, ihre Stimme bricht, als würden ihr die Worte äußerst schwerfallen, »für mich da bist?«

Ich kann ihr helfen, ohne dass ich die verhasste Magie einsetze? Einfach nur als ich? Das würde ihr reichen? In meiner Brust erblüht etwas, das anmutet wie prächtige Sonnenblumen. »Natürlich tue ich das!«

»Ich liebe den Winter!« Mit ausgestreckten Armen drehe ich mich im Kreis, als ich mit Astra den Weg zur Univerzita hochstiefle. Sie trägt die Sinistra-Uniform, doch ich habe mich dagegen entschieden.

»Du wirkst mehr wie der Frühlingstyp«, lacht sie.

Ich vergrabe mein Gesicht im weichen, warmen Strick meines kastanienbraunen Rollkragenpullovers. »Unsinn! Ich liebe alle Jahreszeiten! Jede hat ihre eigene Schönheit, die man erst im Kontrast zueinander wirklich wertschätzt.«

»Sinistra, Univerzita, Skaterin – jetzt auch noch Poetin?«

»Mach dich ruhig über mich lustig.« Ich hopse die Stufen zum Eingangsportal der Univerzita hoch. »Heute kann mich nichts runterziehen.«

Schließlich hat Rektorin Aigeiros mich hergebeten, um meine Daten aufzunehmen. Eine ganz offizielle Anmeldung.

Gemeinsam drücken wir die Tür auf und schreiten durch die imposante Eingangshalle. Ich umklammere meine Gallenröhrlinge fester. Doch die Studierenden, ein Meer aus Farben, Lachen und Wohligkeit, lächeln mich an.

Ich bin nicht zum ersten Mal hier, aber es fühlt sich so an. Zum ersten Mal erlaube ich mir wirklich einen Blick auf das Kontrastprogramm zur Academia. Der naturbelassene Stein, die warmen Holzbalken und die offene, geschwungene Treppe – nichts davon folgt wirklich irgendwelchen akkuraten Abmessungen.

Cordelia kommt uns aus einem Flur entgegen, breit grinsend. »Ich dachte, ich gucke nicht richtig, als das Scrying euch beide an der Univerzita verortet hat!« Etwas atemlos hält sie vor uns.

Ich sehe von ihr zu Astra und zurück. »Also verfolgen wir uns jetzt alle regelmäßig mit Scrying, statt uns zu schreiben oder anzurufen?«

»Geht schneller, in Notfällen.«

»Notfälle?«, kiekse ich.

»Positive Notfälle«, entgegnet Cordelia. »Die Übersetzung vom Ausschnitt des *Compendium Maledictum* ist beendet!«

»Es hat wirklich funktioniert?« Astra schüttelt den Kopf. »*Du* hättest letztes Semester die Bravura gewinnen sollen.«

Cordelia grinst. »Ich weiß.«

»Was sagt der Text?«, frage ich. »Kann jemand anderes den Fluch lösen?«

Cordelias Blick wird finster. »Jetzt, wo wir die Inkantation und die Details kennen – ja. Nur benötigt es Unmengen an Arcanima. Laut Rektorin Aigeiros zu viel. Sie traut sich das nicht zu, obwohl sie die mächtigste Arkane der letzten Dekaden in Prag, wenn nicht sogar ganz Tschechien ist.«

»Diskutabel«, entgegnet Astra. »Rektorin Sýkorová –«

»Du meinst also, Rektorin Sýkorová würde den Fluch lösen?«

Astra rümpft die Nase, spitzt dann die Lippen. »Nein.«

»Eben. Aber ich rede weiter mit Rektorin Aigeiros und werde alles tun, um sie zu überzeugen. Die Lösung ist so nah! Sie muss es nur noch sehen.«

»Ich hoffe, es funktioniert«, meint Astra.

»Wir können es ja gleich auch ansprechen, wenn wir bei ihr sind!«, schlage ich vor.

»Oh, klar, deine Anmeldung!« Cordelia lächelt. »Ein bisschen verfrüht, aber schon mal willkommen an der Univerzita.«

»Danke!« Die Nettigkeit der Dextras umhüllt mich wie ein milder Frühlingswind.

»Ich freue mich, dass du zu uns gefunden hast. Vor allem, weil du die alte Einteilung von Dextra und Sinistra damit infrage stellst!« Sie sieht auf ihre Uhr. »Aber ich will ich euch nicht weiter aufhalten.«

Wir verabschieden uns und wandern zu zweit die geschwungene Treppe hinauf. Es hat sich so viel verändert im Vergleich zu Samhain, als sie mich voller Feindseligkeit betrachtet haben. Verglichen mit dem ersten Treffen in der Barocken Bibliothek. Mit der Verfolgungsjagd, als sie mir nicht glauben konnten, dass ich ihnen helfen will. In den letzten Tagen habe ich mich oft gefragt, womit ich das verdient habe, aber dann fällt es mir ein. Ihre Wärme, ihre Freundschaft – beides ist mir nicht einfach zugefallen. Ich habe mich nie ganz davon abhalten lassen, nett und hilfsbereit zu sein, egal was die Academia von mir erwartet hat. Natürlich habe ich nichts davon getan, weil ich eine Belohnung erwartet habe. Aber jetzt weiß ich, dass Nettigkeit der richtige Weg war.

»Glaubst du, Mattie würde sich an der Academia so wohlfühlen wie ich hier?« Ich atme tief ein und es riecht nach Herbst. Mein liebster Geruch.

Astra sagt nichts. Dafür hat sie die Brauen tiefer ins Gesicht gezogen als üblich.

»Ich sollte darüber nicht nachdenken, während sie – *wir* – viel drängendere Probleme haben«, murmle ich.

»Darum geht es nicht.«

Mich sollte heute doch nichts herunterziehen können. Warum fühlt sich dann plötzlich jeder Schritt so schwer an, dass ich auf der Wendeltreppe zu Rektorin Aigeiros' Büro anhalte? »Worum dann?«

Astra seufzt. Sie ist unzufrieden.

Weil ich an die Univerzita gehe? Das war doch *ihre* Idee! Aber wenn es ihr lieber wäre, ich bliebe an der Academia …

Nein. Nein, das kann ich nicht. Auch nicht ihr zuliebe.

Astra greift nach meinen Händen. »*Du* kannst den Fluch von Mathea nehmen.«

Das Blut weicht mir aus dem Gesicht und hinterlässt eine seltsame Leere. Ein unablässiges Summen. »Nein.«

»Du hast diese Verbindung zu ihr, Ellie«, drängt sie. Ihre Finger klammern sich fester um meine. »Und ich glaube, in dir steckt noch viel mehr Macht, als du erahnen lässt.«

Nein. Nein, nein, *nein*.

Ich stoße ein unechtes Lachen aus. »Das ist wirklich Unsinn, Astra. Ich habe gerade entschieden, meine Kräfte nicht mehr einzusetzen, weil ich sie nie ganz beherrschen werde.«

»Ich glaube, das ist die falsche Entscheidung.«

»Hast du den Vorfall vergessen, als ich ihre Kapseln lösen wollte? Nur ein wenig weiter, ein bisschen weniger Kontrolle, und ich hätte sie –«

»Und doch hast du dort etwas getan, was niemand wenige Wochen nach dem Erwachen können sollte.«

Ich lache noch lauter, schnaubender, unechter. »Meintest du nicht, du willst mir ab jetzt mehr zuhören? Du tust das Gegenteil. Du siehst in mir etwas, das ich nicht bin. Ich habe nicht so viel Macht, wie du mir aufbürden willst.«

Astra steigt eine Stufe höher. »Ich möchte etwas versuchen.« Sie hebt die Hände in Richtung meines Gesichts. »Darf ich?«

Trotz allem durchströmt mich in ihrer Nähe die gleiche Wärme wie immer. Mein pochender Herzschlag zieht mich in ihre Richtung. »Ja«, wispere ich. »Wenn du versprichst, dass du kein Wort mehr darüber verlierst, sollte dein Versuch scheitern.«

»Ich verspreche es.«

Und ich glaube ihr. Lehne mich vor, die Hände auf ihren Schultern, bis wir uns küssen. Ich weiß nicht, was sie vorhat. Was das mit meinen Kräften zu tun hat. Aber beim sanften Gleiten ihrer Lippen auf meinen, bei ihrem Geruch nach Herbst, klar und golden-warm, vergesse ich es. Wieder küsst sie mich flüchtig und zart, lässt mich mit dem Verlangen nach mehr zurück. Den Dingen, die ihre Lippen und Hände versprechen. Viel zu früh bewegt sie sich zurück und beinahe wispere ich ein Nein.

Doch dann schlingt sie ihre Finger um meinen Nacken.

Sie zieht mich näher, bis ich den Rücken durchdrücke, um ihr entgegenzukommen. Ich erschaudere. Nicht wegen der Haltung, sondern wegen des Chaos in mir. Des Sogs.

Ich strauchle, so sehr wackeln meine Knie. Sie strauchelt mit mir. Gegen die Wand, das Geländer in meinem Rücken, bis sie auch dort eine Hand platziert, so warm im Vergleich zum Stein. Ich berühre ihren Kiefer, ihren Hals, wo ihr Puls pocht.

Ihr keuchender Atem an meinen Lippen löst etwas in mir.

Arcanima strömt durch mich hindurch. Erfüllt mich von Kopf bis Fuß, so allumfassend, dass jetzt ich keuche. Der Sog hört nicht auf, so viel stärker als in den Spiegeln des Examens. Und dann werden die Wärme, das Flattern, das Herzklopfen zu etwas Finsterem, Verbotenem. Die Dunkelheit meiner Magie. Ich sollte Angst haben. Doch ich *verzehre* mich nach der Dunkelheit.

Nach der endlosen Macht.

Astra glüht. Ihre Haut, aber vor allem ihre Arcanima, die ich in ihr surren spüre wie Elektrizität. Verschmolzen mit meiner Arcanima. Nicht enden wollende Arcanima.

Schwer atmend weichen wir voreinander zurück.

»Siehst du es jetzt?« Astra leuchtet nicht nur, sie strahlt ein Licht aus. Golden, unwirklich, wie eine Göttin. »Die Macht in dir? Wie sie mich nicht verletzt, sondern stärkt?«

»Ich …« Alles dreht sich. Ich klammere mich an das Geländer.

»Spürst du überhaupt, wie *viel* Arcanima ich von dir aufgenommen habe? Macht es einen Unterschied für dich?«

Ich schüttle den Kopf.

Astra greift an meine Schulter. »Ich habe so etwas noch nie erlebt, Ellie. Habe noch nie jemanden kennengelernt, in dem so viel Macht schlummert.«

Ich hebe die Hand. »Du musst nicht weiterreden«, keuche ich. Denn ich spüre es.

Also laufe ich die Stufen hoch, mit Tausenden Gedanken, von denen ich keinen so richtig fassen kann.

»Ich beherrsche kein Gedankenlesen«, Astra folgt mir mit Leichtigkeit, »also wenn du das Gespräch einfach mittendrin abbrichst, weiß ich nicht, was los ist.«

»Aber ich weiß, was zu tun ist!«

Dann, vor Rektorin Aigeiros' Bürotür, kann ich kaum lang genug still stehen, um zu klopfen.

»Herein!«, ruft sie.

Ich schmeiße mich gegen die Tür und stolpere ins Büro.

»Ellie Novotná, ich habe Sie schon erwartet!« Die Rektorin löst ihre Beine aus dem Lotussitz und steht auf. »Und in Begleitung Ihrer redegewandten Fürsprecherin, wie schön.«

»Danke, dass Sie mich angehört haben«, beginnt Astra.

Ich trete vor. »Ja, vielen Dank für Ihr mehr als großzügiges Angebot!«

Rektorin Aigeiros streckt die Hand aus und die um die Bücherregale geschlungenen Ranken reichen ihr eine Akte. »Haben Sie alle Unterlagen dabei?«

»Ja, aber –«

»Wunderbar, wunderbar! Kommen Sie, wir gehen die letzten Details durch.«

Astra schubst mich sachte an.

Doch ich verharre auf der Stelle. »Ich kann nicht an der Univerzita studieren!«

Beide drehen sich zu mir.

»Natürlich können Sie! Ich habe das Einverständnis gegeben, und zwar nach reichlicher Abwägung. Sie gehören hierher, abgesehen von Ihrer arkanen Art nach allen Aspekten, die für Dextras Weg zählen.«

»Ich … ich weiß nicht, ob ich zu Dextra oder Sinistra gehöre. Aber ich will lernen, mit der Macht umzugehen, die mir gegeben wurde.« Hastig sehe ich zu Astra, die mich ungläubig anstarrt, dann zurück. »Das kann ich nur an der Academia. Wo andere mit meinen Fähigkeiten sind.«

Rektorin Aigeiros legt die Hand ans Kinn und nickt langsam.

Ich werfe einen Blick auf Astra. Forme ein »Entschuldigung« mit den Lippen. All ihre Bemühungen, umsonst. Aber sie hat es mir so oft gesagt: Ich kann meine Kräfte nutzen, um Gutes zu tun. Nur geht das nicht, wenn ich hier bin, wo man mich mit Samthandschuhen anfassen wird, obwohl die Macht, auf die ich durch Astras Concubi-Fähigkeit nur einen kurzen Blick werfen konnte, eher Stahlhandschuhe braucht.

»Wieso der plötzliche Sinneswandel?«, fragt die Rektorin.

»Astra konnte mir einen anderen Weg zeigen.«

»Astra Ozerov«, sie neigt das Kinn, um mich skeptisch anzusehen, »die vor ein paar Tagen eine geschlagene Dreiviertelstunde mit mir debattiert hat, damit Sie an der *Univerzita Mystika a Magie* studieren können?«

»Ja?«, entgegne ich leise.

Astra schlingt den Arm um meine Schultern. »Ich wollte immer, dass *Ellie* entscheidet. Und jetzt, da sie wirklich eine Wahl hatte, *hat* sie sich entschieden.«

»Das hat aber nichts mit Mathea Seymour zu tun?«

»Mit Mathea?«, kiekse ich.

»Wollen Sie Ihre Kräfte an der *Academia Sinistra* nähren, potenzieren, weil Sie glauben, Mathea damit helfen zu können?«

Alles in mir schreit danach, es zuzugeben. Aber ich schüttle den Kopf und richte mich auf. »Nein«, lüge ich. Wie eine echte Sinistra. Die Sinistra, die zu sein ich mich entschlossen habe.

21

Ellie

Ich werde Matheas Fluch von ihr lösen.

Und in den nächsten Tagen plane ich mit Astra, Atlas und Cordelia wie, wann und wo. Der Pulverturm ist nicht sicher genug für Magie dieses Ausmaßes, das hat das letzte Mal gezeigt. Perfekt wäre eine der Universitäten mit ihren magischen Schutzvorrichtungen, aber die Rektorinnen würden mitbekommen, was wir tun, bevor ich auch nur die erste Kapsel gelöst habe.

Aber dann kündigt Rektorin Sýkorová eine Studienreise an, zu der sie für drei Tage aufbricht. Und zwar sofort.

Das Zeitfenster ist winzig, erlaubt kaum Vorbereitungszeit, aber es ist unsere Chance. Vielleicht die einzige, die sich uns bieten wird.

Atlas schlägt ziemlich widerwillig vor, den Fluch im Crystalorium zu lösen. Der Raum, von wo aus Rektorin Sýkorová die Schutzmagie erneuert, ist besonders gut gegen arkane Ausbrüche geschützt.

Nachdem wir alle Rollen verteilt haben, treffen wir uns nach Mitternacht vor der milchigen Bergkristalltür, um sicher zu sein, dass möglichst viele Scholares und Magistrae schlafen.

»Wie kommen wir rein?«, flüstert Astra, im Hintergrund das etwas zu schnelle Atmen der Sinistras und Dextras. »Kein Raum ist so gut geschützt wie das Crystalorium.«

Atlas hebt die Hand vor die Tür.

Sie schnaubt. »Nicht mal du bist gut genug, um –«

Der Bergkristall leuchtet und öffnet sich.

»Wie hast du …«

Atlas verschwindet im Crystalorium und Astra hastet ihm hinterher, gefolgt von uns anderen.

Die Grotte mit den changierenden Kristallwänden aus Rosenquarz, Amethyst und Bergkristall raubt mir wie beim letzten Mal den Atem.

»Verrate deinen Trick!«, herrscht Astra ihren Bruder an.

Er streicht mit einer Hand über den schlanken Obelisken aus Bergkristall in der Mitte des Raums. »Rektorin Sýkorová hat mir in ihrer Abwesenheit die Kontrolle des Crystaloriums übertragen.«

»Trotz dem ganzen Mist, den wir verzapft haben?«

Er zuckt mit den Schultern. »Wiegt wohl nicht schwerer als das, wofür sie mich so schätzt.«

»Erst Ellies Examen, dann das Crystalorium – was kommt als Nächstes? Die Leitung der Academia?«

»Viel mehr bleibt nach meiner steilen Karriere nicht übrig, oder?«, entgegnet er mit einer Prise Hochmut, die vermutlich mehr dazu dient, Astra zu frustrieren, als dass er es ernst meint.

»Ich bezweifle, dass du der Leiter der Academia wirst, wenn du dabei erwischt wirst, wie du das dir auferlegte Amt ausnutzt«, merkt Mathea an, was wir uns alle denken.

Er geht ein großes Risiko ein. Rektorin Sýkorová lässt nur ab und zu eisigen Zorn durchscheinen, um die Scholares zu kontrollieren. Aber ich bezweifle nicht, dass sie Verheerendes anrichten kann, wenn man sich ihr zu oft widersetzt.

»Sorgen wir einfach dafür, dass uns niemand erwischt«, flötet Ursula – die bei Weitem Entspannteste von uns.

Meine Hände hingegen beben.

Ich kann nicht aufhören, an Matheas wächsernes Gesicht zu denken, als ich das letzte Mal die Kapseln geöffnet habe. Wie ihre Atmung langsamer und flacher wurde. Wie ihre Lebenskraft versickerte. Es fiel mir leicht, das bei allem, was passiert ist, zu verdrängen.

Jetzt brechen die Erinnerungen umso heftiger über mich herein.

Astra greift nach meiner Hand und ich zucke zusammen. Doch sie streicht mit dem Daumen über meinen Handrücken, wieder und wieder. »Fünf Dinge«, murmelt sie.

Flackernd findet mein Blick das Funkeln von Moremis Dutzenden Piercings. Khadijas klimpernde Ohrringe. Das Schimmerhaar von Ursula, den Pastellfacetten des Raums so ähnlich. Das Kontrastprogramm, Rens schwarze Krähenflügel, die leise rascheln. Verschlissene Säume an Valix' Hose.

»Ich vertraue dir.« Mathea, schlichter gekleidet als je zuvor, mit nackten Ohren und Hals, damit nichts ablenkt.

Ich lache zittrig. »Wirklich?«

»Nun ja, ich vertraue dir, weil ich keine andere Wahl habe.«

Das ist gut, denn es bedeutet, sie weiß, wie viel schiefgehen kann. Vertraut mir nicht bedingungslos, erwartet kein Wunder. Sie weiß, worauf sie sich einlässt.

Alle von uns wissen das.

»Am besten legst du dich hin«, schlägt Atlas vor. »So kannst du nicht mitten im Prozess umfallen und dich verletzen.«

Mathea nickt mit am Hals hervortretenden Sehnen und legt sich auf den Rücken. Von unten funkelt sie uns an. »Ich bin selten peinlich berührt, aber wenn ihr mich länger von oben anstarrt, als wäre ich in einem Sarg aufgebahrt, schafft ihr vielleicht auch noch das.«

Leise vor uns hin murmelnd wuseln wir auf unsere Plätze. Ich hocke mich zu Matheas Füßen, Atlas sich mir gegenüber zu ihrem Kopf. Neben mir liest Cordelia sich ein letztes Mal die Inkantation des Diagnosezaubers der Mágos durch – den nimmt sie mir ab, damit ich mich voll und ganz auf das Entkapseln konzentrieren kann. Zu meiner anderen Seite sitzt Astra, etwas näher, als angemessen wäre, aber ihre Nähe so beruhigend. Neben ihr lässt sich Khadija nieder und atmet tief ein. Die anderen verteilen sich für den *Zahrazovat*-Bann um uns herum. Niemand muss ihn wirken, das erledigt das Crystalorium – aber es braucht ihre Arcanima. *Viel* Arcanima.

Ich sehe jeden von ihnen einmal an. »Sind alle bereit?«

Sie nicken.

Atlas legt seine Finger an Matheas Schläfen, um den Zustand von ihr und ihrer Arcanima zu prüfen.

Mathea grinst ihn an. »Ein weiterer ›unglücklicher Zufall‹?«

Keine Ahnung, wovon sie spricht, aber Atlas blickt düster zurück. »Mach jetzt keine Witze.«

Sie rollt mit den Augen, während der Rest von ihr stocksteif daliegt. Dann sieht sie zu mir. »Leg los.«

Khadija beugt sich näher zu ihr. »Du kannst dich nicht bewegen«, flüstert sie, »*willst* dich nicht bewegen.«

Ihr Säuseln klingt so verlockend, dass ich erschaudere, mich für einen Moment selbst nicht regen kann. Doch Astra stupst mich an und ich entkomme der Starre.

Mathea liegt noch steifer als zuvor da – vermutlich die arkane Version einer Vollnarkose. Jedes Winden kann dafür sorgen, dass meine Magie aus Versehen etwas in ihr zerstört. Aber sie muss wach sein, damit wir sichergehen können, dass sie, nun, am Leben bleibt.

Cordelia spricht die Inkantation in der Sprache der Mágos. Runen tauchen über Mathea auf und ich japse zusammen mit ein paar der anderen.

Das Violett und Rot eines Blutergusses um eine entzündete, eiternde Schnittwunde.

Ein Muskel in Atlas' Kiefer zuckt.

»Fuck«, murmelt Astra

Rot bedeutet Lebensgefahr. Als Profesor Nekovář sie nach dem letzten Versuch diagnostiziert hat, war nichts davon zu sehen. Ist er tatsächlich miserabel in Diagnosezaubern – oder hat er absichtlich die Wahrheit verborgen?

Ein Schwall von Indignation schwappt durch mich hindurch –

zusammen mit dem *Wort* Indignation. Das kommt von Mathea. Natürlich findet ausgerechnet sie einen Weg, mir ihre Verärgerung über unser mitleidiges Starren telepathisch mitzuteilen.

Ich lache leise, egal was die anderen darüber denken, denn ihr Blick verändert sich und der Knoten aus Anspannung in meinem Magen lockert sich.

Ich mache mich ans Werk.

»*Gilageth ur Namidhe*«, sage ich mit erhobenen Händen die Inkantation auf. Die blassgoldenen geometrischen Formen erscheinen. »*Askarith ur garded ni Aearin.*« Ich sehe zu Atlas. »Sag mir, wenn sich irgendetwas verändert.«

Er nickt, ohne aufzublicken.

Ich lasse meine Magie in Mathea fahren und beobachte, wie sie auf Cordelias Abbild auftauchen. Dunkelgoldene Fäden zwischen teerschwarzen Kapseln.

Keine Spur von Matheas zart verwobener Magie.

Die anderen verschwimmen im Schimmern der Kristalle. Kristalle, die meine Magie verstärken. Ruhig atmend widme ich mich der ersten Kapsel – nicht alle auf einmal wie beim letzten Fehlversuch, sondern eine nach der anderen. Meine Arcanima wickelt sich um die verhärtete Kugel. Tastet und bohrt und drückt. Risse bilden sich auf der Oberfläche.

Ich breche sie auf.

Mathea bäumt sich auf, trotz des Banns auf ihr.

Hektisch beugt sich Khadija zu ihrem Ohr. »Still halten!«

Matheas Körper verhärtet sich zu einem Brett, gerade rechtzeitig. Dickflüssig quillt die Magie aus der zerbrochenen Kapsel, ein Fluch im Fluch. Ich spinne eine Hülle aus meiner Arcanima darum und extrahiere jeden Tropfen aus ihrer Brust. Ein Stöhnen entgleitet Mathea.

Doch das Gemisch aus Gold und Teer wabert über ihr. Und sie ist bei Bewusstsein.

»Zum Obelisken!«, murmelt Astra.

Ich schicke meine Arcanima mit dem Fluchteer durch die Luft und die Dunkelheit versickert im Bergkristall. Dann sehe ich wieder zu Mathea und dem Diagnoseabbild. Eine von Dutzenden geschafft.

Ich mache weiter. Arbeite ruhig, konzentriert, als gäbe es auf der ganzen Welt nur noch die Kapseln.

Nach der siebten Verkapselung wabert Dunkelheit hinter den Facetten des Bergkristalls, wirbelnde Rauchschwaden. Matheas Blick wird glasig, ihr Atem keuchend.

»Sie hält es aus«, dringt Atlas' Stimme von weit entfernt zu mir durch. Ich brauche seine Einschätzung nicht wirklich, fühle die Verbindung zu Mathea stärker als je zuvor. Trotzdem schicken seine Worte einen Schwall Sicherheit durch mich.

Kápsula *acht, neun und zehn.* Meine Finger verkrampfen. *Elf, zwölf, dreizehn.* Zarte Magiefäden verweben sich in Matheas Brust. Ihre Arcanima kehrt zurück.

»Das ist unglaublich«, murmelt Cordelia.

Vierzehn, fünfzehn, sechzehn. Schweiß tropft von meiner Stirn auf meine bebenden Hände, doch ich höre nicht auf. *Siebzehn, achtzehn.*

Etwas Schwarzes wackelt in meinem Augenwinkel. Ren, der auf die Knie sinkt, sich entschuldigt. Ihm geht die Arcanima aus. Aber genau deshalb sind sie zu sechst.

Zweiundzwanzig. Fünfundzwanzig. Dreißig. Mein ganzer Körper verkrampft, doch ich kann nicht aufhören. Könnte nicht, selbst wenn ich wollte.

Der Bergkristall verliert seinen Glanz, ähnelt mehr Schiefer als einem Obsidian. *Dreiunddreißig.* Aber dann verschlingt der Stein Arcanima der anderen und die Dunkelheit kriecht von ihm in die restlichen Kristalle des Raums. *Vierzig.*

Ursula taumelt, sinkt mit dem Rücken an der Wand zu Boden. »Mach weiter«, zischt sie, als Bob panisch zu ihr sieht.

Fünfundvierzig.

Wieder bäumt sich Mathea auf.

Khadija keucht. Wiederholt ihre Befehle mit zittriger Stimme.

Matheas Kopf zuckt, prallt gegen den Boden, sodass der Schmerz auch durch meinen Schädel hämmert. Leise gequälte Geräusche tröpfeln über ihre Lippen.

In einer fließenden Bewegung legt Atlas ihren Kopf auf seine Beine. »Es ist bald vorbei«, flüstert er, eine Hand an ihrer erhitzten Stirn.

Fünfzig.

Die Kälte seiner Finger sickert auch in meinen Kopf.

Fünfundfünzig.

Es ist bald vorbei.

»Ellie«, japst irgendjemand. Valix, vielleicht. Wenn sei als Nächstes schwächelt, sind sie nur noch zu dritt.

Sechzig.

Bob umklammert Moremis Hand, deren Gesicht aschfahl ist. Wie lange halten sie und Valix noch durch? Bob und Peninnah können das nicht allein stemmen.

Siebzig.

Aber der Kristall benötigt noch immer Arcanima, um den Fluch zu absorbieren, unschädlich zu machen.

Achtzig.

Wenn niemand mehr übrig ist, Khadija Mathea nicht mehr still halten, Atlas sie nicht mehr beobachten, Astra nicht mehr überschüssige Arcanima aufnehmen kann, ich ohne Cordelias Diagnosebild auskommen muss – wenn das Crystalorium sich an *meiner* Arcanima vergreift, ich die Kontrolle verliere –

»Fünf Dinge«, presst Astra hervor.

Kristallschimmer. *Fünfundachtzig.* Matheas Atem, schwach, aber vorhanden, stur. *Neunzig.* Die Phantomkälte von Atlas' Hand. *Fünfundneunzig.* Panisches Gebrüll. *Siebenundneunzig.* Das Brechen von Kristall in meinen Ohren. *Neunundneunzig.*

Astras Wärme neben mir.

Hundert.

Ich habe es geschafft.

Noch immer surrt Energie in meinen Adern, obwohl mein Körper zusammensackt. Niemand ist verletzt. Matheas Arcanima –

Das Scharren von Stein auf Stein schallt durch den Raum. Jemand öffnet die Bergkristalltür!

Ich wirble herum.

Eine Silhouette in wehendem Mantel, dunkel vor den noch dunkleren Fluren der Academia, stemmt die zwei Flügel der Tür auf. »Sie hätten Mathea nicht am Leben lassen sollen.«

Mathea

»Seymour.« Ozerov schüttelt mich unsanft.

Meine Lider sind schwer. Eigentlich ist *alles* schwer. »Ich schwöre euch, wenn ich schon wieder im Krankensaal aufwache –«

»Wir sind noch im Crystalorium – aber wir müssen weg!«

Ich öffne die Augen ein Stück. Die Kristallfacetten blenden mich, genauso das Durcheinander aus Silhouetten. Und da ist Geschrei. Ich stöhne vor Kopfschmerz.

»Kannst du aufstehen?« Ozerov schlingt schon meinen Arm um seine Schulter und hievt mich hoch.

Eine Gestalt in Umhang. Goldene Locken, durchzogen von Grau, unter der Kapuze.

»Ist das Nekov-« Mein Körper verkrampft. Etwas schwillt in meiner Brust an, drückt auf meine Lungen. Arcanima. Zu viel Arcanima, zu schnell.

Ozerov schleppt mich weiter, vorbei an kämpfenden Silhouetten. »Das geht vorüber!«, knurrt er. »Erinner dich daran, was ich gesagt habe. Der plötzliche Anstieg von Arcanima überwältigt dich nur im ersten Moment.«

»Mein Körper ist das perfekte Gefäß für meine Arcanima«, japse ich. Auch wenn es sich anfühlt, als gösse jemand heißes Eisen in mich.

»Bob!«, brüllt Cordelia, umgeben von seltsamen schwarzen Schatten, die sie mit Magieschildern abwehrt. »Bringt Ursula und Ren hier raus! Sie sind zu erschöpft zum Kämpfen! Und finde verflixt noch mal irgendwelche Magistrae!«

Kämpfen? Mir schwirrt der Kopf und meine Lider fallen wieder zu. Wieso kämpfen sie?

»Lasst ihn auf keinen Fall die Bewegungen ausführen!«, heischt Astra. »Er darf den Bann nicht vollenden!«

Richtig, Nekovář. Sie kämpfen gegen ihn? Während ich nach draußen getragen werde wie ein nasser Sack?

Ich schiebe Atlas von mir. Strauchle. »Das ist mein Kampf.«

»Du hättest gerade keine Chance gegen ein Kindergartenkind.« Ozerov umklammert mich an der Taille, bevor ich stürze. »Geschweige denn gegen Nekovář.«

Jemand ergreift meinen anderen Arm, schlingt ihn um eine etwas breitere Schulter. Der Geruch von Salbei steigt mir in die Nase, seltsam einlullend. »Peninnah, hier lang!«, ruft Valix viel zu laut in meinem Ohr, aber rau. Erschöpft.

Peninnah rennt zu uns, in ihrer Gargoyle-Form, und dreht sich noch mal zu den anderen. »Schafft ihr ihn allein?«

Ein unförmiges *Ding* stürzt sich aus dem Nichts auf uns.

Ozerov und Valix werfen sich mit mir auf den Boden, um dem sehnigen Leib auszuweichen. Vage erinnert er an einen Windhund. Nein, an ein fehlgeschlagenes Experiment mit einem Windhund. Wulstige Muskeln bedeckt von Haut wie Fledermausflügel.

Ich muss würgen, so sehr stinkt es nach Verwesung und Abwasser.

Die beiden wuchten mich wieder hoch.

»Lasst sie nicht entkommen!«, brüllt Nekovář.

Das Vieh schnappt nach mir, mit seinem Gebiss aus viel zu vielen Zähnen, die auch aus dem Kiefer und dem lang gezogenen Hals wuchern. Doch Peninnah stürmt herbei und tritt in sein geiferndes Maul.

»Uägh, was *ist* das?«, zetert sie und schüttelt ihren mit Schleim bedeckten Stiefel notdürftig aus. Doch dann gibt sie uns Rückendeckung, während Ozerov und Valix mich auf den Flur schleppen. Am Ende des Ganges verschwindet Bob mit Ursula auf dem Rücken, einen Arm um den viel größeren Ren geschlungen.

»Eine andere Richtung!«, keucht Valix und wir biegen nach rechts ab.

Der Höllenhund – denn nichts anderes kann dieses Monstrum sein – hechtet hinter uns her.

Peninnah wehrt ihn ab, doch das Fletschen seiner Reißzähne hallt in meinen Knochen nach.

»Wie hat er uns gefunden?« Die Arcanima in mir beruhigt sich etwas und ich schaffe es, meine Füße im richtigen Rhythmus voreinanderzusetzen. Halbwegs.

Die beiden stützen mich weiter, während wir durch den endlosen Flur hetzen.

Ozerov schnaubt. »Ich hatte keine Zeit für ein großes Wiedersehensgespräch mit Nekovář.«

»Hier rein!«, brüllt Valix und reißt uns zu einer Tür herum.

Wir preschen hindurch, knallen sie zu und lehnen uns mit den Rücken dagegen. Ein heftiger Ruck geht durchs Holz. Der Höllenhund rammt die Tür.

Ozerov lässt mich los und dreht sich, hebt die Hände. »Haltet die Tür noch ein paar Momente!«

Ein weiterer Ruck vibriert durch die Tür, meine Knochen und Zähne. Ozerov murmelt etwas und ich werfe einen hastigen Blick durch den Raum. Ein Alchemielabor mit sterilen, aber dennoch seltsam eleganten Arbeitsplätzen.

Die Tür leuchtet auf.

Ich rutsche weg, doch Valix und Peninnah packen mich rechtzeitig.

Der Höllenhund wirft sich erneut gegen die Tür, die zum Glück nur noch leicht ruckelt. Ein Bann. Knurren und Schnüffeln gleitet durch den Spalt zwischen Boden und Türblatt.

Ozerov umfasst meine Schultern. »Wie geht es dir?«

»Fantastisch.« Ich stoße mich von der Tür ab, wanke, aber bleibe stehen. »Mir gefällt, wie sich mein Körper anfühlt. Als hätte man ihn frankensteinmäßig aus den Körperteilen verschiedener Menschen zusammengesetzt.«

»Wir müssen zurück zu den anderen!« Valix fährt sich durch das kurze Haar, die Augen wild.

»Da ist ein tollwütiger Höllenköter vor unserer Tür!«, keift Peninnah. »Ich glaube kaum, dass ein politisch korrekter, von Vílas abstammender Theorie-Profesor schlimmer ist!«

»Er ist nicht, was er vorgibt zu sein!«

»Niemand ist, was er vorgibt zu sein. Das macht unseren Mr Keating nicht zur Gefahr.«

Valix schaut verwirrt drein. »Wer ist Mr Keating?«

»Der Lehrer aus *Der Club der toten Dichter*«, antworten Ozerov und ich gleichzeitig.

»Beim Prinzen der Dunkelheit, ihr zwei seid unausstehlich zusammen«, stöhnt Peninnah.

»Können wir uns auf die wichtigen Dinge konzentrieren?«, faucht Valix. »Wie man einen Höllenhund loswird, zum Beispiel?«

Richtig, noch immer wirft er sich abwechselnd gegen die Tür oder nimmt durch den Schlitz unsere Witterung auf.

Valix, Peninnah und ich sehen zu Ozerov.

»Was?«

»Du weißt doch sonst immer alles!«, erkläre ich.

»Ich weiß nicht alles, nur *vieles*.«

»Und bist auch noch so unendlich bescheiden.«

Peninnah stampft auf den Boden, der erschüttert und die Reagenzgläser und Apparaturen des Laboratoriums zum Klirren bringt. »Hört auf, in einer Situation auf Leben und Tod zu flirten!«

»Wir flirten nicht«, knirscht Atlas.

»Entschuldigung, kommt nicht wieder vor«, entgegne ich.

»Pscht!«, macht Valix.

»Gut, dann rede ich auch nicht mehr.«

»Pscht«, wiederholt sei lauter. »Hört ihr das?«

Ich lausche, doch da ist nur unser Atem, also rolle ich mit den Augen. »Lass mich das abkürzen. Wir sagen, dass wir nichts hören, du sagst: ›Ganz genau‹, und plötzlich haben wir alle die Erkenntnis, dass irgendetwas ganz gehörig –«

Glas zersplittert. Der Höllenhund bricht durch eines der Fenster. Und er zerrt den leblosen Bob wie ein zerfleddertes Hundespielzeug in seinem Maul hinter sich her.

Ellie

»Bleiben Sie stehen!«, kommandiert Khadija. Doch ihr Bann funktioniert bei Nekovář nicht. Er hebt die Hände und macht den ersten Schritt für einen eigenen Bann. Damit würde er Cordelia und mich außer Gefecht setzen!

Wir alle stürzen uns auf ihn, halb mit unseren arkanen Kräften, halb mit bloßen Händen, Hauptsache, er beendet seinen Tanz nicht. Astra schleudert ihm Feuer entgegen, dem er ausweicht. Khadija beschwört Rauch, der ihn einhüllt, ihm die Sicht nimmt. Nach ein paar weiteren Augenblicken voller halbgarem Kampf und Durcheinander kommen wir alle keuchend voreinander zum Stillstand.

Nekovář hebt die Hände. »Können wir darüber reden?«

Astra lässt Flammen aufstieben. »Ein bisschen spät dafür.«

»Niemandem muss etwas geschehen.« Seine Stimme klingt wie das Flüstern von Wind in Baumkronen. Ich kann mir vorstellen, was für ein einfühlsamer Lehrer er gewesen sein muss – das macht seine Taten umso grausamer. *Unverständlicher.*

»Außer Mathea!«, fauche ich. *Ich kann ihn besiegen.* Das spüre ich. Denn statt Blut pulsiert Arcanima in meinen Adern. Nur weiß ich nicht *wie*. Diagnosen und Flüche lösen ist etwas anderes als ein Duell.

»Niemandem *außer* Mathea muss etwas geschehen.«

Etwas flattert hinter uns.

Wir wirbeln herum. Rot-schwarze, flirrende Wolken – seine Schmetterlinge! Die *Blutströpfchen*!

»Sie sind giftig!«, warne ich.

Astra schickt das Feuer zu ihnen und sie stieben auseinander.

Mein Herz verkrampft. Eines der schlimmsten Verbrechen – die ihm anvertrauten Tiere ohne Rücksicht auf ihr Leben zu benutzen. Wie leblose Objekte.

Ein tief verwurzelter Zorn brodelt in mir hoch und ich peitsche zu Nekovář herum.

Er beendet eine fließende Bewegung und zischelt die letzten Silben einer Inkantation in einer fremden Sprache, die ganz und gar nicht nach einem Víla klingt.

Ein weiteres unförmiges Hundewesen springt aus einer nach Sulfur stinkenden Rauchwolke.

Khadija weicht zurück, ihre Haut aschig. »Sie beschwören tatsächlich *Níghul*.«

Astra stellt sich in Kampfposition vor mich und Cordelia, die noch entkräftet vom Aufrechterhalten der Diagnose ist. Aber da liegt etwas in ihrem Blick. Keine Angst.

Grauen.

»Was sind Níghul?«, flüstere ich.

»Niedere, äonenalte Dämonen aus der Unterwelt.« Sie knurrt Nekovář an. »Sie zu beschwören, ist verboten. *Beiden* Pfaden.«

Er faltet die Hände hinter dem Rücken und der Níghul pirscht um seine Beine. »*Conviene bene, che, accusandolo il fatto, lo effetto lo scusi.* Leben die Sinistras nicht praktisch nach dem Motto?«

»Argh, *Machiavelli*«, stöhnt Astra, »wie ermüdend uninspiriert, um Schandtaten zu rechtfertigen.« Sie verwickelt ihn in ein Gespräch. Schindet sie Zeit für einen Plan?

Dann muss ich helfen!

»Was bedeutet der Spruch?«, wende ich mich an Nekovář, in der Hoffnung, an den Lehrer in ihm zu appellieren.

Er seufzt. »*Wenn ihn auch die Tat anklagt, so muss ihn der Erfolg doch entschuldigen.*«

Ich schüttle verwirrt den Kopf.

»*Der Zweck heiligt die Mittel*«, zischt Cordelia.

Oh. Was auch immer Nekovář vorhat, warum er Mathea töten will – er glaubt, das *Richtige* zu tun?

»Aber wieso tun Sie Mathea das an?« Es fehlen Antworten. Antworten, die meine vage Vermutung entkräftigen.

»Das liegt hinter dem Horizont Ihres Verstehens.« Nekovář hebt eine Hand. »Heißt das, Sie haben sich entschieden, nicht aus dem Weg zu gehen?«

»Sie werden Mathea nicht –«

Nekovář deutet mit der Hand zu mir.

Mit einem Satz rammt mich der Níghul zu Boden. Sein Sabber tropft in mein Gesicht, als er die Zähne fletscht, und ich winde mich unter seinem drückenden Gewicht.

Er stinkt nach Tod.

Cordelia stößt ein Geräusch aus, halb Keuchen, halb Knurren.

Eine unsichtbare Macht schleudert den Níghul von mir.

Ich rapple mich auf die Knie, starre Cordelia an. »Danke!«

Sie hebt die Hände – doch nichts passiert. Ihre Arcanima ist aufgebraucht.

Der Níghul nimmt erneut Anlauf.

Ich reiße meine Hände hoch, schütze mein Gesicht, so wie es mir beigebracht wurde. Ein Gewicht wirft sich auf mich, doch nicht der ledrige, stinkende, muskelbepackte Körper, sondern etwas Warmes und Beschützendes. *Astra.*

Zähne blitzen auf, als er sich auf sie stürzt.

Ich drücke meine Handballen gegen Astra, um sie aus seiner Bahn zu schieben, doch sie rührt sich kein Stück.

Ein Winseln. Dann zischelt etwas.

Vorsichtig blicke ich zwischen Astras in den Boden gestemmten Armen hindurch.

»Hau ab!« Khadija steht zwischen uns und dem Níghul, ihre Hände ausgestreckt, flankiert von einer weißen und einer schwarzen Schlange.

Der Níghul knurrt. Dann kauert er sich auf die Vorderläufe, den spitzen Kopf zum Boden geneigt.

Lachend sieht Khadija zu Nekovář. »Schätze, deine Haustiere fürchten sich vor meinen Haust-«

Begleitet von einer Handbewegung zischelt Nekovář eine knappe Inkantation.

Die Schlangen winden sich – dann kommen sie auf *uns* zu.

»Zurück!« Khadijas Befehl wirkt nicht.

Hastig zerre ich Astra zur Seite, sodass ich sie von den Schlangen abschirme.

Die weiße schlägt ihre Fangzähne in meinen Unterarm.

Instinktiv greife ich mit Daumen und Mittelfinger nach ihr, den Zeigefinger auf ihrem Kopf, damit sie sich nicht drehen kann, und löse sie aus meiner Haut.

»Was zur *Hölle*, Ellie?«, japst Astra.

Die Schlange geht in Rauch auf, ebenso die schwarze.

»Schon okay.« Ich starre die Einstichstellen an, aus denen Blut quillt. »Es tut gar nicht wirklich we-« Mit dem anschwellenden Schmerz schwillt auch meine Stimme zum Schrei an. Vermengt mit dem Blut sickert urinfarbenes Gift aus mir.

»Ellie!« Astra zerrt meinen Arm zu ihrem Mund.

Statt eines Neins, einer Warnung, kommt nur ein Gurgeln hoch. Ein taubes Gefühl strömt in meine Lippen. Ich will Astra wegstoßen, doch verliere die Kontrolle über meine kribbelnden Gliedmaßen.

»Saug ja nicht das Gift aus!«, keift Khadija mit ungewohnter Panik in der Stimme.

»Der Níghul!«, brüllt Astra.

Gerade rechtzeitig springt Khadija aus dem Weg. Er schlittert über den Kristallboden.

Wimmernd presse ich meinen Arm an die Brust, wehre mich gegen Astra. »Mit … Magie«, röchle ich.

»Ich kann das nicht so wie du!«

Jemand reißt sie von mir weg.

Erleichtert schluchze ich auf. Schwere legt sich auf meine Brust. Mein Speichel schmeckt metallisch. Nur durch einen Schleier sehe ich, dass nicht Khadija Astra von mir gezerrt hat – sondern Nekovář.

Ich kann nicht schlucken, nicht atmen, als würde ich mich gleich übergeben. Khadijas Silhouette verschwimmt, während der Níghul sie anspringt, und ich bete, dass sie sich unsichtbar machen kann, statt dass es an meiner schwindenden Sicht liegt. Das Kribbeln wird so heftig, dass mein ganzer Körper bebt.

»Deine Hand! Schnell!« Cordelia!

Mit der schweißnassen Handfläche meines freien Arms zerre ich mich schluchzend zu ihr und ein Stück am Griff des Reifens hoch. Lege ihr den anschwellenden, schmerzenden Klumpen aus Haut, Fleisch und Knochen in den Schoß.

Cordelia sollte keine Arcanima mehr haben.

Doch zart wabert ihre Magie aus ihren Fingern, wunderschön, schimmernd und hypnotisierend.

O Gott. Alles dreht sich.

»Finde einen Weg, Ellie«, murmelt sie immer wieder. Oder hallt ihre Stimme in meinem Kopf wider? »Finde einen Weg, ihn zu besiegen.«

»Natürlich«, gurgle ich. Weiß schon nicht mehr, wozu ich zustimme.

Dann lichtet sich das Gewirbel aus Farben, Formen und Helligkeit. Mein Hals weitet sich, ich kann atmen!

Mit gerunzelter Stirn, auf der Schweiß schimmert, zieht Cordelia mehr vom Schlangengift aus mir.

»Danke!« Ich klammere mich an sie. »Danke, danke, danke!«

»Spar deine Kräfte für gleich.«

Also lege ich den dröhnenden Kopf an ihr Knie und atme.

Astra! Panisch blicke ich um mich.

Sie ringt mit Nekovář, mehr Handgemenge als arkanes Duell. »Sie hätten Ellie nicht anrühren sollen!«, grollt sie.

Ein Fiepen – mein Kopf wirbelt zum Níghul herum.

Er schlittert über den Boden, über den gleichzeitig Schritte ohne Ursprung hallen. Khadija? Können Dschinn sich also wirklich unsichtbar machen?

Mit einem Ausschlagen seiner muskulösen Hinterbeine kommt der Níghul zurück auf die Pranken. Springt los – und beißt sich in Khadijas unsichtbarem Arm fest.

Sie schreit, ihre Unsichtbarkeit kippelt, während sie ihn mit aller Macht versucht abzuschütteln. Dunkelheit sickert in ihre Haut, wo der Níghul seine Zähne hineinbohrt.

Ich reiße meinen Arm von Cordelia weg. »Du brauchst … Arcanima … für Khadija.« Es ist zu viel verlangt. Sie sollte längst keine Arcanima mehr haben.

Doch Khadija fällt in einem zuckenden Haufen zu Boden und Cordelia rast zu ihr. Keuchend, mit heftig aufbäumendem Oberkörper, aber entschlossen wie eh und je.

Ich kämpfe mich auf alle viere, atme für einen Moment nur. Dann sehe ich hoch. Zu Astra.

In der Mitte des Crystaloriums rammt sie Nekovář mit einem Arm an der Brust gegen den schwebenden Bergkristall. Seine Füße baumeln über dem Boden. Astra knurrt, als wolle sie den menschengroßen Edelstein mit seinem Körper spalten.

Nekovář versucht, ihr Gesicht zu packen zu bekommen, doch scheitert. Dann flattert sein Blick zum Níghul.

»Hier…her!«, röchelt er.

Der Níghul jagt zu seinem Gebieter.

Zu Astra, die zu sehr vor Wut vibriert, um ihn wahrzunehmen.

Ich sprinte los, parallel zum Níghul, dessen Muskelwulste ihn behäbig machen.

Ich kann vor ihm da sein!

Mit zusammengebissenen Zähnen ziehe ich das Tempo an. Meine Beine brennen so wie meine Lunge. »Astra!« Sie hört nicht.

Und dann rammt der Níghul mich.

Der Zusammenprall presst alle Luft aus meiner Lunge und als ich auf den Boden stürze, kollabiert mein Oberkörper. *Nein! Atme!* Es fühlt sich nur so an. *Du musst atmen, Ellie!*

Vor mir schleudert Nekovář Astra zu Boden, ihr Gesicht so schmerzverzerrt, dass meine Arcanima hochkocht. Doch ich weiß nicht, wohin mit ihr. Wie ich kämpfen kann.

Nekovář ist zu stark. Er wird Mathea, nein, uns alle –

Ein tiefes Schaben.

Die Kristalltür öffnet sich. Ich winde mich, um zu ihr zu sehen. Der andere knurrende Níghul.

Und hinter ihm Mathea, Atlas und Valix.

Mathea

Das Crystalorium ist ein Schlachtfeld.

Blutspuren ziehen sich über den schimmernden Kristallboden, der beißende Gestank des Níghuls verdickt die Luft und überall liegen Körper. Körper? Oder *Leichen*?

Nein. Khadija, Ellie und Astra atmen.

Nekovář wirbelt zu uns herum, sodass sein Umhang durch die Luft peitscht, sein Níghul zähnefletschend neben ihm. Seine Augen weiten sich, als er den Níghul an *unserer* Seite sieht. »Wie könnt ihr –?«

»Ich gehöre zu den Seirim«, zischt Valix. »Unser Blut ist näher an dem der Níghul als das der meisten Arkanen.«

Er erstarrt.

»Jetzt!«, brüllt Valix.

Ich stürme los. Meine Beine wackeln, ich keuche, aber hebe die Hände. Totenkopffalter fallen über mich herein. Sie bedecken mich, bis ich unsichtbar bin und an Ellie, Astra und dem Níghul vorbeipreschen kann.

»Einen anderen Víla kann die Illusion nicht täuschen, Mathea!« Nekovář stößt seine Hand in meine Richtung.

Die Falter stieben auseinander.

Doch ich grinse.

Genug Zeit für Ozerov. Ein Bannkreis lodert vor ihm auf dem Boden – in den er Nekovář nur noch hineinlocken muss.

Astra rappelt sich auf, scheucht Ellie zu mir und findet mit Ozerov vor Nekovář in eine Kampfposition. »Was ist mit Peninnah und Bob?«

»Bob ist …« Ozerov knirscht mit den Zähnen. »Er konnte sich notdürftig selbst zusammenflicken.«

Cordelia atmet auf, als ich Ellie zu ihr und Khadija schleppe. Ich muss die drei beschützen.

Der Níghul vor Valix schleicht unruhig hin und her.

»Du kannst ihn nicht befehligen«, stellt Nekovář fest, als mache er in einem alten Schinken eine Entdeckung über seine Anderswelten, »lediglich gerade so im Zaum halten!«

»Lange genug, um Sie außer Gefecht zu setzen«, faucht Valix.

Ozerov und Astra beschwören ihre Flammen. Dann verschwimmt alles vor meinen Augen. In langen Sätzen weicht Ozerov dem Níghul aus, während Astra versucht sich einen Weg durch Nekovářs flatternde Blutströpfchen zu bahnen.

Valix zittert, der Níghul wird immer unruhiger.

»Khadija muss in den Medica-Flügel«, murmelt Cordelia, die gegen ihre Lehne sackt.

Ich schlucke. »Nekovář hat alle Magistrae unter einen Schlafbann gestellt. Bob hat versucht sie zu wecken, als ihm der Níghul über den Weg gelaufen ist.«

»Hat der Níghul … ihn erwischt?«

»Ja, aber …« Mein Blick weigert sich, genauer über sie, Khadija oder Ellie zu wandern. Ihre Verletzungen zu sehen. Wenn ich doch nur die Weinschwärmer mit ihren Heilkräften rufen könnte. »Okay, ich will nicht lügen. Es sah übel aus. Splatter-Horrorfilm-mäßig. Aber er schafft das. Hat sich mit Peninnah darangemacht, die Magistrae aufzuwecken.«

Ellie klammert sich an meinen Arm, als der Níghul nach Ozerov schnappt und beinahe sein Bein erwischt. »Wir können nicht einfach herumstehen und quatschen!«

»Wir können aber auch nicht kämpfen.«

Astra springt vor Nekovářs Blutströpfchen zurück. Zwei Schritte näher, einen zurück.

»Cordelia und Khadija können nicht mehr kämpfen.« Ellie atmet tief ein. »Wir beide schon.«

Da regt sich ein winziger Hauch Wärme und etwas, das sich verräterisch nach Zuneigung anfühlt, irgendwo hinter meinem Herzen. *Ellie ist mutig.* Macht sich natürlich vor Angst gleich in die Hose, aber genau das ist Mut.

Trotzdem handeln zu wollen.

»Ich verstehe dich«, presse ich hervor. »Aber wir würden nur im Weg stehen. Rein logisch betrachtet –«

»*Rein logisch betrachtet* habe ich eben einen uralten Fluch von dir genommen, an den sich nicht einmal eine der begabtesten Arkanen Tschechiens gewagt hat«, donnert Ellie. »Und du hast dich erstaunlich schnell erholt!«

Das ist wahr.

Ich fühle kaum noch etwas. Was sagte Ozerov nach dem Examen? Die Magie der Spiegelwelt wirke sich kaum auf mich aus. »Trotzdem weiß ich nicht, wie wir ihnen helfen –«

»Du weißt es nicht?«, unterbricht sie mich. »Mathea Seymour, die Jura studiert, immer eine Retourkutsche auf Lager hat und für alles eine Lösung findet, fällt nichts ein?«

»Du manipulative Sinistra.«

»Du zögerliche Dextra!«

Wir grinsen uns an.

Dann überblicke ich die Situation. Der Kampf laugt die Ozerovs aus. Die Entfluchung hat von uns allen ihren Preis gefordert, während Nekovář frisch in den Ring steigen konnte. Mit seinen Níghul und giftigen Schmetterlingen.

Ich nicke. »Du passt auf Cordelia und Khadija auf!«

Mit durchgedrücktem Rücken stellt sich Ellie vor die beiden.

»Ozerov!«, rufe ich.

Er weicht der Schar Schmetterlinge aus. »Bin gerade ein bisschen zu beschäftigt, um Fragen zu beantworten!«

»Gib mir Deckung, dann belege ich den Níghul mit einem Schlafbann!« Ich pirsche zu ihm und dem Dämonenhund. »Und ihr könnt euch zu zweit im Nekovář kümmern!«

»Sicher, dass du …« Kurz schaut er über die Schulter zu mir. Dann nickt er. »Guter Plan.«

Ich hebe die Hände, den Blick auf den Níghul fixiert. Ein weiteres Mal führe ich einen dieser affigen Tänze auf.

Es wird schlimmer, als Ozerov anfängt die Melodie von Tschaikowskis *Tanz der Zuckerfee* zu summen.

»*Dafür* hast du Zeit?«, fauche ich.

Der Níghul taumelt, blickt wild hin und her, sodass Sabber durch die Gegend spritzt.

Dann finden seine schmalen, glühenden Augen mich.

Er macht einen Satz, stößt Ozerov mit den Vorderpranken aus dem Weg, um zu mir zu staksen. Pirschend, *wankend*, aber mit gebleckten Zähnen.

»Ozerov?« Meine Drehung unterbreche ich nicht, darf unter *keinen* Umständen aufhören.

Ächzend rafft er sich auf. Feuer erscheint in seinen Handflächen, flackert und stirbt.

Ich mache einen dieser Hoppelschritte, bei denen ich mir geschworen habe, dass sie nie jemand zu Gesicht bekäme.

Der Níghul lehnt sich nach hinten, um Schwung zu holen.

»Ozerov!«, warne ich drängender.

Er knirscht mit den Zähnen, ballt die Fäuste und versucht es wieder. Flammen züngeln an seinem Ärmel hoch. Flammen, die er auf den Níghul schleudert.

Der jault auf, so hoch und durchdringend, dass ich beinahe die Hände auf die Ohren schlage. Doch ich darf nicht aufhören. Ein paar weitere Schritte und der Níghul stürzt auf die Vorderpranken.

Ozerov nickt mir zu, doch ich entgegne nichts. Muss mich konzentrieren, damit mir der Bann nicht entgleitet.

Aus dem Augenwinkel bekomme ich mit, wie er sich den Blutströpfchen zuwendet. Er bekommt sie in den Griff, sodass sie weder mich belästigen noch Astra aufhalten, die zu Nekovář stürmt. Mit Feuerzungen jagt er die Schmetterlinge weg von uns, wieder und wieder, statt sie einfach zu verbrennen. *Ineffizient.* Ein weiteres unerwünschtes, viel zu warmes Gefühl erblüht in mir. Eindeutig gegen meinen Willen geerbte Víla-Sentimentalität.

Langsam gewinnen wir die Oberhand.

Ich erlaube mir einen hastigen Blick zu Valix. Der andere Níghul kauert noch immer vor sei, doch Valix zittert, die Lippen blutleer. *Nur noch ein bisschen!*

Mit einem durchdringenden Japsen rutscht Astra auf verschmiertem Blut aus.

»Astra!« Ozerov stürzt los, doch hält inne, weil die Blutströpfchen sich auf Astra stürzen wollen.

»Ich schaff das!« Astra stemmt sich auf die Hände, die durch das Blut unter ihr wegrutschen. Sie bricht zusammen.

Scheiße.

Nekovář bohrt seinen Fuß in ihre Seite, sodass sie aufstöhnt.

»Ich werde es nicht ertragen können, so vielversprechendes Talent schwinden zu sehen.«

Ellie prescht an mir vorbei, mit dem Kampfschrei eines Rehkitzes, und wirft sich gegen Nekovář.

Geschwind dreht er sich weg, packt sie am Hals, leitet ihre Wucht weiter, um sie gegen den Bergkristall zu pressen.

Mit zappelnden Beinen und hervortretenden Augen kratzt Ellie über seine Hände und Arme.

»Ellie!«, will ich schreien, doch es kommt als erstickter Laut hervor. Phantomfinger krallen sich in *meine* Luftröhre.

Ozerov reißt einen Arm hoch. »Der Níghul!«

Ich fokussiere mich auf den sich aufrappelnden Körper, bis das Vieh wieder einknickt.

Aber Ellie. *Ellie!*

Nekovář drückt fester zu. »Ich sollte es hier und jetzt versuchen. Wieso noch warten?«

Tränen tropfen über ihre Wangen auf seine Hand.

Astra kämpft sich hoch, als treibe sie allein der Klang von Ellies gequältem, pfeifendem Atem an. Sie hat keine Arcanima mehr, tritt trotzdem näher.

In einer fließenden Bewegung packt er auch sie am Hals. Er ist schmaler als Astra, in jeglicher Hinsicht sanfter, wie man ihn auch betrachtet – aber bei Kräften und mit dieser seltsamen Dunkelheit im Blick.

»Du kannst ihm seine Arcanima nehmen, Ozerov!«

Sein Kopf schnellt in meine Richtung. »Ich kann nicht –« Eine Erschütterung geht durch ihn hindurch. »Du wärst ungeschützt!«

»Nur bis du ihm die Kräfte genommen hast. Mit dem Níghul komme ich klar. Ich schaffe das.«

»Aber *ich* nicht.«

Ich kann die anderen nicht ansehen, aber ich spüre sie überall um mich herum. Vage, schwache Spuren von Arcanima. Nur er und ich stehen noch. »Du *musst*.«

Sein Blick huscht ziellos umher. »Du verstehst nicht, dass das hier eine andere Situation –«

»*Bitte*, Atlas!«, flehe ich.

Er ballt die Hände zu Fäusten. Dann wendet er sich ab und stakst mit steifen Schritten zu Nekovář.

Der kämpft mit Astra, die letzte Reserven gefunden haben muss. Keine Arcanima, sondern vermutlich physische Kraft von ihren Volleyballspielen. Wenn wir das hier überstehen, muss ich ihr wohl oder übel den Gefallen tun und mir eine dieser Schnarchshows ansehen.

Himmel, ich muss einige Schnarchshows all meiner Helfer durchstehen, um mich erkenntlich zu zeigen, oder? Ein Töpferkurs mit Ellie, mich mit Moremi an Straßen festkleben, Tanzen mit Ursula und Bob, vielleicht ein Museum mit Ozerov. Das wäre eigentlich recht akzeptabel …

Ich schüttle den Kopf, um meine Gedanken zu klären, denn Ozerov reißt soeben Nekovář an der Schulter zu Boden. Dieser lässt von Astra und Ellie ab, um den Fall abzufedern.

Ellie sackt zu Boden, doch Astra ist sofort bei ihr und zerrt ihren zitternden Oberkörper auf ihren Schoß.

Ozerov ringt Nekovář auf den Rücken, hält seine ausschlagenden Arme fest und fixiert ihn, indem er sich auf seine Beine setzt. Dann schlägt er Nekovářs Arme weg, um die Hände um seinen Hals zu schlingen. Das Würgen und die hervortretenden Augen erfüllen mich mit seltsamer Zufriedenheit.

Panisch kratzt Nekovář an Ozerovs Arm, der die freie Hand gegen dessen Brust presst.

Und erstarrt.

»Ozerov!«, rufe ich rau. »Ich hab keine Schritt-für-Schritt-Anleitung parat!«

Leere huscht durch seinen Blick. »Er könnte sterben.«

Und hätte es verdient.

Aber ich kann mich nicht überwinden, das zu sagen. Denn das

Blut würde nicht an meinen Händen kleben, sondern an Ozerovs. »Du kannst es kontrollieren!«

»Nicht in diesem Zustand.«

»Richtig, Atlas Vsevolodovich Ozerov.« Nekovář schafft es, eklig süßes Mitgefühl in sein Röcheln zu legen. »Werden Sie nicht durch eine unüberlegte Handlung zu Ihrem –«

Ozerov presst fester zu, zittert am ganzen Leib.

Ich habe nicht vergessen, wie er mich angesehen hat, als er mir Arcanima genommen hat. Die bebende Hand vor seinem Mund. Etwas Zerbrochenes im Blick, das ich nicht werde nachvollziehen können, selbst wenn er es mir irgendwann erklären sollte.

Aber was auch immer es ist, lässt auch einen winzigen Teil in meinem Inneren zerbrechen.

Seine Kraft ist unsere einzige Chance – doch ich kann ihn nicht dazu bringen. Kann ihm das nicht aufbürden.

Aber was dann? Wie können wir –

»Astra«, ringt sich Ozerov ab.

Sie sieht von Ellie auf, die schweißnassen Haare im Gesicht.

»Du musst es tun.«

»Ich würde – aber ich *kann* nicht.« Voller Qual verzieht sie das Gesicht. »Ich habe keine Arcanima mehr.«

Wir können nicht so weit gekommen sein, um jetzt aufzugeben. Um Nekovář zu geben, was er will. Ich durchforste meine Gedanken. Der Níghul zuckt näher zu mir, die Zähne gebleckt. *Denk nach, Mathea! Dieses eine Mal zählt es!*

Ellies Worte hallen durch meinen Kopf. *Mathea Seymour, die Jura studiert, immer eine Retourkutsche auf Lager hat und für alles eine Lösung findet, fällt nichts ein?* Die anderen können nicht kämpfen. *Wir beide schon.*

Ellie, die sich mit tränenüberströmtem Gesicht an Astra klammert. Keine Kämpferin, aber mutig. Und so voller …

»Astra! Nimm Ellies Arcanima!«

Einen Atemzug lang starrt Astra mich an.

Dann zerrt sie Ellie mit sich zum sich windenden Nekovář. Schiebt Ozerov ein Stück weg und umfasst Nekovářs Gesicht. »Das Ekligste, was ich je tun musste.«

Starr beugt sie sich zu Nekovářs Mund.

Sie erschaudert, obwohl sie es schafft, seine zitternden Lippen nur minimal zu berühren. Nekovář strampelt, bäumt sich gegen Ozerovs Gewicht auf, doch sie hält seinen Kopf mit einer zur Klaue versteiften Hand ruhig.

Die Finger der anderen sind mit Ellies verflochten.

Wie genau schafft sie es, Ellies Arcanima …?

Ellies Blick. Fest entschlossen. Nicht Astra nimmt ihr ihre Energie – Ellie *gibt* sie ihr. In sanften Wellen, wie sich kräuselndes Wasser, schwappt ihre Arcanima durch das ganze Crystalorium. Durch mich hindurch. Weiter noch, auf den Flur, durch die Academia, über die Gemäuer hinaus.

»Astra«, warnt Ozerov. »Es reicht.«

Doch Astra hört nicht auf. Ihre Schultern, als wäre sie besessen. »Ich nehme ihm *alles*!«

Das Gefühl verlässt meine Glieder. *Halt den Níghul zurück.*

»Astra!«

Schwarzer Nebel kriecht in mein Sichtfeld.

»Ellie verliert das Bewusstsein!«

Das Flüstern ist wieder da. Es fragt, ob das wirklich alles war. Mein Atem geht abgehackt, schmerzhaft. *Nein. Das war noch nicht alles.* Ich falle zur Seite, spüre keinen Aufprall. *Das war noch nicht alles.* Eine Reihe Fangzähne versinkt in meiner Schulter, doch auch der Schmerz pulsiert in mir nur vage. *Das war noch nicht alles.*

Noch lange nicht.

22

Mathea

Das kann doch nicht wahr sein. Schon wieder wache ich im Krankenflügel auf. Blasses Mondlicht scheint durch die Fenster, trotzdem muss ich gegen das Licht anblinzeln.

Ozerov hockt auf einem Stuhl neben dem Bett, ein Buch in der Hand. »Wie lange soll dein Urlaubssemester noch gehen?«

Ich lasse den Kopf ins Kissen fallen und schließe die Augen. »Ein paar Wochen, mindestens.«

Ozerov lacht leise.

Alles schmerzt. Als hätte man mich gezwungen, einen Marathon zu laufen. »Geht es allen gut?«

»Du erkundigst dich nach dem Befinden der anderen, bevor du fragst, was mit Nekovář geschehen ist? Die Univerzita färbt wirklich auf dich ab.«

Langsam öffne ich die Augen. »Ich bin kein Monster, das unfähig ist, menschliche Gefühle zu empfinden.«

»Ich weiß«, sagt er, ernster als ich es meinte. Dann grinst er. »Vermutlich hat dich einfach nur die Gefühlskälte deiner Eltern zu dem gemacht, was –«

Ich schleudere ihm das Kissen ins Gesicht, doch es landet vor seinen Füßen, so kraftlos bin ich.

Er lacht nur.

»Hätte nicht jemand Mitfühlenderes an meinem Bett wachen können?«, murre ich.

Ozerov steht auf, noch immer mit zuckenden Mundwinkeln. »Ich kann ein paar deiner Freunde holen, wenn du möchtest?«

Hastig greife ich nach seinem Arm. »Wag es ja nicht!«

Ozerov starrt meine Hand an seinem Ärmel an.

Noch hastiger, als ich nach ihm gelangt habe, lasse ich wieder los. »Jetzt gib mir schon das Update.«

»Es geht allen gut. Alle Verletzungen sind so weit geheilt oder heilen aktuell. Nur Bob …«

Ein seltsames Geräusch bildet sich in meinem Hals und in meiner Erinnerung schwappt das Bild von Bob hoch, wie der Níghul ihn in seinem Maul durchs Fenster zerrte. »Aber er konnte sich doch notdürftig heilen. Ist mit Peninnah losgezogen, um die Magistrae zu wecken. Wieso –«

»Würdest du mir bitte zu Ende zuhören? Bob wurde nach Elphame geholt, um von den Elfen geheilt zu werden. Sie wollen wohl nicht, dass auch nur ein Kratzer bleibt.«

»Also bin ich die Letzte, die im Krankenzimmer liegt?«

»Du bist die Einzige, von der ein uralter Fluch gelöst wurde.«

Stöhnend reibe ich mir über das Gesicht. »Hör auf, mich auf so durchschaubare Weise aufbauen zu wollen. Ich bin schwach, du kannst sagen, wie es ist.«

Ozerov steht auf und betrachtet mich so lange, dass ich am liebsten kontrollieren will, ob mich wieder jemand in ein grässliches Rüschennachthemd gesteckt hat. Er kommt einen Schritt näher, das Haar im Mondlicht so silbrig wie die Narbe auf seiner Wange »Deine Magie ist das Einzige an dir, was schwach ist.«

Wieso sagt er das schon wieder so ernst?

Ich schlucke irgendeine unangenehme Regung herunter und schnaube. »Jetzt lügst du nur dreist. Willst du mich in Sicherheit wiegen, damit ich dich bei der nächsten Bravura nicht schlage?«

Er lacht erneut. Das hat er jetzt in zwei Minuten öfter getan als das ganze Semester über. Irgendwie beunruhigend. »Gut, deine sozialen Kompetenzen lassen auch zu wünschen –«

Die Tür kracht so heftig auf, dass ein Rammbock im Spiel sein muss. Doch Ursula stürmt mit leeren Händen ins Krankenzimmer. »Mattie!«

Nur kurz sehe ich Cordelia, Astra und Ellie in der Tür, denn Ursula wirft sich auf mich, als mache sie einen Bauchplatscher vom Dreimeterturm.

Ich keuche, schiebe sie von mir, dann starre ich Ozerov an. »Hast du ihnen doch Bescheid gegeben?«

»Gern geschehen.«

»Verräter.«

Er wuchtet seine Tasche hoch, schwer mit Büchern, schätze ich. »Interessante Art, Danke zu sagen«, meint er nur und verschwindet, während sich Cordelia, Ellie und Astra auch um mich scharen.

Die tiefen Schatten unter Astras Augen und ihre ausgezehrten Wangen ziehen meine Aufmerksamkeit auf sich. »Du siehst so aus, wie ich mich fühle.«

Sie lacht. »Als hätte ich gegen einen austickenden Profesor und seine zwei nach Tod stinkenden Níghul gekämpft?«

»In etwa so, ja.« Ich verscheuche Ursula, die sich an meinen Arm klammern will. »Hast du ihn …?«

Astra verengt die Augen, dann reißt sie sie auf. »Fragst du mich gerade, ob ich ihn *getötet* habe?«

»Was? Das Letzte, was ich mitbekommen habe, ist, dass du gruselig über ihm gekauert hast und meintest, du nimmst ihm *alles*. Entschuldige, dass ich daraus Schlüsse ziehe.«

»Nekovář ist geflohen.«

»Sie hat ihm seine Víla-Kräfte genommen.« Cordelia hievt eine Schatulle mit Phiolen von ihrem Schoß auf mein Bett und funkelt Astra an. »Was *äußerst* verboten ist und für gewöhnlich vom Arkanen Rat aufs Strengste bestraft wird. Nur dass Astra dem auf mysteriöse Weise entkommen ist.«

»Du willst, dass ich dafür bestraft werde, deine Freunde beschützt und einen herumwütenden Ex-Dozenten unschädlich gemacht zu haben?«

»Ich will nur, dass Regelbrüche, die die Arkane Welt gefährden, nicht zur Norm werden, weil sie lasch gehandhabt werden.«

»Also möchtest du an mir ein Exempel statuieren? Ich denke nächstes Mal dran, wenn mal wieder mein Regelbruch über das Leben von Dextras entscheiden kann«, flötet Astra und wendet sich mir zu. »Übrigens bin ich der Bestrafung nicht auf mysteriöse Weise entkommen. Meine Familie ist reich und einflussreich. Die schlimmste Kombination.«

»Ich glaube, Mathea braucht Ruhe.« Ellie, die bisher auffallend ruhig war, schiebt Astra in Richtung Tür. Cordelia folgt den beiden. Doch Ellie dreht sich um und stürmt zu mir. Kurz sieht sie mich an. Dann ergreift sie meine Hand und lächelt mich an.

Stöhnend lehne ich den Kopf ans Kissen. Aber ich drücke ihre Hand ebenfalls.

Ein paar Tage vor Weihnachten, am letzten Tag vor den Winterferien, betreten die anderen nach und nach das Gewächshaus *Hydrangea*. Glitzernde Eiskristalle zieren die Scheiben der Glaskuppel und zarte Schneeflocken rieseln von der Decke. Sie lösen sich auf, bevor sie auf meinem Kleid landen und die schwarze Spitze ruinieren. Magie. Wehe, ich finde die Person, die dafür verantwortlich ist!

Doch alle stehen unschuldig in kleinen Grüppchen herum.

Ich nippe am Glühwein, der irgendwie seltsam schmeckt. Auch hier muss jemand seine Finger im Spiel gehabt und ihn mit etwas versetzt haben, vielleicht mit Feenstaub oder einer anderen arkanen Zutat.

Ellie, in einen fluffigen, weißen Pullover gepackt, schlendert zu mir. Vermutlich weil Astra in eine Diskussion mit Khadija, Cordelia und Atlas verwickelt ist. Sie lächelt und auf ihren Lippen schimmert etwas vom Glitzer, mit dem Astra ihre Wangen bestäubt hat. »Ich kann immer noch nicht fassen, dass du eine Weihnachtsfeier ausrichtest!«

»Es ist keine Weihnachtsfeier, sondern eine Zusammenkunft, um meine Schulden bei euch zu begleichen, die zufällig in eine Zeit fällt, die in manchen Kulturen vorbelastet ist.«

Sie deutet auf die *Trdelník*, den Glühwein und die Kekse. »Es gibt Essen und Trinken.«

»Um meine Schulden zu begleichen.«

»Du kannst ruhig sagen: ›Um mich für eure Hilfe zu bedanken.‹« Grinsend deutet Ellie auf die Dekoration. »Und wie erklärst du all das?«

»Ich konnte Ursula und Cordelia schlecht verbieten, unser Gewächshaus zu schmücken.«

»Mathea. Es ist eine Weihnachtsfeier.« Ellie tänzelt zu Astra, die den Arm automatisch um ihre Taille schlingt.

Ächzend lasse ich mich auf das durchgesessene Sofa fallen, aber lange hält die Ruhe nicht an.

Ozerov baut sich vor mir auf. »Schon genug von deiner Weihnachtsfeier?«

Ich funkle ihn an. »Ich genieße den Abend in vollen Zügen.«

Cordelia lässt mit einem Schwenk ihrer Hand Musik aus ihrem Laptop ertönen und die anderen folgen ihr auf die freie Fläche in der Mitte unseres Gewächshauses.

»Zum In-vollen-Zügen-Genießen gehört auch das Tanzen, oder?« Er streckt eine Hand aus – so demonstrativ, dass ich die Provokation nicht falsch verstehen könnte.

»Sicher.« Ich ergreife seine Hand, lächle und stehe auf. Genieße die Panik in seinen Augen. »Aber nicht mit dir!«

Ich gleite zwischen Ellie, Astra, Ursula und Bob, die mich jubelnd empfangen, als hätte ich die Bravura gewonnen. Das Jubeln wird lauter, als ich ein paar halbherzige Bewegungen mache, die für sie wohl nah genug am Tanzen dran sind.

Aber Ozerovs Blick ist es allemal wert.

Und dann wechselt Cordelia grinsend mit ihrer Magie das Lied. The Sisters of Mercy. Die Melodie pulsiert in meinen Adern. Wie hat sie mitbekommen, was für Musik ich mag? Und dass das einer meiner Lieblingssongs ist?

Vielleicht ist es der Song oder es sind die ausgelassenen Spuren von Arcanima der anderen, die in der Luft schwirren, aber plötzlich tanze ich wirklich. Ich meine, das ist besser, als die nächsten fünf Stunden am Rand zu stehen und darauf zu warten, dass es vorbei ist, oder? Doch ich kann ein Grinsen nicht vermeiden, weil Ursula, Bob und Ellie den bizarrsten Tanz vorführen, den sie offenbar *einstudiert* haben – wann ist das bitte passiert?

Niemals würde ich es zugeben, aber ich habe vielleicht eine Spur von Spaß.

ELLIE

Die Winterferien und Weihnachten verbringe ich mit Tatiana und Tomáš. Nur wir drei, die weit weg von ihren Familien leben, zu wenig Geld für echte Geschenke haben und uns den schrägsten Krempel schenken, die wir in Secondhandläden finden können. Es ist beinahe, als wären die Monate in der *Academia Sinistra* nie geschehen.

Bloß dass Astra mir wie versprochen jeden Tag schreibt. Meistens darüber, wie schrecklich es bei ihrer Familie, dem altehrwürdigen Warlock-Clan, ist und wie viel lieber sie bei mir wäre. Ich hätte nicht damit gerechnet, dass sie ihr Versprechen länger als ein paar Tage hält, und hätte es noch weniger von ihr erwartet – umso breiter grinse ich jedes Mal, wenn ihr Name auf meinem Display aufleuchtet. Tatiana verdreht dabei stets die Augen, aber kann ihr Lächeln nicht verbergen.

Mathea schreibt mir genau ein Mal, förmliche Neujahrsgrüße, die aussehen, wie aus Google kopiert und an alle Kontakte verschickt. Ich freue mich trotzdem, dass sie an mich gedacht hat, denn sie wird genug damit beschäftigt sein, ihre Familie über die Univerzita, den gelösten Fluch und den Kampf aufzuklären. Ich weiß nicht, wie viel sie ihnen anvertrauen kann – sie erzählt so wenig über ihre Eltern, dass ich mich ihr noch verbundener fühle als ohnehin schon.

In den zwei Wochen vergesse ich beinahe, dass bald die Prüfungszeit beginnt. Doch dann treten im Januar die Kurse den Endspurt an und alles kommt mit der Wucht eines umstürzenden Baums zurück. Fast täglich verzweifle ich nach dem Unterricht im Styk.

»Ich kann keine Wunder wirken, Ellie, ich hab den Kurs nicht belegt!«, murrt Mathea, die mir gegenüber in Astras alter Ausgabe des Astronomie-Buchs blättert.

Ich raufe mir die Haare, dann lasse ich den Kopf auf das Buch vor mir sinken, sodass die Seiten zerknittern. »Ich werde durchfallen. Durchfallen und von der Academia verwiesen werden und dann –« Hastig klappe ich den Mund zu. *Nicht daran denken, was passieren könnte, wenn ich vor den Arkanen Rat geschleppt werde.*

»Willst du mich verarschen?« Mathea knallt das Buch zu. »Ich opfere seit einer Woche meine Zeit, um dir beim Lernen zu helfen, und jetzt gibst du auf? Hast du eine Ahnung, wie es mir dabei geht?« Sie greift sich dramatisch ans Herz. Übertrieben dramatisch, weil sie genau weiß, dass mein schlechtes Gewissen die beste Motivation ist.

Grummelnd richte ich mich auf und streiche die Seiten glatt. Magie prickelt unter meinen Fingern und jeder Knick verschwindet aus dem Papier, als wäre er nie da gewesen.

»Gut so.« Mathea klatscht eine leere Karteikarte vor mir auf den Tisch. »Aus dem Goldenen Gässchen. Los, notier etwas.«

Ich schreibe *Aszendent Widder* nieder, dann auf die Rückseite die Stichpunkte dazu. Sobald ich den Stift absetze, verblasst die Tinte, bis sie ganz fort ist.

»Die Magie zeigt dir die Karten in der optimalen Lernreihenfolge. Sie merkt, ob und wie gut du die Erklärungen zu den Stichpunkten kennst. Mit dem System hab ich früher auch für Jura gelernt.«

Ich lasse die Karte sinken. »Du wusstest damals von der Arkanen Welt? Ich dachte, du wärst späterwacht?«

»Das Prinzip gibt es auch in der Gregalen Welt. Nur nicht mit magischem Papier.«

Eine Weile notiere ich weitere Begriffe, während Mathea das Buch durcharbeitet. Und ich lächle. Die geschenkte Karteikarte, die zusätzliche Arbeit – auch wenn sie es vielleicht anders sieht, nach allem sind wir Freunde geworden. Egal wie oft sie betont, dass sie mir nur hilft, um sich bei mir zu revanchieren, bin ich sicher, sie würde es mittlerweile auch so tun.

Irgendwann sehe ich langsam hoch. »Apropos Horoskope. Wusstest du, dass Atlas und du perfekt zusammenpasst, wenn man nach den Sternen geht?«

»Ja sicher«, schnaubt Mathea. »So wie Batman und der Joker vielleicht.« Sie wendet sich dem Buch zu, dann blickt sie wieder hoch. »Wie sieht es dazu eigentlich mit dem wissenschaftlichen Konsens der arkanen Gesellschaft aus? In etwa so glaubhaft wie Horoskope in den Klatschmagazinen meiner Oma?«

Grinsend verschränke ich die Hände. »Warum genau willst du das wissen?

Auch Mathea verschränkt die Arme. Aber ohne zu grinsen. »Lern weiter. Ich hab nicht ewig Zeit.«

Jeden Tag sage ich mir, dass ich die Prüfungen nicht in den Sand setzen darf. Natürlich um den Rauswurf und die Anhörung vor dem Arkanen Rat zu vermeiden – aber auch, weil Mathea, Astra und sporadisch Khadija mir unermüdlich beim Lernen helfen. Obwohl sich die anderen Sinistras auch auf ihre Prüfungen vorbereiten müssen und Mathea noch immer angeschlagen vom Lösen des Fluchs ist. Was sie natürlich nicht zeigt.

Manchmal allerdings, wenn Astra irgendeiner belanglosen Geschichte von meiner Arbeit im Café mit vollster Aufmerksamkeit folgt, als wäre ich der faszinierendste Mensch der Welt, oder wenn sie mich in den von Mathea aufgebrummten fünfminütigen Pausen nach der Pomodoro-Lerntechnik auf die Schläfe küsst, verdrängt ein einziger Grund all die anderen: Durch die Prüfungen zu fallen, würde bedeuten, Astra nicht mehr zu sehen.

Also lerne ich, trainiere meine Kräfte und probiere jede Meditation, jeden Tee und jede Affirmation aus, die die Dextras mir ans Herz legen, wenn sie mich im Styk verzweifeln sehen.

Und dann beginnt im Februar die Prüfungswoche.

Ich bin ein Wrack.

Ich kann kaum schlafen, umklammere praktisch durchgehend den warmen Karneol, schlucke Erinnerungen an früher herunter, die wieder und wieder hochkochen.

Doch ich bestehe jede einzelne Prüfung. Die meisten knapp, abgesehen vom Entfluchen des Amuletts bei Profesor Lorcan, der mich zufrieden angrinst. Stolz sogar.

Als ich am Abend nach der letzten Prüfung heulend in Astras Arme falle, kann sie nicht aufhören zu lachen. Aber ihr Lachen ist warm, gutmütig und so, so perfekt. Und sie lässt mich nicht los, bis die letzte Träne versiegt.

Mathea

Nach allem, was ich die letzten Monate durchmachen musste, ist das hier die herzloseste Qual. Obwohl wir das Projekt nicht abgeschlossen haben, muss ich mit den anderen Teilnehmenden des ersten Jahres in der vordersten Reihe sitzen, während auf einer magisch errichteten Bühne im Styk der Preis für die Bravura verliehen wird.

Ozerov hockt hinter mir wie einer der Pfauen in den Palastgärten der Malá Strana. Ständig kratzt seine Schreibfeder über Papier, weil er sich Notizen zu allen vorgestellten Projekten macht. Und ich spüre seine Siegessicherheit als ekelerregendes Prickeln im Nacken. Während Rektorin Sýkorová vorne eine Predigt über die Bedeutung der Bravura und die Wichtigkeit der Zusammenarbeit beider Pfade hält, rutsche ich im Stuhl ächzend tiefer.

Das ist Folter.

Cordelia bohrt mir den Ellbogen in die Seite. »Kannst du dich bitte benehmen?«

»Du wirfst wirklich ein schlechtes Licht auf die Univerzita«, murmelt Ozerov hinter mir.

Ich lege den Kopf in den Nacken, um ihn anzusehen. »Du genießt das hier unheimlich, oder?«

Er sagt nichts. Nur ist da dieser zufriedene Zug um seine Lippen, während er mein Gesicht studiert. Aber dann neigt er den Kopf zur Seite. »Du siehst anders aus ohne Pony«, merkt er an. Dann streicht er mit dem Füllfederhalter ein paar verirrte letzte Strähnen aus meiner Stirn.

Mein Herz stolpert und ich schnelle nach vorn. Was zur Hölle? Das Rauschen in meinen Ohren übertönt die Rede.

Es war nur ein Stift. An meiner Stirn. Warum beruhigt sich mein Puls nicht?

Es gibt bloß eine Erklärung. Eine, die mir ganz und gar nicht gefällt. Etwas, das ich vielleicht hätte kommen sehen und früh genug bekämpfen müssen.

Gefühle.

Denn welchen anderen Grund kann es dafür geben, wenn wegen eines verfluchten Stifts an der verfluchten Stirn verfluchte Hitze in die Wangen, Ohren und vage in Herznähe steigt?

Ich bin am Arsch.

Körperliche Anziehung, die man nicht zulassen kann, ist eine Sache. Das kann ich leicht überwinden. Aber Gefühle für Atlas Ozerov, Präfekt, zweimaliger Gewinner der Bravura – denn, o ja, natürlich bekomme ich trotz meiner Sinnkrise mit, wie er nach vorn geht, um den kristallenen Pokal entgegenzunehmen – und nervtötend erträglicher Warlock-Incubus? Das könnte ein Problem werden.

Nein. Atme ein und aus. Ich habe einen Fluch überstanden, also überstehe ich auch diese unliebsamen, verirrten Gefühle. Ich muss ihm einfach eine Weile aus dem Weg gehen.

Konzentrier dich auf Sýkorová, nicht Ozerov.

»Um die Zusammenarbeit der *Academia Sinistra* und der *Univerzita Mystika a Magie* weiter zu stärken, werden wir nach vielen Jahren die Regeln der Bravura aktualisieren«, erklärt sie, während Ozerov noch immer mit seinem kitschigen Kristallpokal neben ihr steht und –

Nein. Nicht schon wieder. Sýkorová.

»Ab der nächsten Bravura werden nur noch Teams mit Mitgliedern aus beiden Institutionen zugelassen.«

Ja, fantastisch, kann ich jetzt gehen, um wahlweise irgendwie mit dieser neuen Erkenntnis über meinen Gefühlszustand klarzukommen oder mir das Herz einfach direkt aus der Brust zu –

Moment, *was*?

Nur noch Teams mit Mitgliedern aus Academia *und* Univerzita?

Mein Blick wandert automatisch zu Ozerov. Seiner liegt bereits auf mir. Ich wünschte, ich wüsste nicht, was er denkt. Das Gleiche wie ich. Wenn es *eine* Person an der Academia gibt, mit der ich mir eine Zusammenarbeit vorstellen kann, ist es Ozerov. Wir wären ein perfektes Team.

Aber ständig mit ihm allein zu arbeiten, wäre mein Untergang, oder?

Ellie

Astra wirft sich neben mich auf mein Bett im Schlafsaal des ersten Jahres, wo ich sitze, um meine Sachen für die zwei vorlesungsfreien Wochen im März zu packen. Zwei Wochen, die alle Sinistras nach den Prüfungen dringend nötig haben.

Sie stöhnt, dreht sich auf den Rücken und legt ihren Kopf auf meine Oberschenkel. »Ich hab noch nie so sehr gehasst, zwei Wochen freizuhaben.« Ein paar Atemzüge lang gleitet ihr Blick über mein Gesicht, dann runzelt sie die Stirn. »Hast du einen Zauber angewendet? Einen Trank? Du weißt schon, dass Liebestränke vom Arkanen Rat verboten sind?«

Wärme steigt in meine Wangen. Solche Dinge sagt sie mit einer derartigen Leichtigkeit. Ganz nebenbei. Sodass ich gar nicht weiß, wie ernst sie es meint.

Astra nimmt alles so leicht, so wie es kommt. Tut immer, was sie will.

Und deshalb verstehe ich nicht, wieso sie mich nie küsst, abgesehen von dem gelegentlich gehauchten Kuss auf meine Stirn oder Wange. Nie berührt sie mich mehr als so wie zuvor.

Und sie ist so hübsch, wie sie daliegt, die Lippen so voll, die Augen so klar wie die Spiegelungen in einem See, dass ich heftig einatme.

»Du küsst mich nie.«

Astra verengt die Augen, dann schnappt sie sich den Pulli in meinen Händen und presst ihre Lippen auf jeden einzelnen meiner Fingerknöchel. »Natürlich tue ich das.«

Mein Atem bleibt mir in der Kehle stecken, dann gerät mein Herzschlag ins Stottern, das Gefühl so furchteinflößend wie berauschend. Und doch schüttle ich den Kopf. »Nicht richtig. Nicht so, wie ich will.«

»Ich wollte dich nicht …« Sie stockt und etwas in ihrem Blick verändert sich. »Warum küsst du mich dann nicht so, wie du willst?«

Sie wirkt heiter. Lässig. Aber ihre Stimme ist etwas heiser.

Und deshalb beuge ich mich vor.

Doch bevor unsere Lippen sich berühren, schießen mir Tausende Gedanken durch den Kopf. Erinnerungen. *Ihre* Stimme.

Du bist ein Monster, El. Und du zerstörst alles, was du berührst. Wenn du mich liebst, verschwindest du von hier. Für immer.

Die Dunkelheit in mir verschlingt mich.

23

Ellie

Ich schwebe.

Etwas beunruhigend, aber besser als alles, was in den letzten Minuten passiert ist. Oder Stunden? Jahren? *Egal.* Ich denke, es ist sicher, die Augen zu öffnen. Also tue ich genau das.

Gleißendes Silber.

Einer der Prüfungsräume in der Spiegelkapelle?

Hinter mir wabert ein dünnes Rinnsal Arcanima. Es fühlt sich an, wie –

»Mattie?«, flüstere ich. Doch meine Stimme hallt von den Wänden, den Spiegeln, dem Nichts wider, überlagert sich, bis sie als Gebrüll meine Trommelfelle durchbohrt.

»Aufhören!« Wimmernd presse ich mir die Hände gegen die Ohren. »Aufhören, *bitte*! *Přestaň!*«

Arcanima explodiert um mich herum.

Und plötzlich ziehen Tausende Orte, Jahre und Gesichter an mir vorbei. Ein Kaleidoskop aus verschwommenen Eindrücken, durch das ich gezerrt werde.

Ich schwebe über einer Brücke und einem reißenden Fluss.

Pferdewiehern. Eine blasse Mähne peitscht in mein Gesicht, als mich der kräftige Leib zu Boden rammt.

»Ellie …«, flüstert Astra und küsst mich.

Drei vermummte Gestalten ergreifen Mathea.

Glühendes Eisen bohrt sich in meinen Rücken. Ich schreie. Unverständliches Zeug. Namen. »*Máma! Přestaň!*«

Meine Finger brechen die Wachssiegel einer Schriftrolle auf. Sie bluten.

Ich knie über einem ausgeweideten Tierkadaver, dessen sieben Hörner derart strahlen, dass ich wegsehen muss.

Aufhören!

Mathea schnarrt. »Gib es zurück, Ellie Schovajsa!«

Eine leer gefegte Einöde erstreckt sich vor mir. Schneebedeckt. Nein. *Asche*bedeckt. Asche, die an meinen Fingern klebt. Ein Blutmond steigt auf, färbt die Asche ebenso rot.

»Glaubst du an Schicksal?«, fragt Nekovář, der in einem Polstersessel sitzt.

Aufhören!

Ich presse mir die Hände auf die Augen, bis der Druck unerträglich wird. Dennoch sehe ich, wie Sterne vom Himmel fallen. Auf die verwüstete Erde einschlagen. Ihr Glühen erfasst Geröll, Gerippe von Bäumen und bizarr geformte Anhäufungen.

Aufgetürmte Körper. Menschen und Tiere.

Aufhören!

»Du kannst sie nicht aufhalten«, flüstert eine Stimme, die meinem Vater gehören könnte. »*Jetzt nicht mehr.*«

Danksagung

Danke an alle, die mit *The Lesson of Curses* den ersten Band meiner ersten Trilogie – und damit einen riesigen Traum von mir – ermöglicht haben:

Das Team von Carlsen / Impress, das diese Trilogie mit mir gewagt hat. Vor allem meine wundervollen, talentierten Ansprechpartnerinnen Janina Roesberg und Kerstin Kopper, aber auch Pia Cailleau, die sich sehr für die Trilogie eingesetzt hat, sowie Jessica Billerbeck und Ulrike Gerstner, die mich zwischendurch so toll betreut haben.

Die Agentur Schlück, besonders Kathrin Nehm, die nicht nur die Trilogie vermittelt, sondern auch immer ein offenes Ohr für mich hat und ohne deren Talente ich wohl öfter mal sehr verloren wäre.

Larissa Bendl, deren Lektorat meine Erwartungen nach all den Lobpreisungen noch übertroffen hat und die genug Talent und Geduld hat, um die anstrengende Endphase mit mir durchzustehen.

Meine Testleserinnen, die *The Lesson of Curses* noch einen Hauch mehr Magie verliehen haben. Franziska Koschke begleitet mich schon so lange beim Schreiben, dass ich es mir kaum ohne ihre wertvollen Anmerkungen vorstellen kann. Kate Jans, die lieb, witzig und hilfreich ist, wenn es um die kleinen Problemchen des Autorinnenalltags geht, und gnadenlos, wenn es ums Kürzen geht. Auch Leni Wambach, Anna Knopf und Julia Niederstrasser sind unfassbar spontan eingesprungen und haben ihre ganz eigenen Perspektiven eingebracht.

Mini, die alle schönen und stressigen Momente an meiner Seite miterlebt und mich immer unterstützt. Selbst wenn ich im Urlaub abends noch die letzten Zeilen schreiben muss.

Meine Familie und Freunde, die mich auf so unterschiedliche Arten unterstützen und immer wieder großes Interesse an meinen Büchern und dem Schreiben zeigen.

Nicht zuletzt alle, die meine bisherigen Bücher und *The Lesson of Curses* gelesen haben, rezensieren, weiterempfehlen oder mir so liebe Nachrichten schreiben.

Ohne euch alle wäre *The Lesson of Curses* nicht, was es ist!

Triggerwarnung

Diese Geschichte enthält folgende sensitive Themen:

Platzangst, vor allem auf Demonstrationen
Mobbing
Nahtoderlebnisse
Panikattacken